中国古典小说丛书

周大荒 著

反三国演义

上册

江西美术出版社
全国百佳出版单位

图书在版编目（CIP）数据

反三国演义:全2册/周大荒著.--南昌:江西美术出版社,2018.10（2020.5重印）
ISBN 978-7-5480-6198-4

Ⅰ.①反… Ⅱ.①周… Ⅲ.①章回小说—中国—当代 Ⅳ.①I247.4

中国版本图书馆CIP数据核字（2018）第140580号

出 品 人：周建森
企　　划：北京江美长风文化传播有限公司
责任编辑：楚天顺　朱鲁巍　康紫苏
责任印制：谭　勋

反三国演义（全2册）
FAN SANGUO YANYI (QUAN 2 CE)
周大荒　著

出　　版：	江西美术出版社
地　　址：	江西省南昌市子安路66号
网　　址：	www.jxfinearts.com
电子信箱：	jxms163@163.com
电　　话：	010-82093808　0791-86566274
邮　　编：	330025
经　　销：	全国新华书店
印　　刷：	北京长宁印刷有限公司天津分公司
版　　次：	2018年10月第1版
印　　次：	2020年5月第2次印刷
开　　本：	690mm×960mm　1/16
印　　张：	46.5

ISBN 978-7-5480-6198-4
定　　价：108.00元

本书由江西美术出版社出版，未经出版者书面许可，不得以任何方式抄袭、复制或节录本书的任何部分。
版权所有，侵权必究
本书法律顾问：江西豫章律师事务所　晏辉律师

"中国古典小说丛书"出版说明

所谓"古典小说"云者,其义有二焉:一曰,但凡古代之小说,皆可谓之"古典小说";一曰,但凡技法未受泰西影响之小说,亦可谓之"古典小说"。然此特就今人之观念言之耳。

揆诸坟典,"小说"一词,出自《庄子·外物篇》,其言曰:"饰小说以干县令,其于大达亦远矣。"由此观之,庄子所谓"小说",不过琐屑之言,以其无关道术,故以小说名之耳。

炎汉成、哀之世,刘向、刘歆父子典校秘书,检讨百家学说,取桓谭《新论》"小说家合丛残小语,近取譬论,以作短书,治身治家,有可观之辞"之意,把《伊尹说》《鬻子说》诸书,归为"小说家"之书,而《汉书·艺文志》(以下简称《汉志》)继之。夷考其说,"小说家者流,盖出于稗官,街谈巷语,道听途说者之所造也"(语出《汉志》),此亦非后世之小说也。

唐修《隋书》,其《经籍志》立论本诸《汉志》,以小说为"街谈巷语之说"(《隋书·经籍志》语)。当此之时,小说之名虽同,而其类目稍广,举凡《燕丹子》《世说》《迩说》之属,皆可入诸小说名下。

后晋修《唐书》,其《经籍志》立论与《隋志》无异,以《博物志》隶小说,此为"神异志怪之书"入小说之始。

天水一朝,欧阳文忠公撰《新唐书·艺文志》(以下简称《新唐志》),以《列异传》《甄异传》《续齐谐记》《感应传》《旌异记》等"史部·杂传类"之书移于"小说类"。至是,小说之部类日梦。

及元脱脱修《宋史》,《艺文志·小说类》承《新唐志》之旧而增广之。

明胡应麟以小说繁夥，派别滋多，于是综核大凡，分小说为六类：一曰"志怪"，一曰"传奇"，一曰"杂录"，一曰"丛谈"，一曰"辩订"，一曰"箴规"。至此，小说一类已蔚为大观，脱《汉志》"街谈巷语"之成规。

清修"四库"，《总目提要》（以下简称《提要》）别小说为三派，"其一叙述杂事……其一记录异闻……其一缀辑琐语"，而又损益之。考诸《提要》，则损益可知：一曰，进"丛谈""辩订""箴规"为"杂家"；一曰，隶《山海经》《穆天子传》诸书于小说。小说范围，至是乃稍整洁矣。其分目虽殊，而论述则袭诸旧志。

曩者宋元明清之史志，难觅"平话""演义"之书，此特士夫习气，鄙其为末流所使然也。史家成见，一至于斯。今人刻书，自当脱古人窠臼。

说部诸书，以文体分，有"白话""文言"之别；以体裁分，有"话本""传奇""演义"之别；以内容分，有"佳话""世情""侠义""家将""神魔"之别。细玩其文，既有劝世之良言，亦有"诲淫诲盗"之糟粕，而抉择去取，转成读说部书之第一要务。以此之故，编者特于说部诸书择其精者，辑之为"中国古典小说丛书"，凡百余种。

然说部之书浩如烟海，其精者又何限于区区百十之数？此次出版，难免遗珠之憾。然能俾读者因之而省择取之劳，进而得窥说部精要，示人以津梁，则尚不违出版"中国古典小说丛书"之初心。

说部之书，多出自书坊，脱误错乱，在所难免，故于"取其精华，去其糟粕"外，尚需广施校雠，始得成其为可读之书。以此之故，编者多方搜罗以定底本，精排其版以美其观，躬自校雠以正讹误，然后付诸枣梨，装订成书，以飨读者。

限于编者学力有限，书中疏漏之处，在所难免，尚祈广大方家、读者诸君不吝批评斧正。凡能指出书中一二谬误者，皆为吾师，吾人不胜感激之至。

戊戌仲夏上浣，邵鹏军序于丰台晓月里

目　录

楔子
雨夜谈心伤今吊古　　晴窗走笔遣将调兵 …………………… 001

第一回
策诈书水镜留徐庶　　全贤母孔明遣赵云 …………………… 024

第二回
报前仇孙氏战夏口　　毖后患刘牧让荆州 …………………… 040

第三回
远交近攻周郎设计　　因虚作实曹相兴兵 …………………… 053

第四回
泄旧忿张绣投孙权　　挫先声甘宁射乐进 …………………… 063

第五回
小周瑜水陆败曹兵　　矮张松东西贩蜀土 …………………… 074

第六回
巡江上赵子龙得图　　取汉中夏侯渊耀武 …………………… 089

第七回
泄旧恨矫诏召马腾　　联新婚开阁延吕范 …………………… 103

第八回
战合肥太史慈中箭　　出萧关马孟起报仇 …………………… 120

第九回
曹孟德计阻临潼县　　诸葛亮兵进白水关 …………………… 139

第十回
马孟起间道入西川　　管幼安捐躯蹈东海 …………………… 157

第十一回
伏皇后策授传国玺　　乔国老痛哭小东床 …………………… 175

第十二回
赋归宁孙夫人不归　下密诏汉献帝不密 …… 188

第十三回
铜雀台大宴论当途　金凤桥爱子陈天命 …… 197

第十四回
孙夫人雨泣赴长江　刘皇叔雪涕祭武担 …… 205

第十五回
吴蜀仇雠阿瞒称帝　汉魏禅让子建出亡 …… 216

第十六回
大复仇刘玄德兴师　小得胜夏侯渊败绩 …… 222

第十七回
魏文长偷渡子午谷　马孟起再入长安城 …… 235

第十八回
侈亲征魏武帝兴兵　雪积恨马孟起奋勇 …… 245

第十九回
征新兵马岱还武威　袭故智魏延渡壶口 …… 259

第二十回
白虎文绕道败曹彰　庞士元巡城识向宠 …… 272

第二十一回
急求援贾诩入建业　破暗袭吕蒙败巴陵 …… 281

第二十二回
张翼德血战夺方城　关云长兵威震华夏 …… 289

第二十三回
方城山庞士元鏖兵　白河口马孟起破敌 …… 299

第二十四回
孙仲谋三路攻荆州　赵子龙一军夺江夏 …… 311

第二十五回
刘玄德正位汉中王　诸葛亮誓师长安道 …… 321

第二十六回
老黄忠逞威败徐晃　勇姜维设计赚曹真 …………………… 328

第二十七回
诸葛瞻越险夺龙门　司马昭藏兵匿少室 …………………… 336

第二十八回
张文远反攻围方城　庞士元急救袭郏鄏 …………………… 346

第二十九回
刘玄德还镇荆州城　徐文向失机沔阳县 …………………… 356

第三十回
仙桃镇徐赵大交臣　皂角市关周双纵火 …………………… 364

楔子

雨夜谈心伤今吊古　　晴窗走笔遣将调兵

诗曰：

大计都归坐啸初，隆中未审读何书。嗤人父子同槽马，羡我君臣得水鱼。丕尚有才终不及，统先无禄复奚如。也知呕血终无补，误却南阳旧草庐。

上面这一首七言长句，乃是兄弟的先伯祖梅轩公咏诸葛武侯五首之一。他老人家偶尔兴咏，不道恰恰与本书宗旨相合。因此照录出来，作本书的开场白，以便各位看官开卷了然，岂不方便。

各位看官：咱们全中国的民众，凡是读过几年书的，对于罗贯中所作的那一部《三国演义》，多少是听过几次，或看过次把的。本来这部书作得就不坏，又因为是普通的白话，容易入耳，最能引人兴趣，传诵的人很多很多，那种魔力自然就扩大了范围。

再加以茶棚酒肆说评话的先生们，大多数拿这部书作蓝本。所以任你随便到哪个穷乡僻壤里面去，一些种田挑脚的神圣劳工和游手好闲半瓶醋的耍哥儿们，一有了休息时间，在那豆棚瓜架下面，柳阴松阴前头，三三五五，东拉西扯。话匣子一开，悬河泻水一般，众喙争鸣，各执一是。放掉自己的正经事情不做，大家都争着去替古人担忧。

你但听听他们满口所说的，不是曹操八十三万人马下江东、孔明祭东风，庞统献连环计，黄盖诈降，周瑜火烧赤壁；就是三讨荆州，火烧七百里连营寨，一王死孝，二士争功，带剑逼宫，水淹七军，诸如此类的话头，不一而足。越说越有精神，像煞有介事，十分起劲。一来是通俗的原由，半真半假，描摹尽致；二来是历史的关系，有凭有据，雅俗咸宜；再凭着露天讲演，普遍宣传，便几于家喻户晓。比四子六经，势力范围，大得多多了。

兄弟是个湖南人，还记得前清光绪癸卯科，本省乡试，头场五论，第一个题目，便是三国人才优劣论。闱墨刻出之后，中间很有几篇议论风生的文字，都推崇着诸葛孔明，抬上头一把虎皮金交椅上坐着。说得经纶盖世，策略无双，学贯天人，识穷今古。出处等于伊吕，指挥不数萧曹。不独是前无古人，并且是后无来者。好在这宗议论，自从《三国演义》出世以来，无贤无愚，无老无少，大家早一致的默认了。其中却还有几位打抱不平的举子，因碍着自己万里前程，不便明目张胆，犯着众怒，把孔明推倒。只影影绰绰的说："在当时情形，魏、吴的人才太多，西蜀的人才太少。孔明虽然厉害，只得一人。好手难当两拳，一木难支大厦。不得已的躬亲庶务，食少事繁。到后来直弄到蜀中无大将，廖化作先锋。虽然六出祁山，终是毫无进展。只落得五丈原头，大星夜陨，阿斗太子，舆榇出降。"

这便是龚定庵所说的"我愿天公重抖擞，不拘一格降人才"的意思。外面固然说得光明正大，骨子里却有无数含冤抱屈的话头，只是不肯响当当的说出来便了。

就在这个时期，兄弟年纪十二三岁，在家中跟着大伯父涣舟先生念书。兄弟那位伯父，负才不遇，甘老山林，在家教授子侄，清闲度日。对于小孩们，随事启发，循循善诱。因为要打破小孩枯闷的心思，引起小孩脑筋的兴趣起见，夜间散学无事，聚集大厅，把一部

《三国演义》从头至尾，陆续讲解。

兄弟从堂兄弟十余人，姊妹七人，一堂听讲，静寂无哗。每每听到高兴的时节，大家都眉飞色舞，异样精神，生怕说完了。总在未曾开讲之先，大家便预先求老人家多说几段。及至听到孔明派遣关云长攻打襄阳，后方并不派兵接应，让他孤注一掷，以致东驴西磨，败死麦城。登时全堂鼎沸，大家都不答应起来。兄弟有位妹子，年方十岁，她口快心直地说道："孔明有意地陷害了关云长，我如今再也不恭维他了。"

兄弟那位伯父老人家，向来谨敕，世传忠厚。以为从古至今大家都说孔明好，不忍糟蹋，徒贻矜奇好异之讥，冀取快于一时，翻千秋之定案，令小儿女起了轻蔑古人之心，或致后来养成一种索隐行怪之恶习。只得委委婉婉，详详细细，替孔明辩护。说当时西川初定，汉中新得。战胜之后，所得地方，处处需人镇守。虽有意派援，实在无人可遣。在孔明起先的主意，原想乘着新得汉中，曹操大败而归，兵威既振，时势可乘，故而才叫云长出兵。只望他马到成功，谁料他全军覆败。也是天意如斯，三分早定，区区人力不能挽回的意思。

往常从八点说到十二点，便散了讲。那天晚上，大坏堂规，你喧我嚷，直闹到一点多钟，大家方唉声叹气地散了。到了第二天，那书上孔明的绣像，羽扇纶巾，清高遗貌，不知被谁撕去了。连累后半页姜伯约先生尊容，同归于尽。

伯父他老人家看见这班小孩神经过敏，坐言起行不知道天高地厚，怕闹出焚书坑儒的笑话来。于是接二连三把往后的八阵图、六甲术、火烧藤甲、七擒孟获、地雷炮、七星灯、木牛流马等凡是孔明学得他太太的特殊本事，都聚精会神，添枝带叶，直说得天花乱坠，死人得活，要想挽回小儿女崇拜古人的心肠。

怎奈小孩们先入为主，不徒不佩服，并还一致地说孔明不是大将之才，难怪曲同丰师长说：孔明上阵，不穿正式军服，却穿八卦道袍，故而被人家骂他妖道。你只看他，专会弄小玩意儿，四处埋藏没头贴子样式的石碑，去唬吓那隋朝的史万岁，明朝的邓子龙、张献忠。这算什么玩意儿？不成了白莲教竹山教开山祖师么？众口一词，牢不可破。

还有人说：西川既定，汉中已得，局势已成。就让孔明自己坐镇成都，不能外出，马超、赵云、张飞，都在那里赋闲，为什么不派遣出来？是什么用意？

他老人家见这一些小孩，言语虽然放肆，倒还是在纯洁的一片天良上说话，没甚要紧。况兼所持的理由，虽是小孩见解，却似乎公是公非，都有充分理据，并非故意血口喷人，只好付之一笑，置诸不论。

就在本年内，兄弟附近，有个乌符观。民众因求雨唱戏，我们兄弟们大家去看，傍晚回家。二伯父篁楼先生，方在倚闾盼望，见儿侄们欢笑归来，含笑问道："你们兄弟，今天看的什么戏？"我答道："是桃园结义。"二伯父笑道："你把戏情说给我听听。"我当时照所看说出。他老人家摇着头，含着笑说道："不对！不对！"我在我外祖家拜年，时常听见我舅父刘德卿先生说我二伯父研精小学，博极群书，于书无所不读，僻典尤多。于今见他老人家这般情况，便知道其中必定另有文章。小兄弟们当时不约而同，环绕他老人家身旁，一致要求他老人家把那"对！对！对！"的话，说给小孩们拓拓心胸。

二伯父他老人家素来就疼爱儿侄，此际又经不起群众要求。自己未言先笑道："孩儿们，你先要知道，关云长原本不姓关么，他乃是山西蒲东解梁人。他父母早亡，又无兄弟，少年神勇，力敌万人。因为打抱不平，替朋友报仇，杀了本地一个土豪恶霸的全家，黑夜逃出，向陕西地方躲避。那时他年纪很轻，相貌也很白净。逃出不多几日，地方官吏早已查出凶手，行文各处，画影图形，缉拿正身。他打从风陵渡过河，潼关是必经之地。关上早就张挂了榜文，出了赏格，捉拿他老人家，就是飞也莫想飞过去。

"他正在左右为难，进退维谷，一腔怨气，直冲霄汉。早惊动了九天玄女娘娘，坐在碧霄宫蒲团上面，忽然心血来潮，张开慧眼，观看诸天四大部洲，便知道云长有难，无法脱逃。本来敬重他见义勇为，又知他将来结果成神，同归天府，不能不援助于他。于是略显神通，降落凡尘。在他徘徊歧路的山坳之内，点化了一栋茅檐草舍，舍后点化一个小小果园，园内尽是一色的枣树，树上面满结着核桃大个的绯红枣儿。

"这种红枣，是河南、陕西界上盛大的出产品。陕州灵宝一带，漫山遍野，无处不是，枣儿又大又甜。据土人传述，种子是玄女娘娘在天府带来的，云长吃了，剩下了核儿，遗留下来，故而比任何地方出品都好。这事或许是有的，但是无案可稽。

"且说玄女娘娘又在草舍门前点化一口水井，井泉异常甘冽。自家将身化作八十老翁，须发皓然，皎如霜雪。扶着拐杖，倚门闲玩。云长见天色将晚，腹中饥渴，心内未免着慌。急于找寻住所，正在那里东张西望。蓦地抬头，看见山坳内露出了茅房屋脊，心中不胜之喜。赶紧趋步上前，向着老人施了一个全礼。老人略为弯弯腰，还礼道：'你这后生，莫非找寻住所么？'云长答道：'正是。'老人道：'我这里住的地方就有，可是没什么吃喝。好在外面有的是井水，园里有的是大红熟枣儿，尽你小哥的量。'老人说完话，便大模大样的，不瞅不睬，扶着拐杖，自去房中将息去了。云长道了谢，实在渴极了，便先去井边喝了一顿十足加一的水。再回身来，走进枣园，拣着枣儿最红最多的一棵大树，爬了上去，连摘带敲，塞进口内，又香又甜，尽量的饱吃了一顿。恍恍惚惚，自家好似喝酒醉了般，有些头重脚轻，摇摇晃晃。急忙翻身，下得树来，出了园门，进入草舍。见南窗下，支架着一铺白板床，上铺着旧芦席儿，约略有些铺盖。身不由己，往上一靠，一倒头，便沉沉地睡觉去了。

"大凡一个人辛苦透了，乍然得了好吃喝、好安身的地方，那种味道比任何味都好过十倍。云长不知不觉，直睡到第二日，红日三竿，方觉稍为清醒。迷迷糊糊，只觉得自己嘴唇上下，似乎有些不便。胸口前，又好似覆着一大绺青丝。睡眼蒙眬的，将手向自己嘴唇上一摸，哪知不去摸，倒还罢了。一摸上，真真作怪，谁道一夜之间，自己面上，已经生长了一把三绺长髯，络腮大胡子。不由得吃了一大惊，连忙坐起身子，使劲张开眼，仔细看时，哪里有什么茅檐草舍，哪里有什么白须老人，自己却睡在一棵枣树下面。心中还是不大相信，怕是自己眼睛一时发花。站起身来，往井边走，洗清面目再说。哪知走到井边，照着井水，更加奇怪。自己脸上，完全变了颜色，就和大红枣儿一样无二。眼如丹凤，眉似卧蚕，照上井水，井水都红灼灼的，自己更加吓了一大跳。

"井中人是谁？谁是我？我可是他？几乎连自己认不了自己。蹲在井旁，眼睁睁看着井里，再三一想，方才醒悟，知道必是神圣暗中护佑。立起身来，敬心诚意，望空拜谢。把逃难畏惧的心思，完全消失，胸中也并不感觉饥渴了。

"于是大着胆儿，硬着脖儿，挺着胸儿，大摇大摆，径走上关来。关吏见他形容古怪，心中早已骇异万分，哪里还来盘诘，只大概问问他姓名。云长见景生情，他就指关为姓，报了姓名籍贯，职业经由，上了循环册簿。还跟着一大群过客，挨肩擦背，看那张缉捕的榜文，没事人一般，轻轻快快，出了潼关，一直往河南大道上走。沿途别无波折，不过一个人走道，稍许凄凉点就是。

"及至来到虎牢关前，凑巧幸遇三位同乡，内中有一个且是他嫡亲舅舅。云长既不敢上前去认亲，那三人也认不出他是云长，两不相干，只是一道儿厮趁着行走。那日快行到洛阳附近地方，却听内中有一人，无意中说起他那本历史来了。云长听得，便紧行一步，留心细听，看他们如何说法。那三人且走且谈，大家都为他太息，一样的都说道，好一个侠义少年，这种年代，实在难得，于今不知逃向什么地方去了。可惜！可惜！他舅舅格外更兼十分伤感。

"云长已经跟着他们，走了四五日路程，直到现在，方听出实情。这才敢大胆向前，叫了一声'舅舅'；他舅舅猛的回头一瞧，看见叫他的人，声音虽然相似，面貌却已全非，哪里便敢答应。云长四顾，见无外人，挨近身旁，从实相告。他舅舅与他二位伙计，侧耳细听，一齐大喜。

"大家趱着步儿，进了洛阳城，找着了常时往来的熟下处，掸尘洗面，安置牲口，铺陈行李，置酒慰藉。然后重新细问经过一切。云长一五一十，再说一遍。他舅舅与两伙计，仔细听清，如获至宝，眉开眼笑，喜之不胜。就在洛阳城，住了数天，共同拿出银两，替云长制备衣裳，整顿鞍马，收拾兵器，购办刀剑。两三日工夫，把云长从上至下，从里至外，簇新新打扮出来。真个是佛要金装，人要衣装。云长人本魁梧，一经打扮，完全成了一位内威外武，十成十足，保镖的达官爷了。你道他们为何这般客气，各位有所未知。原来他们三位本业，乃是贩卖骡马，资本虽然充足，本事太为低微。

"那时正是灵帝中年，天公、地公、人公三位将军，势力已成，徒众遍地。黄巾潜伏，鼠窃鸱张，沿途小小劫掠，日有所闻，到处都有防不胜防之势。三人时刻提心吊胆，十分为难。如今有了这英雄无敌御外甥，开路先行，谅着那些黑道上的朋友，谁也不敢正眼而视。生意准是万无一失，利息自然百倍。既然赚了许多银子，沿途上买酒买肉，大吃大喝，是天然的规律，应享的权利，各人的本分，并不希奇。本来他们的行业，要算是很辛苦的。白天里往往破站赶路，一经落站，须得招呼牲口，半夜三更，又须得起来添草加料。故而非吃喝好一点，就不能增补体力。体力一衰弱，什么生意也就做不了。横竖利息很重，多吃喝一点，并不碍事，说不上大吃如小赌的老话儿。

"闲话少提，生意要紧。且说云长一行四人，一路行程，来到涿州。下了站房，安顿了牲口，掸了灰土，洗了面，漱了口，喝了茶。就忙着买酒买肉，下面打饼，大掌柜有的是钱，有的是工夫，一连迭声吆喝：'店小二来嗄！来嗄！'店小二连声应道：'是、是、是，客官。酒到很容易，隔壁赛仪酒店，顶上竹叶青，多年的老白干儿，各色名酒都有，要一两坛，都可对付。只是新鲜肉，对不起，没办法，客官来迟了，已经下午了，没处买了。依小的主见，买些卤鸡、熏羊头、烧腊、灌肠，下下酒倒还不坏。'云长道：'胡说！偌大个涿州城，难道到下午就没有肉卖，官府须没有禁屠呢！'小二道：'客官有所不知，俺们涿州城里，有一位土豪，人家都叫他张三爷，有钱有势，有本事。他领了牙帖，请了告示，全城里牛羊猪肉，都归他一家承包，不许人家卖。他只卖上午，过午不卖。不管余剩多少，用铁钩钩着，挂在他厅堂门首左侧井眼里，上面盖着两千多斤的石板。他也曾对人说过，如有好汉，掇开这石板，把肉拿去，他不要一文，奉送吃白食。'

"云长道：'你说的话，当真的吗？'小二道：'小的怎敢撒谎！'云长道：'他今天不知道还剩下多少肉？'小二道：'小的不多时，打从他店门走过，见他肉案上还摆着四五十斤肉。没隔着多少时候，他就收了场，大约至少怕还余下一二十斤。'云长又问道：'他的店子，坐落哪条街巷？离此多远？'小二道：'倒也不远，就在本街向西拐东转角，一连几栋大瓦房就是。客官但问张家肉店，三岁小孩也会知道。'

"云长听得，笑了一笑，点点头，一文不带，兴冲冲出了店门，拔步往街上走。依着店小二言语，向前寻找去，行不到三四百步，果然见着一连几栋大瓦房。外面砖砌的围墙，墙内沿着墙根，一排环绕二三十棵大柳树，嫩绿长条，随风飘飐。一近门首，遍体清凉，真应着樊山诗社'屠肆观音柳'那个别扭诗题了。云长走近门楼，抬头一看，只见横楣上贴着'博硕肥腯'四字，两旁一副八个字春联：'朱亥鼓刀，不过如是；陈平分肉，又算什么？'云长看了，心中好笑，毋怪小二说他是个土豪，好大的土豪气派。

"便从门楼下进去，见垣内一个大天井，收拾得整齐宽阔，估量大概是他演习武艺的地方。天井过去，便是一间卖肉的大厅，左侧近墙根下果有一口水井。井的两侧上面，安放着一个辘轳架子。井口上面，覆着一块方方正正的大石板。垣内却静悄悄的，鸦雀无声。云长走近井旁，将左脚用力一跶，早把石板跶去井旁一丈多远，现出了井口。俯着身躯，向井内一望，只觉得凉气飕飕，砭人肌骨。用手探入井内，慢慢地摸着了铁钩，便自提将出来。沉甸甸的，似乎有些压手。大概估计，约莫在三四十斤上下，不由得满心畅快。蹲起身子，一手提着肉，走去七八步，照旧一脚，跶过石板盖住了井口，往外就走。

"早有垣中伙计，一旁瞧见，心中惊骇。这许多年代，从没见人弄开这块石板，如今这红脸大汉，只用脚一跶，便把石板弄开，好大气力，这四十斤肉，今天准失定了。不由得如飞进内，去报掌柜知晓。却好那时张三老板，正在自家桃园内一个八角亭中，靠在一张藤椅上。面前放着一张八仙桌儿，大块肉、大碗酒，独自一人在那里，赏玩园中初开的千叶桃花。刚吃得沉醉东风，不觉诗兴大发，口中哼着：'园内碧桃开，门前红枣来。'方得两句，正待续下，只见自家小伙计，气急败坏，大惊小怪，上前报道。张飞听得，心中也自骇异，何处来的莽汉，敢来吃俺张三爷的白食！匆匆放下酒碗，三脚两步，赶出前厅。云长刚到门楼前，只听得后面暴雷也似的一声：'且住！'

"云长回头一看，见是黑凛凛一条大汉，豹头环眼，燕颔虎须。知道是来者不善，随手将肉挂在柳树上，停住了脚，看他到底怎样。只见那汉道：'你是甚处人？敢来吃俺的白食！'云长笑道：'你不曾有言在先么？谁弄开石板，不管余肉是多少，你都奉送么？大丈夫一言既出，驷马难追，你难道还要收回成命吗？'那汉道：'话是有的，但是谁要吃俺的白食，先须尝尝俺这对拳头的滋味，再说下文。'一言未了，劈胸就是一拳。云长疾忙用手格住，那汉拳头一发如雨点般打来，两人在天井里正式动手。他们四个拳头，在地下'叮绷叮绷'，正打得起劲。

"不提防，却惊动了天上的玄女娘娘，知道他兄弟们数当会合，不可错过。登时变化了一位八九十岁童颜鹤发的老翁，扶着拐杖，另外导引一个打草鞋的豢龙大哥，同进门楼，来瞧热闹了。两人在旁，看了多时。卖草鞋的大哥，看上了劲，忘了神。丢下了草鞋，掣出扁担，神差鬼使，将扁担向打架的二人中间一隔，好像弹棉花一般，轻轻地将他二人弹开一丈多远。

"云长人地生疏，不知底细，只惊异他气力大。内中却把张飞着实吓了一个饱，心中特别惊异，刘老大耳朵虽然大得异常，没听说有什么武艺，怎么气力有这般大，真正怪事。不知道这就叫做一龙分二虎，是玄女娘娘弄的玄虚，他们三人哪里会知道。但是张飞却因此住了手，客客气气，邀请三人，到后面桃园里，分宾主坐下。互通姓名，各各道歉。伙计添上杯箸，进上酒肴，大家吃吃和气酒。

"说起来都是情投意合，更进一步，商议结拜。公请老人上坐，证盟监誓。三人叙起年甲，张飞首先说道：'现在世界拜把子的人太多了，印金兰谱的印刷局，生意也太好了。反正都是靠不住，简直同小孩玩泥坨一样，不是俺们这般人做的事，俺们须要脱俗一点方好，最好俺园里这棵大桃树，祖上相传有六七十年了，枝干甚多。如今俺们三人各拣一枝爬上去，谁上得高，就是大哥，谁上得低，便是小兄弟，二位看是如何？'刘关二人齐声道好。大家登时离了坐位，一齐上树。张飞却占得便宜了，是他自家的树，平素上得惯熟的，不消三下五下，早到了最高枝上。刘玄德因为打草鞋的日子多，两只脚盘了筋，上不了几尺，早靠着树根边歇下了。

"张飞在上面，得意洋洋的，哈哈大笑道：'没话说么？不才俺，可算是二位的大哥吗？'刘关二人，尚未答言，只见那老人颤巍巍的，扶着杖，立起身来，高声说道：'使不得，使不得，小张三！别胡闹！你可知道，万丈高楼从地起，你于今地位虽然站得高，根本一点也没有，只得算做小兄弟罢！'老人言讫，一阵香风，无影无形的去了。三人见此情形，大家惊讶，知道是神圣特地前来点化。同时下得树来，一齐望空拜谢。依着神圣语言，从下而上，长幼次序，就确定了。云长站在树腰，无论如何算法，都是二爷，天生就的。

"至今北方人，欢喜人叫他二哥，煤车上面都贴着'借光二哥'。有人说是为武大武松的缘故，那是山东人就差不多。北京人崇拜关公，自然爱好二哥，不愿意去打草鞋罢！"

当时小兄弟们，听见了这段新闻，比看戏的味，还鲜得多。只因年纪少，不知道问这个典故，出在什么笔记上，实在是一件遗憾。就事实上说起来，云长在三国时，虽然大名鼎鼎，与孔明地位，尚不甚悬殊。一直到清代，因君主的推崇，人民的信仰，两人地位的比较，孔明就望尘莫及了。据一般人传说，清朝开国的太祖皇帝努尔哈赤，在萨尔浒地方，与明朝名将大刀刘铤等几位英雄开仗。正在危急的当中，夜间星月交辉，忽然半天云外，红光闪烁，出现一位绿袍金甲的天神，就似画像上所画的伏魔大帝。赤兔马、偃月刀、关平、周仓，左右侍从，两旁排列多少天兵天将，在半空中消停着。太祖一见，急同所部，下马叩拜。那天神用刀向东一指，风驰云骤而去。

太祖君臣们拜罢起身，领兵上马，依照方才天神所指的方向，全军努力，冲杀前去，到了最后，大获全胜。这件奇闻，曾经载在清朝开国史档案。后来清朝得了天下，不敢忘恩，追封追谥，立庙崇祀，与孔庙并尊，称为文武二圣。那时口号，便有山东圣人、山西圣人的口头禅。以致中国境内，凡是有井水喝的地方，不是关帝庙，就是关圣殿，可算得盛极一时，孔明哪有这样的荣誉呢？现在湖北当阳，有一关帝庙，峻宇雕墙，丹楹画栋，翚飞隼翼，凤起龙翔，殿阁闳深，规模伟大。庙里可以驻扎两三千人马。住持的道士，珍藏着关爷生平常围的狮蛮玉带一围,韫椟而藏,不轻易与游人观看,除非施舍了一大把香火之资,他方恭恭敬敬,请了出来,与你瞻仰瞻仰。比金山寺苏东坡先生永镇山门的玉带,更加十二分名贵了。

由此联想,我又记得起一件奇闻来了。但是一时记不起是什么大说上面的,我若杜撰骗人,可以当天宣誓。此事不是别人,就是太祖皇帝的圣子神孙,什么高宗纯皇帝,初封宝亲王,后来自号十全老人的乾隆皇帝。他在某年郊天的时候(论起郊天,是君主时代第一宗最隆重的祭天大典。做皇帝的,先要全身沐浴,检束身心,清斋三日,方敢临坛),他依照先例,独宿斋宫,清心静坐。但他生性是一位好动不好静的,方把想做贾宝玉的心肠收起,却又想尝尝打草鞋的滋味来了。从来就说:天子圣明,一诚有感。

乾隆帝龙心一动,面前烛光一闪,关帝便降凡在他面前。叫声:大哥,你还认识小弟么?乾隆帝经过这一问,心地忽然开朗,记出前生的事了。便答道:二弟久久不见了!于是对面坐下,两人有情有义的,叙起旧来了。最后,乾隆帝问道:咱们三弟,现在何处?关帝答称:三弟业已转生人世,姓某名某,现在某地,做一小小参将。咱们老兄弟,大哥应该提拔提拔才是。乾隆帝连声答应。到了临末,却似杨七郎托兆,"我本当与六兄多谈多论,怕只怕天明亮难回天庭"。神光一闪,不知去向。

乾隆帝忽如梦醒,但是问答言词,却又清清楚楚,完全记得。自家正在出神,左右厢房值宿太监,听得万岁爷自言自语,只当圣上梦呓,大家隔着门帘,张望张望。圣上却是颤巍巍,正襟危坐。他们那些半阴半阳的东西,何曾会知道万岁爷前生兄弟,隔世重逢,在那里叙旧谈心呢!只有乾隆帝心中异常高兴,方才知道自家原是皇帝投胎,前生吃了亏,今世可快活透了。

郊天还宫,立召兵部尚书入见。那位尚书,清晨陪位郊天,已初随班下值,回到府第,朝衣还未脱下,又听圣旨宣召,立刻入宫。由太监引入，爬到龙案之前，照例三跪九叩，三呼万岁，跪在丹墀，静候圣谕。乾隆帝就把御笔写好的名条，当面交他，要他立刻回部，查明有无此人，是否此官？限本日查明复奏，毋稍迟延。

那位尚书，初因圣旨紧急，以为必系有何军国大事。及至接得御书，上面所开，乃是一个芝麻大的武职官儿。好像是站在一位丈六金身的大佛之旁，一时摸不着头脑，又不敢问原由，只得磕了响头，出宫还部。进得衙门，召集员司，按调名册，人多手快，凡是封神榜上有名，自然一查就得。这位尚书，携了名册，急急忙忙二次入宫。宫门太监已奉圣旨，立时带领引见。又来一套三跪九叩，三呼万岁，呈上名册，缴还宸翰。

乾隆帝见册上姓名官职，都与神言相符，龙颜大喜，奖励尚书，办事迅速，当面赏他一个混蛋巴图鲁勇号。这位尚书，受宠若惊，叩谢天恩，出宫还第，家中自有一番混蛋庆贺筵宴，不在言表。

乾隆皇帝得了根据，喜悦万分。挥动御笔，下了一道圣旨，着军机处速派干员章京二名，五百里加急，宣召某参将，驰驿来京，火速火速！古语说得好，皇帝打个屁，臣子例唱三天戏。军机处各位大臣，接到圣旨，不敢片刻迟延，立时拣选能干章京二员，赍着圣旨，星驰就道。那位参将，在那天高皇帝远的地方，不免做了一些缺德事情。蓦地里圣旨到来，要他星夜进京，不知主何吉凶？做贼心虚，早吓得三魂去二，七魄剩一，没办法，硬着头皮，随着钦差来到北京。报入宫门，马上召见。参将跪在龙案前，乾隆帝道：三弟平身，朕因久不相见，甚为思念，三弟，你好么？

同时跪在前排的军机大臣，一听皇上如此称呼，相顾错愕，不知所谓。可惜那位参将，命浅福薄，受不起皇封。因为赶路原故，受了风霜，发了急痧，成了痊中，未及对答皇言，就在龙书案前，一命呜呼，随他二哥归位去了。左右侍臣，救护不及，慌忙奏知。乾隆帝一见如此，大放悲声，龙目滔滔下泪。吩咐侍卫，将参将金祭玉葬。命兵部照依提督阵亡例赐恤，赐谥襄桓，赏给三代建威将军一品封典。赏他大儿子乾清门头等侍卫，二儿子钦赐举人，入监读书。满朝文武，都以乾隆帝向来好用那不测之恩威的权术，大家相顾无言。

只有权臣和珅，深知情性，揣测圣意有在，隔了许久，见圣上悒悒不乐，他就相机微词劝慰，方把这段隐情探讨出来。于是他授意门生故吏，对于刘备的备字，在奏章上，都当做御名敬避。这样一来，你说他如何不得乾隆帝的宠任呢？所以北方人民，在皇帝熏陶之下，敬奉关爷，到百二十万分。在同治光绪中，北京有个名角，名叫汪桂芬，善演关公戏，叫做活关公。凡他出演关公戏时，观客坐前，都燃着一支名香，就可以看见一般民众，崇拜英雄的心理，小孩子们，受了《三国演义》的陶镕，对于云长公，自然是赤诚拥戴。不待人家贴标语，喊口号方行哩。你说有人陷害了他，这还了得起！

话休繁絮，言归正传。再过上几年，兄弟随着我亲爱的大伯父，到衡阳船山书院读书。论起船山来，真是一个绝好读书的所在。他的位置在衡州湘江上流，离着衡州府城，约莫有五六里远近，是湘江中一个冲积的淤洲，有一二里长，五七十丈宽。竹树阴浓，蔬果茂盛。真当得起"山明水秀，土沃泉甘"八个字。

原本叫做东洲，前清光绪十一二年间，衡阳有个湘军水师大将，官保尚书，钦差巡视长江水师大臣，彭玉麟，别号雪琴，功成名立，告老还乡。因为看见同时有位原任福建布政司，江华王得榜，别号朗青。二十八岁做藩台，做了三十多年官，署巡抚也没署过。为着人太硬气，不肯阿谀权贵，去做军机大臣孙毓汶的家奴，所以死也死在贵州布政司任内。藩台曾在永州城下，潇湘二水合流的地方，慨捐巨金，创建一所蘋洲书院，广置学田，嘉惠士子。一时舆论，翕然称颂。

于是这位官保，也就起了善心，发下弘愿。见人吃莲子有感，打开宦囊，捐了三五万两现银，创建这所书院。由景仰明末先贤王船山先生起见，把他叫做船山书院，其实船山尚距离五十余里。所以何子贞先生的题额，还是"东洲讲舍"。开始第一个当山长老师的，便是武冈二邓的邓弥之先生，第二个便是长沙名孝廉彭申甫先生。湘潭王湘绮先生是雪琴先生死后方来。打从四川尊经书院回来，永远就在船山，前后二十余年。湘绮先生跟雪琴官保是很要好的。在先前，两人常时杯酒谈心，彭同王说："以足下才学，须俟天下太平，找一清雅地方，创建书院，屈足下去做山长，方不致用违其才呢。"王笑答道："足下不死，孤不得来。"

后彭建书院落成，厚致聘币，专人延请，湘绮答以如约。弥之、申甫两先生，均系王儿女亲家，由湘绮先生介请。湘绮是船山书院最后的山长，与书院相终始。院里的芭蕉，足足有三丈来高。洲上的小笋，味之鲜美，甲于湘南。书院前面，左侧有一所万福禅林，鸟语花香，鱼钟梵呗，清净极了，舒服透了。

兄弟因奉湘绮先生面命，复写《湘绮楼诗集》。见集中有一篇《梁父吟》的歌行。

> 秦军取蜀烧夷陵，吴人上峡烧蜀兵。雷鼓缘山动江水，卧龙空守八阵营。平生只解吟梁甫，错料关张比田古。寂寂荆州九郡臣，共听吴蒙一声橹。契合君臣自古难，潜思孝直涕汍澜。荆襄湘越势首尾，谁令骄将开兵端。曾闻令尹争南辕，侵辰先鼓压晋军。江湖咫尺不相顾，空复驰驱五丈原。

当下看见此诗，非常高兴。即忙写信还家，告知弟妹，说当世经师，也同我们一般见解。却不知王船山先生，在他史论上，早已说过。据兄弟个人的意思，就当日情形，细细推测起来。云长与玄德，同起患难之中，自家才武，本不让人，又有相当的事业。对于孔明，何等恭顺，受其节制，此一节恐怕是办不到的。孔明一介书生，南阳高卧，闲着没事，还要自比管乐。一旦为玄德三顾草庐，百般恭维。瞧见这一位威名盖世的云长，寻常一般的对付。人非圣贤，谁能无过。这种纤芥微嫌，不免就成了日月之显了。后来五月渡泸，六出祁山。都是那"我负伯仁"的一片心肠激发出来的。所以陈寿《三国志》，只说得一句，"将略非其所长"。那是古人比今人的长处，轻描淡写，不肯和盘托出。只教后人从此推想，则当日是非自见。

至于湘绮先生，本是一位良时失用的纵横大侠。自己周历兵间，往来湘蜀，山川形势，夙已了然。成败兴亡，古今迭见。轻舟出峡，浊酒高歌。触目惊心，悠然意远。回帆挝鼓，击碎唾壶。老骥之志存千里，卧龙之失计两川。既伤心于胡润芝之无年，复永叹于曾涤公之暮气。兼以发捻销亡，湘淮骄惰，隐忧方大，外患已深。怀古伤今，无穷感慨。船窗拈管，便把两千年疑案，冲口道破。也是言出无心，闻者知戒，并不是故意寻着孔明捣乱。

兄弟那时，有个小兄弟，年纪不过八九岁，对于三国上的人物，单独只崇拜马超一个人。听说到马超兵败冀城，妻子陷没。他连饭也不肯吃，赌气睡在床上淌眼泪，大家跟着他叫书呆子。到后半部，马超死了，他睡他的觉，再也不听讲《三国演义》了。可见这种小说，感化儿童的心理，能耐实在不小。

兄弟后来流宕北京，那时有一个女伶，名叫李桂芬，汾阳县人，才思聪敏，骨秀神清，在当时颇负盛誉。因排演《连营寨》，有那么一日，兄弟偶过伊家，她跟着兄弟，问这回戏的出处。好在讲《三国演义》，是俺兄弟家传拿手本事，于是卖弄才情，从头至尾，大吹大擂，描写尽致，说得活龙活现，有色有声。她听得津津有味，大气也不敢出。末了，她忽天亶聪明，含着微微的笑，问兄弟道："孔明此刻，难道吃大烟去了么？"一句话，堵住兄弟的嘴，只好搭讪着答应道："什么烟馆都找遍了，更没找着他老人家。"彼此一笑而散。

四五年来，兄弟还是一事无成，依人作嫁。河洲入幕，世外桃源。凑巧碰着了几位同事，一位是潢川左抱初，保定四期生。一位是怀宁戴叔平，保定协和学生。还有一位丹徒宋小甫，翩翩书记，体弱才清，际遇遭迍，工愁善病。大家都是作客他乡，怜伊憔悴，到了下午四五点时候，共同集合他的房间，谈天说地，寻着开心的话儿，替他消愁散闷。

那日说到民国这几年的内争，李纯兵进九江口、林虎大战小孤山、蔡松坡云南起兵、陆荣廷广西独立、陈二庵再演让成都、曹仲珊一师占保定、吕超兵入成都府、叶荃暗袭天水县、于右任兵困三原城、刘存厚军退神宣驿、琉璃河直皖大阅墙、衡阳县湘粤小聚义。说起来，这七八年间，竟无一日安宁。只闹得四海波腾，万家烟灭，人民涂炭，鸡犬不宁，还是不肯罢手。仿佛都怀着没皇帝管的意思，自相残杀，把一个好好的中国，打得落花流水，烂得一塌糊涂。

三个人本来一团高兴，互逞谈锋，一说到此，个个神销气沮，口鼻生烟。还是兄弟见事不谐，出了主意，立下章程，以后说话，不许再说现在。尽管开倒车，说上五百年前去，免得生这个无聊的闷气。

于是，老左说起水浒来了，论起《水浒传》，他在旧小说中，要算是很有价值的一部小说。说话很有分寸，摹写也很传神。但是有些地方，于事实上，完全说不过去。譬如宋江，因为要救史进、鲁智深，带领七千人马，前去攻打华州，便是本书第一个极大的漏洞。各位看官：梁山泊地方，坐落在山东；华州地方，坐落在陕西。中间相隔的路程，至少也有千多里。无论如何走法，必须横贯河南全省。要照现在陇海铁路路线走，方才对路。却有一件，那个时节，宋朝建都汴梁，就是现在河南省会的开封，为自东而西的必由之路。宋朝那些猜忌的皇帝，和那些迂腐的大老重臣，专门好讲究强干弱枝的政策。汴梁既然是皇都所在，邦畿千里，防护必严。宿卫精兵，集中附近州军的，当然不少。宋江区区七千人马，千里横行，怎么样的？如入无人之境，自由自在，毫无阻拦，真真的岂有此理！任你如何改装巧扮，昼伏夜行，也莫想轻易过去。这是一个最难答的问题。

再者，宋朝为防备西夏起见，在陕西各地，分驻重兵。同时并设立了东西两个经略，故而有一韩一范的歌谣。潼关幽谷，又都是古今著名要塞，自然也有重兵把守，以防后路。宋江要向华州，势非经过两地不可。任他智多星有八九元功，也难飞过去，这不又是一个难答的问题吗？

至于大闹江州，人数尚少，地方距离，尚不甚远，沿途纠合，事属寻常，还可马虎将就。其中真正缺德的事，就是戴宗去东京送信，为什么不直走皖豫交通官马大道，定要绕过半环圈，斜走山东地界，经过梁山泊，向朱贵店中吃酒。捉襟见肘的地方，还多着呢！

因此又连带说上了《荡寇志》。那部书本不讨人喜欢，为着他替那无道昏君道君皇帝挣面子太挣狠了。二十万人马，在一个教场上操演，怎么容得下去？操过之后，那里还要留下十九个空营，干嘛呀！一个营怎么容得上一万多人？于事实上太说不过去。后面又是什么六六队大攻水泊，三三阵迅扫头关，等于小孩子吹肥皂泡。至于内中人物，陈丽卿、刘慧娘便似征西的樊梨花，下南唐的刘金定，立意不差，做作太随便了。

大家说来说去，说起《野叟曝言》来了。这位先生，经史词章，地形兵事，医卜星相，件件精通。无怪他自家大吹法螺。

奋武揆文，天下无双才士；
溶经铸史，世间第一奇书。

他这四句过门上场白，蚂蚁子打呵欠，好大口气。明是推崇文素臣，实在是恭维自己。三教九流，无所不知，诸子百家，无所不晓。上天下地，前古后今，只有他一人了。却因好奇太过，于是无奇不有。一拳可以打开石壁，折着柳枝做箭，公然射死靳家坟山独角孽龙。头巾上，嵌着老蚌送他的宵光珠，骑着黄马，绕城一周，城里人只见一团白光，不见人马踪影。一只白鹤，口含着二十余丈的丝绳，还知道把他吊在桅杆上。一个人占着了旺相方面，一口宝刀，杀死了几千和尚。七岁的状元，八岁的巡按，已经希奇。还来一个七岁的刑名老夫子，开千古未有之奇，比员俶、刘晏、李泌三位神童，更来得利害。

　　文王的则百斯男，不过诗人歌颂的吉祥话儿。谁料他老人家，道地生下百个孩儿，无夭无折，不折不扣。并且个个都是绝顶聪明，善文能武，振振公子，富贵寿考。你说五千年来，五洲万国，到底有这回事儿么？文素臣睁开眼睛，连狮子都吓得屎尿并流，同赤泉侯见了西楚霸王，便溺俱下一样。文心花发，妙想天开。于战事上，简直同玩魔术一般，真正奇怪到不可思议的地步了。

　　最后谈到《镜花缘》，李松石先生音韵学，真是了不得。朴学也相当深厚，并且有许多创见神解的地方，实在令人拜服。演绎《山海经》《大荒经》，真个嬉笑怒骂，皆成文章。泣红亭的百韵诗，和那天女散花赋，有声有色，洋洋大观。比《平山冷燕》的五色云赋，《石头记》中秋联句，好过几百倍了。学人学人，才子才子，但因为受了百名才女的压迫，以致弄得有起劲，无煞劲，大破四关，潦草收场。有意开玩笑，无心立码头。比水浒天下太平的收场，可就相差远了。好在他先生，根本就是打哈哈主义，不过借他各位姑娘小姐们，金口玉音，显显他自己胸中学问才情，目标并不在那一二三四呢！

　　再次谈到《西游记》，借释演道。封神传明崇阐教，暗尊三宝。那位先生真有本事，只就"惟尔有神，尚克相予，以济兆民"三句话里头，封了许多神道。到了于今，大家还是遵守。制造许多法宝，好像实有其事。于释藏道藏，都是精通惯熟，他的诗歌赞唱，言皆有物，语语有根。却用粗浅的白话译出，真可算镫里藏身，他先生把这书底稿，做满女的嫁装，真比唐懿宗嫁同昌公主，还名贵了。

　　大家说了好几天，依次递加五百年。于是长篇大论，说起《三国演义》来了。一说起来，大家宗旨，都很相对。决定齐心合意，将这二千年来旧案，连根带蒂，一起通通翻了转来。并拟将编制军队，以及作战计划，都按正当手续，详细叙述，一点也不含糊。因为《三国演义》中间，也有几个大错处。譬如刘玄德得了荆州，听了马白眉先生的条陈，收取长沙、武陵、零、桂四郡。理应先取武陵，以通军路，次取长沙，以固后防，他却不然，倒先从零、桂起手。那时又没飞机，军队如何过去？这是一点。曹操下江南，水军在公安、石首，陆军却摆放彝陵，彝陵是现在的宜昌，水陆如何衔接？孔明在公安作战，却往镇江祭风。诸如此类，不一而足。

大约当时舆图甚少，藏书不富，罗先生单就汉书地理志，取用名字，未辨方位，也未曾过着军队生活，闭户著书，不知艰苦。说来太容易了，一出兵便是三五十万。一开队少也是十万五万。他也不管这多人，召集要多少时间？夜间宿营要多少地方？出阵要多少武器？一天要吃多少米面油盐？一月要开支多少钱粮？他老人家都不管他三七二十一，只要说得嘴响，横竖死上几十万人，总不会要他填命。同李世民魂游地狱，冤魂向他索命一般的情状，就让死者的太太，组织索夫团，他也不过指导她们，到森罗殿去算账便了。以外是恝不负责呢！

如今俺们既主翻案，便须力矫此弊。中间极言兵凶战危，军队所过之处，好比飞蝗蔽天，草木诸尽。就是最有纪律的部队，鸡犬不惊，市肆不扰，然而民间无形损失，还是不能避免的。至于无纪律的队伍，那就不消说了。民国三年，陆军第三师驻扎重庆，袁世凯电重庆民众，询问第三师纪律若何？重庆人民复电，寥寥数语，漂亮非凡。复电云：

　　北京袁大总统钧鉴：第三师驻扎重庆以来，纪律严明，除奸淫掳掠外，秋毫无犯，谨电奉复，重庆各机关公叩。

这是顶好的一个铁证，师长曹锟，对于此电，终身愤恨。民国七年，跟俺在天津见面时，还说四川人真缺德，真不好惹。各位想一想，到底到什么田地呢！

咱们三人，本想替民国伟人，编一两部战史，来消遣这个无聊的岁月。但是乍然回想起来，他们各位的军德军略，简直是不敢恭维。倒不如替马孟起、赵子龙，打他一个隔世的抱不平，乐得纸上谈兵，随心所欲，发舒我见，申雪古冤，为古人雪不平之事，为今人树治兵之表，要令各位看官，虽不拍案惊奇，倒也满心舒服。

从前魏禧劝他朋友读《礼经》，莫读《左传》。他说《左传》是部相斫书，后来又有人说新五代史，是相斫史。他们这种批评，是特见也是确论，无庸为贤者讳。但是春秋时代，五霸迭兴，搂诸侯以伐诸侯；五代时期，朝梁暮晋，岁岁刀兵。除了相斫之外，更有何事可记？丢着不说，也是不行。任你史佚复生，马迁再世，舍命做书，也逃不了相斫二字。至于兄弟这部小书，虽然有好几回没得两阵对圆，但却都是智、信、严、仁、勇、围、攻、救、伐、侵一类的话头。叶落归根，何尝又不是一部完全的相斫史呢？好在是事出有因，查无实据。子虚乌有，胡然而天。一种仙山楼阁，缥缈虚无罢了。

就好似左季高先生写信给他家里，说他在途中，遇着了大伙强人，他指挥大众，与他奋战，大获全胜。他同伴的朋友，在一旁瞧见，"嗤"的一笑，说哪里有这回事儿？他老人家居之不疑的，傲然自得道：我昨晚得了一梦，完全是这个情景，故而顺手写上。他朋友忿然道：你做梦难道也把他作实事写么？他老人家抚掌大笑道：你这人真夯极了，一部十七史，所叙的事实，不都是在那说梦话么？他那朋友，被他这一抢白，却倒反舌无声了。

哈哈！若照他先生那般说法，兄弟这部书，又完全是纯粹的梦话了。因此想到孔明先生，在南阳卧龙岗草庐中，明知玄德在他堂中，等得不大耐烦了。他先生怀宝迷邦，囤积居奇，却睡在房中，翻来覆去，装模作样，念他的大作道：

> 大梦谁先觉，平生我自知。
> 草堂春睡足，窗外日迟迟。

他自己不是在那里做梦么？兄弟现在是替他先生圆他隆中对的好梦呢！可惜俺那小兄弟，中道夭谢，不及见到此书，为可叹耳。正是：

青灯受读，想当年卯角之时；绛帐生悲，忆故里嬉游之日。欲知正文怎生，且听下回分解。

异史氏曰：此一部三国史论也，有总论，有分论，有人物各论；有政治，军事，伦理，文学诸学问；有社会，男女，忠贞，善恶诸界说。而无中生有，极空中楼阁、烟云飘缈之奇，按之则虚而能实，尽虎啸龙骧、风云变色之态，转令人揽古怀疑，有不信正史之慨，真才子生花笔也。乃文章浩瀚，洋洋数十万言，巨制之作，起因于儿童嬉弄、青灯受读之时，以使豪杰英雄，于地下从而吐尽肮脏之气；大憝巨恶，尚于千百年后，不免诛心褫魄，莫逃斧钺之诛。不亦奇哉！是又何异孔子《春秋》之作也？然《春秋》之作，仅能使乱臣贼子惧而已，未尝能使正人君子贤才英杰色然以欢也。今为之造时势，造英雄，不徒使贤才英杰一一欢颜，且能使三国人才一齐吐气。必古人之缺憾弥，而后胸中之块垒消，夫岂曰吊古也哉！吾知古人地下有灵，必一读一击节，将藉是书自赏复以自吊也。能使古人死后，欢极而吊，吊极复欢，书中之人如此，读此书者，将复如何？将见书外书中，书中书外，人人皆吊，人人皆欢，以至于不吊不欢，翛然两忘。如是而此书不得不传，不更奇哉！奇事奇文，真所谓前无古人，后无来者，安得不读之而痛浮大白！

奇书之出，不过起因于三两儿童，而奇书之作，又由于获读半章诗赋，于是放胆著笔，成此奇文。不惟古人因之色然以欢，慨然以叹，即当代经师，如湘绮先生者，亦将掀髯地下曰："后生可畏！不图吾且因此而别有所传也，不又奇哉！"传古人乎？传今人乎？抑将以自传乎？问之著者，果作何转语以答我也？又何今之可伤欤！惟无可传，乃始可伤。虽然，著者传矣，湘绮传矣，今之不足传者，亦无庸多伤也。惟其无传，更不必伤；如或可传，则伤宁不多事？不伤之伤，是谓大伤。故吊古无非伤今，而伤今固莫如吊古也。湘绮必曰："匪古可吊而今可伤，老夫之徒，必为我传。"顾传湘绮者，每于周氏，斯独非咄咄怪事，可谓有缘之至乎！涉想成趣，为之大噱者累日。

稗官之家，汗牛充栋，今之率尔操觚者，舍邯郸学步无由也。自小说故分门类：为侦探，为言情，为社会，为武侠。一分再分，邻于市估，于是小说益不可读。不知小说即文章也，千古文章妙手，无不自具炉锤。古之所传，如《三国》，如《红楼》，如《水浒》，如《聊斋》，如《儒林外史》，如《镜花缘》。凡脍炙人口者，殆无不各辟蹊径，不同于人，曾有何门类可分，定于一范乎？其步后尘者：曰续，曰后，曰再，乃皆不得并肩以传。是故知文章无定法，非可有类以传世也。世之人独喜以此号召，真所谓不知文章为何事、小说为何物者，炫丑而已！颦者之美，岂必病于捧心欤？因知捧心之不得为美，而美亦不尽在捧心也。倘使捧心即美，则美人双腕，造物必不使齐伸。浣纱时之美，抑又何如？曰：其美在病，然则病而即美，死当更美，愈无是理矣！美自天成，文章亦天成，效颦之不得为美，盖犹文章之不得相同，而更可以类相从也。以类从同且不可，而况人云亦云，等于抄袭，是岂可以卒读耶！

旧小说喜续，新小说喜复，皆不能自为文章，亦不可列于文章，无非拾人牙慧，徒污小说名称而已！不续不复，则非别出心裁不可，吾于此书得之。何则？旧小说无不可续者，独《三国演义》根于历史，不可续也。乃不续而续，续而不续，因古人之名，而变古人之迹焉。新小说，无不各如其类者，独翻案一类，向所无有，是不复也。乃不脱历史面目，而成历史小说焉，则又不复而复，复而不复者矣。凿空之谈，向壁而造，无一处不大餍于人心，无一事不悉合于情理，此诚绝妙文章，绝大文章！《麟经》之笔法在实，此书之笔法在虚，以白描为断案，寓臧否于无形，谓非小说圣手可乎？且不得以小说视之，直太史公所应为搁笔者也！故曰：此一大部史论也。

第一回

策诈书水镜留徐庶　　全贤母孔明遣赵云

话说人生在世,不能无家庭,不能无朋友。依照中国旧习惯说来,皆以君臣第一,父子第二,朋友第五。做书的,自有生以来,便反对这种论调。什么事情,叫做君臣之间,天泽定位,龙飞九五,统治万民。普天王土,率土王臣。玉食万方,作威作福,喜怒由己,生杀任情。天王圣明,臣罪当诛,动辄夷灭三族,不管九龙宝座上,坐的是人是鬼,是三岁小孩,是强盗头目,是老娼妇,是翻生和尚,是杂种把子,只要净鞭三响,仪仗双分,日绕龙鳞,云移雉尾,香郁金炉,皇登宝殿,做臣子的就要排班伺候,三跪九叩,三呼万岁,舞蹈扬尘,这成个什么玩意儿?不就像孙悟空,在水帘洞做猢狲王那一个样儿么?

兄弟还记得,在家中私塾启承书室读书的时节,三六九的课期,伯父出了两个论题:一《方孝孺论》,一《岳武穆论》,兄弟那时有十三岁了,看见两个题目,正中下怀,暂且出出闷气,拿起笔杆,唏哩哗啦,乱画一气。两篇都写上了千多字。挟山超海,畅所欲言。大概是说,燕王叔侄争家当,家兵操演,犯不着要外面人来管闲事。方先生打算要报先皇知遇之恩,建文优礼之意,舍了自己一条老命,做个不事二主的忠臣，也就罢了，何必充什么硬汉，拿三族十族，同那贪如狼狠如羊油蒙了心的燕王棣来开玩笑？送了多少无辜的性命，成就了自己一个美名，留着那块毫无意义的碧血碑，永远摆放南京城里有何益处？有何用处？春秋时，要离湛妻子去杀王子庆忌，也是因自己要报阖庐豢养之恩，想成就一个豪侠名色，不管那亲爱的妻子无辜就死？这一类人我绝对不能承认他是忠是侠，只能说是犬马、酬知、人群败类罢。至于宋朝的徽、钦二帝，一个是都天大法师，一个是玉清小道士。那种穷奢极欲，昏聩糊涂，都是世界古今绝无仅有之王八蛋。九王赵构也是丧尽天良的小乌龟。我不解岳武穆以文武全才之人，百战百胜之将，异军突起，民众归心，纵然不做皇帝，要去尽忠宋朝，便该联合友军，整顿兵马，恢复河山，扫荡金国，反旆还朝，肃清君侧，方是正经道理。他却口口声声迎还二圣，连累我湖南的英雄，武冈杨再兴，替他当先锋，冤枉死在小商河，一条性命，换得两升箭镞，真正冤枉。你说徽、钦这种东西，在那五国城中，坐井观天，既遗青衣行酒之羞，复受雪窖水天之苦，算是天网恢恢，现世现报，无半点可以怜悯之处，无丝毫迎还之必要。正是公子夷吾所说的，孤虽归，辱社稷矣，何必打这种倒霉旗号，令那篡窃的九王惊心动魄。如果那两个皇帝回来，这一个趁火打劫的皇帝，安放何处？（远寄金钗问九哥，一朝兵到又回戈。定知五国城中泪，更比朱仙镇上多。）难道教孤家领退伍证，又去做那挂号的康王不成？从古就说天无二日，你要迎还二圣，这样一来，那不是天有三日么？日日尽忠，日日讨厌，哪里是秦桧夫妇，三字埋冤，简直是康王赵构，曲突徙薪，除去眼中钉吧。可惜一位身拥重兵的堂堂大将，被那区区十二道金牌，调得马上进京，送死大吉。生作忠臣，死为愚鬼，岂不可叹？岂不可恨？但是赵构他们这样的坏东西，这般没良心，这般行为，天就不管吗？谁说没报应？各位瞧着罢，灌顶大国师，就来替天行道了。到后来，元鞑子破了临安，来了一尊密宗的红衣喇嘛，花花活佛，叫做杨琏真伽，尽发临安宋陵，把那送葬的金玉宝器，打入自己后天袋里，把那一些高孝光宁理度，各人的贱骨头，用六畜骨殖搀和，放作一起，臭作一堆，那真是天壤间无聊到万分的快心事件。可笑唐珏那般遗民，没事做，亏他忍得臭，耐得烦，向那畜生骨堆里面一块一块的替他拣选出来，分别埋葬，坟上栽着冬青为记。后人有诗云：

一抔自筑珠宫土，双箧亲传竺国经。只有东风知此意，年年杜宇哭冬青。

到了清朝，钱塘厉樊榭先生，在小玲珑山馆吃了闲茶闲饭，无处发泄，却好生生替他去做什么冬青乐府，比那赛苏武的洪皓先生，祭端王佶，痛马角之未生，魂销雪窖，攀龙髯而莫逮，泪洒冰天。一篇好漂亮的祭文，却是可惜一朵鲜花，偏都插在牛粪上，真冤透了。其实，杨琏真伽那种行为，在当时可算是创见，若是现在，把划坟掘墓已当做正经事业，外国的流氓学者，同中国贪挖古窖的先生们，组织什么西北考古团，逢墓就掘，见坟必挖。风气一开，专讲八德的湖南何主席，把城内外义山，一律划平，出卖地皮。到后来，挖发了瘾，爽性把曾家冲二十余里的丛葬处，削得如砥如镜，人骨装罐，去砌墙脚，真是化朽腐为神奇，化无用为有用。谁又去控告他平坟架屋呢？于是孙殿英孙大王，也发了考古的瘾。发掘乾隆、慈禧两座皇陵，收获的材料，着实不少。比西北考古团的收获，强远了。据当时一般专家的估计，说比嘉庆抄和珅家的清单，尤为丰富。掘而出之，公诸全国，也是人无弃材，地无弃利。也可说是地不爱宝呢。

我兄弟当时做文字，只做到杨琏发坟为止。伯父看见，逌然一笑，倒也默默无言，搁置案头，未加可否。却巧另外来了一位老先生，随翻书案，无意之中，发见我那两篇大作，把兄弟叫上去，数说一顿。说什么大逆不道，无父无君，我方解释两句，他老先生大发其雷霆，就要实行"扑作教刑，夏楚以威之"那两句古话来了。还是我伯父劝住，说道："年轻小孩，天良不坏。无人指使，敢说此话，看来世运决会变迁。只恐你我不能看见罢。"并丁宁告戒我，以后不许再发这种议论。

不到二十年，世运果然变了。伯父老人家，于光绪丁未年，一棺长掩。迄今回想，尚有余痛．感觉我亲爱的伯父不钳束子侄心思，在专制时代，真算希见。因此上炼就兄弟的性情，对于家庭、对于师友，知道十二分注重。少时便深恨那忘恩负义、弃亲卖友的人。

单说三国的徐元直，怀才不遇，杀人报仇，佯狂市上。为刘玄德访求到手，十分优礼，寸心感激，不顾其他，以身图报，反把生身老母，却忘了怀。生生的被曹操诳至许都，又被那卖友求荣的程昱，冒充手笔，假造家书，把徐庶又赚到许昌来。致徐母愤而自戕，遂使徐庶进不能忠，退不能孝，负他深明大义的高堂老母，同那王陵、赵苞一样的抱恨终天，含哀毕世，弄成人生最悲苦的环境。都只怪徐元直志大才疏，好高务远，工于谋人，拙于谋己，不能计划一身一家的事情，又不能慎重择交，才闹到不可收拾这一步田地。才人疏忽，策士纵横，但抱各为其主之心，曾无推己及人之意，阴谋无后，鬼神所忌。亦因其谿刻尖酸，不留余地故耳，做书的人一段心肠，就要从此地发挥出来。前面那些不相干的废事情，也不能耽搁我宝贵的光阴，替他一桩桩一件件重翻旧案了。

且说曹操因派曹仁、李典，领兵十万，去到新野，本要剿灭刘备，却不道被赵子龙杀得大败而逃。两个损兵折将，回转许昌。见过魏王，俯伏请罪。曹操追询败兵的原由，打听得八门金锁阵，系刘备的军师单福所摆，又打听得单福，确系徐庶改名换姓。听信了谋士程昱釜底抽薪的计策，将徐庶的母亲骗入许都，教程昱好生看待，模仿徐母手笔，造成一封假信，不说刘曹长短，只说年老多病，旁无亲人，急思一见。寥寥数语，加缄封固，就令朝夕在馆侍奉徐母的一个亲近同乡，经程昱多时的训练，口传心授，教导他多少语言，许他事成之后重加爵赏，此人诺诺连声，收拾包裹行李，由程昱赏给往来川赀。在徐母面前扯下了一个瞒天大谎。辞别程大夫，出了许昌城，少不免晓行夜宿，饥餐渴饮，行不多日，已到新野城了。

那时节，单福军师正与左将军豫州牧刘玄德谈论军情。玄德大胜之后，深赞军师高才，单福深致谦抱，前席说道："现代人物，伏龙诸葛亮，凤雏庞统，此两人怀才不出，乐道躬耕，有经天纬地之才，治世安民之略。如福者不过斗筲之材，何足以当使君称诩？"玄德连忙问道："二公现住何处？可能延聘前来，共襄大事？"福答道："伏龙现居南阳卧龙冈，凤雏现居襄阳鹿门山庞德公家，未逢明主，甘老丘园，使君帝室裔胄，天下义人，若卑词厚币，派遣亲近重臣，前往聘请，二公素有救世之心，必翩然以应弓旌之召，当不致逾垣以相避也。"玄德一听大喜，立时亲笔写下两封恳切周详的书信，办下两份隆重的礼物，命云长前往南阳卧龙冈，聘请卧龙先生诸葛亮；命翼德前往襄阳鹿门山庞德公家，聘请凤雏先生庞统。关、张领命带了从人，捎了书信礼物，分头出发去了。玄德与单福二人安心静候，重复议论现时情势。当代人物，玄德闻所未闻，正在高兴时节，忽见县中门役上前禀道："外面有一姓徐的乡人，口称从许都来此，奉徐太夫人命，携有书信，求见单福军师。"单福闻言，吃了一惊，忙起身来，对门役道："可速领此人前来见我。"门役领命退出。不一刻，领了那人来见军师。那人上前参见，贴身取出书信，双手奉上军师。单福亲手接取，一见封面上是老母手笔，登时颜色大变。玄德不知所以，忙道："军师何必性急，且看书中作何言语。"单福默无一言，两眼含泪，两手发颤地将书拆视。只见上面写着："闻汝近佐刘使君，十年游荡，幸可立身。老身近为曹公迎致许昌，起居衣食，尚为安适，惟年老病深，恐难相见。"末尾数字，似年老手颤，模糊不可复识，单福看完书信，不觉失声痛哭，泪如雨下。玄德在旁陪着挥涕，停一会儿，福问来人道:"你来的时节,太夫人每日进膳是怎么样?"来人答道:"小人来的时候,太夫人因为思念军师,口不甘味,夜不安席,每日只喝一两口粥。"单福闻言,愈加痛哭。少停,收住泪痕,向玄德施礼道:"本欲佐使君共图大事,今老母被囚,方寸乱矣,实告使君,仆姓徐名庶,字元直,颖上人氏,因杀人报仇,被捕逃走,变姓名为单福,流荡荆襄,蒙使君不弃,令侍左右。使君大仁大义,必不令庶之老母因庶之故横死许昌,倘令庶得一见老母,结草衔环,不忘图报。"玄德闻庶言,连忙还礼道:"军师何出此言!备因军事倥偬,一时失于考虑,不能于事先迎接太夫人来此奉养,致为曹操迎入许都。太夫人年高,军师又无兄弟,备决不能以一己遇合之私情,妨军师母子之天性。军师便可收拾行李,径往许都,侍奉太夫人。在彼在此,同为汉臣,何须介介?"徐庶听玄德说得如此光明恳切,不觉感激,泥首叩谢,玄德连忙答拜,一宿无话。

次日侵辰,令治酒饯行,酒过三巡,赵云巡视回县,进见玄德。玄德令云陪席,云见军师情态,大惊问故,玄德一一告之。云因前破金锁阵时,深服单福高才,闻其欲去,不觉凄然。徐庶与云本甚投契,见其如此,亦为感怆,酒筵将散,只见天上乌云四合,大雨倾盆,接连三日三夜方才稍为停止。那新野城内,水深三尺,城外更是水潦纵横,泥深没胫,把一位急思见母的徐庶军师,好似热锅上蚂蚁一样。好容易等过这三天,一见雨势稍住,即忙向玄德告辞,带了从人,上了马匹,出了新野城。玄德与赵云及一般幕僚孙乾、简雍,送出城外,依依不舍。徐庶洒泪而别,一行人无不伤感。只有下书那人,使命完成,不觉喜形于色,被赵云一眼瞥见,也不言所以。随着玄德回转县衙,玄德命云仍出巡所部。云领命出署,且不向别处,却暗暗地跟着徐庶后面。

合该徐母五行有救,那个下书的小子,原本是个庄稼人出身,不曾骑惯牲口,当此久雨过后,泥深路滑,皇天有眼,放不过这种没良心的坏东西。出新野城不到三四十里，那小子一个不留神，从马背上凭空来了一个鹞子大翻身，四脚朝天，五体投地，三魂出窍。凑巧地碰在一块尖角盘陀石上面，把左脚脚胫骨摔得个骨断筋折。哭叫连天，寸步也挪动不得。徐庶因见母心急，兼顾不了，令从人背负着，寄放近处乡村人家，留下几两银子，拜托乡人，代为延医诊治，好生将养，乡人允诺，将他扶上床铺，一面代他去请医生。徐庶匆匆吩咐自带从人，上马而去。把好好一个向导跌坏，一行二人见路就走，东西围转，正是饥不择食，寒不择衣，慌不择路，贫不择妻。糊里糊涂，不知走向什么地方去了，这且不提。

　　如今单说赵云成心追赶徐庶，追赶一日，未曾赶着。第二日清早，行了二十余里，前面尚无踪影，因下马来，低声和气问土人道："此地何名？"内中有人答道："此地名长秋镇，是上许都的大道。"云又问道："这两日内可曾见有三人骑马过去？"内中便有个说俏皮话的笑着答道："马可是有三骑，人却只得两个。"赵云听得，倒疑心起来。赔个小心，细加盘问。土人便将有人在此地摔坏的原因说出。赵云连忙央请土人，引进庄子里一看。土人在前，赵云在后。进到庄里，只听得那小子长声短声的叫痛。赵云在门首，抬头一望，见一人横滚床上，不是下书那小子却更是谁。赵云看得清楚，不由得心下大喜，谢过土人。土人自去。赵云三步两步跨入房中，叫进随行兵士，大声吩咐道："你们与俺将这小子碎割了罢！"兵士得令，一声吆喝，就要动手。吓得那小子魂飞魄散，极口呼冤。云大喝道："你这小子，好好把你们在许都所做事情和这次来新野的经过从直一一说出，不许遗漏半点，你若说了真情实话，俺若杀你，"顺手在箭袋内拔出箭来，一折两断，"就同此箭一样。还要看在军师分上，替你好生医治。如不实说，马上将你碎尸万段，丢在沙滩上，喂野狗子去。看你这小子愿意死还是愿意活。"那小子一见赵云神威凛凛，胆战心寒。又看见折箭为誓，却放了心。到了此时，不由他不说。便把许昌事情如何长如何短一字不遗，忍痛哼声，一五一十尽情说出。赵云听出真情，反倒心下着忙起来。急忙丢下五两银子，拜托留住的乡人替他好生延医诊治，自己出得庄门，翻身上马，带了从人，风驰电掣回转新野。

径入县衙，只见满衙门张灯挂彩，热闹异常，下马问起衙役，方知道关君侯已将卧龙先生请来。云刚进二门，迎头碰着云长。云上前施礼，云长还礼道："子龙慌慌张张，有何事故？"云立住了脚，把自己追赶徐庶，沿途经过事情一一告知。云长心中本爱徐庶，听得赵云所说，也甚为担忧，说道："事已如此，告知主公才是。"两个人同行进内，云长与赵云商量道："元直曾言孔明有神出鬼没之计，今天俺们告诉他这一件事，他如真有本领，能将元直母子救出，俺们方才心服。"云道："正是。"

两人迳了内衙，见过玄德。玄德叫云参见孔明，一旁侍坐。孔明见两旁文武内独缺元直一人，因问道："使君，元直何往？"玄德便将徐母寄书，元直已还许昌，从头至尾，一一告诉他。孔明听罢顿足太息曰："元直母子将拼死矣！"玄德惊问原由，孔明道："元直母性最刚，深明大义，使君与曹操，居心行事，天下皆知。何况贤达之徐母，岂能令元直事操？此书必系诈书，元直情急，不及细察。若冒昧径赴许昌，徐母必恨元直见理不明，轻于去就，老人恚愤，必致自戕。元直孝子，岂能独生？"

关赵两人在旁边听着，暗暗佩服，赵云随即起身，将追赶元直事情一一禀知。玄德闻言，如梦初觉，手足无措，离席长跪，拜求孔明设法援救元直母子。孔明下位还礼不迭，说道："亮与元直十载交游，谊同手足，恨亮来迟数日，不及阻止。如今元直已行，将来必无好处。惟祝天佑善人，元直或托使君福荫，化险为夷耳。虽明知此事困难，然决不能坐视不救。但不知元直去了几日？"玄德屈指道："约近三日。"孔明道："使君勿忧，据子龙将军适才所言，幸喜元直向导摔坏，元直道路生疏，兼大雨过后，桥梁多隳，泥泞难行，必然去得不远。如天之福,元直迷途,至水镜庄上,水镜心细如发,必会看出破绽,将他留住。若有差池,元直远矣。"玄德立请孔明上坐发令。孔明谢过,即唤云长道:"关君侯,元直此去三日路程,关君侯赤兔马,日行千里,半日便可赶上。有烦君侯即日起程,可先至水镜先生庄上,看视元直在庄上否,如未遇着,可径奔许昌大道。逆计在半途上,必然可以赶着。若赶上元直,可请其先回新野。君侯却自赴博望屯,引领先前屯驻所部队伍,前去叶县界首,择深僻处驻扎,派遣精细士卒,改换乡民衣装,沿途哨探,时时准备接应子龙,不得有误。火速火速。"云长大喜,领令出了县衙翻身上马去了。

　　孔明再问玄德道:"使君前破曹仁、李典,可曾得有曹兵衣甲令箭否?"玄德连忙答应道:"有!有!"随令左右去库中取来。孔明唤赵云道:"有烦将军带领六七从兵,向许昌大道前进。将次出本军泛地,可改换曹兵衣甲,携着曹兵令箭前往许昌。"孔明就案修书一封,将详细情由函告徐母,交与赵云贴身收藏。叫他混入城内,冒充程昱从人,前去问候徐母。"见面时,将书呈上,徐母自会脱身。先留下从人在八里桥准备生力马匹伺应,徐母出险,火速驰还。已请云长君侯在叶县界首接应。"赵云领令,自然高兴,带领从人,携了衣甲令箭去了。玄德见孔明料事甚准,计划周详,知道徐母必还,元直必返。一天忧虑,雾散云消。吩咐左右设宴与孔明接风,自己把盏道谢。孔明谢过,自有一番畅叙不题。

　　单说徐庶因无人引路,赶路心急,又兼阴雨连绵,天色昏暗,歧途百出,莫辨东西。迂回环绕,将路径完全走错。倒走到荆州方面来了。东回西转,不着意的走到檀溪附近。那檀溪沿溪所有的桥梁尽被此次大水冲坏,水势汹涌,并无渡船。徐庶在马上,心下迟疑。见有七八个农人在田耕作,忙将马勒住,下得马来,殷勤问道:"请问各位,这里是什么所在?叫什名字?"田里的农人抬头一望,见徐庶斯文模样,行色匆匆,他们也就十分和蔼的答道:"这是俺们地方最有名的檀溪，先生怎会不知道？"徐庶听了，心下一惊，俺上许昌怎么走向荆州方面来了？无意中抬头一望，远远地却望见司马德操庄院，山川环带，竹树交阴，暮霭沉沉，微云淡淡。雨中赶路本极辛苦，何况已经走了两天呢？此时已走得人马俱困，急待休息，只好向那里借宿一宵，明日再寻捷径。主意想定，谢了农人，攀鞍上马，加上一鞭，不消片刻已到庄前。翻身下马，交付从人看守，自己进里面去。只见水镜与崔州平正在草堂下棋，黄承彦一旁观阵。三人凝神聚气，鸦雀无声，静悄悄的。正在黑白纷纭攻守交错时候，一见徐庶进来，三人含笑让坐，童子献茶上来，水镜问道："元直不在新野辅佐刘玄德，如此大雨连天，何事反来此处？"徐庶一声长叹，离了坐位，情不自禁，泪如雨下。约略的将事由说出。水镜道："原来如此。太夫人的手书元直可曾带在身旁？"徐庶听得，忙将信取出，双手呈上。

水镜接过前后一看，略不迟疑将书丢在地上，抚掌大笑道："元直聪明一世，怎么被人撮弄都不知道？太夫人病里手书，前头哪里有这样整齐，后面字迹忽然模糊，明白是他人冒充，为何都看不出来？"徐庶从地上拾起这封书信，自家从前至后仔细再看，果如水镜所说，丝毫不爽。心中恍然明白，长叹道："先生实在高明，胜庶百倍。不过，无论此书是真是假，庶是非去许昌一行不可。"水镜正色道："元直不去许昌，太夫人或许尚有相见之一日；元直若去许昌，此事我不忍言。知子者莫若母，曹操定求太夫人作书，太夫人必不肯作，所以才弄这一套假书来骗元直。元直若去许昌，能否得见太夫人，此事倒未可料。太夫人的性情元直难道还不知晓？"一席话说得徐元直将信将疑，痴坐无语。黄崔二人同把书信看过，异口同声，都怪元直心粗，太不仔细了。把个心神不定的徐元直说得行坐不安起来。

四人正相对无言，忽听得外面銮铃响处，童子领着云长来到草堂。云长一眼看见元直在座，大喜过望，心中暗暗佩服孔明先见。忙向三人行礼，三人一一还礼。元直立起身代云长向三人介绍，三人齐声道："久仰！久仰！"大家方才就坐。童子献茶已毕，云长对徐庶道："关某此来，奉皇叔与孔明将令，请元直即还新野，不必再去许昌。"水镜笑问云长道："关将军，孔明几时却来新野？"云长答道："昨日。"水镜笑道："元直速归。不出半月，太夫人必来新野矣。"黄崔二人也就同声相劝，元直一听云长说孔明已来，令本人速归，必有作用。水镜先生向来见事极明，言无不中，自家就到许昌又有何办法？略为思忖，方才答应。

那日因天色已晚，便同云长在水镜庄上寄住一宵。水镜先生也特别高兴，吩咐家人杀鸡为黍，山肴野蔌，家酿新醅，举酒属客，各尽数觥。文武融洽，宾主欢畅。云长半生戎马，从未一日清闲，此际无心幸遇，高会草堂，主人既朗若玉山，来宾复翩如野鹤，闲云有态，流水无心，茆舍竹篱，自然仙境，花阑药圃，迥绝人寰，不由得心快神怡，暗自啧啧称叹。及至酒后清谈，互相问答，水镜甚爱云长，频相推许，称其节概，规其所短，所说的话委婉畅达，洞澈肺腑，亲逾手足。云长生平心高气傲，自视颇高，及见水镜丰采，先已心折，再聆言论，钦佩无量。觉得水镜气宇识力比孔明似乎还胜一筹。到了此时，不由他不整肃衣冠，拜受昌言。直到夜分，方各归寝，过了一宵。次日侵辰起来，早餐已罢，元直、云长辞别三人。三人送出篱门，各道珍重，方回草堂。云长尚自恋恋不忍舍去，但以事情紧急，不敢逗留，敦请元直速还新野。元直连声道是，带了从人，自向新野去了。

云长上了赤兔马，在马上兀自频频回顾水镜庄院，心下自思：未知何日方得重来此地，再聆雅教。无奈马行迅速，相离已远，水镜庄院已被云山遮隔了。只得单骑驰赴博望屯，引领本部前时屯驻此间的五百校刀手，遵依孔明命令，开赴叶县界首，找个幽僻处驻扎。派遣细作沿途打听，准备接应赵云不提。

如今且说赵云奉令引领从人向许昌大道前进，因有曹兵令箭衣装，经过曹兵泛地，一路通行，毫无阻滞。四五日间，便到了许昌附近。行到了八里桥，留下从人住在店中，预备生力牲口以备回头更换。自己驾着空车，趁着傍晚进了许昌西门。依着替徐母下书人的言语，略为询问，便找着徐母住处。停着车儿，扣门求见，管门的见来者是个军人，就知道是程昱大夫差遣来的，恭敬地开了大门放他进去。告知侍女引入内堂，自行退出。

那时正值徐母夜膳初毕，凭几而坐，只见侍女引进一人，气概轩昂，精神饱满，心知有异，便问道："你奉何人所差？到此何事？"赵云恭敬地答道："奉程大夫所差，迎接太夫人过府。"随将书信衣包交由侍女转递上去。徐母接过信从头一看，将云望了一眼，随又问道："程大夫接我过府，车辆来了么？"赵云答道："已在外面伺候。"徐母起身叫侍女拿了衣包，送出门外。侍女搀扶徐母上了车。徐母吩咐侍女好生看守门户，老身后日方能回来，侍女声诺，自去照管。赵云辞了管门的，跨上车辕，提起缰绳，吆喝牲口，加上一鞭，从从容容出了许昌西门。许昌在当时是个都城，车马喧闹，人民繁富，肩摩毂击，视若等闲。天色尚早，巡缉不严，一辆把车子出城，算不了一回事儿，也没有人料着有这一种通身是胆的，敢来这禁卫森严的地方，弄这种玄虚，向太岁头上动土。由着赵云护着车辆，径自出城去了。

到了八里桥，下车入店。云与从人尽快换了商人衣服，装上些须药材布匹，套上了三头牲口，算清房饭账，上车即行。连夜飞驰。那时正值雨后晴久，十五六夜时候，皓月当空，有如白昼。一天两夜的工夫，马快车轻，已过襄城去了。

只苦了那位卖友求荣的程昱大夫。原先在徐母面前十分殷勤，为的是要模仿笔迹去造伪书，骗来徐庶，好博魏王的欢心。及至信已造成，对于徐母便不似前时恭敬，三两日前来探望一回，以备将来与徐元直见面邀功。不道因他坏了良心，疏亲慢友，倒替赵云造个绝好机会。不然，他脚步一勤快点，漫说徐母离不开软禁的牢笼，恐怕赵子龙也逃不出这个天罗地网。你说孔明先生好不冒险啊！徐母去了一日两夜，他方来徐母寓处候安。一听管门的报告经过，知道大事不好，上了人家的大当了，白费心机，手忙脚乱。立刻去到魏王府中，不候通报，径入内堂，上前参见魏王。操见昱神色沮丧，也就知道必有变故。当时命他坐下，然后问知详细，不由得心中大怒，立令承宣官速传曹洪、乐进两将军进府。承宣官领令，立刻迅速传达。二将闻召，急入府中，面见魏王，静候差遣。操含怒告知情形，手令二将各领飞骑一百，无分昼夜兼程追赶，不论在何地方，追上徐母，一经拿获，提头缴令。

　　二将领令出府，即时点齐人马，两三个时辰便已就绪。飞身上马出了许都，长驱大进向前追赶。前面赵云坐的是车辆，后面曹洪、乐进追的是马匹。虽然隔了一日两夜的路程，快慢的程度比较，相差可就太远了。沿途上人虽并未休息，牲口可是力乏了。刚刚要出叶县境界的时候，远远地只听得后面人喊马嘶，赵云在车上回头一望，打量人马的声音距离，至多不过三五里，知道追兵快近。不管牲口力乏不力乏，只迭声吩咐左右加鞭快走。自家下得车来，结束衣裳，安排枪剑，预备与追兵血战。哪知刚转过一个山坡，猛然见来路前面旌旗乍竖，甲仗鲜明，真是后有追骑前有伏兵。任凭常山赵子龙通身是胆，不由他不吃一个虚惊。没奈何，再一仔细看时，五百骑大刀手雁翅般排开，当中一员大将，丹凤眼，卧蚕眉，面如重枣，鼻若悬胆，三绺长髯，十分威武，英风凛凛，杀气腾腾。身骑赤兔追风马，手执青龙偃月刀，左首下周仓，右首下关平，不是别人，正是心中时时想念的汉寿亭侯关云长！赵云见得分明，喜来天外，精神陡长，辛苦全忘。临到近前，车马相辏，云长问道："子龙，事情可曾办好？"云答道："幸不辱命。"将手往后一指，云长会意，回身吩咐部兵让过徐母车辆，叫关平自往护送，缓缓前行，莫令老人家再受劳顿。好生安慰太夫人，如今到了此地，已经完全出险，请老人家放心。关平领命来到车前,轻言细语,一一告诉徐母。徐母听得关平言语,知道云长自来接应,任他追兵多少也不惧怕。当然再不担心了,含笑对着关平点头道谢。关平又将早已预备的牲口把驾车的骡马通通换了,小心护送,缓缓而行。赵云的衣甲枪马亦经周仓交与,赵云全副披挂,提枪上马,在云长右首下立着。专候追兵到来厮杀,一切一切整备停当。

不到半个时辰,追兵卷地而来。马蹄杂沓,谷应山鸣,尘土冲天,日光为暗。云长勒马横刀,挡住去路,高声叫道:"二位将军,别来无恙?关某在此等候多时了。"曹洪、乐进身先士卒,两马当先正在得劲。一见关公早吃一惊,急忙收住辔头,约住兵士,在马上欠身施礼道:"君侯安好?"云长笑道:"幸托平安,有烦二位将军代关某回禀丞相,就说丞相当年不忍令关某失兄弟之情,难道今日反令徐庶绝母子之爱么?后会有期,前途保重,关某去也。"将刀一指那五百骑大刀手,回转马头,全队返旆,簇拥着云长向博望屯而去。二将人困马乏,看着这个阵仗,知道不敌也。在前军,又不知道还有多少伏兵,即使不顾其他,奋勇追上,战而不胜,必致全军覆灭。两人眼望云长从容退去,面面相觑。延捱半日,无计可施,只好偃旗息鼓,收兵回朝。免捋虎须致讨没趣,回报魏王,自请处分便了。正是:

白羽初临,便觉英雄生色;黄泉不俟,复为母子如初。欲知后事如何,且听下回分解。

异史氏曰:三国之不得一统,由于诸葛非一统之才,隆中坐对,仅许三分,卒亦只定三分之局。其与孙刘,才智匹敌,自知颇明。刘备时当狼狈失据之秋,能分鼎足而立,已出非望。故三国之成,自以刘备得诸葛始,而诸葛得自徐庶走马之荐。未荐诸葛以前,诸葛无由出,三分不可定,是即非三国史也。非三国之史而翻其案,是为冗笔。又三国之主,以曹操、孙权、刘备三人当之,其他不与也。《三国演义》前三十回中,皆为黄巾宦官内外交煽,以致群雄四起之史,其书主张由合而分之理,自不得不追溯大乱之源。而董卓、孙坚、袁绍、袁术以至孙策等,此仆彼兴;下至张绣、张鲁、李傕、郭汜之辈,扰攘无忌；余如王允之忠，陶谦之让，董承之义，祢衡之正，吕布之雄，陈宫之智，无非为三国前驱，其事虽不无可传，要均非三国史中主要人物。入三国史后，即尽死灭无余，不足叙也。非三国史之人物而翻其案，是闲笔也。冗笔闲笔，善文章者所不屑为，著者以"不相干"三字而尽去之，下笔即抓住正史翻案，此为文章有法，不闲不冗，既谨严义例，又岂能以不耽搁工夫，遂或可一一煎雪之乎？是非不为煎雪，盖不可煎雪也。读者勿为著者从人生在世不可无家庭朋友等一段文字说起，故意引至做书人心肠，要从此地发展等一派巧言瞒过，始为善读本书者。

《三国演义》，仅言赍徐母家书者为心腹人，自称馆下走卒，奉老夫人言语云云。此必言徐母乡人，也是姓徐的一个坏蛋！是教人愈加痛恨，加一倍写之笔法。后文跌断狗腿，方更大快人心，亦见徐庶之误信，不仅在笔墨假造间，是证人证物俱全之说也。即由"重加爵赏"四字，露出喜色，惹动赵云跟踪，盘出根底，可谓不虚点墨，针缕细密。

三分鼎足，西蜀刘禅，有四十二年正位。而单骑救主，生死系于赵云当阳之战，故赵云为三国史中最重要人物。然刘禅庸主，卒至出降，子龙地下之恨，真无已时也。则与其救一无用之刘禅，曷若使救一有用之徐庶；又救人之子，不若救人之母也。三国中全人骨肉于生死患难之际者，惟一赵云，故以之救徐母者，诚非赵云不可也。三国中救阿斗，以延刘绪，继帝统，是子龙第一大功。本书救徐母以存徐庶，使荐两贤，成一统，亦必令子龙成第一大功。所谓非其人不使，而翻案之笔，始无一字无来由也。荐贤则由徐庶，救主则由赵云，正统书刘，故第一回必将此二重要人物首举出场，读者幸勿草草读过。

伏龙、凤雏，皆为元直之友，尝读《三国演义》，见其独举诸葛以荐，每窃怪之。其后赤壁鏖兵，授计以脱徐庶者，且为凤雏；是何元直于友二人间，转若有所厚薄也。若言偶忘，其时玄德且询及凤雏，元直因便亦当双举，方称无乖于友道，今以元直双荐两贤，可谓为古人弥平缺憾不少。

《三国演义》于孔明之出，详叙三顾之勤。孔明自比管乐，盖有辅主安邦之志，非可以隐沦比也。隐则不仕，仕则不隐；以隐求仕，古俗使然。彼钓渭耕莘，未闻必须三顾也。奈何大搭架子，坚要三顾，孔明宁不相去古人甚远，吾始终疑之。且堂上悬图，胸中指掌，又似预备已久。虽曰出处之间，不可不慎，而乔模乔样，终觉不甚光明。此无惑三国阵前，每逢诡计多端之骂也。《演义》中亦以微笔，每借张飞妩媚可爱之口，大叫出之；而世间妇孺不知，反啧啧称道三顾茅庐不置。惟玄德枭雄，始折节卑躬，作明知故昧之态已耳。

是《演义》如此，实非所以尊诸葛者也。本书仅命关张备厚礼，躬聘二人，而衙前张灯挂彩以迎，已足备迎贤之典，可称得体之至。至关、赵试探孔明，实为奇才惊世、群臣未及中不可少之文字，亦推波助澜始呈曲折之文笔也。情中生文，而后安排计策，始见孔明出奇之妙。随手烘托，而后曹兵衣箭皆活，赤兔如飞。否则便成刻板文字，读者将昏昏入睡矣。后再借重关公，勒马横刀，是真能画出生龙活虎者，又俨然一出《华容道》也。文心灵活，可爱杀人！

第二回

报前仇孙氏战夏口　　毖后患刘牧让荆州

话说云长同子龙退了追兵，收兵回转。赶到车前，向徐母道了惊，同子龙护着车辆，不急不忙，三数日间回到新野，进了县衙，禀报一切。玄德听得欣喜非常，自同甘、糜二夫人出署，迎接徐太夫人进衙。陪至上房坐定，徐庶母子相见，免不得大哭一场，各诉别后情况。众人俱为感叹。先时玄德早令将署内上房腾出两间，让徐太夫人安息。吩咐甘、糜二夫人小心侍奉，徐庶感谢无已，向玄德、孔明、云长、子龙九顿叩谢。徐母亦十分感激。玄德在衙署内大排筵宴，一来为元直贺喜，二来为孔明、云长、子龙贺功。随从云长、子龙部下兵士一一大加犒赏，以奖勤劳。真是阖城欣庆，万众欢腾。原先《三国演义》把火烧博望屯算做孔明初出茅庐第一功，区区胜负，兵家之常，算不上一回大不了的事情。如今救出徐母，全人母子天伦大义，完全真可算初出茅庐第一功了，在下有诗为证。诗曰："南纪纶巾运妙筹，北堂萱草庆忘忧。全人恩义真无匹，不负当时第一流。"

及待大家忙了三日后，玄德召集本部将佐，商讨军情。当着大众面前，敦请孔明权领军师中郎将，预拜庞士元为左军师，徐元直为右军师。孔明、元直同时谢过。玄德言道："今曹操拥五州之众，虎视荆襄,挟天子以令诸侯,其势不可向迩;孙权席父兄之业,坐霸江淮;备忝帝室宗亲,虽奉讨贼之诏,而拥不教之兵,值累败之后,地不过襄樊,兵不过五万,器械粮草,时虞阙乏,欲求立足于此吞并之世,难乎其言。幸求二位军师各抒高见,以拯危亡。"孔明起立道:"使君无用忧疑,亮夜观乾象,吴楚分野,不日当有战事。近闻景升病重,将来继任,必属使君。俟得荆州,然后抚定零桂,西并梁益,北可以出宛洛,西可以向秦川。北向以争天下,使君讨贼之志必有表襮之日。此际但当积储粮食,募练军兵,养精蓄锐,坐观时变。曹兵新败于穰城,一时尚难报复;孙氏积怨于黄祖,旦晚必将寻仇。可令云长同元直领马步兵八千,出屯襄阳。士元若来时,可请其同翼德领步兵一万二千,进屯南阳。使君自驻新野,亮与子龙简练兵卒,以为两方声援。吴兵纵能进取,亦不敢越江汉以窥白河;曹氏即有图谋,决不能于此时有所大举。三方协应,以守为战,庶几可保目前之局而图将来之计。"

玄德听罢大喜,与众人同声称善。当下便令云长、元直统率人马,出屯襄阳。徐庶入内拜别老母,自同云长前往。

不到三日工夫,翼德聘请士元来到新野。当然又是一番热闹,摆酒接风,连带送行,忙了好几日。然后按照原定计划,翼德、士元带领人马前往南阳驻扎。一来扼住曹兵南下之路,二来保护孔明家小,免致再蹈徐元直的覆辙。

新野方面,玄德整顿精神,督率僚属,励精图治,发愤为雄。孔明同着子龙,招军买马,积草屯粮,广求英俊,大开屯田,把在隆中所作的新式农具,兴功制造,发给农民,力少功多,收成自倍。好在这时,玄德有的是大仁大义的名头,孔明又负着一个管仲、乐毅的物望,那荆襄九郡怀才不遇的豪杰,便个个都弃暗投明,来归恐后,闻风兴起,杖策军门。

就中单表一位老英雄,姓黄名忠,表字汉升,原是南阳宜城人氏，流寓长沙，年纪五十三四，身长八尺，猿臂熊腰，使一柄金背大刀，重七十余斤，使得出神入化，风雨不透；还射得一手好箭，真个是连珠贯虱，百步穿杨，后羿重生，由基再世。那时，辕门射戟的吕温侯已经被杀，三国中神箭手要算黄老将军是第一把好手了。

　　同来一人名唤魏延，表字文长，义阳人氏，人才出众，武艺高强，只因为着报仇弄出了十余条人命，被官府追捕得紧，没奈何，逃到巴陵地面，交结了江湖上英雄好汉，纠集了一两千亡命之徒，反上羊楼峒里，落草为寇，称孤道寡，自在逍遥。此番黄忠从长沙，去新野投效，打从羊楼峒经过，魏延照例向他讨买路钱，这回真糟了糕，可碰上京汉路黄河铁桥上面一丈八尺的大螺旋钉子了。他"留下买路钱"一言未尽，早被黄忠迎头一箭，不偏不歪，将魏延头盔上斗大一颗红缨应声射落。魏延大惊，不由得五体投地地拜服，下得马来，抛却兵器，向前施礼，拜问姓名，邀请上山一叙。黄忠见他人尚不俗，一旁还礼，通过自己名姓，又问知他的姓名。见他出于至诚，只得同他去到寨中。魏延立时吩咐大排筵宴，恭请黄忠上座。酒至半酣，魏延叙谈自家经过事情，诚意地邀请黄忠入伙，让老大哥坐上第一把交椅。黄忠也就将来意说明，极意劝魏延一路同行，寻个正当出身，莫再做这赤眉铜马的勾当、绿林下江的行径。魏延原本也是好人家子弟，学得一身好武艺，只因事出无奈，万不得已来做大王，并不是甘心做贼。荏苒多时，未曾寻着出路，如今一听黄忠相劝，心悦诚服，当筵慷慨表示愿随前往。登时下令，令弟兄们大家收拾寨中物件。消停了两三日，收拾清楚，带领全山精壮喽啰二千余名，好马八百余匹，金银二万余两，五铢钱十万贯，器械三千余件，驮骡百五六十匹，整顿行装，烧了山寨，随着黄忠同赴新野投效。一路经过地方都是刘表属地，玄德召募之初先时已经通知，地方官吏乐得大王起驾，属地安宁，所以毫无阻拦，一行到达新野。离城二十里，将人马扎驻，黄忠单骑先入城中，去会见赵云。赵云见了黄忠，两人虽然初次晤面，却是十分投契，互相敬慕，立着差官至城外邀请魏延入城，然后一同去见孔明军师。进入府中，参见礼毕，孔明用上宾礼相待，细询二人经历，具知概况。孔明见黄忠举止深稳，态度沉着，威神苍劲，精力弥满，魏延短小精悍，英锐可用，非常欢喜。从来就说"千军易得，一将难求"，于今在这短短的一日之间，连得两员大将，叫他如何不欢喜？自然非凡优待，极力奖励，随即引他二人见了玄德。玄德亦大加称许，立用黄忠权领后将军，留驻新野，助理军务；授魏延为偏将军，率领所部去守樊城，归张将军节制，并令孙乾同去协助。携来金银，尽行犒赏从来士卒；余械及五铢钱存库，杀牛宰羊大飨将士，新兵旧卒互相厮认。赵云同黄魏二人传皇叔意旨，赴新军营中，犒劳新来兵将。人人欢喜。魏延喜出意外，满心快活，带领所部，同着孙乾，去往樊城镇守。

　　两三个月间，玄德招集新军五万余人，偏裨牙将数十余员，有马万五千匹，粮食数十万斛。所属各县，慎选守令，和辑军兵，并胆同心，一力猛进，那一种日兴月盛的样儿，早有人报告到刘表面前。

　　刘表自从蔡瑁逼走玄德之后，心中十分懊恼，只是内碍娇妻，无从发泄，日子久了，便成了一种怯弱的病症。他本来是个名士出身，虽然是无甚才略，于大义上尚还明白。他也知道汉室阽危，宗亲零落，只陈王刘宠稍有才能，不幸横死，幽牧刘虞，宽仁得士，又为公孙瓒夷灭，眼前所剩的益牧刘璋，暗弱无能。自己虽领九郡，薄有时名，究系书生，难拯危乱。儿子幼弱，成就未期，将来汉室兴亡，全在那玄德一人身上。此番听得玄德连败曹兵，威震襄樊，又新得了伏龙、凤雏、黄忠、魏延一般文武将吏，军声大振，名望日崇。况且那南阳白水，更是那光武皇帝发祥之地。不如及己尚存，将荆牧让与玄德，既不负国家兴贤之意，又可寄祖宗付托之基。玄德日后能大发展，自家二子必可附骥以致青云。即就眼前而论，亦可以纾孙曹逼处之祸。因此上，成日在那茶铛药里之前，床蓐呻吟之际，反复思考，舍此别无良策。

意思决定后,自己暗暗写了一封手书,也不同蒯良、蒯越一般谋士,蔡瑁、张允一般武夫商议,即差从事伊籍火速前去新野,恳请玄德速来荆州,共襄大计。伊籍领命出府,悄悄地连夜起程,向新野去了。

在这个时间,江夏却被孙权攻取去了。你道为何?原来,江东孙权常怀杀父之仇,念念在心多日,就派遣细作去荆襄一带打听虚实。不久接了探报,刘备被蔡瑁逐出荆州,屯兵新野;刘表病重,刘琦率领江夏兵船回荆州问病。孙权闻信大喜。即时召集部下文武将吏,商议乘此机会大举兴兵,去取江夏,杀却黄祖以报父仇。

那时,江东第一位开国功臣水军都督周公瑾,同鲁子敬在鄱阳湖训练水军。留下程普、黄盖、周泰、韩当、徐盛、甘宁诸将在建业,其余将校分守各紧要地方。文有张纮、张昭、顾雍、诸葛瑾、虞翻、阚泽、吕范、周鲂、陆绩诸人,武有程普、黄盖、周泰、韩当、徐盛、丁奉、潘璋、陈武诸将,左右侍坐。孙权与众文武商议,意欲亲自带领人马前去攻打江夏,徐盛离席谏道:"主公坐镇江东,不宜轻动,先破房将军,先讨逆将军,均以轻出致危。主公欲报先将军之仇,盛虽不才,愿领一军直取江夏,枭黄祖之首以祭先将军之灵。不知主公意下如何?"孙权听得喜道:"文向若去,胜孤自行。全权相委,便宜从事。孤在此静听捷音也。"即授徐盛为前将军,领江夏太守。留程普、黄盖守护建业,周、韩诸将并裨将二十余员,悉令从征。水军二万、陆军一万五千随着主将徐盛即日出发。徐盛拜辞吴侯、同僚,将士到了城外水师大营坐定,大家商议进兵道路。徐盛道:"徐某不才,此次奉了吴侯将令去取江夏。此去江夏,三条道路:陆路由九江出金牛镇,过咸宁、新市,可攻江夏之南;第二条路,由建业用船只载送,至樊口登岸,经梅城白浒,可攻江夏之东;水师溯江直上,可攻江夏之北。不知哪位将军愿负第一第二两路责任?"一言未了，周泰、韩当齐声愿往。徐盛便令周泰领步兵五千，出第一路；韩当领步兵五千出第二路。二将分兵去了。徐盛再令凌统领步兵五千，随后接应，凌统领令自去。徐盛自督水军，令甘宁领快船五千只，水兵七百人，为前部先锋；丁奉领快船一百只，水兵二千人，为第二队，接应甘宁；潘璋、陈武为左右翼，分领水兵一万二千人，为第三队。一声画角，水军部队照依次第，陆续起碇扬帆，向西上进。那时正是八九月天气，洞庭水平，长江浪涌，西北风大起，五六日光景已到了夏口。

你说夏口是个紧要地方，刘表为何不派重兵把守？这是笑话。刘琦原带兵船二千余只，镇守夏口。黄祖任江夏太守，近在对岸，水陆两军兵力也在三万上下。沿江两部分，兵力超过五万，不为不厚。徐盛水陆全军虽不为不多，但比较起来，差不多相差到一倍，胜负尚未可知。不过，因蔡夫人私心用事，女掌男权，自撤藩篱，开关延敌，把好好一个雄藩大郡送给孙权。后来赵子龙费了九牛二虎之力，方才收复回来，完成荆州九郡。（晋阳已陷休回顾，更请君王杀一围。）从古以来的锦绣江山，多半是送在妇人手里，这有事实证明，并非兄弟捏造。刘琦不走，孙权何敢兴兵？只因蔡夫人见刘表病重，刘琦重兵在握，怕刘琮嗣立，地位不稳，暗嘱心腹蒯越假传州牧命令，派遣专员，星驰就道，去到夏口，要世子刘琦带领所部回转荆州。刘琦在夏口接到命令，父命难违，只好知会江夏太守黄祖，拨了百余只兵船，接守夏口，自己即日起行。谁知方到巴陵，又接到父亲第二次命令，说现因病重，急欲相见，嘱咐后事，教他将兵船驻扎巴陵，要刘琦轻装简从，由陆路星夜兼程，速回荆州。刘琦是个孝子，不敢违背父命，又闻父亲病重，恨不胁生双翼，飞越江湖。自然惟命是从，舍舟遵陆，倍道驰还。比及刘琦到达荆州，夏口、江夏两处地方早已完了。

且说甘宁领了五十只快船，直向夏口进发。乘着顺风，又知刘琦重兵已撤，守兵单薄，毫无忌惮的径指夏口。夏口守将正是当年射死孙坚的黄祖部下一员勇将吕公。他在敌楼上，远远看见江东少数兵船，心中满不在乎。在自己船上擂起鼓来，将令旗一挥，手下百余个战船冲锋围绕前去。一声梆子响，弓弩齐施，箭如雨下。江东船上早死伤了六七十人。甘宁见势不好，吩咐兵士用藤牌挡住箭矢，只管前进。一顿饭工夫，江东五十个快船已成了五十个大刺猬。那时风势愈紧，甘宁的座船同吕公的座船相隔只有一丈五六的距离。甘宁左手挽定藤牌，前遮后掩，右手执着一口明晃晃的钢刀，借着风势，双足从本船上尽力一纵，早跳在吕公座船船头上，与吕公几乎头面相扑。吕公回身一闪，一刀砍来，甘宁的刀已经迎头砍下。吕公招架不及，被甘宁一刀砍死，倒入舱内，甘宁挥刀乱杀，兵士纷纷赴水逃生。余船见主将被杀，都扯着顺风旗向江夏方面逃走。

隔江黄祖已得警报，将江夏战船令部下大将苏飞、张武统率，飞援夏口。二将领令催船前进，正遇着甘宁追杀夏口败兵，双方兵船迎头碰上。一个顺风，一个顺水，长江之险恰恰平分。但是，甘宁兵少，二将船多。战不多时，甘宁所部已经是折伤过半，船只也沉没了二十余只。甘宁毫无惧怯，在那大包围中，越杀越勇，终究寡不敌众，危急万分。偶一回头，却见长江下面，旌旗蔽日，金鼓惊天，江东大队船只好似连城一般，风帆饱满，如乌云一样的掩上来了。第二队的丁奉所部兵船早已冲入围中，接应甘宁。宁见援兵来，战斗愈力。第三队的潘璋、陈武一见前敌紧急，立时分翼齐进。主将徐盛明盔亮甲，在中军大船上擂鼓督战，江水为沸。

那时，隔江黄祖正在黄鹤楼上观战，一见风色不利，急叫收兵。徐盛知他兵备虚弱，揣测自己两支陆兵大约可以如期赶到，哪里容他停战，吩咐左右，传令大小将士，今日不取江夏决不收兵！江东将士奉了命令，个个舍死忘生，奋勇追击。丁奉见甘宁立了大功，催督本部兵船突围而出，追赶苏飞。看看赶上苏飞座船，张弓搭箭，觑得亲切，将苏飞一箭射落水中。张武心慌，被甘宁跳上船头，张武举刀就砍，甘宁将藤牌尽力一挡，张武回身一闪，陈武船恰已赶到，隔着船舷一刀砍去，结果性命。

黄祖见自家兵败，尽起合城兵马，出城掩护水兵抵拒敌人。刚到江边，只见城中火起，喊杀如潮。探子飞报：江东兵将从南、东两门袭入，一路是九江周泰旗号，一路是令支韩当旗号，人马骁勇，声势浩大，城中现已大乱。黄祖大惊，急令步兵向巴陵方面退走，自己上了战船，向金口方面开驶。周泰、韩当得了城池，完成命令，路也走苦了，也未出城追赶。黄祖部下陆军万余完全退回巴陵去了。

比及徐盛上陆入城，下令追击，业已去远，只好收兵。安抚居民，招降败溃，令陈武、潘璋去收夏口，令甘宁、丁奉去追黄祖。甘宁换了战船，如飞前往。待到鹦鹉洲前，风势乍转，把黄祖座船倒流下来，与甘宁的船接近，黄祖见不对头，只身跳上洲去。甘宁一眼看见，哪里肯舍，也跳上岸。一个在前，一个在后，流星赶月一般。看看赶到祢衡墓下，黄祖回头，见是甘宁，仇人见面，料无好处，拔出佩剑，自刎在祢衡墓前。一道灵魂往森罗宝殿拜会正平先生，一来道歉，一来背诵《鹦鹉赋》去了。甘宁看见大喜，向前割取首级，回到自己船中。自家苦战一日也就无力追赶败兵了。黄祖剩余水兵尚有八九千人，由黄祖儿子黄射率领，退屯公安，呈报州牧，听候处分不提。

单说甘宁回转江夏，将黄祖、吕公两颗首级献与主将，徐盛大喜道："吴侯两个仇人皆为将军所杀，真英雄也。徐某此次出兵，多亏将军之力。尚足报命，待某启知吴侯，必有以酬劳勋。"甘宁谢道："此皆吴侯福履，主将指挥。宁区区微劳，何足挂齿！"徐盛吩咐大排筵宴，与众将士贺功。清查府库，点检俘获，声叙功绩，造具名册。得了江夏城池，是周泰、韩当功劳；收取夏口地方，是潘璋、陈武功劳；杀了黄祖、吕公，是甘宁一人功劳；杀了苏飞，是丁奉功劳；杀了张武,是陈武功劳。偏裨将校、出力士卒,一一声叙,不遗一人。甘宁伤折部兵,请吴侯从优抚恤遗族,末后声明:"将士苦战,大半疲劳,未能将黄祖所部完全歼灭,致令半数漏网,由盛布置未周,作战无方,自请处分,以肃军纪。"即日派遣丁奉函送黄、吕首级,有功名册,地方户籍,俘获数目。驾着快船呈入建业,飞报吴侯。

丁奉一到建业,径至吴侯府中,见过吴侯,报告捷音。自从出兵,仅止半月,孙权启视捷书,仇人斯得,喜极涕零,慰劳丁奉,面加厚赍。即日亲率文武将吏,缞绖苴屦,至破虏将军墓下,大陈牲醴,令丁奉手携黄祖、吕公首级,摆列墓前。孙权长跪酹酒祭告,痛哭拜顿。拜罢起身,复西向遥拜徐盛、甘宁诸将,谢其为先公报仇雪恨。回身再拜丁奉,稽颡至地,丁奉一旁还礼不迭。权复拜谢文武将吏,文武将吏一齐拜倒。扶起吴侯,撤了祭礼,脱下缞绖,更换吉服,簇拥回府,士民男女观者塞途,都为赞叹。孙权到府,自入内堂,面禀国太。国太且喜且悲,嘱咐孙权厚酬有功将士。权复出外,大宴文武将吏。亲自把盏,坐丁奉首席,赐三大爵,代表此次出征将校,欢宴终日方才罢饮。即席下令,令甘宁领九江太守,加给羽葆鼓吹,以酬战绩;令丁奉领后将军。有功将士均照原阶晋一级,兵士发给三月薪金,人给酒三瓶,肉十斤,金牌一面。阵亡将士,照原阶晋二级追赠,家属年给银二十两、米十石,赐复十年。江夏、夏口免收今年田赋,处分诸事都毕,然后赐徐盛手书道:

丁将军还,敬悉劳苦。以将军之才武,佐以兴霸诸君,固知必胜。特未意发蒙振落,迅捷至此耳。将军劳苦,先公之仇,得以遂复。九京可作,当为感喟。将军之施,痛瘵勿敢忘。先公佩剑,敬贻将军。持此令众,以扬国威。江汉之事,一倚将军。军民之务,以便宜行之。庶免遗误,将军过自损抑,夫何为乎?我仇既得,多杀何为?九郡之众,可胜戮乎?将军幸厚自爱,无谦谦也。

权白

权将破虏将军所遗佩剑，以国太命赐与徐盛佩用，彰复仇之功。令丁奉携带犒赏物品、命令、手书仍还江夏，代为颁发，顺留协助。令周、韩二将还建业，潘璋、陈武赴濡须坞，协助子明、子义。丁奉领命，回转江夏。徐盛奉令办理。惟佩剑不敢用，香花供奉而已。

江夏、夏口两处地方失守消息，四五日内便传遍了荆州。两地退屯下的水陆军将，也各有呈报到府。刘表虽在病中，左右以事情重大，不能不给州牧知道。刘表听得消息，病势增加，恰值刘琦赶回，晋府侍疾。刘表扶病，询问两地失守情形。刘琦不敢隐瞒，将沿途所闻战况约略告知。刘表久病心虚，又怒又惧，一霎时，心神拂震，头目昏眩，不能支持，便自厥逆过去。左右侍人叫唤不醒。刘琦在旁泪汗交流，手足无措。蔡夫人安排已久，情急智生，大声说道："大公子忤逆不孝，将君侯活活气死。此种逆子，留之何用？"吩咐左右，绑出府门斩首。左右都是蔡夫人的私人，又是先设就的圈套，登时将刘琦绳穿索绑，牵出府门。蔡夫人又令蔡瑁带领心腹人马，守住四城，不许外兵入内。蔡瑁领命。

刚出府门门首，只见迎头进来三人，头一位是常山赵子龙，戎装佩剑，威风抖擞；第二位正是新结仇人刘玄德，也是全身披挂，宝剑横腰；第三位却是本州从事伊籍。正在府门下马，后面一队兵卒，约有千余。十分骁果，分驻府前。蔡瑁一见，早吓得魂飞天外，魄散九霄，只得上前施礼。玄德正待还礼，一眼看见刘琦绑在柱上，立令子龙松绑，便问道："大侄为何如此？"刘琦含泪泣诉原因，玄德听得不由得怒发冲冠，喝令子龙将蔡瑁监押，不许外出一步。然后自同刘琦、伊籍进府问疾。

府内刘表一口气悠悠回转，不见了刘琦，只蔡夫人同着刘琮侍立榻前，便问道："琦儿哪里去了？"蔡夫人答道："刚出外去。"刘表叹口气道："夫人，你不要这般糊涂。你们里里外外，想主意要害琦儿，好教琮儿嗣位。你去想想，你不知道别人，你那刘备叔叔，你难道也不知道他的为人么？琦儿若有一差二错，你母子还有葬身之地么？我早已令本州从事伊籍去请他来做荆州之主。趁我在日，好生嘱他不念前仇，看待你母子也就是了。你把你的坏心收起了罢。"刘表一面说一面喘气，蔡夫人正待要设言回答，玄德同着刘琦、伊籍不待通报，已经进来。蔡夫人忙避入内。

玄德来时，只留黄忠守住新野，自同孔明、子龙领了一万二千人马到了荆州。孔明领兵驻扎城外，玄德与子龙只带小队入城以防变故。当下到了刘表内寝，径至病榻前问病。表见玄德已来，心中一喜，精神稍振。颔首令玄德坐下，方慢慢地说："贤弟，现在汉朝宗室今仅三人，我死之后，贤弟可接领荆州，以图光复汉祚。嫂嫂、侄儿请看在愚兄分上，照顾一二。"玄德流涕答道："兄如万一不幸，弟当辅助琦侄，以成兄志。"刘表叹道："此种时世，他两个小儿岂能立足？"教刘琦兄弟在床前拜过玄德，玄德连忙扶起。表令刘琮入内，取出州牧印绶，又唤刘琦道："吾儿仁孝，勿记前隙。你母妇人之见，可不深论。你兄弟年幼，你须好生教导他。"刘琦痛哭受命。刘琮将印绶取出，刘表叫玄德收下，玄德执意不肯。只见刘表两目往上一翻，叫声："贤弟！国家为重！"说到重字，已不成声。三魂杳杳，七魄悠悠，脱离尘世，去寻他当年八及八厨八顾一般老友，重修旧好去了。

刘表一死，玄德与刘琦母子一齐大哭起来。府中内外同时举哀，声震屋瓦。伊籍苦苦地将玄德劝住，请到外面，先行理事，以安民心。玄德一面令府僚安排景升丧事，一面火速令人迎请孔明入城，一应事情，尽听孔明主持。自同刘琦兄弟朝夕至景升灵前哭奠含敛，尽哀尽礼。所有丧葬仪注，悉从丰厚。

孔明下令将带来人马分扎四城。令子龙总持军事，荆州军马尽听节制；令蔡瑁仍回汛地；令伊籍领巴陵太守，即日前往，抚慰刘琦水军，收拾黄祖旧部水陆二万余人，即由伊籍统率，保卫巴陵；令马良领零陵太守；马谡领桂阳太守；云长领襄阳太守；蒋琬领长沙太守；费祎领南郡太守；董允领武陵太守；蒯越领郧阳太守。凡守令之不称职者，即拣选贤能，立时撤换。勤求民隐，通财节用，流通商贾，保护行旅，轻徭薄赋，重农贵粟，农隙讲武，以时训练，务使地无弃利，民有余粟，簿记精壮，以备征发。诸太守各各遵命前去。

玄德遵景升遗命，正式自领荆州牧，其余文武，略有更易，随才任使，俾各尽其职。又以景升末年，政多疲玩，于是修明法令，整顿官方。令出惟行，法犯无赦。转移之间，耳目一新。玄德同刘琦兄弟办理景升丧事已毕，即请刘琦遥领江夏太守，仍领原部水军，暂驻巴陵，以图恢复。从新野迎徐母来荆州与蔡夫人同居，以便有所取法，改变性情。把一应应办事件都办得井井有条，丝毫不紊。军事、政治，十分整顿，这也是州牧分所应为，却不料就招上两处的忌刻来了。正是：

鼎足三分，共逐中原之鹿；剑光一瞥，又挥大泽之蛇。欲知后事如何，且听下回分解。

异史氏曰：隆中一对，开三分鼎足之基，此千古指陈得失兴亡之重要文字也。亦仅此足传诸葛之平生，是不可以删弃而泯没之。今易草堂为虎帐，即于初拜军师座上而公言之，真较前席陈词，为尤得体。只略加颠倒前后文词，于是诸葛有志未达之"南出宛洛，西出秦川"二言，遂以通篇着意之主，而本书之要旨亦明。其原有"曹操不可与争锋""孙权可与为援而不可图"等失志之语，则竟予删去而改易之。以启下文，更为妙绝，如是诸葛乃益显矣。

新野一番整顿，便引起四方豪杰从风；顺手入黄、魏来归，为英雄生色不少。不仅减去多少辱没文字，如《演义》之所云者，亦见弃暗投明，英雄向背，应有自能择主之方也。岂可以"降将军"三字，妄加于忠义之士若黄忠者呼？魏延人品低下，故其出身不可与黄忠同；素有反骨，即令其落草为寇，明有贼性也。然延固能敬忠者，不没其善，即令其随忠来归。此中翻案，深寓褒贬之意，谓为游戏文章，随便可以落笔，又乌足以语此乎？

尝读《三国演义》至"蔡夫人议献荆州，诸葛亮火烧新野"，窃怪刘备之不取荆州于刘表屡让之时，尤可说也；及刘琮僭立，父丧不赴，甚至举土降操，此真天与之机，殆无不可取之理，而仍不取，诚不可说也。卒至烧新野，走樊城，败当阳，奔夏口，携民渡江，而民尽罹于锋刃，托孤寄命，而孤莫保其首领，不忍者以至大忍，不惟丧兄之土，且丧兄之民；不仅兄之家破，又见兄之妻若子皆亡也。若此者，会有何面目复见兄表于九泉之下乎！乃实心乎荆州，锲焉不舍，必授于人，始从而力夺，即使荆州为曹操所有之荆州，复再为孙权欲得之荆州，于是借荆州，分荆州，索荆州，还荆州，自启无数葛藤于后。以至于猇亭挠败，忿兵殒身，皆一荆州之故。此一着大错，何莫非假仁假义以聚九州之铁乎？而不仁不义亦于其贻裥间见之矣。

时平之与世变，不可同日而语；守经之与达权，必求用得其宜。当是时守土存孤，以兴汉室，岂异人任。刘表知其子不能承父业，临死哀鸣，以州相让，大义何等可风！君子义焉。本书全表之志，盖备之失，直以让书，遂使赤壁鏖兵，尽成虚话。笔底保全军民性命，岂下百万。而删却舌战群儒、草船借箭、蒋干偷书、南屏祭风等一类儿戏文章于不足齿，真寓大议论于无形者也。吾知刘备读之而扪心，刘表见之而啜泣，孔明、周瑜闻之，亦将瞠目结舌、掩耳而疾走也。呜呼，快哉！

刘琮之降操，成于王粲一言，此蔡中郎所谓异才，如是如是！惜本书未一借题骂之。而吕公必死于甘宁之手，黄祖必丧于祢衡墓侧。甘宁投吴，则不书而讳之，所以重才子英雄者至矣。此即春秋之笔法，而佛氏之因果也。世人读之，安得不称快？更有蔡夫人之不死，令跟徐母同居，以便改变气质，尤令人解颐者竟夕。

第三回

远交近攻周郎设计　　因虚作实曹相兴兵

　　话说刘景升一死，刘玄德接领荆、襄八郡，招贤纳士，搜卒练兵，猛将谋臣云萃雾集。那一种蓬蓬勃勃的气象，不然而然的就招得素相仇视的敌人疑忌了。就中要算孙权一方面疑忌为最甚。若依常理说来，曹孟德对于刘玄德，以为"天下英雄惟使君与孤耳"，对于玄德方面，似乎十二分忌刻，要比孙仲谋更甚一层。依兄弟看来，却大谬不然。曹操自据兖州以来，东歼吕布，北平袁绍，西定关中，南收宛叶，纵横徐豫，坐镇许昌，战无不胜，攻无不取，人才兵力，凌跨当时；挟天子以令诸侯，扬兵威于绝塞，目空一切，旁若无人，他那心目中，几时还有涿郡乡里一个打草鞋的老土百姓在他心坎上？在那青梅煮酒论英雄时候，大言炎炎，抹煞一切，眼前都无一个当意的人，十分没奈何，才见景生情，请出这一位大耳公前来陪衬陪衬，表一表"江东无我，卿当独步"的意思。明是当面赏识，实是暗地取笑。好一似清朝成亲王写部胥的宣纸角上，你也配罢。偏偏这位大耳公当真的自命不凡起来，受宠若惊，失张失智，把一双挑凉粉的象牙筷子，轻轻的被那晴天霹雳轰下尘埃，实行孔夫子"有盛馔迅雷风烈必变"的老文章来了。这样开玩笑的举动，只好去骗三两岁小孩子，哪里骗得那老奸巨猾，眉毛根都是洞的曹孟德？故而一笑置之，不加推究。

到了这个时候，刘玄德得了荆州，他定在那一旁笑他庸人庸福，决是不能久享，早晚仍当属诸自己。但是，孙权这一方面可就不然了。因为江东与荆州先前已经是不共戴天的仇恨，如今又夺了江夏、夏口两处地方，那个仇恨越发深了。仇人方面一强盛，自家的祸患就快发生了。当下刘玄德坐领荆、襄的消息，不消十日，已经传遍长江上下游。本来长江一水，交通便利，江陵到江夏，轻舟顺风，三五日可达。江夏守将徐盛打听的确，令丁奉代守江夏，自驾轻舸径还建业，飞报吴侯。那仰承父兄余业坐领江东、碧眼紫髯赛波斯人的孙仲谋接见了徐盛，听到此项报告，心中异常不安，即时召集部下将吏，商议应付方策。

恰好周瑜、鲁肃因在鄱阳湖训练水师，事情就绪刚回建业，参加会议。谒见过后，极端赞美吴侯调度有方，用兵神速。孙权便将徐盛功劳当众表白。周瑜起立，携着徐盛的手说道："江夏为荆州重镇，防御向来严密，文向既能劝主公持重，复能披坚执锐，为主公效力疆场，十日之内为主公复先世之深仇，得上游之要地，真当代之英雄，瑜不如也！"徐盛答道："都督太为过奖，此番盛所以能侥幸成功，上邀先破虏将军在天之灵，又承主公指示，都督声威，列位将军冲锋陷阵，躬冒矢石，方熸敌兵。盛不过效奔走之微劳，为武夫应尽之责任，区区之功，何足挂齿？"周瑜喜道："能知大体，又不居功，当年大树将军，不过如此，真社稷臣也！"孙权笑道："公瑾之言甚是。"在坐文武齐声赞同。当下文武分东西坐定：东班一列，是周瑜首座，程普、黄盖、徐盛、周泰一班儿；西班一列，是鲁肃首座，张昭、张纮、顾雍、虞翻一班儿。向来中国的旧例，是文东武西，因为当时天下纷纷兵荒马乱，只好权时重武轻文；要待天下太平，军人退伍，实行征兵制度，完成宪政时期，那时文武方能恢复原状，改列东西。又兼周瑜、程普都是当时选举上计的异等茂才，文挂武帅，威权在手，那势位自然不议而尊。子敬、子布诸公文绉绉的只好虚左以待，敬谢不敏了。这且不表。

单说孙权对众文武说道："孤与荆州有不共戴天之仇，赖先人威灵，文武协力，文向一出，为孤大雪前耻，得了江夏、夏口，不可不谓非江东之福。但因刘表昏庸，艳妻干政，号令不一，调遣乖方，故孤得以水陆夹攻，一鼓而下。顷据文向报称，刘表已死，刘玄德自新野兼程就道，入据荆州，易置郡守，招致贤豪，南阳诸葛亮、襄阳庞统、颍上徐庶、宜城马良，并入幕府，谋划兵机，着着布置。又新得黄忠、魏延一般战将，训练士兵，不遗余力，再加荆州原有水陆军马，至少当在二十五六万人以上。江夏之战，黄祖败亡之余，水陆两军亦有两万余人未受伤夷，自怀报复，刘备必乘机利用，以作前驱。后有重大之援，必为后患。孤想那刘备与先将军同时起义，声讨黄巾，异军突起，累立殊功。先将军曾言其耳大垂肩，手长过膝，将来必能做一番轰轰烈烈的事业。虽一败于吕布，再厄于曹操，卒能百折不挠，安然脱险，屡濒危难，仍得保全。在彼初投刘表时，士卒不过三万，谋士仅一徐庶，尚能以寡胜众，败曹仁、李典十万之兵！现在既得八郡地方，又拥此十倍之兵力，据财赋之区，临上游之地，聚计谋之士，萃将帅之才，众望允孚，羽翼丰满，不北向以争中原，必东向以争江表。近闻彼命刘琦为江夏太守，率领兵舰驻扎巴陵，虽未明言为黄祖报仇，但思得江夏，以符九郡之名，蓄意窥伺，不问可知。若待其盛兵东下，为计已晚。不如乘其未定，先事进兵，折彼阴谋，俾无遗患，诸君以为如何？"

周瑜起立道："主公所言荆州情形至为明确。但以瑜意测之，刘玄德虽有大志，然出身寒俭，颠沛半生，此番如天之福，得以坐据荆襄，已出非分，三数年间，瑜敢保其决不出巴陵一步。一由荆州水军，多由蔡氏亲属率领，此次刘表将荆州让与玄德，在刘表可谓知人之明，谋国之忠；在蔡氏以玄德唾手而得荆州，令刘琮不得嗣立，小人识短，不无怨心。玄德欲与江东为难，非先整顿水军不可，欲整顿水军，非先去蔡氏亲属不可。蔡氏亲属在荆州水军中根深蒂固，去之不易，既去之后，再加整顿，此事非旦夕可以办到，且不能保无负固不服，据地抗命之徒。虽无多大影响，事后补苴亦不容易。二由荆襄八郡太守，悉易新人，因刘表暮年乾纲不振，人才寥落，政令冗阘，民生凋敝，军备虚弱，故我军得以一鼓而下两地。今玄德继位，以全权畀之诸葛亮。亮明于治体，达于时事，虽外负管乐之名，实纯任申韩之术，以法为治，政治一新。然而，风土人情，均非夙习，劳来抚字，动辄经年，内力未充，军民未洽，地方未定，政事未修，以亮之才识，佐以庞、徐之商讨，刘玄德半生所历之境遇，决不致轻启外衅，以肇兵端。出兵东下尚难实现，即令不顾万全，有所盲动，徐文向才兼文武，统辖上江，威名之盛，足以应付。甘兴霸久惯江湖，坐镇九江，舳舻千里，呼应灵通，瑜与子敬总率鄱阳水师，以为后援，周、韩两将军以陆军夹辅江夏，保固江山。玄德虽举全力相向，我之水陆两军似亦无所畏避，然皆利守而不利战，以彼方面均系劲敌，绝非黄祖庸懦之比。主公思患预防，欲乘江夏战胜之威，大出舟师，以殄方张之敌，既不能倾国以争上流，又惧合肥之曹兵进袭根本之地，左支右绌，必致为难。再三思之，殊非善策。"

孙权听瑜所言，频频点首道："公瑾之言是极。但此后应付，如何方可？"瑜道："以瑜愚见，且不动兵，养精蓄锐，坐观时变。但严要地之防，以备不虞之事。曹操夙有混一区宇之心，席卷荆襄之志，既忌玄德之得地，复耻曹李之败兵，况襄樊接近中原，地邻密迩，关云长与徐元直坐镇此间，深沟高垒，招纳叛亡，收买近地马匹，煽动黄巾余孽，其志初不在小。曹操一世枭雄，目营天下，宁肯留此心腹之患？以遗噬脐之忧，利害倾轧，必生变故，战争之启，即在目前。依瑜愚见，不如备办贡物，令张子纲前去许昌，以进贡天子为名。曹操急于得荆襄消息，必向张大夫探询荆州近讯。那时张大夫便可乘机进言，极力夸张玄德兵力之雄厚，计划之远大，言其简练水陆，克期大举东下，以攻夏口。操若询江东应敌之方，可答以吴侯以全军畀瑜，先修江夏、夏口两地防务，以逸待劳。曹操诡计百出，惯于乘机，必乘荆州之后，进袭襄樊。是曹刘之兵将斗于白河之域矣。我集中精锐于九江，曹胜则我溯江以取巴陵，进取长沙武陵诸郡。刘胜则彼所遇为劲敌之曹操，虽竭智勇以致全胜，其内力必亏，损伤必大，必无余力以再与我相持。我保持全力，按甲观衅，择利而行，万无一失。瑜之所见如此，未知主公尊意如何？"孙权听瑜娓娓而谈，分析两方情况，敷陈时势，洞澈本原，较量利害，了如目见，凝神静听，大喜过望。说道："孤为此事日夜忧心，得公瑾一言，如释重负。但事机时有变易，忧危不可不防。公瑾明日可仍同子敬往鄱阳湖，将内湖水师移泊外江，分驻九江附近各地，随时准备相机动作。水陆之事全权相委，战守机宜，无须关白。文向先还江夏，整饬防务。再令朱桓专守夏口，归文向节制，以资辅助。令兴霸集中精锐以赴急难。令太史慈领陆兵五千赴濡须坞，协助吕子明，防备合肥曹兵猝出，先扼其东下之路。"周瑜喜道："主公如此布置，面面周到，虽有变端，亦无虑矣。请令周、韩两将军各率步兵五千，出屯西梁山，时时戒备，候令即行，以资援应。"孙权连声道是。即令周、韩二将领兵出发，听候都督调遣。周瑜、鲁肃商妥大计，同了徐、朱、周、韩、太史慈诸将拜辞吴侯，遵照命令，遄赴防地去了，布置一切，以备不虞。

孙权入府，吩咐执事人员即日分头驰赴各物产地，采办江东著名土产，温橘富笋、象齿南金、于术安桂、江缎杭纺、轻纱薄縠、锦绣文绮，各种珍异物品，装贮箱箧，入贡建安皇帝。令江东素有物望、中原钦仰的大夫张纮携解前往。少不免带着恭请天子圣安的表章，问候丞相起居的书启，馈送当朝权贵的土仪，大箱小担，即日起程。出了建业，渡过长江，沿途上饥餐渴饮，晓行夜宿。经过地方，便是曹氏所属也知道是江东贡使，自然加意款待，小心保护，兼之张子纲在当时甚有声名，人知敬仰，比荆州的韩嵩身份还高，所到之处，自占便宜。不上半月光景，一路平安，径抵许都，进了皇华馆驿，声叙来意。驿官敬谨招待，伺应茶水，安置行李。张纮休沐稍息，因奉要公，不敢久延，由驿官安排车马，派人祇送。带了从人，携了书启、礼物，先到丞相魏王府中投到。正是：未去朝天子，先来谒相公。

张纮来到府前，连忙下马，整肃衣冠，由府卫引导入门，投了名刺，门官一见，知道是孙侯进贡使臣来见丞相，加意招呼，立为通报。

那时汉大丞相新加魏王封爵的曹孟德，真是"一人之下，万人之上"，潭潭相府，赫赫王门，剑佩盈庭，戟铍夹道，门施行马，车赛游龙，位极人臣，势凌百辟。正因机务稍闲，退朝还邸，召集荀彧、荀攸、程昱、刘晔、贾诩、华歆一班心腹谋士，在相府花园暖阁中置酒小饮。左右列坐，上下交孚。方在那里谈论荆襄近事，商讨覆灭孙、刘阴谋。左右近卫领着门官站在阁外，代为禀白。操令唤入门官，门官随着近卫入阁，向前参见，禀称江东贡使张纮求见丞相。操闻言微笑，令门官延请张大夫至王府东阁小坐。令承候官祇肃陪侍，孤即出迎，门官领命，退出阁门，自去招待张大夫。

操顾众谋士曰："诸公亦知江东来使之意乎？"刘晔答曰："江东久不入贡，今忽然遣使前来，必有所谓。"荀彧微笑道："不过，因刘备新得荆州，欲来探询丞相意旨，以定彼方对待之方策耳。"操拊掌大笑曰："文若之言是也。"即起身前往东阁，嘱咐众人小坐。操入阁坐定，丞相长史陪张纮入见。张纮进了阁门，上前参谒，操亲手扶起，自移坐，命坐，就相慰劳，十分礼貌。然后动问吴侯起居，张纮一一答复，敬致吴侯谒候之忱，递上书启。操亲自启视，喜动颜色，连声道谢。寒暄已毕，操问道："张大夫来自江东，必知荆襄近事。顷闻刘备召关云长入荆州，襄樊兵马颇有移动，不知因何事故？大夫谅有所闻，敢请明教？"张纮答道："丞相明见万里，军情消息何灵通若此！顷吴侯因报杀父之仇，派遣徐盛领兵袭取江夏，杀了太守黄祖，此事尚未奏闻朝廷，深为愧惧，故遣纮来许谢罪，幸丞相为之先容，代求天子赦宥。惟刘备乘刘表病重，统率兵将，奄据荆州，未奉朝命，自为州牧，易置守吏，弁髦国宪，雄视江汉，夜郎自大。近信关云长之议，欲取江夏，以完成荆襄九郡之名。云长自至荆州，移张飞接守襄阳，探闻刘备拟以云长为主帅，诸葛亮为谋主，率水陆士兵十七万人，大举东下，黄忠、赵云悉赴前敌，声势浩大，上游震动。"操闻纮言，故作惊讶道："刘备倾国以出，其势良不可侮。吴侯当此劲敌，殊为棘手，不知吴侯如何应付？"张纮答道："大敌当前，诚如丞相尊论，现在江东上下一心，全力对付。吴侯以徐盛统前军，据江夏、夏口，大修工具，尽力防御，以主待客，以逸待劳，预备久守，以挫其方张之锐气。然后以周瑜将中军，甘宁统后军，率九江、溢口、豫章诸水陆军，遄赴江夏、夏口，声援击其惰归，作殊死战，或不致于覆败。恐将来战事非一朝一夕可了。"操闻言频频点首道："吴侯计划周详，足操胜算。但战端一启，至少亦须三五月，胜负方可决定。"张纮答道："丞相高明，人所不及。"操道："孤意欲留子纲在朝，辅弼天子，子纲可否见允？"张纮起身谢道："谢丞相提携，极所愿意。惟纮此来，系奉吴侯之命，不可以私情而废公谊。请俟复命后，决来追随剑履，日侍左右，得以长奉明教也。"操喜道："子纲信义之士，决不欺孤。明日朝觐天子，事毕即还江东，幸携眷属同来，孤当扫榻以俟也。"张纮谢罢告辞出府。操亲自送至府门，赐宴驲中，令长史陪宴，为张大夫洗尘。又令传谕谒者，次日引导张纮觐见天子。建安皇帝赏收贡物，当面大加奖励孙权几句煌煌天语，加授张纮为大中大夫。张纮叩谢圣恩，下殿出来。再至相府，谢宴辞拜。操命以玄狐紫貂敬馈吴国太，以青鼠裘赠送吴侯，答谢盛意。张纮谢领，自还江东复命去了。此是后话。

当操送过张纮，仍赴花园暖阁坐定，与众谋士计议道："张纮此来，明系周瑜诡计，盛言刘备倾全力东下，暗中示孤以取襄樊之机。孤素知云长之意不在吴而在于孤，决不轻弃襄樊绾毂中原之地，去取难于即得之江夏。然刘备以荆州九郡之名，欲取得江夏亦系意中之事。孙权欲斗孤兵于白河之域，彼既可以缓目前之争，又可以承战后之弊，诸公洞悉兵机，深谙情势，有以发其覆而折其谋否？"荀攸起立答道："丞相智虑高远，洞悉江东之阴谋。以攸愚见，江东既注全力以防御荆州，合肥方面防务必弱。丞相明日便可拜表出师，讨伐刘备不奉朝命，擅据荆州之罪。令曹子廉假公旗帜，大张声势，会合叶申守将曹子孝、徐公明，作进攻襄樊之势。行至中途，逗留不进，屯兵境上，以作疑兵，诸葛亮素有谋略，善于用兵，江东遣使前来进贡，荆州谅已探知，此中情伪，能者了然。况以诸葛亮、庞统、徐庶诸人，皆有过人之才智，宁不知吴之所以诱我与我之所以诱吴？必敕云长按兵不动，坐观成败。彼新得荆州，劳来安辑之不遑，昼夜程功，尚虞不逮，奇辱大耻，方且负之，眼前决不致轻启兵端，自耗实力，是此路可保无战事发生。丞相却自领重兵，径趋合肥，以袭吴会，同时出发，声东击西，吴虽在濡须设防，兵力不厚，我猝以重兵临之，当无不破。乘势锐进，江东左右皆敌，军心一摇，必至土崩瓦解，亦千载一时之机会也。丞相以为然否？"操闻攸言罢，大喜曰："孤意亦正如此，公言适与相应。公孤之良平也，江东虽有周瑜，其如公叔侄何？"即召曹洪入府，面授机宜，曹洪领命自去准备。

操次日上朝，拜表出师，讨伐刘备。建安皇帝心下忐忑，但是，又不敢不允，只好当殿准奏，吩咐内侍从宫中发下白旄黄钺，御驾送行。操恐泄漏军机，再拜辞谢，出宫回府。即日起程，留司马懿护丞相府事，自率荀彧等一众谋士、许褚等一众战将夜出许都，暗暗地向合肥进发。曹洪却大张旗鼓，径向襄樊前进。正是：

　　虎皮蒙马，极钩心斗角之奇；蛟势成龙，露舞爪张牙之状。欲知后事如何，且听下回分解。

异史氏曰：此一回为全书过渡文章，凡蜀汉之委贤才，失大计，攸关于开基立国之得失兴亡者，既毕于前二回翻案尽之，三国局势已为之一变。以人言，则伏龙、凤雏、元直、马良，一时交至；关、张、赵、黄、魏等，英杰从风。人才荟萃，不待三顾之劳，百里之试。樊城说降、散关请守之曲折，荆州求贤、南征献策之迂回，长沙义释、法场袒臂之奇特，而龙虎风云，都成聚会。不取波谲云诡之雄文，不尚往复低徊之极笔。在玄德业庆得人之盛，不待角智而后昌。以策言，则荆楚、襄、樊收于一让。伊籍之救，不必举其功；檀溪之马，不必称其跃；民心之属，不必携之渡江；四郡之归，不必劳于武力。若蔡夫人、蒯良、蒯越、蔡瑁、张允等，一班难养之女子小人，更不屑以污笔墨而曲曲传之，不惟隐恶彰善之旨明，而白水、南阳即立授有志中兴之先主。只二回文字，已使徬徨无归之玄德，席人归天与之势，有鼎足可成之基！岂但正统终不予曹，即刘氏子孙仅保之襄樊，亦寸土不可归于操贼，并刘琮亦不令以降操书也。吁！意何伟欤？然而事固美矣，使彼孙、曹当此，其妒嫉愤恨不安坐卧者，又为何如？

就三国历史言，则有三分之雄者，必有三分之力；成三分之势者，必有三分之才。以力与才，均以雄与势敌，夫始能分鼎足之局，理固然也。今刘既若此，则孙、曹两方应付之权谋文字，亦不可不亟为写之，以明形势，而见屈伸。于是翻案可得而言，兴衰可得而睹，事势所必宜若此，即文章之结构开合，亦必然如此而始有以着笔也。又岂文章着笔所必宜如此，抑且阅者人人心目中急不可待，亦必亟亟问曹、孙之果若何，所以欲知此者也。阅者于三方之形势既明，从而得观其成败，论其短长，如骑之引鞯，如舟之执楫。无此一回文字，则无以济远涉险，以穷道里山川之胜。又必极书智均力敌之奇，以见奔车飞渡之功，而显人为制作之巧，真所谓挟泰山以超北海者，称为过渡文章，犹只今之航空，足以比例之耳。

综曹操之一生，奸谲诡诈，千古无与抗衡，而其伎俩，特亦惯用"因虚作实"四字尽之矣。如羁縻玄德，学圃不易之言，青梅煮酒之论，岂不知玄德终不为人下，自无非因虚作实耳。牢笼云长，三事相要之诺，五关斩将之宽，岂不知恩德不足结其心，亦无非因虚作实耳。其如割发代首、望梅止渴，曹丕甄氏之纳，典韦死马之祭，一切小权小智，无一不以因虚作实行之。其尚未得志以前，如刺卓献刀，疑奢灭户，矫诏以会诸侯，勤王而迁天子，因虚作实，早成天性。及其既得志也，缚虎而诛吕布，鸡肋以杀杨修，许田射鹿而试众心，腐儒舌剑而快自杀，矫诏以召马腾，抹书而间韩遂，凡兹奸诈，书不胜书，又无一而非因虚作实也。甚至易炎刘之祚，则欲为文王，俾其子克成其篡；至于身死犹存疑冢七十二以惑人心，可谓由生及死，无时不在因虚作实中也。故写老瞒之权谋，只于因虚作实而已足。若小周郎之平生，如草船借箭，如蒋干盗书，如甘露招亲等喷喷于妇人孺子之口者，要而论之，又无非"借刀杀人"而已！故写周郎之妙计，必不能出于借刀杀人之外也。即此题目上八字，已将孙、曹两方智计，活画无余，更不必再看文字，文人笔底岂真有鬼哉！惟将曹操、周瑜骨髓咀嚼入腹，再行吐出，自必淋漓尽致，满纸乱跳者，皆为活曹操、活周郎矣。所谓文有三昧，此其是矣。

　　将青梅煮酒一段事迹，透辟论来，谓曹操并无刘备在眼里，"明是对面阿谀，暗是当场取笑"，闻雷失箸，本不足以骗老瞒，直将世俗哄传之说，彻底推翻，此真有无上见识，亦见《演义》误人。而此书启人聪慧，无处不高人一等，不惟翻案议论，入木三分也。故只知追寻史迹之《演义》可以不读，而不可不读凭空结撰之本书。况中国本称无史者乎，又何必于史是求也。即此轻轻翻案，寻笔逗入下文，以见江东一水相连，不能安枕，自成入情入理之文字。而叙江东朝会，重武轻文要待天下太平，军人退伍，方可恢复文东武西秩序，信笔皆成感慨激昂之言，何等有味。又谓程普、周瑜威权在手，势位自然不议而尊，尤见揶揄古今不少。若周瑜一段策算言词，针对本书局势，决其动静机宜，又非胸怀经纬者，不能道其只字，太公一部《阴符》，乃呈现纸上，几使读者认为真有其事。周郎周郎！吾恐彼周郎者，尚不如此周郎也。

　　第一回因徐母叙及曹操一方，是曹为旁文。第二回因江夏叙及孙权一方，是孙为旁文。本回局势一易，而入孙、曹两方，是孙、曹皆为正文。一方为旁文者易叙，两方皆正文者难叙也。又前二回皆写事迹，本回专写权谋。写事迹者实也，实则易为；写权谋者虚也，虚则不易为。以不易为之文，而下难叙之笔，写得机诈百出，权谋互称，不惟孙、曹沾沾自喜，想著者捉笔终篇，其不沾沾自喜、雄视古人者盖未之有也。

第四回

泄旧忿张绣投孙权　　挫先声甘宁射乐进

话说魏王曹操因识破了江东进贡的阴谋，不肯受他人的利用，与众谋士商定了对策。一面令曹洪、徐晃诸将打着了自家旗号，大张声势，前去攻打襄樊；一面自家领着武将谋臣，潜入合肥，暗图吴会。正合着兄弟乡间土谈"西边打雷东边下雨"。

在江东方面，方以为吾谋得行，鹬蚌相持，渔人当然可以获利，谁知曹孟德临机应变，诡计多端，发奸擿伏，想出这东餐西宿的法子。看官们决以为江东方面必上曹操的恶当，谁知大谬不然。曹军方面，却有一个败军之将，轻轻巧巧将军机泄漏，令江东得以先事防维，一战而胜，这叫做"人巧不能胜天，百密还防一漏"。那败将却是何人？乃是在宛城大败曹兵、三国中赫赫有名的扶风张绣。

那张绣当年虽然连破曹兵，只因兵微地狭，不能持久，本人又系董卓部下余党，任何人不愿与彼联络，弄成一个独立无友。没奈何才请贾诩做个引线，向曹操献上降文降表，纳土归朝。曹操何等聪明，居然不念前仇，开诚收受，加官进爵，令列朝班。张绣自然感激图报，之矢靡他。偏偏好事多磨，那曹操次子五官中郎将曹丕，因多读了几句死书，不知道父王收买人心的用意，只知道什么"兄弟之仇不反兵"，偶然念着兄王曹昂，一见着张绣，便如眼中之刺。有一日，曹丕大宴满朝文武官吏，张绣一同在坐，曹丕酒量最豪，多吃了几杯，自古道"酒醉露真言"，便与众官说道："当年董卓大闹西京，他部下那一班鹰犬将士，助桀为虐，焚烧杀掠，惨不忍言。到了后来，李、郭、张、樊自相残杀，倒也大快人意。"众官齐声道"是"。丕停杯又说道："那些东西，狼子野心，无恶不作！他的心肠是无论如何决不会改变的。"众官见话中有话，一半儿答应道"是"。只听曹丕又说道："世上专有那种寡廉鲜耻的人，杀人骨肉，还要腆然面目，同列朝端，言之令人发指！"他一面说，他那目光却一面渐渐地移到张绣座上来了。

　　张绣本来心中有病，被他这一番酒后狂言，说得耳红面赤，抬不起头来。满坐众官都惧怕曹丕，大家都怕惹火烧身，只静悄悄的以目相视，就中便有陈孔璋在座，也是将曹操骂得狗血淋头辱及三代的。不过，曹操父子待他甚好，比较张绣不同，此刻见张绣为难，未免同病相怜，恐怕又生出旁的波折，便离席谏道："世子，酒以合欢，不宜过涉他事，恐丞相闻之，致干未便。"曹丕被他一语提醒，酒意全消，吩咐左右散会，一场风波就此无形了结。张绣当时心中感激陈孔璋片言解纷，否则不知到什么田地。无精打采地回到自己私宅，杜门休息，靠着胡床似睡非睡，心血来潮，自己思前想后：宛城一战，杀了曹操子侄、爱将典韦，论起冤仇，比山尤重，比海尤深。那曹操不过以天下未平，恐阻敌人来归之路，目前忍着心肠，暂为容纳，后来未知如何，大约决无好处。即令曹操包容到底，也逃不过深谋险仄的曹丕、刚猛凶暴的曹彰他二人掌握之内。自己叔母又被他凌辱以死，怨仇已结，祸患难逃，越想越气，越想越怕。待要私人逃出许昌，从前旧部都散驻宛、叶、穰城一带，若被诇知，必无死所。正在万分焦急进退为难之时，恰好逢着曹操两路出兵，以襄樊一路名虽不战，犹恐张飞不识兵机虚实，我方既大张旗鼓，出兵讨伐，难保不逢彼之怒，悉锐相迎，战事乍然发生，荆襄后援必然加重。曹仁兄弟势力太单，惧有疏虞，致危根本。深知张绣在宛、叶一带夙负盛名，本人骁勇敢战，部下皆百战之余，足为曹仁兄弟臂助。"使功不如使过"，又是他孟德新书里第一段警策文章，在这兼筹并顾时间，自然就会实现。曹操一念及此，立遣人召张绣入府。温语褒嘉，奖其武勇，告知意旨，面授机宜。张绣顿首受命。操又赏以精甲佩剑，与以虎符令箭，要他带领原来将士，星夜驰赴宛城，召集旧部，面见子孝、子廉两将军，协商一切，互相援助，相机行事。

张绣谢过恩赏，领令出府，回到私宅，喜之不尽，即刻收拾行李带领左右，携着虎符令箭，星夜出许，倍道兼程，径赴宛城去了。

曹操发遣了张绣，却把贾诩留在身旁。对于张绣，原是放心不下，他本一生多疑，经过小时间又生出主意来了。立时自下密令，令人追送曹洪，具言"已派张绣前来协助，可令其速集旧部，开赴荆襄边境屯驻。公明领马步万人为其后援。将军与子孝领重兵后继，监视行止。如张飞兵出，可督绣军与之剧战，俟其杀伤相当，方以全力接应。既可制胜，亦足去患。如飞兵不出，则加之制裁，勿令生衅，兵事定后，自有处分也"。使人得令火速驰赴宛城转达，下文自有分晓。曹操此种行为，是他智虑过人的地方，也是他一生之坏处，全不理解"用人勿疑，疑人勿用"，无怪唐太宗说他"一将之智有余，万乘之才不足"呢。他对张绣的用心，就似拓拔佛狸围盱眙城跟城主臧质说的话，"围南城是柔然，围北城是鲜卑，东西城又是某种人，你有能力，尽替咱解决他罢了"。近来希特勒跟苏俄作战，拿罗、南各国士兵去当炮灰，不都是曹孟德损人利己一样的黑心主义么？曹操因为自己在宛城吃了内水泛的大亏，不敢令张绣在中后军，怕曹仁兄弟上他的大当，才命令曹洪要张绣去当前军，他也有十足把握，料定张绣不敢去投降刘备。张飞是卤莽的，跟张绣一见面就会打起来，打上了就好了，不打也走不了。着着计算，到了尽头，不料反便宜了张绣。下文自见,暂且不提。

如今且说曹洪到了宛城,不过半天光景,便接到魏王的手令,忙同曹仁、徐晃三人在军府密室秘密商议。依两曹的主张,遵照命令派遣,徐晃道:"二位将军有所不知,张绣所部极为敢战,本军既须防备张飞,又须监视张绣。防多力分,至堪顾虑。以末将愚见,张绣若来见时,二位将军十分厚待,将言语激他,令其深入南阳,去战张飞。若其得手,我军便可相继深入;若被溃败,我军便可缴其器械,散其残余,庶几有益无损。"曹仁、曹洪同声称善。果然,不到一日,张绣来见,曹洪大排筵宴,为建忠将军接风。彼此酬酢,互论当世英雄,渐渐说到荆州方面。徐晃道:"关云长虽勇,实不如张飞之无敌。"曹仁笑道:"前在博望坡,仁非曼成相救,几为张飞所擒。"曹洪也笑道:"张家多出猛将,但未知建忠若遇张飞,为何如耳?"三人高谈阔论,此唱彼和,张绣心中已自明白。他主意早已拿定,遇事十分留心。一霎时,怒气冲冲,离席说道:"三位将军,何故长他人志气,灭自己威风?不是俺张绣夸口,此去南阳,十日之内,必将张飞生擒活捉,为子孝将军雪博望坡之耻。"徐晃道:"将军不必如此。张飞不是好惹的。"张绣愈怒道:"徐将军何太怯耶?俺张某不擒张飞,甘当军令。"曹洪道:"建忠,军中无戏言。"张绣当筵便立下了军令状。三人同声恭贺,预备贺功酒宴。

张绣谢了酒,辞了三人,自去旧日军府,发下紧急命令,召集旧日部下。他们平日彼此互通声气,完全整个马队,一逢召集,比寻常队伍快过十倍,何况都在附近。半天工夫,部下大小将士都来参见,人人欢悦,张绣一一加以抚慰。领了曹洪的大批羊、酒,尽行犒赏所部。到了夜间,张却暗暗的召集一般心腹将士,来到密室低声细语,将自己在许都一切情形尽情告诉。那些将士,都是些寇盗余生,全凭意气用事,不知道三纲五常是什么东西,军纪军令做什么用。平素畏服张绣,因其才武过人,足以驾驭一切,并不知道上面还有什么魏王曹操、魏王之上还有什么建安皇帝。大家听得此语,一个个愤火中烧,气急不平,磨拳擦掌,就要回转马头,攻打许昌。张绣见众心已变,知道事有可为,便极力安慰众将道:"各位兄弟,为俺张某一人受了气闷,大家同心,要出这口恶气。各位的义愤实在是千古罕有。但是要打许昌,张某却不敢赞成。因为许昌驻有重兵,曹仁、曹洪兄弟拥众数万,横截去路。此间四战之地,又不能立足,只好商议投奔之所方为万全之策。"众将齐声说道:"愿听主公吩示。"张绣道:"俺们驻扎地方接近荆襄,理应投奔近处。但刘玄德他是汉室宗亲,挂着仁义的招牌,我等当年劫迁天子,焚烧宗庙,发掘陵寝,杀戮公卿,实在是罪大恶极,彼常欲得我等首级以为讨贼示威之举。今日事急,前往投奔是不啻以肉喂虎,决无生理。且我去自曹营,彼必疑为曹操授意,那时百口也难分辩。不如乘曹操去伐江东这个机会,连夜里拔队起行,径奔江夏,泄漏军情,作为进见之功,江东素无马队,孙权现值与曹氏用兵之际,对于俺们断无不容纳之理。各位兄弟以为如何?"众将士齐声言道:"主公所见极是,就请火速传令。"张绣立时传令,本部全军即夕起行,向江夏进发。本来魏王命令、两曹将军定议都要他星夜前进,以利戎机。所以他就向夜出发,更无人疑有他意。二来他们部队都似流寇形式,一人两马,行动极快,一无积储,二无辎重,穿在身上,吃在口里,只要有人住的地方,他们就不愁没吃喝。所以一声令下,拔寨即行。昼夜兼程,十分迅速。沿途打着南征旗号,在曹兵境内毫无停阻。曹操未到合肥前五六日,他们早已到了夏口了。那曹仁、曹洪、徐晃三人尚在做梦,以为张绣真个深入南阳,去与张飞血战。三人在宛、叶、方城一带整顿队伍,预备候张绣得手,三人各督所部占领南阳,再请许都添派重兵乘势夺取樊城,直逼荆州,以报博望坡败兵之仇。眼巴巴的呆望捷讯,谁知张绣舍正路不走,反走偏风,已经到达夏口了。

张绣吩咐所部沿江扎驻,立派胡车儿,持了自己一封详细手书去见隔江东吴主将徐盛。一方派人通知夏口守将朱桓，说明来意。朱桓立即派人来营，招待薪米、刍藁等项，随送酒肉油盐需用物品。

江夏太守徐盛正因周郎设计，欲令曹刘交斗。自家回到江夏，接到各方探报，荆州方面毫无兵事动作，倒是许昌方面动兵讨伐刘备，声势赫然。曹刘两方一喧一寂，不知主何吉凶。正在莫名其妙，然而自己可也就十分戒备。那天接到张绣手书，心中大喜。却因此佩服荆州沉着，料事神化至此。曹兵初出，未曾交锋，便走失一支巨大的兵力，似他这种静以制动，神秘得倒不可思议了。如此敌人在自家当面，能不令人生畏？也素知道张绣与曹操是有深仇巨恨的，此番避难，带领八九千马队投奔江东，千里迢迢，中间又隔着荆襄，料定不是前来诈降。江东正苦于没有马队，如今有了这一支生力军，将来亦可与曹刘相见沙场。当下厚礼款待胡车儿。随即轻装简从，同胡车儿过江来会张绣。两人相见，极形亲密。张绣倾心露胆，吐出真情。徐盛听了，心中不由老大的吃了一惊，即派朱桓提取库藏银两，大犒远来将士。自偕张绣过江入署，设宴款待。吩咐凌统，立驾轻舟，速去九江，启知甘兴霸不必俟吴侯与都督命令，火速自领精兵前往濡须，协助吕子明、太史子义抗拒曹兵；一面派遣专员至鄱阳大营，请都督速往救援。凌统领令即行，自往九江去了。

徐盛款待张绣。在酒筵前，派员渡江指定房舍安置来军，官给薪米，从优待遇。面请张绣，晓谕本军休息数日，即行整顿，预备开往合肥助战，张绣应允。宴罢，出城渡江，自还本部料理。

那凌统顺风扬帆，一日一夜便到九江，泊住船只，上得岸来，径往太守衙中，见了甘宁，告知兵讯。甘宁听得警报，立请凌统权摄太守，令杜袭前去鄱阳，启知都督速派援兵，自家率领精锐部队五千拔队起程。因为甘宁平日治兵最勤，又兼建业会议之后，前线各军业已准备多日，一闻命令，即可开动，略不延缓半日。甘宁吩咐已毕，犹恐兵士赶路辛苦，战斗力量因而减弱，将部队尽用快船装运，顺流东下。到了青阳,舍舟登陆。甘宁身先士卒,倍道前进,刚刚到小岘山附近,只听得前山鼓声大震,喊杀如雷。原来那时节曹操早已到了合肥,镇守合肥曹兵大将张辽闻知魏王驾到,同着李典、乐进一班副将出至城外,迎接入城。

合肥为魏吴交界重镇,城高池深,兵精粮足,山川险峻,民风强悍,北环丛山,南带巢湖,建瓴淮泗,屏障徐扬,是一个极紧要的所在,历驻重兵,以资控制。曹操平日最爱张辽,以其才力,能当方面,故令其出守合肥,此番操自前来,目击张辽部队整齐,号令严肃,军容焕发,士气激昂。比及进到城中,见谯楼高耸,隍堞深固,街衢宽洁,旌旗飘扬,心中自是高兴,不由得在马上暗暗称叹。众将簇拥,至军府坐定,张辽诸将敬谨参谒,操极意夸奖,辽与众将谢过,侍立一旁。合肥军队本就不少,曹操又带来步骑五万八千人,城里城外,声势登时烜赫起来。曹操就坐,便与众谋士商议进兵。程昱道:"兵贵神速,江东未知我兵之来,丞相宜早进兵,乘其未备。"操问张辽道:"江东兵士现驻何地?守将何人?守兵若干?"张辽答道:"启禀丞相,吴将吕蒙日前驻守濡须坞,原有吴兵五千,近日不久,新添吴将太史慈,益兵五千,合共万人。"操顾众将道:"列位将军,谁为孤去攻取濡须坞?"李典、乐进齐声愿往。操大喜。令二将各领新来精锐人马三千前往,惟恐有失,又令张辽带领所部马步万人,前往接应。三将领令去了。

就中单表江东方面。吕蒙与太史慈因驻防地方重要,惟恐发生意外,多派侦候,诇察敌情,日日训练兵卒,相视地形,太史慈见濡须地势太僻,战地太促,虽然说上岸杀贼,洗足入船,但是须要兵力充分,援应灵敏,方能办到。现在两部兵仅万人,敌人如以大队兵力压迫,本军将士既无可扼之险阻,又无相当之退步,战而幸胜,追不能远;战而不胜,退走无方。必至如荀林父之战邲,鼓于军中,先济有赏,舟中之指可掬,敖前之覆幸全,危险万分,深堪顾虑。他于是单骑巡行,到了大岘、小岘两山,仔细观察,审定地形确实险要,为兵家所必争,又见两山树木茂密,水泉充足,悬崖窄径,易守难攻。他既已看准,便下决心,决定自己前去立营树栅。即时驰还濡须坞,与吕蒙商议道:"子明,濡须坞僻在一隅,势成绝地,倘非分防前路,殊难御敌。慈顷因巡行,见大小岘二山,形势甚佳,为我军屏障,当合肥敌军来路。我军若于此设险以守,进战既操纵裕如,退守尤险要足恃。军志所云'宁我薄人,毋人薄我。一夫守险,足御百人'。慈意自率所部前往立营,以与濡须呼应,未知公意如何?"吕蒙听得大喜道:"子义所见极为高远。兵家之要,毋逾于此。即请将军引领本部人马,扼要设守,如有警讯,火速通知。蒙自领兵前来接应,决不令公独为其难。"太史慈允诺,即日自领所部来至小岘山,选择形胜之地、水泉充足之处安下坚固营垒。附近两山山僻小路立令本部军士砍伐树木,尽行阻塞,山下遍安鹿角、蒺藜、竹签障碍等物,旦夕淬砺将士,一若大敌将临。果然心诚感应,空穴来风,魏王曹孟德不惜亲举玉趾,真个宠临敝地了。

太史慈在小岘屯兵多日,不敢稍为懈怠。那日,派往合肥细作回到本营,报称合肥城内外,一夕骤然增加五六万人马,纷向外移,统将不知何人,似有进攻我军模样。太史慈听得,重赏细作,即遣人飞报吕蒙,自督将士安排战备。吕蒙一接到前军警报,一方火速令人飞报建业,一方令潘璋、陈武领兵二千谨守濡须坞,保护后路。自领本部三千余人径来小岘,与太史慈后兵应敌,方才到得山上,稍为休息,已听得山下战鼓雷鸣,角声风动。前山守栅兵士报道:"合肥大队曹兵卷地而来,兵锋甚锐,请令进止。"太史慈便吩咐将士偃旗息鼓,不许声张。准备弓弩,专候曹兵来到,先行猛射他一阵;后听中军鼓响,大小将士一齐杀出,留兵千人守护寨栅。自同吕蒙结束衣甲,跨马提刀,向前山巡视,观看敌兵强弱,以定战守方针。

那李典、乐进催动人马,早到山前。前队忽然停止,李典问道:

"前军为何不进？"斥候兵禀道："山前有江东兵栅阻路。"李典吩咐踏平吴栅，众兵将得了将令，乘着锐气，擂鼓呐喊，一涌上前。看看逼近吴寨，只听得一声鼓角，吴兵营门大开，强弩三千同时并发，曹兵应弦而倒，损伤数百人。阻挡不住，望后便退。太史慈一马当先，全军尽出，乘势追赶。李典、乐进双马抵住，合肥兵士整队重来，人多势盛。

山上又一声鼓响，吕蒙手执大刀，身先士卒，冲下山来。居高临下，势不可挡。合肥兵又向后一退，张辽知道江东有备，打算以多为胜，号令众军"先退者斩！"自己挥刀上前，接住吕蒙厮杀。合肥兵虽一倍江东，但因远道而来，未免困乏。江东兵蓄锐已久，士气方新，太史慈、吕蒙又是两员上将，舍死忘生，凌踔无前。两方正在杀伤相当、胜负未分的时候，忽然从小岘山侧卷出一彪人马，旗号上面明写着"吴郡甘宁"。甘宁在事先早料曹兵必然锐进，江东前敌兵少，恐有疏虞，因此在青阳上陆，不分昼夜赶赴前军，将次来到，远远地听得小岘山前鼓声大震，知道已经开战，不由心下着急，下令本部："今日战事，为江东生死关头，退后一步者，立斩！"临到战地，自己拍马上前，一见太史慈力战李典、乐进二将，毫无惧怯，暗暗称羡。即忙拈弓搭箭，觑得真切，弓弦响处，将乐进一箭射个正着，跌下马鞍。太史慈加上一刀，挥为两段。

江东兵胆气百倍，横扫而前，两下夹攻。张辽、李典大败而还。正是：

小岘丛山，是当日三关要地；长江天堑，到于今一苇通航。欲知后事如何，且听下回分解。

异史氏曰：宛城之战，大战也，使无典韦挡门受箭，操虽不死于张绣，固不待潼关遇马，而早罹割须弃袍之辱已。然而典韦死焉，长子曹昂死焉，爱侄安民又死焉。大宛良马不死，则操且代受其箭而死，其狼其狈，殆亦无异。故世以濮阳、宛城、潼关，同称三大战，美其能败操至几死耳。以人才论之，吕布、马超之与张绣，盖在伯仲之间，则张绣固亦可许以英雄者；独其前后失身于贼，投表不终，再次降曹，遂至无名以殁，大丈夫不能择主而事，滋可惜尤可痛焉！当操之欲攻吕布也，曰"吾不忧袁绍掣肘，只恐刘备、张绣袭其后"云。是何绣之雄且杰，人操心目，至与备等量齐观！使得结连刘备，内托刘表，外约袁绍、吕布，以与操争衡，天下事正不可知。次宜如赵云之去瓒而投备，舍一刘而依一刘，亦不至低首降曹、忍辱含垢以再入于贼，则五虎上将之中，亦得终遂功名而平分一席。于是上或可望飞、羽，中自可并超、云，下亦可侪姜维，蜀汉史中，定增异彩。奈何听命于贾诩，而惑于三便之说，致为人玩弄于股掌上乎？操之暂相容纳，以有平天下之志，惧与备连，更欲绣之说表，使备虽得鱼水之欢，而免虎翼之傅，则事易为。天下若定，终岂相容？否则收之而不用，曾未以腹心相寄，其猜疑不释甚彰明矣。如本书绣所退思自恐者，以诩之智，宁不能料知之？其因刘晔而劝降，半因自奚荣宠，半亦伏因于安众之战。绣、表不能纳言而致败，卒从其计而再胜，以是感绣、表之不足知我用我，爰怀贰心，策士之不易用也如此。著者恶贾诩之误人，而惜绣之自误也，决不许绣之依曹，将于破操假虞灭虢之诡计，欲觅一人，以从使英雄吐气，于是降而叛、叛而降，胸无定志之张绣，乃适当其选。而冯妇又见登场，可谓因材器使。绣之性必激而叛，即降操矣，则操断不自激之；而爱子骄盈，有一五官中郎将在，自足以激之，使不得不动。盖操能不念其子侄，绣能不念其婶母，丕、彰等奚得忘情于弟兄耶？其衅自开，其祸自召，不图于小说文章，得见天理至情之杼轴，又可见机械奸巧之必败。盖败机之伏，早在机械奸巧之中，呜呼，可不惧哉！至于张绣雄才，既不可以归曹，如能依刘，应早投于襄城之日，贼不归汉，亦不可以许之也。故其徘徊歧路，惟有投吴。此其斟酌身份，尤为煞费苦心，非随意安放之也。

曹操之志平江南，于玄武湖教练水军，极尽经营武备之能事，每读《三国演义》，辄叹其用心深远。而东吴分争中原，未尝闻有整齐部队之举；即周瑜、程普、鲁肃辈，前后出驻鄱阳，亦无非一再以整顿水军书而已。于此可见东吴并无远志，知有防守而不图攻取，一以相安无事为能；又何怪张昭前欲迎降，孙权后称朝贡，阿瞒且以"欲踞我于炉火上"笑之，实可羞也。

今欲三国势均力敌，乃畀以张绣之马队，使南人不仅有操舟之长。而借徐盛口中，谓他日可与曹兵中原相见，以与三国玄武水军，暗相回合，不使操独有其全。此等处，翻案之意细微，读者每易忽过也。

胡车儿，异人也，每惜其宛城能盗戟，何不知即以戟刺韦，能醉韦，又何不即于酒中毒韦，而以戟刺操也。今即以之为降吴使者，诚车儿之于曹，每居于勾魂摄魄地位，又令曹军胆散魂飞一次，谓之勾魂使者也可。

张辽赚太史慈于合肥，是《演义》中文字；太史慈败张辽于合肥，是本书中文字。彼以乱箭射，此亦以强弩射；彼以李典、乐进背后杀出，此以太史慈向前追赶；彼则太史慈死于中箭，此则乐进死于挥刀。报复循环，丝毫不爽！不对照而细读之，不知翻案之妙在何处也。

第五回

小周瑜水陆败曹兵　　矮张松东西贩蜀土

　　话说周瑜、鲁肃正在鄱阳水军都督府中讨论曹操窥伺荆襄之事，杜袭早已赶到鄱阳。不待通报，径入督府。面见都督与鲁大夫，呈上九江太守甘宁告急文书。周瑜接过一看，事情陡变，急转直下，不觉大惊。立刻传点升堂，请子敬即日遵陆，驰赴江夏，告知徐盛，转请张建忠率领本部全军人马，用战船装运，顺流直下，由铜陵上岸，径往居巢驻扎候令。飞令周泰、韩当迅率所部，无分昼夜，径赴小岘，接应吕蒙、太史慈诸将。令阚泽领裨将十员，水师三千，留守水师大营。一面派员飞报吴侯，具告布置情况。鲁肃同三路使者星驰就道，周瑜调遣已毕，马上自出九江，率领五百余号战船、水师六千，沿江顺流，直入濡须。

　　那建业城，因在下游，比较鄱阳得讯尚早。孙权在吴侯府中接着张纮由许昌回来，报告了经过。孙权听得甚喜，方以为周公瑾料事如神，江东可以置身事外。那时却有陆绩之子陆逊，表字伯言，年纪尚少，幼有令誉，孙权爱他聪敏，召入府中，随侍左右，此时正在吴侯身旁，听得张纮言语，默不作声。俟纮外出，上前交手禀道："主公垂念，曹操诡计百出，专好声东击西，往年大败吕布、袁绍，均系此策。他与张大夫接谈情形，似已窥破我方用意。故相挑逗，以懈我心，或效'明修栈道，暗度陈仓'故智，而谋袭我濡须坞，亦未可知。"

孙权被他一言提醒，连声道："伯言所见，甚是甚是。"立传程普、黄盖入府。二将入府，参见已毕，侍坐一旁。孙权将陆逊言语对二将说了一遍。程普道："伯言所说，具有理由，诚为忧深虑远，防患未然。但以普愚见所及，濡须坞前时既有吕子明把守，后来又增派太史子义前往协助，纵使曹兵即出，二将尚可抵御。宜一方遣人告知公瑾，普虽不才，愿率步卒五千，前往濡须增防，无事时可以屯田积粟，有事时亦可协力御侮。"孙权喜道："公言甚合孤意。但公宜在此间计划一切，可请公覆前往。"黄盖应诺。

正在议论，甘宁告急文书到了。孙权阅毕道："伯言真神童也！兴霸赴援，孤无忧矣。"随嘱黄盖率领军队，渡江直上，迅往濡须。黄盖领令，拔队即行。隔了一日，周瑜呈报吴侯手书亦已赶到，孙权发书展视，看到张绣间道来归，全军赴敌，布置一切，井井有条，权掀髯笑道："孤正虑步骑相当，胜负未定，得此劲军，天相我也！公瑾倍道前进，不出半月，必来告捷矣。"

正欣喜间，孙韶自前敌回来，入府报捷。具言曹兵大出合肥，被太史子义先扼小岘要隘应战，吕子明自濡须前往接应，甘兴霸自九江星夜驰援，会师夹击，大败曹兵，阵前杀了曹兵大将乐进。孙权听得大喜，立令取新制蜀锦战袍三领，并金帛羊、酒等物，令孙韶即日仍赴小岘，传吴侯意旨，慰劳前敌血战将士。孙韶领令，仍往小岘不题。

且说周瑜统领水军星夜前进，数日之间，到了濡须。守将潘璋、陈武迎接入坞。周瑜坐定，周泰、韩当由陆路同日赶到，齐来参见。周瑜询问潘璋，知道前军大捷，兴霸已来小岘，为之快慰。随带亲随小队二百余名，周泰、韩当两员大将各领所部，前去小岘山，替换防务，视察敌情。沿途上所有驻扎吴军，大家看见都督乘马亲来战地，玉貌锦衣，雍容闲雅，无一个不欢欣鼓舞，争唱着得胜歌，迎接都督。本来江东豪杰第一个是孙伯符，第二个要算周公瑾了。周瑜在马上看见众将士精神踊跃，杀气弥漫，也就大为奖励。因此上却想起孙伯符来了。此时若是伯符健在，那种身当前敌的英雄态度，怎样还有这一些曹兵在他眼底？

正行之间，从建业北来大道上，旌旗交展，来了一簇人马。远远望见旗上明写着"零陵黄盖"斗大四字。周瑜知道是吴侯派的援军来了，立马稍候。黄盖近前，下马参见，周瑜连忙请起，上马同行。黄盖吩咐本部人马，扎驻休息，自己同着都督来到小岘大营。早有伏路小军飞报吕蒙，吕蒙率领将士出营迎接。进到营中，一行坐定。周瑜、吕蒙先向黄盖问吴侯起居，黄盖敬谨道安。周瑜方问吕蒙道："将军辛苦。子义、兴霸为何不见？"吕蒙起立道："此次战事，幸亏子义见机先占小岘险要，阻住曹兵来路。第一次接战胜负未分，又亏兴霸自九江赶到，侧面横击，大败曹兵，射杀乐进。曹操异常愤怒，迭派重兵，猛烈进攻，不是先据山险，殆难抵御。子义、兴霸在山口安营，因曹兵势大，悉力固守，以待都督来时，再作计较。"

周瑜听罢，连声赞道："随机应敌，瑜所不及。"吩咐左右备马，自去前营看视。吕蒙谏道："都督全军命脉所关，不宜轻临险地。"周瑜笑道："极感将军厚意。瑜从讨逆将军，纵横吴会，血战沙场，未逢大敌。久闻曹操善于用兵，今日相逢，岂可错过？且前敌将士效忠吴侯，履险蹈危，已经多日，瑜忝本军大将，岂宜自图安逸？黄老将军千里远来，可休息一二日，休养兵力，以便应战。"黄盖声诺。"吕将军、周将军、韩将军可同瑜前往，一视曹兵情形。"吕蒙遵令，与周泰、韩当二将一同出营上马，各带随身兵器，保护都督来到山口前营。

只见山下喊杀连天，曹兵如潮似浪，分番迭进，前仆后继，正在猛攻江东寨栅。太史慈、甘宁二将督率偏裨，指挥兵士，长刀大斧，硬弩强弓，竭尽全力。周围守御虽然形状瘦减，却是勇气弥厉。周瑜老远看见，点头赞叹不已。立令周泰、韩当带领本部，加入前军守御。令太史慈、甘宁二将前来相见，换防休息。又令吕蒙将后营兵三千加入前军，增加力量，更番防堵。三将领令，各自遵办。太史慈、甘宁二人听得都督到来，欢喜已极，将防务交妥与周、韩二将，同上后营，参见都督。周瑜一见二将军来参见，起身携住二将的手，说道："二位将军先几临敌，苦守前营，寇来如墙，莫之能犯，辛苦艰难，可谓已至。瑜赴援来迟，深为惭愧。"二人感谢不已。周瑜吩咐置酒，为二位将军贺功，一面令从来小队箫鼓开营，把水军大都督旗号扯了起来。原来，瑜癖好音乐，笙箫弦索之属常以自随，刁斗声中，间闻琴笛，江东军士一听乐声，便知道都督到了。本来连日守御，精神不免疲乏，此刻一听到这种特别军乐，好似打了吗啡针一样，个个精神陡长，杀气冲天。

山下曹兵瞭望山上扯起周瑜旗号，即时去到中军，飞报魏王得知。曹操方因前军失利，折了乐进，心中忿怒，又思趁江东援兵尚未大集，竭尽全力，先行攻取小岘，展开战局，以便长驱直入，故而连日催督诸将猛攻吴寨，却被甘宁、太史慈看破阴谋，死守不出，相机防堵，寸步不移。小岘吴营未动分毫，曹军反倒折伤了两三千兵士。此刻一听探报，周瑜自来前敌，急与众谋士乘马出了营门，向前观望。只见小岘山上，最高处所现出一杆大红"帅"字旗，上面金线绣成六个大字"水军大都督周"，随风招展，曜日鲜明。操令左右传谕将士，停止攻击。江东军即会出战，曹兵将士得令，方才稍为移动。

果然，江东营栅鼓角齐鸣。一霎时，营门大开，强弓硬弩，箭似飞蝗，曹兵抵挡不住，退后里余方得稳住阵脚。江东兵趁势展开阵地，列成一个分合无穷的圆阵。旗开处，左边甘宁、太史慈，右边周泰、韩当，两旁二三十员偏裨将校；中间拥出一员大将，锦袍金甲，白马银鞍，头戴束发紫金冠，腰系狮蛮碧玉带，美如冠玉，矫若游龙，正是那威震江东雄姿英发水军大都督小周郎周公瑾，坐在马上，神采飘扬。两军将士，人人注目。曹操在马上，心中暗暗喝彩不迭，回顾自己，不觉自惭形秽起来。周瑜看见曹兵阵里，谋臣武将众星捧月似的簇拥着一人，王衣王帽，金甲龙旗，口眼㖞斜，形容猥琐，左右两员小将捧着白旄黄钺分列两旁，前后围绕着羽林鞗飞，虎贲卫士，红缨枪、白羽箭，服装明亮，铠甲光华，气派十分充足。心上打量他，一定就是曹操。令甘宁请曹丞相答话，自家催马来到阵前立候。甘宁领令，纵马出阵，高声叫道："周都督请曹丞相答话。"曹操没奈何，由诸将护从，蝥蝥蝎蝎也来到阵前。

周瑜高声说道："来者可是曹丞相？"操答道："孤家正是。来者可是周都督？"周瑜道："然也。丞相占领六州，应该安分。为何贪心不足，兴兵犯境，是何道理？"操答道："江东不服王化，据地自雄，孤奉天子明诏，故而兴兵问罪。"周瑜笑道："人人争说曹操奸雄，今日看来，乃是市井匹夫。乘时侥幸，妄窃高位；许田射猎，目无天子；营私植党，挟制朝廷。我江东恪守臣职，遣人入贡尚未逾月，不服王化话从何来？自家跋扈不臣，还要满口王化，真不知人间有羞耻事也！哪位将军与我前去拿来，以除汉贼。"周泰一声答应，飞马而去，提刀直取曹操，曹兵阵上许褚手使赤铜刀，拍动红鬃马，大叫："吴儿勿伤我主。"纵马舞刀，敌住周泰。真个"棋逢对手，将遇良材"。两个正杀得难解难分，越杀越勇。曹兵阵里，乐进的儿子乐琳，张辽的儿子张虎，一个心急报仇，一个贪功念重，不候命令，双马齐出，围攻周泰。韩当看见大怒，拍马提刀，迎住二将，接手就杀。两边阵上战鼓如雷，五匹马搅做一团。战到四五十回合，韩当觑过破绽，刺斜里一刀，将张虎砍落马下。周瑜看见大喜，吩咐擂鼓助威，太史慈、甘宁二人看得眼热，拍马并出。曹兵阵中，张郃、李典分头迎敌，张辽奋勇抢回张虎尸首，两军混战一场，直杀至红日衔山，方才各自收兵回营。

　　周瑜回到营中，重赏将士。太史慈启道："都督，今日一战，曹兵锐气已挫，不如今晚前去劫营，必获全胜。"周瑜笑道："子义有所不知，曹操征战半生，深通兵法，若往劫营，必为所算。子义、兴霸连日劳苦，且去休息。"慈谢过都督，自与甘宁同往后帐休息去了。瑜唤吕蒙道："子明，曹操诡计极多，他今日小挫，兵阻小岘，不能前进，必然派兵另寻别路，绕出我兵之后，截我濡须辎重。将军可同公覆，各领本部千人，往大岘山附近埋伏，候曹兵半过击之，必获全胜。"吕蒙领令，自同黄盖领兵，前往埋伏。周瑜吩咐周泰、韩当小心在意守护营盘，二将领令，自去理会。忽报孙韶自建业回来，周瑜因孙韶是伯符生前最为疼爱，也就特别垂青，亲自出帐，迎入坐下。孙韶言奉吴侯命令，来营犒军，慰劳将士。周瑜令小队将锦袍赉交太史慈、吕蒙、甘宁三将，金帛、羊、酒分犒全军，留着孙韶在大帐谈论，静候张绣兵到，再行决战不提。

　　且说曹操回营坐定，与众文武说道："前闻人言，争说周瑜英雄年少，今日一见，名不虚传。"众文武皆默然无言。于禁上前启道："丞相，周瑜年轻气盛，外表足观，禁昔在宛、叶时，曾闻其与孙策均好轻身搏战，勇往直前。此刻占住险要，阻我军路，旷日持久，非我之利。禁昨探问土人，知离小岘山右侧十里之遥，有一间道，可以绕出大岘山后，直取濡须。江东兵连次得胜，防守必然稍疏，禁愿协同哪位将军，带领三千人马，乘着黑夜，越过山径，捣虚批亢，直入贼巢，为丞相分忧。"操正因兵败，思量计策，去图报复。听得于禁所言，甚有道理。便问："哪位将军与于将军同去一行？"张郃应声愿往。操嘱二将小心，二将领令，率领将士往大岘去了。

　　操与众谋士商议道："江东水军甚锐，即令我兵全胜，若不水陆相辅，仅恃步骑，亦难长驱深入。诸公有何良法可以应急？"贾诩道："丞相，一时兴创水军，实属缓不济急。依诩管见所及，不如将淮泗两河民舟尽行拘集,择其船身坚固、驾驶灵便者,令淮徐土著士兵通晓水性者,监护舟子驾驶,既可运载兵士粮械,又可上岸追击,亦权时救急之一法也。"操深然其言,立命张辽派人前往,收集船只,拣选通习水性兵士。拔擢舟子中有能力者,命为伍伯,略加编制,预备下水追击江东败兵。厚恤乐进、张虎,伫候于禁、张郃捷音。

那于禁同了张郃,率领三千余人,跟着向导,乘着黑夜偷越小岘吴营过去。江东斥候明白看见,故作不知,让其越过去,自投罗网。于禁、张郃暗地欣喜,静悄悄地衔枚疾走,只是山路崎岖,树木丛杂,半夜时分,已到大岘山下。上去不远,路径愈兼难行,狭道容车,下临深涧。张郃心下迟疑,不肯前进。于禁催督速行,张郃道:"此山山势险恶,道路逼仄,敌人倘有埋伏,一夫哗噪,全军必立见崩溃。似宜缓进。"于禁道:"将军之言,不为无见,但事已至此,两鼠斗穴,将勇者胜。本系冒险行为,绝无安全之理,惟有死中求活,余皆无足置虑。"言罢,自己一马当先,众兵陆续进发。

刚到得山凹三岔路口,星月微芒,旌旗突起,四山鼓角,喊声震地。两头的去路同时塞断,山上滚木、礌石如雨点一般打将下来。曹兵进退不能,奔逃无路,坠崖落堑,死者无数。于禁马倒,被黄盖部兵生生擒住。张郃在后押队,知道前军失利,见事不谐,弃了盔甲,丢了马匹,持枪作杖,拔剑防身,带了几名心腹小军,寻条僻径,攀藤扪葛,爬山越岭,九死一生,逃回本军。黄盖、吕蒙二将大获全胜,收兵回营一同缴令。进入中军,禀知都督。周瑜听得大喜,慰劳二将。令左右将于禁两耳割去,放回曹营,以示军威。于禁抱着头,忍着痛,下山去了。

早有本军细作报称,曹兵方面派人在淮泗两地拘集民船,装载兵士,将由濡入江,截我军后路。周瑜听得笑道:"操舍其所长而就其所短,欲与我争胜于江湖之内,必败无疑。"重赏细作,令再去打听,细作谢赏,领令即行。不过半日工夫,鲁肃同丁奉入营来见。瑜问张绣人马已否开到，鲁肃答道："肃到江夏，徐文向已与张绣整军待发，令到即行，尤恐军前需人，复命丁将军一同前来。张绣全军现驻居巢候令。"

周瑜听得大喜，即时升帐，请鲁肃仍同丁奉速去居巢，将张绣全军完全开赴前敌，往返程途，预计三日可达。至第四日下午，可从合肥城左抄击曹兵后路，不得延误。鲁肃领令，同丁奉即时出营上马，如飞而去。瑜唤潘璋、陈武各领战船五十只，溯淮截杀偷渡曹兵。二将领令去了。又唤甘宁领本部人马五千，于第四日拂晓向曹军左路进攻；太史慈领本部人马五千，向曹军右路进攻，交绥即还，闻山上鸣角，即同时反攻；黄盖领本部人马五千，多预备下硝磺引火之物，火箭、火筒等项，在小岘山左侧埋伏，俟曹兵追至山前，横出放火，以乱曹兵之心。三将领令，各自预备去了。又令吕蒙领本部人马五千，带着曹兵俘虏，由山前小道径袭合肥后路。周瑜自将中军万人，令周泰、韩当各率所部为左右翼，准备接应。令孙韶督精兵三千人，守护本军大寨。放下江东方面，暂且慢提。

却说曹操那里，初以为江东无备，千里袭人，偃旗息鼓，倍道乘机，万不料及降将张绣中途变计，投降江东，泄漏机密，遂使江东将士得以预防，太史慈、吕蒙事先占住了小岘山要隘，又被甘宁、周瑜星夜驰援，地利人和二者具备，本军远来疲乏，以致一连败了两阵，心中老大的不舒服。方才冒险让于禁、张郃去袭江东后路，谁知道一个是卸甲丢盔，一个连两只耳朵都不能带回，心中又恨又气，只好教于禁好生养伤，又安慰了张郃，两人十分感激。操在大帐同众谋士商议道："吴兵甚锐，周瑜又调度有方，相持日久，在在堪虞。诸公有何高见，愿闻良策。"

刘晔说道："丞相南征，出于仓卒，江东不扼淮以拒我，而据小岘，舍水就陆，失其所长。周瑜年轻好战，决不肯久守，一二日间，彼必前来挑战。丞相可令诸将骄兵以诱之，而先令良将埋伏山口左右,俟江东兵深入,为圆阵以包围之。山上之兵若出救应,伏兵起乘其隙,奉丞相威灵,是一鼓可以得此险也。"

操喜曰:"吴皆步卒,我以劲骑蹙之,当无不胜。"随令张郃、臧霸、吕虔、韩浩各领精兵二千,埋伏山前左右,俟第二次吴兵杀出,从后截击,乘势攻山,四将领令去了。令张辽领兵三千,用民船装运,渡过溉水,扰乱江东后方。令夏侯惇、夏侯渊、许褚、李典、夏侯尚、夏侯德、曹休、曹真八将各领步骑三千人,迎敌吴军,四分四合,八方响应,以为一网打尽之计。令郭淮、陈矫随着程昱谨守合肥,操自督曹彰领铁骑五千、骁勇万人居中策应。

布置已定,双方因军事计划,休息三日。那晚上,张辽便败回来了。你说那笨重的民船,哪里赶得上战船的灵活?惯骑大马的北军,哪里及得出没风涛的海鬼?还亏张文远老于征战,一见吴兵截击,知事不妙,火速收兵,只折损了三两百兵士,回营请罪。操平日素喜张辽,说道:"此非将军之过,乃地形不熟之故耳。将军何罪?可严阵谨守合肥,防江东兵之乍来袭城。"张辽领命,自去整顿城守。

次日黎明,江东兵果分两路来攻曹营,骁勇异常,曹营早有准备,四散分开。太史慈、甘宁原系佯攻,都不直进,只向两旁冲杀。曹兵二伏,左右回合,卷上前来,二将回马便走。曹兵乘势压迫,二将快到山前,曹营中一声炮响,山前四伏齐出,八员勇将将太史慈、甘宁困在垓心。周泰、韩当各领所部,分左右翼冲下山来救应。曹兵向后一退,山左侧转出黄盖一支人马。火筒、火箭,漫天遍地,腰击曹军,烧得曹兵焦头烂额,舌敝唇枯,抵抗不住,冒烟突火,纷纷败走。刺斜里吕蒙一彪人马又横杀出来,曹兵大溃。操见本阵势乱,急令曹彰自领铁骑前往,冲破江东阵势。

那铁骑乃是在乌桓鲜卑购来良马,曹彰又勇不可当,江东都系步军,如何抵敌?况且已经战斗多时,被他这一冲,便现出七零八落的样儿。看看曹兵就要反败为胜,周瑜在山上看见,立率中军劲卒加入前敌，挽回颓势。江东将士见都督自临战地，人人努力，奋勇抵抗。正在情形紧急的当中，曹兵阵后忽然鼓角喧天，马蹄殷地，原来是宛城马队整个的来了。张绣、丁奉两匹马两口刀冲风杀进，挥军直入。鲁肃在后催动人马，杀入曹军阵地后面。前面曹军正在得势，不知是何处来的队伍，横冲直撞，喊杀如雷。曹兵阵势登时大乱，江东兵一得势，展开阵脚，四面包围，前后夹攻。张绣、丁奉已杀到中军帐后，曹彰见势不妙，带了铁骑，保护魏王与众谋士，杀条血路，进了合肥城。交付文远，自家再行回头，接应阵中诸将。许褚、张郃、夏侯惇、夏侯渊四将力战断后，诸将杀得力尽神疲，死战得脱。还亏张文远带领守城人马出城迎护，扼住追兵，一场苦战，所有败军将士方得入城，闭上城门。江东兵大获全胜，也不攻城，收拾曹兵寨栅的军资粮械、驮马牛羊，整齐队伍，仍回小岘大营。周瑜亲自出帐，迎接张绣，说道："今日之战，若非建忠亲来前敌，袭破敌人后军，使其首尾不能相顾，曹彰马队自救不遑，我军又何能得志？几误大事。幸而获胜，皆建忠全军之功也。"张绣答道："末将负罪远奔，荷承都督收容，既成一体，休戚同之，区区微劳，何足挂齿？"两人携手进帐，排下酒宴，与将士贺功。宛城马队驻扎地方早已安排，即行开驻休息。瑜令吕蒙、丁奉携带大批牛、羊、酒、面去到宛城军中，普遍的犒劳。二将领令，自去遵行。又令军吏收集伤痍，妥为安置，专人向吴侯处飞书报捷。

且说曹操败进合肥，检点人马，折损三万余人，粮草、器械不计其数。李典、张郃受伤最重，操自往看视，吩咐安心调养，决意调集人马，与周瑜决一死战。荀彧谏道："丞相不宜处之过激，胜负兵家之常。江东虽胜，决不敢进攻合肥，丞相且回许都，休养兵力，乘机再举未迟。且关云长近在襄阳，我若与江东久战，彼必乘虚袭许，根本动摇，实为失算。"操听得默然。次日，令刘晔留驻合肥，助文远城守，自与将吏仍还许昌去了。

江东细作探得，立时飞报都督。周瑜闻报，即令留黄盖所部，归吕蒙节制；丁奉代统宛城马队，屯驻居巢；鲁肃、甘宁、周泰、韩当各领所部，仍还原防。诸将领令，率了战胜队伍，回原防去了。瑜自偕张绣、黄盖、孙韶，领着小队，奏凯东归。

将抵建业，孙权亲率文武出城十里迎接。周瑜远见吴侯立候道左，急与诸将滚鞍下马，上前参谒。权一一慰劳，自与周瑜、张绣三骑马联辔入城。建业人民填街塞巷都来看都督战胜归来。士女嬉娱，老幼夹道，张绣心中也自钦佩。到了府内，早已大排酒宴，权请张绣上座，以客礼相待。张绣固辞，孙权固让，方才勉强就坐。文武将吏以次就坐。坐定酒行，权敬张绣三爵后，亲自把盏遍劳诸将。诸将谢过，各各尽欢而散。大宴三日，权命左右赍了金帛、羊、酒，分犒有功将士。请张绣还本军屯扎居巢，召回丁奉返江夏原防，周瑜返鄱阳，鲁肃还建业入襄政务。

这合肥方面，曹吴构兵方才告一段落，那风马牛不相及的两川地方，兵祸又无缘无故的爆发起来。这也是末世里应有事实，生民的劫数，逃无所逃，避不可避。说起来，真是黑天冤枉呢。

起祸的原因，由于隶属益州管下汉中郡地方，有个当时著名的五斗米贼，起初本是个秘密社会，后来正式公开。老龙头张鲁与益州牧刘季玉刘璋有杀母之仇。积怨太深，每思图报，所以方酿出这回战祸来了。

那张鲁表字公祺，本贯沛国丰县人氏，是汉高皇帝刘邦的真正嫡亲同乡。祖父张道陵，客游蜀地，遍山访道，在峨嵋山上逢着了一位异人，生得魁梧奇伟，身高九尺，鹤发朱颜，髯及腹脐，星冠羽衣，仙风道骨。在一棵千年古松树下划然长啸，声如金石。道陵忙上前叩拜，那道人端详了道陵一回，收做门徒，授他七卷天书，呼神役鬼，断吓关亡，焚符画水，除邪驱妖，还送他一把七星宝剑，九环师枪。道陵九叩拜受，那异人还教导他多少秘诀神方，嘱咐他勤心练习，可以成仙了道。言讫就忽然不见。道陵心中又惊又喜，望空礼拜，收拾书剑，下得山来。因爱那鹄鸣山幽深清净，结个茅庐，诚心修炼，替人治病。只要白米五斗作谢，任何奇病，手到病除。时运亨通，大行其道。弟子日传日多，到他儿子张衡手里，那东川一带地方，都是五斗米教的势力范围圈了。张衡升天之后，张鲁接下香火，传了衣钵，逐步行教行到西川地面上来了。那时统治西川的乃是宗室刘焉，表字君郎，本贯江夏竟陵人氏，系鲁共王嫡派玄孙，积学教授，州举贤良方正，辟司徒府掾，历官洛阳令、冀州刺史、南阳太守，入朝授官宗正。彼时正值桓灵时代，太监专权，刘焉人甚精明，知道大乱将作，想要找个外任以求自全，遍观各地形势，只有益州地方僻在西陲，山川险固，物产丰饶，又居长江上游，为秦楚的枢纽，沃野千里，带甲十万，闭关自守，足以生存，即令内地箕荡，不受任何影响。当下打定主意，用些金珠宝玉、珍禽名马，竭力交结十常侍。自古道"钱可通神"，何况碰的是西园鬻爵的汉灵帝？竟被他心灵手敏，如愿相偿，得了益州牧的官位。拜命之后，马上起程到了西川，修明政治，布置党羽，整顿兵卒，击灭豪强，不上一年，地盘稳固。正想利用他人，断绝汉中要道，恰好张鲁母子来川传教，张鲁的母亲是修炼容成素女道术的专家，虽然年已半百，尚觉面似桃花，借着治病名色，往来刘焉府中。往来日久，自生勾搭，热恋成熟，为子求官。刘焉自然言听计从，立时赏授张鲁一个督义司马职衔，与了一千兵士，教他回转汉中，自立基业。张鲁的母亲留住成都，是西川五斗米教教中圣母，当然尊贵。张鲁领令，回到汉中，召集徒党，创立名号什么神师鬼卒，祭酒师公，种种不伦不类的名词，一古脑搬将出来。寓政于教，水到渠成。内有奥援，外无强敌。两年之内，汉中二十余城完全入他掌握。刘焉见朝廷昏暗，威令不行，自家雄据两川，便起了自帝自王的思想。授意张鲁烧断谷阁，破坏栈道，阻绝两川与洛阳政府往来的要道，割据两川，南面称孤。授张鲁为汉宁太守。

两个正在狼狈相依的时候，张鲁母亲宠移爱夺，不知因何缘故，平白地被刘焉杀死。谁无父母？张鲁羽翼已成，早欲脱离刘焉，宣告独立，至是听得母亲被杀，一面与刘焉宣告绝交，一面便想起兵报仇。无奈那时刘焉办事得法，治军有威，统治益州日臻强盛。又兼黄巾作乱，阉监当阳，长安、洛阳两地的士大夫，不慑于杀戮之无常，便怵于离散之靡定。大多数携妻抱子，远走高飞，转徙流离，逃至益州避难。受尽了风霜辛苦，尝尽了跋涉艰难，大家恨不得找个安身之所。及到成都，见那政兴人和，民康物阜，都以为世外桃源人人安居乐业。刘焉来者不拒，广为结纳，甄拔才艺，选用贤能。一般流寓的人，感恩知己，竭力图报。蜀中向称天府，出产丰富，民物浩穰，一切毋须仰给他地，加以官吏协力，文武辑和，生齿日繁，土地日辟，兵势日强，饷械日足，地利人和，三分有二。比三川刘宠、幽州刘虞两位宗室亲藩，声势十倍。因此，张鲁虽有报仇之心，却也不敢正眼而视。

直到献帝初年，董卓带领西凉人马入京，部下李傕、郭汜横行京洛，杀掠焚烧，受害者甚多。刘焉在京亲属悉数被害，已经伤感不已，成都却又连次发生巨大火灾，忧惧交并，疾病并作。刘焉已上了年纪，支持不住，服那金石之药过了程度，在背上发了一个九子连环疽，送了性命。部下将吏拥戴大公子刘璋，袭了益州牧方伯之职。刘璋生性懦弱，毫无干才。虽未十分失德，然而用人失措，行政乖方，赏罚不明，嬖幸用事。刘焉死后不过数年，益州地面，文恬武嬉，政秕刑乱，武备废弛，盗贼生心。张鲁一见刘璋庸懦无能，大仇可报，便纠集匪类，拓充兵额，铸造器械，收买马匹，克定日期，向西川进攻。被刘璋守边兵将探知详细，飞报成都。

西川自刘焉父子任事以来，承平日久，人不知兵。忽然接到此项警报，吓得刘璋手足无措，急忙召集部下文武官吏入府商议。这也是通常应做的事情，却不料将中国一位专门卖国的开山祖师爷请出来了。

此人姓张名松，别号相鼠，身高四尺，腰大八围，尖额深目，耸背长头，面如破釜，声若鸱鸮，奇形怪状，丑陋不堪，博闻强记，过目不忘，诡诈多端，心思敏捷，每常自负天下奇才，目空一切。偏偏刘璋仅用他为一个别驾，满心怀恨，常常想将西川送与别人，自己换个高官厚禄，念念在心，已经多日。此番听得刘璋问计，正中下怀，当下出班说道："主公，张鲁徒党布满两川，此次兴兵，其势难敌，深仇巨恨，和亦不能。依松愚见，当朝曹丞相功盖天下，威震九州，战胜攻取，所向无前。不如办份厚礼，进贡当朝，重赂执政，陈说张鲁左道诬民，效法黄巾，戕贼命官，扰乱王土，请命一上将率一旅之师西入秦川，吊民伐罪，曹公新败于合肥，急欲立功雪耻，以曹临张，如汤沃雪，即不出兵，亦可请其严檄张鲁，不许侵犯西川。张鲁井底之蛙，谅不敢以螳臂当车也。"刘璋闻言大喜，说道："此策甚佳，即烦大夫为孤一行。"张松慨然应允。刘璋传令，收拾贡品，备办奏启。预备妥帖，即日启行。张松却把从前私画的西川全图密带身旁，访求主顾，祷告财神，早日脱货。正是：

锦江春色，乍传消息于江陵；巫峡哀猿，又吊遗踪于杜宇。欲知后事如何，且听下回分解。

异史氏曰：赤壁鏖兵，周郎得志，此等处完全翻案，便是埋没英雄，不可以一笔抹杀为能文也。故仍以水陆败曹兵书，自是文章正体。区区小儒，所以咋舌，正在此耳。看他先用陆逊识破操声东击西之谋，次出程奋发其老当益壮之勇，而以甘宁文书告急接笋之，未出兵前，一老一少，一将一帅，已谐协力御侮之谋。仍令黄盖领兵沿江直上，不使退居人后，俾扬功绩。而后公瑾布置手书方到，捷书胜算，已在眼前，此较《演义》舌战庭争，连环苦肉，光明多矣。于是箫鼓陈兵，不在长江，而在小岘。一山一水，与《演义》互相反照，复夹写操、瑜容貌，妍媸相对，阿瞒不待交战，已极不堪。不惟滑稽笔墨，趣味横添，抑知此正反写横槊赋诗，不欲恭维老瞒一字也。结局仍以火攻取胜，而以铁骑横冲、包围杀败殿之，盖一幕赤壁鏖兵，说破来只有"火攻"二字，为正当兵家言，余皆插科斗诨类耳。至于南北兵争，未有舟步即足相当而舍用骑者，《演义》一到东吴，便无陆战，操岂有自丧其长者乎？故必写出马队，以为文章生色，亦暗点《演义》之漏略处，于是方可作正式兵争文字看也。故彼为小说之文字，此真为军事之文字，又便宜一个张绣出了风头耳。

写周瑜见兵士踊跃，不免想起孙伯符来，谓使伯符健在，哪有曹兵在他眼底？余读《演义》至赤壁之战，亦油然同具此怀，谓倘孙策不亡，恐曹兵犹不能至江上也。盖三国中只一孙策可称真正英雄，紫髯大耳，俱非其匹，文中入此一节，令人想望英雄不止，亟起觅袁子才《祭吴桓王庙文》而痛读之。

乐琳欲报父仇，转丧张辽之子；于禁闻瑜轻敌，即令割去两耳；曹瞒以诡计袭人，乃至损兵折将，祸及其部。而使乐琳无父，张辽无子，于禁毁其五官，张郃失其盔甲，写来参差错落，以见曹营诸将丧胆亡魂，逼到曹操虽欲再战而不可得，蝎蝎螫螫，只有赶快收兵之一途，苟或再以云长乘虚蹑后之言恫之，老瞒此时真不禁如此一吓矣，一笑。

《演义》中以蒋干漏消息于曹营，而败曹兵；本书中以张绣漏消息于东吴，而败曹兵。以一张绣，引出一张松；以千里袭人，引出千里献地。于是反映文章中，带出顺笔线索，又皆情节翻案，而大体不翻案，可见一题百作，能手便各不同。

第六回

巡江上赵子龙得图　　取汉中夏侯渊耀武

大凡人生在世，须得要有一定宗旨。虽然说与时偕行，也须得一两根硬骨头，两个眼睛，也得要时常睁开，瞧瞧这现在是什么世界。无论怀着怎样贼肚贼心，也须回头想一想，我若把祖宗丘墓地卖与他人，于我到底有何好处？就得了千万百万，又能够几时用度？到头来还是一钱莫名，只落得臭名万代，这又是何苦来呢！现在中国这种人倒很不少，大之卖国，小之卖省，愈趋愈下。卖父母，卖姐妹，卖儿女，卖朋友，卖本身，还有什么卢布党、金镑党、短裤党、老头票党，简直是风靡一世，四海通行。下至于卖河流，卖矿山，卖码头，都是已成惯例，相喻无言。

这一派人供奉香火的祖师爷，就是二千年前一个矮贼张松，开始营业。往后便有个南唐樊若水，私量长江水面。前清焦滇，私卖奉天军用地图。徒子法孙，狼心狗肺，弥天罪恶，罄竹难书。

如今只说那罪魁恶首的张松，在那西川人文之地，也算不了什么出类拔萃的人物，尽情抬举，也不过是个舌辩之徒。刘璋不重用他，正是刘璋知人之处。谁知道俗语所云："矮子多诡诈。"这句话似乎确切不移。他挟着一些儿小忿，私画地图，四出招卖。这种人，难道还可付以大任么？这种人在天地间，可算作践了五谷，糟蹋了布匹！正合着卫诗所云"人而无耻，胡不遄死"那两句古话。他们哪一个有好下场？那张松不就是个好榜样么？然而张松虽然被杀，西川也就完了。蛮触纷争，一场恶战，伏尸百万，流血千里，推原祸始，都是这些不成材的东西，出卖祖坟，藉邀上赏，直闹得故国烽烟，旧乡兵火，人民憔悴，老弱流离。他的天良虽偶然发现，欲图补救，可就是铁镜公主说杨四郎的话："你那眼泪尚还未干，现揩也来不及了。"闲话少题，书归正传。

话说益州牧刘璋因为张鲁所迫，忙中无计，请鬼看病人，被那矮贼张松一说合拍。刘璋令左右于库中挑选上好蜀锦百段，春彩五百段，黄金千两，白银三万两，各样顶上药材，分作两份：一份上贡天子，一份进奉魏王；又弄了多少土仪，分送当朝权贵及魏王部下得力人员。特别与张松三千银两，作一切用度，以为事成，则富贵可以长保，区区之物，无足计较。那张松自己别有一番心事，乐得顺水推舟，拜辞出府，携带礼物，向涪江下水，直出那瞿塘三峡去了。

自古道"福无双至，祸不单行"，张松东下的任务，被张鲁驻川的坐探，花了一些银钱，探得明白，星夜驰还南郑，详细报与老龙头张鲁知晓。张鲁平素也闻得曹操大名，晓得这位天魔星是不大好惹的，此番刘璋去了许多金银财宝，有钱能使鬼打磨，何况比鬼还贪的曹阿瞒？又素知道张松矮子能言善辩，还怕他不会掀风作浪，生事闯祸么？大约此事有些不妙，若不先行准备，后来一定糟糕。即时召集部下大小鬼卒，一堂会议。众鬼卒听得老大哥召集，顷刻到齐，分班坐定。张鲁将坐探言语对众宣布，要大家想法抵制。他手下第一位香头大爷阎圃一闻老大哥说出事由，略一凝思，生出计谋，当下立起身来，向老大哥行了五十度的鞠躬礼，便献计道："祭酒师公不必忧虑。现在可乘张松未曾出发，我们选派教中勇士先去夔门一带，招集当地同志教友，扮作客商，驾驶轻舟，跟随张松之后，待其出境，乘隙刺杀。渠辈得金帛之利，师公亦可除去心腹之患矣。"张鲁说道："此计妙极。"即从众鬼卒中挑选勇士二名：一名宝山，一名龚回。两人都是教中多年道友，办事极其能干，素堪信任的。二人闻唤来到老大哥面前，两脚笔直，听候吩咐。张鲁便把上项事情告诉二人，说道："张松矮贼带去了多少金帛，兄弟们但杀得张松，那些金帛完全赏与汝等，也可够半生受用。"

你说他们那些道友，五斗米还要打那无知愚民的主意，此刻听说有那多金帛，岂有不拿性命去换之理？两位鬼卒听了师公吩咐，便慷慨地说道："师公吩咐，赴汤蹈火，亦所不辞。漫说还有许多赏赐，将来杀了那矮贼之后，取得回来，当然献与师公，大家分受方合教规。"于是当场辞别了大众，收拾行李，即时起程，免不了"晓行夜宿，饥餐渴饮"八个字的考语。因要赶在张松前头，自然倍道而进，脚下一快，迅速达到目的地。不日到了夔门，发出暗号，由本地码头主事召集合字门同道。你说东西两川历来是妖匪发祥之地，背着峨嵋山仙境招牌，上中下三等真人仙客，世袭罔替，无奇不有。前清乾嘉时代，还有王三槐、冉天元、白衣圣教众位英雄；民国近年，犹有唐焕章、段正元等一般鬼卒。那同道同志者，自然是水陆码头，一呼百诺。这回况且是祖师圣地教总首领特派的专员，当然更千叫千应，万叫万灵。经宝山、龚回在集合的同志教友当中百中选一，千中选十，挑选水陆精悍教友二十余人，编成三队，分驾三舟，布置就绪，打听的确，随着张松船后陆续暗暗出发。张松船到夔门，已经被一般鬼卒无形监视，只因尚在西川境内，沿途有人护送，虽然有些机会，兀自不敢下手，只好慢慢地、远远地、规规矩矩跟着张松船只，或前或后的行止。那张松以心事得遂，十分畅快。心中每日只想那倘来富贵，拜相封侯，他日得意之时，必报眦睚之仇，必偿一饭之惠，丝恩发怨，如何报复，心中盘算，想入非非，兴高采烈，痛饮高歌，把随他的船只只当做下水商船，不知道是阎罗王请他赴宴的特派员。又兼那三个船上那帮鬼卒，百计亲近张松船上从人，大酒大肉，十顿八顿请他们大吃大喝，一股劲阿谀奉承，要求贡使替他大众过关瞒税。张松见是乡亲，又经不得奉承，一口承诺帮忙。

那时正是四五月天气，巴蜀雪消，夏水大涨，唐朝李太白有首七言诗“朝辞白帝彩云间，千里江陵一日还。两岸猿声啼不住，轻舟已过万重山”，正是形容那下水的快处。张松驾着大船，乘着大水，不消几日，离了蜀境，到了彝陵地面。那晚泊在一处地方，名唤鸬鹚滩，好一个群山赴壑、万苇连天的所在。也是天理难容，现世现报，张松矮贼那条矮命合该在此地飞升天国。因为顺水行舟，极其快意，连日里吃得醺醺大醉，卧倒船舱，江风向晚，遍体清凉，哪里还起得头来？要是他不吃醉，以他那样鬼聪明，看见这样幽僻荒凉的所在，万不至于湾船等死，这才真正叫做醉生梦死呢。

然而，其中又有人吃醉了酒，反因而逃了一条活命出来。兄弟实在不好再加批评，只好抄一句现文章。说是“有数存焉”而已。那人不是别人，乃是张松心腹家人，名唤张逵，机关变诈，神似其主，因之一似无不似，吃酒的资格也就旗鼓相当。那日，张逵伺候主人吃酒，碍着主仆份上，只暗暗地偷吃了几杯，口甘心不甘。直候到船已停泊，主人睡下，独自一人溜出船头，看见江岸上，一片夕阳映着那绿树红帘，分外生色，临风酒幌，飘来飘去，开瓮的老白干儿，香闻十里。不觉酒瘾大发，口角流涎，神气特来，打开自己行李，揣上了八九两银子，叫水手搭上跳板，离船上岸，慢慢走上好几里地，来到近江一个稍为雅观的村酒店中。进得店门，只见一切陈设尚还不俗，货柜里面排列大小酒瓮甚多，天色向晚，酒客已稀。张逵拣个好坐头坐下，酒保上前招呼酒菜，张逵毫无忌惮，任所欲为，尽情尽量，大吃大喝，狗肚中灌上了十几碗黄汤。吃得不亦乐乎，不亦悦乎，方才开销了酒钱，行步蹒跚，东斜西歪，出了店门，借着月光，一步一步，口中哼着他们土产的四川调“月儿一出照花梢，打个呵欠，伸伸懒腰，磕睡虫又上来了，嗳哟嗳哟，磕睡虫又上来了。不来不来真不来"，自吟自唱，晃头晃脑的，回转原泊船处所。将次到了芦苇丛边，忽然一阵凉风，夹着水中一片鱼虾腥气，吹入张逵口鼻，那小子酒已过量，五脏六腑正在那里宣告绝交，又从外面加入这种西式龙涎香气味，登时肚内蛔虫鼎沸，鹞肉回头，身不由主好一阵大呕大吐起来，渴龙喷水，罄其所有，酒后呕吐，任你孟贲、乌获，也是头昏眼花，下轻上重，向天一跤，跌倒在苇子丛中，埋头大睡。

不知睡了多久，恰睡到好处，猛听得江边人声喧杂，火把通红，张逵已到半醒半醉程度，软洋洋地挣起身子，坐在苇子中间，用力擦开自己眼睛。猛然间，看见自家船上，火光丛里，被其他的两三艘船团团围住。在火把照耀的下面约莫有二十五六个人，个个是青帕缠头，赤足白裤，手中都拿着明晃晃的利刃，照眼生花，正在四处寻人砍杀。又见其中一人手提着一颗人头，问众伙伴道："道友，这可是张松的头么？"众伙伴齐声答道："正是。"那人又问道："众位兄弟，船上诸人可曾杀尽？"只听得三只船上二十余人齐声答应："师哥，这矮子同船的人，连水手都杀得干干净净，斩尽杀绝。"又听得这人吩咐道："将大船上物件尽搬过自家船上，把死尸尽用石头碇着沉入水中。原船放走，任其下流。"众人"哇"的一声答应。顷刻间收拾好了，呼哨一声，三只船一般儿撑篙打桨，却都向上流开驶去了。

张逵躲在芦苇丛中，看得清清楚楚，只吓得汗如雨下，做声不得。四面蚊虫围绕，咬他那块贱骨头，几乎又要替露筋夫人赶马车去了。他兀自毫无知觉，直待那贼徒去远，方悠悠地回转魂来。下死劲的拔步上岸，回到晚间喝酒的酒店，已经是三更天气。好不容易叫开店门，见了店主人，承认自己是个商人，本晚为贼人谋害，把所见事情慌慌张张告知店主人。

店主人见他狼狈情形，情知他被害属实，沉吟了好一会，方说道："客人，这可作怪，我们这里自从刘皇叔接任以来，除暴安良，十分尽力，又兼赵云将军派了多少巡船梭巡水路，肃清江面，一半年来，并未出过一件劫案。现在因孙曹开战，长江上中游都一律戒严，赵将军自领兵船在秭归、彝陵、江陵一带昼夜巡缉，是哪里来的匪徒？莫非是你们四川的妖匪觑着你们身带重赀，暗地跟随着你下来的么！"张逵听了店主言语，把神一定，回头一想，恍然大悟。方才匪徒问答的语气，明是五斗米教张老龙头派下，自己主人奉使何事，必系张老龙头遣人暗杀。眼前自己身边，既有盘费，又有主人名刺，何不上许昌去走一遭，将事情报告魏王。倘若得他兴兵去伐汉中，也可替主人报仇。计算已定，便答道："主人所见不差，我今晚休息一夜，明日便去当地报官，以便缉捕盗匪。"店主道好，陪张逵去客房安宿。一宿无话，到了次日，吃了早饭，开了店钱，问明道路，自行前往。

却说宝山、龚回一众教友，杀了张松，携了财物，完成使命，高兴不过。把船往上流开驶，得胜回川。只因水势太急，好不容易方才走得十余里。看看天色微明，上流一溜下来二三十只大兵船，船头上坐着一员大将，正是大战当阳长坂坡七进七出的常山赵子龙，因奉将令巡视长江，方从彝陵下来，看见这三只船，夜走上河，怎么不等天亮？其中必有原故。也由赵云随事留心，叫水兵泊住自己兵船，"将上水那三只船唤将拢来，有话问他"。

赵云平日最体恤商民，军士从无骚扰，长江上游往来船舶无人不知。水兵领令上前，轻轻的唤那三只船摇拢。那一伙贼徒，心虚胆怯，知道逃也逃不了，只得将船摇近大船。靠近船边，赵云问他们："为何夜走上河？"他们答道："因为昨夜有风。"赵云寻思，果然不错，就要将他放走。谁知道他们三只船昨天开下时节，在赵云第五号巡船上挂号，事有凑巧，偏偏那号巡船紧靠着赵云座船上首，有个水兵头目认清这三只船，过船禀道："启上将军，这三只船昨日装货开下，前面并无起岸码头，今日为何即行开上？其中或有情弊，求将军明察。"赵云一面问那头目："你可认清这三只船是昨天开下的么？"

一面暗地看那伙人，都有些神色不定，便知必有弊端。那头目回道："认得清。"

云吩咐将自己本队船只靠近岸边，抛锚下碇，然后将这三只船缆住，令兵士上去过细检查。兵士遵令，过船查看，那伙贼人到此时间欲待动作，船已扣住，欲待用武，寡不敌众。眼睁睁你看着我，我看着你，由着众兵士上得本船，进入舱内，将舱内所有行李物件一件一件的逐件检查。这一查可就查出弊端了。兵士把二十多把小刀子并各项赃物送到座船呈览，一部兵士便弓上弦，刀出鞘，严密监守这伙匪徒，寸步不许动移。赵云将各项亲自检视，却见内中有一张西川详细地图，朱墨分明，界画清晰，此中大有原由，不问可知。吩咐兵士将众匪徒背剪捆绑，兵士得令，一齐动手，众匪徒因被赵云神威镇住，一个个束手就擒。赵云叫将众匪徒推入舟中，亲自勘讯。那些匪徒虽然鸡鸣狗盗，却倒直截了当，不待三推六问，也不你诿我赖，爽爽快快从头至尾先背履历次述事由。就将张鲁如何准备侵犯西川，刘璋如何情急求计，张松如何设策联曹，如何被张鲁坐探探悉，阎圃又如何定计暗杀，他们如何奉令随行，昨晚如何乘机动手，一口气放连珠炮，不打自招，尽行说出。赵云令左右录了口供，打了指模，吩咐移船近岸，派了士兵多人先去岸上架着罗盘，选了一个藏风聚气的地方，点了一个铁笼关虎的吉穴，掘了一个大窟窿。然后将众鬼卒牵上岸去，推到窟边，排头一刀一个，尽行处决，即时掩埋，以靖地方。贼船三只，交与地方人民，改作渡船。收拾已毕，将船火速开往荆州。

不一日，到了城下，带领亲从将所得各件搬运上坡，径入州牧府中，呈报州牧刘玄德。玄德正与孔明谈论孙曹战事，忽见子龙搬进许多物品，问知详细，正在惊讶。孔明只取地图一看，笑道："主公，如天之福。刘季玉送西川来也。子龙功真不小！"玄德道："军师何出此言？"孔明道："主公有所未知，西川居长江上游，势足以掣荆襄之后，有荆襄而无西川，犹之刑天无首。昔秦得蜀而强，楚失蜀而亡，亮久欲取西川，以裕饷源而固后路，苦于不明地势，今得此图，无异得西川矣。"玄德自取蜀锦十匹，赐给赵云，又取一百两纹银赏那破案的头目和随行军士。赵云当时谢过。孔明令赵云前去巴丘、彝陵各地，暗暗征集士兵，分屯荆益边境，积极准备，候令进行，不得延误。赵云领令自去准备一切不提。

如今再说张松那位亲信大爷张逵，问明路径，晓行夜宿，到了许昌，寻着了丞相魏王府，见着门官，哭诉情由。门官见事关重要，不敢迟延，立刻启禀丞相。曹操正与众谋士在后堂内计议报复江东办法，一听禀报，叫将张逵唤进，问其详细。张逵跪在地下，便将刘璋如何遣使入贡，自己主人如何奉使，如何在彝陵江面为匪所杀，自己如何赴水得脱，描头画角，千真万确，硬坐张鲁派人暗杀。曹操问道："那三只船是在何处跟随你主人船只？"张逵答道："在夔门上面。"操吩咐左右领张逵下去，好生看待，"孤必定为你主人报仇就是"。张逵叩谢起身，随左右安歇去了。操与众谋士计议道："此事如何着手？"荀彧道："张鲁与刘璋有杀母之仇，刘璋必惧张鲁报复，故而遣使入贡，思奉朝廷明令，丞相威灵，以为镇慑。不然，自刘焉西入益州，断绝谷阁，私制天子舆服，刘景升曾讥其似子夏居西河，有人疑夫子之诮，二十余年，从无一介之使来入中原。今忽遣张松，厚赍礼物，其为此事，殆可无疑。张鲁必有闻知，惧遗祸患，遣人暗杀，势所当然。汉中为关中右臂，得之，可以壮三辅之屏藩，又可以进规西川，制荆襄之后路，张鲁么麽小丑，凭借邪教，煽惑人民，乘乱聚党，扰害地方，流毒百世，丞相为国重臣，理宜奉彰天讨，剿灭异端。但命一上将，将一旅之师西出秦川，吊民伐罪，南郑险虽有余，张鲁兵力不足，以我天兵，何愁天狱，乘势锐进，一战成功。既可聊雪合肥之耻，又得进规梁益之机，时不可失，此之谓也。"

操大喜道："文若之言，极为高见。"立召夏侯渊入府，令领征西将军事，率领曹洪、文聘、张郃、毛玠、夏侯尚、夏侯德六将，兵马二万余人，至长安时，再就近调发驻扎右扶风马腾的部队，西凉军万人作先锋，进取汉中，全权办理。夏侯渊领令，拜辞出府，率领将士，即日起程。不一日到了长安，太守钟繇迎接入城，犒赏将卒。夏侯渊下令，着钟繇派人前往右扶风，调取马腾一军军前听用，不得违误。钟繇令人即时前去。

夏侯渊吩咐将士，拔队前进，来到汉中界上。休兵三日，却不见马腾人马到来，心中大怒。这却为何？其中有个原故：马腾因自己系伏波将军后裔，受恩深重，国势阽危，每思图报，见曹操威权日盛，陵蔑当朝，心中久已不平；又奉过建安皇帝衣带诏书，正欲设法奉行，以报历朝恩遇。今天接到夏侯渊的命令，不由得发动了三昧真火。原来汉朝武阶，第一级便是大将军，简直是节制文武，总揽朝权；第二级就算骠骑将军，这是卫青、霍去病以后的遗传，叫做官以人重；第三级就是车骑将军。在灵帝时，何进是大将军，董重是车骑将军，董后与何后争吵时说何后："吾敕车骑断汝兄首，如反掌耳。"足见当时能与大将军抗衡者，仅有骠骑、车骑。以下便是前、后、左、右四将军，再次便是什么征东、征西、平南、平北、征南、征北、平东、平西挂印将军，再次便是荡寇、讨逆、破虏、定难、伏羌、征蛮、楼船、横海、龙骧、虎卫、龙额、虎威、虎牙、冠军、扬威各色临时冠号的将军，以下便是偏将军、裨将军之类，可算文阶上从九品未入流。

马腾先授过后将军，比较夏侯渊的征西将军，名号较崇。夏侯渊心粗胆大，只顾"一朝权在手，便把令来行"，自己也不摸摸头想一想，谁愿意听谁的指挥，不把那大司马大丞相大将军魏王令旨拿出，却把他那面豆腐招牌的征西将军名义直接来训令马腾。马腾原是西凉将种，火气本来就大，兼之自恃有盖世英雄的大少爷，训练精纯的部队，有恃无恐，便也老不客气，正式打起官腔来了。钟繇差人来到，马腾对他说道："相烦足下回去复命，请钟太守转达征西将军，俺马腾奉了朝廷旨意，镇守右扶风，镇抚羌氐，关系重大，不得朝廷旨意，不敢擅离防地！"差人只好诺诺连声，回转长安，禀报太守。钟繇无法，火速遣人报知夏侯渊。

夏侯渊挂印征西，何等高兴，方才出兵，马腾便不受他调遣，不由得心中大怒，忍耐不住连夜修书，遣人送上许都，说马腾怎样的跋扈鸱张，怎样的毁谤当朝，胆敢违背丞相魏王令旨，不肯受渊节制，若不早除，必为后患。他这一封书不打紧，轻飘飘儿送了马腾父子三条性命，险些儿把一位汉大丞相魏太祖武皇帝一条性命送与马超。这就是从古历来亲贵子弟授钺专征的好处。清朝福安康冤杀柴大纪，傅恒冤杀张广泗，都是跟着夏侯妙才学的这一手好武艺。但是，夏侯妙才脾气虽大，度量虽小，计划尚还不错。一面修书入许，一面令张郃为前部先锋，领兵三千，直扣阳平关讨战。自己部领大兵，随后进发。

那坐霸汉中的老龙头张鲁，自从派了教友去杀张松，经过多久日时尚未见回报，便知道大事有些不妙，早就跟他手下一大群祭酒师公、神师鬼卒、香头红旗切切实实商议，将来万一不幸，曹丞相的大兵到来，到底应该怎么样对付。亏他们那些家伙御前会议，一读二读三读才决定了：兵来将挡，水来土掩。于是派了御弟一字并肩王二哥、张卫领了五千鬼卒，去把守阳平关，怕是不怕，只抱定不开门主义，凭恃天险，坚筑保垒，厚储粮械，竭力固守。任他何方军队来到阳平关，安排只是赏他一碗闭门羹，其余一切恕不招待。有的是滚木檑石，无论如何，绝不出战。

张郃本是乘着一股锐气来到关前，耀武扬威，扣关讨战，谁知任他叫喊，口燥唇干，关上更无一人理落。张郃忍不住催兵攻打，关上的滚木檑石就似雨点一般，曹兵退后不及，一顿饭工夫，倒损伤了二三百人。张郃要不是走得快，险些儿与木石同居了。那阳平关本来险峻万分，就算是飞鸟也难飞过去。张卫既然死也不肯出来，张郃自然死也莫想进去。想尽主意，无法可施，只好收兵，离关五里，安营下寨，即时遣人飞报征西将军得知。夏侯渊在后军接到张郃前军飞报，立刻上马，带领小队驰到前军，同着张郃来到关前，视察形势。只见阳平关高踞山巅，既经险仄，更兼坚固。看了许久，着实难攻，也自沉吟不决。回转大营，召集诸将一同计议进攻方法，诸将只是彼此相顾，一筹莫展。正在束手无策时候，旁边走过张松的家人张遠，上前参见，交手禀道："启上征西将军，汉中妖贼，最信仰的仅有祖师。其余万事，均不在意。若令本军士卒，脱衣裸体，向着关前，齐声辱骂他们的祖师张道陵，他们定会开关出战。"夏侯渊正在无法，听得此言，亦为近理，只好试他一试。立时下令，令先锋张郃率领本部将士仍去阳平关下，依照张遠言语施行。

张郃领令，率领部兵来到关下。吩咐兵士裸着身体，向着关上齐声辱骂，把一位嗣汉天师开派的祖师张道陵骂得一佛出世，二佛涅槃，万口同声，不堪入耳。那阳平关居高临下，下面曹兵所骂的话，他们一句一句都听得分分明明。张卫与他们众位道友，个个听了不由得怒发冲冠，咬牙切齿，摩拳擦掌，忿火中烧。把祭酒师公不许出战的命令早丢向爪哇国去了。或许搁在鹄鸣山，赵昇采桃那个深涧，亦未可知。登时，一个个整顿衣甲，收拾刀马，大众下得城头，全副披挂，雁翅般排着，向天师爷圣位一齐跪倒，同声祷告，香烟缭绕，杀气纷腾。静默了五分钟，由龙头宣诵天师爷真言宝诰的遗嘱，大众都齐声合诵，声震全关，倒把关下的河间张郃生生的给他们魔住了，不知他们在关上捣什么鬼。张卫祷告已毕，率领众道友开了关门，一拥出城，一声呐喊，刀枪齐举，箭弩乱发，亡命的冲下关来。曹兵倒退下三四里方才止住阵脚。

张郃拍马挺枪，直取张卫。他们那般道友只会敛财聚众，烧香求神，诈骗善男信女，哪里会行兵打仗？张鲁也只会说"宁作曹公奴，不为刘备友"那些怂恿话。张郃是三国中有名的大将，张卫何曾是他敌手？两马相交，不上十个回合，被张郃一枪挑下马来，一道灵魂，白日尸解，到鹄鸣山老祖师爷驾前归位去了。

张郃麾兵大进，乘势抢关，登时占领。一面安民，一面遣人飞迎征西将军，夏侯渊进了军府，大犒将士，记了张郃首功，重赏张遽。下令张郃率夏侯尚、曹洪率夏侯德各领五千人马，分作两路，乘着破竹之势，去取南郑。毛玠守阳平关，接应粮草，自己督后军，即日出发，接应两路人马。

汉中自从张鲁占有，目的只在传教，对于兵事，知识有限，并无何等计划，褒、斜一带人民，老死不见兵革，虽然背着一块天狱的招牌，却同纸糊泥塑一样，那禁得张郃、曹洪兵精将勇，又得了土著奸人作为向导，两路兵马直向南郑进发，如入无人之境，不上十日，已将南郑城围得铁桶相似。相持一月余，城中外援四绝，柴米将尽，张鲁万分无奈，仿佛蓝辛如打三脚白额虎的一样办法，披头散发，将打跟斗的祖师爷神像揣在怀中，头上扎着祖师牌位，身穿道袍，口噙法水，手拿七星宝剑，率领众多道友，一声呐喊，杀出城来。张郃、曹洪诸将又是惊奇又是好笑，两阵交锋，曹洪迎着张鲁，照头就是一刀，张鲁口中法水尚未喷出，一颗毛头早已落地。曹兵得势，精神百倍。张郃刺杀了杨松，夏侯尚刀劈了杨柏，阎圃正待要逃走，被夏侯德赶上，一刀杀死。剩下一些余党，见首领俱亡，个个跪地弃械投降。

四将因奉了征西将军密令，照依前在袍罕杀宋建的旧例，凡属张鲁部众，尽斩不饶，以扫妖氛。降亦杀不降亦杀，好一阵大屠杀，只杀得尸骸山积，血液沟流。五斗米教从此在汉中站脚不住，后来才迁移到江西龙虎山，大行其道，世袭天师同衍圣公一样尊崇。夏侯渊结果被黄忠所杀，他们那些教友都说是天师爷派了天兵天将前去帮忙，方才成功。兄弟并未亲眼得见，不敢随声附和，却便宜了夏侯渊，轻轻巧巧得了汉中，一面火速差官去许昌报捷，一面大赏三军，休息士马，略定汉中所属州县。正是：

彗星扫地，亦造福于生民；妖气弥天，尚流灾于今日。欲知后事如何，且听下回分解。

异史氏曰：天下之大恶，莫甚于卖国贼！比诸篡逆，罪加万等。篡逆之徒，仅负心于一人，亦惟君主时代所不可容；又必昏庸之主自肇其端，自有不世之才，睥睨当代，人将负我，我或负时，夫然后敢以动于恶、此操、莽乱世奸雄，所尚足称治世能臣也。是故遇其主不遇其时，则为诸葛；遇其时不遇其主，则为曹操。居吾国宗法社会之下，数千年来入主三纲之陋说，乃特有奸雄之名称，举此一辈奇才，见弃于儒者。君子持平论世，盖未尝不许奸雄生为命世之豪，苟其听视于民，在圣哲亦闻诛一夫之纣，汤武革命，以开纪元，相及成功，当王遂贵。舍君主眼光，问其才智，去名教心理，研其抱负，究与英雄有何判别乎？若卖国贼流如张松辈，则负心率土，匍匐他人，真属一无心肝！使非丧心病狂，何敢酿滔天之祸，得罪民族，独欣亡国之荣？此诚古今中外无时无地所可容！虽大愚不肖极冥极顽所不齿，又岂可与才智之奸雄、不甘犬马奴隶之篡逆同论也。弑恶至于华歆，人格犹高张松一等。以弑逆或同桀犬之吠尧，而卖国真如插标之售首。似此何所云才，何所云智？操有鉴衡过人之雅，宁不识一张松，所始终不加寸睐者，正以其猥琐进退，目中无人，举动言词，皆同瘦狗耳。非见微识著，断定无智无才，且不可纳，何至对奉使而乱棒出之。由今而言，怀图原属至愚，逐客堪称快举。松该打死！操最可儿！是以奸雄之眼其毒，臣獒可用华歆；老瞒之心亦寒，竖鼠几杀张松也。奚无故哉？

《演义》张松献策，由于张鲁侵川，而鲁起兵，在惧操大胜西凉之后。本书张松献策，亦由张鲁侵川，而鲁报仇，却在乘操败于东吴之后。一东一西，一胜一败，不但翻案甚明，抑且新胜往依，尚有托庇强大之理，若新败求附，直是归命贼臣，有心于曹也。如此怀图而往，即与《演义》所谓思择明主者，大是不同，更进诛心，庶使一辈卖国贼者，徒子徒孙，虽至地老天荒，无从觅一曲词代为回护。只此胜败线索，反转写来，便一面暗将张松臭尸，笔尖寸磔！一面又隐将刘璋暗弱，描到十分。

张松献图机会，造于张鲁，心中正自何等感激，死亦情愿，故非叫张鲁杀之不可！以贼勾贼，即须以贼杀贼，不其胜于《演义》刘璋杀之耶！心不近于刘璋，身何得再污刘璋之刀？生不爱于西川，死何得令污西川之土？俗谓尸骨不得还乡，永世不能超生者，好叫卖国者看个样儿来！

卖国之贼，天地不容。《演义》中偏令日日说仁道义之刘玄德迎之，礼之，恭维之，以至长亭泣下，而饯别之。污此一个枭雄犹可说也，乃令赵云迎之，云长又迎之，庞统亦随迎之，笔底却处处写的是孔明用尽智计以迎之，真写得不堪已极！污秽了一个伏龙，一个凤雏，又污秽了盖世英雄一个常山名将，又污秽了义贯日月一个千古圣贤！只一段文，何故将这几许名贤豪杰，遍体涂污着粪，糟蹋得不如一个曹操？如此争得天下，亦使千古齿冷！况为同宗兄弟所守一隅土乎？若曰，所为者图也，非松也，则南阳草堂之上，未出茅庐，指与玄德所观者，又安在也？如此极写诸葛智计，只为多添地图一张，过于矛盾，亦觉可笑！是未免提倡卖国，专寻张松一人开心耳。向读《演义》至此，颠倒百遍，不得其解，只觉将一班人物，写得个个一文不值，太息不止。今令赵云巡江，杀贼得图，不领张松半毫人情，不费诸葛一丝力气，不但子龙吐了恶气，即玄德、诸葛浑身上下所染龌龊，亦洗得干干净净，痛快痛快！又令张松至死见不着操面，并不配见玄德之面，永生永世不自知将图送与何人，抑更无从送图与人，看你再想送图否？案翻到底，尤称妙绝。

旧系将刘家之图送给刘家，曹家不知也；今系叫张姓之人杀了张姓，令曹家知之。刘家得图，却将人命干系推在曹家去管；张家杀人，却将西川地方送与刘家手中去管。翻案翻得花团锦簇，十分好看。《演义》是张松送图，本书是张松送命，本来想送他人之命，不知正是送了自己之命！又写得冷酷可怕，唤醒卖国贼不少。

张遂者，张鬼也。《演义》曹操不纳张松，不肯出兵，此却不令曹操卖乖，偏叫去纳张遂，即允出兵。是鬼勾贼，贼出兵，以便接入平定汉中之线索，而起诛杀马腾之正文，此皆无一处不翻案也。以贼从鬼则可，不能使孟起英雄，含冤败北，先投张鲁，有以人从鬼之事，而后入刘，则不可。故必先平汉中，后诏马腾，分清人鬼，即在此线索颠倒中伏之，力为英雄填平恨事。此等处须能细加体会，方知文章心苦，方许善读此书，并非颠倒缝裳，乱以潦草针线塞责也。

第七回

泄旧恨矫诏召马腾　　联新婚开阁延吕范

话说征西将军夏侯渊杀了张鲁兄弟，得了汉中地方，造具名册，声述功绩，派了得力差官星夜前往许昌，红旗报捷。

那许昌城中魏王曹操自从派遣夏侯渊诸将去取汉中，心中时时系念，起初接到夏侯渊攻击马腾的手书，自然是十二分不愿意，正在那里独居深念，揣度情形，派遣兵马前去接应夏侯渊，却接二连三的得了前军捷报，了解了破竹的情况，知道张鲁是个无用的奴才，荀文若的计划已有八成可靠，征西将士十九会成大功，于是但令钟繇调拨二三千人马，驻扎絷郿县武功一带，遥为声援。不到一月，夏侯渊完全夺取汉中的捷报到了，许昌满朝文武官员一齐到魏王府中，齐声致贺，称颂功德。曹操十分高兴，大宴各官，宴罢之后，入朝奏请以夏侯渊即授汉中太守，从征诸将各就本官加三级，奖叙兵士、优加饷粮、擢尤拔补军吏，留张郃、夏侯德、夏侯尚及裨将二十余人督兵分守各地要隘，归征西将军汉中太守夏侯渊统一指挥，全权节制。又令曹洪、文聘但带随身小队轻骑还朝，另候命令。

曹洪和文聘遵令回到许都，谒见魏王。曹操细问战争情形，曹洪一一回答，曹操当时大为称赏，极力夸诩。二将敬谨谢过，将征西将军手书当面进呈。曹操接过，拆开一看，只见上面写着：

  两川密迩，相需孔殷。刘璋昏懦，蜀兵脆弱，张鲁庸妄之夫，借教愚民，实无兵备，但事恫喝。璋且不敌，乞援中朝，今借威灵，一月三捷，发蒙振落，璋自丧胆，悉兵临之，全胜可期。西征将士新获大功，各膺茂赏，方以从军为乐，不复畏蜀道之难。时既可乘，士亦可用，因利乘便，机何可失，愿假渊以事权，使得继司马错之后，以为入郢之基。君王倘不以其言为夸毗，幸立赐施行。

  操览书喜动眉宇，谓二将曰："征西壮志诚不可及，何其不惮劳也！但兹事体大，容吾细思，当有以慰征西之志也。"二将谢恩，辞出王府。操袖渊书入内，沉思二日，终以汉中新定，伏莽尚多，渊杀戮太惨，民心未附，马腾心怀叵测，现拥重兵盘踞三辅，诸羌杂居，屡发难端，若举措稍有不当，不徒不能夺取西川，便连既得的东川也就万分危险，因此不存那得陇望蜀之心，慢慢的留以有待了。立遣专使驰往南郑，手令夏侯渊加意收拾人心、大开屯田、训兵积粟，预备入川的步骤，此时暂勿轻举，免使生疑，并即令派人入川晓谕威德，俟人心归附，起兵西上犹为未晚。夏侯渊心虽怏怏，只得遵令办理。

  使者一到西川，刘璋震慑失措，随即一面遣使入贡许昌，一面遣使报聘南郑，礼物丰厚，言辞巽顺。曹操既取怀柔政策，索性做个顺水人情，奏准建安皇帝实授刘璋为益州牧。刘璋感德畏威，从此便降了曹操。

  许昌方面，曹操接到夏侯渊二次手书，明了了汉中安定，刘璋降服了种种情况，他无顾虑，于是召集府中一众谋臣策士，到府中密室商议收拾马腾的计策。大众如命到齐，分班坐定。当下曹操将夏侯渊奉令西征，檄调马腾军队随征，马腾抗命不服调遣，若不设法剿除，他日必为后患，诸君有何良策以去此腹心之害。华歆出班启道："丞相，马腾世在西凉，本人武勇，三世为将，羌氏畏服，所部将士闻甚精锐,现在屯驻右扶风,甚得地方人民信仰。此刻丞相若兴师动众前去征讨,彼如抗命,大则动摇三辅,扰乱关中,小则退出萧关,占据陇坂。征西将军前攻枹罕,苦战经年,幸而得胜。若马腾一变,羌氏应声,关中四面处处荆棘,则征西将士坐困于汉中,而陇上诸羌必齐声响应,殊非万全之道。旷日持久,孙刘更相倡和,大局之坏,不堪设想。"曹操听得连连点首,说道:"子鱼所见,洞若观火,但任其鸱张,亦无此理,必须筹一良策,可以不劳而定,方足以解此际之纠纷,使大局之安堵,诸君以为如何?"众人一齐道:"丞相高见,思患预防,人所不及。"华歆应声道:"歆思得一计,未知可适用否?"操喜道:"子鱼必有妙计,愿闻其详。"歆答道:"马腾对征西使者口口声声遵朝廷旨意,今当投其所好。丞相明日上朝,取得朝廷圣旨,借口陇羌谋叛为名,派遣专使召他来许商议军情,光明正大,不敢不来。马腾恃勇而轻,又自负才武过人,兼之身拥重兵,联络韩遂,决料丞相不能加害于彼,势必轻骑就道,前来许都。如其来许,必先来晋谒丞相,报告军情,丞相即可面数其抗命之罪,一二武士,便可制其死命。至于扶风方面,仅有马岱孤军,马超远在凉州,消息隔绝,现在可先令知曹子廉将军偕同文聘督发万人,围攻马岱,星夜兼程,先至长安,出其不意,一举剿灭,以除后患。韩遂军驻左冯翊,与马腾原本互相犄角,交通声势,联为唇齿,但闻其平日为人剽轻短见,好利忘义,昔在凉州与贾文和素相交厚,可令文和即日间道前往,饵以重利,啖以高爵,马腾若被诛夷,孤掌难鸣,彼自失势,进退郎当,不能自拔。文和若至,说以利害,彼慑于情势,逃死为幸,有威可畏,有德可怀,逆料此人必入吾彀。彼如受命归顺丞相,于马氏方面便成仇隙。文和就近可调其所部,协同杨阜、韦康、杨绪诸军扼住险要,截击马岱归路,四面围攻,自然全胜。既灭马岱,然后令韩遂全军遄反金城,俾作前驱,进攻马超,以贼攻贼,形便势利。马超外失重兵,内无援助,除走河湟倚羌氏以苟延残喘外,若欲死守凉州,不败何待？必成擒矣！军情往复不过半载，腹心之害必可划削无余。丞相既无西顾之忧，自可遂东征之愿，征西入蜀亦可以一意进行矣。"曹操听华歆说到筋节关头，娓娓而谈，有条有理，不觉前席听得出神。华歆言罢，操抚掌大笑道："子鱼江东名士，华实并茂，真可谓名下无虚，算无遗策矣！"在坐诸人无不同声称善。操即就座，下令曹洪、文聘星夜前往长安，会同长安太守钟繇，暗中准备一切，相机进行。二将得令，星夜兼程去了。

次日曹操上朝，索得朝廷诏书，火速派遣心腹人员前往右扶风，调取马腾来京，商议紧要军情；同时再差贾诩，携带黄金千两、彩缎百端，并赍着金城太守敕书符节，前往左冯翊去说韩遂。两路使者各自分头去了。

且说那兵扎右扶风的后将军马腾，自从前日负气打发钟繇使者去后，陆续听得曹兵连次大捷，杀了张鲁取了汉中，心里暗自着慌，令部下将领马岱、庞德将自己军队逐渐向宝鸡汧阳一带移动，与天水、仇池诸羌声气相接；知道萧关一带曹操均有重兵驻守，插翅也难飞过，朝那、高平驻守的韦康、杨阜平日与自己不甚相合，难以通行，西道不通，只好向那南道着想，以作退步。自古道：智者千虑，必有一失。华歆竭尽心思，层层盘算，曹操与众谋士均是过人之才，群策群力安排下天罗地网，却竟虑不到这一步。放虎归山，自诒伊戚，这却是马氏诸人不该骈死此地，故而特别留了这一个大大的漏洞。

那一日，许昌使者奉命来到右扶风马腾军中，马腾敬谨迎接诏使：拜受圣旨，一面安排酒筵款待天使，一面召集本部大小将官，将许昌诏书来意说明，征求众意，本人去许昌的好还是不去许昌的好。当下大小将士一致主张不去的好。马腾道："我若是不去许昌，便是违抗圣旨，曹公就可加我以叛逆之名，出兵攻我。右扶风四面受敌，势必受困，岂非弄巧成拙？不如坦坦荡荡，径行前往，汝等盛兵以为后援。曹公得我一人，亦为无用，杀之又属无名，顾忌太多，决不致于冒昧从事，是我仍可安然复返防地也。"马岱谏道："叔父前番不受夏侯渊的调遣，与曹公已成仇隙，此番忽来诏使，其中必有原由，若去许昌决无好处。请叔父慎重，勿蹈危机以失全军之望，而中奸宄之谋。"马腾道："汝言虽是，但我家世笃忠贞，天下共谅，何能受叛逆之名。诒仇敌以可乘之隙、隳祖宗之令名、坏忠孝之世德，使身败名裂、令子孙世代蒙诟、羞见天下之士也？我意已决，汝可代统本部全军。我此番东去许昌，驿置一人，传递消息。我万一有不幸，汝与庞德急领全军退出秦中，南入天水，驻兵汧阳，以为根据。我前已令步卒千余人退作乡农，散入沿途各地耕作，以为他日汝辈卷土重来之内应。我此去之后，如曹公不顾一切，但图快意，即加害于我，沿途转递，汝辈闻讯必早。我以奉公入朝，而曹公以私怨杀我，是非曲直，昭然天下。汝辈力能复仇，汝兄可从萧关进兵，汝可从宝鸡响应，则吾志得伸，吾仇可报！近闻刘玄德雄据荆州，兵强将勇，将来剿灭曹操，光辅汉室，必系此人。伊与我至交，深相结纳，汝辈复仇之事，成与不成，都无关系，若有急难，可径奔伊处，共图大事也。至于我个人生死，无足重轻，有命在天，汝辈何必鳃鳃过虑！"马岱素知叔父刚愎自用，不能谏阻，只得含泪顿首受命。

到了次日，马腾带着次子马休、三子马铁，亲军小队三百余人，同着朝廷使者，径赴许昌。马岱、庞德及大小将士送过了行，大家都知道主帅此去必无好处，只大家祈祷伏波将军护佑主帅生还，各人遵照命令，暗中努力准备，静候吉凶消息不题。

那马腾一行人早行夜宿，行不一日，到了许昌。使者先去复命，马腾一行部众在皇华馆驿安歇。驿丞先受了丞相密令，特别招呼。

一宿已过，马腾休沐已毕，整顿冠服，率了两三名从人先到丞相府谒见丞相。到了府门，下马入内，由门官通报。曹操早知备细，已令许褚带了二百名勇士埋伏暖阁左右，随令传请马将军入府。马腾进得府来，向前参谒。曹操命坐，慰劳道："将军远来辛苦，且请就坐。"

马腾谢坐。操略询羌氏情形，马腾答道："现尚安谧，都无不稳消息。"操再问道："孤前因张鲁抗命，令夏侯征西前去征讨，请将军前往协助，将军为何不去？几致贻误戎机，将军亦知罪否？"马腾起立，谢罪道："腾前奉圣上诏书、丞相令旨，率领本部驻扎右扶风，镇抚羌氏。丞相令旨，令腾安辑地方，完全负责，不许轻离防地，致误大局。夏侯征西征讨汉中，仅令钟太守传语，既无圣上诏书，又无丞相令旨，兼之但令腾军出发，更无何军接防地方重要，何敢疏失？"马腾一面说，一面将曹操前时所下不许轻离防地命令双手呈上。曹操接过一看，明系自己手书，一时做声不得，但是木已成舟，箭在弦上，他老人家历来是抱定宁可我负天下人的宗旨，此时只好黑着良心再做一回缺德的事儿。当下把脸一沉，冷笑道："孤令夏侯将军前去征讨汉中，委以全权，所有关中主客各军悉归节制，完全听其调遣，以利军行。你心目中本没有孤家，故而抗命，还敢在此巧辩？来，与我拿下！"那许褚与众勇士埋伏了许久，正等得不耐烦。猛听得一声断喝，左右蜂拥而出，一拥向前，不由分说，立将马腾揪住，剥了冠服，捆上绳索。

　　马腾到此，只好束手受擒，回头瞪定了曹操，高声骂道："奸贼！俺马腾明知来此决无好处，不过是因朝廷旨意，不敢违抗，中你老贼的奸计。于今我虽一死，只恐你这个老奸贼总有那粉身碎骨、掘冢焚尸的那一天。"千"奸贼"万"奸贼"骂不住口。曹操听到掘冢焚尸的话，不由得寒毛直竖，老大的打一个寒噤，急忙吩咐左右推出斩首，不必号令，叫用一口薄薄的棺材将马腾埋在许昌西郊附近，一面立刻叫许褚领兵前往那皇华馆驿，掩捕马腾带来将士，一律斩首，以除后患。

　　就在这吵嚷中间，马腾同来三个从人知道大事不妙，乘间逃出府门，径奔馆驿，报与两位公子知道。那马氏兄弟时时警戒，刻刻提防，一听得从人回报，立刻令善走的部卒穿着便衣，火速破站驰归，飞报马岱等知晓。自己两人痛哭流涕，晓谕军士，言主帅业已被害，顷刻定有兵来，你们可速速逃命要紧。马腾在日，待遇部下极有恩惠，人人爱戴，此刻众兵士听得两位公子言语，主帅业被曹操所害，个个痛哭，齐声说道："我等情愿同死此处，不愿生回。"登时大家整顿了刀马，弓上弦，刀出鞘，饮泣吞声，列齐队伍，专等曹操的兵来，决一死战。

西凉兵士正在等候，许褚带了八百精兵飞驰而至，一半个时间将皇华馆驿团团围住，后面夏侯惇又引了五百兵士前来接应，把一个偌大的皇华馆驿围得似铁桶一般，水泄不通，马休、马铁他两兄弟横了心，倒反不慌不忙，倚定门楼，弯弓搭箭等待。许褚、夏侯惇二人来到馆驿门首附近，正在马上传令，指挥所部军士奋勇攻打驿门。马氏兄弟觑得亲切，马休一箭射中夏侯惇左眼，不偏不歪，射个正着。夏侯惇翻身落马，他在小沛战吕布的时候被曹性射瞎一个右眼，还把眼睛吞入腹中，要交还他爹娘的账，于今又被射去了一个，顷刻昏天黑地，便也有力无处使了。左右随从急忙救护，向后面拖曳去了。许褚吃了一惊，一个不留心，门楼上马铁一箭射中许褚左颊，马休接着又是一箭射中了右颊。只一阵，门楼左右箭如飞蝗，许褚一连中了七箭，曹兵纷纷落马。许褚忍痛拔出箭杆，血流满面，心中火发，怒气冲天，下令众军士奋勇进攻，却见驿门豁然大开，箭如雨发，曹兵敌不住，向后倒退，马氏兄弟两马当先，西凉兵士一涌而出。论起气力来，马氏兄弟原不是许褚的敌手，此刻因为许褚身负重伤，气力便减了许多，又兼马氏兄弟舍命冲杀，西凉兵士大家把性命都搁在九霄云外。自古道：一人拼命，万夫莫当。何况都是久经大敌、兵强马壮的三百余人，一声喊起，曹兵纷纷闪开，杀出一条血路，一窝蜂似的径奔许昌西门。

只见前面旌旗簇拥，迎头来了个曹兵大将王必，奉了魏王急令，带领三千羽林军来接应许褚，以防西凉兵漏网，当下见西凉军冲出，急忙挥兵迎头截住。马休、马铁一拍坐下马,双刀并起,同时砍下,王必招架不住,被马休一刀,登时砍落马下。西凉军士乘势杀出西门。羽林军见主将已死,纷纷大乱,自相践踏。

许褚见马氏兄弟竟自逃出城去,不由心内着慌,催督部下兵士火速追赶,退后者斩,自己匹马当先,奋勇上前。众兵士一见主将身受重伤,尚且奋不顾身,哪一个还敢退后,一齐追得上来,四面围住。西凉兵士人自为战,及见曹兵越杀越多,大家都知道再逃不去,索性杀个痛快,多换他几条性命,还是合算。由中时直杀到日暮,杀得曹兵尸如山积,西凉将士也杀得力尽神疲,看看支持不住。马休、马铁料无生理,拔出佩剑,双双自杀,部下三百人尽数战死,无一生降。许褚割了二将首级,回见丞相。

那曹操已知王必丧命,夏侯惇、许褚均受重伤,正在愤怒之际,一见了许褚向前来报功,亲自取了伤药,替许褚处处敷上,教他好生疗养,又安慰夏侯惇,教人厚殓王必,从优抚恤家属。计点军士折损二千余人,伤者尤多。操大惊道:"西凉兵士如此骁勇,殊出意料之外。据闻马岱全军尚有二万,前命曹、文两将督发万人,势力不敌,必败于马岱之手,非速派援军,恐致全军覆没。"急令帐前左右护卫小将邓艾、钟会速领精骑五千,星夜前往关中,再就长安守兵内加发一万五千人,接应曹、文两将军,不得有误。二将领令,拔队起程,自向长安进发。

却说马岱、庞德见马腾去了多日尚无消息,正在迟疑,忽见本营卫卒领进一人,汗流满面,气喘不止。二人注目一看,正是跟主帅前往许昌的亲信从人,二人情知不好,急令左右取了一碗凉水给来人吞下。稍停一刻,那从人将主帅业已被害,两位小将军预备死战,特令小人破站飞驰回来报信。马岱二人闻言,放声大哭,全军举哀,哭声雷动。正在哀愤冲天,陆续又回来三人,探得二位小将军射伤许褚、夏侯惇,阵杀曹兵大将王必,杀死曹兵二千余,二位小将军双双自冽。马岱闻报，愈加痛哭。

傍晚又回来了二人，言在途中看见曹家兵将万余向我军防地进发，离此不过四五十里地了。庞德收泪说道："小将军，此非痛哭之时，事势危急，商议迎敌才好。"马岱挥泪道："叔父临去时，要我二人引领军队，去到天水，以为存身之地，如今只好急速拔队起程，到了天水时，再作道理。"庞德道："只好如此。"

二人预备已久，号令众军连夜起行。行了二日，来到宝鸡，马岱在马上与庞德商议道："庞将军，你来看此处地方，山势险恶，树木丛杂，道路曲折，不利行军。不如令前军开道先行，你我各领后军三千人，分左右翼埋伏山沟之内，等候曹兵前来杀他一个片甲不回，一来替叔父稍报大仇，二来使他不敢穷追。将军以为如此？"庞德连声道好。二人令神将马成、马龙分领前军万人，按照原定路线先行。马岱自同庞德各领三千精锐的步队，饱餐一顿，携带干粮，分在山沟内严密隐藏，令便衣兵远远哨探。

那曹洪、文聘奉了令旨，驰至长安，选兵万人，如期向右扶风前进。钟繇领兵五千，随后接应。二将赶到扶风，马岱全军已经先走了，二将惊讶不置。依文聘的意思，彼既先行闻风逃走，追赶也来不及了。曹洪说道："魏王令旨，要我二人剿除马岱以绝后患。听土人言说，马岱去尚不远，我二人须要兼程前进，完成任务才好。"文聘诺诺连声，催兵前进。

看看来到宝鸡，曹洪问着土人，知道西凉兵本日清晨方才过去，至多不过二三十里路程。二将大喜，马上加鞭，信道兼行。因山路崎岖，人马多半疲倦，日色又欲沉西，到了山坡上面，稍为休息。忽然西北风大起，飞沙走石，四处起火，鼓角齐鸣，左边庞德，右边马岱，乘着风威，借着火势，万弩齐发，向曹兵两面射来。一个是有心计算，一个是变起仓卒。曹兵抵敌不住，往后败走，二将尽力追杀。曹兵自相蹂躏，夺路逃生，坠崖落堑，满坑满谷，死者不计其数，十成中去了九成。曹洪、文聘各各身被数箭，率领残兵，败退四十余里，幸亏钟繇接应，方才安下营寨。

马岱、庞德大获全胜，也不穷追，火速催军前往天水，三数日间，便自到了。天水太守马遵原是马氏一家，马岱将人马扎住城外，自家轻骑入城来到太守衙中，见了马遵，哭诉马腾被害原由，自己退兵始末。马遵亦为痛哭，便道："叔父已死，不能复生，贤弟且请节哀，商议报仇办法。如今可遣人火速前往凉州，告知孟起，兴兵复仇。愚兄所部尚有二万，合贤弟所部，将近四万，曹兵追来，尚足剧战。"马岱含泪道谢。

马遵随唤部将姜维听令。那姜维字伯约，冀城人氏，身长七尺，仪容俊伟，弓马娴熟，畅晓戎机，使一支点钢枪，未曾逢过对手，凭他那般文武才具，投到荆州、许昌、江东任何方面，均得要重用，只为他事母至孝，不肯远离膝下，因此就在马遵面前当员部将，既未去父母之邦，又得晨昏侍奉甘旨，那官位高低便在所不计了。当下姜维听见太守传唤，上前参见，又见过马岱。马遵道："近听说马老将军为曹操挟嫌陷害，小将军避难来此，犹恐曹兵仍前追赶，伯约可领精骑三千、步兵三千，前去汧阳谨守城池，以防曹兵侵犯，我这里再派重兵前来声援。"姜维领令，回家告知老母，领兵前往汧阳。马遵随令庞德率马成、马龙，领本部马步全军一万六千人，前往汧阳，离城三十里下寨，与姜维互相呼应，小心加意提防着。庞德领令，同二将率领本部人马赶上姜维，一同前往。马遵再令马岱领轻骑二百，由临洮径回凉州，协助孟起兴兵复仇，这边接到消息，便好同时进兵。马岱领命，也不休息，领了轻骑，拜别起程。马遵吩咐诸事已毕，自己将所部马步一万四千余人，由天水至陇山沿途节节布防，专意城守，缮兵积粟，静候马超起兵响应不提。

却说曹洪、文聘招集败残人马，在武功顿兵五日，钟、邓二将也就到了，见过了曹、文二人，问起军情。曹洪将追兵遇伏战败情况详细告知。邓艾道："马岱战胜，急于逃走，若以轻骑蹑之，必获全胜。今去远矣！"钟会道："岱此去必奔天水，天水太守马遵与马腾一家必相联合，天水兵将以防羌氏之故，向有重兵，闻甚精锐，马岱全军以归，未曾折损，两军合势将近五万。此去山冈重叠，地形险恶，彼据险以待，我军远涉，劳逸迥殊，胜负之数尚不可知。不如屯兵此地，飞禀魏王，候令进止，再谋战守，如何？"三将同声称善，扎住人马，专人启禀魏王，静候指示机宜。

如今且说屯扎左冯翊的韩遂，原与马腾深交，互为犄角，闻知马腾被召进京，知道客军寄寓终非了局，马腾此去恐怕凶多吉少。正与部下杨秋、程银一般将士连日里商议，忽报许昌使者来到，韩遂急忙出营迎接，却是故人贾诩。两个相见欢然，迎入营中，杀羊宰牛，大排筵宴，请贾诩上坐，韩遂与诸将相陪。酒席筵前，贾诩宣布曹公德意，并将金城太守符节敕书、金银彩缎点交韩遂。韩遂一一拜领，陪着贾诩，饮宴数日。贾诩乘间将曹公令其截击马岱，助击马超两事相要。韩遂先已商有定局，略不迟疑，当面慷慨应允。贾诩见使命完成，与遂告别，自还许都。韩遂十分殷勤，厚赠程仪，贾诩十二分高兴去了。

韩遂送过贾诩，立刻召集心腹将士在密室商议道："适才文和奉曹公命令到此，要我出兵助攻马氏。我若依言，夹攻马氏，马氏若灭，势必及我；我若不依其言，是我必先替马氏受兵。各位将军，有何良策，解此困厄？"程银道："昨日贾诩席上言及马老将军业已被杀，伊衔命来此令主帅出兵助攻马氏，明是以毒攻毒的计划。马孟起盖世英雄，兵精将勇，若闻父亲、二弟骈死许昌，此种不共戴天之仇，万无不报复之理。主帅与马氏世交世好，又系联盟，无马氏是无韩氏，唇亡齿寒，虞虢前车深为可鉴。然现在曹兵遍布关中，我若冒昧猝起发难，曹兵必环而攻我，孤军受迫，外无援助，进既不能，退又不得，是马氏未灭，韩氏先亡矣。依银愚见，不如三分所部：以一部暂留泾渭之间；一部向安定、高平各地分途驻扎，表示受命为截击马岱之部队，示各方以不疑；主帅自领一部径赴金城接任，大集兵将，虚张声势，作准备进攻凉州之形式。曹公与各地军将见我事事如命办理，决无疑我之心，是我之进退自有余裕矣。主帅一至金城，潜遣心腹知会孟起，告知一切。孟起若兴兵复仇，我军可出全力以相助；孟起若有所顾忌，暂不出兵，我亦可以安坐金城，保全实力。"韩遂听罢，大喜道："将军所言，确中事理，舍此亦更无良策，即依将军之言，吾意决矣！"立时出外，分派军队。自领骑兵三千，径赴金城接任；杨秋领马步五千人为第二队，分驻安定、高平一带；程银领马步五千人为第三队，分驻泾渭之间。奉行魏王令旨，会同杨阜、韦康诸军截击马岱西归后路，同时分途知会当地主客各军。果然，杨、韦诸军都入彀中，毫不疑忌，连那老奸巨猾的曹孟德也糊糊涂涂被蒙在鼓里了。等候马超一来，自有分晓，暂且不题。

如今且说坐霸江东的孙权，自从在合肥大胜曹兵之后，每日里提心吊胆，防着曹兵前来报复败兵之仇，派遣细作潜入许都，探听各方消息。起初听得夏侯渊兵取汉中，杀了张鲁兄弟，接连听得曹洪、文聘逐走马岱，收复右扶风，马腾父子骈死许昌，声势十分浩大。警报传来，曹操内顾无忧，自然向外发展，若不进攻荆州，决出合肥，更无疑义，心中不由得着起慌来，立时召集周瑜、程普一般文武将吏入府商议。

诸人进府，参见吴侯，分班列坐。孙权便把许昌回来的细作所得军情备细告知在座诸人。便说道："合肥一战，赖诸将同心协力，幸而获胜。曹兵大败，仇敌已成，我不灭曹，曹即灭我。今曹操既得南郑，又定关中，内顾无忧，一心对外，若不出襄樊以攻刘备，必仍出合肥以攻我。以全盛之势为报复之师，兵力必厚，殊难抵御，诸君有何良策，以预防祸患否？"周瑜起立道："主公思患预防，识高虑远，人不能及。瑜顷在鄱阳，据文响报称，刘玄德与糜夫人同染瘟病。刘玄德体质强壮，现已就痊，只糜夫人日加沉重，甘夫人因昼夜侍疾，亦复传染，兼天时不正，荆州又无良医，半月以前，两位夫人双双病死，目下荆州城中文武尚然穿孝。好在主公幼妹现尚待字闺中，不如遣人去荆州做媒。刘玄德与讨逆将军昔同王事，与主公向无深仇，我得江夏，取之刘表，与彼无涉，以瑜度之婚事必成。婚姻既结，盟好可寻，关、张、子龙必不背主母以兴无谓之师，诸葛亮、庞士元、徐元直虽计谋百出，亦不致冒大不韪以徼不可必之功。近窥其意在图川，急于欲得上流，以固后路。若我与联姻，必投其所愿。然后我可以释江夏之防，而专合肥之备，即令曹操欲报合肥战败之仇，倾国兴师，大举南下。而后方劲敌关云长在襄阳，张翼德在南阳，我但遣一介之使西入荆州，则襄樊之兵崇朝可以出宛洛，许昌必为动摇。曹操凤畏云长，方自顾根本之不暇，何暇大举以谋我也！"权听罢，喜道："公瑾之言，表里莹澈，兼筹并顾，面面俱到。刘玄德天下英雄，孤妹适之，亦为得人，待孤禀知老母，然后再行遣使。公瑾可前往濡须一视前军，布置防备，以防曹兵之乍进也。"周瑜领命，自率从人前往濡须。

孙权回到府内，替国太请安，一旁侍坐，便把本日商议一切事情委婉曲折告知国太，候国太的分示。国太道："男大须婚，女大须嫁，当然之事。刘玄德是景帝玄孙，天潢贵胄，汝父在日曾言其英雄盖世，必成大业，有婿如此，尚复何言？汝竟行之可也。"孙权得了国太的许可，即遣吕范前往荆州方面议婚。

那刘玄德自从甘、糜二夫人双双病死，形单影只，凄凉无限，孔明、子龙时相劝慰。一日，三人正在小饮解闷，孔明停杯笑道："近两日来主公面上红光煜煜，主天喜红鸾照命，最近时间当有续弦之喜。"玄德不觉长叹道："二夫人患难相从，中途溘逝，尸骨未寒，何忍遽言续娶。"一言未了，外面报进，江东使者吕范求见。孔明笑道："恭喜主公，贺喜主公，这真可算得喜从天降了！"玄德道："军师何出此言?"孔明道:"请进吕范便知端的。我与东吴素无来往,两夫人去世亦未前来吊唁。闻得孙权有妹,因择婿太苛,年已及笄,尚然待字闺中,吕范此来,定系做媒无疑。"玄德听了,将信将疑,教人延请吕范入府。

宾主相见,寒暄已毕,吕范先致吴侯吊唁之意,次述吴侯景慕之诚,渐渐的说到姻事上面来了。玄德暗暗佩服孔明神相,听见吕范所说,以目视孔明。孔明答道:"吴侯既有此美意,主公宜专诚答谢。"玄德起立致谢,吕范连忙答礼。玄德令孙乾、简雍陪伴吕范馆驿安歇,特别招待。自与孔明商议道:"吕范此来做媒,东吴必别有用意,军师为何一口允诺?"孔明道:"此必周公瑾惧曹兵之再伐江南,欲联我以拒曹耳。我久欲入川,亦惧吴之上犯。若姻好一成,东吴可以一力拒曹,我亦可以一心入川,两利之事,何惮不为?"玄德方才恍然大悟,连声称是。

到了第三日,玄德请吕范先行回去报命,令简雍同去答谢。二人去讫,玄德从库中将日前子龙所得黄金、彩缎办了好几份隆重礼物,用荆州牧全副仪仗执事,驾着画船箫鼓,选择良辰吉日,命军师中郎将诸葛亮为纳聘专使、命左将军赵云为亲迎专使,二人穿着吉礼官服,衣锦簪花,带领从人百余名下得船来,直向江南进发。

一行来到江夏,守将徐盛早探知备细,出郭欢迎,请入府衙,摆酒接风。盛与子龙相见甚为投契,在江夏留住一宿,两人愈说愈行亲密,到了次日,执手江岸,两人恋恋不忍分手,只因吉期甚近,随即分别。到九江时,甘宁、凌统也是一样招呼,在九江留一宿,便顺风扬帆,直到建业。孙权已经得着江夏、九江两处沿途的急递,早派鲁肃、程普两个开国元勋,一文一武,剑佩和鸣,笙箫络绎,驾着彩船在九洑洲迎候。侍从如云,主宾欢洽。鲁肃与孔明一见如故,四人相见,各道景慕,连樯并进,直抵石头城,张昭、顾雍、周泰、韩当诸人奉了吴侯令旨,在城门迎迓。一时车马喧阗,旌旄招展,前后簇拥着孔明、子龙并马来到吴侯府第，一齐下马，鲁肃、程普引导两位专使晋谒吴侯。

到了内厅，孙权降阶相迎。孔明、子龙向前拜见，孙权亲自答拜，肃客上坐。孔明、子龙再三谦谢，谢坐之后，敬致皇叔恭候国太的起居与吴侯的安好。孙权答谢如仪。两专使然后各致奉使之由，敷陈吉语，谨致颂辞，恭上聘礼，光彩盈庭。孙权一一答谢，令左右传递呈交国太，典礼非常隆重。左右献茗已毕，由孙权自己引导两位专使入至内庭，谒见国太，正式成礼，方才退出。国太见孔明儒雅风流，子龙英风四射，想起自己女婿得此人才辅佐，将来必成大事，自己女儿将来的幸福到了什么田地，心中无限欢喜。兼之内廷女眷们初见五色斑斓的蜀锦，精美绝伦的春彩，互相赞美，更引得国太格外的高兴。择了黄道吉日，先行戒期试妆，孙夫人嫁奁，是多早晚就预备好了。

孙权与众文武优礼款待孔明、子龙二人，随命诸葛瑾、孙韶为护送专使，即日起程，将孙夫人送下了河。孙权、国太送至江岸，洒泪而别。

孔明、子龙谢过吴侯君臣，下了船，向上流开驶，半月工夫，一行人到了荆州。荆州城里家家户户披红挂彩，玄德先派黄忠、马良在江油，刘琦、伊籍在巴陵，沿途迎候。闻听夫人将次到来，自率城中文武至江岸迎接，彩舆十里，锦溢香盈，嘉礼繁文，异常热闹。老夫少妻，恩情美满，自不待言。关、张前来谒见新嫂之后，各回汛地。诸葛瑾、孙韶两位上亲，受尽恭维，酒醉饭饱，心满意足，自回复命去了。正是：

佳偶初谐，他日怕成怨偶；故人若在，今朝可比新人。欲知后事如何，且听下回分解。

异史氏曰：《纲目》书马超、韩遂十部变曰："操遣钟繇讨张鲁，而使夏侯渊等出河东，与繇会，关中诸将疑之，马超、韩遂等十部皆反。"是超、遂连合反曹，实由于操命夏侯渊讨张鲁，诸将生疑之故。与本书引据者同。衣带诏，史亦只言董承自称受有云云，刘备因之起兵于徐州，并无马腾之说。《演义》叙操欲乘周瑜丧取吴，恐腾袭许，忆赤壁军中讹言，因诱致腾，可谓凭空结撰。本书曹操矫诏诛腾如故，而原因由抗command征西，假天子命以塞其口，言陇羌变以重其威，是合于情理者也。若《演义》加为征南将军，命其征吴，则太不合情理矣，岂止不合于史也！

写马超远在凉州，扶风仅有马岱，不但是为布置军事，令岱与庞德所部出动，可向宝鸡、汧阳一带转移。且《演义》叙马腾之往，谓超有"乘其来召，竟往京师，于中取事，昔日之志可展"等语，是超未谏，而又有劝行之失，不可不救正之也。呜呼！使超果有此言，则父与弟往而共死，所以轻身致危者，超将永抱终天之痛矣！今超不在侧，诸将均主不去而谏之，马岱苦口而又再谏之，是腾刚果明决，自欲就义而求仁。岱与超也，生死天地，概无所憾。而后英雄可以继志，可以有为，不致稍有累于天君。于是马腾之夷险危途，艰贞亮节，殆可抗衡于岳飞，而操乃沦与桧伍。此之谓有笔皆削，无人不全。超一在侧，便难料理，即如《演义》之言词，盖亦非此不合马超声口也。读者必讶马超何以竟在凉州？又何故不安放扶风？俾多一谏劝之人。腾或不行，曾不知《演义》上便因如此安放，无法着笔，不得不玷辱英雄。若超在侧，必仍只见劝不见谏，英雄肝胆，诛贼为先，怕死贪生，恐马超入墓至今，在地下千年，犹未学会如此腔调也。否则写的便不是马超，或不问马超终天抱恨不抱恨，便可去学《演义》般样随手安放，试问填平英雄恨事，尚还有何案可翻？这才叫安放不得的苦。

《演义》写贾诩媚操进计，反间成功；本书便令其许爵空劳，说降失败，成了蒋干。《演义》写一黄奎助腾，泄谋误事，同时被害；本书写一王必助操，截杀无用，登时被诛，成了苗泽。《演义》写设策诏腾者为荀攸；本书写一再献谋者为华歆。以攸黜操封王，尚存晚节，歆附逆成篡，不妨归恶也。《演义》写许褚裸衣斗超，臂中两箭，而城下围腾，曹将无一人受伤，本书写许褚领兵围驿，颊中两箭，而门楼拒敌，曹将无一人不受伤，以助贼必诛，刑伤不稍未减，褒忠有典，休、铁应予复仇也。尤妙在夏侯惇为《演义》中操平汉中定计之人，又为操疾笃见鬼相召，亦同于殿门见鬼以死之人；本书原以张鲁为鬼，即令惇失其双目，不但使之不能见人议人，且永使其不能见鬼议鬼，尤觉翻案翻得滑稽。若王必削去箭疮，而令身首异处，如伏典刑，盖正五臣死节之罪，则翻案翻得森严之至。因讳一黄奎,便顺讳五臣之死难,乃从翻马腾一案,并翻五臣之两案;明则了结夏侯惇、王必助逆之辈,暗且了结管辂知机助逆之徒,是均不可不知也。

夏侯霸降姜维时,首以"魏有妙龄钟、邓二人久必患蜀"为言。世读《演义》者,又必惜维之降蜀在先主死后,霸之降蜀在孔明死后,其助汉皆晚,而钟、邓用世,反能及时乃兴叹若有天也!设使钟、邓得遇诸葛,将如之何?亦世人之所深思者。今即以军事地理而及天水,因天水而及姜维、马遵,便言本属马氏同宗,已见文机在手,妙造随心。而超孝子也,维亦孝子也,以孝及孝,以维助超,又果为惟一携手之人物。不惟不使英雄为降将军,此中又寓锡类不匮之至意。则几无一处不见杼轴,无一字不有分量,更不可以信口乱造而草草读过。人也,地也,时也,势也,情也,事也,安排既当。然维固与钟、邓斗志者也,故未出维,乃先出钟、邓,于是钟、邓并得与诸葛角智于疆场。自有本书,而三国人才一齐吐气。而世间读者无不如心。天地之交,从此应无缺憾事已。

《演义》言孙刘相忌而联婚,本书言孙曹相畏而联婚,原因大异,方见本书为正写孙刘合好、交不可离之文,而此回更为抬高公瑾人物之笔。如《演义》鲁肃讨荆州,佛寺看新郎,乔国老爱财多事,刘备畏妻溺志,孙权摔砚怒追,以及夫人背母偕逃,孔明伏兵高叫,周瑜雪耻忘曹等,真将一时瑜、亮奇材妙智写得两下不堪!几同市井小人之卑陋恶劣,哪一位还算得三国人物?简直刻骂入骨矣!兹尽反之,并易入赘为亲迎,这番正大光明,便叫卧龙先生一行,省在小舟伏着,去受许多闷气,妙极! 吕范照旧为媒,可谓媒星入命。只是甘、糜二夫人同遭瘟病身死,黄泉路上,不免咒骂不堪耳。

第八回

战合肥太史慈中箭　　出萧关马孟起报仇

话说孙刘联婚，双方都异常的热闹，荆扬两处人民争相传播，以为美谈，商贾往来，互为称述。荆襄既密迩中原，合肥又接近江左，那消息便迅速地传入许昌来了。

那魏王曹操正因接到前军大将曹洪的报告，具言兵败宝鸡，马岱全军逃入天水，自己请罪，并求指示以后应付的战守机宜，知道大事有些不妙。幸亏得贾诩回来，言韩遂畏威怀德，感谢丞相的再造深恩，誓以锋镝余生报答丞相，已经肃拜新命，遄赴金城，整顿人马，候令进攻凉州，并且遵令将所部程、杨二将以雄厚的兵力分驻险要地方，会同杨、韦诸军截击马岱西窜的道路。本人奉使任务完全达到，故而星夜赶回报告，以释丞相忧心。曹操听得大喜道："早知文和此去必能成功，关中西道可保无忧，为孤减却忧心，比子廉徒受辛苦，损兵折将，为功多矣。"极力奖慰了贾诩一番，锡赉了多少金帛，令其暂行还邸休息。贾诩谢恩退出。

曹操自己手下紧急命令，令曹洪、文聘整军武功，以钟、邓为左右先行，各领所部，先取汧阳以为根据，曹洪领中军，文聘领后军，步步为营，进攻天水；一面令知马遵限期擒送马岱，如马遵抗不受命,可请夏侯征西派张郃全军出阳平关助攻天水,得了天水,留一将守城,接应前方军实;曹洪并将张郃所部,令张郃作先锋,钟、邓为左右翼,由狄道临洮直趋枹罕,会合韩遂全军,两路进攻凉州,剿灭马超,务须尽绝根株,以免将来为祸关陇。随即专使赍了手令,驰往武功,面给曹洪将军,令遵照命令行事。使者领命自去。

曹操方欲还邸休息,却又接到荆扬坐探的报告,猛然听到孙刘联婚消息,这样一来,便不似曹洪兵败宝鸡的局部战争,无关宏旨了。虽然是女嫁男婚的常事,笙箫鼓乐的和声,但那江汉的风云顷刻就能变色,淮淝的日月马上即会无光,两雄合力以瞰中原,三分均势之局完全破坏,六州大局立时摇摇的颤动了,以曹操这样的智勇深沉也就不由他不手足无措。当下曹操立命左右近卫分头火速飞请本府各谋臣、策士,紧急集合入府商议重要军国大事。

不过一两个时间光景,丞相府中衣冠剑佩,齐齐跄跄。那贾诩方到本宅,才吃了一个面包,夹一箸榨菜炒肉丝还未上口,一听丞相宣召,放下箸儿,取了手巾,抹了一抹,赶到府中。大家挨次坐下,曹操便将坐探的报告宣告众官,说道:"此事关系大局,非凡重要。似此一来,徐豫边境便无宁宇,两雄合力,以趋中原,将来胜负,殊难悬揣。特请诸公前来商议,愿闻良策,以防未然。"操言时颇现惊忧之色。华歆启道:"丞相积苦军中,当吕布、袁绍、刘表、张绣、袁术群雄割据之时,丞相当时兵力远逊群雄,事变之来,丞相雍容坐镇,指挥诸将,战无不胜,攻无不取。歆日侍左右,见丞相举重若轻,不改常度。今挟天子之尊,据中原之地,拥六州之众,萃文武之才,一身系安危,举足为轻重,孙刘结好,为患有几?丞相忧疑,见之词色,敢问丞相何至于斯?"操答道:"子鱼见责,不为无见,但大局情势,今非昔比,即论人才,差别尤甚。吕布一勇之夫,袁绍兄弟虚骄之辈,刘表坐谈客耳,张绣则纯恃文和,所处多为四战之地,兵多而近于乌合,人才少而又不能用,故孤得以次第翦除如摧枯朽。今则刘备天下枭雄，孙权亦系中材之主。备承刘表之后，据江汉之奥区，得用武之疆土，号召豪杰，礼用贤才，伏龙、凤雏尽归幕府，马良、徐庶悉在左右，关、张、赵、黄战斗之勇，蒋、费、马、董治事之能，上下一心，日相淬厉，南阳新野，近接宛叶，肘腋之患，防不胜防。权借父兄余业，据江淮财赋之邦，尽水国戈船之利，复能知优礼宾师，任用才俊，倾国以听周瑜、鲁肃，举边以付吕蒙、徐盛，周韩、太史战将之雄，二张、顾、陆良辅之亚，甘宁、黄盖水师能者，张绣投彼，步骑足观，与我相竞于淮泗，势足使我疲于奔命，幸张文远应付得宜，足相支拄。若与刘备合势，彼之援盛，而我之力分矣。反观孤军方面，昔时因以孤军处众强敌之间，非死战不足以图存，赖众文武协心同力以有今日。孤素来功不留赏，在军日久，深念众将士百战艰难，奏请朝廷赏赐丰厚，近年边境无事，时和年丰，众将士各得休息，妻妾宫室之奉，田园狗马之乐，金多命重，爵显神闲，逸豫之时既多，耗散之途不一，心力日即于衰颓，精神渐流于涣散。所以以孤亲莅行间，尚有合肥之败；以子廉之武勇，领精锐之秦军，后有重援，前无坚垒，乃败于素不知名之马岱。今以势焰方张之刘备，合全国一心之孙权，并力以谋我，孤又何能不忧惧也？"

曹操言罢，各官一齐言道："丞相见微知著，忧深识危，明见几先，戒谨恐惧，古先圣哲之所难迥，非寻常辅弼之所能企及也。"华歆道："歆但见丞相今日与往日殊异，而不知丞相所思之远、所见之大，既洞彻孙刘联合后之趋向，复还顾本部将士今昔之改观。昔人所谓战胜于庙堂者，丞相当之，诚无愧色矣。若歆所见，真所谓以蠡测海也。"操道："诸公过誉，愧不敢当。子鱼之言，深中孤病。孤往日自孝廉起兵，无寸兵尺土之凭借，无蜉蝣蚁子之援助，兵甲不齐，训练未及，纯恃诸文武共施智力，以战胜强敌。当日孤之全副精神，完全寄托于戎马之中，不敢稍自暇逸以失事机，群策共筹，天人交应，遂创大业，以迄于今。孤适所云诸将士之精神消耗于宫室妻妾之供应,声色狗马之娱乐,不能保孤不躬蹈其弊而不觉也。精神既已涣散,思虑自不周密,事几之起,不能烛之于前,遂不觉骇然于后,见面盎背,言为心声。子鱼从孤日久,不由不生疑虑,所以有前之一问也。此事关于各人修养、终身事功,至大且久,愿与诸公共勉之。"众人齐声道:"敬承丞相明教。"

操随道:"今孙刘好合,于孤实为大不利,请诸公各抒智略,以防将来之事变也。"荀攸起立道:"丞相适所言孙刘好合之利害,至为详尽。以攸管见所及,孙权以合肥一战与我构怨,以丞相之天威、兵势之强,盛兴师报复,势所必至,恐一旦合肥之战衅重开,荆州乘虚以袭江夏、夏口,双方受敌,势濒危殆,此必其谋臣周瑜审时度势,设策联刘,故不惜以青年弱妹远适刘备。近闻荆州方面在彝陵、秭归一带征集重兵,必有图蜀之心,借固荆州后路,亦惧江东之蹑其后以犯巴陵、长沙、武陵诸地,不然以刘玄德之枭雄,诸葛、庞、徐之智计,士马足用,戈船便习,迟迟不行,其故安在?此番吴既降以相求,适符荆州之愿,故而顺水推舟,联成姻好,事机相凑,遂以速成。攸闻以利交者,利尽则交疏,以权睦者,权均则睦散。孙刘此际既以互利而联姻,将来必以互不利而成敌,丞相保持实力,坐承其弊可也。"操道:"公言甚是,但刘璋暗弱,刘备若进兵西川,势可必得,西川若入刘备之手,则汉中必危。孤意拟抢刘备未起兵之先,先令夏侯征西兴兵入川,为先发制人之举,公意以为如何?"荀攸答道:"以兵法言之,自以先发制人为主,但闻刘璋以征西既取汉中,势必及蜀,已于边隘严守诸地,若兴兵讨伐,蜀地险峻,势必旷日持久。刘璋事急,以宗族关系,必求救于刘备,是备不费兵甲之劳,坐得天府之地,征西反成驱雀、驱鱼之鹯、獭,丞相将来必深悔之也。且丞相方令子廉去攻天水,调俊乂会攻凉州,征西独力镇抚汉中尚虞不足,宁有余力更取西川?即从许都再遣大将,率领重兵前往南郑,协助征西,风声所播,西川断无不知,我徒感师徒涉远之劳,又将促成两刘联合之局矣。丞相请一思之。"操击节道:"公之所言,烛照事理,殆无遗议,惟我不取川,备必取之,取川之后,如何应付?"攸答道:"备以防我之故,势必不能以全力往川,惟所当者为刘璋,得则必得,对于军力万不能无损失,备如抚有全川,逆计子廉凉州之役,当亦蒇事。然后丞相取王命以正刘备擅逐命吏之罪,令征西收刘璋之遗臣余兵,先据剑阁以通广汉之路,移子廉得胜之兵,由阴平、武都径指绵竹。人心未定,兵力已疲,备虽欲据川,又何可得?丞相当亦计及之矣。"操大喜道:"公之此论可谓实获我心,即如公意处置。惟目前局势,当如何应付?"攸答道:"孙权结好刘备,欲求有事相救;刘备结好孙权,欲以专力取川。丞相今但令文远以游兵出合肥,骚扰边地,吴必出兵相应,吴出则我归,吴归则我出。彼如倾全力以来,则文远合肥之守,金城汤池,彼必出无所得,兵疲于外,然后简劲骑乘隙以蹙之。吴事若急,必求救于荆州,荆州与吴新好,势必扰宛叶以救江东。我以重兵应之,彼何能置根本之地于不顾,非以全力相抗不可,既以全力抗我,又何能再事入川?俾我得余暇,收天水以西防,伺剑阁以通广汉,俟布置略定,令征西乘隙入蜀,若得西川则足以制荆州之死命矣。"操与荀攸反复讨论,在坐诸人个个凝心息气,听得出神,无不佩服荀侍中思虑周到,自谓不及。

操听荀攸说罢,大喜道:"公统筹全局,协应三方,计划周详,并世无两。诸葛亮、周瑜号称多智,不及公远矣。"攸逊谢道:"丞相奖攸太过,能当丞相此言者,郭奉孝庶几无愧,攸之谫陋,何敢当也。"操黯然长叹道:"奉孝天才,孤所不及,奇才天忌,不克永年,孤痛惜之至今未已。至于今日共济艰危,所望诸公如手如足,愿诸公勿过为谦,抑以图相守于无穷也。"在坐诸人听得丞相如此言重,大众一齐起立,同声说道:"某等不才,过承丞相厚爱,某等誓以至诚拥护丞相,粉身碎骨,有死无二。"操亦起立答道:"诸公既各竭忠诚,共济艰巨,孤亦誓与诸公共此功名,长保富贵也。"众人又同声道谢,然后兴辞出府，各回本宅去了。操自依照荀攸所定计划，分作手令，分遣干员，授与张辽、夏侯渊、曹洪，各各依计行事不题。

且说周瑜奉了吴侯面谕，巡视濡须、居巢一带水陆各军，增置防务，将次完毕，正与吕蒙诸将商议一切。前日所派细作自合肥回来，参见都督过后，报称合肥城中曹兵主将正在调集兵将、分派队伍，即日出发，窥其用意，似欲前来犯我边境，因此赶紧回来报告。周瑜听罢，吩咐取面银牌，并羊酒重赏细作。细作谢过，自去休息。

瑜与吕蒙计议道："据方才细作报告，可以断定曹兵决非大举，必系曹操以我新与荆州联姻结好，故意派遣偏师扰我边境，视我有备无备，兼以视察荆州方面作何动止，然后彼可择利以趋。子明以为如何？"吕蒙道："都督高见，洞悉敌情，但曹兵若出，我方如何应付？"瑜道："有烦子明严敕诸将，曹兵若出必取挑战行动，我军但宜深沟高垒，谨守营栅，不与战争，使彼方无从探悉我之情实。犹恐彼军乘虚蹈瑕，袭击我分屯稍弱之栅，可令子义将军从张建忠处调拨马队三千，自行率领，周回巡视各屯，以备随时援救各屯之急，若遇曹兵于险要地方，即行乘便要击，破彼一军，挫其锐气，使之不敢轻于尝试，于我足壮军声，于彼仍不能少得我军之要领也。"吕蒙道："都督神算，末将当告戒同袍，奉行命令。"立时请太史慈前往张绣营中，调拨马队，前往各屯巡视，一面申传都督将令，严饬各屯加意谨守寨栅，提防曹兵乘隙猛攻。周瑜见诸事布置妥帖，嘱咐吕蒙总持前方军事，小心在意。吕蒙敬谨受命，周瑜自回建业，禀报吴侯去了。

那合肥城中曹兵大将张辽因奉到魏王手令，即与刘晔彻夜商议妥当办法，就防军内抽调六千人，分作三队，令偏将乐琳、庞奋、胡烈各领一队，即日出发，骚扰吴军防地，视察吴军动作，回城报告，以便转报魏王。

三将领令，去到吴军防地，奸淫掳掠，无所不为，有时还故意掠过吴兵寨栅，擂鼓呐喊。吴兵只是不理，他们又去寻百姓的晦气，只害得当地的百姓叫苦连天，有些人便去太史慈军前号冤。

那太史慈乃是三国中第一个孝子，有名的上将慈孝之性，由于天生忠义之气，禀于庭训，前时因为感激北海太守孔融助供甘旨，匹马单刀杀入蜂屯蚁聚的管亥营中前去相救，那种英雄气概，可算盖世无俦，后来因为与孙伯符意气相投，才归附江东。以他那种忠孝无双的性情，耳朵里能听得这种土匪军队的行径么？当时一听百姓的呼号痛哭，不由得落下几点同情的血泪，一霎时怒气冲霄，带领所部去防地巡察。那各屯的吴军将士看见曹兵一队过去，二队又来，二队过去，三队又来，似纺车儿一般轮流回转，今天在这里发现，明天在那里发现，个个心中诧异，不知道是怎么样一回事儿。大家都因奉着将令，坚守不战，使敌人鬼魅伎俩无地可施了，但是将军奉令，百姓遭殃。

那天曹兵到了居巢附近，掠过张绣寨栅，又在四处村庄大抢大掳，白昼强奸起来。恰恰太史慈领兵来到，听见前面村庄哭声如沸，鸡犬奔窜，不由得他忠肝义胆热血贲张，催军前进，号令尽杀匪军，不许一人漏网，拍面碰着乐琳，两个在庄外接手就杀。庞奋见乐琳有些招架不住，纵马持戟向前帮助，太史慈忿火中烧，刀刀逼紧。二将看看败阵，可恶的那鼹鼠崽子胡烈正从村里开心出来，一见太史慈骁勇难敌，急忙隐身墙缺，暗地里"飕"的一箭，正射中太史慈右肩胛上，随即拍马出庄助战。太史慈忍着痛，尽平生气力，向胡烈一刀砍去，好似泰山压顶，谁也禁不住，将胡烈连肩带背砍落马下。乐琳、庞奋吓得魂不附体，急忙催马逃走。

张绣、丁奉一听太史慈中箭，尽起所部，倾营出战，迎头截住二将。太史慈把马一夹，赶上乐琳，从背后就是一刀，凭腰斩为两段，庞奋因被张绣一枪刺中左腿，回马奔逃，又被太史慈一刀劈去半个天灵盖。东吴将士因见太史慈受伤，人人愤怒，个个争先，围住曹兵，砍瓜切菜，杀得个一干二净，六千曹兵不过剩了三五个回得合肥城去。

东吴兵大获全胜，簇拥着太史慈来至张绣营中。张绣大惊，立忙替他拔下箭杆，上了金枪药，谁知道被胡烈那厮胡乱的一箭，正射在致命的穴道，受伤过重，又因力诛三将，追杀匪军用力过猛，血管迸裂，不能止住，一半个时辰连晕了两三次。到了半夜时分，张绣、丁奉、胡车儿大小将官团团围守着，无法可救，只见太史慈二目一睁，大叫道："大丈夫不能扬威绝塞，剿灭胡虏，为国家立不世之功，今乃为竖子所算，死于无名之战争，九泉之下，何面目见吾老母也。"言时不觉失声痛哭，回头看着众人道："众位将军请转启吴侯，孙刘之交，不可离也。"言讫大叫一声，口中喷血，竟自长逝。

满营将士无不齐声哭泣，哀感异常，就连当地民众因为太史将军凭着一腔义气、一片婆心，尽灭匪军，救民水火，到头只落得自己送了一条性命，大家更是如丧考妣，动地哀号。就有那当地血气方刚的少年，三个五个拿着短刀，从死尸堆中找出了胡烈尸首，将他剖腹、剜心，提出心肝，办份祭礼，到营中来祭奠太史将军，还把那残余的尸体大家你一刀、我一刀剁成了肉酱，来替太史慈报仇。为什么将士兵民对于太史慈感情这样好？一来太史慈是个纯孝感神的孝子，已居百行之首，大家都早就敬爱他了；二来太史慈与小霸王孙策神亭掷戟，武勇非凡，大家又加了一份崇拜英雄的心理；三来太史慈事上尽忠，小岘一战不是他预先占住要隘，淮北、淮南地方早给曹兵占领了；四来太史慈处友纯以信义，北海救孔融，立竿收溃兵，义声洋溢，信用昭彰；五来太史慈待士以诚，士争效死；六来太史慈慈惠爱民，天生性格，他的兵队所至，鸡犬不惊，秋毫无犯，可称得起爱民如子，此番不是怜念百姓，何至于身受暗箭，不可救药？所以东吴全境内，上自国太、吴侯，下至兵夫、贱隶、妇人、小儿，对于太史慈无一个不敬之爱之，同营的将士那是更不消说了。

当下吕蒙在后方听见太史慈中箭身亡，连夜赶至前军，径入后帐，与张绣诸人无暇施礼，抚尸大恸，只见太史慈双目炯炯，曾不稍瞑，愈加伤悲。正在商议后事，听得营卫报称，外面有乡民数十，扛抬棺椁、襁负衣衾求见。吕蒙含泪出帐看视，进来两个耆民，向吕蒙跪下，说道："太史将军为我们的事捐躯，军中仓猝，何处寻找衣衾棺椁？幸民等本村有一富户，家中备有楠木棺椁全具，约值千金，衣衾亦皆上选，情愿献与太史将军饰终，聊表我人民爱戴微忱。乞将军赏收，无任感激。"吕蒙听得悲喜交集，亲自扶起两耆民，流涕说道："各位耆老如此深情，不徒我们袍泽一致感谢，即太史将军九泉之下，亦当含笑。但棺椁价金，仍当由本军照给，方于情理无亏，拜受衣衾足矣。"两耆民道："民等若取价金，亦不献来矣。乞将军勿言，容民等至太史将军面前一拜，以尽寸心。"吕蒙见耆民说得如此恳切，连忙倒身下拜。耆民还拜不迭，随即起身跟吕将军来到后帐。一见太史慈那样情状，两个双双跪倒，放声大哭，一边祝告道："将军身殉人民，我辈人民子子孙孙永永不敢忘将军大恩，愿将军正直为神，福我黎庶。"他两个祝告才完，说也奇怪，太史慈炯炯双目竟自瞑了。大小将士无不惊异，送过了耆老，致谢了乡民，将太史慈遗体用香汤沐浴，装上衣衾，大小长短无一不合，众人愈加奇异不置。一面成殓入棺，派人运送灵柩东还建业，一面先使人飞报吴侯并其家属。

太史慈的灵柩由居巢起程时，不但张绣、丁奉两军缟素相送，凡附近居巢四五十里地的人民，大家、小户排着香案，供着灵位，男妇老少白衣冠走送者，不下三万余人。哭声动天，四野如雪，沿途到处设位祭奠者，络绎于道，真真巷哭途悲，莫知所自。

孙权在建业接到太史慈的死信，放声大哭，文武百官尽皆垂泪，周瑜、鲁肃孝友家风，气类相感，交谊尤深，悲悼之情又逾于人。建业人民闻此噩耗，人人陨涕，全城罢市，仿佛孙伯符去世时情形一样。灵柩前由孙权派孙韶前往迎护，将次近城，权率文武百官出城迎接。祭奠都毕，倾城赴吊，号哭之声，江水为沸。把太史慈灵柩祔葬孙伯符墓旁，好教二人在地下得以朝夕聚首。将其子太史亨留养府中，太史慈部下军队令改归丁奉统率，仍依前巡视屯军。

合肥方面因所派三将全军覆没，折损太多，一时不易补充，战事自然暂行停止了。

且说马岱由天水起程，经洮州、狄道，径奔凉州，昼夜兼行，七八日间便已赶到，不须通报，径入衙署。那个时节，马超正与妹子马云騄、妻子杨凤家常闲话。原来马腾三子一女，长子马超、次子马休、三子马铁，女儿马云騄。马云騄品貌超群，武艺出众，钟着那贺兰山的灵、毓着那凉州北海子的秀，出落得玉洁冰清的姿态，鸾翔凤鶱的丰神，擅着那贯札穿杨的技艺，通晓那六韬三略的权谋，真可算得个女中豪杰、巾帼丈夫。马腾因此女儿幼而无母，爱女之心甚于爱子，立意要与他找个才武出众的英雄女婿，选择太过，久不能就，所以长了二十一岁，尚未字人。他们至亲三口正在计议扶风的事情，为何许久未见家报回来，猛然间见马岱全身缟素闯进门来，跪在地下，把他三人吓得魂飞天外，魄散九霄，一句话也问不出来。马岱将曹操如何要叔父出兵，叔父如何未去，后来如何带同两弟前往许昌，如何全队尽没，连哭带诉，一一说出。马超兄妹一听马岱所言，不由得痛彻肺腑，泪流满面，一霎时哀怒交攻，双双晕死过去。马岱含泪帮着嫂嫂拿姜汤将哥哥、妹妹灌救，好一会，二人方才悠悠醒转，放声大哭起来。

那时凉州城里已经马岱从人在外传出上项消息，登时一人传十，十人传百，不消半日工夫，凉州城内外人民全然知道马老将军在许昌城为曹操奸贼陷害。马腾世居凉州，恩义洽于人心，军队尤其感戴，一听凶音，全城皆哭，大家公推数人入府来见马超，要他兴兵报仇。

马超一家男妇正哭得死去活来，手下将吏苦苦相劝，方才稍住哭声。马超含泪问马岱道："贤弟你如何逃得回来？"马岱便一五一十将苦谏叔父、不蒙见听，遵叔父遗命、退屯天水，在宝鸡与庞德大败曹兵，与马遵大哥联合，叫弟驰还报信，刚说到此际，听得外面人声庞杂。把门兵士入内报道："合城兵民推举代表，求见将军。"马超兄弟含泪出到大堂，只见各代表向前行礼，齐声说道："某等顷闻老将军在许昌被害，大众悲愤填胸，敢请将军早日出兵，为老将军报仇雪恨。"马超挥涕道："各位父老如此热心，俺马超一门至为感激，请上受我兄弟一拜。"一言未了，同马岱二人拜倒在地，众代表还礼不迭。马超拜罢，起身拔出令箭，令本部军政司火速点齐马步全军三万六千余人，准备出发，限三日内赶造白衣白甲，拔队起程，不得有误。军政司领令，自去星夜办理。

马超送过本州代表，回转衙中，令马岱好生休息，意思自己统领全军，出去报仇，留妹子留守凉州。谁知这位大小姐性情刚烈，非去报仇不行，马超请她留守的话方才出口，就被她驳回。马超只好下令，留部将马骏、马骝、马骅领偏将十员，部兵五千，镇守城池，安民和众。正在吩咐，韩遂的密使到了，马超接见，问知一切，至为感泣，重加赏赉，随即令其先回金城报告。自己设了父亲、两弟灵位，率领马岱及家中亲从兄弟二十余人，并妻妹诸人，痛哭祭奠。

到第四日，令马岱带原来轻骑二百，仍返天水，告知马遵大哥，请派姜维援应，自与庞德分统原屯全军，进取扶风，由南道夹攻长安。马岱领命，即时兼程去了。马超尽起全军三万余人，自领中军，令羌中勇将白虎文领本部劲骑五千作先锋。那白虎文是羌氏中一个胡王，臂力刚强，武艺精通，凉州英豪他只佩服马超一人，此番听得马超兴兵报仇，自领骑兵八百前来投效，愿作先行。马超正在用人之际，平日心气相投，自然收纳，益兵二千余，令其开路先行到了金城暂住，俟见过了韩老将军再行前进。白虎文得令，领前队去了。马超令妹子领后军，督同偏将马凯、马旋等五军，保护家眷粮草，随军东下。出兵之日，凉州将吏兵民至城门边饯送。马超别过大众，督兵进发，一片白旗白甲，好是银山雪海一般离了凉州，浩浩荡荡望金城一路杀来。

马超兵到金城地面，韩遂已知消息，开了城门，带了三五个从人，来到马超营中。马腾、韩遂当年八拜结交，当下马超叔侄相见，自有一番痛哭流涕。韩遂将曹操如何派遣贾诩来冯翊游说，以爵位财帛相诱，我以势力难抗，只好虚与委蛇，暂时从命，回转金城，已经留下程银、杨秋，各领五六千人，分屯朝那、高平、泾渭、萧关一带，要隘地方均经先行据守，只候贤侄兵来，从中响应，贤侄大兵椎锋锐进，兵不血刃，便可直取长安。马超闻言，顿首拜谢。韩遂扶起马超道："贤侄此去，兵力可否足用？我这里因数月来之征集训练，有兵三万，可以随时调遣，八部军统尚有六将在此。"马超答道："叔父至意，感激无尽。侄全军三万，加以程、杨两将军之万人，舍弟马岱之万六千人，沔阳姜维之六千，已经六万余，兵力充足，不须再添。叔父将士兵卒既径征练，暂勿遣散。我们河西五郡太守将吏息息相通，行止一律，惟枹罕一城系曹兵扼守，为曹操西部的根据地方，心腹之患，急宜划除。闻其兵将八千余人在此时间在外屯田者多，叔父派兵星夜前往枹罕城，一举袭取，则五郡皆在叔父指挥之下矣。侄亦可以一意报仇，不须后顾。"韩遂喜道："侄言甚是，叔即当进兵。"两个随即分别。

韩遂入城，进府坐定，立传所部军统侯选、李戡、成宜三将入府。三将闻召，入府参见，一旁侍坐。遂说道："曹操逆贼挟天子以令诸侯，排除异己，陷害忠良，羽翼已丰，必行篡弑。我河西五郡将吏、人民世代忠良，夙为彼眼中之钉，彼自取枹罕，驻兵屯田，以立蚕食我五郡之兵事基础，若待其势成，必致拱手受戮。为今之计，不如先行发动，以去此腹心隐患。"三将齐声应诺。韩遂道："探闻枹罕守将陈泰自赴湟中一带屯田，城内守兵不足千人。李将军可领精骑三千，由河湟大道，侯将军可领精骑三千，由河湟小道，星夜兼程，两路前进，袭取枹罕。得城之后，由成将军接守。两将军各率所部，分赴湟水上流，截击陈泰，曹家兵将不许更留一人。成将军可领步卒四千,由大道前往,接守枹罕。"三将领命出府,各人领兵,分道遄征。

那枹罕守将陈泰本是能兵,但他一心只在抚辑羌氏屯田积粟,哪里提防新受魏王厚恩的韩遂来兵变?李戡、侯选两路兵到,乘虚袭入,不费吹灰之力,得了枹罕,正在肃清城内外剩余曹兵,成宜的兵也赶到了。二将把城防交付了成宜,两个分道前去迎击陈泰。果然,陈泰听见警报,尽起屯兵回来援救,到了大夏河附近,李、侯两军两路夹攻,曹兵大乱。陈泰死战不能逃脱,赴水死了。曹兵大败,死者枕藉,其余溃散乡间的,因枹罕人民积恨夏侯渊前次的屠杀,那溃兵就一个也逃不出了。三将专人向金城报捷,韩遂大加封赏,令成宜屯枹罕,仍旧屯田;李戡屯狄道,西顾枹罕,南通天水;侯选屯湟中,保护屯田。那曹操由枹罕以攻凉州的大计划,也就成了马玉山中秋月饼的广告招纸了。

再说马超辞别韩遂,自领人马向高平出发。那高平是关中一个出名的险要地方,号称为高平第一关,在光武中兴时代,隗嚣的大将高峻曾经据守年余,云台名将、河北精兵尽锐围攻都不能下。马超兵到高平,杨秋开城接应,程银的军队也来会合,那种声势,自然天摇地动。沿途虽有杨阜、韦康诸人,因内外会合,不能阻拦,所到之处,势如破竹,不过半月有零,马超全军直抵长安西门下寨。

那长安太守钟繇一生一世只会白纸写黑字,弄些什么丙舍帖、谢恩表流传到今,害苦了咱们学上十年都不会,哪里知道行军打仗是怎么样一回事!听见马超兵到城下,吓得真魂出窍,胆战心寒,一面吩咐紧守城池,一面遣人去许昌告急,犹恐远水不救近火,想起了儿子钟会现在武功曹洪军中,急遣心腹家人前往武功曹洪处求救。军情紧急,各自分头去了。

那马超自进萧关,未经一战,便到长安,出于意料之外,却也知道长安不易攻取,若是相持日久,救兵四集,内外受敌,大仇便报不成了，急将所部全军乘夜撤退五十余里，在咸阳附近下寨，令白虎文、马凯诸将各领部兵，分头攻打接近长安州县。那各处避兵的难民，便都扶老携幼，向长安来逃难。那位钟太守听得马超退兵，正在心中纳罕。自家来到城上，一看见难民儿啼女哭，狼狈仓皇，心中又老大不忍，又听马超兵去已远，下令开城放了进来，他不知道城是乱开不得的，难民是乱收容不得的。原来马超退兵即为此事，已令自己部下兵士改换褴褛衣服，私藏暗器，扮作难民，乘此机会混入城内。太守开城，在那真正难民固是感恩戴德，那些混账难民也就得其所哉。

钟太守放进难民，刚才关上城门，马超的人马又迫近城下，四面围攻。钟繇命城中将士火速登城守御，城里更无人有工夫来清查户口，搜捕奸细。到了三更时分，东门火起，钟繇忙令人去扑灭，接连南门、北门同时火起，那马超却从西门里应外合，杀了进来。火光丛里，西凉兵人如虎豹、马似蛟龙，喊杀连天，火光四照，守城兵将四散奔逃。钟繇脱下衣冠，带着亲随，乘着乱哄哄中间，逃向潼关方面去了。

马超进得长安，安民已毕，叫程银、杨秋领兵一万，前去追赶钟繇，直取潼关；叫白虎文领兵五千，沿途接应；叫马凯、马旋各领兵三千，抚定长安附近州县。五将领令，各自前去。马超令妹子马云騄领兵一万，部将十员，镇守长安，小心保守着城池。诸事就诸，自领马步全军万五千人，南取扶风，接应马岱。

那退屯武功的曹兵大将曹洪先前接到魏王派兵攻取天水的手令，立派邓艾领兵五千，去攻沔阳。城里姜维只是谨守，总不出战。邓艾千方百计想诱姜维出城，再也不行，几次附城猛攻，都不得手，倒损失了千余人。恰好钟会领兵来到，两个商议，邓艾领兵乘黑夜越过沔阳截维后路，钟会全军由前面进攻。却被姜维探悉了，急遣人授计庞德，要他尽起全军万六千人，在沔阳后路四面埋伏。

邓艾只防城里的姜维，不曾提防着久歇秋凉的庞德，他的队伍扎在山中，因此上曹兵不曾探听得明白。却连累邓艾，可就吃了黑天冤枉的大哑巴亏了，他乘着黑夜方越过了沔阳向前急进，刚刚陷入伏中，四下里火把齐明，伏兵四起。庞德骤马提刀，直取邓艾，大叫道："邓艾哑巴，你今天进了枉死城了，休想逃脱，吃我一刀！"邓艾吃了一惊，只道庞德逃回西凉，几时又来此地？又听庞德口口声声骂他哑巴，犯了他的毛病，又惊又怒，奋勇来战庞德。论起来，气力就赶不上，兼之他只四千来人，庞德的兵加上三倍。一个设伏以待，一个陷入伏中，任凭邓艾如何智勇双全，此刻万敌庞德不住，只好丢下庞德，落荒败走，才剩得一人一骑杀出重围。

那钟会听伏路兵士报告邓艾中伏，只道是姜维出了城在前埋伏，打量沔阳必是空城，且不去援救邓艾，先去收了沔阳再说，即领全军来攻沔阳，下令众军先登者重赏。众兵便蚁附爬城，猛听城上一声鼓响，灰瓶、石子、滚木、檑石如同雨点一般，打得爬城兵士纷纷滚下城濠。钟会见城中有备，挥兵急退。只见城头火把齐明，城门开处，城中人马如怒潮涌出，弓弩齐发，一员大将白马长枪，大叫道："钟会休走，留下头来！"挺枪直取钟会，钟会舞刀迎住。两人正杀得起劲，怎当得庞德追杀邓艾残兵，全军横扫，勇不可当。钟会回马便走，迎头碰上邓艾，双双杀出。后面姜维、庞德督兵追赶，把钟会带来的人马又杀得十不留一，两人打着得胜鼓，整队入城，大犒三军，仍照原来计划，分途驻扎。

邓艾、钟会败下三十余里，收集残兵不足五百余人，只觉得面上无光，两个怎样好回去复命。正在那里为难，却好曹洪将令到来，令二将速速回营商议军事。二将得令，回转大营，入见曹洪，俯伏请罪，申述战败情由。曹洪听得大惊道："前敌失利，后方告警，如何是好？西凉士马精锐，我与文将军前以二倍之兵力尚败于彼，何况二将兵少于彼数倍也！且地形不熟，以致挠败，兵家之常，何罪之有？"

二将谢过，起身问道："主帅有何紧要军事令末将等火速回营？"曹洪道："二位将军有所不知，顷接钟太守手书，言马超兴兵为父复仇，前方都无情报，便尔倏抵长安城下，兵锋甚盛，声势浩大。钟太守前因接应我军之故，从长安守兵内抽拨一万五千人隶我麾下，现在长安守兵不足五千，城池广大，守御为难，兵力不敷，内无能将，钟太守又纯系书生，不知兵事。长安危险，非回去救援不可，天水之事，只宜从缓，以待后来矣。"众将齐声道："是。"

就中钟会父子情亲，闻听长安被围，五内如焚，当下慷慨言道："主帅既决策还救长安，末将愿得劲卒五千，先往驰救。"曹洪依允，即由麾下拨兵五千，令钟会为第一队，即时拔队前往。钟会拜命，马上起程。洪以西凉军势大，令邓艾领兵五千为第二队，接应钟会；自领万人为第三队，回援长安；令文聘领步兵七千人，严守宝鸡要隘，阻住马岱、庞德一军东下道路，使他不得与马超军队合势，反乘我军之后，文聘允诺。分拨已定，各自分头进行。

那第一队的钟会救父情殷，心急如火，不分昼夜督队兼行，满望即刻到了长安，父子见面，谁知长安早已失守，父亲进了监房，真真冤枉之极！刚刚行抵兴平地面，只见前面西凉军中自旗远远飘荡，日光照耀，好似雪浪排空，漫天盖地，兵强马壮，势如风雨。钟会吃了一惊，心中暗想："长安莫非已经失了守么？"只好将人马列开，勒成阵势，等候西凉兵到，预备迎战，那西凉兵自从出兵以来未曾接仗，锐气方盛，如火如荼。马超跃马当先，一见钟会，挺枪便刺。钟会舞刀接住，战不上三十个回合，气力不加，看看要败，恰好邓艾赶到，骤马提刀，上前帮助。马超力战二将，毫无惧怯，越杀越勇。二将到底敌不过，两个拨转马头，向后就走。西凉兵见主将得胜，横扫过来，曹兵抵挡不住，大败而逃。幸亏曹洪兵到，苦战一场，方才止住阵脚，安下营寨，与马超相持不题。

那汧阳城里的姜维见曹兵败去，连日毫无动静，急遣细作探听，才知曹兵大部已退到宝鸡去了，方欲遣人报告太守，知会庞德，自己骑着马带领亲兵小队出城视察防务，只见汧阳城后尘头大起，却是马岱、庞德领兵来到。姜维大喜，三人并马入城，治酒接风。马岱将别后事情一一告知，姜维亦将曹兵退却情况相告。马岱道："此必家兄行军顺利，已经围攻长安，他们自当舍了此地，回兵救援。姜将军，你可仍旧守护此城，以为我军后援。我同庞将军率领本部，仍到扶风、武功接应家兄，会攻长安。"姜维应允，送了二将出城上马，自回城守。

马岱、庞德领兵向长安进发，西凉兵都怀着报仇的心思，踊跃用命，马不停蹄。看看行到宝鸡，前时散伏乡间的军士见自家军队来了，即时来见二将，告知文聘扎兵地方营栅的形式，将士的多少、兵卒的数目，并闻知大公子已取长安，曹洪率兵还救。马岱二人听得大喜，即叫他们纠合旧人，发给器械，今夜可往文聘营前四面放火，乱彼军心。军士领命，自去准备。

文聘探听马岱兵来，抱定不出大门主义，小心在意，提防火烛。到了四更时分，巡逻兵士稍为懈怠，营门前后左右四处起火，那曹兵都被西凉兵杀怕的，心中已自慌乱。左边庞德、右边马岱，两支兵如生龙活虎，斩开鹿角，拔关直入，喊声大起，鼓角喧天。曹兵大乱，只顾逃生，剩得文聘一人，不敢迎战，带领残兵望长安败走，来到曹洪营中，告诉战况。曹洪大惊道："前有马超，后有马岱，战既不能，守又无地，如何是好？"邓艾说道："现在只有退入汉中，与征西合兵一处，俟魏王兵到，再图恢复。"曹洪道："事已至此，只有此法。"下令全军连夜移入汉中，被马超兄弟乘势追击，曹兵又折损七八千人。两兄弟见过甚喜，叫马成领兵五千，扼住褒斜道口，阻汉中出路，自同二将回转长安，进取潼关。

那程银、杨秋奉令追赶钟繇，沿路经过地方望风迎附，本来在华阴就可拿住钟繇，依杨秋的主见，要留他做个引线，好进潼关。果然钟繇在前没命的逃走，二将在后不即不离的追赶，流星赶月的一般。看看赶到潼关，那守关将士尚未听到长安失陷消息，见是钟太守，即忙开关迎接。二将马上加鞭，在城洞内捉了钟繇与渭南令文荣，军士一拥而入，登时占领。比及马超到来，闻知得了潼关，不觉喜极，将库中财物尽赏二将，休息士马，以待进兵。正是：

　　天马西来，朝发渥洼之泽；黄河东去，并收泾渭之流。欲知后事如何，且听下回分解。

　　异史氏曰：《纲目》书超、遂等众十万屯据潼关，秋，操自将击破之，遂、超奔凉州，操追至安定而还。此即《演义》中潼关之战——曹操割发弃袍，许褚脚边藏身躲箭，险些送命者也。其穿凿附会，明明遂、超同奔，竟说抹书间遂，硬使一个很够交情的人物成为残废，低首降曹，卖死友，负义心，离生交，归国贼，是何理也？据史："操连车甬道，示弱骄敌，使超、遂悉众南守，乘虚得取河西，而后北渡，人莫能争，坚垒渭滨，使战不得，顺许割地，使不为备，因蓄士卒之力，一旦破之"云云。是又明明操许割地于超，而非超惧操已渡河西，乃以割地求和，图城之下盟。《演义》既写不共戴天之仇，复写相从割地之义，于是而杨秋使去，于是而反间书来，于是而阵上话旧添疑，于是而寨内挥刀火并。此等文章，热闹固然热闹，只可惜把马超、韩遂及西凉八部英雄，都糟蹋得不成人子。小说笔墨久在中国不能值钱，即以自命荒唐言，甚将宗邦笃守忠孝礼义之国民性忘于脑后，惯捧奸盗邪淫，大群之所排斥者于无形也。可叹！

　　此回仍系接写马超复仇之文，以记潼关大战。忽先写战合肥太史慈中箭一段文字，则以承前文孙、刘结好余波，略作三方文字之小曲折耳。《演义》写曹操正宴铜雀台，兴高采烈，把笔赋诗，忽闻权以妹归刘，表奏备为荆州牧，汉上九郡，大半属备，以至手脚慌乱，投笔于地，已煞风景极矣。今马岱正入天水，超将不制，杀腾无功，西忧方亟，忽孙、刘好合消息传来，东南之难又殷，以致手足失措；是更加一倍着急，加一倍煞风景。破舟漏屋，风雨打头，没兴一齐来，不使奸雄坐卧得安一刻，则较《演义》中老瞒，尤为惶恐甚矣。故荀攸之策，张辽之兵，写来不过尔尔。以见老瞒急中失智，贼党贼徒，亦尽慌张失计耳。此文中余波之余波，便为了结一个太史慈作补笔，细寻作者之意，原亦不属于此也。

马超妻子杨凤，《演义》中无名，死于杨阜部将梁宽、赵衢之手，在冀州城上，一刀剁下者也。不意本书于妻外，且添一妹，以为全三国中曾无一女英雄生色。三国时，女豪杰多矣，如徐母、曹后、北地王妃辛宪英等皆是，独巾帼而雄英者则无。貂蝉近于英雄，而不武；孙夫人虽近于武，而不英雄；孙翊之妻差可拟于英雄，而实节烈。若不添写一人，真令英雄短气，且辜负如此好时势也。今既全书翻案，自不妨乘时势造一英雄，书中遂亦全部生动。

写马超破潼关、取长安，一如《演义》，而用兵作战，并不相犯，夹写南取扶风，西守沔阳，真有如火如荼之概，马儿不死，操真无葬地也！逼到曹洪等退入汉中，以待援兵，遂为卷土重来之伏笔。写战胜便有战胜之理，写战败便有战败之道，非如《演义》乱写小儿捉迷藏一类之智计，而一无军事学理者，尚以"第一才子书"见称，何哉？

第九回

曹孟德计阻临潼县　　诸葛亮兵进白水关

上回说的马超因报父仇得了马遵、韩遂两处的协助，事先的布置，自己全军由萧关直进，马岱、庞德从汧阳会师夹攻，兵不血刃，占了长安，夺了潼关。那长安乃是秦汉旧都，关中素来号称天府。曹操乃是三国时第一流的人才，畅晓兵机，熟知地势，心粗胆大，敢于仿造孙子十三篇，做他的孟德新书，岂有不知保固山河的道理，让那马超这一来，横冲直撞，如入无人之境，岂不是一个大大笑话么？作书的人也不能荒唐至此，教人家来说我信口开河，毫无分寸，好好的一个行家，立刻就成了门外汉了，那不和说唐平西扫北各小说变做青一色了！这其中自有好几种特别理由，显著事实，各位不要性急，听兄弟慢慢说来。

原来曹操当初令马腾、韩遂分屯右扶风，左冯翊是为镇抚羌氐，两处各有重大兵力，钟繇熬资格，浒至长安太守，因地方重要关系，手下也有二万余人马；还有高平太守杨阜、栎阳太守韦康、北地太守杨绪，每人部下都有三五千不等；又加曹洪、文聘所部二万余人，钟会、邓艾的六千人，总计也有六七万人马，兵力不为不厚。不过马岱一去，韩遂一变，就去了三分之一。马超全部三万余人，马岱、庞德万六千人，程银、杨秋所部万人，合五万余，兵力也就可观。杨、韦诸人为程、杨重兵监视，一筹莫展，马超一到，只好迎跪马前。马超报仇心急，未加思虑，只求杀得曹操即为满意，投降诸人概复原有的职守。你说太守迎降，那一些令丞簿尉、亭长游击，一发不消说，还怕他不变磕头虫么？这也是边塞上的人民生性率直，不把那不肖的心思待人，不比内地人心巧诈，靡事不为。从前新疆督军杨增新送咱们同乡韩天民回转北京，在酒席筵前，举杯相劝，改了两句唐诗道："劝君更尽一杯酒，东进阳关无好人。"合座为之大笑，其实何尝不是至理名言？你看马超因为太直道了，马上就会吃大亏，暂且不表。马超自入萧关，因杨阜等不战而降，毫无阻滞，又兼马、庞二将从南道会师，声势越发浩大。钟繇略谙些人道主义，便轻轻的送掉了一个长安城；曹洪连战皆北，没奈何退入汉中，关中的曹兵兵力，到此时已经完全毁灭无遗，你想那华阴、渭南各县还有抵抗的能力么？若更说起那潼关来，真是一个好险要地方，东西两道俱是车箱狭路，人不能并骑，车不能方轨，三面是山，一面傍着黄河，与山海关负山阻海一样的险要、雄伟，真是一夫当关，万夫莫开，比函谷关至少险过两三倍。此次程、杨二将追赶钟太守，赛似后来李存孝追赶黄巢一样，不过李存孝是打外面杀进来，西凉兵是从里头杀出去，那难易之分也就显然易见了。照这样说来，将不知兵，兵不能战守。就有险要的处所也没什么大用处，所以在民国元年时候，赵周人兄弟跟张凤翙、张云山众位英雄在潼关作战，简直同他七十八代老祖宗在当阳长坂一样，双方都杀得七进七出，好一个赫赫有名的天下第二关，成了豆腐衙门。按照上面所说的估计起来，曹操对于长安各处并未疏防，马超得以纵横如意，也自有他相当的理由，并非做书人有什么失错。

如今且说那虎视八极、坐镇许昌的曹操，自接钟繇告急文书，又接到曹洪由汉中间道的报告，接二连三函谷关乡守将飞递的军讯，知道马超敢战，西凉兵骁勇，非亲身前往，不能制胜，即令次子曹丕监国，司马懿监丞相府事，自己带领许褚、徐晃、曹休、曹真、夏侯霸、夏侯和、夏侯惠、王双、韩德、臧霸、侯成一班战将，程昱、陈群、贾诩、华歆一班谋士，还带了两个爱子曹彰、曹仓舒。那曹仓舒年才弱冠，生得粉妆玉琢，聪明伶俐，平素不肯读书，专一跟着他五哥曹彰使枪弄棒、舞剑玩刀，还晓得几手八卦拳、六合棍、万胜刀、回马枪等等武艺。曹操一位夫人生了七个儿女，恰合着苏东坡笑王介甫解鸠字的字义话"什么鸤鸠在桑，其子七兮，连爷带娘，共是九个，正式成了一个盘荼鸠"。真正够瞧，他的大儿子叫做曹昂，在宛城大战时跟他爹与张绣的婶母巡风，和典韦两个同被乱兵杀死，附带加上一个曹安民；第二个便是现任五官中郎将，候补东宫世子曹丕；第三个便是肥头胖脸、耳长四寸的曹熊三爷；第四个便是才高八斗的曹子建曹植；第五个便是著名邺下黄须儿曹彰；第六个便是曹彪，后来封过白马王，为二哥子桓毒毙；第七个便是这位么少爷仓舒七爷。他们几位爷们在三国时都很有名望，单曹熊三爷生性愚拙、懦弱无能，累累被他两个弟弟曹植四爷、仓舒七爷遇事生风，成心欺负，曹熊因系自己兄弟，只好付之一笑，任从尊便。说来笑话，兄弟又不是建安七子，怎么这种无聊，替他们曹家里修起家谱来了！

当时曹操因马超势大，选精兵七万人，令徐晃作先锋，带领八千人马，火速前往灵宝，把守函谷关，候第二路兵到，再出函谷，向潼关进发，徐晃领令去了；又令王双、韩德领兵五千，为第二路，接应徐晃，继续前进，二将领令去了；又令夏侯霸、夏侯和领兵五千，在潼关对岸风陵渡扎营，征集船伐虚作渡河形式，却暗从风陵渡上游二十里乘夜用牛皮船载运军士渡河，昼伏夜行，出抄潼关之背，候我兵到时，可于潼关骊山山上面遍树我军旗帜，以惑西凉军心，不得有误，二将领令去了；又令侯成带领心腹从人装作商贩，由商于上洛间道潜入汉中，知会曹洪、文聘，令他率领全军出褒斜栈道，暗袭长安，侯成领令去了；又令帐前小将杜畿带精兵三十人，持着手书，由榆林越过萧关，面见杨阜、韦康，令他二人联络诸将，合兵一处，由西道进攻长安，切断马超归路，杜畿领令去了。原来杨阜诸将因迫于情势，虽然投降了马超，却畏惧曹操兵力，一方面与马超妥协，一方面暗暗遣使间道潜来许昌，输忱告密，请罪候令。他们各位这种目送飞鸿、手挥五弦、一个红姑娘在一个房间招呼四位客都得欢心的米汤政策、棉花手段，现在全国流行。八面玲珑的琉璃蛋，比任何天花鼠疫都还来得利害！

曹操何等聪明，岂有不知？但因时局紧张，不能不因势利导，做个牺牲工具，但看他的手书道：马超凶悍，虎踞凉州，役属羌氐，抗拒王命，不独国家之大患，亦关陇之隐忧也。马腾前至都城窥伺形势，孤所以毅然处置者，非徒消除内衅，亦欲因以致超耳，今超果中计，倾巢东犯。孤受国家重任，讵可任其鸱张以毒生灵？已奉朝命，亲率大军，来征叛逆，分遣诸将，简练精卒，三面环攻，逆计长安，指日可下。公等前以兵分势涣受制叛将，暂屈一时，急图湔雪，朝廷具悉忠诚，深知危苦，前所行止，置不复问，视公等后效如何耳！今遣杜畿来谕孤意，公等如效忠朝廷，宜速合各军，齐一意旨，直趋长安，切断马超归路，庶叛逆可擒，功名可立，仇耻可雪，无迁延自误。

曹操分拨已定，自领大队人马即日出发。由许昌到潼关不过半月路程，操以军情紧急，倍道兼行，八九日间便已赶到。那时驻潼关的马超以本部军士自凉州出来，奔驰二千余里，未曾休息，打算驻扎三两天，然后去取函谷，谁知曹兵已经到了。马超听得探报，知道曹操自来，急令程银、杨秋率领本部谨守潼关，自己带领马岱、庞德、白虎文、马凯诸将，部兵五万余人，出了潼关车箱谷外三十余里，选择阵地，安营下寨。

到了次日，曹兵大队来到。曹操吩咐列开营头，自家带领众将立马阵前观看西凉兵的形势，只见西凉兵旗门开处，左边庞德、白虎文,右边马岱、马凯,偏裨将校四十余员,当中拥出一员大将,龙眉凤眼,猿臂蜂腰,面如傅粉,齿白唇红,六尺八九身材,二十五六年纪,头戴亮银盔,身穿白银甲,内衬素罗袍,腰系白丝带,手执水磨点钢枪,跨下大宛白龙马,威风凛凛,相貌堂堂,西凉军士尽是白旗白甲,漫山遍野好似雪里梅花,一望无际,不由得激起了爱慕英雄的心肠,天良发现,不觉得失声道:"东有周瑜,西有马超,真可算英雄年少了!"他一句话不打紧,却把一个冒充英雄的幺满少爷激动了肝火了。原来曹仓舒向来就自负英雄年少,满朝文武哪一个不奉承他,当然大家都拣好听的话去恭维,在许都时节惯与诸将比武。论起许都第一员大将,不能不公推许褚,仓舒因为跟诸将比赛,诸将一个一个都认了输,甘心拜服,仓舒就要跟许褚来比试。许褚本来是曹操的第一员爱将,仓舒又是魏王第一位爱子,许褚受恩深重,不比别人,实在拗不过仓舒,被他三回五次迫着比试,无可奈何,有气没力跟仓舒一来一去战了五六十合,旁观的文武将佐大家齐声喝彩,鸣金收军。在许褚是百二十分让步,谁知道倒增长了仓舒无限的骄傲,打那一日下来,可就目空天下,旁若无人,连他五哥曹彰都不在他眼底了。今天随着父王来到阵前,听见父王恭维周瑜、马超,把自己搁在一旁,他正在血气方刚时期,怎么禁得住这隔壁的挖苦,也不候父王命令,骤马挺枪,直到阵前,单搦马超出战。

马超见阵前来了一员小将,装束齐整,衣甲鲜明,面目秀丽,鞍马堂皇,摇枪催马,上前接住,便问道:"来将通名!"仓舒叫道:"我乃魏王第七子曹仓舒便是!"马超一听是大仇人的儿子,更不答话,举枪便刺。两马相交不到十合,仓舒气力不加,倒还是自己弟兄格外关注,曹彰见势头不好,飞马挺枪,上前帮助。马超卖个破绽,刺斜里兜心一枪,将仓舒挑下马来。曹兵阵上,许褚、徐晃双马齐出,战住马超,曹彰抢着仓舒尸首,跑回本阵。

曹操一见爱子被杀,怒不可遏,鞭梢一指,曹营大小将官一齐上前,马岱、庞德也就挥动大兵冲杀过去。两边混战,十分接近,那羌将白虎文本是羌氏中第一名神箭手,当下不慌不忙拈弓搭箭,觑定曹操,一箭射去。因为弓力太重,箭上生风,曹操久经大敌,听见面前风响,急忙将头一低,那箭正中在金盔之上,接连又是一箭,仍中原处,将那顶王帽式的金盔便自掀落尘埃。曹操登时只觉脑海生花、眼睛出火、头风乱发、耳鼓齐鸣,不怕他一世之雄,到了此时,只吓得心胆并裂、魂魄俱无,拨转马头,抹头就走。众将只道曹操受了重伤,大家都回本阵。白虎文将所领三千弓箭手没命里向曹军追射,马超三将乘势追杀,弓劲矢铦,如飞蝗一般,曹家兵将纷纷落马。许褚、徐晃、曹彰不能抵挡,只得保护魏王败下阵去。西凉兵一口气追下二十余里,方才止住,曹操折了五六千人马。只为曹操杀了马腾,所以今天马超杀死仓舒,一报还一报,这叫做冥冥中自有主宰。西凉兵得胜回营,大赏将士。白虎文得了曹操的金盔,回营献上,马超大喜道:"将军神箭,天下无双,操贼破胆矣!"大家齐声称贺,自有一番热闹不题。

曹操回到营中,喘息已定,想起爱子仓舒惨死,不觉抚膺痛哭,众文武苦苦劝慰,方才止住,教曹彰将仓舒尸首买棺成殓,派人送还许都安葬。

到了次日,曹操对诸将道:"谁去与小将军报仇?"许褚应声愿往。操与三千人马,命徐晃、王双分左右翼接应。许褚领令,来到阵前,大叫:"马超,快快出来受死!"马超便要出马,庞德已经骤马上前,不分青红皂白,举刀望许褚便砍。许褚一看来将,面如锅底,眼若铜铃,好似黑煞神一般,配着白衣白甲,就是煤炭团滚在雪地上。许褚将刀架住,叫道:"你让马超出来,与我战上三百合!你这尊范,我实在不敢承教!"庞德大怒道:"你这厮好无道理,咱们两个刀对刀、枪对枪,谁跟你赛模样,昨天你们那么少爷不是很漂亮的小伙子,战不上十回就回了老家,况且你这一副尊容也不能比咱们俊得多少！"他一面说话，一口刀泼风似砍去。许褚见来将刀刀逼紧，分量不轻，知道是个劲敌，不敢怠慢，也就一刀一刀对杀起来。好两个十足加一的双料面灰，一个赤铜刀，一个镔铁刀，势均力敌，你一刀、我一刀，丁丁当当，打铁的一样，只杀得火光乱迸，尘土飞扬。一双蠢鬼寻仇，两个夯货拼命，把那两阵上的人都看得眼花缭乱，口角流涎。两人接手，战上三百余回合，直到日色西沉，方才收队。第二日，两个又战了一日，兀自未分胜负。

　　曹操在后军中听得庞德如此骁勇，无怪曹洪、文聘兵败宝鸡，马超部下有此良将，本军何从取胜？当下略一沉吟，吩咐徐晃挑选军中善射的弓弩手五十余人，安排良弓劲弩，先向阵地左翼上隐伏，来日仍由许褚出马，战到半酣，故意诈败，引诱庞德，一阵乱箭，将他射死，以剪除马超的羽翼。徐晃领令，自去与许褚准备。也是庞德命中该死，两个力战二日胜负未分，今日为何忽然败走，只要心中略加思索，就不能前去追赶，无奈他贪功心重，顾前不顾后。许褚心中倒很爱上他，只要硬决胜负，不愿意将他射死，同那李元霸欢喜裴元庆能挡他三锤一样想像，只是魏王令旨，不敢违拗。

　　第三日，两个战到二百余合，许褚架开庞德的刀道："黑厮，咱们要去大解，今天不能奉陪。"把马一夹，向左翼便走。庞德大怒道："好小子，你真要躲到粪窖里去么！"纵马赶来，刚离一箭之地，徐晃让过许褚，叫弓弩手一齐放箭，一声梆子响，箭如雨下，庞德身上中了二十余箭，伤了几处要害，支持不住，回马便走。徐晃纵马来捉庞德，白虎文一见庞德受伤，一箭向徐晃前心射来，徐晃将斧一挡，那箭便直插在徐晃右腕，擎不住斧头，掉下地来，跑回本阵。王双飞马上前来救徐晃，不提防白虎文又是一箭，正中王双咽喉，翻身落马。

　　马超一听庞德身受重伤，急忙接应回营，令医生疗治，自己挥动大军，同着马岱、白虎文向曹兵冲杀。自古道：愤兵难敌，死将难当。马超见大仇未报先伤了一员大将，三个人舍死忘生杀入曹营，西凉兵士见主将奋不顾身，哪一个还肯落后？只一阵，把曹兵杀得七零八落。曹操见阵势已乱，拍马往后便走，曹彰、许褚左右保护。马超一杆枪神出鬼没，正遇臧霸，战到了二十余合，白虎文从背后一枪，挑下马来。马岱令兵士放箭，那弓马是西凉兵特长，一阵乱箭，射死曹营偏裨将校二十余员。许褚、曹休、华歆、贾诩均受重伤，退到阌乡。扎下营寨。

马超三人收兵回营，看视庞德，已经身死。三人不觉痛哭，军士皆为失声，只好即时具棺收殓，在附近地方找个幽僻所埋葬。三人方拟兴兵去阌乡追击曹操，忽听得潼关兵士前来飞报，程、杨二将军把守潼关，不料曹兵从永济上流偷渡，深入腹地，程将军开关迎敌，与夏侯霸战了数十合，被夏侯霸刺死，曹兵已入潼关，杨将军正在巷战，请将军速回救援。马超闻报大惊，急同二将领兵回转潼关，只见关上四处起火，四山高处尽是曹兵旗帜，军心大乱，止约不住，又听得杨秋已经战死，生恐曹操大兵追至，只得弃了潼关，向华阴一路退走。后面夏侯霸引兵追赶，前面夏侯和引兵阻路，马超大叫道："前有敌兵，后有追骑，若不死战，便无生理！"挺枪跃马，直闯曹营。夏侯和只得两千人马，乘隙深入来作疑兵，哪有战斗能力，一见马超杀到，勉强上前迎敌，被马超一枪刺死。后面追赶的夏侯霸从刺斜里杀出，马超咬牙切齿，回马接住，五合之内，又被马超一枪挑下马来。西凉兵见主将连杀二将，个个精神陡长，回兵便杀，大胜了一阵。马超正欲安营，只见长安兵士飞报道："杨阜、韦康结连起兵，直向长安，断我归路。曹洪从汉中杀出，马成扼险苦战，幸天水姜将军领兵驰援，未致失守，请将军火速回援。"马超听罢了飞报，仰天长叹道："我不能先固关中，以图进取，今三面受敌，是天不与我报仇也！"马岱道："兄长，事已至此，不必追悔，只好弃了长安，暂回天水，再作道理。"马超道："除此以外，亦无良策。"急督众军星夜兼程，回到长安，同着妹子，取了家眷，出了长安城，拔队速行，径奔天水。

刚刚来到了褒斜道口，哪知道曹兵大将曹洪正用了邓艾献的计策，自引本军出斜谷大道来，与姜维、马成血战，却令邓艾、钟会各领精锐二千余人，从小路上越过隘口，从后面来夹攻马成西凉兵后路，做梦也没想到马超的兵回头得这样快。邓、钟两个队伍还未整齐，被白虎文、马岱领兵一冲，曹兵方才越险，未及喘息，早已四散。马超恨极，纵马直取邓艾，战不上十回，钟会急向前帮助。白虎文挺枪上前迎住他，自出兵未曾正式战过，仅仅射了几箭，心中正不快活，此番碰着钟会，恨不得一枪挑他下马，出口恶气，用尽平生气力，一连几枪杀得钟会马仰人翻。钟会冷不防被白虎文一枪刺中左膀，几乎落下马来，与邓艾舍命逃出圈子外，向长安方面败走，五千人不曾救得一两个。马超也不穷追，急令白虎文、马岱领兵向曹洪后军进攻。曹洪力战姜维、马成二将，尚难取胜，哪里再受得起两下夹攻，无法抵挡，只得仍旧退回，被西凉兵据险截杀，曹洪部兵所存不过两三千人了，大败亏输，一蹶不振。钟、邓两将更无下落，哪里还敢出兵截击马超，只好干瞧，让马超风雨无阻、一路平安，退到汧阳去了。

马超到了汧阳，扎了大营，休息士马，计点军士，散失了万余人，折了庞德并程、杨二将，心中甚为伤感。马岱、马成上前引见了姜维，马超一见，恍若前生相识，亲自下位，执维手道："此番若非伯约全力援救马成，守住了褒斜道口，致令曹洪不能出口，否则超之全军必悉为曹兵所擒矣。"维逊谢道："非公子救兵速至，维与马将军前后受敌，危险实甚。"马超请维上座，维再三苦辞，方才就超身旁坐下。超道："久闻舍弟言及伯约，才兼文武，智勇双全，心中爱慕，恨不一见，今日幸晤，果然名不虚传。请问伯约，超以全军不战而得关中，夺取潼关，出关之后，三败曹兵，卒至大败，狼狈逃归，伯约高明，请为超言其失败之由！"维起立道："公子过奖，殊不敢当。以维管见所及，在公子初出兵时，锐气正新，又得韩老将军、马太守两处协助，程、杨两将军先事之安插，所以兵不血刃，直抵长安。公子以报仇心急，未及多加考虑，不以猛烈手段立诛杨、韦诸人，安置自己腹心将吏以为后援，而令其仍守故地，致肇后来之祸，此公子最大之失策；公子既得潼关，理应先固后方防务，然后出关。曹洪、夏侯渊、张郃皆曹兵猛将，近在汉中，居我肘腋，公子不早烧绝栈道，以重兵尽塞陈仓、褒斜、雒谷各道，仅以马成将军五千人驻守，此为公子第二失策；公子于潼关不加严守，程、杨两将又疏于防备，使夏侯兄弟得以偷渡河西，掣我后路，此为公子第三失策。孤军远出，后无应援，幸曹兵急于徼功，发难尚早，若层层退步，诱公子至函谷关外，然后大兵四合，各地协攻，公子宁尚得有一人一骑西回凉州耶？"

马超闻言，如大梦初醒，促维就坐，道："伯约所言，悉中超病，早得闻此，何至于斯！但超大仇未报，实无面目还见凉州父老，全军寄寓，给养为艰，伯约有何良策，使超得以进退有余，以徐图报复耶？"姜维答道："维自前军退回，连日为公子思虑此事，其费踌躇。本郡马太守前为响应公子的原故，扩充部队，添兵益将，合原有部兵将近三万余人，幸本郡属县素来富足，尚可勉强支持。公子此番退兵并非战败，不过因后防空虚，自行撤退战事，折损不及三千，沿途溃散之兵闻公子在汧阳，现尚络绎来归，总计公子全军当逾四万，久驻天水，力不能供，若从甘凉转饷，亦非长计。日前公子大战潼关时，武都太守张猛曾专使书问马太守，愿以本郡兵一万二千人助公子复仇，太守未及回书，公子兵已撤退。"马超急问道："张太守何人？对超何如此意厚？"维答道："张太守系凉州人，与公子同乡。其父名奂，字然明，与皇甫威明、殷纪明并称凉州三明，因平定东羌，振旅还京，为曹节等所卖，误杀陈蕃、窦武，诒讥清议，赍恨以终，遗命子孙与曹氏势不两立。张猛在朝，官至司农卿，为曹操排挤，外贬武都太守，两个成了世仇。南安太守段吉，系段颎之子亦公子同乡，与马太守意旨相同，皆望公子成事。公子目下既不回凉州，不如统领全军假道武都，沿白龙江南下，直取阆中。西川州县富饶，人民丰足，物产甚多，鱼盐垄溢，但得三四县，公子全军即可自给。山川险峻，易守难攻，刘璋暗弱，兵备不修，近方以全力防夏侯渊西进，公子若全师乘隙，可操必胜之局。探闻刘玄德近与孙权结好，必将图蜀，公子愈可一意前进矣！"

马超喜道："伯约为超策划，可谓无微不至。若刘玄德取川，超愈当奉行先父遗命，助彼一臂，结彼奥援，于超将来复仇之事，必获莫大利益。但曹操切齿于超，超若南行，彼必泄忿于马太守，遗祸家兄，为之奈何？"姜维答道："维前闻仲华言及老将军遗命，嘱公子往依刘玄德，玄德手下文武皆系天下奇才，将来必成大事。曹操奄有六州，兵多将广，公子独力与之相抗，成功不易。先行入川，顺依玄德，为公子计，无有出其上者。若虑曹操迁怒于天水，维可敢保其必不然。"超道："伯约何以知其不然？必另有高见，请详细指示，俾超得以一心入川，免为家兄担忧。"维笑道："此事显而易知，公子未加深思耳。此次曹操爱子、两侄均死于公子之手，欲得公子而甘心，人人知之。但据仲华所述前方战况，曹兵死伤已过五万，将校数十余员，曹洪、钟、邓几于全军覆灭，操在长安十年来积储之金帛，皆为公子席卷无遗，各县粮秣又为公子悉数征发，是兵食两事，元气已经大伤，非短时间所能恢复。目下曹兵大将张辽、李典在合肥，曹仁、于禁在宛叶，夏侯渊、张郃在汉中，曹洪锐气已挫，复振不易，能独当方面之将领更无一人。近日孙、刘结好，东南紧急，曹操在情势上，何能久驻关中？又无能将可遣，何能进攻陇右？况河西、陇石唇齿相依，既攻陇石，同时必须进攻河西，不能但遣一军以致腹背受敌，以操智计，决不出此。且操经营枹罕，大开屯田，积粟练兵，以为控制甘凉之枢纽，掌握河陇之本根，前为韩老将军派遣精骑乘虚袭入，诛杀陈泰，尽灭曹兵，彼西部之根据全失，东南之边防甚危，一两年间，彼决无余力以攻天水。维可断言，极彼筹划之结果，不过派遣能将扼住宝鸡，分兵守险，阻我出路而已。即使敌将贪功，愤兵犯境，汧阳城守，经维数月之整顿，城高池深，粟支三载，纵令曹操自来，维亦不惧，曹洪、文聘何足道哉！"

超听维说得透彻异常，心下释然，携维手道："使超得与伯约共事，尚何事不可成？"维起立道："承公子特殊赏识，极愿随侍左右，但老母年高，未敢远离。汧阳屏障天水，维在此间，公子不须远虑，将来随公子之日正长也。"马超道："愿伯约无忘此言。"维答道："天日在上，不敢忘此。"马超大喜，在汧阳住了两日，收集溃亡，与姜维朝夕谈论，情如手足，还是姜维恐误事机，催促再三，马超方才与马、白二将领兵来到天水。

马遵一闻超至，出城迎接，入府坐定，兄弟抱头大哭。马超将自己情况一一告知，遵甚为太息。超又将与伯约计议尽以相告，遵正虑马超兵多难于供给，一听超言，大喜过望，道："兄先但知伯约忠孝过人，正不知其计谋亦胜兄十倍也。贤弟欲报大仇，非入川依刘不可！张太守处，兄即去函，请其假道。贤弟劳苦日久，请暂行休息，抚慰将士，整顿军容，以便出发。"马超诺诺道谢，自还本部，将长安带来金帛大赏三军，天水军士一律犒赏，以三分之一送与马遵，以备急需，自家兄弟，当然照收。不到十日，张猛回书到了，答应假道之外，并供给经过本郡沿途军食，书末并言已觅得妥当向导十余名，候随军应用。马超、马遵二人都为心感，即日辞别，部领军队，离了天水，望武都进发。

比及到了武都，张猛果然沿途供给，出郭郊迎，患难同乡，格外亲热。马超在武都留了两日，两个深相结纳，随即辞别，带了向导，大举深入，果不出姜伯约所料，不发一矢，到了阆中。刘璋派往防备夏侯渊的兵队见后路被袭，绕小道退回绵竹去了。马超即令白虎文领兵万人去守剑阁，安安稳稳得了川北二十余县，自然富裕，不打饥荒了。

如今且说曹操得了马超退走消息，火速来到长安，监房内放出了钟繇、文蔚，虽然费尽了心思收复了关中，却损了一个爱子、两个侄儿、将官三十余员，连曹洪所部计算，折兵将及五万，长安十年积聚化为乌有，经略西部之枹罕根据地又为韩遂尽行摧毁，哪里还有那肃清河陇心肠，只好暂时放下。在长安城中大赏将士，杨阜等都封为关内侯，令其同心守险，严防韩遂，令曹洪暂屯扶风，文聘屯武功，钟、邓屯宝鸡，据险设守，以拒马超，连屯相望，互相救应；令女婿夏侯楙都督关中诸军事。诸将领命，分头前往，操布置已定，自率文武僚属回转许昌去了。

却说刘玄德燕尔新婚，如兄如弟，荆扬两处，浪静风平。军师诸葛亮打听得马超自凉州起兵，为父报仇，直取长安，得了潼关，曹操亲自统兵前往，即时入府，见过玄德。玄德问道："军师入府，有何见教？"孔明道："今江南修好，曹、马交兵，襄樊地方目下决无战事，不如乘时去取西川。一来可据长江上游，使荆州无后顾之忧；二来可以仰蜀中之富饶，济荆州之军实；三来乘夏侯渊此时无暇窥川，可以一意进行。千载一时，机不可失！"玄德喜道："就请军师全权处理一切。"

孔明预备已久，飞令赵云用水师战船载陆兵八千，溯秭归直上，由枝江径夺夔门；令黄忠领步兵五千，由施南出石砫，直取涪关。两路差官，星夜去了。再调云长、元直还守荆州，调翼德、士元还守襄阳；令荆州从事赵累辅云长嫡子关兴镇守南阳。三路差官，分头去了。七八日间，云长、元直到了荆州，玄德将印绶交与云长，吩咐小心谨慎，云长拜命。玄德入内，别过孙夫人，新婚不到半年，也是万分无奈了。外面孔明早已调集大兵三万七千人，令张飞长子张苞领兵三千，为第二队，沿江直上，接应赵云，然后带领魏延、廖化、刘封、吴班、侯习、张南一班战将，随着玄德，即日起程。

那先锋赵云因从前奉了孔明密令，预备入川，早已暗地派人入川，探听夔门一带备细情形。恰好正值夏侯渊在汉中大杀五斗米教徒，众多道友纷纷外出逃难，中间也有二等祭酒师兄，逃到秭归地面，被赵云访寻得明白，即忙抚恤他们，多予金帛。那些难民感恩图报，赵云密令他们先去川中，沿途集合教中骁健，候我兵来，作为内应。后来熊锦帆替蔡松坡招集公口去打陈二安，连破泸州、叙州，正是师仿赵子龙的故智。那些教友领令，纷纷去了。

也是刘璋暗弱，兵备空虚，一来只畏惧张鲁，如今却被夏侯渊诛戮，方以丞相天威所及，只要贡赋不缺，便可受其保护；二来他与荆州同是汉朝宗室，信使往来，断无自相鱼肉之理；三来自刘焉入蜀，边境久安，甲仗朽腐，烽堠平夷。赵云兵到夔门，守兵不战而溃。五斗米教徒沿途尽量的布散谣言，虚张声势，川中将吏不知荆州军队多少。蜀兵脆弱，素不耐战，所过城邑，望风降附。赵云直抵涪关，叩关讨战。

守关川将乃是杨怀、高沛，见赵云兵到，尚不知道是何处人马。两个冒昧开关出战，双战赵云，战到二十余合，只见关上喊声大震，川兵自乱。原来黄忠领兵五千，从施南利川，沿着清水江，经过蛮獠诸地，深入川境，直捬涪关背后。二将惟恐城池有失，回马便走，赵云赶上前头，一枪刺死了杨怀。关上黄忠拍马下来，迎着高沛就是一刀，高沛措手不及，被忠一刀砍落马下。

赵云大喜，同黄忠进了关去，号令本军，禁止杀掠，检点军马、粮草，甚是丰富。二人抚辑降兵，采访众论，知道本地有个能将，姓王名平，字子均，深通战略，武艺超群，因被杨、高二将所忌，杜门养晦。二人听得，即同亲往王平家中，请其入军相助，三人言语十分投机，不由王平不出来了。休兵三日，玄德大兵到来，大享将士，授王平为偏将军，随令同二将去攻巴州。

那巴州守将严颜是川中一员上将，有万夫不当之勇，已知涪关失守，一面整兵迎敌，一面飞报成都求救。当下闻得荆州兵临城下，令副将张嶷、张翼守护城池，自家带领三千人马，下得关来，排成阵势。赵云纵马上前，严颜大喝道："来将通名。"赵云道："吾乃常山赵子龙是也。"严颜道："久闻将军大名，如雷震耳，但是益州、荆州原是一家骨肉，为何自动干戈？跟袁氏兄弟一样，窃为将军不取。"赵云答道："老将军久在川中，难道还不知刘季玉懦弱无能？夏侯渊雄视汉中，益州早晚必为他人吞并，与其失之于曹，不如让之荆州，尚是刘家故物。老将军还请三思！"严颜长叹一声，拨转马头，领兵回关。赵云三将也不追赶，安下营寨。

那驻在成都的刘璋闻听得涪关失陷，巴州危急，急令大将张任领兵二万，前来巴州助战。只是赵云、黄忠见了严颜，甚为爱惜，欲令归降，不忍相逼，直候大军一到，二将一一禀知。孔明道："巴州险峻，攻亦不易，徒伤士卒，川中必来救援，败其援兵，则巴州夺气矣。"又对玄德道："亮昨在涪关闻商人传说马孟起退兵天水，南据阆中。主公昔与其父同受诏讨贼，请主公作书，遣人由间道前往，令孟起尽锐进攻绵竹，则川兵兵分势弱，我可以由潼南、简阳径取成都矣。"玄德大喜，即时修书，令王平间道前往。你说王平系新来敌将，玄德如何重用于他？只因赵云见王平相貌英伟，气宇轩昂，与黄忠二人十分敬爱，一力保举。王平感恩知己，星夜起程去了。

迟不过十日，川将张任到了巴州，问起严颜近日可曾出战，颜道："守兵单薄，惧有疏虞，故尔未曾出兵。"张任道："末将既来，决不能让刘备任意猖獗，待士兵稍为休息，老将军守城，末将出兵去擒刘备。"严颜应允。张任休兵二日，下令开关，带领部兵前来讨战。孔明令赵云出马，黄忠掠阵。赵云见来将甚是骁勇，两个通了姓名，双枪并举，战了二百余合，孔明叫鸣金收军。赵云回营问道："川将看看支持不住，军师何故收兵？"孔明道："川将骁勇，但可智取，将军稍息可也。"到了次日，孔明叫魏延出马去战张任，许败不许胜。魏延十分不高兴，领兵去了。孔明再令黄忠、赵云各领兵二千，埋伏巴城山侧左右，候张任追赶魏延，便去抢城，二将领令去了；又令廖化、刘封二将各领弓弩手一千，埋伏巴州城外十里，丛山左右，候张任追到此地，让过魏延，射他一顿乱箭，二将领令去了。

那魏延生平好胜，此次随军入川，见赵云、黄忠连次立功，正在心痒难挠，偏偏他第一次出马便许败不许胜，心中老大不悦，只是将令难违，没奈何。同张任两马相交，一上手就是二三十合，故意装出气力不支样儿，虚掩一刀，回马败走。张任纵马赶来，魏延回马再战上十余合，一发不济事，没命的乱跑。看看赶到埋伏所在，张任进了伏中，一时猛省，挥兵即退，哪里还来得及！伏兵齐出，乱箭如雨，四面射来，把张任射成一个大刺猬。魏延下马，割取首级，算出了这口恶气，会合廖化、刘封回头追杀败兵。

城上严颜看见张任追赶魏延去远，惟恐他中伏，自领兵三千出城接应，行不到五里，黄忠领兵截住，两员老将大战起来。城里张嶷、张翼尽起城兵，出城来接应严颜，迎头又被张苞、廖化阻住厮杀。赵云领兵乘隙入城，叫兵士将大旗竖起，令部将守住城，自引百余骑出城助战。只见黄忠、魏延、张苞、廖化、刘封围住川中三将，走马灯一般，川中三将兀自死战不退。赵云纵马上前，杀进垓心，大叫道："两州将士暂行停战，听我一言。"两州将士登时各人勒住马，停住兵刃。赵云叫道："老将军，张任已死，巴州已破，归顺荆州，效忠汉室，有何不可？何必多杀士卒，徒苦生民。"严颜见事已至此，无可挽回，只得依着云言，三将同归荆州。正是：

五丁开蜀，终输上将之威；万马渡江，再创中兴之业。欲知后事如何，且听下回分解。

异史氏曰：马超驰骤关中，如入无人之境，曹兵虽厚，而不能敌之理由，叙及情势，如在目前，优劣显分，胜败之局自判，虽愚者亦能明之矣。及至曹操亲征，第一先守函谷，以遏其前；次由风陵上游偷渡，以拊其背；更取间道，令汉中兵马出褒斜栈道，暗袭长安，以攻其侧；复越萧关，嘱杨阜、韦康乘便截击，以断其后；又于骊山之尾，遍设疑兵，正军之次，应以援兵，可谓出全力以制胜，策必胜而后动者也。国手自布一局，仍须再设一局以破之。而前人又有一局在侧相印证，欲于此中出奇角胜，诚有得布一子皆难之势！今皆从容布之，而所布两局对子之棋，竟各如其相敌之棋分。史载曹操破超后自骄之语，立为黯然夺色。且见昔者徒弄反间之无能，曾何必又多许以割地也。夫始知《孟德新书》是可竟烧之矣。

《演义》写操有"马儿不死"之言，激动一个夏侯渊；又以"马超不可轻敌"及"不减吕布之勇"前后二言，激动一个许褚。操之动皆挟诈，亦已甚矣。本书因写南有周瑜，西有马超，可谓英雄年少之言，以激动仓舒，至亲生少子死于马超手。明虽说父杀其父、子杀其子之报，暗却写败以诈、奸败以奸之巧。又既写一个喜与许褚闹斗之仓舒来斗马超，再换写一个果与许褚相似之庞德去斗许褚，以双翻裸衣斗超之案，写得新鲜可喜，文思出奇。

每读《演义》至庞德渭桥之战，落坑跃杀，勇救韩遂，卒败曹兵，辄大壮之。及后归于张鲁，遇伏陷坑，钩索活捉，居然降操，则又怪其前能跃，何后不能也。即至樊城抬榇，周仓水擒，乃不肯降关公，真令人不得不拍案大怒焉。夫故主可忘，兄可绝，嫂可杀，独操不可负！鬼可降，贼可降，独汉不可降！引颈就刃，以求身死名辱。于是知庞实不忠不义之徒，无异兽性莫驯，一依伥则以人为食者耳。如此非人之徒，留之无益，诚不如渭原早死之为愈！本书殆本此意，不令再活，而以乱箭射杀之，斯足昭显戮矣。

杨阜、韦康虽忠于操，尚有义心，是可与以不死。夏侯霸、夏侯和，皆操宗族，冤冤相报，故即假超手亲杀之，亦略偿马休、马铁二命之义耳。本书无论从贼从汉，惟负心者必诛，试略言之，当韦康之守冀州，以不得夏侯渊救而称降，特事势所逼也。及超误杀降将，乃闻阜苦谏勿降，明知其能守义而复用之，强不可降者为降，自伏患于肘腋；更纳所荐之士，尽为军官，辄听阜行，则又超自揖外寇而召内应也，奈何不丧地亡家于人手乎？然则康、阜原无降心，志在报复，即不可以反复负心、有志从贼论，不得以死诛也。若夏侯霸、夏侯和，本渊之子，讨张鲁，出河东，渊为祸首，考之史，已信假威权，谮马氏，以兴大狱；征之本书，而又信则首恶者诛！死马氏二子，已宜以夏侯氏二子为抵；和居无名小卒，不过充数。至霸不得以助维北伐有功存，所更为诛者，正坐此耳。何则，维伐中原，心乎汉，霸助姜维，心乎曹者也。曹仇不得假汉以报，倘非司马诛曹宗族，霸且为终身敌汉之人，去死即生，食汉禄托汉土，而不心汉，而心曹焉。究何异长降而长叛，可不以负心论也。此身虽归汉，而本无心于汉之人，即不得以从汉而免负心之诛！自以随手死之，为省却多翻洮阳城下乱箭一案无数文字之道。笔削之意微矣。

　　夏侯渊早定汉中，得陇而不及望蜀者，以马腾抗命三辅，后顾多忧耳。及除马腾，而关中告警，无暇窥川，于是天假之便，以兴玄德。局势线索，虽与《演义》前后颠倒，而仍与人心所存之大愿，千载所造之时机，了无毫发相违之憾。此等剪裁针线功夫，果非天衣，不能无缝也。而又删却《演义》许多假仁假义之笔，更不用贼臣内应之张松，大张旗鼓，径直取川。将不正不当一切人力所造机会，概行摒弃不道，一意行军，以应天机。不但笔墨家数大方，即玄德入川，亦不致遮遮掩掩，不知大方了多少倍也。只赵云对严颜所言"刘季玉懦弱无能，夏侯渊虎视汉中，益州终属他人，与其失之于曹，不如失之于刘"，此数语，便抵得一篇刘备取川大议论，又何必故意做作，描画许多文章，再如《演义》所写刘备者耶？

第十回

马孟起间道入西川　　管幼安捐躯蹈东海

却说黄忠、赵云得了巴州，收了严颜并副将张嶷、张翼，迎接玄德、孔明进城。孔明吩咐安抚百姓，殓葬张任与战死将士，严禁兵士擅入民家，违者处死，真个秋毫无犯，市肆如常。

严颜三将见了玄德，俯伏请罪。玄德连忙扶起，说道："孤因时会所迫，万不得已，遂至兄弟称兵，老将军等何罪之有！即劳老将军传谕所属州县，勿事抗阻，以免百姓无辜受祸。"严颜三将谢过，领命安抚属邑。再令黄忠、魏延、张苞各领兵三千，以张嶷、张翼为向导，分徇内江州县。那川中上将，前有严颜，后有张任，都是赫赫有名，如今一个败死，一个归顺，大木已颓，那向阳小草，还有不望风而靡的道理？半月之内，西川迤东一带地方，尽为玄德所有，黄忠、魏延、张苞诸将已经到了成都附近下寨。刘璋听得张任败死，严颜归附，川东州县尽行失守，荆州军队迫近成都，唬得心胆俱裂，急忙召集部下文武诸官商议迎敌。孟达献计道："闻听荆州军队来川者不过四五万人，今成都战士尚有三万，粮草足支三数年，城中水泉随处皆是，甲仗丰盈，器械齐备，薪炭山积，不惧围攻。荆州兵远来，利在速战。我但深沟高垒，凭恃天险，尽心守御，以老其师；遣人前去川南州县，收合余烬，以扰其后；急调川北、川西诸将会师，以角其前，三方会攻。彼军前扼于坚城，后苦于抄击，虽欲不退，势不可能。主公如犹以为未操必胜之权，且救目前之急，可令人星夜潜行入汉中，向夏侯渊求救，则计出万全矣！不过拒虎进狼，后来将不堪设想耳。"刘璋道："荆州兵锐，所向无前，成都孤城，危如累卵，何暇计及后来？且解目前之危，徐图良策可也。"随即就案作书，令孟达去汉中求救；令从事王累微行赴川南各县，收集散亡，抄击荆州兵后路；令将军吴懿前往川北各地，召集援军。三人领令，分头出城自去。刘璋令刘璝、黄权、刘巴、许靖诸人督城中兵将，分段紧守城郭，以待外援。

就中单表王累出了成都，冒险越过荆州营寨，被魏延伏路军士拿住，来见魏延。延喝问情由，王累咬紧牙关，死也是不开口，激恼了魏延牛性，拔出宝剑，将他杀死。比及严颜闻知，赶来看视，一见是王累，不由得一声叹息，禀知玄德，将王累尸首从优殓葬，以尽僚友之情。

那吴懿从北路出去，因荆州兵尚未合围，故而他与孟达两个平安出险，吴懿去川北征兵，到了绵竹，太守李严迎接入城。吴懿说明来意，李严道："好叫将军得知，此间迭接探报，西凉马孟起因被曹操杀败，在天水容不得身，沿白龙江而下，越过了阴平要地，月前得了剑阁，进据阆中，幸亏主公从前派防汉中队伍退还绵竹，绵竹兵力方够拒守。听得马超全兵五万，声势浩大，得步进步，层层紧逼，离此已不过百里之遥，早晚兵临城下，自救不暇，哪里还有余力去救成都？"他们二人正在商量，只听流星报马报道："马超领兵南下，无人抵敌，现在离城只有三十余里了。"李严听罢，大惊道："马超的兵来得真快！"吩咐再探，就立刻传点升堂，留兵万人，请吴懿同别驾李恢守城，自领万人，出城下寨，准备迎敌。

你道马超的兵缘何来得这样神速，因为王平星夜兼程来到马超军中，马超见了王平，非凡欢喜，接到了玄德书信，自己一想："玄德与父亲至相交好，又同受讨贼诏旨，本人既是汉室宗亲，部下文武将士皆属一时豪杰，自家若是一心归附，将来或许借着玄德力量报复自家血海深仇。况且姜伯约与马遵大哥从前都是这样说法。"更无犹豫，立时决定主意，款待王平，大家说得异常合适。过了一宿，第二日，马超令马成领步兵五千，守住剑阁，以防曹兵；令马龙领兵五千，守住阆中，接应马成；令王平领骑兵三千，先行开路；令马岱领骑兵五千，接应王平；自与妹子云骡领马步兵二万二千人为中军；令羌将白虎文、罗宪，氐将符健，宾将伍梁，领羌中健卒三千，氐兵一千，西凉骑将马凯、马旋、马骧三将领骑兵五千为后军。计留守兵万人，出征全部三万九千人。那羌将罗宪、氐将符健、宾将伍梁，他们都是马遵在天水召集的，马遵见三将异样骁勇，恐自己驾驭不住，荐与马超。马超正因庞德一死，部下缺少能将，得了三将，高兴异常。三将见马超武艺高强，意气相合，便死心塌地归伏了马超部下。马超在天水屯驻时，原先散兵都已集合，共有四万余人，有些受了轻伤，有些疲劳极了，马遵听了姜维计划，将伤病的兵士愿回的重重赏遣，不愿回的暂留天水休养，从天水部兵内拨主力军四千，补充马超。马超不战而得川北，兵额虽少，战斗力增强了，此番出兵的声势比在凉州出发时愈兼汹涌。本来西凉兵将久负盛名，连那身经百战的曹操都还暗地胆怯，何况川中兵民？加以先行王平熟悉地理，所过之处如风偃草，一直到了绵竹，方才小住。

王平候马岱兵到，与马岱商议道："平系川人，不便与川人交战。此间守将李严，甚有武艺，部下兵将合剑阁退还士卒约有二万余人。将军明日出马，平愿与将军掠阵，将军须要小心，不要大意。"马岱应允。

次日两军列阵，马岱、李严通过姓名，就厮杀起来。一个是武威郡的英雄，一个是益州郡的豪杰，两口刀好似急雨翻荷，两匹马好似狂风卷叶,一来一往,两个在战场上战到二百余合,尚自胜负未分。王平生恐马岱力乏,鸣金收军,李严也自回城。

马岱回到本营坐定,极力称赞李严武艺。王平道:"本来川中三员上将,第一个是张任,第二个是严颜,第三个便是李严,三人旗鼓相当,差不多一般骁勇。不过李严不独是一勇之夫,更且深通韬略,此人不可轻敌。"马岱说道:"听王将军所言,果然名下无虚,且等家兄来时,设法把他收服,将来可为我军臂助。"王平喜道:"马将军兄弟真可谓爱才如命,无怪羌氏归心,甘随鞭镫,若果如此,本军一发强盛锐不可当矣!"当下二人休息,吩咐兵卒谨守寨栅,提防川兵乘夜劫营。

一宿已过,马超中军到来,二将向前参见,报告一路经过情形,并昨日战况。马岱极称川将骁勇,请兄长设法收降此人,以为膀臂。马超笑道:"这又何难!明日贤弟仍去与他交战,步步退后,要我们神箭手白将军相机射他战马,协力擒拿,自然无从逃脱。"大众商定。

到了次日,外面报进李严讨战,马岱提刀上马,两个更不答话,就厮杀起来。马岱成心计算李严,战到二百合,一步一步只向后退。李严恨不得生擒马岱,以挫马超军威,一步紧上一步向后赶着。城上李恢看出破绽,急叫鸣金收军,说时迟,那时快,白虎文早已拈弓搭箭一声响,正射着李严座下马之眼,那马长嘶一声,直立起来,将李严掀翻下地。西凉兵士老早预备了挠钩套索,一拥向前,打大虫的一般,把李严横拖倒曳,拿回营来。川兵见主将被擒,败回城中,紧闭城门不出。

马超在大帐内见兵士解了李严进来,急忙亲自下位,解了绳索,涤尘洗面代整衣甲,十分恭敬,延之上座。李严道:"败军之将,不即杀戮,反如此优礼,是何缘故?"马超道:"末将马超昨日来到此间,闻舍弟马岱说将军武艺精通,末将异常钦佩,甚愿与将军共图大事,将来驰骋中原,故而放一冷箭,以致冒犯将军。实缘相爱之深,故不觉求见之迫，多有得罪，幸恕卤莽。"唤马岱、王平、白虎文、罗宪、符健诸将一一上前见礼。李严一一还礼，问王平道："子均因何亦在此处？"王平将自己最近经过略述一番，李严不觉长叹，只见马超神采英英，中情款款，左右诸将纠纠洸洸，心中暗自思量，自己双拳怎么敌得多手。

马超早已吩咐排下酒筵，与李将军洗尘，请李严坐了客位，自己作主人，诸将依次坐下奉陪。酒席中间，马超述说出兵以来经过，万分无奈，才退到天水，南入阆中，因奉了刘皇叔手书，兴兵到此。目下许昌情势远非当年，曹操骄横，篡杀在即，将来汉室兴亡全视荆州一脉；季玉平庸，益州终不能守，我们大家祖先都是汉家臣子，国家垂危，大家须要同心救护，将军川中英豪，断不黯于时势，不如大家辅翼荆州，既可中兴汉室，还可保护季玉一家大小。自古道："惺惺惜惺惺，好汉惜好汉。"马岱一见李严就得爱上，李严一见马超早就心折，又被马超说出一段大道理话来，披肝沥胆，谁都动听，仔细思忖，觉得言言金石，字字精诚，不觉离席拜道："末将既承将军以大义相勉，敢不敬以相从？但愿将军兵到成都之日，保全季玉一家性命，则严愿足矣！"马超出席还拜道："刘荆州天下义人，绝不会伤害骨肉，季玉一家，超敢以百口保之。"李严再拜道谢，重行入席。大家开心见胆，畅所欲言，宾主尽次，觥筹交错，新知之乐，为乐无量。看官记着，李严从此归服了马超，与姜维、马岱、王平三人做马超部下四员大将，将来诸葛亮取汉中、出长安、出兵潼关，纵横河洛，马超挂先锋印，赫赫扬扬，这是后话，暂且慢表。

酒筵散后，马超叫将李将军刀剑取上，又送了李严一匹青海黄骢马，整齐鞍辔，回城招谕部下。李严谢了，大家送出营门，匹马单刀来到城边，城上将士见是太守单骑回来，开城放进。李严见了吴懿、李恢，将马超言语整个传述一遍。李恢道："同是汉朝臣子，何必为着局部战争徒苦良民百姓，消耗了国家元气，为世界罪人！"吴懿见大势已去，只得顺从。三人开城，迎接马超同诸将士入城，军队驻扎城外，照例犒劳，总算一无惊扰，家宅安宁。不过好了支应局各位员司，又好趁火打劫，挨户捐款，开花账，塞荷包，弄得个不亦乐乎，不亦悦乎！闲言少叙，休息一日，马超仍令马岱领前军，王平为副，自与李严、吴懿将中军，白虎文等将后军；令李恢接任绵竹太守。全军向成都进发，一路全无抵御，到了成都北门下寨。

城上守军一见西凉旗号，飞报刘璋。璋大惊，手足失措，急召文武商议，个个束手无策，只见刘璝自请领兵出战马超。刘璋无奈，让他领兵一万，黄权为副，开了北门，直向马超营前杀来。

那时马超因荆州兵驻南门，差马岱、王平前去玄德处报告，后军尚然未到，一听川兵讨战，正要自己出马。他妹子云骡自从出兵以来，只任城守，并未出战，心中十二分不爽快，此番闻有川兵，非要出阵不可。马超因听李严所言，成都并无能将，妹子要出阵，也是一片好胜心理，不便过于抑制，便道："妹子好生前去，小心作战，为兄与你掠阵。"云骡见哥哥允许，高兴不过，带领部兵，提枪上马，出得营门，见了刘璝，也不通名道姓，举枪就刺。两个战了二十余合，刘璝抵敌不住，心慌意乱，不回本阵，反绕城败走。云骡哪里肯舍，紧紧向后追赶。黄权挥兵上前接应刘璝，后军白虎文刚刚赶到阵前，拍马挺枪，截住黄权，他心中满望黄权是个上将，和他战上二三百合，出出自己闷气，显显自己能耐，哪知道大失所望，两个战不上二十余合，黄权哪里是白虎文的对手，被白虎文撇开一枪，赶上一步，揪住勒甲绦，生擒过马。川兵纷纷溃入城中，马超自去接应妹子。

那马云骡追赶刘璝，看看赶到南城，只见前头一簇人马，荆州旗号，迎头一员大将金盔金甲，白马长枪，神采惊人，威风满面，旗上大书常山赵云字样。赵云巡城来此，看见一员川将被一员女将追赶，打量必是西凉兵，随即纵马上前截住。刘璝勒马回头，被云骡夹背一把，丢下马来，荆州兵士上前捆绑。赵云见那女将白衣白甲，白马银枪，豪杰丰裁，女儿身段，便知道一定是马孟起的妹子，在马上欠身施礼，勒马问道："来将可是马大小姐？"云骓答道："是也！将军何人？"云答道："末将常山赵云。马将军兵扎何地？"云骓回头指道："家兄来也。"一转眼间，马超已到，赵云上前见礼。马超已闻王平说过，即忙还礼，叫妹子押着刘瓒先回大营，知会众将，提防川兵出城，自己同着赵云并马去到玄德大营，前往参见。两个在马上略谈数语，互相敬慕，早有伏路小军飞报玄德。

玄德正在接见马岱，询问出兵情形，听见马超前来，即同孔明、黄忠、文武将吏，出大营迎接。马超远远见得，与赵云滚鞍下马，趋步上前参谒。玄德携住超手，进到中军大帐，请马超上座。马超敬谨施礼，苦辞道："超久闻皇叔大仁大义，与先将军又系患难至交，超此番归依皇叔是遵从先将军遗命。今日得见尊颜，即是皇叔部曲，皇叔本系父执长者，超虽至愚，安敢上座？"玄德道："孟起英雄，天下无敌，备平日渴思一见，今日得见，足慰生平。部曲之言，愧不敢当，要当忝附同袍，共奖王室，完成先将军志事。俟川事平定，备即简率精锐，北伐中原，锄震主之强臣，去汉家之蟊贼，协助孟起，以复不共戴天之仇也。"马超再拜流涕道谢，始终不肯僭居客位，玄德无法，教与孔明对坐，以示尊宠。马超尚苦苦告辞，孔明说道："孟起新来，理应如此，请勿过谦。"马超方才告罪就坐。

酒宴中间，马超将自己打从武威出兵起，至成都会师止，一路详细情形尽情倾吐，玄德甚为太息。孔明听得姜维为超策划，问道："姜维何人？现在多少年纪？"超答道："维字伯约，冀城人氏，年纪不过二十五六岁，有谋有勇，文武全才。"孔明说道："照依孟起所说，此人的确是当今一个青年良将，为孟起计划一切，虽孙吴复生，无以复加，主公宜速设法罗致，以为辅弼。"玄德道："如何方可罗致此人？"孔明道："伯约既系孝子，主公亲作一书与彼，勉其孝思，祝其移孝作忠，共拯国难，并以珍物遗其老母，将来必思所以图报于主公矣！"玄德喜道："即依军师高见，烦孟起代遣妥当使人。"马超答应，于是又说到收抚李严，当席请求玄德保全季玉一家大小。玄德慷慨言道："季玉系备同宗兄弟，备之此来实为时势所迫，季玉若能开城相见，当以为零陵郡太守，换回马良赴荆州襄理军政。如有祸心，便非人类！"马超称谢。

席散之后，玄德即作手书并蜀中珍物、衣食用品，面交马超，请其特派专人转送姜维。马超自同马岱、王平回营，静候命令，一面派遣妥员径回天水，将皇叔信件面交姜将军，不得有误。使人领令去了。孔明令将刘璝、黄权二人释放回城，宣谕皇叔意旨。

二人受命，叫开城门，城上兵士见是二将，只放下縋绳。二人縋城入府，去见刘璋，言马超已与荆州兵连合，夹攻成都，玄德对超宣言，只要主公开城相见，决不令主公为难。刘璋一听二人所说，不觉凄然流涕道："孤城坐困，外援尽绝，与其涂炭生民、徼幸万一，不如开城纳款，犹是汉家土地。孤无德于民，何必争地以战，使川中父老子弟同受干戈之苦也！"众文武相顾无言，刘璋随令刘巴、黄权縋城出见玄德，约定次日开城。

玄德通令众将，停止攻击。次日辰时，成都城门俱行开放，刘璋素服，幞巾角带，率领僚属，迎候道左。玄德看见不觉恻然内愧，下马携手，略致慊意，然后两人一齐上马，并辔入城。孔明号令两军不许动民间一草一木，真个令出如山，军士整队入城，目不旁瞬，分驻城中要地，城兵释甲，候令进止。刘璋同玄德入府，将印绶交付玄德，益州僚佐均来参见。玄德命悉仍旧职，兵士各归原伍，照常操练，请刘璋收拾自己资财，携带眷属，令刘璝率卫队五百人，护送赴零陵接任。玄德与僚属送至南郭，方才回府。

从此玄德自领益州牧，假号大将军，承制以马超为右将军，马岱为平北将军，王平为骁骑将军，白虎文、罗宪、符健、伍梁为领军将军，马成、马龙、马凯、马旋、马骧为偏将军；调严颜为阆中太守，黄权为巴州太守，李恢为绵竹太守，李严为荡寇将军，法正监益州牧府事，孔明监大将军府事，韩遂为定远将军、金城太守，马遵为定西将军、天水太守，张猛为安西将军、武都太守，姜维为牙门将军；追赠庞德为靖难将军，程银为效忠将军，杨秋为秉节将军；黄忠、赵云各赏黄金十斤，魏延、张苞各赏蜀锦二十匹；文武官佐，各加封赏，大发库藏，犒赏西凉、荆州两路兵士。令孔明、孝直选拔益州文武有才能者，延入大将军幕府，吏民有特殊技艺者，尽量录用，免兵事所过地方今年田租。川人悦服，将士欢腾。

一日孔明正在府中，李严入见。孔明以严才武，甚为爱惜，令其就坐，问道："正方入府，有何事见教？"严答道："主公前与马将军言共奖王室，将来必北向讨贼。目今将士所需，兵器为要，严有友人蒲元，本地人氏，聪明天授，技艺绝伦，前在绵竹为严军铸造兵器，选铁冶钢，精巧无匹。大凡刀剑铸成之后，必须淬水方才锋利，元遣人以水车赴嘉陵江去取水，取水人于道上倾倒数升，私取涪江水混入，及至绵竹，元取水淬刀，忽骂取水人：'吾令汝取嘉陵江水，汝何得以涪江水骗我？'取水人惊其神识，叩首伏罪，只得再往嘉陵江取水。严私问元何为必须嘉陵江水，元道：'嘉陵江山川险峻，水力刚劲；涪水力弱，兵刃易卷。'严比相试，无不尽然。"孔明听罢，大惊道："川中有此能人，有烦正方速为奉请。"

李严领令，即速出府邀请蒲元一同入府参见。孔明十分优待，细询各项制造器械，元口讲指画，应答如流。孔明大喜，立启玄德，授元为将作监，便给万金，令其招集工匠，于成都西郭设监，制造军械，任其选择材料，官为督促，金帛不问其出入，只问他需要多少，源源供给。好在川中有的是严道铜山，邛州铁冶、雅篯银朴、松潘金沙、木材、石炭、骨角、羽毛，取之不尽，用之不竭，任凭蒲元掀天揭地施展神通。

你说这蒲元是什么出身,他原本也是一个富家子弟,自他出世以来,专好交结良工巧匠,成日在家打铜冶铁,把家财耗去大半。他十五六岁的时节,路过临邛道,在街上一家小铁店买了几份刀剪回家试用,锋利无比,他就怀了疑,迟不多日,带了金赀重到临邛去访求那小铁店。店中只有父女二人,父亲年纪六十开外,女儿年纪也不过十五六,姿态娴静,言词婉约。元去更买刀剪,便动问他的刀剪是自己铸造,还是贩卖。那老头微笑道:"客官只问中用不中用,何必考查来历?我们做小生意,大约不是偷盗来的就是。"一闷棍把蒲元打得开口不得,蒲元疑心更加大了,慢慢地四处打听得这老儿姓欧,除此小店外,别无产业。他就浼了当地亲友,前去欧家说媒,要娶他女儿为妻。蒲元年纪既轻,品貌不坏,一说就成了功,老头并没什么条件,只要奉养老头儿的终身。蒲元人本慷爽,一力担承,择吉迎娶欧家女儿,同他父亲一块儿回到成都住下,夫妻和美,翁婿亲爱。那老头闲着逛逛山水,喝喝酒,不多说话,但是一见蒲元炼铁总带三分微笑。蒲元疑心就不得开交了,跑到自己房中问他妻子道:"岳丈见我冶炼,总是含着笑,问他又不肯作声,这是什么道理?"寻常他夫妻俩无话不说,这话一问,他妻子不但不答话,只是一味地干笑。蒲元此时真着了急,作揖打拱,千央告、万央告,哀求他妻子说出原由。他妻子见他真急了,便说道:"我爹不笑你别事,只笑你为着冶炼把家当快花完了,到于今那五金之化合、质料之良窳、水性之刚柔、火候之纯驳四种要紧的事,一件都没学会,你这家当花得太冤。你自家想想,还不值得人家笑么?"他妻子话刚说完,蒲元早扑翻身,跪在地上。那妻子慌了手脚,使劲地把他拉起来,说:"你这算什么.给别人看见岂不是大笑话么!"蒲元道:"我先前只疑心岳丈有些奇异,谁知道你也是个大行家!好贤德的妻子,我家当快花光了,你父女都不肯说一句!"他妻子笑道:"你自负聪明,家里现放着祖师爷不去虚心求教,还要说人家没良心,这才真正奇怪!"蒲元说:"我不时常问他老人家么？"他妻子又笑道："这就算拜师么？"一句话提醒了蒲元，撇下妻子，直奔他岳丈房间。他岳丈正拿着一本薄薄儿书本在那里看，蒲元走上，双膝跪下，说道："女婿有眼无珠，不知道老岳丈身怀绝技，未曾诚意求教，请老人家念在翁婿情分，教我一教。"那老头听蒲元说完，将书拢入袖中，哈哈大笑，声震屋瓦，便拉蒲元道："贤婿起来罢。我前见你聪明绝顶，将来能传我家世业，故肯将女儿许配于你，但是你的心太浮、志不专，再花两份家当也是枉然。老夫原是列国时欧冶子的后人，先祖被越王所忌，为伊所杀，家人到川避难，借着世业养家。老夫既无儿子，技艺不传与你，更传与谁？你去选个上好黄道吉日，备具牲醴，祭告师祖，尽传与你罢！"蒲元欢喜了不得，叩头起身，择了日期，如命祭告。老头把一本薄薄书本与他，亲自持鞴鼓炉，取铁入火，一切种种，随事尽情指点，耳濡目染，加以妻房内助，不上三年，蒲元便成了刀剑行的圣手，不过他性情奇傲，落落寡合，怀抱绝技，埋没阛阓之中。

此番经李严一力保举，孔明特别赏识，得以畅所欲为，大行其道，铸成刀剑，终古如新，各军将士无不啧啧叹赏，川兵制胜此是一个最大原因。他的刀用岳父的姓，叫做欧刀，他的剑用自己的姓，叫做蒲剑，后来传讹把端午日门上插着菖蒲也叫做蒲剑，那距离可太远了。孔明因蒲元心思灵敏，把木牛、流马、地雷、火炮、十二枝连弩各样图像交付与他，令他制造。他三人聚精会神，如法造就，灵巧异常。孔明无意之中得这一个大帮手，心中的愉快，比初见玄德时还高十倍，便令蒲元拓充业务，增加匠徒四五千人，昼夜分班，加工制造。一两年间，除了补充西凉、荆州两处，成都还积存三十万人的军械。那特殊的军用品，由孔明自家簿记，派定专员严密保管，以待取用。蒲元一派，至今不绝，到了于今，四川人的仿造程度尚远驾乎内地各省之上。

玄德自得了西川，人民财赋、兵力财力增加两倍，甄拔人才，文武具备,又得了蒲元这种奇技,更加满意。那日,忽然想起一件心事,令人请孔明入府,坐定之后,玄德言道:"子龙自从孤以来,大小数十余战,辛苦备尝,盛年未娶,闻孟起有妹英武类兄,欲烦军师一为作伐,成此良缘。"孔明笑道:"亮久有此心,以军事初定,庶政待举,未暇及此。今主公既然有命,亮当先去孟起家中一商。"随即辞出,径往马超住宅来。

马超对于孔明十分钦服,一闻孔明来到,急忙与马岱一同出门迎接入内。分宾主坐下,侍从献茶已毕,孔明将奉大将军命令的意思和盘托出,说与马超、马岱二人。马超兄弟近来与赵云过从甚密,对于赵云非凡要好,但不知道赵云家世如何,如今一听孔明谈及此事,他心中正虑着妹子的终身未定,不由得兄弟二人欢天喜地,诺诺连声,满口应承,愿听大将军和军师主持。孔明见他兄弟应承,自是欢喜,随起身告辞,即时入府报知玄德。

玄德吩咐门卫,立请赵云入府,告知此事。你说一个年过三十的单身人,正在需人孔亟,忽然从半天里掉下一个才貌双全名门小姐,人才门第,一时无两,主婚作媒均系天字第一号大老,这种喜欢心理,就让赵子龙这样雍容雅度,也就只有就地八拜,叩谢作成,谨遵台命,别无可说的话了。玄德见子龙喜诺,更是高兴,随即发表半官式的命令,令监大将军府事诸葛亮做男媒,令监益州牧府事法正做女媒,分向两家作合。自家与马老将军十载旧交,拿出老前辈资格,正式做主婚人,即日起问名纳彩,纳币亲迎,告庙祭祖,交拜合卺,逐件挨次,大告礼成。

两家办事人忙个不了,两个新人天降大喜,此番热闹,比玄德迎娶孙夫人更加十倍。因为孙刘婚事,两方怀着机心,嫁的是一处娶的是一处,玄德又是一州之牧,这些吃喜酒的总得存些仪注,不敢放量。这回男女亲家双方情愿,嫁娶都在成都以内,满城文武官员奉旨吃酒,个个争来道贺。那位黄老将军更是兴高采烈,得意忘形,率领魏延、李严一班同袍，除了各人自家大喝喜酒，还把新郎、新娘都灌得金屋生春、玉山欲坠，真个花团锦簇，酒海肉山。那两位大媒，一个监益州牧府事，一个监大将军府事，到了此际，将长官气派也就搁在一旁，痛痛快快多喝几杯，你说热闹不热闹！过了三朝，赵云夫妇双双进府道谢，谢过大媒，从此以后马超倒做了赵子龙的大舅爷，赵云倒做了马孟起的小妹婿儿，西凉、荆州两处军队，大家都是亲眷，更兼无形的亲密地结合了。

从古至今，大凡天下的事，一方若极其繁盛，一方便有极其萧条的事儿；一方若极其高兴，一方便有极其悲惨的事儿；互相照应，循环不息。争不多第一次盘古皇帝的档册成案就注了册，确定不移，随你什么时候，随你什么朝代，都是数见不鲜，无法避免。你看成都城里这样的热热闹闹，谁知道许都城里便发生一件凄凄惨惨的怪事儿。只因玄德兼并益州，消息传入许都，曹操听见玄德收了马超，占了西川，据荆益两州之地，连河陇七郡之兵，北向足以争中原，东向足以窥南郑，敌势日强，有加无已，自己与荀攸计划因规模宏远、事变横生、诸将失机，都成画饼，心中不由愤怒交集，忿火中烧，急召手下文武商议应付的方策。他这方面正在悒悒寡欢，仓皇设计，却有一人闻声欢跃，喜形于色，那人是谁！就是关着宫门称孤道寡的建安皇帝。那时太监穆顺听见外面消息，入宫报告，建安皇帝异常欢喜，无心地对伏后说道："皇叔得志，朕与卿当可脱离苦海矣！"一句话不打紧，不提防左右宫监多系曹操眼线，来作汉奸，这些汉奸得了这种好材料，又是发财机会到了，急忙报知曹操。曹操与众文武正在商议川中事件，议了一大半天，还没得一个妥当办法，心中烦躁已极，宫监上前报告，加上一些刺耳的语言，好似火上浇油，遏抑不住，即命众文武暂且退出，自己带了七八名护卫、勇士径入宫门。他本来就是剑履上殿，赞拜不名，声势汹汹，火星杂杂，不由奏报，直到寝殿，见了建安皇帝，按剑作色，直立不拜，当面质问道："逆臣刘备，跋扈西南，擅逐朝廷命吏，夺取益州，僭领州牧，文武官吏，自由封赠，毁坏纪纲，大逆无道，陛下何故任其嚣张，默无一语？天下共主固如是乎？"建安皇帝见操来势不善，知道是一言肇祸，未可如何，只得战战兢兢的答道："朕处深宫，并未知有此事，丞相国家重臣，便宜处分就是。"操冷笑道："既未知有此事，何其欢庆之甚耶？刘备如安分守己，老死川中，若不出犯中原，侵牟国土，那还罢了，但有风吹草动，当先取陛下之头，后斩刘备之首。陛下就是胁生双翼，看陛下能脱离这苦海否！"说罢放剑入鞘，窣窣作响，大踏步向后恨恨出宫而去。建安皇帝吓得面如土色，半晌作不得声，穆顺上前唤醒，扶入寝室，饮泣深宫，夫妇自有一番计较。

自古道：若要人不知，除非己莫为。曹操这一下子带剑逼宫，自己固未隐讳，部下的走狗还要铺张扬厉，卖弄威风，人民互相传说，不胫而走，不翼而飞。诗经上说的好：鼓钟于宫，声闻于外。世上顶机密的算两口子枕席上的事情，还是属垣有耳，泄漏春光，何况于当朝一品、八面威风的大将军，一人之下的大丞相，一言一动，传播的力量自然特别快，便不知不觉传到东海边一位冰雪贞操男子耳内。那男子是三国中第一完人，比诸葛先生更高一等。诸葛说的"淡泊明志，宁静致远"，他是更踏上一步；诸葛说的"苟全性命于乱世，不求闻达于诸侯"，然而高卧隆中，自比管乐，似乎高挂商标招寻主顾，仿佛似言与行违，这位男子则恰做到这两句话的地位，简直三国完人只有他一位了。

此人不是别人，乃是著名龙尾管宁管幼安，自从与华歆割席之后，同着志同道合的邴原在东海附近一个小山岛内结个茅庐，耕耘自给，读书养性，不忮不求，与当世人士久绝声闻。不料华歆耳目众多，知他所在，因要显他自己当时贵要，欲招管宁出山，完成名士一龙头尾腹，以便"龙阳才子美人三绝——眼眉腰"的绝对结果，乃托商人致书于宁，云：

幼安足下，暌离十载，音书疏阔，每思嘉会，良用怅然。歆自违左右，待命郎署，碌碌无所自见。丞相曹公识之稠人之中，举之明廷，跻之卿列，朱轮华毂，踆踩天逵，歌钟鼎食，裒裒私邸，虽世俗所希为殊荣，故不足为吾幼安道也。职是之故，黾勉图报，樗栎之质，猥承藻斧。内参朝政，近预谋议，有所陈述，辄蒙采纳。国家多难，吾材既竭，因念幼安，志行才力，逾歆百倍，夙怀康济，贤何可隐？方今皇途板荡，西南颠播，孙权、刘备悖逆犯顺，曹公志清天下，礼贤恐后，自顷歆诵言幼安志事，百僚钦慕，元辅虚席。嗟乎幼安，纵尘壤轩冕，忍坐视生民之涂炭，而不思以道援之耶？以幼安才地，稍抑独善之心，一充兼善之志，入调鼎铉，出为方伯，勋业光昭，无俟蓍蔡。伊吕将不足云，尚何论于管乐哉！易不云乎；拔茅连茹，以其汇贞。又云：君子豹变，其文炳也；大人虎变，其文蔚也。世运之屯，至今极矣，剥极而复，时庶几矣！嗟乎幼安，何为慕黄泉之蚓，而悇于青云之虎豹、汇贞之吉，当不恝然。昔保傅奋迹于版筑，尚父鹰扬于暮齿，彼之岩，阿水曲，讵有用世之情，不过哀斯民之陷水火，而欲登之衽席耳。嗟乎幼安，乌可执一，曹公钦企景行，将赉缠帛。因书达意，顺俟起居。华歆顿首。

管宁正与邴原倚户观云，怡然自得，商人趋前致意，将书呈上，言："华大夫属候。"邴原接书在手，管宁笑道："兄不必启视，不过欲牵曳我等作彼辈陈设、玩好耳！"掷书于地，拂袖而入。商人扫兴，自去回复。

过了许久，一日二人正在后园锄菜，刚刚早秋时节，新菜初芽，枯桑欲坠，海风上陆，淅淅有声，那四周的树木都有坐待凋零的景象。管宁叹道："万物之理，功成身退，曾几何时，又更枯死！"邴原亦为怃然，只听得隔壁菜园里有几位邻居野老也在那里大谈朝政。一个说道："当年董卓鸩杀少帝，到了后来还是焚尸郿坞，哪一个叛逆有好下场！"又一个说道："咱们大小子昨天从县里还来，听说当今有个什么曹丞相，原是没鸡巴的太监的儿子，他身高一丈力大无穷，满朝文武都是他的干儿子。近来不知为着了什么事，他带了手下七八千勇士，倒提着太阿宝剑，闯进金銮殿，把皇帝的杯盘桌椅打得粉碎，皇帝的被服床帐扯得稀烂,把皇帝绑了在九龙柱上打了四百皮鞭,九龙袍上污血都溅满了,逼着皇帝要他献出传国玉玺,方才干休。"接着又一个说道:"正是咱们大小子昨天回来,也是这般说。他还说皇后娘娘正在喂猪,被那一吓,把手中拿着一个金提桶,可惜都打碎了。看来当今皇帝怕也要变第二个少帝了。"他们说得天花乱坠,管宁听得弃锄叹道:"强臣震主,三纲绝矣!"邴原道:"刘玄德近闻已并荆益之众,他日必能恢复汉室,我与君可坐俟河清也。"管宁长叹道:"玄德即能重兴汉室,其部下皆功利之人,岂能复奉今天子乎?世乱则挟以为名,时平则视之若刺,义帝郴州之行,行当复见尔!"邴原亦为叹息不已,二人相对默默无言,回转斋中,吃了晚膳。

宁候邴原安歇,乃作赋见意云:翳淳风之久漓兮,举世趋乎功利。哀余生之不辰兮,乃适罹此叔季!眺东海之泱泱兮,夫谁与其表章?惟火銮之冥蒙兮,渺余躯之可藏!余欲遁彼南服兮,从梁生之五噫,故庬忽其已颓兮,视遗踪而莫识,戈船忽其翱翔兮,厉黔首以为食。余征车其欲西兮,太白低兮云迷迷,以宗社为孤注兮,先蚕食夫本枝,即绳武于南阳兮,成帝复生以奚为!世泯泯其昧此兮,方故物以相期,嬗九有于一家兮,禹犹不免于所私。矧昏昧之迭承兮,襁冲人以负扆。夸夫烈而殉名兮,涂肝脑而不辞。纯智力以相驭兮,妄历数之云归。羲皇邈其不睹兮,余栖栖其安之?辞曰:东海之水清兮,可以濯吾缨,东海之水沦兮,可以湔余魂。余将揖海若兮,以运乎游鲲,视彼白日之出没兮,长寂寂兮,万褛千春。

到了次日,邴原起来不见管宁,环着茆庐前后四处寻觅,都无踪影,素来知道他愤时嫉俗,早怀厌世之心,怅怅地回转斋中来,见他所坐匡床上露出纸角,顺手取出一看,知他毅然决然,已蹈东海,无从援救,举目凄凉,叹息了一回,他就也埋头陇亩,长此终古了。正是:

蛮触纷争,只益真人之笑;鱼龙跳舞,共迎贞士之魂。欲知后事如何，且听下回分解。

异史氏曰：本书于玄德入川，写来与《演义》不同之处甚多。如《演义》玄德与孔明分军，前后入川，分两次写。涪关杨高授首，成于阴谋，洛城一遇张任，正式交兵，便成不敌。巴州义释，便写得严颜无能；一路关隘唤降，又写成张飞无用。吴懿以国舅助守，截张飞可困之垓心，遇赵云乃为其活捉。降时言语，写得丑恶不堪。马超以英雄冠世，罢招婿则怒恨杨柏，忘衣带则附和杨松，战张飞则日夜不休，遇张卫则进退不得。只"四海难容，一身无主"八字，借李恢口中竟又写得不成模样。他如法正为贤士法贞之子，而甘为内应，密友独是张松。庞统与孔明知己之交，而妄度争功，亡身始悟落凤。王平功高汉水则降自曹营，李严名在蜀中则慑于伏弩，张翼有砍翻刘璝献城投降之事，李恢有乞书赵云自荐自媒之事，彭羕有披发登堂决水献勤之事，简雍有乘车傲睨见折秦宓之事。在蜀在汉，几无一人写得无疵，仅刘巴、王累、黄权二三子，差强人意耳。本书删去洛城之战以活庞统，而涪关一役得来则正正堂堂。随手即出王平，首引间道乞兵奉使之线，直攻巴郡；固出师地理不同，因入严颜，便令张任会合助战。于是分兵埋伏，以射庞统者射之，张任死矣，又翻绵竹李严之案，随手夺关，顺入张嶷、张翼来降之笔，而刘璝逐不见杀，俾与黄权并称于后。爰写域亡死战，片语即屈严颜，飞既未来，严亦非贰。在刘无关隘不劳之获，在超并免葭萌拒战之非。黄、魏分徇内江，西川自有望风而靡之理。益见得地得人，均非等闲也。王累谏璋，本属无益，城门倒挂，不如越险翻营。被获全忠，仍令书名尽节，是为死得其所。李恢说马，原亦无庸，帐内陈词，不如城头饶舌，一体归降，勿令良民徒苦，是为臣不以私。马超由天水沿白龙江，越阴平、剑阁以出阆中而取绵竹，则不辱于张鲁。而张飞取瓦口、诸葛降李严之功，皆让之矣。其环城一战，又俨然洛城会合之师也。诸葛由潼南、简阳直取成都，则不窘于张任；而彭羕陈地理，霍峻守葭萌，皆不必矣。至黄权出战，又俨然涪城坐困之秋也。一则汉中拒马，诸葛须分兵；一则阆中联马，刘璋须分兵。此又军家胜负之机所由分，而文家反正之局所由定也。一眼觑定要着，拈一题而翻全案，在蜀在汉，随笔起伏，写得无一人有疵，此是何等笔力，何等章法！或谓孟达内应之徒，使陈郑度之策，差觉言非其人，然作者固怜孟达，死于司马时，获称晚节，盖以痛惜诸葛之不得成奇功，乃稍稍为之开脱耳，非无敌也。

读《演义》玄德新定江汉，子龙首取桂阳，赵范以嫂许婚，而云拒之，虽玄德、孔明欲与为媒，卒未成就。云谓"大丈夫但恐名誉不立，何患无妻"，以云才武英雄，诚不患乏好逑之咏，天下佳丽且将皆欲嫔之矣。然自太守华堂，一见翠袖金钟之奉后，读完一部三国，仅知赵云有子，曰统，曰广，曾不知捧匜沃盥，相庄伉俪者，果属何姓闺襜？更不明佳偶克谐，在于何时也。今也玄德入川，子龙将军乃为功首，新定荆益，而忽睹赵马联姻之盛，无惑昔者再醮之妇，不足当画烛笙歌金杯换盏之一盼也。在玄德据此荆、益两州之土，连彼金城、天水之兵，北面益足称尊。在子龙外有汉家皇叔"浑身是胆"之知，内有衣锦西凉绝代多姿之助；南面王犹不足易。惟作者弄兹狡狯之笔，不知害得几许儿女相思，妒煞马云騄者有人，羡煞赵云者亦有人，正不止一个赵范吃醋，是为作孽不小耳。《演义》称玄德入成都，欲以有名田宅，分赐诸官，云以"兵火空庐，当还百姓，令安居乐业，不宜夺为私赏"谏。则今日室家之乐，正复民田宅之酬，而皇叔主婚，即不宜私赏之报！虽笔墨游戏之间，亦无在不可作翻案读。东方有朔，臣也最雄，作者庶几匹之。

《演义》写伏后为国捐生，先写操罢南征，兴学校，延文士，王粲等乃议尊王位，于是有带剑入宫之事，系劈空起笔。本书即自玄德自领益州，接入曹操闻而惊慌，帝后闻而色喜，惹出逼宫之事，系顺叙入笔。再由朝及野，震主消息，递入东海文士耳中，正写一管宁，遂暗翻《演义》文士尊操，酿成篡弑之案，此诚取法春秋之笔也。将操写得急气交加便去寻天子晦气。虽与《演义》相似，而人物等第却差了百倍。一是权臣气象，一是无赖光景，如此便骂得刻毒入骨，方叫操哭笑不得！若仍写管宁避入辽东，终身不出，则仅独善其身之道，不足以风示国人，自不如效法鲁连，蹈东海而死，是又进一步传其千古之名也。骂便恶骂得无形，传便力传其不帝，均为加倍写法。殿以一赋，代明其志，兼刺玄德。贤如诸葛，乃不获舞于夸夫，而后知帝后色喜徒然，宁始果称三国第一完人也。嗟夫戈船翱翔，黔首厉食，智力相攻，历数云归。作者满怀孤愤，栖栖安之，余又栖栖其安之。

第十一回

伏皇后策授传国玺　　乔国老痛哭小东床

上回所说管宁因强臣震主，三纲毁绝，举世纷纭，趋于功利，正义不申，邪慝竞作，自己手无斧柯，不能纠正，与其随俗浮沉，偷生视息，不如径蹈清流，无闻无见。屈子怀沙，途穷见节，并非无情于世、无意于人，不过志洁行芳惯了，受不了这龌龊社会的熏灼，故而万不得已就生下这厌世之见了。此番听得邻居野老妄谈休咎，语无伦次，本不值得识者一笑，但空穴来风，润础致雨，此种事实是历史常有的，权臣当国，魁柄下移，荼毒君亲，当然之事。野人质朴椎鲁少文，民口如川，不能防止，逼宫带剑，决出有因，才引起了他无穷的感慨，决心蹈海，以全贞操，免得割席的华歆又来多方啰嗦。

在旁观方面尚然这样不平，难道那身受者就那样的十分好过么？那政由宁氏、祭则寡人的建安皇帝，平白地被曹操带剑逼宫一番威吓，到了寝宫，伏后接着问起经过，夫妇抱头痛哭，真有不知命在何时之苦。

大凡前人做事太过，后人自然要被人家欺负，单论汉朝开国的高祖刘邦就是一个丧尽天良的大坏蛋，他手下韩、彭、英、陈一般战将替他南征北讨，汗马勤劳，当一辈子走狗，到了强敌已灭，天下太平，他却妙想天开，开了张青十字坡的先声，发明了人肉作坊，将他们这些天字一号的开国功臣都做成了新式虾酱，遍赐群臣，令尝异味。后来兔死狗烹，鸟尽弓藏，被那崛起东夷、控弦三十万的冒顿将他困在白登三日不食，才用陈平的邋遢计策，死心塌地，不要脸的向那万恶滔天的冒顿花言巧语，送女求和，方才侥幸地逃出天罗地网。及至回到丰沛故乡，衣锦荣归，当年亭长，此日人君，摆尽臭格，骄其父老，酒后心明，追思往事，哼出了三句什么南腔北调的《大风歌》，说道什么"大风起兮云飞扬，威加海内兮归故乡，安得猛士兮守四方！"大约是他人肉作坊又缺乏了主要材料，开不起工，势将倒闭，故而他又着了忙呢，世界上哪里有许多贱骨头伏帖地来供他宰割哩！天网恢恢，疏而不漏，报应快得很，一转眼间吕后就来一个牝鸡司晨，把他心爱的戚夫人弄成了人彘，赵王如意也吃了孔雀酒，少停一刻，王莽又来个弄假成真，把一些刘子刘孙大加屠戮。一直传到安顺、桓灵手内，简直蠢得跟六畜一样，还要更加十分把太监认作干爹、干妈，爽性把九庙神主一齐甩入粪缸，杀戮朝廷大臣如同草芥，正式开张卖官鬻爵，西园老板无么不要，那一些朝野清流党人，大家只会说都不能行，后来连话都不许说，大举党锢起来，你说真真岂有此理，这不都是刘邦的孽报子孙么！张角兄弟黄巾起义，照依常理说来，都只算替天行道，理所当然；董卓、李郭那样的无聊，也算不上一回事。就是曹大爷所说："世上无孤，不知几人称帝，几人称王！"这几句话实在的的确确，并没吹半点牛皮，就做一个把皇帝又有什么希罕？最好直直道道，走马上任，不要那遮遮掩掩、掩耳盗铃，那就好了。对于建安皇帝凌虐到了百二十分，也只算替韩彭出气，与英陈报仇，值不上大惊小怪，算不了什么。从前有人说崇祯皇帝是朱洪武转世，李自成、张献忠、老曹操射塌天一座城，三盏灯老回回，众位英雄都是那蓝玉、傅友德、李文忠、冯胜、朱亮祖等同起濠泗、荡定乾坤、饮鸩受死、横受夷灭的功臣再生，按照九九归原的算法，叫做不爽丝毫。依此类推，曹操或许是韩信、彭越重来，郗虑、华歆也怕是英布、丁公再世，今世里现世现报。蛇咬三世冤、虎咬对头人，冤冤相报，天道循环，我兄弟忙穿衣吃饭还来不及，哪里有闲工夫，犯不着替他们跟包文正查柳金蝉一样去到九幽十殿、幽冥地府，一殿一殿查他乱七八糟、一塌糊涂混账，只是眼见得建安皇帝已经十二万分够受了。

当下建安皇帝跟着他同生共死的皇后娘娘，悲悲切切，哭了一阵，好不容易止住，含着婆娑泪眼，对伏后道："孤与卿二人性命在曹操掌握之中，奸贼若有一些儿不顺意，孤二人性命便有些难保。那贼觊觎大位已非一日，因为皇叔与孙权尚在与彼抗衡，使他有些儿掣肘，不然，早就为所欲为了。你看朝中大臣，孔融抗节不阿，与他对立，便被他设法杀却，陷害全家；荀彧叔侄因世受国恩，颇怀忠义，不赞成他的九锡，扫了他的兴，曹贼便逼他叔侄双双服毒自尽。现在外面大小臣工都是他一派一系的狐群狗党，助桀为虐，目无天日，只要操贼稍示意思，便不愁无那奉承颜色，甘作鹰犬的党徒，那时孤与卿二人只好延颈受刃而已！孤二人有生无益，死胜于生，并无足惜，可惜祖宗四百年相传之基业，一旦付于流水矣！"伏后道："前闻穆顺所说，外间传说，皇叔左将军既占领荆、益二州，兵多将广，人才聚集。何不下一密诏，令皇叔纠合孙权诸将起兵勤王。"帝长叹道："操势大于皇叔十倍，皇叔现在羽翼未丰，若轻举妄动，必然挫败，是列祖列宗在天之灵所仰望于一人者，又将以孤之故而终于绝望矣！操从前曾纠合十八路勤王诸侯，顿兵虎牢关下，不能深入，以创董卓，操以如许之兵力不能敌卓一人，皇叔之不敌操，岂仅五与十之比。且操贼前日明言，皇叔若窥中原，即当先取孤首，是皇叔兵出宛洛之期，即孤与卿二人骈首就死之日。事势如此，何用勤王？"伏后又道："操贼势盛，妾与陛下终不能脱此樊笼，皇叔怀投鼠忌器之心，终于不敢北向有所表示，陛下不徒误皇叔之前途，抑误宗社之大计矣！"帝不觉长叹息道:"卿有良策,可解除此困难否?"伏后沉思良久道:"妾思有一策,乞陛下恕妾,妾方敢言。"帝叹道:"时至今日,尚何事不敢说!但求于事有济,不必更顾其他。"伏后道:"陛下今虽名为天下共主,实不过尚宝监之掌玺吏耳。当传国玺未获以前,宫中曾模仿式样镌刻一玺,文字大小无不相同,外间更无人能识,现存大内,归妾掌管。依妾愚见,陛下不如密派能臣,将真传国玉玺赍赴荆州,送交皇叔,另附一手诏,令皇叔先正大位,恢复汉祚。皇叔若遵奉诏书,则陛下与妾不过许昌一民家耳,操挟之为无名,杀之不足为轻重,或反留陛下以饵皇叔,转胜于袭虚位以受实祸也。皇叔方面,亦无投鼠忌器之虑矣。"帝道:"此计甚善,孤方寸已乱,卿可为孤作一诏书。"伏后领旨,即操笔为书道:

  谕左将军益州牧,朕遭家不造,幼遘闵凶,近益孤危,命悬旦夕!今遣内臣穆顺,赍玺付叔,玺到日便可速正大位,以定人心而折逆志,无以朕故,致多所疑虑,坐误事机。若宗佑重光,钟虡无恙,朕死之日,犹生之年!愿叔以天下为重,以一人为轻,奖率兵戎,再兴汉室,上慰高祖世祖在天之灵。朕虽遘灾,先帝若问国家,庶几有辞以对。九庙绝续,翳叔是赖,幸叔无执硁硁之小节,误觥觥之大计,功成之日,当以少牢告朕也。建安年月日。

  帝省书流涕道:"汉室再兴,卿之功也,惜孤德薄,累卿同此困厄耳!"伏后亦为泫然,即唤穆顺近前,告以此事。顺顿首帝前,以死自誓,密密地藏了诏玺,借个名色出了宫门,到了国丈伏完家中,密禀备细。

  其时恰值伏完少子新卒,完即令穆顺改换衣着,杂在自己家人队里,护送少子灵柩回宛城原籍安葬。计议妥当,即日起程,事属寻常,无人过问。穆顺吊胆提心逃出千重罗网,到了宛城,由伏家人引道,改扮商人,一路千辛万苦到了南阳。

  那南阳地方乃是关兴把守,因为奉庞军帅的将令,要他对于许昌方面来往商人严密盘查，格外注意，以免混入奸细，刺探军情。穆顺问起守兵，知道是关小将军在此，立时告诉守门兵士说有机密重事，要去求见。关兴听得，即与传见。穆顺在许昌见过了云长，此番见关兴相貌跟云长大致一个模样，就是缺少颔下三绺长髯，认得清楚，向前求个便。关兴见来人相貌温文尔雅，不像个奔走风尘、垄断市场的商贾，便也知道其中必定另有别情，耳目太多，不便说话，即时叱退左右，细问根由。穆顺将奉旨南来事情从头至尾遂一告知，关兴闻知了详细，连忙请穆顺进内沐浴更衣，设筵款待，十分恭敬，又请赵累前来相见。三人谈论许昌近事，关兴二人义愤填膺。穆顺见荆州兵将整严，个个心在王室，自家心里相当愉快。

到了次日，关兴叫部下偏将潘濬带了五十名精率，安排车马，护送穆顺前往襄阳。南阳到襄阳相隔不远，沿途大道经庞士元饬令地方官吏、驻防兵将随时展筑加宽、厚砌密填，平坦坚固，远胜他处，以为将来大军北伐许昌准备，沿道路两边绿槐垂穗，官柳成阴，中间桃杏红紫秀逸，配上远山近水，白屋烟村，穆顺日处深宫，几曾见过这种景致！何况更有那雉雏麦苗，蚕眠桑叶，莺啼碧树，燕啄香芹，烟霭长川，云归远岫，种种描写不出的天然图画呢！穆顺本是抱着一片忠心，冒死出京，坐在车上，看见经过一切，就知道外间传说荆州如何强盛、如何兴旺，这样的土地、人民果然名符其实了，他虽然无心观看外面景物，但景物自会移人，不知不觉车儿早到了襄阳城内了。

只见隍堞既壮阔整齐，街市更闳深划一，道平如坻，池绕如环，汉水西来，白河东注，山川环绕，旷宇天开，军府雄恢，兵容震肃，角声奋厉，大纛巍峨，不由得穆顺耳目一新。采到军府前，府内张飞、庞统早接到关兴飞报，潘濬入内禀知，二人立出府门，迎接穆顺入府，按照天使仪节，敬谨招待。酒席筵前，穆顺将曹操如何凶横，如何带剑逼宫、威胁圣上，大致一说，张飞听得不觉环眼圆睁，钢须倒竖，目光电闪，气躁雷鸣，马上便要起兵攻打许昌，捉住曹操碎尸万段。穆顺此时也觉骇然，好似柳毅初见钱塘君一个情形。当下庞统忙劝道："将军请暂息雷霆之怒，现在西川新定，大局初安，目下未便仓卒兴兵，万一本处泄漏情形，反令圣上更受无端压迫，将军一腔忠义，结果将适得其反，请将军再加考虑！"张飞听得，下席改容，谢道："先生之言甚是，飞一时气忿，遂不觉言之过量耳。"庞统道："事机紧迫，不可迟延，速送穆钦使至荆州，候关君将令。"宴罢，张飞立派轻骑，护送穆顺前往荆州，沿途并无耽搁，迅速地便到达荆州帅府。

那荆州城池府第又是另外一种雄伟阔大的气派，民物浩穰，人马精壮，比襄阳又自不同。云长、元直一同迎接穆顺入府，宾主就坐。穆顺道："在许昌屡见君侯，深知忠义，顷奉圣上旨意，来见皇叔左将军，未知现在何处？"云长答道："皇叔现在益州。许昌情况，现在如何？钦使所奉，是何旨意？"穆顺道："君侯有所不知，自从皇叔得了西川，消息传到了许昌，圣上十分庆幸，无意中间说了几句高兴话。那曹操逆贼早在宫中遍置耳目，圣上言动早失自由，圣上言出无心，那些奸细添上一大堆刺耳的话，曹操逆贼心目久无君上，一听报告，即带剑入宫，威迫当今天子，声色俱厉，咄咄逼人，出言悖逆，无复情理，诟骂圣上之外，还诋毁皇叔多少言语，村妇骂街，不堪入耳。圣上与娘娘整整哭了一日，气忿不过，意欲自尽，以免烦恼，为娘娘苦苦跪劝，方才罢手。后来还是娘娘定计，牺牲一人，保全社稷，免致身死国灭，愧见祖宗，决计将传国玉玺送交皇叔左将军。令某携带诏书，暗出许昌，前来面见，要皇叔左将军接奉诏玺之后，即日早晋大位，应忠义之士心，延宗社之血食，使逆贼失其所挟，再不能以此号令天下，或者圣上、娘娘反可以苟全性命也。"云长听罢，拍案长叹道："当日许田射猎时，为某家一刀径行杀却，又何致有今日！当断不断，反受其乱，涓涓不塞，流为江河，使圣上今日受苦，某之罪也。"随令关平引精骑五百，护送穆钦使入川，面见大将军。

云长以三峡水峻，舟船上水困难，迁延时日，殊非上策，川中道隘不能行车，又恐穆顺不善骑马，发生危险，复命自己亲信马夫，将自己所乘之赤兔嘶风马备与穆顺乘坐，以此马上山下岭如履平地，稳妥无匹，德性又好。马夫领令，将马备好，牵到云长面前。云长以手抚着马头，对马说道："穆监奉当今天子圣旨，入川面见大将军，汉室兴亡在此一举，关系重大。某家见典籍上都说良骥比德君子，你可好好驮着穆监，小心在意，无误国家大事。"云长一面说，那马一面注视云长，一面昵近云长，任凭摩抚，好似灵心照映，慧解人言一样，听得云长说罢，将马头连点数次，昂着头向着西方长嘶一声，那声音十分悲壮。那马连嘶了两三声，昂着蛟龙似一般的头项，竖着兔子似一般的耳朵，鼓着金鱼似一般的眼睛，扬着火炭似一般的红鬃，掉着虎豹似一般的尾巴，显露着一种激昂慷慨的神气，假使春秋时的介葛卢生在此时，将马声译成人言，定然是说："谨遵上令，安安稳稳送穆钦使入川，决不致稍有蹉跌，致误国家大事就是了。"当时云长、元直、穆顺、关平所有在场将士见了此马情状，人人叹异，个个惊奇。云长太息道："此马犹有忠义之心，恋主之意，只恨曹操逆贼，连马都不如了。"

穆顺见云长拿心爱的千里名驹与他乘坐，本是万分感激，及见此马雄伟异常，心中又十分惧怕，后来听见云长嘱马一段情景，便知宝马通灵，放心乘坐，决不会失事。于是辞别大众，由马夫搀扶上马，欣然就道，同着关平率领兵士，望西川大路滔滔前进不提。

云长、元直与众僚属出城送过穆顺起身，回转帅府，刚刚坐定，只听得下游探子入府禀报：东吴水军都督周瑜在柴桑口行营，小病身故。云长听得大惊道："公瑾年少有为，忽然夭逝，江东折损一栋梁矣！"即入府内禀告孙夫人，夫人闻知甚为伤感。云长自派元直，用皇叔名义前往柴桑祭奠，顺视继任何人，以便应付。元直领命去了。

你说周瑜英雄年少，雄姿英发，少年得志，坐镇江南，为何无病而死？说起来话又长了，那致死的原因却也不一而足。从古至今，聪明的人不免好色，气盛的人不免纵酒，那是成了一般通常惯例，十人而九犯此毛病。周瑜才地清明，风情高朗。目营八表，意在千秋，同时一般人都说公瑾雅量高致。加以孙伯符虚心结纳于前，孙仲谋竭诚推挹于后，精兵良将，听其指挥，陆马水帆，供其驱策，不徒在江东是第一流人物，就是北方大首领曹孟德、南阳赛管仲诸葛亮，也都钦佩莫名，倾慕无已。又有那沉鱼落雁的小乔夫人，郎才女貌，怜我怜卿，自然也就免不了了旧小说上两句术语"朝朝寒食，夜夜元宵"，兼之他酒量甚好，一举百杯，虽然吃得酩酊大醉，却还是温克有容，所以当时一般人士说对公瑾如饮醇醪。一个人精力，能有几多？白日里治理军书，应酬宾客，深杯浮白，雄睨高谈，晚上还得按时点卯，应付太太，便是生龙活虎，也受不了这样消磨，任情纵欲，安得永年？谁知道凭空又来了一道催命符，成了一个双斧伐孤树，那才是一之为甚，其可再乎？

这谣言可不是兄弟造的，乃是中唐一位诗人，大历十才子中的一个李端，字正己，好像是他亲眼得见，他有一首最写意的五言诗，说的是"鸣筝金粟柱，素手玉房前。欲得周郎顾，时时误拂弦"。如今我们就这诗意解说起来，玉房金柱，是何等高华清贵的地方！欲求一顾，是何等千载难逢的机会！时时误拂，是何等勾心斗角的醋劲！古来女史的竹叶引羊车、椒花、献颂、画蛾迎辇、掌上回风、缠臂留诗、弹琴引凤，种种武艺，不怕你不解风情的莽汉，都要摄魄勾魂，捐躯图报，何况于真正的音乐专家、知音的大手？哪有不上死当的道理？

原来周瑜在鄱阳训练水师时候，行军打仗，谁人能带家眷？不比现在连长、排长，任扎何地，太太都是随身法宝，片刻不离。周瑜年轻，风流自赏，怎忍耐得住？偏偏彭泽附近，天生成一个小家碧玉，她的名字恰恰就叫做金粟柱，生得丰姿绝世，潇洒出尘，琴棋书画，无所不能，针黹女工，无一不会，最弹得一手好筝，是她平生第一长技，她的住宅附近便是水军大营。只因周瑜治兵整肃，军令森严，水军里面的人员虽有染指之心，尚无问津之客。也是因缘前定，大数难逃。那一日周瑜同着鲁肃送客还营，打从她家门首经过。自古道：嫦娥爱少年。她早有心巴结都督，打听得都督精通音律，计算都督将次回营经过的时间，自己先把那十三弦柱雁行儿排起，一弦一柱，慢地里银甲轻挑，芳心半逗。

周瑜来到门前，身不由主，驻马倾听，愈听得愈觉出神，便叫左右进内，唤那家长出来。金粟柱的父亲金老头儿，听到都督传唤，出了柴门，跪倒都督马前听令。周瑜叫他起来，问道："是何人在内弹筝？"金老答道："是小的女儿。"周瑜笑道："弹得好好的，为什么把谱儿又弄错了？"金老恭身，请都督入内待茶。周瑜向来待下有恩，治民以德，军事稍暇的时候，带着亲军将校两三人巡行田间，看农民耕种，问民疾苦，意气勤恳，百姓请他待茶、待酒，极其随便，绝不摆出一毫大都督格式，长江一带人民，无不爱戴。

此番不便却金老的意思，令从行将士先行回营，自同鲁肃下得马来，缓步入内，留心观看。那家是个四合式房子，天井中培植几株翠竹、苍松，清幽欲滴，点缀些玫瑰、月季盆景，俗气全消，墙上沿满藤萝，阶前蔓生苔藓，门庭静寂，花木翳如，尘虑都捐，洞天别有。周瑜、鲁肃两人不由得心中暗暗称奇，万不料水寨旁边有此婀嬛仙境，前面对着石钟山，左边远眺鄱阳湖，山水清晖，晴岚叠翠，白云绕舍，山鸟钩辀，二人愈兼高兴。金老在前引导，导入一个月亮门内，绕一个角，进入一间精致、雅洁的洞房。

金粟柱见是都督驾临，慌忙离开筝柱，整整衣裳，上前叩见。周瑜二人一面坐下，一面叫她起来，不用客气。金老自去烹茶，金粟柱站在一旁，垂手侍立，只见她蛾眉淡扫，丰韵天然，裙布荆钗，自然秀逸，别有一种天仙化人风度，觉得江南佳丽半皆尘土。房中陈设清雅绝伦：南面开窗，窗下放着一张书案，案上摆着两三件文具，案头放着两盆建兰，嫩箭初抽，含苞欲吐，幽芳扑鼻，秀色可餐；靠东壁放张琴桌，壁上挂着古锦囊，囊着一张琴。器具虽不新奇，然而髹漆可鉴，洁无纤尘。周瑜命他父女二人坐下，问起家世，才知道他是汉朝名臣金日䃅的后裔，两人不觉肃然起敬。问他何因来此，金老答道："因董卓叛逆，两京播乱，兵匪滋扰，家人星散，父女二人避难南奔，到了此处，见山川秀丽，民俗敦厚，就在此卜居了。"周瑜又问他父女年龄，筝谱系何人传授。金老答道："小民年将六十，女儿今年一十七岁，因在洛阳时幼喜音乐，那时亲串中有个老前辈做过协律郎，老疾乞休，往还最久，爱渠聪敏，尽以相教。"周瑜笑道："我道乡僻之下，如何有此雅音，原来是受过高明指教，那就无怪其然。"又笑向金老道："令爱如此人才，将来择配倒是为难得很。"周瑜一句话方才出口，金老父女双双跪在地上，周瑜忙起身道："你既是名臣后裔，东都寓公，快不要如此多礼！"金老跪在地上，答道："小民正为此事忧虑，自家侨寓此间，更无声望，欲求门户相当，十分难得。若胡乱婚配，又对不起女儿，兼恐辱没祖先，加以女儿性烈，不愿许配纨袴膏粱人物，情愿做英雄妾媵，侍奉终身。"周瑜听说，沉吟不语，但以目视鲁肃。鲁肃笑道："此女既系名臣后胤，将来如误适非偶，似此人才，深为可惜，不如都督收为侧室，庶彼父女二人终身有靠，最为两全。"金老听得，忙向鲁肃拜了四拜。周瑜本来就一见留情，见子敬已经说出，只好满口承认。金老父女二人谢了起身，由子敬作主，选择吉日正式结合。

小乔贤慧，并不吃醋，特地赶来看视，两小姊妹非凡要好，嘱咐金女好生招呼都督起居饮食，自回建业。于是一个成了镇家铁柜，一个成了旅行皮箱，周瑜往来两地，倒也自在逍遥，真是到处皆春，无往不乐。常言道：得好乐极生悲，世间断无享尽艳福还享大年的道理。所谓既有令名，复求寿考，秦皇汉武，想做神仙，究竟哪一个做到了呢？周瑜在此十载之中，令名幸福，丛集一身，三国同时更无伦比，自然就遭造物之忌了。

一日在大营中大宴宾客，多喝了几杯，酒酣耳热，披襟乘风，身上一颤，就受不了凉，但是血气方刚，更不理会，回到小公馆内，坐对玉人，横添春兴，行云行雨，鱼水方欢，忽地里手足厥逆，心中作恶，急教金女代着衣裳，扶坐床前，冷汗交下，便命从人舆轿还营。金女苦劝将息请医就诊，周瑜性情急躁，匆匆出去。你说一个人从热被窝中拿出，再从大湖边经过，还有不冒风寒的理么？鲁肃见都督面色不佳，知道病势不轻，连夜急请名医前来诊视，直至次日辰刻方到。那医生乃是三国大名鼎鼎的神医华佗华元化第一个高徒，姓夏名磐，当时急急忙忙提着药箱，来到大营，鲁肃陪到都督床前，先望了望气色，诊过了脉，出到外面，开了药方，令从人火速配齐，煎好应用。鲁肃见医生说话不甚明了，放心不下，把他拉入自己房中，恳切问他到底怎样。夏磐长叹一声，附耳说道："都督之疾，已不可为！水亏火旺，心肾久伤，元气太漓，六脉俱绝，贼邪入里，无药可医。适所用方，不过清理脏腑，免受痛苦。今夜亥子之交，即当尽命，大夫速为备办后事可也。"言已，翩然自去。

鲁肃真个一面吩咐备办需用各件，一面来看视都督，已经服药，稍微好些，只是无力，别无痛苦。鲁肃与众将轮流环侍，到了半夜，周瑜面上绯红，通身大汗如雨，自知不好，急唤鲁肃近前道："子敬，我死之后，可接统水军。"又唤众将士道："事子敬当如事我。"众将含泪同声答应，瑜复连唤子敬："子敬可代告吴侯，孙刘之交，不可绝也。"鲁肃不觉失声，点头道是。不到一顿饭工夫，瑜喉间咯然作响，竟尔溘逝，年才二十八岁。鲁肃痛哭，率领将士举哀，沐浴成殓，遣人飞报吴侯。金粟柱听到噩耗，即时仰药自杀，诸将闻知更加伤感，立即分派人员帮助金老办理丧事。

孙权闻讯，捶胸痛哭；军民上下，同声哀悼；小乔夫人，更痛不欲生。军民人中，最伤心的要算乔国老，自己两个女儿，一个嫁孙伯符，一个嫁周公瑾，都是江南豪杰，年少英雄，于今大女儿墨绖犹存，小女儿悼亡又赋，留着他一双昏花老眼，看这一对儿薄命红颜，周瑜灵柩回到建业，他抚棺痛哭，格外伤心。小乔因怜金女贞烈，将她祔葬祖茔，相从地下。孙权伤感之余，令鲁肃统督水军，一切遵依周公瑾成规；又令鲁肃以银米布帛抚恤金老，使得尽天年；令满朝文武挂孝三日。

外面轰烈的举动早就惊动了里面吴国太，年老多忧，骤闻巨变，便也奄奄成病。原来周瑜与孙伯符同年，仅少一月，登堂拜母，胜似同胞，吴国太直以儿子畜之。伯符遗言，外事问公瑾，内事问子布，孙权在周瑜面前，把他当伯符般看待。合肥一战杀得曹操大败而逃，周瑜还见吴侯，觐安国太，国太疼爱周瑜，自不待言。老年人逢欢庆事就精神百倍，遇那丧气事也就懊恼万分，眼前见伯符媳妇隐忧未已，已觉难堪，又兼爱女远适荆州，早晚言笑，谁与为欢？如今又加上周瑜这一死，由周瑜追念到伯符，再由内里想到外边，曹操与江东深仇巨恨，若闻瑜死，前来报复，谁人可以抵敌？女婿远在西川，女儿独居荆州，未知又如何凄凉！由内及外，由近及远，前思后想，左右为难，长日无俚，彻夜无眠，初犹饮食不调，继则怔忡失寐，口干舌苦，头昏眼花，百脉沸腾，竟成大病。孙权不觉恐慌起来了。正是：

漆室忧周，别有伤心之泪；哀姜去鲁，犹留洒涕之言。欲知后事如何，且听下回分解。

异史氏曰：天生蒸民而建之国，国必有主。主于君则君制，主于民则民主，其原则皆书"天下为公"，天子亦为民而立，非可以国为私者也。君主授统传贤，驭于一智；民主继任选贤，驭于众智。一智较便易行，故各国驭始皆君。如尧舜时，何尝不美？自禹传子，家天下，秦暴民，私天下，汉逐鹿，争天下。于是窃统私位，君制乃未尝复。自私不已，进而愚民，民不尽愚，而君主之祸作且酷矣。惟自私乃成自祸，非君制害之，以自私害之也。惟愚民适以自愚，非篡夺乘之，以民愚可得而乘之也。汉家以后之祸，则皆如是。故莽后有卓，卓后有操，操后有司马。人君窃主私于上，而后人臣窃主私于下，此篡逆所相生不已耳。此中无甚天理，而亦若有天理，然则假韩、彭俎醢，推论因果，如佛家言，殆无不可。古人久有此说，《全相三国志》即本此发端。作者书成民国十四年，并未及睹海外搜残之入国，却立论与合，颇奇。

代身在樊笼之帝后设策，送玺入川，使当日真出于此，诚为妙策。当时汉献居不知命在何时之地，而死据一玺，从古人思想上讨论，岂非至愚！然而孙坚死于此，袁绍败于此，曹操志于此，汉献实于此，华歆夺于此，曹丕受于此。区区一物，作尽天下之怪！而无一人能悟，且均牺牲性命，不惜生死以赴之，宁不可笑？今本当时人之愚想，代当时人出奇计，此种文章，实暗含时代性。而以沉痛笔墨，写出帝后对泣之可怜，直如身入其境，又几令人不可卒读。

此回写一汉帝，即接写一都督，天家敌体之泪脸方回，外室阿娇之哭声又起。只写两对夫妻，同膺悲惨，而苦乐迥殊。且见鸳鸯同穴，则生汉帝不如死都督；而耕馌相庄，则大都督又不如小百姓。此中脉络尘劫，有阿堵传神之妙，非平凡之笔也。借李端临一诗，凭空拉入为证，便似果有其事。全书中以此节翻案为最出意外，最堪绝倒。然公瑾风流，江东独步，英雄儿女，原在意中，即无金粟柱其人，不可谓必无用于金粟柱之人也。与其公瑾自叹瑜亮，不如令小乔同悲瑜亮，此翻得可喜者一。与为诸葛三气而死，不如公瑾大乐而死，此翻得可喜者二。与令乔家女独占英雄，妒杀江东，不如金家女共事英雄，羡煞江东，此翻得可喜有三。与叫诸葛痛哭，更无知音，不如金女弹筝，便有知音，此翻得可喜者四。与其赔了夫人，空言妙计，不如赚了夫人，享尽艳福，此翻得可喜者五。与其气死之后，柴桑有人吊孝，不如乐死之后，鄱阳有人仰药，此翻得可喜者六。一案翻来，有六可喜，便觉无金粟柱其人不得，况窈窕仙娘，书中有女，几呼之欲出者乎？噫！

第十二回

赋归宁孙夫人不归　　下密诏汉献帝不密

　　且说吴国太忧思成疾，日加沉重，渐渐地到了弥留不起的状况了。孙权率领宫眷昼夜侍奉左右，衣不解带，延聘名医、亲尝药饵，祈求神鬼、祷告山川，内使交驰、巫医束手，用尽心思。那病毫无起色，倒反日重一日，只急得孙权无法可施，心如油煎，每每听得国太口里若断若续喃喃呓语，时常念着周瑜名字，孙权听得亦自伤心，忍泪宽譬，百方劝谏，都不能解。

　　正在计穷力竭坐以待毙的时候，不道宫眷之内有个小妻赵氏是左丞赵达之妹，聪明绝顶，巧思无双，是三国时第一有名的针神，能以方尺蜀锦绣成列国地图，山川脉络位置分明，郡县部居方次精确，不爽铢黍，细入毫芒，巧思灵心，貌无俦匹，比薛夜来胜过十倍。她随着孙权侍奉国太，见国太病势日益沉重，孙权体资日益憔悴，她心中自然也是十分悲苦的，她苦心孤诣却想出解救的法子来了。她悄悄地跟孙权说道："主公，母亲生平所爱二人，只因公瑾早夭，母亲思念不已，因以致疾于今。公瑾既不能复生，无从设法以慰老人，好在小姑近处荆州，一水之便，遣人前往告知小姑，小姑必念母亲鞠育之恩，决回建业前来探视。虽然刘使君远在西川候命，往返稽延日期，但闻荆州留守乃是云长君侯，云长信义著于当时，秉烛待旦，海内皆知。大凡能以礼自持者，必能以恩相谅，能以义自处者，必能以道自任。以妾意度之云长君侯。必将不徒不阻小姑之行，或且反速小姑之驾，亦未可知。母亲因思念公瑾而致病，若令得见小姑，母女久别重逢，自然欢畅，中心结解，病当自愈。妾视区区药饵，殆不为功！"一席话说得孙权心地开朗，说道："卿言甚是，孤因公瑾新逝，老母染疾，心绪不宁，未曾忆及。卿可先至老母卧榻前婉言告知，孤已派人前往荆州迎接妹子归侍老母，暂宽母心，以免加病。"赵夫人遵命，即时前去国太榻前告知此事，果然比任何药方都还灵验，国太的病便觉稍为松爽，只眼巴巴的盼望女儿回家，口中便不念周瑜名字了。孙权自至书房亲作一缄，详告老母病重情形，立令孙韶赍着手书，前赴荆州，一来报谢云长吊唁公瑾之情，二来告知妹子老母病重之讯。孙韶领命出府，即时就道不提。

那荆州方面，徐元直奉了云长命令，用刘使君名义，赴江东吊祭周公瑾，事毕回荆，报告云长复命，并言鲁肃接统水军，张昭入参大政等一切情形。云长询悉，入内禀知孙夫人，孙夫人叹息道："公瑾一亡，吾兄去一左臂，吾母素爱公瑾有过亲生，闻此不幸必当忧思致病矣！"言罢，不觉潸然泪下。自来少妇独居，每生多感，何况真正有这伤心事儿！云长启道："嫂嫂请放宽心，待羽即行启知皇叔，以便嫂嫂回家省视，好教国太解释忧心。"孙夫人含泪道："就请二叔修书前往。"云长领命，自去修书。

云长刚差人前往西川，不过十日光景，孙韶已经到达，进了荆州来到州牧府中，先见过云长，致吴侯答谢吊唁公瑾之意，寒暄已毕然后求见孙夫人。云长陪着孙韶进内，令侍女通报孙夫人，孙夫人出到内堂，孙韶上前参见，请过了安，双手呈上吴侯手书。孙夫人当面启视，未及看完已经泪流满面，痛哭失声，回头叫侍女将吴侯手书转呈云长。云长双手接过，躬身观看，见书内详述国太致病原因及病中情状,都是那凄情苦语,甚觉酸辛。云长素来义薄云天,心高霄汉,对于伦常非凡恳切,当下见了此书心中异常感动,叉手禀道:"国太病重如此,皇叔远在西川,未能前往江东问候,嫂嫂近在荆州,理应回家侍奉汤药才是道理。"孙夫人听说,长叹道:"妇在夫家,当禀命而后行,此刻何尝不想归家侍奉吾母,但未得皇叔命令,如何是好?"云长禀道:"嫂嫂之言甚是,足见深明大义,但西川道远,往返日期至少须得一月,国太高年,病又如此危急,万一旦暮不讳,嫂嫂将来岂不抱恨终天?皇叔大仁大义,决不能因未先行告知见怪嫂嫂,即日嫂嫂先归省视,容羽再行启知皇叔,具告一切。若国太如天之福,病体痊愈,嫂嫂即请速回荆州。川中现已大定,早晚必差人前来迎接入川也。"孙夫人连声道是。云长陪着孙韶出外休息,孙夫人忙着收拾行李,将阿斗交付了云长夫人暂为照管。

到了次日,云长派了几艘兵船,一个大坐船,早在江边伺候,随与徐庶、马良及合城文武官吏恭送孙夫人上船。上船之后,云长恭身禀道:"国太病愈,主母便请速回,先期示知,羽当遣人前来迎迓。"孙夫人连声答应,孙韶告别上船,即时开行。

云长诸人眼见船已去远,方才同众文武回城,自与元直并马同行,元直叹道:"君侯此事,曾未一商,江东自公瑾一死,政令不齐,若曹氏乘隙加以谗言,主母归来未知何日。"云长答道:"主母刚毅性成,深明大义,决无不归之理。孙权新结盟好,互相利赖,亦万不致于弃姻好于不顾,而甘昵仇雠自遗伊戚也。"元直道:"君侯所言者情理,庶所论者事势耳!郑武公之灭胡,秦穆公之伐晋,均为婚媾欻作仇雠,世事无常,何可概论!主母妇人,英爽过甚,揆诸管公明前说恐不令终,惧或因此事而致颠覆也。"云长叹道:"果如君言,则江湖之间,又将鱼烂矣!"两个相与太息,云长回府自去修书,报告玄德去了。

你说徐元直为何又说到管公明身上来了?只因当日孙文台做长沙

太守的时候，进京述职，在京中逢着了管辂，震其大名，请其来家遍相儿女。辂对于伯符、仲谋二人均甚叹赏，以为天下奇才，独惜伯符不克永年。孙夫人时在襁褓，公明一视，惊讶不置，却更不另说一句。文台再三追问公明，太息道："君家儿女贵不可当，此女将来极其福履，当可母仪天下，照耀史册，但精神太露，英爽不群，或恐中途夭折耳。然犹足以匹配国君，终昭令誉，绝非寻常妇女所能几及也。"公明临出门时，犹再三叹惜。文台豪迈，略不置意，只吴国太姊妹却将公明言语牢记心头，所以后来对孙夫人择配一事，非凡审慎，故致弄到年过及笄尚然待字。比及说嫁与玄德，为何他老人家就一口承认？这就是老太太们的有生经历，她们平日看见年轻的夫妇一言不合打架吵闹，马上就会发生服毒吞金，投缳落井种种惨剧，惟有丈夫大一点年纪，娶着年轻的太太，什么事都可相当让步，安慰周详。玄德既是一州州牧，年龄又比孙夫人大得一些，这一嫁去，无论如何万不致于怄气是八成可靠，管公明神相自然不会那样的如何对了。从古以来，爹娘对于儿女的心肠一样都是无微不至的。此事江东人士知者甚多。孔明前在建业，因与鲁子敬要好，子敬极言因缘前定，顺道儿说上来了。孔明回到荆州，与元直也曾说过，临出发往西川时节，再三嘱咐元直，对于孙夫人归宁，必须留心。元直所以如此说，心里自然是很难过了。

却说孙夫人带着侄儿孙韶，由荆州动身，沿途江夏徐盛，九江甘宁，均亲自到防地江边迎候。孙夫人见母心急，都教孙韶婉言谢却，轻舟顺水，不消六七日，早到建业。孙权早已日日派人在江边伺候，那日一听荆州船只到了，孙权闻讯好生欢喜，亲至江边迎接，兄妹见面，喜极而悲。权偕赵夫人伴着妹子同车入城，府中女眷都出府门，前来迎接，好似天上降下凤凰一般，簇拥着孙夫人来到国太病榻之前。国太已是病得骨瘦如柴，游丝一息，孙夫人走近榻前轻轻叫一声："母亲，女儿回来了。"国太慢腾腾地张目一观，见得爱女回到身旁，精神一振，支撑着握住孙夫人一只手，喘着气说道："女儿，你是几时回来的？莫非是做梦么？"孙夫人含着泪说道："母亲，不是做梦，女儿真回来了！"那时赵夫人立近枕旁，也帮着说道："母亲，这青天白日怎会做梦？小姑真回来了，是刚到家，母亲现在不是拿着她的手么？许多人站在这里，怎么就会做梦呢？"因她那一说，说得国太倒微微地笑起来了。好两个月大家谁有个笑容？这一下来满屋的人都大欢喜了。国太的病本来是思虑伤神，因以致病，如今一见爱女回来，万虑全消，心便宽了许多，精神跟着也就陡长少许，吃了半碗子粥，倒挨住女儿问她到荆州以后事情，问了这样又是那样。孙夫人怕母亲说话过多，劳了神思，只亲热地陪伴着，小心宽慰，那病便一天好似一天。孙权心中喜欢不过，向赵夫人说道："非卿一言，老母之病如何得好，你看小妹真比灵丹妙药还胜十分！"两口子自由谈笑，别有一番乐趣。国太病渐渐好了，依国太意思，要孙夫人回转荆州。孙夫人以母亲病体未全康泰，恐有反复，决意多住一半个月，以便安心侍养。自己作一手书，告知云长二叔，略言母病稍愈，尚须留侍，一俟告痊，即当西上。又作一书，请云长转达皇叔，两书都一样意思。吩咐原来荆州船只，暂行先回，国太病愈，即乘江东船只回转荆州。从人领命，自回荆州去了。

　　在此孙夫人回转江东时候，穆顺同着关平也就到了成都。玄德先已听到关平禀知一切，急忙排下香案，接了圣旨，伏地再拜，痛哭流涕。好容易止住，当下设筵款待穆顺，细询许都近时情形。穆顺详详细细将自迁都许昌后，曹操挟天子以令诸侯，培植党羽、凌灭公家，希旨者升擢、逆意者诛锄，杀戮大臣、排除异己，赏罚凭一己之心思，褒贬任一时之喜怒，孔融、杨修均被夷灭，荀彧叔侄同日饮鸩。近日，朝臣无论大小皆其私党，宫府臣妾半为耳目，往时为着敷衍人心尚稍存君臣仪节，自从皇叔得了益州以后，对于皇上简直仆隶不如，呵叱谩骂，毫无臣礼。皇上被迫求死不得，所以毅然断制，令顺入川授玺皇叔。穆顺说到此处，咽喉哽咽，声泪俱下，滴酒不饮，便欲告辞回转许都。孔明道："穆监此来，许昌料是已经知晓，若是再行回转，必无好处，不如留住此间，俟皇叔北伐中原，同入许昌，较为安稳。"穆顺答道："承军师美意，至为感激。惟顺自奉命宫中之日，即已置性命于度外，此番如天之福，幸不辱命，间关跋涉得至成都，一路经襄阳、荆州目睹皇叔军容之盛。今日又幸得见皇叔部下文武僚属，人才济济，聚天下英俊于一隅，足以制操，更无疑问，光复汉室为期必不在远，当回报皇上以释愁怀。敬恳军师速宣昭大义，毋拘小节，力劝皇叔即正大位，上符圣意，下顺民情，早兴讨逆之师，以定中兴之局，拯皇上于万死之中，九庙英灵惟公是赖。幸竭全力以卫国家，顺之死生何足计也？斧钻鼎镬，甘之如饴。既得生还报命，于愿已足，遑言其他。"孔明与众文武见穆顺说得激昂慷慨，无不为之动容竦听，便说道："足下既坚意欲回许都，若见圣上敬烦代奏，皇叔遵旨，即日统率大军，东出汉中进收关辅。云长君侯出兵宛洛，径指许昌。两路合兵自操必胜，请圣上暂释愁怀。臣等誓以全力剿灭曹氏，营救圣上，光复宗社也。"穆顺离席再拜道："愿诸公无忘此言。"玄德、孔明与众文武均下席还拜。玄德酾酒道："皇天后土，实闻斯言，有渝初衷，明神不佑。"穆顺顿首称谢。

筵散后，玄德仍命关平护送穆顺乘船下水，回转荆州。关平领命，令部将率骑兵护送赤兔马，由陆路出江陵，自己与穆顺乘坐下水船，由涪入江。三峡水流迅急，不消半月已经到了。

穆顺辞过云长，即时上道，经过襄阳、南阳都不延挨，只在南阳改换商人服装。回到宛城，仍由伏完家人作伴，星夜向许昌进发。悄悄地进了许昌城，来到国丈府中，相见甚喜。伏完细询经过，穆顺一五一十详细告知，伏完喜极。穆顺盥沐已毕，换上出宫来时衣服，便欲进宫。伏完道："穆公公，近来操贼派遣心腹将士严防宫门内外，公公此去，恐遭不测。"穆顺笑道："顺前次出宫有所怀挟，尚不畏操，今都无所有,更复何畏乎?"辞别即行。伏完只暗地里替他捏一把汗。

那穆顺刚至宫门,曹操适从宫里出来,看见穆顺满面风尘,心中估计道:"他是一个太监,日在天子身旁,为何风尘满面,其中定有原由。"穆顺上前参见,曹操也招呼了几句,便自去了。却即时遣人暗暗告知女儿西宫曹妃,要他留心侦伺帝后举动。

穆顺见曹操毫不多心,竟出去了,心中无限欢喜,进得宫来,见过帝后。建安皇帝和伏后见穆顺安然无恙,回得许昌,入宫相见,不觉大喜过望,随即屏开内侍宫女,然后询问穆顺,顺一一奏知。冷不防,曹妃早已买通伏后贴身宫娥,伏在屏后听个结实,立进时去到西宫尽情说与曹妃知道。曹妃取黄金十两重赏宫娥,要她继续探听帝后消息,前来报知,重重有赏。宫娥千恩万谢,回转昭阳,接续汉奸工作去了。曹妃将探得消息立缮手函,遣人出宫飞报父亲。

曹操接书一看,闻道玉玺出宫,不由满心火发,暴躁如雷。往时喜怒不形,至此常态全失,这是为何?只因曹操势力充足,毛羽丰满,早就预备由王而帝,步步高升。多久思量要承受那"受天明命,既受永昌"两句吉利话儿,谁知道又被帝后狠心,穆顺冒险生生的将玺送入西川,成了黄鹤一去不复返。回想当初九江太守徐璆,劫了袁术灵柩,得了传国玉玺,献与孤家。孤家以建安在孤掌握之中,不妨姑与保守,以为孤家禅让光彩。如今已经到了刘备手内,非灭了西川,再莫想完璧归赵了。

越思越恼,越想越恨,立刻下令叫华歆带兵入宫,追问建安皇帝,要索传国玉玺,立时交出。令郗虑领兵,前往伏完家中,"将伏完拿来见我"。二人领命,分头自去。

华歆全副披挂,手执利剑,领兵二百闯入宫中。建安皇帝情知不好,硬着头皮问道:"华大夫入宫所为何事?"华歆气忿忿地答道:"奉魏王令旨,索传国玉玺一观。"帝答道:"传国玉玺乃受命之宝,帝王之物,魏王人臣,要此何用?"歆怒目圆睁道:"只借一观,谁要他来！"帝答道："此系国宝，何能出借？"歆大怒道："此宝原系魏王送与陛下，魏王借观陛下都不答应，为何却拿来送与刘备？"穆顺见事已败露，走上前来，揪住华歆就是两个嘴巴，叫道："华歆逆贼，送传国玺是我一人主意，不与皇上娘娘半点相干。"华歆打得火发，叫将穆顺绑了去见魏王，回头望着帝后道："待我讯出实情，再来与你二人算账。"恨恨出宫而去。

曹操正在那里拷问伏完，伏完死不招认，一见穆顺到来，操笑道："穆监你多受风霜，辛苦了。"穆顺道："为国竭忠，敢云辛苦！"操道："送玺入川，是谁主意？"顺道："是我见你逆贼带剑入宫，威逼陛下，心中不忿，私盗玉玺，送到荆州，交关将军收了，要他火速送往西川，请皇叔即登大宝，重兴汉室。"操道："你见关将军，他怎样说？"穆顺道："关将军怒发冲冠，言当日许田射猎时，悔不杀了你这个逆贼。"操大怒，叫华歆道："不必再问，即将二人斩首。二人至死，大骂不止。又叫郄虑领兵，去杀伏完全家；叫华歆领兵入宫，看守帝后，提防他二人服毒自尽，于禅让面子上不好看，小心看管，静待后命。正是：

不密失臣，龙困豫且之网；因心则友，凤还简壁之楼。欲知后事如何，且听下回分解。

　　异史氏曰：《演义》孙夫人之归，以计归者也。周善下书，国太病危，只是孙权捣鬼。诬母病危则不孝；诳妹离夫则不义。弃孝义于千秋，而一心去想荆州，是孙权不成人子极矣。再写赵云截江夺回阿斗，原定掳人独子，勒赎荆州之计又不成，乃只空将一妹骗回，致逼下枭姬沉江之事。如此孙权，直同盗贼行为，豺狼面目。厥后孙夫人见母无病，既无如何下文，吴国太见女大归，亦无他项异论，又皆为太背前文，无可理解者。今就周瑜一死，年老忧多，触处生悲，竟将国太写成真病，病有真因。于是赵姬陈言，孙权提醒，光明正大，接妹而归，以解母怀，获痊亲疾，则孙权孝义，可无愧见称于江东，并可回顾《演义》前文不少，不仅可作翻案读也。夹写关公大义薄云，伦常恳切，恭送归舟，暗为不报皇叔，代主听行作一补笔，周旋得好。因入徐庶深思顾虑，远见桄触一段议论，更为下文不归作伏笔，有山回水转一径通幽之妙。而亦写云长自云长，徐庶自徐庶，人物不同之笔，所必应有别者也。

汉末丧乱，始于桓、灵崇信宦官，中涓既横，外戚乘之，以至朝政大非，盗贼蜂起，天下分崩，乃开三国之局。不图易祚当涂，炎刘将绝之际，外戚乃有伏完，中涓乃有穆顺，二人忠义，迈轶等伦，卒不可不特笔以书，斯诚芳草尚存于十步者。故本书于穆顺由许入川，由川回许，一来一去，皆详笔叙之，又不以宦官之笔状之，曰"商人"，曰"温文尔雅"，曰"先生"，曰"足下"，前后两回文字，除伏完口呼外，胥不以内相公公等字样相称，此均一字所褒者也。至玉玺既入西川，身无所挟；此与《演义》藏书发内，以致倒戴其帽之情，便自不同。出入宫门，尚何所惧而泄其密，乃以风尘满面见疑，遂有暗令曹妃密伺之举，文心至巧，而亦诛操并及其女之笔，藉翻伏完三族罪案。以见贼女虽贤，不免连坐，内人助逆，则又片言而贬者也。一褒一贬，穆顺、伏完，纵辱汉末宦官国戚之次，宁不独有千秋！

逼宫案内如华歆、郗虑之徒，春秋大义在所必诛，自不惜甚其大恶。既入宫而索玺，复辱帝以算账，更以领兵监守帝后之罪尽加其身，使恶如丘山之积，而后世人欲食其肉之忿毒，乃下逮九幽，莫知所届。在《演义》则如彼，在本书又如此，是乃双料罪人矣。不写杖弑伏后者，不许操可加罪于君后而杀之也。杀穆顺仅及其身，杀伏完仅及全家，又皆不许操得行三族之诛也。翻案之中，其义之严如此。

第十三回

铜雀台大宴论当途　　金凤桥爱子陈天命

　　向来我们中国就有一般土圣人，传下了一种金科玉律，不可思议的宝诰真言，连篇累牍，家喻户晓。中间有两句很警策的话，说的是什么"欲求生受用，须下死工夫"，又说什么"无限朱门生饿殍，几多白屋出侯王"。自从那几句话出现在中国社会上以来，不知陷害了多少青年子弟，糟蹋了无数安分良民。生生相传，人人保守，一直地传到于今，因为现在世界是讲究发明的，讲究改良的，于是又发明而兼改良到做官，发财、砌洋房子、讨姨太太、四柱主义问题。愈加推进，愈加糟糕；愈加研究，愈加发达。把好好儿一个整个的中国，闹成了破瓦颓墙，大破落户，都是那几句缺德的口号造下了这无边的罪孽。

　　这话从何说起？原来他这种口号，就是表现四民失业，大家不安本分的真相。打从中国第一个牛皮大王苏秦来说，农不成农，工不成工，商不成商，士不成士，吹牛拍马游说诸侯，囊底智空，黑貂裘敝。然后发箧读书，引锥刺股，摇唇鼓舌，大掉枪花，费尽气力，倒尽霉头。归根落叶，不过为着黄金驷马，六国相印，连镳接轸，归骄妻妾。还逼着他嫂嫂，务要她说出"畏叔多金"，方才快心满意，之后，又将于自己本身有何益处？末了，还是见杀齐人，陈尸市上，在当时不过是一个无业游民，不料他大行死运三千年后，运转鸿钧，居然成了现在时髦政客的太高祖考。看起来，任何人谁也不能料就谁了。以后就有陈胜辍耕坐啸；项羽彼可取而代也；石勒东门长啸染坊司务；一心指望到金銮宝殿上去吃饭；连朱元璋一个小和尚，打了几个立卦，也想做皇帝了。种种不安本分的语言，种种破规越矩的举动，不知在心坎中酝酿了多少时间，忽地不知不觉冲口说了出来，行险徼幸，民不畏死，开出世界多少乱源，淘坏了国民多少心术！什么"醴泉芝草无根脉，刘裕当年田舍翁"！这种口吻，不跟"他时若遂凌云志，敢笑黄巢不丈夫"一样的味道么？民国成立以来，这种心理，这种作用更兼发达到登峰造极。正似"灵霄宝殿竖旗杆，旗杆上面打秋千"那句实地写景的笑话呢！一二等牛皮留学生，空口说空话，马上就是总长、次长、协统、标统、巡官、教练，白旗一扯就是军政府都督、总司令，一步登天，比掷升官图还快上一二十倍，怎么不教人人思乱，个个生心？成则公侯，败则贼子，生成的比例。汉朝主父偃说："生不五鼎食，死即五鼎烹。"蓼儿洼阮小七说的更妙："自己拍拍颈项，说真贫卖与识者，一世的指望，这样比例很多。"他们各位若是逆取顺守，肯替国家尽点心力，何尝不可？难道务必要那行尸走肉老将就木的人，来总揽朝纲，主持政局，方足以表率群僚，弘济艰巨么？谁知他们各位都是中了那"欲求生受用，须下死工夫"的遗毒，实行那升官发财、砌洋房子、讨姨太太、四柱主义，一人得道，九族升天，竖子成名，群儿相贵，刘安鸡犬亦作神仙，丞相做事，西风乾鳖。这种时代，任你孔孟复生，管乐再世，也只好望洋兴叹，未可如何，神武挂冠，敬谢不敏了。要求如前清刘荫渠之始终布衣，近代王聘卿之骑驴正定，已经是麟角凤毛，佳人难再了。

　　单说三国的曹操，诗文开八代之先河，武略冠一时之侪辈，春夏读书，秋冬射猎，英雄气概比之草庐抱膝，尚觉较胜一筹（三国英雄要算是超等第一更没第二人了)。据依矮张松歌功颂德之言，他老人家可算得姜子牙七死三灾后是第一个出头人物，到了晚年，就该乐天知命，自在逍遥过日子了。不料他老骥伏枥，志在千里，烈士暮年，壮心未已，在那袁绍初平、许都安枕的时候，他也于漳河南畔起造一座铜雀台，雕梁画栋，曲室幽房，范水模山，穷精极巧。左右还架着玉龙、金凤两座天桥，真是未云何龙，不雨何虹，美人钟鼓，充仞其中，弦管绮罗，洋溢于外。管领春风的，却悬缺以待乔公二女。实行起洋房子、讨姨太太主义。号称当世英雄，尚且如此，其不英雄者，那就无庸再议了。但是黑山、官渡、濮阳、潼关，不知践踏了多少良民百姓，牺牲了多少劲卒精兵，才造就了曹操这一位英雄。这个铜雀台又不知耗销了多少生民膏血，台中陈设又不知折算了多少兵马钱粮。敲剥兆人之精髓，以供一己之优游，凡属血气之伦，应该同声痛恨，要弄到他楚人一炬遂成焦土，方才大快人意。不道时移世换，偏还有些古董名士，翻尸盗骨弄了一半截砖儿、瓦儿，自矜鉴赏，宝贵逾恒，磨成砚台，置之高座，还要自欺欺人，硬说是某年出土，建安某年造，真正老铜雀台瓦。哈哈，这又算什么？真似石敬塘笑桑维翰穷措大，得一屋子钱不知置放何地，眼孔未免太小了一点。

闲话少提，书归正传。且说曹操自从杀了伏完、穆顺，即命华歆领兵监守建安皇帝夫妇，自己就想正式做起大魏皇帝来了。借着酒筵名色，测量群众意思，这不似现代要求当选的大量的酒食征逐，以图得票最多？于是选了良辰吉日，邀请满朝文武官员赴铜雀台大宴。你说，阎王下请帖，注定了三更，谁敢捱到四更？日中时分，满朝文武早已来齐，鹄立台傍，敬候大驾。曹操在府，听得众文武已经到齐，缓缓的驾着乘舆卤簿，警跸传呼，纯粹表示一种候补皇帝形式，龙行虎步，来到台前。众官鱼贯下跪，分班迎迓。那时孔融因骨鲠不阿，早被操命郄虑将他全家诛戮，荀彧、荀攸叔侄二人本是操手下一等第一谋士，但因家世都是汉朝望族，可称得世受国恩，虽受曹操不次之遇，然于大义上尚还明白，对于魏王九锡不甚赞成，激怒了曹操，叔侄忧惧不过，双双服毒而死。汉朝老大重臣，只剩下了太尉杨彪、太傅王朗、司隶校尉钟繇，都是御窑里定做一色雨过天青的不倒翁，虽然通通上了几岁年纪，却连痰嗽都不敢作声，哪里还敢说话呢！他们三只老朽，一听魏王招宴，老早就率领满朝文武在铜雀台前站班，伺候多时了。

当下铜雀台前，上下左右前后围绕着羽林骑士，台上满布着期门佽飞，曹操自己坐在当中一席。左边曹洪，右边许褚，戎装佩剑，站立两旁。众文武依次屏息坐定，承奉官将酒筵摆设上来。真是山珍海味，炰凤烹龙，旨酒佳肴，珍馐满桌，那才是天上神仙府，人间宰相家，才有这样的盛设呢！何况眼前就是即补皇帝呢！自然一发与众不同了。酒过三巡，操举酒对众官道："诸公朝夕从公，尽瘁国是，孤所深念，今特趁此春光暄景，妍丽宜人，奉请前来一同宴乐。"众官一齐起身说道："敬谢丞相覆载之仁，照临之德。恭奉丞相三爵，以致区区之诚。"操闻言大笑，愉快已极，更不推辞，举起大杯，立尽三爵。尽觞之后，复酹众官。正在上下欢庆，酹劝纷纭，操忽举觞道："今日奉要诸公，一来是及时行乐，一来是借此盛会共同商榷朝廷大政。孤有一言，诸公静听。"众官闻言，真个如奉圣旨，大家侧着蒲扇般的耳朵，竦息静听。操高声道："古人有云：天下者非一人一姓之天下，乃天下人之天下也。汉室自安顺以降，昏主迭乘，权奸当道，宦官外戚，迭为消长，卖官鬻爵，贿赂公行，杀戮忠良，禁锢清议，荼痛四海，涂炭生民，灾异繁兴，祸变纷起。张角大乱六州，董卓劫迁九庙，李郭俶扰，杨韩猖獗，宫室夷于榛莽，庙社屋为丘墟，汉祚阽危，不绝如缕，孤以孝廉为郎，起兵讨贼，赖诸文武同心夹辅，以有今日。孤于汉室，不谓无功；孤于当今，不谓无德。而昏主乃昵比群小，宠任艳妻，背德负恩，忍心反噬。孤昔得传国玺于九江太守徐璆，不以自私，纳之官府，此心清白可质鬼神，乃昏主不以为德，反以为仇,密遣内官,私赍重器,结连刘备,欲以图孤。孤幼时见李少卿与苏子卿书,言韩彭菹醢,绛灌缧绁,尝深感鸟尽弓藏之恨,以为子胥、文种系奴隶之材,绛、灌、韩、彭皆驽骀之质,不能自有树立。表表千秋,但知攀龙附凤,贵贱由人,俯首受诛,死而不寤,孤甚痛之!子舆氏有云:'君之视臣如土芥,则臣视君如寇仇。'孤今限于情势,窃不自量,将欲一雪绛、灌、韩、彭之耻,而伸寇仇、土芥之言。取天下于一人,奋一人于天下,诸公以为如何?"操言时目光如电,声色俱厉,众官听得个个不觉震栗失次,面面相觑,不敢回答。

约莫静寂半晌,只见得贵族席上有一少年出得席来,向操再拜,连道:"不可不可!"操带怒视之,乃四子曹植。那曹植才高八斗,学富五车,天资英迈,神识朗澈,脑筋素来尚还清晰,不似那般利令智昏,操平日钟爱甚于仓舒。此日听见父王发出实行代汉之言,满朝文武噤不敢声,自己想道:"即令父王称帝,那东宫太子仍是子桓二哥的,也轮不到自己头上,不如犯颜直谏,倒可博个美名。"这是段芝泉不愿意袁世凯做皇帝一样的意思,并非一定要做汉末背榜的忠臣。

曹操见是爱子出头,不便呵斥,含怒问道:"小子何知?有何陈说?"曹植启道:"父王,自古禅代之际,必天人交应,方能成功。昔汉祖兵临霸上,日月合璧,五星联珠,光武大战昆阳,风雹助威,虎豹股栗,北过滹沱河,冰骤结,天心厌孔,故庇佑一人,以康庶物。天垂象而民应之,民思治而天成之,互相呼应非可强为。今幽、冀连年荒旱,许昌黄雾四塞,魏王邸第,时有火灾,汉运未衰,惧将不胜。"操怒道:"谶书明言金刀运尽,代汉者当涂高。郑司农一代经师,谅非谰语。"植叩首道:"图书谶纬尽属妖言,诡诞不经,勉强附会。何休郑玄据以解经,支离破碎,涂附成文,叛道离经,莫此为甚。秦时始置太尉,而舜竟已先官,孔子受命端门,直是等于巫觋,易纬礼纬,乃欲辅翼六经。造作语言,欺诬百世,高识之士,腾笑方殷。父王奈何遽信以为实耶?且天下归往之谓王,世为宗主之谓帝,今孙权跋扈于江东，刘备纵横于荆、益，大河以外无复来庭，长江之南声教不被，父王即有志唐虞，亦宜俟四海廓清，六服同化，涣汗大号，犹为未晚。"

曹植一席话，引经据典，援古证今，说得有条有理，侃侃而谈。满座听了皆为骇然，都觉得难于答复，就是鬼聪明的曹操也觉植言义正辞婉，确切不易，正待设言回答，只见曹丕出席抗声说道："四弟之言谬甚，可谓知经而不知权，知古而不知今矣！胶柱鼓瑟，刻舟求剑，其四弟之谓乎？昔周武假号于西岐，卒夷商纣；汉高称王于关辅，终殂项羽。考两君当时所有地方，不及今时之半，三分有二不过追美之词，而卒以成王业。自古五运迭兴，群帝相袭，初无定局，以资仿效，以德以力，各因时会之宜。乘时肇运，谓之真人；濡滞不行，谓之事贼。汉家命运摧荡无余，幸父王柱石中朝，得以苟延余息，嬗代称号，天与人归。孙权、刘备，偷息西、南，大统攸归，偏隅易定。若必迁延岁月，坐俟河清，此越王所云：'天与不取，反受其咎者也。'且光武鄗南即位，犹俟疆华之赤伏符，何得谓谶纬为妖言？刘歆改名，冀合图像，史迹具在，因何云附会？有经有纬，自古已然。羽翼六经，相沿无改，学官弟子，世相遵守，何得谓之腾笑耶？"

操闻言大喜道："吾儿之言是也。"遂叱退曹植，因问众官道："五官中郎将之言，深切近理，能见其大，诸公以为如何？"众官齐声答道："世子之言，应天顺人，某等皆同此意。"操闻言连连点首道是。

华歆启道："丞相之意既定，朝野已无二致，可否令满朝文武联名劝进，以昭应顺。"操大笑道："子鱼何迂腐乃尔耶！岂不闻智者做法，愚者守之？民可使由，不可使知乎！可行则行，何俟于劝？若其不劝，岂遂不行？欺世盗名，孤不为也。"歆再启道："丞相高明，人所不及，惟古人得天下者不出两途，非出征诛，即由揖让，敢问丞相道将何从？"操笑道："建安孤寄，何用征诛？应运代兴，何须揖让？本无定局，何有成规？孤自帝自王，别成创格，有何不可？奚事规仿前人，自堕窠臼也！"歆复启道："以歆愚见，不如令建安揖让，以厌人心，借以间执谗慝之口，似较为稳妥也。"操笑道："此事卿试为之，孤稍俟之，亦无不可。"华歆再拜受命，大家尽欢痛饮，不醉无归。酒筵既彻，一同谢宴，随即散会，纷纷下台联名劝进，勒索禅诏。筑台演礼，种种把戏，由着满朝文武禀命三位元老大臣，各自分头办理。正是：

自帝自王，何用偃师傀儡？半遮半掩，居然商妇琵琶。欲知后事如何，且听下回分解。

异史氏曰：天下大事之坏，皆文士成之，而以吾国史中为最。盖历代以士列四民之首，大奸大慝，收拾人心，自纳士始；大豪大猾，广树声名，自养士始；愚民政策，省重科举，自愚士始；暴君专制，焚书坑儒，自杀士始；史乘归美，修礼明经，自礼士始；顽民向化，薇蕨精光，自征士始。几若一士来而三民可弃，一士去而三民不归者。士既独重如此，奈何天下大事，不坏其手乎？《演义》方写兴设学校，礼延文士，即接写于是侍中王粲、杜袭、卫凯、和洽四人，议尊曹操为魏王，至极天极地，伊周莫及。草诏册者，则有钟繇，谓栉风沐雨，自古人臣，无此大功。表九锡者，则有董昭，乃称越古超今，唐虞无以过，应法禅让，以顺天心，共奏禅位。入逼汉献，则同恶者，又有华歆、王朗、辛毗、贾诩、刘廙、刘晔、陈矫、陈群、桓阶等四十余人。若草诏则属陈群，捧玺则出华歆，作表则命王朗，持节则由张音，受禅台之议，最后发于贾诩，而肇篡逆之萌，称舜母玉崔入怀之瑞以符铜雀者，最初又早有荀攸。凡此若而人者，孰非文士之流，而居四民之首，颂德歌功篡逆，且甘心辅导，而有不坏天下大事者耶！履霜坚冰，所由者渐，故铜雀之台一成，即受禅之台已伏。试观《演义》宴铜雀时，操为文王之言，遽发于口，自明孝廉精舍，以待清平，非孤始愿所及之情，满志踌躇，何莫非对承旨希颜文士望风而发。铜雀之前，暗窥向背，恶固不敢曰未萌，而言为心声，篡志之成，则吾谓必始于铜雀也。然则瑞启当涂，犬陈天命，自应特书，会于铜雀，最属诛心。作者之意，殆犹如是，与吾同一见解，特以感于时会，借苏秦辈古之政客落笔，又不屑齿数文士焉耳。

作者代操发言，将盖代权奸声口，写得虎虎如生，纸上活脱呈一曹操。每读此回，不禁痛饮击节，必如此始称千古独步之曹操。而一读至"孤将一雪绛、灌、韩、彭之耻，而伸寇仇、土芥之言"二语，又辄为之舌挢不下，浑身三万六千根毫毛，根根皆戴，真不知当时台下众官如何震栗也。至对子鱼大笑数语，所谓可行则行，何俟于劝，及建安孤寄，何用征诛；应运代兴何须揖让；自帝自王，有何不可等语，乃如篡位格言。吾国历史中，只一曹操够发此等言词的资格，欲自作文王，今借笔写来，便将千古奸雄，一齐骂倒，袁世凯之大典筹安，乃愈觉臭腾万世，如操袁地下读此，当不知如何抱头痛哭，死得不值也。玉龙金凤，拱驾双桥，铜雀中央，实启篡志，议出于植，植亦罪人，作者虽为开脱，然以失望东宫，比于干木，其间贬诛，毫未失出。而借写大河以外，无复来庭，长江之南，声教不被数语。盖亦羯鼓之过，欲骂当时军阀，方故为此曲笔耳；非有狐兔之悲，从宥子建才子也。

第十四回

孙夫人雨泣赴长江　　刘皇叔雪涕祭武担

　　话说曹操在铜雀台大宴，征得满朝文武百官同意，听信曹丕之言，叱退曹植，回转魏王府第，就要筹备去学虞舜夏禹，继承汉家基业。然而，到底他是机警过人，虽然利欲熏心，还肯统筹兼顾，自己仔细一想，向来是挟天子以令诸侯，师出有名，战无不胜。孙权、刘备名义上也还尊奉许昌，一旦推翻建安，未免失其所挟，贻人口实，大费踌躇，非想一个万全办法不能达到名利双收的目标。遂密召刘晔、贾诩、华歆、郄虑四个心腹机要谋士入府密议，屏去左右，关防十分严密。四人奉召进得府来，参见已毕，两旁坐下。操然后将自己意思说出，叫他们从长计议。

　　刘晔启道："现闻江东周瑜已死，由鲁肃代领水军，其人忠厚无用；主持内政乃系张昭，畏懦寡断，易于摇惑；不如遣一介之使，东往吴会，具言玉玺已入西川，刘备早晚称帝。玉玺系孙坚殒命之由，孙权切齿痛心之物，兼之素有不臣之心，不过以建安袭号亦已多年，勉奉缀旒聊相维系。刘备新得志于荆、益，有所举动自假汉统以号召天下，汉室中兴，江东宁可尚为孙氏所有？虽重以婚姻之好，亦不过如窦融之表让河西长安布衣，孙权岂乐为此？且其部下各有所怀，既防江夏之归刘，亦惧东南之入汉。孙权初以合肥之仇，结联刘备，思以图存，重以婚姻，莫非自利。今刘备势日强盛，于彼已见不利之形，彼此时正在绝之未能，联之不可，彷徨四顾，莫知所从。我若乘此际江东举棋未定之利，利害冲突之会，尽释合肥之忿，下结孙权，洽以恩义，与以便宜，彼自乐于从命。既不愿为荆、襄之辅车，则婚姻自无足轻重，然后丞相可为所欲为，以坐制孙、刘之进退。昔秦破合纵之局，而六国以亡；汉离乌月之交，而匈奴以敝。晔意如此，未知丞相尊意如何？"

操听罢，大喜道："公于孙、刘两处情势，烛照无遗。孙权势利小人，必堕吾彀中矣！公之此策，决可收巨大之效。若周瑜在日，则尚在不可知之数。可仍用汉家名义策权为大司马，吴王扬州牧，即烦公一行代达孤意，相机挑拨，计公至建业之日，当即孙、刘绝交之时，以公才力，殆可断言。"晔逊谢道："丞相过奖，至不敢当。但努力奉行，期不辱命耳！"操即命散会。令刘晔还家治装，准备次日起程；吩咐从事，传命所司，填具空头诰敕，从宫中盖用玉玺，取出印绶符节。

到了次日，刘晔入府请示，操将一应文件交付刘晔，前往江东。又命王府司计对晔此行优给程仪，盛饬车马，务令堂皇富丽，表示天使威仪。刘晔谢了丞相，领命前往，即日就道，到了合肥。张辽派了小队沿途获护送单车奉使，王命所临，自然平安。

孙权闻知，派员郊迎入府，排下香案，拜受诏书，部下文武上前称贺。大排筵宴，款待刘晔，动问许都近事。刘晔委委婉婉说出魏王深愿弃仇崇好，与吴王亲近提携，惟刘玄德新得益州，野心勃勃，乘时思逞，谋僭大位，手下谋士诸葛亮等诡计多端，暗地遣人携带巨金宝玉潜入许昌，运动伏完从伏后手中盗出传国玉玺，察其行止，早晚必当称帝，吴王与玄德郎舅至亲，将来必擅椒房之贵矣！一句话激恼了孙权，说道："大夫所言差矣！刘备若终守臣节，孤与之系属姻亲，更无他说；若蔑视朝廷，竟行悖逆，不顾一切窃玺称尊，则大义所关，又当别论。"权说话时颇觉怒形于色，若有深恨之意。刘晔口中连声道："是极，吴王所见者大，晔乃以世俗之见测之，晔之过也。谨谢罪。"孙权道："孤乃具言鄙意，大夫何罪之有？"刘晔见孙权业已入彀，心中暗喜，休息数日，自回许昌复命去了。

　　孙权送过了刘晔，即时召集一班文武商议此事。那时活该孙、刘火并，水军都督鲁肃染病，在鄱阳将养；徐盛、甘宁，各守防地；只吕蒙以吴魏形势缓和，边境无事，陪着刘晔来到建业。孙权以父文台之死，半因玉玺，玉玺所在，仇即随之，此时听得玺归玄德，不觉肝火上炎。兄弟乡间有句俗语"斗了龙船再认亲"，正似孙权这时光景。孙权当时将刘晔语言并自己意思，对大众一一说出，征求大众意见。众人听得个个相顾无言。因为顺着孙权意思，则荆州之好必离，内中还要牵连国太母女；若顾荆州之好，则于鼎足三分之局有碍，所以只是你看我，我看你，都不敢做声。

　　孙权看出了众人意思，随即起身，独唤吕蒙入内，说道："子明，诸君为事势所拘。噤不敢言，卿可为孤一陈利害，但求于江东有益，不必顾及其他。"吕蒙道："主公如欲成三分天下之局，则宜知所重轻。曹盛则袒刘，刘盛则袒曹，顺时以趋，务使相掎相角，而我坐承其利。往者曹盛于刘，主公于荆州重以婚姻之好，亦欲其为我屏蔽，受敌一方。然曹氏于我，接壤仅淮北一隅。今刘氏奄有荆、益二州，西接天水金城，南邻苍梧、桂林，东渐九江、江夏壤地，与我犬牙相错，收马超之众，据天下之要，文武辐辏，海内归心。主公如欲长为汉臣，则宜断绝曹氏，专事荆州；如其不屑俯首听命，则宜结曹氏以制刘，不能令刘备羽翼日丰，长驾远驭，并吞六合，驰骋中原。且主公之妹，已回建业，无所顾虑，何用多疑！"孙权闻言大喜道："子明之言，实获我心。卿可即去江夏，相视机宜，准备一切，上游水陆各军即由子明全权节制。"吕蒙领命，拜辞出府。孙权然后出外，吩咐散会。

此时只有陆逊随侍在侧,见吴王对孙、刘之交毅然解决,心中大不以为然。权还入府内,就坐少憩,陆逊随入谏道:"主公,子义遗言,公瑾末命,皆言孙、刘之交不可离,愿主公详加考虑,毋以一时之情感,致起异日之兵端。"权笑道:"处此时势,使子义、公瑾至今健在,亦不容稍持异议也!"逊道:"昨观刘晔之言,纯系离间之计,彼知主公积恨玉玺,故以此激怒主公。玉玺入川,尚属疑问,如晔所言,破绽实多。以曹操治事之精明,许都防卫之严密,腹心之士遍布官府,爪牙之伍纷护禁廷,刘玄德之巨大金赀照乘珠玉何由得入许昌?即入许昌,安顿何地?近来外戚势力远逊当年,不独不能望霍光、王凤之项背,亦且难追窦武、何进之后尘。伏完名为戚畹,人实凡庸,有何能力敢为此事?忧谗畏讥,尚虞祸患,宁有他术,以窃重器?况由许昌至南阳,关津重叠,岂能飞渡?以矛陷盾,不攻自破。主公奈何凭彼一面之词,绝我百年之好也?"权笑道:"伯言所论,亦有理由。但玄德强盛绝非我江东之福,若不制之于先,后将悔之无及。且玄德自倚汉室宗亲,觊觎大位,亦理之常。"逊道:"主公之言过矣!曹操位极人臣,目无天子,年前带剑逼宫,喧传海内,管幼安天下义人明于时事,知曹氏之必将篡汉,不愿为其臣子,甘于蹈东海而死。彼于朝廷无一命之荣,尚愤激如此,况主公世为汉臣者乎?操久怀篡窃之心,必惧荆、扬之联合声讨,故以利啖主公弃刘附彼,以孤玄德之势,而后举全力以击荆州。玄德若万一不幸,为曹氏所灭,江东又岂能独存?虽欲成三分之局,岂可得哉?徒受党恶之名,何有丝毫之利?况以情理言之,刘为姻好,曹则深仇,弃好崇仇已非上策;以事实言之,玄德部下文武通达时务,新得益州,畜精养锐以与曹氏争霸中原,方假勤王之义以为号召之资,何至于冒昧称尊,以失天下之望?即令其有自帝之心,亦必以江东为奥援,于我亦无大损。曹氏势力五倍于刘,玄德虽强,焉能混一?纵使天与人归,竟能混一,江东与彼婚姻万不致于即夺主公之位。事势了然，至为明了。更进而言之，玄德若见祐天人，中兴汉业，曹氏之力犹不能抗，江东之力其能抗乎？愿主公再三考虑，毋轻易举动以贻后患。"权毅然道："事势在人，成败由天。孤意已决，卿毋多言！"逊泣谏道："主公之妹刚果英明，宫闱之内必生变故，主公何忍重遗国太之忧也？"权道："此孤家事，决无意外，伯言不必过虑，子明现赴江夏，卿可前往濡须，整顿防务。"逊见苦谏不听，势难挽回，只好拜命出府，不觉太息道："主公过信谗言，一时轻举江湖之间，自此无宁日矣！"言罢，凄然流涕，怏怏而去。

孙权严令近侍对于此事极端秘密，无论如何绝不使孙夫人知晓，只有赵夫人却知道其中详细，心中暗暗悲苦。接小姑回来完全是她主意，此刻事体弄僵，情好破裂，小姑性气刚强，就死也要回去，主公脾性执拗，就怎样也不能让她回去，兄妹母子马上就会发生极大变故，自己便是罪魁恶首，只好舍了自己这条性命填还这笔冤枉债务，以为后世好为人出主意者的法戒罢。

那吴国太日久忧忘，病已痊愈，孙夫人便告诉母亲，要回转荆州。吴国太以此系女儿终身大事，自然允许，告知孙权，孙权总是推托不肯。日复一日，孙夫人年轻气盛，候孙权进内问安，当着国太面前质问哥哥是何意思，孙权作声不得。孙夫人情知有弊，便数说孙权道："哥哥当初因惧曹操复仇，才结好刘皇叔，不惜以妹子远嫁荆州。母亲病重，妹子接到哥哥书信，本欲候皇叔命令，方回省视，云长二叔以大义相劝，故妹子得以先行告归。令老母病愈，妹子嫁夫从夫，应回荆州才是道理。哥哥借故托词，不一而足，是何原故？想必哥哥听了宵小之言，欲与荆州为难，故留妹子以作抵押。恨父亲大哥死在九泉，不能替妹妹作主，遂致此耳！"说到此处，不觉咽喉哽咽，痛哭起来。国太见女伤心，也自陪着挥泪，切责孙权。孙权逼得无法，没奈何，只好将已往之事都说出来。孙夫人听罢，不言不语，掩面入内。孙权搭讪着出了外。

孙夫人回到自己房中,想起哥哥语言,为保全父兄基业起见,也怪他不得。自己一个女流,欲留不可,欲归不得,一方面对不住恩重情深的丈夫,一方面对不起大仁大义的二叔,眼看着孙、刘之交就要分离,自己站在中间无地自容,千思万想,除却本身一死,更无第二条路径。主意决定,次日起来强作欢容,伺候老母,一连半月绝口不提荆州二字,孙权就也放了心。

过了许久,在那无意中间,孙夫人告诉国太,言自己心中烦闷,欲往甘露寺一趟以解烦忧。国太生恐女儿愁出病来,巴不得她出外溜达溜达,应声允许,遣人告知孙权,叫他派人招待。孙权问了左右,赵夫人愿同小姑前去,权大喜道:"得卿同去,孤无虑矣!"赵夫人领命,来见国太,告知陪同小姑一路去甘露寺游玩。国太听了甚觉放心,只道她两人相爱相亲,不道是落水鬼找伴。

赵夫人来到孙夫人房中,告知来意,孙夫人坚执不肯。赵夫人走上几步,附着孙夫人耳朵轻轻说道:"妹子意思,我全知道。这回接妹子回来,完全是我的主见,害了妹子终身,今天来陪妹子,妹子要做什么尽量去做,我是不妨碍妹子的事就是。"孙夫人听她说话,已明白她的意思,知道她也是同走一条道路,心中不觉惨然,也轻轻答道:"妹子既然不怨哥哥,难道还怪着嫂嫂?你的心肠何必跟我一样儿窄?"赵夫人笑道:"女流之辈,生错了时候,将来有什么好处?妹子去罢,不要管我罢!"孙夫人志在轻生,也就不管许多。

姑嫂二人一同辞别老母,都是心头泪落,出了府门,坐上车子,宫监侍女跟上一大群,到了甘露寺,游赏了一遍。两个倚着栏杆,望那建业城,宛在目前。长江万里,滔滔东下,金焦两点,隐约云端。孙夫人说道:"嫂嫂,你看此水,来自西川,一往直前去而不返,不是同着妹子一样没收场么!"一边说着,泪下如雨,心想:"此时不死更待何时?"将手攀着栏杆,举身一掷,坠入江中,可惜一个聪明英果绝世佳人，竟随着一片清流魂归大暮了。赵夫人叫声："小姑，慢行一步，妾身前来陪伴于你！"也是照样一掷，坠入江心，便成了第二的前胥后种了。众侍女哪里提防到此变，措手不及，胆裂魂飞。寺里从人急唤江边所有渔舟，沿江打捞援救，哪知道长江水势到此异常汹涌，又兼是天与全贞，哪里还打捞得着？

从人慌忙回府，报知吴王。孙权当初不许妹子回荆州去，已是万分无奈，按着良心，本来就难过了，如今陡然间听得妹子投江身死，还加上自己一个宠姬，只哭得死去活来，肝肠寸裂。里面国太听得凶信，已经晕倒在地，良久良久才慢慢地醒来，只是痛哭，任你百般劝解总是不听。一个年老的人，看见心爱的女儿、心疼的媳妇平白地无缘无故双双惨死，教她如何不气？一连三日，水米不沾，自然非死不可。孙权悔之不及，除搥胸痛哭以外，只两眼睁睁看着老人家驾返瑶池。这才真真是罪孽深重，不自殒灭，祸延显妣。附加女弟，连带宠姬，一时三丧，白马盈门，悔不听陆伯言之语，先就吃了一个大哑巴亏了。

吴王宫里三天之内，内外三丧，这项消息，长江上下当做特别的新闻，扬扬沸沸，不消十日便传到了荆州。云长那时正接着大将军手书，嘱派人护送夫人入川，刚欲派遣关平前往江东迎接主母，陡然听到此项消息，不由得吃惊不少，急请徐元直入府，商议此事是否确实。元直答道："以庶观之，此事十有八九。顷闻许昌近息，穆顺、伏完业已被杀，曹操早有篡杀之心，然惧荆、扬之联合以图。彼必以利啖孙权，嗾令与我分立，权亦欲立三分之局，必留主母不令西归，主母势处两难，势必至于自杀。惟赵夫人之死，莫知其由，或因与主母相得，本人亦有难言之隐，故尔两心默契，并赴清流。国太年老，大病初愈，一旦见爱女及媳无故惨死，哀怒交迫，其何能久？可否遣人吊唁，借悉实情？"云长大怒道："吴不告哀，何吊之有？孙权见利忘义，杀我主母，此仇不可不报！有烦军师，令饬下游将士严防汛地，努力训练；令刘琦、伊籍极力整顿水师，听候出发；差人星夜入川，调子龙夫妇，率张苞、廖化诸将，军前听用；并报告主公，主母投江事实。火速勿延！"徐庶应诺，即时分道派人，前往各处。云长再令从事，飞檄江夏守将徐盛，请其转达吴侯，速送孙夫人回荆，候了多日，渺无音信，云长下令荆州九郡吏民替孙夫人发丧，对江东宣告绝交。

就中驻扎襄阳的张飞，闻听嫂嫂在江南死于非命，激动他三千丈无名孽火，依他的主见，尽起荆、襄人马，踏平江南，捉住孙权，碎尸万段。亏得庞士元洞悉孙、曹连合的原由，细细说与张飞，方才止住怒气，静候云长命令不提。

却说大将军兼益州牧刘玄德，因穆顺前到成都，接受了建安皇帝出兵讨曹的密诏，并历代相传的传国玉玺、宗社大计，不敢玩延，送过穆顺去后，即与孔明、孝直慎密议妥全盘计划。陆续派遣黄忠、马超、李严、魏延诸将，各领所部全军，暗暗出发，出屯阆中、下辩一带，秘密地加紧准备，候令进取汉中。正在着着进行中间，猛不防接到云长自荆州第三次所发手书，报告孙夫人投江事实。玄德未及阅完，已经泪盈襟袖，泣不成声，哀愤交乘，不能自制，立令左右速请孔明、孝直入府。二人来府，参见礼毕，左右侍坐。玄德含泪出示荆州来书，便欲移兵东下，为孙夫人报仇。孔明离席谏道："亮启主公，主母凶终，理应报复，孙权狠毒，杀不蔽辜。但我军近方议取汉中，久经决策，不宜同时树敌，自分兵力。待克复长安，然后令云长君侯悉兵东征，犹为未晚。"玄德恨恨道："备忝为人类，乃不能庇其妻孥，当亦军师之所羞也！此仇不报，何以为人？"法正应声道："主公所言，人情之至，但建安圣上迫处权奸之下，旦夕延颈，企望义旗之北指。主公谊属亲藩，责无旁贷，若置此不顾，移兵东征，恐令天下后世将谓：主公夫妇之恩，重于君臣之义。未审主公何以自解？且主母已死，不能复生，国难家仇，宜权轻重。愿主公三思。"玄德泫然流涕道:"二公之言皆是,备之过也!"二人起谢,劝慰良久,方行辞出。

玄德犹恐云长激于义愤,乍起兵戈,即日令子龙夫妇率领张苞、廖化、黄叙、邓芝、程畿、傅彤、严寿、宫邕、杨义、丁威、张裔、刘邕、吕义、陈戒、张休、李盛、向朗、李鸿、杜微、胡班、岑述、胡济,氐将符健,氐兵五千,蛮将沙摩柯,蛮兵四千,大小将官二十余员,荆州马步兵八千,从马超麾下拨骑兵五千,步兵七千,全军二万余人,沿江东下直抵江陵,协同守御,以防吴兵,要云长暂时按兵不动。子龙夫妇领令,拜辞出府,别了孔明、孝直,即日率领兵将,拔队起程。玄德又请孔明即日前往阆中,布置军事,进图南郑。孔明拜辞出府,径赴川北。玄德自与法孝直率荆州军三万八千人,坐镇成都,接应孔明。令孝直督同郡县征集丁壮,积极训练,以作后援。

玄德吩咐将吏已毕,回进后堂,却思想起孙夫人恩爱情深,青年玉折,悲悼无已。择定日期,令从事具牺牢酒醴之奠,在武担山南设位,向东遥祭,招魂虚葬。玄德缁衣素裳,玄冠缟鞸,就位望祭。文官武将缟素相从,陪位祭奠。秦宓读诔文曰:

于穆夫人,奕叶簪缨。破虏作父,讨逆为兄。勋烈宣昭,世有令名。长沙官邸,载诞宁馨。湘江擢秀,衡岳钟英,毓此炎德,蔚为水精。幼历兵戎,长习韬铃,齐彼哲夫,壮志成城,于乎哀哉。丹阳羁旅,言依舅氏。建业雄藩,孔怀昆弟。组纴是闲,酒食是议。祁祁奉母,展然思媚,礼容不愆,庭闱进退。既怀明德,亦纵多艺,太阿湛卢,雍雍杂佩,迨吉文定,欣然天妹,于乎哀哉。天作之合,在汉之阳。长江如镜,乌鹊为梁,如云之从,行道生光,谓膺多福,吉叶鸣凤。弘我汉京,媲懿周姜,何图孝思,应以诪张。曾谓骨肉,不如侯王,捐义弃信,迫我葱珩,惟谷之悲,宛转衷肠。东流不复,魄震神伤,于乎哀哉。伊古仇雠。昉多婚媾,惟利之求,明神不祐。哀我夫人,危时适遘,二人同行,胥前种后。白马银涛,如山如阜,魂兮归来,降余左右。是邪非邪，远望莫就，枫落吴江，离离红豆，于乎哀哉。

秦宓宣读诔文才毕，只见天上阴云陡合，悲风四起，林木悲号，半空中隐隐约约风马云车，飒然大集。随从文武百官尽皆仰视，只见孙夫人霓裳羽衣，星冠宝剑，凝立祭坛上空，如怨如慕，如喜如怒，云隙的日光照见，神采依然，奕奕如故，后车里隐现一同样装束的女仙。玄德不由得失声痛哭，群下无不哀感，一霎时，云开日见，踪影全无。玄德愈加痛哭不已，众文武苦劝回府。成都人民多有闻见，无一个不哀悼孙夫人，痛恨孙权。

那赵云夫妇，令骑兵由陆路赴荆州，自领步兵由涪入江，乘船直下，三峡水峻下水极快，六七日间便自到达。云到了江陵，将队伍扎住，夫妇只带了随从小队并马入城，来荆州牧府，一同谒见云长，夫人入内谒见云长夫人。云长与子龙一别数年，相见欣然，先问了大将军的安，次候孔明诸将帅。子龙一一答复，然后宣布主公意旨，云长、元直敬谨受命。张苞、廖化诸将扎定营盘，并来谒见，云长令左右设宴款待。元直见云军随来将校甚多，翼德前方正苦偏裨将太少，因与云长、子龙二人就席商议，两军将校平均分配。二人极端赞成，请元直处理。元直即令张苞引云带来之荆州骑兵三千，步兵二千，率偏将黄叙、向朗、吕义、宫邕、杨义、丁威、刘邕、胡济、杜微、岑述、李盛、张休、张裔、陈戒、李鸿十五员前往襄阳，归翼德节制。士元指挥子龙率邓芝、廖化、胡班、严寿、傅肜、程畿、蛮将沙摩柯、氐将符健，所部全军二万四千人，沿江湖重地，扼要驻扎，子龙自驻公安，荆州下游，水陆将士尽归指挥。隔江徐盛见荆州益戍增防，显见吴侯失策，自启兵端，只得率部尽心守御。正是：

功利纷纭，涂炭生民膏血；权谋倾侧，摧残壮士头颅。欲知后事如何，且听下回分解。

异史氏曰：作者不欲操得行文王之志，以明正篡窃之罪，此间着笔颇难，且须沟通孙夫人不归，吴蜀兴仇事迹。又恶不得一人赦，善不得一人掩，彰之瘅之，而时势则早为改造，迥非三国易于离合之局。此再归于旧辙，合于前车，写死写篡，不迁回一笔、遗却一事，诚不易易。看他借一公瑾身死，以写国太之病，由病而有孙夫人之归；借一刘备入川，以写逼宫之祸，由祸而生玉玺之去；事犹三国之故事，人犹三国之旧人，然均情理一新，心目一易。更何得强削足履，自适其踵，妄生矛盾，自反其说，乃将如何为写夫人之忽不归，帝后之仍逊国也。不意即借玉玺之去，挟君无用，激操不得不怒，急自篡以登台。复借玉玺之仇，有计可行，激吴不得不离，利三分而火拼，则操走挺险之途，权醒蕉鹿之梦，有不舍文王而留大妹者乎。此真举重若轻，写来入理入情，而又自然合拍，岂不妙极。只用空头敕诰四字，暗暗关合，即将金缕衣裳，密缝成功，针头线脚，一齐不见。而后明第十一回之写私送国玺，恸哭东床，俱非闲笔。则于公瑾身亡不得空作风流史读也，又非至此回读过不能知也。

刘晔之说孙权，亦犹《演义》孔明赤壁之说吴侯也。刘备之祭夫人，亦犹招魂西蜀之祭关、张也。曹操以数十万众，遗书吴会，将欲会猎于江东，权必待激而始兴兵助备，是可耻者也。故今即以写孔明者写刘晔，则贬吴之义自见，国贼曹操，非孙权也。备以七百里连营致败，事固非然，顾笃于兄弟之伦，虽异姓而存至性，是不可削者也。故今即以祭关、张之地，改祭夫人，则予备之义亦明。若孙夫人，不待闻皇叔猇亭误传噩耗而后沉江，竟写孙刘弃好成仇悬于眉睫，失其进退，先自全贞殉节，以入清流，又何其悲壮苍凉，如听杜鹃血泪，啼残蜀道也，如此翻案，夫人真足传矣。

第十五回

吴蜀仇雠阿瞒称帝　　汉魏禅让子建出亡

话说刘晔回到许昌，进了王府，谒见魏王，将孙权情态详细禀知。操大喜，重赐刘晔，以酬劳绩。果然不到三月工夫，合肥守将张辽派了专员，赍了手书，来府具报。报称细作自建业回来，言探听确实，孙夫人投江身死，关云长对江东宣告绝交，现在云长派赵云同马良领兵二万余人，在巴陵、潜江、公安、石首一带布防；江东调陆逊守濡须，吕蒙赴夏口，徐盛、甘宁尽归节制，两处兵队日形接近，早晚当有战事发生。曹操听到此项消息，喜之不胜，拊掌大笑道："荆、扬自斗，孤无忧矣！"即令曹洪于许昌南郊建造受禅台一座。

曹洪领命，与本地地方官征发民夫三万，挑选工匠，依着颁发的图本，前往建筑，昼夜督工，十日之内，即行完毕，曹洪缴令。操面令华歆向建安皇帝勒索禅位诏书，令钟繇、王朗排定仪注，选择了良辰吉日，与建安皇帝实行最高大位移交。手续清楚，两无芥蒂，文武百官赞谒如仪，建安皇帝退就臣列。遵照尧率诸侯北面而朝舜的旧例，操改国号曰大魏，以汉时即位改元，徒挠观听，诏即称大魏元年，昭示天下；封建安皇帝为山阳公，为国三恪，祭祀宗庙得用天子礼乐，比于伯禽之鲁公，即日就国，世为魏宾；赦天下殊死以下，优免本年田赋，谯郡赐复十年，致送耆老米絮，赐许昌人民大酺三日；令文武百官，各举所知能任将、帅守令之选者。手诏云：

    朕曩以孝廉，待命郎署。属董卓造逆，擅行废立，播乱朝廷，荼毒黎庶。百僚震恐，莫敢违言；万姓屏息，逃死为幸。朕迫于忠愤，借辞奉刀，欲以图卓，所志不遂，旋被名捕。四海之大，岂不能容孤一人？不过伏窜荒陬，雅非朕平生之意志耳！先知先觉，大任伊何，是以闲关东出，倡导义声，传檄州郡，纠合诸侯，岂期亡命之余，克绍遗绪于桓文也！固将肃清君侧，安定国家，拯兆人于涂炭之中，殛四凶于边裔而后已。不谓本初兄弟，怙其家世，妒贤疾能，僭主齐盟。诸侯失望，瞻顾不前，大功败于垂成，板荡之祸愈烈。每思畴昔，体中怅损。朕还军东国，招致英俊，文武翕集，如雨如云，庶乎先祖八元八恺之志事，重见近代矣！赖我寮吏，心志齐一，荡平幽、并，扫除徐、豫，安辑青、兖。二袁、陶、吕后先歼灭，勤王之大勋既集，四海之望，于以攸归。今孙权怀德，举江东八十一州土地，内附朝廷，区区顽民仅一刘备，假息西南，其何能久？朕昔自官渡还师，言经故里，已于谯南卜筑精舍备陈图籍，副以弓矢，方冀皇路清夷。即从初服，春夏读书，秋冬射猎。旨酒羔羊，御我父老；弹棋击剑，乐我嘉宾；斯亦足矣。而汉帝倦勤，恳挚授命，讴歌讼狱，胥集藐躬。汉帝既大其公天下之心，朕又何敢私其一身以违天下之望，坐视斯民之饥溺，而不思以道援之邪！矧卯金受姓实始于尧，当涂命氏于舜肇迹，何期汉魏，合德唐虞，后先同揆，晖映图牒，天人之交，固不可以常理论也！周子有云："孤始愿不及此，今及此，岂非天乎？"朕以藐藐之躬，何德堪此？亦我元恺诸臣之功而已。其大赦天下殊死以下，赐民老弱鳏寡米酒钱帛，令公卿举茂才异等，足备干诚之选者，以承天庥。

操又以汉室中衰，外戚宦竖迭干朝政，驯至灭亡，前事之师，可为殷鉴，藩封过大，亦肇祸端，乃自作三手令，各缮二份，一悬朝堂，一悬太庙，云：国有长君，社稷之福。母后干政，外戚擅权，国之危亡，不俟蓍蔡。汉氏有国历四百年，外戚之祸，世及无已。后莫贤于马、邓，忠莫盛于霍光，而流弊所及，两败俱伤。渭阳之恩，一旦灰烬，赤母族以定国家，非仁人孝子之事也。自今伊始，母后不得临朝称制，外戚恩泽封侯，但奉朝请，不得典军临民；违者天下共诛之。汉惩秦孤立而亡，大封宗室，跨州连郡，权势侔于人主，卒酿七国之祸。骨肉相残，惨烈斯极，屏藩王室，岂谓是耶！夏商传世各六百年，夏则仅著少子封越之文，商则贤如微箕犹无寸土。周室卜年七百，而东迁以后，政出诸侯，天王守府，毁冕裂冠，终成战国，名存实亡，将安用此？由此言之，国祚长短，系于人君，尾大不掉，甚于孤立。朕历观往失，良用憬然，自今宗室崇封，大县不过十小者倍之，食其租税，以笃亲亲。吏治其民，庶相杂不敝。寺人漏师，齐桓霸业于以衰坠。阉戕余祭，千古明戒。刑余之人，怨毒所积，以备洒扫，听使令犹惧或包藏祸心，而假之以耳目，委之以腹心，城狐社鼠，谁能去之？汉室之亡，此为昭著，尤而效之，灭亡而已。今制内官不得逾五品，给事内廷，非奉敕旨不许外出禁门，有违令者，丞相大将军、御史大夫、丞相府长史，掖庭令皆得称祖制，杖杀之。外廷官吏交关内官，杀无赦，夷其族。

操既登极，大封功臣。以曹洪为大将军，封咸阳侯，曹仁为大司马，封武功侯，曹休为司隶校尉，封邯郸侯，曹真为城门校尉，封扶风侯；夏侯渊为南郑侯，夏侯惇为邰阳侯，许褚为舞阳侯，张辽为涡阳侯，李典为冠军侯，徐晃为翊阳侯，张郃为桐乡侯，郭淮封上谷侯，毛玠封阳曲侯，于禁封曲周侯，文聘封赤亭侯，邓艾封井陉侯，钟会封大城侯；以司马懿为丞相，封叶侯，华歆为御史大夫，封下蔡侯，郗虑为廷尉，封黑水侯，刘晔为丞相长史，封淮阳侯，贾诩为侍中，封东光侯，陈群为尚书，封犬邱侯，董昭为侍书御史，封蓿侯，程昱为大中大夫，封曲阳侯。文武百官，封关内侯者八十人，其余皆进级有差。以次子丕为太子，封三子熊为濡阳王，四子植为东阿王，五子彰为任城王，六子彪为白马王，追赠长子昂为宛哀王，少子仓舒为灵宝烈王；立妃卞氏为皇后。立魏九庙以虞舜为始祖，配享郊天命所司修正礼乐。

大兴学校，举遗逸，求贤才，正在那粉饰太平，铺张扬厉的当头上，不提防大杀风景的诸葛亮，业已出其不意攻取汉中，占领三秦了。看官们不要希罕，兄弟因曹操立志要做周文王，心中怄他不过，所以偏要请他做周武王，送他蹲在火炉上，以便我这《反三国演义》后半部里发展发展。

这也算事出有因，查无实据，比那武成三策，血流漂杵一样荒唐，只可意会，不可言传了。惟有华歆那个东西，真是个孽龙头，无恶不作，也不候曹操旨意，暗遣心腹勇士随着山阳公夫妇到了山阳，乘间将他二人双双刺死。地方官吏，只好看着，复由歆授意，令以急病奏闻。曹操心内明知系华歆斩草除根，心中暗喜，表面上不能不辍朝三日，遮掩耳目，还正式来了一个御赐祭吊，准其归葬洛阳灵帝陵侧，仍以天子衣冠入殓，做得冠冕堂皇，有情有义，真算得表里精粗无不到也。

那雄据江东的孙权，听得曹操称帝，自己已与刘玄德恩断义绝，就不能不另找靠山，一心只好投入曹操怀抱，好抵抗荆州，立时又遣张纮入许，称臣纳贡。操仍令其行大司马事，江南诸将吏各加封爵，张纮拜谢，自回江东。

不料在此轰轰烈烈之中，出了一件奇奇怪怪的事，原来是东阿王曹四王爷弃位潜逃，莫知所向。府内从人呈上遗书一纸，操大惊，启视云：

> 臣植言，臣夙承眷爱，早受义方，束发授书，历览前史。见往昔圣哲之后，每以纤芥之私，蔽其日月之显，荧惑于左右邪僻之臣，肆志于邃古嬗代之事，遂令大节不终，贞怀日昧。使东海义人，辍耕兴叹，西山同气，采薇甘食，宁复当时澄清天下之初心，早岁孝廉为郎之本志哉。抑又闻之，功不倍者不图事，利不什者不兴工。昔据雍冀、幽青、徐兖方州之地，举中原之众，挟天子之尊，萃计谋之士，聚将帅之才，然犹东斥于合肥，西夷于关辅，赵云以三数人阑入许昌，而将吏曾莫之知，穆顺挟国之大器，远赴益州，来去自如，

游击捕盗，视若无睹，关津之吏，相顾懵然；此岂王威之所不加，兴国之所宜有者哉？今既毅然冒大不韪之名矣，主者方以为孙、刘交恶，为我之利，乘时肇运，千载一时，何其昧于目前之几，而忘百世之计也。

孙权反复小人，但思久据江东，游移其旨，择利以趋。世无两利之事，利于我即不利于彼矣，此理明甚！彼既不利，附我何为，朝可弃刘而附曹，暮又何不可弃中原而即荆、益哉。羁縻之则无益，资辅之则养寇，制梃而命之，彼将喧然而相诟，戎马之势，绌于戈船，徒假虚名，将安用此。且彼不惜以同父之女昆弟远适刘备，情好之笃，谓可百年，中朝方引为深忧。谋所以析之之术，不谓述于虚言，骄于往事，卤莽决裂，曾不思维。彼邦虽不乏明达之士，必或引绳忠谏，彼且以忍人之心，行其倔强之实，背道而驰，不稍顾惜，坐令骨肉殒身清流，从以宠姬，波及老母。于家如此，于己如此，此范蠡所云：越土天下忍人，能可与之共天下之事，倚为缓急之助乎，不必知者而后始知之矣。

刘备以枭雄之资，屈身降志，蹉跌徐、沛之间，迫蹙襄樊之地，我不能及时剪灭，遂使唾手而得荆州，近据西川，更谋南郑，金城、天水，声势相属。陇西羌氏。畏服马氏，马超与我仇雠，新归刘备，缔好赵云，关西之卒，一呼可集者，毋虑十万人。以刘备之雄武，马超之凶悍，羌氏之敢战，佐以诸葛亮之阴谋，赵云、黄忠之精锐，韩遂、马邈之响应，若出下辩，夏侯征西非其敌也。南郑一失，关中三面受敌，关云长虎视荆襄，张翼德窥伺河洛，又得庞士元、徐元直以为之辅，养精畜锐，伺隙而动。我若西救关中之急，彼必进摇许下之防，是我进退失据，彼则东西响应，孙、刘失和于我又何利之有哉。闻关云长近绝吴好，以马良佐赵云，镇抚下游。马良老成持重，赵云今日之雄，水陆辐辏，文武辑和，吴虽欲与我相辅而行，而下流仰攻良不易易。荆川居高临下，以逸待劳，关云长自驻江陵，相机援助。徐元直前在新野，以饥疲之卒犹能败我曹、李二将十万之兵，今进有所资，退有可守，心志舒展，智虑发挥，兵食源源，供给前军，后防巩固，安若泰山。吴虽有吕蒙、徐盛能战之将，可用之兵，亦无如赵云、马良何也。吴既不能倾国而出以牵制荆、襄之后，我乃顾此失彼，独承关陇、汉中之祸。今又贻之以扶义之名，假以出兵之号，人心思汉，为敌实多。糜烂之局，事将更有不忍言者，何兴作之急急，而不稍缓须臾以思之也。华子鱼厕称名士，见邴幼安、割席之举，通国皆知，何孝何廉乃以孝廉入仕，何功何能，列于九卿，受汉之恩不为不厚，折而从我，推刃故主。如又有以重利啖之者，则可以施之于建安者，未必不可再施之于我也。愿陛下三思。臣本书生，深惧祸患，语不云乎？成事不说，遂事不谏，愿陛下深思治乱之原，以为应变之具。臣得优游盛世，以乐余年，皆陛下覆载之贻也。必欲求索，则惟有从幼安之后，蹈东海而逝耳。君亲恩重，岂敢自外生成？心所谓危，吐鲠为快，刍荛之言，明王不弃。鞠育顾复，死不敢忘，瞻望宫闱，不胜依恋。临书饮泣，未尽欲言。臣植顿首顿首，死罪死罪。

操览书毕，凄然长叹道："东阿书生之习，终未能除！何其恝然，舍我而高蹈也！"一面下令令官吏人民四处寻觅，有寻得东阿王者，赏千金，封三千户侯。侍臣遵令，布告天下。操十分扫兴，闷闷回宫。正是：

犁牛之子，亦可用于山川；狐貉之丘，自易别于枭凤。欲知后事如何，且听下回分解。

异史氏曰：曹操身不篡汉，而千古以篡贼目之，认汉帝本成赘瘤，操实行篡窃也久矣。当时人人心目，皆以汉即是曹，曹即是汉。如华歆辈，且属只知有曹，不知有汉，则又与篡何异？乃操志于文王，曾不尸篡汉之名，此大奸大雄，所令千古人人心恨者也。本书直写其篡，便如掘疑冢而戮其尸。以为千古既无信史，自不必以史为信，可径作诛心史笔之传，则操本传写至本回，而明正典刑矣。操一生所畏，踞于炉火之上者，只此一事，即踞之于炉火上死之，不亦快哉！若附逆华歆，亦故以手弑山阳公夫妇书，殆犹十恶不赦，不分首从，一律问斩之意云耳。

曹植豆萁之诗，闻于千载，则处相煎之急，诚未闻适异国而逃兄。使能如本书而行，岂不为当日自处妙策，而植惜不知此也。操有七子，惟植人品较佳，所为诗赋，亦不乏孤臣孽子之咏，后世辄能原之，此作者所以命为犁牛之子者也。今就本书局势，为作遗书，瞻虑详明，俨如植生平惧祸怀忧之素抱，不知何法以写出之也。所谓尘作巫亟，何不稍缓须臾以思，则言外贬植，终为贼臣之子，匪不觉恶之意亦见，未可以全宥视之也。

第十六回

大复仇刘玄德兴师　　小得胜夏侯渊败绩

且说曹操代汉而兴，改元大魏，封赏功臣，大赦天下，华歆逆贼弑杀山阳公夫妇。此种大事人人关心，并且文告彰明，动作昭著，不是那种秘而不宣的事件，自然是一人传十，十人传百。

襄樊接近中原，消息很快捷地便传到荆州牧府，兼之常驻许昌的侦探，这样的大事当然加紧提前报告。云长本受建安皇帝特殊知遇，时常感恩图报，念念在心，此际乍然听得建安国亡身弑，不觉抚膺大恸；一面遣人飞报入川，一面率领本部文武将吏，六军缟素，出荆州北郊大临三日，整军搜卒，秣马厉兵，静候大将军出兵讨贼命令。

益州方面，玄德接到了云长手书，十分悲痛，率领将吏军民，缟素出府，陈设祭礼，望北遥祭。玄德挥泪就位，俯伏痛哭，吩咐法正，传下命令，凡属荆、益、梁三州文武官吏、军民人等，一律挂孝二十七日，为建安皇帝发丧治服，追上尊号曰：孝献皇帝。并通谕所部，公私文件，岁时伏腊，仍遵用建安年号，以示不忘。回到军府，手下命令，承制授军师中郎将诸葛亮为左将军，出兵讨曹，总摄东征诸军事宜。即时派遣专员，赍了制书手令，星夜就道，以利戎机，三五日间便到阆中。

孔明在阆中帅府，奉到制书手令，焚香拜受，立时升帐，点鼓聚将。黄忠、马超、魏延、马岱、李严、王平、张翼、张嶷、刘琰、廖立、关索、傅佥、马忠、吴班、冯习、张南、吴兰、雷同、高翔、李丰、马成、马龙、陈式、杜义、刘巴、费诗、杜琼、霍峻、杨仪、彭羕、阎晏、爨习、马骥、马骧、刘邰、邓铜、黄龚、陈到、马勋、王含、李福、樊建、陈祇、阎宇、马凯、马旋、马登、马策、杨敏、杜祺、宗预、刘敏、盛敦、郤正、来敏、樊岐，羌将白虎文、越吉，氐将罗宪，宾将伍梁，大小文武将官一百余员，环立帐前，静听指挥。孔明戎服佩剑，立在帐前，拱手说道："众位将军，今曹操逆贼，倾覆汉祚，摧刃君亲，大逆无道，大将军受先帝手诏，光复汉室，为国讨贼。亮以书生，忝膺重任，各位将军世受国恩，务宜戮力同仇，中兴汉业，上继云台诸将之勋名，亮亦与有荣光也！"帐下大小将官，齐声应道："愿听元帅指挥。"

孔明拔出令箭，叫马岱道："我兵进取汉中，夏侯渊必求救于长安。马将军，你可带领三千人马，由武都仍回天水，启知马太守，增加兵力二千，协同姜维，各领五千人马，骚扰武功、扶风一带，多设疑兵，虚张声势，随时进退，不可深入，务使彼不敢撤陇坻之防。置彼重兵于无用之地，则吾事济矣！"马岱领令，因准备已久，即时拔队起程。孔明再叫黄老将军听令，黄忠应诺。孔明道："夏侯渊，魏之名将，深知兵事，久知我兵欲取汉中，沿途关隘节节设防。老将军可同张翼、张嶷、罗宪、伍梁四位将军，领兵一万七千，由巴峪关越过巴山，令张嶷将军领兵三千，打着老将军旗号直取米仓山；老将军与伯恭各领兵一千，分袭米仓山左右，罗、伍两将军各率所部，由米仓山后进袭，必可得米仓山。得了米仓，乘势直取天荡山，不得有误。"黄忠领令，带了四将部兵即时出发。原来孔明因黄忠年纪将近七十，虽然精力弥满，英锐如常，但是心中十分爱惜，环顾部下将校，张嶷、张翼武艺尚好，且人又稳重，张翼更有谋略，氐、宾二将短小精悍，力敌万人，所部氐兵四千，宾兵四千异常精锐，故从马超部下拨隶黄忠，忠本部九千，多系忠故乡襄汉劲兵，山南锐卒，令其独当一面，庶可放心无虑。孔明派了黄忠，再唤马超上帐，说道："孟起，阳平关守将张郃是曹操手下一员猛将，非孟起不足以制之！前时刘璋派遣孟达赴汉中求援，因成都不守，孟达回不得成都，就归附了夏侯渊，现在探听得夏侯渊派了孟达，帮助张郃守护阳平关。孟达在成都时与正方心腹至交，孟起可同李将军、王将军、羌军二将、本部六将，领本部兵二万二千，直叩阳平关。张郃恃勇必然出战，可令李将军先行修书，派遣心腹混入关内投书孟达，必可唾手得关。得了阳平关后，可令王将军分兵三千，收取略阳，以通西路，便与沔阳仲华、姜维两军联络。孟起自与李、白三将穷追张郃，沿沔水东下直取褒城，会师南郑，我自派兵来守阳平关。"马超领令，同李严、王平、白虎文诸将去了。孔明再叫李丰领兵三千，押解粮草十万，往守阳平，接济马超军队。李丰领令，押粮随着马超后队，陆续出发。孔明吩咐诸将已毕。令老将严颜谨守阆中，保固后路，接应粮草。自督魏延诸将，部兵五万，向米仓山前进，接应黄忠。总计东征出发全军，天水兵九千，西凉兵三万，羌兵五千，氐兵四千，宾兵四千，川兵三万五千，合马步军八万余人。

　　调遣已定，正待启行，李福进谏道："元帅奉令讨逆，初次出兵，为何即以羌氐兵将充当前敌，不惧令夷狄生心藐视王师么？"孔明笑道："大夫之言可谓能见其大，但大夫亦曾诵尚书乎？昔武王伐纣，大会孟津，八百诸侯，亲临行阵，兵力不为不厚，景从不为不多，而庸、蜀、羌、髳、微卢、彭、濮之兵并在行间，称戈比干立矛，与本军同一步骤，不闻有贻误戎机之事情。但益张尚父鹰扬之声势。今曹操篡弑，薄海同仇，羌氐效忠，为王敌忾，义不能拒，顾在用之如何耳！羌氐兵将对于孟起，奉若天神，赴汤蹈火，亦无二致，蛮人畏服子龙，宾人敬爱汉升，心目所寄，亦复无异。我军兵精将勇，彼万不敢存轻视之心。此去汉中，多系山僻小路，羌、氐、宾蛮之兵，爬山越岭是其所长，具耐饥忍冻、暑雨无畏、冒险陷阵之精神，有节制之师所不及者。我统之以能将齐之以号令，明其赏罚，洽以恩义，自可得其死力，而我节制之师可以休养，全力出应大战矣！大夫以为如何？"李福方才叹服，诸将无不喜悦，分拨既定，大小将士按照命令陆续出发，不在言表。

那先锋黄忠领兵早来到米仓山附近，守米仓山的乃是魏将夏侯德、夏侯尚兄弟，有兵六千。因夏侯渊向来想取西川，所以沿途安顿重兵，积草屯粮，那米仓山为汉中入川要道，故而命他兄弟二人前来把守，听候将令进止。二人正在大帐议论川中出兵事件，都不把他放在心上，正在安闲度日，忽听探子报道："不知何处来的兵马，现在山下讨战，打着长沙黄忠旗号，特此报知。"夏侯德便问道："大约有多少人马？"探子答道："不过二三千人马。"夏侯德兄弟前时跟着夏侯渊平定汉中，毫不费力，如同摧枯拉朽，两个便自命天下无敌起来了，他也不知黄忠是什么角色，此刻一听川兵到来，满不在意，便留着兄弟夏侯尚守住山寨，自己全身披挂，带领三千人马从米仓山前山下来冲至山脚。谁知川兵队里罗宪、伍梁已经各率所部，悄悄地从米仓山后奋勇爬上，到得半山，见魏兵寨栅相离不远，二将候部兵上，齐呐一声喊，从营后杀入。魏兵猝不及防，被二将登时蹿破，四面放火，满山通红。黄忠、张翼也从前山左右赶到，夏侯尚上不及马，已被黄忠赶到面前，一刀杀却。山下张嶷见夏侯德领兵下山应战，忙挥兵往后一退，自己纵马提刀上前与夏侯德约莫战了十余合，回马就走。夏侯德哪里肯舍，纵马赶来，离了米仓山脚不过一二里地，忽听得山上喊声动地，回头一看，山上火光冲天。夏侯德知道不好，心内着慌，急忙勒住马，收兵回山，张嶷却倒赶回来，追上截住，战不到四五合，奋起精神，将夏侯德一刀斩落马前。魏兵大乱，川兵上下乘势追杀，登时占领了米仓山。

当下黄忠吩咐张嶷分兵一千，守住米仓，收拾粮草器械，自同张翼、罗宪、伍梁三将马不停蹄，追赶败兵，看看赶到天荡山，山上守将韩浩、副将张音、吴立部兵五千，正在山上瞭望，一见是自家败兵，即令部兵放其上山，以便探问。谁知道罗宪、伍梁因米仓山两员敌将他二人不曾杀得一个，心中懊恨已极，此番各率所部兼程猛进，早已跟着溃兵背后上得山来。守将吴立、张音见得分明，立时上马，各提刀斧，急忙领兵上前截住，就在山腰迎头大战。战不上二十余合，吴立被罗宪一锤打得脑浆迸裂，死于非命；张音见势不敌，只得回马向山上败走，伍梁纵步上前，赶至背后，照头一锏，张音连人带马一并滚下山来。两个取了首级，追杀败兵，川兵乘势，杀上山去，魏兵自相践踏。韩浩哪里抵挡得住，弃了寨栅，带领亲军数百，由山后小路如飞的逃奔定军山，报告夏侯渊去了。黄忠计点兵卒，不折一人，杀了四员魏将，招降三千多魏兵，得了两处重要关隘，好生欢欣，奖励四将，犒赏全军，暂行休息，候元帅命令再进。

你说夏侯渊不扎南郑，为何反把大本营扎在定军山，倒是什么道理？这便是夏侯渊知兵的处所。那南郑不过是汉中的中枢，政治重心，便于发号施令而已，至于定军山却是入川的要隘，进可以战，退可以守。夏侯渊久欲取川，无奈被刘玄德捷足先得也，又提防川兵东下，故而自己出驻此山，天荡、米仓、阳平、褒城都安置重兵互相援应，扼住川兵前进要路实在不愧妙才二字。不比现在军太爷，单拣市镇繁盛处所驻扎，以便就地征发开捐筹饷，吃喝嫖赌，优哉游哉。这都是今人不及古人的所在，说起来令人头痛，太不像话了。

夏侯渊在定军山已打听得诸葛亮督师进窥汉中，急忙遣人报入许昌，一面檄调钟、邓二将各率兵部，从长安抽调万人火速奔赴军前听令。守长安的都督夏侯楙是他的亲生儿子，得了父亲命令，岂敢不遵？自然火速派援，飞调钟、邓前往定军山。各位看官，大家注意这一点：钟、邓本部就有万多人，再从长安抽调万人，就是两万多，定军山大本营的兵也有两万开外，合计起来将近了五万。以如许巨大兵力，既有一位能征惯战的上将夏侯渊，又加上这二位智勇双全的钟会、邓艾，三个共施智勇，共同保守定军山，无论如何，任凭孔明通天本事，至少也得攻打半年，黄忠的大刀，纵然削铁如泥，也剁不到妙才将军头上。这个道理，是谁也知道。俗话说得好：牡丹虽好，还要绿叶扶持。夏侯渊见魏皇把曹洪、文聘早日调回许昌，此时自己要找帮手，便非找钟、邓二将不可。自古道：英雄所见，大抵略同。孔明也是看定此点，所以登坛点将正兵未出，首先就派马岱一支疑兵，自家只花三千兵力，就近搬近，三千人去牵制他二人，明明进取汉中，却教马岱先绕一个大圈子去扰长安的南路。看起来不大相干，谁知道那支兵正经得力不少，因为绊着钟、邓脱不了扶风关系，夏侯渊便成了光棍牡丹。黄老将军好好把刀磨得锋利，马上就要开利市了。你但看国手下棋，起初在犄角上面东下一个子、西下了一个子，乍看来很不相干，谁知下到后来，有那一个子全盘俱活，没那一个子简直无可救药。行军打仗，跟下棋原是一样的路数。各位看官，将来若是当统兵将领，对于孔明未出正兵先出疑兵的原因，多多注点意，包管是我战则克，单靠人兑人，一换二，三换五，血对铁那都是不合算的。并非兄弟故意唠叨，实在看见一些作战的太难堪了。

且说夏侯渊分头派人去米仓、天荡、阳平三处地方，知会统兵官，严令他们坚守勿战，以老川兵。谁知道命令还未到达，三处地方已经都失守了。夏侯渊一见韩浩败回，问知详细，心中大惊，立时吩咐所部将士，无论如何只管死守此地，候长安救援兵到，再行出战。

山上夏侯渊正在料理，山下孔明大军早已来到，教黄忠将人马扎住通南郑的咽喉要径，离定军山十里安营，与大军联络一气，困住夏侯渊，不必仰攻，徒伤士卒，待孟起一至南郑，彼必自乱，那时邀击，必获全胜。黄忠遵令安营，自己来到大营面见元帅，呈报所部四将连夺两处要隘的功劳。孔明当面召集四将，大加奖励，额外赏宾、氏二将每人一柄蒲元所铸的宝剑。二将叩谢元帅，欢欣鼓舞，不可名状。孔明又令行军长史杨仪赏了黄忠全部二百七十腔羊、三十坛酒。军士酒醉饭饱，欢天喜地，恨不得马上出阵，再打几个胜仗，又好来吃这快活的酒肉，真正高兴。

再说马超领兵来到阳平关，真个单搦张郃出战。那张郃也久闻马超的大名，在潼关虽然领过教来，不甚满意；许多日子就想跟他比较比较，到底是谁强谁弱，此日一听得马超光临本关，移樽就教，真是不胜雀跃之至。便吩咐孟达好生守关，自己带领五千人马，出关来战马超。两个都是久仰大名，毋庸通报，来到阵前，接手就杀，两马相交战了八十余合。李严在前押阵，城上孟达早已远远看见。李严因要派人下书，号令一声，诸军围绕上前，混战一场。张郃见川兵势大，火速收兵，那奸细也就混了进关，暗暗打听孟达住址，乘黑夜里前往求见。

孟达一见此人形迹可疑，加意自行盘问。那人贴身将书取出，双手呈上，孟达接到手中，见是李严手笔，即行启视。书略云：

> 三年契阔，靡日不思，山川阻隔，久绝书疏，每念旧游，辄为怅惘，眷眷之怀应所同也。惟兴居邕豫，体中佳善，足下眷属，犹滞成都。孝直保全，意至委曲，儿女韶秀，均知忆父。曹操篡弑，获罪天人。诸葛元帅，奉令东征，破竹之势，迎刃节解。足下智士，宁昧顺逆之旨？惟桑与梓，良可念也！弟属在行间雅，不愿与故人以兵戎相见。全身以归故国，顺时以立功名，孝直屡为弟言。敬讯执事，幸赐裁察。

孟达见书，沉吟了好一会，安顿了来人，自己来见张郃。张郃说道："孟将军，今日交锋，虽然未见胜负，你看川兵势大，如何是好？"孟达道："将军有所不知，马超恃勇而轻，只可计取。将军明日仍然与彼接战，达引弓弩手三千，从左侧出其不意，横加攻击，彼虽不死，亦将重伤，两下夹攻，必获全胜。"郃大喜道："此计甚善，即依将军之言行事。"

到了次日，张郃真个依旧领兵出战，川兵营里马超见下书人尚未回来，心中犹豫。李严道："孟达足计多谋，今日必有动作。将军与张郃交锋，由王将军掠阵，严与白、越二将军领兵三千，斜上抢关，定然得手。"马超依允。分布已定，马超自己出马与张郃厮杀。李严三将正待出兵，只见孟达引一彪兵从关上下来，迎着李严战不上十合，孟达拨马便走。李严三将紧紧跟踪追击，来到吊桥边，李严道："白将军，你可引五百骑等候张郃，在此截杀。"白虎文允诺，将五百骑护住吊桥，勒马挺枪，安排把张郃一枪刺死，就是一场大功。李严、越吉，已追赶到关内去了。张郃见李严追杀孟达，惟恐阳平有失，撇了马超，回马就走，将近吊桥，白虎文大叫道："张郃小子，休走！我们两个来大战三百合。"一言未了，劈心就是一枪。张郃大怒，急忙招架，两个才战上二十回合，马超却已从后面赶至。李严同越吉、孟达早在关内招降了四五千人，令越、孟二人办理善后。李严自带数十骑，飞马下关，前来助战。张郃见阳平已失，三将难当，情知不好，带了残兵，杀条血路，往关前小路没命的逃走。马超吩咐李严镇抚关内，候第二路兵到火速前进接应；令王平、越吉分兵三千去取略阳。自己也不进关休息，同白虎文诸将带了六千人马，一阵风追赶张郃。张郃成了惊弓之鸟，连头也不敢回，一直向后退去。马超一步一步的追赶不休，看看追到褒城，张郃进得城去，死守不出。

马超因兵士劳苦过甚，也就扎营休息。李严将阳平关交付儿子李丰把守，令孟达赍了捷音回成都奏报，自己领了三千人马来到褒城，会合马超。王平、越吉已乘势取了略阳，与马岱、姜维取得联络。

单说夏侯渊死守定军山，盼望长安救兵，久不到来。原来因为姜维、马岱分兵骚扰右扶风一带，钟、邓二将分头迎敌，只见处处都是川兵旗帜，究不知数目实在有多少，一面用心防守，一面飞报长安。夏侯楙把救汉中的兵先移去救扶风，再调各地的兵去救汉中，因此上便透着迟慢了，苦煞夏侯渊，在定军山呆等救兵日子久了，却接二连三就探子口中听得阳平关失守，马超穷追张郃已至褒城，南郑陷落就在旦夕，宝鸡、武功又有战事，四方八面都是些险恶消息，知道死守此山也是无益，即时下令诸军整兵出战。他的队伍在包围之中本来是时时备战的，命令一下全军立发，一声鼓角，夏侯渊匹马当先，率领全军将士，杀下山来。山脚下正是陈式的营盘，陈式一听魏兵下山闯营，急忙提刀上马，领兵截住，在营门外接住夏侯渊厮杀，他哪里是夏侯渊的对手，战不上十合，被夏侯渊一刀劈于马下。魏兵一拥上前，川兵抵挡不住，正在危急，忽听山前一声鼓响，旌旗尽竖，左边黄忠，右边魏延，前有张翼、张嶷，后有伍梁、罗宪，川兵大小将官一齐出马，四面包围上来。夏侯渊见冲突不出，只得火速收兵，仍回定军山暂守。孔明见折了陈式，令黄忠率领罗宪、伍梁，领本部兵九千，二将兵八千，离定军山东面二十里埋伏，候夏侯渊败到此处努力截杀，不许放走一兵一卒；令张嶷、张翼、傅佥、高翔，各领部兵一千，埋伏定军山附近左右，候魏延引诱夏侯渊下得山来，四出截杀，尽量攻击，不得有误；又令魏延引兵三千讨战，任夏侯渊杀下山来，不必力战，只截杀后面兵队。众将领令，分头前往。夏侯渊退回山上，喘息已定，奖率部队，预备冲出重围，回到南郑再作计较。

挨过一夜，当夜三更造饭，五鼓开营。闻听得川兵讨战，夏侯渊尽起定军山人马二万余人，分作三队，自领第一队当先冲锋陷阵，韩浩领第二队，偏将徐延领第三队鱼贯下山，用全力冲出，不许退后，反顾者斩。分拨已定，山上鼓角齐鸣，魏兵如排山倒海一般直冲下来。魏延闻听元帅说道夏侯渊是魏兵一员上将，不知他到底有多大本事，非得试验试验，似乎不相信，他的部队离开山脚尚有里多地，夏侯渊一马当先到得山前，魏延纵马拦住，迎头就是一刀。夏侯渊奋勇迎敌，刀刀逼紧，魏延跟他战了十余合，才知道名不虚传，自己谅难取胜，心甘情愿服从上令，就势虚掩一刀，向左边让开一箭之地。夏侯渊夺路而走，韩浩也跟着一路冲出。魏延回马截住徐延，十合之内，将徐延砍落马下，魏兵后队一乱，前头两队纷纷自扰。山左山右，鼓角齐鸣，旌旗四照，张嶷、张翼、傅佥、高翔，四伏同出，拦腰截击。夏侯渊拼死前进，四将不能阻挡，只好大杀魏兵，三停中又去了一停。看看来到黄忠埋伏的地方，一声喊起，黄忠纵马提刀直取夏侯渊。夏侯渊见后有追兵，前有伏兵，满拼一死，横了心肠，便与黄忠死斗。黄忠因奉元帅将令，不许放走一兵一卒，也就奋勇恶战。论起三国人物，夏侯渊本是一员上将，与黄忠旗鼓相当，不过此番战争，一个是成心邀击，一个是死里逃生，情见势绌，强弱迥殊。韩浩被罗宪、伍梁架住，正欲脱逃，罗宪向后一锤，打落尘埃，两个便催马来助黄忠，后面魏延五将也就一齐赶到。夏侯渊孤掌难鸣，心内一慌，刀法不依古格，被黄忠奋起神威，大吼一声，拦腰一刀将夏侯渊斩为两段。剩下残余魏兵，被川兵阻住要隘，四面兜剿，无路奔逃，又见主将已死，只好个个跪地求降，不曾走脱一个。

　　黄忠鸣金收兵，来到中军大帐报功。孔明闻知前军大捷，亲自出营迎接诸将，诸将又是欢喜又是感激。孔明道："夏侯渊，魏之虎将，海内知名，今被老将军所杀，操贼闻之丧胆矣！"记了黄忠第一大功，魏延第二功，罗宪第三功，诸将按照功劳大小一一记上，以便汇报大将军封赏。诸将谢了。又命将陈式尸首好生收殓，差人运送回川安葬，厚恤其家。投降魏兵，分营安插，饬地方官吏，即日掩埋战士遗骨。随令黄忠领傅佥、高翔及氏、宾二将，部兵一万七千，径取南郑，将新降的魏兵编作先锋，克日前进；张嶷领兵三千，徇汉阴、洵阳一带州县；张翼领兵三千，徇西乡、石泉一带州县。三将领令，分头出发。孔明自领魏延诸将径向南郑，接应黄忠。

　　那南郑城中，仅有毛玠一人带领偏将数员，部兵五千守城，陆续听得前线逃回军士报告，征西将军被杀，定军失守，米仓、天荡全军覆没，阳平陷落，张将军退守褒城，当下立意在南郑死守，以便与张郃掎角，等候长安援兵到来，再作区处。比及黄忠兵到，攻打三日，以毛玠守御得法，费尽心力，均不能破，正在懊恼，忽然听得南郑城中喊杀之声连成一片，守兵自乱，城门大开，不知什么原因，心中猜想不出。你道为何？原来张鲁前在汉中，目标只在传教，劝人为善，大家自由平等，未曾丝毫侵暴，人民都个个相安。比及夏侯渊来到汉中，大杀张鲁余党，惨戮过甚，又兼欲取西川，征收赋税自然繁重，编练壮丁无形骚扰，吏士奉行不善变本加厉，夏侯渊便成了众怨之府、众矢之的。所属人民处于积威之下，无可奈何，大家只好暗地里祷告上帝收回万恶煞星，今日听得夏侯渊被黄忠所杀，川兵进攻南郑，他们大家都以为皇天有眼，祖师显灵，报仇雪恨正在今朝。大家不约而同，齐心合意，一个个拿着菜刀、舞着面杖，长竿短棍，蚁聚蜂屯，在城中击杀曹兵、抢夺军器，全城骤变，火警时作。毛玠极力宣慰，但是完全无效，只得督兵掩捕，互相巷战。交通立断，城门洞开，喊杀之声闻于城外。黄忠在城外询问城中逃人，知有内变，心中大喜，不敢迟延，立令所部四将分门攻入，自家身先士卒，躬冒矢石，军士踊跃用命，里外夹攻，炊忝时间便已攻破。毛玠无法，只得弃了南郑，投往褒城，去与张郃一同进止。

孔明率领大兵，自来南郑，抚慰军民，立命魏延领兵三千，径薄褒城，多设金鼓，张郃必弃城而走矣。魏延得令，马上驰赴褒城，会见了马超，遵行元帅命令，沿城四面金鼓惊天，城里屋瓦皆为震动。张郃已从毛玠口中得知了全军失败情形，亦知道死守此地无益，与毛玠得间带领余兵黑夜开城往太白山小路逃走，退入斜谷去了。马超、魏延追杀一阵，方才收兵，取了褒城，分兵二千，令马骧守住城池。

两人合兵，来见元帅。孔明大为奖谕，赞美李严招降孟达之功，顺利军事实为不少。诸将人人欢喜。孔明令行军司马杨仪权领南郑太守，招集流亡，修缮城郭，平静乡邑，肃清溃兵。半月之间，王平、张嶷、张翼先后回报，各地降附。孔明遣军咨祭酒郤正，回成都报捷。克复汉中，大赏将士。令云长次子关索领部将黄龚、陈到，部兵五千驻扎汉阴，镇抚新降城邑，就近与襄郧各戍互相策应；令马超率领全部将士，由陈仓故道直出雍郿，合姜维、马岱之兵攻取扶风和武功，进撼长安南面；令魏延领精兵五千，宾、氐二将兵八千，沿子午河出子午谷，径袭长安，孔明以此道险峻异常，非宾、氐精锐难期收效，故从黄忠部下拨隶，魏延俟得了长安，然后归还建制；令张嶷、张翼领步兵万人，径出斜谷追蹑张郃，步步为营，节节前进；令黄忠领本部九千，部将傅佥、高翔、马忠、吴班接应。魏延诸将领令，分途出发。孔明留着偏将辅匡、袁綝，领兵五千，辅助杨仪紧守南郑，自领大兵向子午谷前进。正是：

汉水连天，已接西南之讯；秦川带地，乍扬东北之威。欲知后事如何，且听下回分解。

异史氏曰：曹操既定汉中，玄德以三郡归吴，求伐合肥，而解西川之急。及操还许，而蜀师已出，张飞、马超分兵下辩取关。于是智夺瓦口隘，计夺天荡山，以至斩夏侯渊，败张郃。亮取汉中，瞒退斜谷，皆《演义》中收复东川大节目也。本书至此，乃走笔而及之矣。然欲令诸葛收复中原，克完一统大业，不先定汉中之地，不能策分兵东进之功，不先有篡弑之成，不足建兴师复仇之帜。是以先写代汉而兴，而后振缟素六军之旅；预写阆中出镇，即以陈汉中三路之兵。以见师出，首重有名，而战略又必识其所向也。故本书将东川争战，俱留于此一回中，一次了之，而案无不翻，善无不赏。如取米仓，取天荡，斩夏侯，败张郃，取定军，取阳平，皆与《演义》略同者也。回天水，扰沔阳，降孟达，死陈式，取褒城，取南郑，则皆与《演义》不同者也。至曹兵退入斜谷，其结果又相同矣。同者用存各将战绩不灭之功，不同者自见行军兵法有别之理。于是武侯六出祁山之志，乃得大伸，而阿瞒一怒登极之恶，转以自毙，又俱于此一回始之也。

刘备之不得成一统，在忘汉贼而兴忿兵，自以猇亭为复仇之师，此所见讥于千古者也。本书于篡弑之后，特以"大复仇刘玄德兴师"书，盖必如此方称复仇也。然备之征吴，赵云谏之，多官谏之，诸葛瑾来和，又谏之，备尚有不知国贼所在者乎？所以轻重倒置者，殆以汉献尚存于山阳，所谓成帝犹生之怀抱也。今先写遇弑，既甚恶于华歆，亦暗明玄德忘其所忌，复挟国器，奈何不再兴师？是书发表兴师，实专有风人之笔，此事自见，特不着其形迹，读者必多不觉，为贤者讳，仍自半字不饶，因特为作者明之。

襄城疑兵之擂鼓鸣金，使张郃弃城而走，亦犹《演义》中汉水之溃、阳平之弃，操所大疑于背水结阵，多弃马匹军器，与夫四下炮响，鼓角齐鸣，东门放火，西门呐喊，南门放火，北门擂鼓者也。今操未至，故以张郃当之。亦写诸葛之仍为诸葛，不更为多添颜色，非欲偷懒竟抄袭《演义》也。

第十七回

魏文长偷渡子午谷　　马孟起再入长安城

　　从前看《三国演义》的人，看到孔明第一次北伐不听魏延的计策，兵出子午谷，径袭长安城，失了一个绝好机会，大家无不引为深恨，以为是这样一来，虽不能完全恢复中原，那关中三辅是可以安稳到手，若是得了关中，那兵事发展的程度数量便不可估计了，总比老守着两川之地，反覆踏着祁山一条现路比较，总长几十倍。你想孔明何等聪明，岂有见不及此的道理？就作为自己没有见到，经魏延这一说，应理也得明白了。可是那时节，荆、襄已失，陇、坻无援，孤军深入，未必成功，他老人家的安边大计，原本以攻为守，既不敢冒险以徼不可必之功，又不敢径犯长安重兵之地，然后想出那避坚攻瑕的主意，北出天水，东出祁山，正见他小心谨慎地方。魏延一得之见，何曾统筹全局！回顾本身，言之非不成理，只好与桓将军说吴王刘濞同一空中楼阁罢了。本书既然替孔明弥补缺恨，便要借重魏文长的计划了。但看关云长同徐元直坐镇荆州，张翼德同庞士元屯兵襄樊，赵子龙同马良屯兵江汉，关兴同赵累扼住南阳，刘玄德同法孝直安坐成都，马孟起同姜伯约，黄忠老跟着孔明，一个将军配一个谋士，层层设备，息息相通，这真是望江居跑堂的所说："那落马湖三面是水，一面是山，上有铜蒙，下有铁网，连飞鸟也不能进去，何况于区区的曹操、孙权？"照兄弟这般办法，那有名的隆中对，出宛洛以向秦川，可就真真对了。本身上十分防备严密，然后可以放胆攻人，这是天经地义。孔明有知，还当感激我兄弟，偏有一些朋友，只当兄弟成心糟蹋孔明，岂非黑天冤枉兄弟？宗旨已定，为所欲为，横竖捉曹操是小孩都爱干的玩意儿，没人反对的，免不得牺牲古人静听后人评论，管不了许多。

且说云长闻听得孔明取了汉中，关索屯兵汉阴，与襄、郧各成互相策应，心中大喜，急令人前去襄阳，令张飞、庞统整兵向武关移动，作西攻武关以通蓝田状态，以制长安东面之防，通汉阴之消息，俾孔明得以全力专心一致去取长安。

那时节，守关中的都督夏侯楙乃是金枝玉叶的皇侄，傅粉熏香的驸马，哪里知道战争的原理！从前曹操所以安置他做长安都督，因为汉中有夏侯渊、张郃，扶风有邓艾、钟会、冯翊，萧关有杨阜、韦康诸人。夏侯楙虽无才具，做太平宰相还自有余，此番听得汉中失守，父亲身亡，关云长派了张飞率领大兵从武关入蓝田，诸葛亮派了马超从沔阳来攻扶风、张氏二将从斜谷出攻雍郿，诸葛亮自己亲督大兵以为后援，关云长自己出兵宛洛，预备截击许昌来援关中的军队，双方声势十分浩大，不好的消息雪片般传来，四面楚歌、万方风动，把夏侯楙吓得魂魄俱销，手足无措。一方火速派遣亲信人员向许昌岳父皇帝叩头告急，一方把长安军队派出四救各地，头痛医头，脚痛医脚，只顾眼前，不管明日，手忙脚乱，应付不暇，一心一意专顾枝叶，却把根本重地反弄得空空洞洞。偌大的一座长安城，只剩得一二千老弱人马，这样一来，二千年来不得志的魏文长可就天从人愿了。

那魏延奉了元帅将令，带领罗宪、伍梁二将，部兵一万三千，沿着子午河出了子午谷，一路上山径崎岖，道路险狭，大概都是左有高山、右有深渊，上摩青天、下接黄泉，灌木干云，榛莽塞道，蛇盘虺踞，虎啸猿啼，悲风怒号，明星可摘。唐人有两句诗说的好，"山从人面起，云傍马头生"，你看是怎样艰难辛苦呢！幸亏得他带着氐、宾两将做先行，那些兵将都生长在深山大谷之中，与蛇虎邻居惯了，自有相当谅解，就同着湘黔各处的苗瑶一样，披荆斩棘又是他们特长，有他两部在前，后面的人便不愁无路可走，也亏了魏文长部队爬山越岭，拊葛攀藤，千辛万苦出了这幽门鬼道。只因这条道路自从张鲁烧绝阁道以后，更无人往来，自然用不着派兵戍守。

从来轻兵袭险多半成功，邓艾之出阴平，刘裕之出大岘，王锁恶之袭江陵，李靖之袭吐谷浑，李文忠之袭红罗山，萧朝贵之袭攸醴，都是攻其无备，猝不及防，士无归路，自殊死战。魏延好容易出了子午谷，乘着锐气一鼓得了鄠县，令军士饱餐一顿，弃了鄠县，乘夜向长安南门进发，黎明时候，便到了长安城下。

那时节，长安虽在戒严时间，因离战区尚远，四门出入严密稽查，往来行人尚未断绝，谁也不料川兵来得这样神速。天色还昏黑，尚未大明，魏延先令川兵十余人穿着魏兵衣甲，扣关告急道："斜谷张将军全军大败，特派回来求援。"守兵听见，不敢迟延，火速开城，川兵乘间一拥而入，逢着魏兵便杀，在城楼上便放起火来。魏延横刀跃马，如飞前进，罗宪、伍梁雁翅般随着，成了一个丁字形儿。三员大将督队入城，喊杀连天，全城大乱。魏兵大都督夏侯楙从睡梦中惊醒，连衣服也穿不及，爬起身来，披件短衫，同着帐前亲军，趁着空隙出了西门，投奔泾阳杨阜军中去了。魏延一股子劲得了长安，喜得什么样似的，立时下令吩咐禁止骚扰，安抚居民，严守城池，静候将令。

两三日间，黄忠、孔明两路大兵陆续来到，沿途要隘，早已分兵防守。孔明进了长安，入府坐定，重赏魏延三将，着实夸奖一番，先锋部队加赏一月银米，兵士高兴万分。孔明即令黄忠带领傅佥、吴班、冯习、张南、罗宪、伍梁六员将官，部兵二万七千，乘着魏兵新败，后方未及知晓，仍令部兵穿了魏兵衣甲，充作败兵，昼夜兼行，直到潼关赚过徐晃，夺取关隘，好生把守，阻住魏兵西进之路。黄忠领令，同将士火速起程。孔明再令魏延领兵二万人，部将六员，专清长安四郊地面，迎击斜谷、抚风败回曹家的兵将。魏延欢欢喜喜领兵出城。孔明自督将士，清查城内户口，安定居民，补修城楼，收拾夏侯楙余存器械、粮食，仔细查，足敷本部全军五个月之用，不觉大喜过望，随即派员严密保管，一面派遣精细能干兵士从间道分头告知马超、张嶷、马岱三路军队，以振士气。

自古道：兵贵神速。潼华一带地方的守将都只知道汉中失守，扶风危急，冷不防飞将军自天而下。长安到潼关都是平原大道，无山河之阻，黄忠兵到，简直如狂风扫落叶一般，由长安到潼关不过四五百里，三五日间早就到了。

潼关守将徐晃新近才从宛城调来，脚跟尚未站稳便接到夏侯都督告急文书，事情紧急，哪敢怠慢，立时吩咐副将徐瑛守城，自领精锐五千来救长安。出了潼关不到五十里，只见长安败兵如雪片的败将下来，徐晃情知有变，急忙退兵，哪里还来得及，川兵已经来到当面。黄忠抖擞精神，一马当先，左有傅佥，右有吴班，如飞杀至，冯习、张南催动大兵，如潮似浪汹涌前进。罗宪、伍梁两部率领本部，已从小路抄过徐晃背后。前后并力夹攻，徐晃哪里抵挡得住，只好杀条血路，退转潼关。将到关前，关上徐瑛见是主将被困，急忙提兵开关，前来接应。罗、伍两将已乘隙杀入关中，登时占领。徐晃、徐瑛只得夺门走出，招呼部队，出关东走。黄忠自己收关，令罗、伍、傅、吴四将督兵追赶。在车箱狭道中，短兵相接，川兵新得长安，锐不可当，魏兵死者不计其数。徐晃、徐瑛死战得脱，带领败残人马，退守阌乡去了。

黄忠吩咐救火安民，犒赏将士，叫冯习、张南领兵二千，分守潼华各处，清剿溃兵，连络声势；自督傅佥、吴班、罗宪、伍梁镇守潼关；遣人西入长安，飞报元帅。

孔明闻捷大喜，手书奖励，令其辑和将士谨守关隘，再令王含、李福、吴兰、雷同各领兵二千人，分屯渭南、蓝田、商于一带，以固长安而壮军声，遣人星夜入川报捷。玄德接到了捷音，喜之不胜，承制授左将军诸葛亮领雍州牧，从征诸将，各加封赏，俟关中大定，再图进取。孔明率领在城诸将，拜受恩命。赍使命的乃是孔明兄弟诸葛均，新授长安太守，玄德派他前来协助孔明。兄弟相见，自相欢庆，孔明将民事完全交付兄弟，自己一心筹划军事。

长安已入川军之手，那张郃与张嶷、张翼兀自在郿县苦战，经过许久时间，方打听得长安失守，独力难支，连夜逃向武功。张翼二将得了郿县，便与鄠县通了声势，遣人报入长安。孔明立令二将乘势进攻武功，俾张郃立足不稳，兼行截击钟、邓的后路。张嶷二将领令，提兵前进，到了武功附近，择险要而有水泉之处安下营寨，四处遍竖川兵旗帜，声势赫耀。张郃在武功城内跧伏着，哪里还敢出战？

只有那马超前奉了元帅将令，带领全部兵将由陈仓故道出兵，不道守将钟会早在大散关前据铁山之险以待。马超扎住人马，与李严、王平、白虎文诸将计议道："钟会少年善战，我所深知。今据险以扼我进兵之路，天险难攻，徒伤士卒。惟彼与邓艾相辅而行，以我之意，欲烦李将军领兵二千，绕道赴汧阳，会合舍弟马岱与守将姜维，尽发汧阳之兵万人，以全力攻扶风，扶风一破，会势自孤，虽有天险，亦不能守矣！"众将听了，同声称善。李严领令，分兵前往汧阳去了。马超却与王平诸将结营自固，并不出战。

钟会在铁山上远远看见马超营垒整齐，声势浩大，知道是来者不善，便令开营索战。一连三日，川兵只是不理。到了第四日，王平与马超商议道："钟会诡计多端，连日索战，欲视我军情况，以我按兵不出，必疑我另有别图。昨闻本地土人说道，此铁山脚下有一小道，可以绕出魏兵寨后。平今晚领三千人去越魏营，钟会必自领重兵，据险要击，以覆我师。备多兵分，将军与白将军可领兵径捣其营，我遇险不进，以虚其望。彼进无所得，退失所据，我军环而攻之，不败何待？"马超听得大喜道："将计就计，此计甚妙。今夜四更，白虎文将军可领本部人马五千，乘夜上山，离魏营里许，即行扎驻，候王将军与钟会接战时，然后直扑其营，必获全胜。我自与越、马各将军分途接应。"当下三人暗暗准备。

那钟会在铁山上时刻留心，一看见川兵阵脚移动，真个便算到川兵将从山下小路来绕攻自己寨栅，心中暗喜，教裨将胡荣谨守大营，自领精锐三千据住险要，等候马超前来劫掠营寨，预备将他生擒活捉到魏皇驾前报功，显显自己本领。到了半夜时分，远远见川兵静悄悄的衔枚疾走，如长蛇饮涧一般向自己营栅后面奔来，钟会那一肚皮高兴，比曹操加九锡还高上十倍。王平看见已经走到险地，遽尔停止，吩咐军士安排强弓硬弩伺候，任凭魏兵如何鼓噪，不必理他，候他临近，射他一顿。钟会看见川兵忽不前进，心中猛省，知道已经中了敌人赚将之计，但川兵已到险地，痛快杀他一阵也不吃亏。一声画角，麾兵急进，川兵看见魏兵只隔着一箭之地，梆子一响，万弩齐发，魏兵退后不迭，只听得铁山山上鼓声如雷，回看自己大营，火光如昼。胡荣哪里是白虎文的对手，被白虎文踏破营头，一枪刺死，杀散魏兵，夺了要隘。马超自己引兵来接应王平。钟会叫苦不迭，前后受敌，只得弃了散关，径奔扶风，与邓艾的兵连合聚在一处。

那邓艾前屯宝鸡，因为宝鸡形势突出，山路险峻，粮运维艰，城中又无水泉，难以久守，兼之姜维、马岱的兵一出，汧阳、宝鸡全境地方便去了一半，因此商得钟会同意，决计弃了宝鸡，退守扶风。

马岱也因奉了元帅不许深入将令，故而得了宝鸡，亦未进攻扶风。及至李严奉了马超命令，从前军绕到汧阳，两军会合，李严与马岱、姜维二人商议攻取扶风，三人意见完全一致。恰好马遵派了部将杨琪，领兵二千，来替姜维把守汧阳，叫维尽起汧阳屯兵六千，与马岱共赴前方，听候孟起指挥。他三人合兵一万二千，即由宝鸡出发，进攻扶风。你说姜维从前马超要他同入西川，他以老母在堂不肯同往，如今他老母还健在，他怎么又肯同马岱、李严一道出发哩？只因他老母接到玄德手书，受了许多孝敬，此番又听得曹操逆贼篡国弑君，玄德兴兵为献帝复仇，她老人家虽系女流，却深明大义，就极力勉励儿子移孝作忠；兼之他的长官马遵，向来就是与马超同一鼻孔出气，听见玄德兵出汉中一战而得南郑，夏侯渊那样威名赫赫都被杀掉，知道玄德必成大业，自家职守所在，不能随军，也就督促姜维随军出征，选了七千精锐骑兵，以二千补充马岱，令维率五千人同马岱出发。老母在天水太守代为侍养，公谊私情，双方催督，到了此时，可就不由姜伯约不出来了。

当下李严同着姜维、马岱兵到扶风，离城二里，安下营寨。邓艾见敌军太为欺侮，倚城下寨，也就引兵出城，与李严接手就杀，各逞英雄，战到一百余合，两下方才收兵。一连三日，都是如此。李严回到本营，与二将商议道："马将军兵扎散关，候我三人攻取扶风，方能前进，叵耐邓艾如此骁勇，急切难破，如何是好？"姜维道："三日决战，城中更无别将出来援助，显系邓艾孤军，这又有何难破！明日将军仍与彼决战，维引部兵前去抢城，马将军率所部截彼回城之路，保管唾手可得扶风。"李严、马岱同声道好。

到了次日，邓艾依旧出城与李严厮杀，两人恰战到好处，姜维引领本部人马掠过阵地，直取扶风。邓艾惟恐城池有失，抛下李严，急来阻拦姜维，刺斜里马岱一军横杀出来，阻住邓艾归路。邓艾进退不能，只好奋勇死战，杀条血路往武功方面逃走。姜维夺取了扶风，李严、马岱穷追邓艾。却好那时钟会已到武功，会见张郃，两人知道武功不能守，引兵出城北走，正遇邓艾败退下来，即忙上前接应，三人合兵，径趋泾阳去了。李严、马岱也不穷追，收取了武功，肃清了长安南路。

却说那夏侯楙自从逃到泾阳，已调集了杨阜、韦康、杨绪各军三万余人，合张郃、毛玠、钟、邓四将余兵，共五万五千人，八将合兵，正在商议反攻长安。驻长安的孔明已经得了马超诸将捷报，立时飞檄令张嶷、张翼分屯扶风、武功，马成屯宝鸡，马超率领本部全军并姜维、马岱之兵直取泾阳，肃清关中西路。马超得令，不敢迟延，即时合兵，真抵泾阳，看看离城不到二三十里，早有探子报入城中，夏侯楙听得马超兵到，吓得面如土色。杨阜道："都督休要惊慌！马超有勇无谋，此次穷兵远追，士卒已疲。索性等待明日，张上将军可领本城新兵一万，出城迎敌，钟、邓两将军各领新兵五千，在泾阳城外，左右埋伏，马超追赶前来，三方夹击，必获全胜。"众将称善，各自安排去了。

川军方面探听张郃出兵迎敌，马超急与众将商议。姜维启道："张、毛、钟、邓屡败之将，不坚守泾阳待援，而轻出迎战，必有埋伏要击我师。为今之计，主将与白、越二将领兵万人，直击张郃，越伏而进，以夺泾阳；李将军引本部兵截住张郃，使他不得回救；维与仲华各领本部，分击伏兵。得了泾阳，长安西路自肃清矣！"马超连声道："伯约真良策也。"立时上马，开营出战。

马超纵马提枪，直取张郃。魏兵屡败，气已先衰，白虎文、越吉分左右翼鼓噪直进，张郃抵敌不住，回马就走，钟会、邓艾急出接应，马超更不理落，冲锋径过。姜维、马岱分头迎击钟、邓，李严截住张郃，三人作对厮杀，分不开身。马超一军直出魏兵背后，附近城边，毛玠挥兵上前堵截，与越吉双方苦战。马超、白虎文两匹马，两支枪，又穿出城兵后面，到了城门边，双枪并举，守城兵士哪里阻挡得住？马超、白虎文杀入城来，魏兵披靡。杨阜急令军士放箭。马超扑开箭林，手起一枪，刺死杨阜，白虎文一枪，刺死韦康。川兵大入，声势汹涌。守城军士，丢了弓箭，纷纷逃命。夏侯楙同杨绪，开城便走，却给前头一彪兵马迎头拦住。为首一员大将，横刀跃马，挡住去路，三合之内擒了杨绪，却是魏延奉了元帅将令，领兵三千，来此夹攻泾阳。夏侯楙见杨绪被擒，拨马落荒逃走。马超留着白虎文收城，自己出城来追夏侯楙，出城不到十里，刚刚追到，只一枪将夏侯楙刺死。那张、毛、钟、邓四将见都督已死，城池已破，无法收拾，只得率领余兵节节后退，由蒲城渡河竟奔安邑去了。马岱三将追赶一程，见敌已渡河，只好屯兵候令。

马超令李严驻扎泾阳，马岱、姜维、王平各领本部人马分徇西路各县。自与二羌将同着魏延回转长安，来见元帅。远远望见长安城，阙想当年兴兵报仇，直下潼关，何等顺利！后来因为后方失守，仓猝回兵，不能便报大仇，心中至为隐恨。如今又卷土重来，不觉横生感慨。

孔明听见前军大获全胜，回转长安，自率僚属出郭迎接。马超、魏延下马参见，孔明笑道："关中大定皆孟起、文长之首功也！"二将称谢，随着入城大宴。正是：

曾几何时，又见咸阳宫阙；有如此酒，誓诛许下仇雠。欲知后事如何，且听下回分解。

> 异史氏曰：作者于人一善，必予尽力彰之。如本回之写魏延兵出子午谷，益可知之矣。而又不愿自居蹈袭他人故智，或至毁及前贤，故于回首，不惜重言以辩明之。然吾谓孔明之不得出子午谷，由于荆襄既失，后路空虚，一方伐魏，一方又时刻防吴，此其不得不趋于谨慎者也。而一论荆襄之失，咎在何谁？不置援兵，作者固于楔子中责之矣。是斯时不可履危途出子午谷，不可谓孔明之非，而使不得出子午谷，以成奇功，亦不可不谓咎实仍在孔明也。孔明之必六出祁山者以此，孔明之鞠躬尽瘁者亦以此。孔明不意而闻此言，正抚膺而增奇痛！魏延以为不从其计而生怨，后人亦以为不从其计而可惜，宁知孔明当日非计之不从，亦非兵出祁山不足以自志不忘之过耳！此所以愈出祁山而疾愈深也。吾于《演义》中孔明谓非万全之计，仅言汝欺中原无好人物，以答魏延。而于吴之上犯，讳莫如深，未尝并举，用以自证，或不诬也。今作者特先为孔明也，此为立言有体，其胸中必另有独到之见，惜于书中不获闻之。至为

邓艾阴平，遥遥相对，作报复翻案之笔，则吾既亦知之矣。

夏侯楙为渊之子，嗣于惇。渊为忠斩，操怜之，妻以清河公主。此楙招为驸马，本在渊死以后。而孔明初伐中原，兵出陇右，自请领兵拒蜀，拜大都督，卒至死五将，失三城，大败而亡走入羌。孔明方尽提汉中兵马，大出祁山，是楙固与蜀首出交锋者也。其人纨绔而骄，其兵脆弱而怯，其战役摧枯拉朽而无可纪。然不得抹杀史迹，而废此一人，则以姜维于此而归，祁山自此而出也。故今仍令首当蜀兵，而于前数回中，先伏其都督关中之笔。惟以渊镇汉中，则楙之见任，不得不以亲贵受命书。此驸马之招，不及待渊身死之所翻案也。否则作者岂有明其身世，而不知尚主之前后者乎？数回之前，故伏此人，即为诸葛师出汉中，首向长安进取关辅之地。而必仍依于史，由楙先行拒敌，以严以逆之诛，关中一得，随手即了却此人，于是马超赶上一枪，结果性命，除掉废物一个，此中皆大有笔法也。

此回系以演义中九十一回"伐中原武侯上表"与七十二回"曹阿瞒兵退斜谷"前后接榫，期翻前人之案，来合自布之局。联络两回，独抒韬略，分兵而进，陈兵而援，处处设防，着着占先，风驰而战，破竹以入，于是汉中一出，关中即定，长安失而潼华危，散关克而关辅急，长趋深入，捷报纷驰，魏延成袭险之功，黄忠受夺关之赏，此一路也。马超从王平之计则败钟会，分李严之兵则败邓艾；姜维展首尾夹攻之策而取扶风，陈越伏以进之谋而取泾阳，此又一路也。张嶷、张翼，前拒斜谷张郃之兵以通鄘、鄂，后屯扶风、武功之地以截钟、邓，此又一路也。更有张飞整兵武关，牵长安南面之防；关公虚出宛洛，分许都援军之势。如此攻伐，如此声应，行军之道，至矣备矣。有不使夏侯楙慌张而出长安，踬扑而死泾阳，徐晃畏怯而抛潼关，颠沛而退阌乡者乎？虽有张郃之勇，归路断则不得留于斜谷；虽有钟、邓之智，要隘丧则但见逃于落荒。相诉苦于武功，同大哭于泾阳，图反攻而莫得，谋何有于阜康？卒使都督命丧，杨韦身亡，文长得志于子午，孟起重入于长安。呜呼噫嘻，不亦快哉！

第十八回

佟亲征魏武帝兴兵　　雪积恨马孟起奋勇

话说大魏皇帝曹孟德初登大宝，大封功臣，又以孙、刘失和，势将交哄，正在高兴时节，心中稍为懈怠，不防诸葛亮乘着这个档儿，乘机进取，得了汉中，杀了夏侯渊。报入许昌，不觉大惊，急令徐晃去守潼关，令曹洪为前部先锋，领兵三万，先入长安城，帮助夏侯楙固守城池；传谕大小将士，准备出发，御驾亲征。又在许昌替夏侯渊发丧，亲自祭奠，追赠渊为大将军，赐谥毅侯。

曹洪全军正待开拨，却被庞士元打听得确实消息，飞报荆州，请出兵宛洛，以分曹兵兵势，好教孔明安稳收拾关中。云长、元直一致赞成，复书由士元全权办理，一力主持。士元与翼德商定，派骁将黄叙率领副将宫邕、杨义，部兵三千，替关兴去守南阳。那黄叙乃是老将黄忠的儿子，南阳又是黄忠的故乡，黄叙家传武艺，稳重老成，接守南阳实属人地相宜，然后令关兴率副将向朗、吕义，引马步全军一万二千，以赵累为谋主，进迫舞阳，遥瞰叶县；令张苞率副将丁威、刘邕，引马步全军一万二千，以陈震为谋主，由博望屯径出伊阳，断嵩汝之路；张飞自率副将胡济、杜微、岑述、李盛，以简雍为谋主，领大兵三万，出驻南召，接应关兴、张苞两路人马；庞士元同着张休、张裔、陈戒、李鸿四员副将，部兵八千，守护襄阳，以固后路。张飞的三路人马同时出发，声势大震。

叶县守将曹仁、伊阳守将文聘，同日飞章告急。曹操平日畏服云长，心中刻刻防备，总怕他乘机会来袭许都，如今听见云长方面出兵，格外注意。急令曹洪移兵驻扎方城，挡住关兴，屏蔽许昌；令曹休领兵二万，沿汝水驻扎，协同文聘防堵张苞；令曹仁总摄宛洛方面战守事宜，以应张飞。

就此东西调移援兵时候。哪知川将魏延已经出了子午谷，得了长安；黄忠乘势败了徐晃，占领潼关；马超四将夺了泾阳；张飞却按兵不出，观望形势。曹操到此才知道，荆州出兵，完全是牵制自己援救关中军马，另外亦无何种重大作用，冤枉透了，上了大当，哑子吃黄连，一点做声不得，却也万不料自己关中诸将怎么败得这样快法。从前还有汉中、萧关两方军队尚可凭借反攻马超，现在是踏脚石桥头堡，尽数消灭，一无所有，再不出兵，诸葛亮便真会到洛阳来了。急令太子曹丕监国，丞相司马懿兼督豫州军事，自领大军九万，令许褚作先锋，领精骑万人，火速前往潼关接应徐晃，进援长安，随后亲督大兵，陆续出发。

许褚奉旨，昼夜兼行，不料徐晃已经败退，兵驻阌乡。二人相见，许褚便要前进，徐晃劝道："长安已陷，潼关亦失，孤军挺进，有何益处？不如俟圣驾到来，前进未晚。"许褚方才依允。

不到三日，曹操大军来到，从行谋士刘晔、程昱、贾诩、陈群、董昭、桓阶，武将曹彰、吕虔、郭淮、孙礼、田豫、王基、曹纯、曹真、曹义、曹训、国渊、凉茂、任峻、臧观、庞淯、张范、夏侯杰、夏侯俊、朱赞、晏明、吕通、王凌、毋丘俭、文钦、马延、张颌，大小将官一百余员，旌旗连属，不绝于道者七十余里。兵到阌乡，徐褚二将恭迎入城。操进行在坐定，徐晃叩首请罪，操亲扶起道："孤为荆州疑兵所误，遣救来迟，将军何罪之有？"那败退安邑的张郃、毛玠、邓艾、钟会四将，大家听得魏皇御驾亲征，一齐都到阌乡见驾，请按失城战败之罪。操抚慰四将道："诸葛亮三路入关，兵势浩大，孤不能先遣重兵救援，致使诸位将军血战数旬，外无援助，犹复渡河北守，为国勤劳，孤罪大矣！诸位将军何罪？"命酒慰劳诸将，诸将皆感激万分，誓死图报。

操随问张郃汉中兵败情形，张郃将孟达通敌，失守阳平，退入斜谷，协同钟、邓，力战马超，及夏侯征西失守定军情形，原原本本，一一奏知。操泫然流涕，道："征西智勇俱备，天下妙才，其能力可以独当一面。孤往岁起兵，历同患难，今不幸中道死亡，失吾右臂矣！"复问徐晃道："川将守潼关者何人？"徐晃道："是老将黄忠。"张郃道："杀征西者，正是此人。"操立下令军中，有得川将黄忠首级者，赏黄金千两，封万户侯，令邓艾、钟会各益兵五千，带领国渊、凉茂、庞淯、臧观四将仍回安邑，由蒲津伺隙渡河，径袭韩城、大荔、高陵各地，直拊关西，以分川兵兵势；令毛玠领兵五千，随后接应。七将领旨，一同去了。操令许褚为正先锋，张郃为副先锋，领兵二万，径叩潼关搦战；令徐晃、郭淮各领兵五千，左右救应。

谁知孔明在长安早得了汉南急递军讯，知道曹操大举亲征，声势甚盛，不可轻敌，令副将刘琰、马勋领兵一万五千，帮助兄弟诸葛均紧守长安，杜琼、霍峻分行雍州牧府事，协同长安太守接济前方诸军军实；令魏延领兵八千，率部将马忠、廖立、刘郃、邓铜并张嶷、张翼之屯兵五千，驻守韩城、郃阳一带，昼夜严防，以免魏兵从上游偷渡，扰乱我军后方，使关西各地大受影响，致蹈孟起当年之覆辙。魏延领令，正待起行，孔明唤道："文长，邓艾、钟会皆曹兵后起良将，前在扶风以孟起之勇，佐以相当之兵力，尚不能有所得志。此番挫败，率饥疲之兵，于屡败之后尚能转战千里，渡河北遁，其英勇耐战，至堪钦佩。曹操善于用人，知我新得关中，一时难于攻取，必仍袭从前故智，分兵从上流偷渡黄河，以扰长安之北，使我军疲于奔命。驾轻就熟,自必以二将领兵。孟起前入长安,兵不血刃,当时兵势实可大有发展,徒以后方未置重兵严为防守,致使夏侯二将得渡大河,进拊潼关之背,疑兵四起,军心自乱,不能不全军退却,并长安亦不能守。前事之师,可为殷鉴。今我军新定三秦,曹兵溃散乡间者,为数当复不少,二将诡计多端,必遣细作渡河勾引,里应外合,乘机举事,势在必行,深为可虑。文长此去,可令伯岐驻兵蒲城,伯恭驻兵大荔,马忠驻兵郃阳,廖立驻兵朝邑,文长自率二将以重兵驻韩城,与泾阳各军互相策应,专清乡间伏莽,严查渡河奸细,昼夜严防,不得片时懈怠,务使曹兵不能飞渡,则将军之第一功也!"魏延敬谨领令,立时出发,到了防地,自与刘郃、邓铜驻扎韩城,张翼四将遵照元帅指定地点分途驻扎,如令办理。

孔明吩咐魏延去了之后,再传马超入府。马超参见已毕,侍坐一旁。孔明道:"孟起前入益州,主公面许为老将军复仇,今曹操近在咫尺,是将军复仇之时至矣!"马超离位,流涕再拜道:"末将大仇未报,切齿痛心,既承元帅见示,愿领将令去当前敌。"孔明道:"我已令文长前往韩城,去防黄河上流。孟起即日可领本部二万二千人,先赴潼关与黄老将军合兵,曹兵一到,便可相机出关应战,以挫其锋。此间立派人前往泾阳,替回仲华、伯约、正方、子均四将,即令来潼关助战。"马超领令,拜辞出府,带领羌中二将、马家六将,率本部兵,立时出发。

孔明再令吴兰、雷同领兵三千,驰往泾阳,替回四将。三五日间,四将来到,入府参见,侍立左右。孔明令马岱、姜维迅领本部,径往潼关,就中姜维系第一次见面,孔明奖许有加。二将领令去了。孔明再令李严暂驻华阴,王平暂驻渭南,以壮潼关后方声势。二将领令,各自领本部驰往分地驻防。孔明再令刘巴驰赴天水,调马遵、张猛部兵一万五千,南入散关,填驻右扶风、武功、三原、富平一带。马遵遵令,令部将梁虔、尹赏领步兵一万,张猛令部将张绪领骑兵五千,随着刘巴开入散关，填防各地。又令宗预驰往金城，调韩遂部兵万五千人，东入萧关，填驻左冯翊、高平、安定、泾阳一带地方。韩遂遵令，令部将马玩、梁兴、张横三将分领步骑一万五千，随着宗预东入萧关，填防各地，与魏延各部声势联络，报入长安。孔明分遣使者犒劳两路军队，大加策励。两路军队将领奉令惟谨，事无大小，随时呈报。孔明令出惟行，声威大震，飞令吴、雷二将开赴韩城归文长节制，加厚防河兵力，伸长安后防安若泰山，又以张猛、马遵两部分驻右扶风，甚资得力，随将马超日前留守褒城之马骧二千人调屯长安西郊，屯驻宝鸡之马成二千人调屯长安南郊，从事休养，拱卫长安，以便将来归还建制。

玄德在成都接到前方捷报。知孔明东征大军已经完全克复三秦，又得探报，曹操大举兴兵，御驾亲征，西向潼关，为夏侯渊报仇，犹恐地广兵分，惧有疏虞，特派益州治中从事杨洪率领偏将郑绰、陈易，将新练蜀兵二万人，由汉中出陈仓故道，兼程来到长安，听候调遣，以厚前方兵力，并赍来犒赏前敌将士许多物品。

孔明率领在城诸将拜受已毕，随即吩咐杨洪休兵两日，率领全部屯驻渭南、蓝田、商于、武关一带。那杨洪表字季休犍为武人，有谋善断，夙得孔明赏识，此刻奉了将令驻扎陕南各地，真是动协机宜，地方安堵。孔明将日前派遣之王含、李福三千人调回长安东郊驻扎。二将得令，将防地交妥杨洪，即日回驻长安东郊，与马成、马骧拱卫长安三面。至于长安北面，因有魏延、韩遂所部两部分巨大兵力，无容再为补充了。孔明见关中防务四路充实，然后自己带了李严、王平二将，领步骑二万人来到潼关，与曹操决战，不道那愿当前敌、誓复大仇的马孟起早已与曹操血战两场，并且大获全胜，几乎活捉曹操了。

如今且说马超日前奉令领兵到了潼关，黄忠迎接入府坐定，设筵款待。马超便动问曹操兵势如何，黄忠答道："近据细作报称，曹兵约十余万，旌旗车马连亘七十余里，声势甚大，某家因未奉将令，故而只是紧守关隘，未曾开关出战。如今将军来到，休息数日，再看形势如何，便可定战守之局了。"马超道："老将军所见甚是，末将此番奉了元帅将令，前来协助老将军。等过三两天，请老将军守城，末将领兵出关，务要生擒曹操，以报先将军之仇。"黄忠道："马将军，你看关中初定，兵力未充，曹操兵势汹涌，一有疏虞，反误大事。好在潼关天险，某家协同将军把守，料他插翅也难飞过。曹兵攻坚不下，旷日持久，锐气当然自挫，俟伯约与令弟兵到，再行开关出战，必获全胜，将军以为如何？"马超喜道："老将军高见不差，末将愿从良策。"两人当下督率所部将士，分城把守。

曹兵营里，许褚、张郃连日讨战，川兵居高临下，坚守不出，二将无法，只得回报魏皇。操与众谋士商议道："我兵远来，利在速战，黄忠坚守不出，旷日持久，以老我师，如何是好？"贾诩道："圣上，诸葛亮以不满十万之兵，乘屡胜之势，不及两月夺取汉中，进收关辅，兵锋之锐，近所希见；而顿兵不进，坚守潼关，以诩管见测之，必系征集后方军队镇抚关中，俟内地肃清，然后出而决战。我若俟其定而后战，则彼以逸待劳，先已制胜，非使之求战于我，以摇其未定之基，殆不足以要必胜之局也！"操道："文和之言，洞见症结，但如何方可以使其求战于我？"诩道："诸葛亮现方抚定关中，未遑远略。关云长遣兵上犯伊嵩，不过欲固武关之防，掣我援兵之肘耳。我若盛兵以临张苞，则黄忠不能不出关而追我，以援应张苞，是我之所求于彼者得矣！"操闻言大喜，即令徐晃率兵一万，前往伊阳，会合曹洪、曹休、文聘各军，进攻张苞；一面催督邓艾、钟会乘机渡河，扰乱川兵后防。

钟、邓二将奉到命令，百计千方想要乘隙渡过黄河，无奈魏延诸将将黄河上游把守得十分严密，后方又来了韩遂一支生力人马，协同诸将将地方溃兵积匪收拾干净，外来暴客，无从进身。钟、邓二将一筹莫展，只好将所有情形飞报魏皇。操得二将情报，即令毛玠督臧观四将守住河津，暂缓进取，候机渡河；调钟、邓二将各率本部回转大营，听候调遣。

二将领令，将任务交与毛玠，率兵回来，见过魏皇，报告经过。操令二将各领兵五千在潼关左右埋伏，专等川兵出关，从后袭击。二将领令去了。

却说关上黄忠、马超见曹兵连日不出，两个正在怀疑，方欲派遣细作仔细打听，恰好姜维、马岱领兵来到，进了军府，见过二将，互相寒暄，方才就坐，问起情形，大家一同商议。姜维道："曹操诡计多端，见我坚守不出，必转而攻我武关之兵，以淆我军耳目。我军利在首尾相救，势非出援不可，我若出援，彼必伏兵关外以伺我。我军远救不能，必且近败，是我反为彼所致，而我转失其所据矣！"马超道："伯约之言甚是，但我武关之兵有翼德全师以为后援，曹兵若不以全力临之，未易猝败，我不为彼所诱则彼亦无所施其技矣！"姜维道："曹兵急于求战，我不如将计就计，杀他一阵，亦足以寒曹兵之胆，而壮我军之威也。"马超、黄忠同声问道："伯约计将安出？"姜维道："曹操用兵，十步九计，潼关左右，必有伏兵。如今请冯习、张南、马凯、马旋、马登、马策六位将军各引本部，分段严守城池；马将军领骑兵五千，直入曹军；黄老将军领兵五千，为第二队；维与仲华各领所部截击曹军伏兵。战胜之后，即速回兵，仍设二伏以待追者，是操欲弃此而不能，欲进攻而不得矣！"维方言罢，黄忠、马超诸将齐声道："此计甚妙。"大家都甚赞成，各各准备，依计行事。

到了次日一清早，马超率白、越二将将前军，黄忠率罗、伍二将将后军，姜维将左军，马岱将右军，即时开关出战。曹操早料川兵将出，已令钟、邓为第一伏，曹义、曹训为第二伏，许褚领左翼，张郃领右翼，侯成领赢卒居中搦战。安排已久，在此时间，只听得关上一声鼓响，关门豁然大开，关上川兵如排山倒海冲将下来。马超一马当先，正迎着侯成，侯成退后不及，被马超赶上前一枪刺死。曹兵望后便退，马超追过第一伏，钟、邓伏兵齐起，要来截击马超，姜维、马岱就势迎住。黄忠挥兵大进，川兵占领高地，冲锋下击，加上前敌八员勇将，钟、邓二将抵敌不住，弃伏而走。马超已杀入第二伏，曹义、曹训双马齐出，向前迎敌，马超、白虎文奋勇上前，三五个回合，马超刺死了曹训，白虎文枪挑了曹义，曹兵大乱。曹操在中军辕车上见马超二将杀入本军，如入无人之境，心中大怒，将令旗一挥，曹兵众将登时四面围攻上来。马超、白虎文回马便走，许、张两将拍马追来。马岱、姜维让过了马超、白虎文，六千弓弩手迎着曹兵，箭如飞蝗，曹兵猝不及防，兵士纷纷落马，一齐向后败退。马超回兵追赶，左有姜维，右有马岱，后有黄忠，人人奋勇大杀一阵。曹兵退下二十余里，八将缓缓收兵进关。

曹操回营计点将士，损了三将，折了五千余人，大怒道："不破潼关，孤不归矣！"马上挥军前进，仍扎原地。

川兵在关外哨探的军士看见情形，飞报与黄忠、马超诸将知道。姜维一听探报，便道："此谓愤兵不宜轻敌，我但严守，任彼猛攻，随宜抵御，分班休息，折损太多，彼自退矣。待彼退归，然后开关出击，必获全胜。"众将齐声称善，即时画地分防，安排队伍相机追击不提。

到了次日黎明，曹操下令诸军分道大举进攻，土山地道、云梯冲车，凡是攻城利器，无不应有尽有，蜂屯蚁聚，百道并进，曹操与众谋士竭尽智略，诸将舍死忘生，拼命前进。谁知道潼关乃是天生险峻，负山阻河，内有精兵良将，守御得法，既有黄忠、马超两员上将，又有姜伯约那个智囊，以主待客，以逸待劳，曹兵一连猛攻了三日，只落得死伤山积，潼关还是不动分毫。操正在无计可施，刘晔上前谏道："顿兵坚城，仰攻不拔，兵家大忌。请陛下饬诸将停攻，防城兵之乍出也。"操见折兵太多，将士劳苦，立时下令停攻，退后休息。

曹兵诸将得令，方才退出车箱谷口来到柿园附近，大家稍为休息。只听得后面鼓角齐鸣，川兵两路杀来，左有黄忠、姜维、伍梁、罗宪、傅佥、吴班，右有马超、马岱、白虎文、越吉、马登、马策，两路杀出，势不可当。马超纵马摇枪，直入曹兵中军，径取曹操，许褚急忙舞刀敌住。一霎时，曹彰战住了黄忠，张郃战住了马岱，邓艾战住了罗宪，钟会战住了伍梁，两军势均力敌，正杀得难解难分。曹操立马阵前观看，白虎文看见曹操，不胜之喜，拍马挺枪冲锋杀入，他那匹马也是大宛名驹，其快如风，一眨眼已到曹操而前，向曹操兜心就是一枪。曹操猝不及防，招架不及，只得将身子一偏。白虎文的枪从操右肋下尽力一挑，谁知道并未挑得他骨肉，只把曹操身上披的金甲、佩的宝剑都挑到自己马鞍鞒上来了。白虎文一枪落了空，想再复一枪结果曹操，好伶俐的曹操已经从马上就势一滚到地，向阵后逃走去了，将头上金盔也就坠落尘埃，幸亏帐前小将杜畿、吕通死命的截住白虎文，曹操竟自走脱。背后姜维一马赶到，白虎文大叫道："伯约快抢那匹马，那匹马是千里马呢！"姜维听得，从自己马上一跃蹁到曹操的马上，顺手便将枪挑起金盔，与白虎文两个并马出阵，齐声叫道："各位将军努力，曹操已被我们杀了，现有盔甲在此。"一面说着，一面各人将盔甲一亮。那盔甲映着太阳，更显得金光射目。川兵听了，人人增加勇气；曹兵听了，个个胆战心寒。曹彰尤其心中忐忑不安，到底是老子要紧，自然顾不了战事，虚晃一枪，丢下了黄忠，拨转马头，向后就跑，直入后军，来寻父王。褚张诸将也只道魏皇真个不测，不然那副御用盔甲怎会落在川将手里？想到这样的情形，哪一个还有心肠恋战，个个拨转马头一齐败走。马超、黄忠诸将哪里肯让他们轻易走脱，个个身先士卒，努力追赶，一直赶到加四路的盘豆镇，两边方才收兵。列位看官对这加四路恐怕还有些不明白，因为那条路狼蛮，每十里路中另须加个四里，故而叫做加四路。

白虎文佩上曹操的宝剑，将盔甲交付自家兵士，叫他们送还潼关，与姜维重行出阵，两个一同追赶曹兵。姜维马快，走上前头，远远地只见罗、伍二将带了本部却从小路上悄悄地去了。他二人都是仇池人，都是姜维荐与马超的，因此维对二人特别关心，如今见他二人不向大路一同追赶，反走上小路，倒不明白他是何意思，心中仔细一想，这可就悟出来了，猜着他们决定是真以为白虎文杀了曹操，立了大功，他两个也眼热，故而妙想天开，想从小路上去取条捷径，要击曹兵以立奇功。姜维想到此处，见他们如此好胜，也自欢喜，慢慢跟他后面走，又怕他们中了伏兵，自己好去援助。谁知他两个冒失鬼，这样冒失倒弄出一个特别花样来了。姜维策马进了山口，只见四面是山，中间一个四周二十余里宽广的小小平原，有三四百多座帐棚，牛羊遍野，原来这地方名叫禁谷，又叫禁坑，在潼关之南三十里，是曹操屯粮之所。谷里有两员曹家将官，马延、张颛领兵三千在此守护，听见魏皇大兵败退，正在吃惊，此时一见川兵杀来，两人只得各持兵刃，领兵上前抵敌，战不上二十回合，被罗、伍二将一人杀了一个，杀散了曹兵，冲入谷中。姜维一马赶到，见树林里面有三十几栋民房，三人一同下马往房内看视一遍，姜维不觉喜动眉宇，连连叫道："二位将军，不必想歪主意去赶曹兵，已经立下天大的功劳了。"二将问故，姜维教二将且莫追问，快叫部兵搬取辎重要紧。好在他粮台里原本就有三四百辆大车，两三千匹驮子，二将对于姜伯约十分信仰，就是奉了圣旨一般，真个督同部下将各项物品火速装运，七手八脚套上牲口，这套手艺他们西北边人民大家都是内行，工多艺熟，一两个时辰很快地都装好了。还有三千多头牛羊，维令将士一并驱回关内，大家有吃。那些氐、宾兵自己的马也不骑坐，都拿来装运风鱼、腊肉、卤鸡、腌鹅，实在太多，装不完的放起火来烧得干干净净，大家吃不成，浩浩荡荡回转潼关。你说姜维为何那种喜欢，难道真是为着口福？不是，只因曹操以川兵势大，劲敌当前，非有重赏难奏奇功,特地从御府发出黄金三万斤、白金五十万两、采帛五万段,只就这三件,就大有可观了,其余物品不计其数。操深知地形,以禁谷地方三面陡绝,只有一路可通,前面靠着大营,是个天然仓库,不料被这两个冒失鬼发觉了秘密,席卷而去,白费了发邱中郎摸金校尉多少心思。你说,姜维如何不欢喜?军马未动,粮草先行,一得一失,胜负就有六成的解决了。

当下黄忠、马超诸将追赶曹兵到柿园附近,方收兵回转,忽见前头牛羊结队、车驮络绎,大家莫名其妙,互相诧异。姜维纵马上前,与诸将略述原由,诸将无不兴高采烈。马超因见行路迟缓,传令本部人马全行停止,扎住休息,请黄忠同诸将先护车驮入关,自与白虎文、姜维、马岱四人严兵断后。一直到夜半,人马牛羊,方才进完了关。黄忠吩咐守关将士加意城守,让出战同袍安睡一宵。

到了次日,黄忠下令,杀羊宰牛,大享全军。酒至半酣,白虎文当席将所获金盔、金甲当着大众献与黄老将军,曹操佩用的宝剑献与主将,意思十二分的诚恳,黄忠、马超只得道谢收下。黄忠笑道:"白将军,你在阵上辛苦得来的物件,为何都送与别人?"白虎文说道:"老将军有所不知,末将自顾也不配金盔金甲,至于我们主将,因大仇未报、孝服未除,自然也用不着,只有老将军年高德劭,是我们全军的老前辈,可以够得穿戴上。再者,末将本是一勇之夫,自从随侍主将以来,蒙主将不弃,随时指教枪法,末将受益不少,这口宝剑不是部下献与长官,只算徒弟酬谢师父罢!"说得众人都大笑起来了。姜维笑道:"你盔甲、宝剑算你送得有道理,这匹千里马为什么定叫我抢来?"白虎文笑道:"伯约,我现乘坐这匹马也是大宛名驹,日行八百里,我亲自喂养他四五年了,人马的脾胃都相合了,实在舍不得他。你是个孝顺母亲的人,从军在外,山川远隔,想回家一遭是不容易的。如今有了这匹马就好办,明早你从这里起身,明晚就到家,后天又到了潼关,公私两便,再好没有。这匹马是鲜卑第一名马,名字叫做夜明千里黄花马，黑夜都能行走，好处说不尽，但你须要亲自喂养，料要好料，麸要好麸，豆要好豆，水要好水，性情习惯了，那就好了。"姜维听他说得如此郑重，下席说道："白将军，你这片美意，天长地久，我也不敢忘记。"说罢，一连三拱。白虎文正在还礼，马超霍地立起身来，左手执壶，右手拿杯，至白虎文面前，说道："白将军，你刚才说我是你的师父，我就来冒充一回，徒弟你不但枪法长进，你的学问也就长进得很不得了了。我奉劝三杯，愿你以后照此为人，包你将来定是我汉朝一员有名的上将，这是师父可以写保状的。"白虎文立起身，接过酒杯，一饮而尽，说道："主将赐酒，末将敬领，谨受主将教训。"换上了一杯酒，转敬与马超道："主将如今拿着曹操的宝剑，明天就好砍曹操的头，与先老将军报仇雪恨。"马超执杯在手，环顾诸将道："还望各位将军大家帮忙。"大众一齐说道："当得效劳，共诛国贼。"大家方才落座，欢呼痛饮。

马超对黄忠笑道："老将军，末将前在成都见了子龙的青釭宝剑，心中非常羡慕，本想求求子龙相赠，不料被舍妹抢了去了，那不似曹操的传国玉玺，到了皇叔手中再莫想拿出来了。如今承白将军送了这倚天宝剑，将来与子龙见面时两个可以比比了。"马超一面说，一面抽出那剑，只听得铮然有声，剑一出了鞘，只觉得寒光四射，照眼生花，满座清凉，鉴人毛发，大家称赏了一回。黄忠离坐自己酌了两杯酒，与罗宪、伍梁说道："二位将军，劫了曹操的粮台功劳浩大，将来元帅到来，必有重赏。如今我先敬你二位一杯罢。"二将逊谢，饮过了酒。姜维道："二位将军，你看禁谷那个地方只有入口并无出路，二位也不管能否通过，只管杀进去，倘若曹兵把住谷口，请问二位往何处去？以后请二位小心小心，再莫孟浪。"二将敬谨受教。黄忠忽然想起这副盔甲乃是曹操御用之物，臣下又何敢穿戴，当时将此意对大众说出。姜维立起身来，将盔甲翻起一看，连忙说道："老将军只管用罢，你来看，盔甲上面都有建元元年赐骠骑将军霍去病的字样呢，这

又何妨呢?"正是:

河水洋洋,一雪当年之恨;阵云黯黯,谁招万古之魂。欲知后事如何,且听下回分解。

异史氏曰:前回大战,以写诸葛出师即捷,备书战略,借明成败利钝所可逆料,不欲使祁山六出之顿挫再见于今,而将尽拭英雄长满衣襟出师未捷之泪者也。其文之表,则凯歌四奏,满纸风云;其文之骨,则薤唱千年,异常沉痛;思之思之,特犹草堂谁觉之大梦云耳。然以凤雏、元直,分辅荆、襄,共成大业,则不可独写诸葛,冷落庞、徐。在军事既必重牵制之兵,在人才亦须泯偏重之笔。故本回之首,即转笔一写关、张,同样亦分三路出兵,以扰宛、洛。而庞、徐谋主,自即所以归功。是写关、张,皆只欲写凤雏、元直二人,以并诸葛而已。如此始无容心于回护,绝不轻易以恭维。前回文章,完全尽出翻案,直属哀音迭作,热泪频挥之笔,固未尝丝毫有不同于《演义》之写诸葛者也。本书一直到底,胥应作如是观。

作者不予曹操,乃以亲征书,何也?曰:用明其篡,正所以行诛也。非予也,曰:又许孟起以复仇也。许复仇而以亲征书,仇得复矣。故孔明之命马超,首申此义。于是孟起复仇之时至,老瞒有不兵败将亡、丧魂失魄、再逃渭南之命者乎?超之与维,皆不匪能锡其类,前既明之矣。故本书每写马超赴敌,必处处写一姜维以助之。以维之谋,辅超之勇,天下可断无敌,更有何仇,超不得报者耶?至士元在羽,元直在飞,马良在云,甚且赵累在兴,奈何如超之侧,可无能谋之士以佐之?此以维、超之更兼文武智勇,尤胜其他,固又有独重英雄之意,别存其间者耳,固不仅欲翻马超寡谋以至仇不得复之案也。

行军之道,后防最要,失后防则失所以守,至不能守,而尚有能战者耶?世知西蜀偏安以终,在失荆州,而荆州之失,即在后防莫守,是直关全局兴亡,非可以一时战局卒乃忽之也。而守者又必得人,有战将焉,有守将焉,尤不得用非其才,自丧厥后。如糜芳、傅士仁辈,直不能战又不能守之流,置之后防,则荆州之有,亦若无人也,其人重矣。本书作者最能知此,其敢操必胜,果足自赏雄才者亦在此。此回如超有勇,如维有谋,举以复仇,犹必急亟完备后方,再图克敌,而东西飞调,择人又若是其慎也。使庸手当之必不如此。以为超、维即足制胜,而葭萌之战,裸衣之斗,早必金鼓渊渊而起,有不钟、邓渡河再蹈渭原之覆，而贻讥于军事学家，谓是役可卜必败也乎？尚何操盖之能得也。

第十九回

征新兵马岱还武威　　袭故智魏延渡壶口

却说潼关川兵营中众将在酒筵上纷纷议论,曹操为何用起霍去病的盔甲来了,只因他们都是武人,对于历史未曾研究,不知道霍去病在当时是百战百胜,汉孝武帝大为宠爱,所以特别赐他这套金盔金甲,质地十分精良,制造十分精致,去病一死,收回武库,留存到于今。曹操小名儿叫做吉利,因前次出兵打了两回败仗,此番来与诸葛亮交锋,想要取个吉利,就把长胜将军霍去病的盔甲借用了,却因去病身材高大,曹操矮小,金甲只能披在身上。不料因这不合适的原因,反救了他一条性命,如若能牢牢系住,白虎文那一枪岂不把他从马上连人挑了过来?看来还算是吉利罢,真好险啊!

放下川兵方面,如今且说那曹操攻城失利,方欲收兵,不道被川中将士看出缺点,乘曹兵疲乏开关出战,全军大败,损失二万余人马,折损裨将二十余员,几乎丧失自己性命,一直败了五十余里,直至盘豆镇方才扎住大营。大小将官一起前来谒驾请罪,恭叩圣安。操令诸将坐下,说道:"孤因一时之忿,不能自制,轻举攻城,以致受此挫折。兵家胜败,古今之常,诸将攻城辛苦已极,敌兵猝出犹能努力抗战。若非孤轻身临阵受敌将暗算,弃军而走,诸将何致于一败至此？失机遗误，皆朕之过也，各位将军何必深自引咎以重朕过？"立命备酒慰劳诸将。诸将见魏皇险遭不测犹复厚责自己，亦不委过于人，个个天良激发，感泣拜谢，誓以生命报答魏皇。操令诸将谨守寨栅，休养伤痍，补葺卒伍，各挑选精锐，乘机再战，以振军威。诸将领令，各去预备。操又以杜畿、吕通救护有功，特授杜畿为左护卫将军，吕通为右护卫将军，统领帐前羽林骑士，拱卫中军。二将谢恩，即就新职。

操虽然险被枪刺，几濒死地，将武库中第一副盔甲失掉，并失却倚天宝剑、千里名驹，尚自耐着心肠抚慰将士，力从镇静，整顿军容。不道禁谷败兵逃回，报告粮台被劫，那就不由得他满腔愤恨一齐发作出来了。从前再三吩咐马延、张颉用铁蒺藜拒马木满布谷口，后面排列强弓劲弩昼夜小心，严密守卫，非孤手书任何亲贵不许入内，这样布置漫说人马，就是飞鸟也不容易进去。即使大兵败退，谷中粮械充足万分，只要谨守不须出战，并不要有多大本领，也可以守他三月两月；川兵就百无顾虑，用全力前去攻打，也不是十天半月可以攻下，何况于他们是乘隙出关，万不敢在关外停一日、两日，马上就须回关。只要二将稍须谨慎，稍须准备，又何致于失守？可恨二将太不小心，一心只倚赖大军在前，全不准备，以致为川兵不费折枝之劳即行劫取。二将虽然一死报国，于国家又有何益？大军出战，日费千金，军无见粮，不败何待？越思越恼，越想越恨，不是羌将暗袭，孤家亲在前敌，何致如此大败？何致失守禁谷？不杀羌将，何能出这口恶气？立刻下令，全军有能得白虎文首级者，赏黄金万两，封三万户侯；又令刘晔前往洛阳，发库存金帛二十万；令徐晃一军无庸赴宛，仍回前方，顺解洛库金帛军前听用；并饬敖仓官吏火速运粮五十万，来盘豆镇接济军食；即还许都，启知监国征发青州兵二万、兖州兵二万由刘晔护领全军，迅来前敌，会攻潼关，不得延误。刘晔领旨，星夜起程去了。

曹兵营中大张旗鼓，种种举动，早被川兵细作探悉，报入潼关。黄忠、马超正待集合诸将商议应付方策，忽听探马飞报，元帅领兵来到。黄忠、马超听得大喜，即率大小将官出关迎接。孔明在马上见黄忠头戴金盔，身穿金甲，红光满面，鬓发如银，越显得精神矍铄，相貌堂皇，心中大为惊异，笑逐颜开。众将簇拥着元帅就如众星捧月一样，来到关中帅府坐定。众将以次参谒如礼，礼毕，分就两旁坐下。除第一次战况业经详报元帅外，第二次大败曹兵战况，由黄忠将曹操如何亲自督兵猛攻潼关三日，方才退兵；伯约如何定计乘着曹兵攻城疲乏之后，分兵两路追至柿园，大战曹兵；白将军乘隙直击国贼，几杀曹操，终以曹兵诸将拼死抵抗，故而仅得曹操盔甲、剑、马，但是已经摇动了曹兵军心，迫其战败退走，我兵因此大获全胜，直追至盘豆镇；又经罗、伍两将军出了间道，闯入禁谷，杀了守兵二将，劫了曹操粮台；所得曹兵金帛粮械约计五亿万缗以上，杀死曹兵将近两万，将官二十余员。孔明听罢黄忠报告，喜动颜色，说道："非伯约料敌如神，老将军与孟起及各位将军同心戮力，何能有此奇捷？宗社之灵，主公之福也。曹兵经此一战，当不敢再攻潼关矣！"黄忠又将白虎文分赠盔甲、剑、马之事一一禀知，孔明愈加大喜，即唤白虎文上前奖谕道："白将军立此奇功，足褫贼魄，不独武艺高强，并且深明礼让，将来必是国史有名的上将。努力精进，无毁前功。"白虎文谢了恩，退立一旁。孔明又唤罗、伍两将上前，说道："二位将军屡立奇功，此番劫了曹操粮台，胜杀曹兵五万，曹操生平惯劫他人之粮，如今不意更为二位将军所劫，曹兵失此，整顿无从，我兵得此，战守有恃，皆二位将军莫大之功也。"二将谢恩就坐。孔明吩咐军政司记了三将的特别大功，马上呈报大将军，特别赏赉。

众将见元帅分示已毕，大家问起元帅，曹操为何不用自己盔甲，却用霍去病盔甲，是何原故？孔明将上项原由说与众将，众将方才明白。孔明笑道："这盔甲本来是黄金盔甲，老将军姓黄，应该老将军穿戴，方才合宜。"众将听得一齐笑了。孔明又道："那宝剑本是两口，一名倚天，一名青釭，是春秋时欧冶子铸的。曹操每次出兵，必以自随，自比高祖皇帝的三尺剑，要统一宇内，不料这两口剑一归子龙，一归孟起，可谓物得其主，看来操贼气运决不久长了。至于伯约所得那匹千里马，前闻穆顺谈及，曹彰不惜重金先在乌桓购得了一匹枣花骝，日行七百里，后在鲜卑购得了这匹马，日行千里，两匹马在许都赛跑，常常隔着二丈内外。曹彰把这匹马献与他父王，他哥哥曹丕问他要那一匹，曹彰不肯，后来还是曹操出个主意，除了自己出兵以外，此马归曹丕乘坐。如今归了伯约，可谓良骥比德君子矣！"姜维立启道："元帅言重，末将实不敢当。"孔明笑道："人生大节，惟孝与忠，伯约能孝于亲，能忠于国，非徒今之君子，古之君子亦复何愧？"

孔明询知羌氏四将各有父母在堂，吩咐各赠黄金百两，彩帛十端，侑以珍馐，另致一份与姜维老母。姜维与羌氏四将叩谢元帅天恩，拜领之后，各派妥人驰送还家，以供甘旨之需、温暖之用。孔明又令取白金十万两，分赏各部军士，取黄金万两，分赏从征文武将吏。川兵人人感悦，士饱马雄，摩拳擦掌，群思出战。

黄忠又将曹操四处征兵计划启知元帅，孔明道："顿兵坚城之下，曹兵虽多，不足虑也。惟我军迭经大战，不无伤损，川兵利于山谷战争，将来与曹操驰骋中原，非西凉士马不能为功。孟起，约计武威、张掖、酒泉、敦煌、金城五郡现兵尚有多少？"马超答道："五郡除留兵镇抚地方外，约可得将官骑士三万余人，皆可以即时征发。"孔明道："本拟烦孟起回去收兵，今大敌当前，相需正急，可令仲华前往河西一行。"随唤马岱听令，速领轻骑三百人，回到金城面见韩太守，协同五郡太守征发余兵，即由将军统率回转长安候令。马岱领令，即日起程，前往征兵五郡，至少也须两三月工夫，暂且按下不表。

孙明唤姜维道："伯约，曹操大举亲征，连遭挫败，四调大兵以图困我，潼关天险，以逸待劳，操虽有百万之众，亦无如我何也！此后计彼进攻决非一路，沿河数百里无处不可进兵，文长前日领兵防守黄河上游，责任重大，若有疏虞，非同小可。伯约可领本部五千，前往协助，小心谨慎，总以不使曹兵偷渡为要。"姜维领令，同着副将高翔，领兵前往韩城，会合魏延，协守河津。孔明令李严、王平督率本部，紧守关隘；令黄忠、马超各领本部人马一万九千人，在那著名黄巷的车箱谷口之外，扎下两个大营，以免将来出兵，不令曹兵得以封锁关口；又因曹操悬了重赏购求黄忠、白虎文二人首级，来歙、岑彭往事俱在，深可戒惧，传了二将上前，再三切戒，要他二人时刻提防，夜中宿营尤须谨慎，二将拜命，白虎文羌兵本部，外人绝难进去，特令氐、宾两将加意保卫主将。诸将领令，一同出发。孔明自己居中，调度兵食，时时派人前往黄、白二将营中视察戒备如何。好在马超精明强干，事事关心，处处照顾替元帅分了忧。大家整顿休养，专候与曹兵第三次血战。

孔明将布置长安四境防务，潼关二次大战捷报，防守黄河上流情形及曹兵目前举动，自作详细手书，启知大将军。书末具言曹操若第三次来攻潼关，必惧云长进蹑其后，将嗾江东进犯荆州，宜遣人知会云长，暂顿北兵，严防东寇，以策万全而免蹉跌云云。立刻专人飞报入川，军书星火不过半月便到了，成都刘玄德接到了孔明手书，一则以喜一则以惧，即令孝直作书飞告云长。云长、元直本时时顾虑江东，此次得了手书，便令沙摩柯领本部蛮兵三千，前往巴陵，增加防务，令羌将符健领羌兵三千，驻扎潜江。赵云全军前驻公安，水师沿江湖各处要隘已经布置多日，水陆相辅，呵成一气，江东出犯势难得逞。云长将荆州南北两路水陆布防情形复呈大将军，请敕孔明放心攻取不提。

就中单表姜维奉令，领兵来到韩城，会见魏延，两下相见，甚为喜悦。姜维宣布元帅令他前来的意思，魏延受命，随即设下酒宴与姜维、高翔接风。

酒宴中间，姜维述说潼关两次战况。魏延狂喜，恨未亲临战地一睹盛况，举酒与姜维贺功道："伯约，曹兵再败必不干休，今在盘豆四处调集大兵欲与我兵决一死战，若待其大兵云集然后战争，胜负之数尚未可必。元帅远虑深谋，欲俟河西兵至始与交兵，自属深稳，但以延观之，似宜乘其未定，即出攻击，较操胜算。"姜维接过了酒，干了一杯，转敬一杯，说道："将军之言亦系兵家之要，但曹操用兵深得古法，壁垒森严，不能谓之未定，具其抚慰得力，万众一心，维参此两役，略知其详。元帅据城池之固，挟大河之险，有黄、马二将军之雄武，乘破竹之威犹不肯轻于一战者，不过因关中新定，伏莽尚多，我军大胜，彼辈匿跡销声，稍有挫折则市人皆敌，军心摇动，收拾为难，故而一面极力镇抚地方，一面据险以老曹兵。防地不宽，则易于守；军锋不挫，则利于战。我与将军但宜谨遵将令，完成任务为是。"魏延听得连声道是，接过酒一饮而尽，另说闲话，畅饮一回。酒筵散后，各还本营。

你说魏延他说此话，是怀着什么心肠？原来他根本上是一位好动不好静的人，此次出兵自己虽然取了长安，得了头功，光彩不过，哪知元帅不令他去潼关身当前敌，却教他坐冷板凳，到韩城来防黄河，机械动作，索然寡味；接连听得黄忠、马超大捷潼关，白虎文得了曹操盔甲、名马、宝剑，罗、伍二将劫了粮台，得了上亿万的东西，自己若在军中多少也有点分儿，只急得心痒难抓，唉声叹气，涨一河这大的水，自家连虾子细鱼都没捞上一个，怎么不叫人丧气？又听得邓艾、钟会已离河津，知道隔河魏兵并无良将在内，心中想道："元帅要我来防河，怕的是敌兵偷渡、乱我后方，敌兵可以渡河乱我的后方，我兵难道就不能够渡河乱他的后方么？与其徒费重兵来防这防不胜防之河，日夜耽心，寝食不安，倒不如爽爽快快简率精锐，照样的来一套渡河深入，杀他一个片甲不留，除去祸根祸苗，出一出心中闷气。"他心中盘算多日，暗暗调集本部人马，正待动作，恰好姜维来到，他一团高兴待与姜维商量合作，不道被姜维一顿官腔浇头一勺冷水。

好一个倔强成性的魏文长，回到本营通盘计算，决计违令私行出兵。一方修书一封，告知伯约自己出兵的原由；一方令部将吴兰、雷同、邓铜、刘郃四员将官部兵八千，乘着黑夜，把从前拘集的船只一声暗号，渡过黄河，向孟门上岸。守孟门的乃是魏将臧观，他们大家天天只筹划偷渡大河去扰川兵后方，谁知道自家兵马未能如愿相偿，川兵倒反不速而至。一声喊起，魏延身先士卒，杀入曹营。曹兵营中人不及甲、马不及鞍，黑夜里不知川兵多少，霎时攻破。与臧观连营接近的庞淯打起灯笼火把，提兵来救臧观。魏延正从臧观营中杀出，从暗击明，纵步上前一刀将庞淯砍落马下。川兵蓄锐已久，无不以一当百，四员部将无不拼命上前，鼓噪惊天，喊声动地。曹兵四个连营一时大乱。

隔岸姜维接到魏延手书，方知他违令出兵，但万不能坐视不理，马上遣人告知张翼、马忠四将，各将防务交付韩军，速领本部渡河援助文长。又令高翔守护河曲，自己提兵渡河前来接应。川兵得势，大破曹兵，毛玠四将只办一走。魏延见已获全胜，便欲收兵回防。姜维笑道："将军何前勇而后怯耶？全军二万余人现已毕渡，只可一鼓作气向前锐进，何为后退，惹人耻笑？并州防务单弱，大兵直下，亦收复中原之一极好机会也，此际尚言退军耶？"魏延被姜维这一激，两个统兵奋勇深入，不到五六日工夫，陆续得了蒲霍、壶口、襄陵、猗氏、闻喜、安邑、临汾、汾阳各邑。

姜维请魏延专治军事，自己安抚城邑，分头传檄各州郡，略云：

> 檄告并州将吏军民人等，曹操逆贼篡国弑君，罪大恶极，神人共愤。大将军受先帝手诏，兴兵讨逆。诸葛元帅实先启行，大兵所至，即克汉中，曾未经月，三秦底定。操率其犬羊之众，东叩潼关，我军偏师出击，再败魏兵，操之将士折损都尽，操之军实丧失无遗，操之骨肉几成齑粉，垒息逃走，径退阌乡。大军毕临，不亡何待？本军奉令渡河，会师许下。曹兵余烬鼠窜平陆，并

州汉土忠义之士所自出也。其有汉室遗臣,本初旧吏,屈于贼势,郁不得申,剑及屦及,此其时矣!还我河山,共奖王室,或杖策来从,或输粟相济,本军当却归以俟。惟我贤士大夫,实图利之。

檄文到处,郡县望风降附,箪食壶浆,辇金输粟,不绝于道。维令饬全军不许侵犯人民一丝一粟,但取库中金帛,犒劳军士。沿途供给丰裕,大有行不赍粮之势。

维令诸将扼要驻扎,一面飞报元帅。孔明得报,见二将已得了二十余州县,急令李严、王平各领兵五千,昼夜兼行,进屯安邑,列将分屯,烽火相望,各据险要,免为敌乘;令前敌军事悉主魏延,姜维为副;又与延书,奖其成功,责其轻敌,不得狃于此役,习为故常,伯约有谋能断,诸将之所不及,凡事须计议后行,幸勿轻懈。魏延得书,心悦诚服,真个事事与姜维商议,不敢专决了。

那毛玠与国渊、凉茂、臧观三将率领败残人马,不足两千,退屯平陆,遣人星夜渡河飞报魏皇。曹操急召众谋士商议道:"川兵越过黄河,取得安邑各地,我军被迫退屯平陆。若被分兵以扰并州,东袭渑池,则冀州亦为震动,我军前后受敌,为之奈何?"贾诩道:"两军相持,不利退后。宜令大将东还荥阳,简赵魏之锐卒,出屯并州以防川兵之西扰;简中军之良,潜师夜渡,以致安邑之敌。诸葛亮方据潼关以老我师,不虞我之尽锐而北。我更选良将,以重兵屯阌乡,据崤函之险,扼潼关之敌,使不得出关以相救。是我不得志于西者,或可成功于北也。"操道:"文和之言,应敌之急智,救时之良策也。"即令任城王曹彰,持节都督冀、并两州诸军事,率精骑一万,发冀州军二万,以御窥并之敌;令徐晃领兵二万,坚守阌乡;自己统领大军,拔寨即行,直指平陆。

那川兵营里,姜维正与魏延商议道:"毛玠退屯平陆,必然飞报曹操,操足计多谋,必知我重兵现驻潼关,来此间者,不过偏师,若以一将守阌乡，而悉锐渡河以凌我，众寡不敌，进无所据，退阻黄河，必致全军覆没，此事甚为危险。"延道："伯约所见，情势显然。一面你我拼死拒敌，一面飞报元帅，火速派援。"姜维道："求援亦是，但远水不救近火。以维愚见，不如合攻平陆魏军，一举歼灭，先破其隔岸之孤军，后据大河之险塞，彼既一时不能飞渡，我得后援，蔑不济矣！"

魏延大喜，两人拔队起程，分兵两路径扑平陆。魏兵残余无几，惊魂未定，被二将即时攻破，毛玠四将败向垣曲去了。二将吩咐军士，凭河筑垒，以待曹兵。刚刚把垒筑好，只见对岸曹兵旌旗蔽日，金鼓震天，沿河寻找船只，欲渡大河。姜维叫把川兵旌旗竖起，安排强弓劲弩截杀登岸曹兵，飞檄李严、王平，进屯曲沃，就近衔结。

曹操大兵已至平陆对岸，方欲渡河，有平陆败兵渡河，禀报川兵已得平陆，沿河驻守。曹操听得，在马上长叹道："川将知兵，吾事败矣。"随令大军进驻渑池，相机渡河，以驱并地之敌。

当曹操在盘豆镇拔队起程的时候，早被川中探子探得实情，飞报潼关。孔明正接到魏延、姜维告急文书，知道曹操北走，潼关决无战事，仍令黄忠带了冯习、张南、傅佥、阎宇四将，领兵二万，镇守潼关；令杨洪饬部将郑绰，领兵五千，驻扎临潼，调王含、李福之五千人，驻扎华阴，以保潼关后路，即归黄老将军指挥；移马成军屯渭南，马骧军屯霸上，归杨洪节制，策应潼关。孔明即日自领马超、白虎文、罗宪、伍梁诸将二十余员，全师五万，径由潼关渡河，兼程三日，便到平陆，魏延、姜维出城迎接。

孔明进帐坐定，二将顿首请罪。孔明扶起道："二位将军冒险进兵，都系效忠国家，且已成功，何必再论！惟向时所遇非敌之良，若钟、邓在此，文长非全军败没不可矣。须当切戒，慎之慎之。"二将再拜受命。孔明唤姜维道："防河之责，伯约专之，当令伯岐、伯恭、吴兰、雷同连屯相助，文长随我去曲沃可也。"姜维领令。

孔明同马超、魏延诸将来到曲沃，李严、王平迎接入内。孔明坐定，与诸将说道："曹操不得志于西，欲移兵而北，今我兵已入河东，不如乘曹兵未渡大河之时，火速进兵，戡定并州，据上党以扼天下之脊。那位将军带兵前去，夺取上党？"马超应声道："末将愿往。"孔明道："毛玠诸将现屯垣曲，不虞我兵径取上党。将军领兵二万，白将军为副轻骑长驱，由平阳、长子径袭上党，塞住壶关，务使在曹兵未到之先昼夜兼行，必得上党。火速勿延。"马超领令，着白虎文即刻起程去了。孔明令李严领本部一万五千为第二路，进屯长子，援应孟起。李严领令去了。孔明率文武僚属部兵二万人，自驻平阳，策应各路将领，以垣曲近在咫尺，不容曹兵逼处，令罗宪、伍梁由绛县去攻垣曲，马忠领兵三千由茅津渡夹攻。垣曲本非用兵之地，毛玠四将把守不住，只得败退阳城。

那时曹操的大兵已到晋城，闻孔明自至平阳督师，星夜派人速令曹彰先入上党。

曹彰因征发冀州士兵，稍为耽搁几日，不道马超已经先入为主了，及至曹彰兵抵壶关，关上已经遍竖川兵旗帜。曹彰策马至关前观看，只见城楼上一员羌将，全副披挂，威风凛凛，大叫道："曹彰，你来迟了一步，上党、壶关都被俺们夺取了！俺们得了并州，马上就要夺取冀州，你可快快走开，不要在此挡路，饶你性命！"曹彰听得大怒，即时挥兵攻打，只见那将骂道："你好不识抬举，叫你认认白将军手段罢！"弓弦响处，城楼上一箭射来，曹彰将身一闪，那箭把曹彰盔上红缨竟自射落。曹彰吃了一惊，只听得那将说道："你还不走待看我射你的咽喉罢！"曹彰知道他定是白虎文，从前父王吃了他的大亏，暗箭难防，只得挥兵退下。两处地方都守得铁桶一般，任凭曹彰如何攻打，总是不理，把一个曹彰急得黄须倒竖、暴跳如雷，还折损了千余人马，只好停攻候令。

单表孔明在平阳接到前军捷报，听见马超得了上党，塞了壶关，喜之不尽，急令张嶷、张翼分驻芮城、垣曲，专事防河；姜维领兵八千，火速进据高平与上党掎角；廖立领兵五千，驻扎曲沃；马忠领兵五千，移屯广武，回环策应。诸将领令，即日分头出发。孔明再将魏延、王平唤进帐来，二将参谒侍坐。孔明道："二位将军，顷得捷报，孟起已据上党，曹兵首尾中断。文长、子均可各引本部精兵八千，由介休直取榆次，进收定襄，定襄太守田畴，汉室旧臣，自然反正，然后东塞井陉；子均分兵沿太行山麓南下，径据黎阳，黎阳守将刘延，与云长君侯有相知之雅，我兵一至，彼必迎降；乘势锐进，抚定云中代郡，并州非复曹氏有矣！子均得黎阳后，可引兵赴上党助孟起守城。二位将军成盖世之勋名，在此役矣！好自为之。"二将领令，魏延率副将刘郃、邓铜，王平率副将高翔、吴班，各领本部，同时出发。

并州旧系袁氏所有，门生故吏尚多，亦有汉室遗臣愤操篡汉，因为势迫，有志未遂，及姜维传檄到来，大家纷纷起义，欢迎二将，甘为前导；曹氏虽有一二心腹之臣，以上党已失，消息隔绝，二将兵至，莫敢当锋。不上一月，二将到了定襄，太守田畴开城迎接。魏延取出元帅手书，承大将军令旨，承制以田畴领并州牧兼领定襄太守，尽复汉家旧制；遣副将高翔引兵五千，塞住井陉口；魏延自驻榆次，谕降代郡、雁门、云中、马邑各地。王平兵至黎阳，刘延亦系汉朝宗室，出城迎接。二将会同田畴、刘延以次抚定各郡县，真是兵不血刃，将不戎衣。王平留三其人助刘延守黎阳，自引五千人来上党帮助马超。

孔明在平阳大营先后接到二将报告，知悉并州全境荡平，大喜过望，即承大将军令旨，以田丰之子田稷领云中太守，沮授之子沮雍领河东太守，审配之子审宗领雁门太守，因为并、冀两州人士甚怜此三人之死，三人之子又皆有才能晓畅边事，孔明既擢用才俊兼采人望，并州全境，人心大悦；又令王平领上党太守、魏延领平阳太守、高翔领井陉太守,以一事权。

那魏延见并州底定任务完成,即日挑选义兵精壮一万五千人,突骑八千人,率同本部回转平阳,来见元帅。孔明喜极,奖借备至,即令魏延率领新旧各军驻扎平阳,接应诸将。孔明自领卫卒三千人,带着罗宪、伍梁二将,解护禁谷所得的金帛,亲赴上党、壶关各地,犒赏将士兼视察各地防务。

到了上党,马超、王平、白虎文诸将出城迎接元帅,军民夹道簇拥进城。入府坐定,孔明细问曹兵情况,白虎文将曹彰攻关情形一一禀知。王平禀道:"元帅,曹操自驻晋城,曹彰近驻关下。元帅若长驻上党,战守有恃,自无待言;若不能在此久驻,必须设计将曹彰杀败,使他也退还晋城,对于上党庶不敢正眼而视。然后守此关者,易于为力矣!"孔明道:"子均之言甚为高见,当调伯约、正方共筹此一劳永逸之策。"正是:

河西抚定,足摇幽、冀之心;塞北归仁,已颤孙、曹之胆。欲知后事如何,且听下回分解。

> 异史氏曰:于是孔明将向中原矣。马氏恩抚西凉,归收故卒,自以马超尤得士心,而不可遣者,则以许其复仇也。前韩遂兵来,所以填泾萧冯翊之防,以重马超后路,使仇得复。今马岱人去,所以征武金、张掖之卒,以重马超前驱,使功易成。本书开宗明义,即欲为英雄孟起吐气,珍重言之,故此等处皆是将写马超之笔,不是以写诸葛之笔;所谓"驰骋中原,川兵不合"云云,是知尽属设词耳。
>
> 后防既备,更欲就后防而出奇,此真兵法之变幻,至不可捉摸者也。读此一回,能无令老于军事者一齐拜倒?敌之不可我乘者,我且得从而乘之,于是得攻不备出不意之至意。作者欲写兵法之变,且就写地理之精;不顺写魏延之负勇渡河,乃逆入姜维助守;先写孔明之深虑疏防,恐操偷渡,则又笔法之善变者。观于姜维既至,魏延始有乘其未定进击之词。则前之未渡何也?惟仍假延好胜逞能,以掩读者耳目于不觉,乃明姜维之往,正为作者特遣,以接魏延之防。而后知此次出奇,实非延在心痒难抓,不幸之庞涓却身殉作者有意炫人

之笔底者耳。如此奇兵，一鼓而登孟门，再鼓而下五县，不有非常之事，安克立非常之功？姜维方举武焚舟，继延而渡，李严又接踵奉命，接维而防，五将分屯，获据险要，则作者之笔，亦不再为深入矣。此皆西扰并州、东据渑池之伏笔，为任城退保冀州之地，又不可不知者也。否则曹军潜师，尽锐而北，奈何又为姜维先破隔岸孤军，使操不得复渡耶？然则川将知兵，亦无非夫子自道而已。

曹操北走，潼关解严，孔明平定并州，自为应有之笔。而上党先曹彰以入，又见孟起成第一功。因知先写魏延渡河，又是将写马超之笔。而王平、姜维、魏延之进兵也，张嶷、张翼、廖立之回环策应也，皆欲塞井陉以固后防而已。不如是，诸葛安得出关决战以窥中原耶？然作者即此半回之中，遍写地理，具征亲览形势，实有怀于古今战阵得失胜负之林，而又素经谋略计划出入攻守者，断非书生负手、空喜谈兵之比也。

第二十回

白虎文绕道败曹彰　　庞士元巡城识向宠

却说孔明在上党听了王平之言，飞调姜维、李严二将来上党军府，共商击破曹彰计划。二将得令，将防地交付部将严密守护，各领轻骑二百，星夜来到上党，谒见了元帅。

大家坐在一个关防严密的房间内，在城将领一同挨次坐定。孔明说道："我兵前在潼关预备与曹兵大战，曹操正征兵各处亦预备大举分道进攻，双方战争似已成为定局。不谓文长、伯约便渡黄河大败敌兵，进收各县；孟起轻骑长驱，复得了上党。曹操不得不抛弃会攻潼关之本谋，而移兵北向，我兵以应付敌军移转阵地之故，全军亦复北渡黄河。如天之福，竟得并州，两军形势剧变，急转直下，开古来未有之战局。然而辟地愈广，筹防愈为不易，兵力分散尤为可虑，所幸壶关、天井、井陉、玉峡诸关皆已入我军手中，我得以凭恃天险减轻兵力，实为大幸。我军兴师讨逆，北伐中原，得尺则尺，得寸则寸，方足以节节进攻，用申天讨，绝不能寸步后移，为敌所蹑，使前功尽弃，后患加深，此我军对于新得之并州有须出全力以防守之之必要也。至于此后我军进取之出路，与其出上党以取温怀，深入敌人之堂奥，曹兵必出其死力以相争夺；并州东南一带之地纯系沿太行山脉，中间各地加以管涔勾注，王屋、恒山山岭绵延，道路险仄，将来我军千里赴援至为艰苦，馈粮运道更极崎岖，飞刍挽粟所耗太巨；且与我荆、襄友军距离太远，呼应不灵。敌则战于境中，攻守皆较便利。是胜负之数，已经判然。我军何能蹈此种种之危机，而与敌人以必胜之把握也！就上列各事观察，是上党一路但利于守，不利于战。养威持重，以为后图，目前我军进攻之要地只宜直出潼、洛，荡定三川，后挟三秦之兵食、前借荆、襄之提携，战守之计，皆为万全也。各位将军，以为如何？"众将齐声应道："元帅分析两路利害情形，明白详尽，应请元帅速定战守方针。"孔明道："各位将军既一致主张东出潼关，则宜出全力以向前方，万不宜多糜兵力于此地。昨子均所言上党、壶关目下情况，深切著明。曹彰重兵近迫关下，我留兵少则不足以御敌，留兵多则我之兵力已自行剖分，实为大大不利。子均之意，欲先败曹彰之兵以立威，使之不敢再犯上党。制胜之策，无逾于此。我军若能大败曹彰，则曹兵锐气自挫，我兵声势愈振，于战于守，关系都大。向闻曹彰在北地甚有威名，人民信服，我如能大加挞伐，则不徒兼并人内向之心，益可壮我守军有恃无恐之气矣！惟曹彰本部甚为精锐，彰之本人亦能耐战，诸将有何良策，能使之一蹶不振也？"

姜维起立道："元帅知己知彼，必已有良策在胸，即请晓示，以便进行。"孔明笑道："伯约才气无双，机变百出，应有破敌之奇计，何妨面述，共加商讨？"姜维再三谦让，孔明亦再三追问，维不得已说道："元帅，闻曹彰自从为白将军箭射盔缨之后，即闭营不出，一意坚守，窥其动作似已得曹操授意，令其坚守勿战，以彼全力不战而守，我欲破之实为不易。曹操久经战阵，熟悉地形，彼岂不知元帅之兵必出潼关，不能久留此地，决俟元帅去此之后，然后视守军之强弱以定攻击之谋，所以徘徊河上，行晋城，既不即还许下，亦不复往潼关。其伺隙以逞之情形已经暴露，如果如此举动，则此地战事尚无终了之期，非先事破其奸谋以谋长久之计，实为不可。维探闻曹彰性最暴烈，其恨白将军深入骨髓，请元帅即令白将军为前敌军主，以撄其怒；而令罗、伍两将军为副，各率本部，由关后小路绕出曹营之前，叩营辱骂。曹彰万不能忍，必出而与我兵交战。待其战至日旰，请令马、李两将军率精骑万人，开关以蹙曹兵之后，以我全力两下夹攻，彰之锋锐必尽，然后尽力穷追以消灭其全部。彰失此劲军，即幸能逃死，亦不敢梦及壶关矣！"孔明听罢，抚掌大笑道："伯约真智囊也！此番并州之得故非天幸，多系伯约之力耳！但白将军恃勇好战，伯约且入彼军为之调度。"维道："元帅有命，维敢不遵？事关全局，当竭全力。"孔明即全用姜维计划，令白虎文领本部兵七千，以伯约为谋主；罗、伍二将各领本部兵四千，今夜四更即从关后小路绕出曹军之前，明日拂晓进攻，努力大战。四将领令。孔明再令马超、李严各领精骑一万二千人，俟白虎文战至日旰，即行开关出击曹兵之后。二将得令，暗暗准备。

却说那曹彰真个是因为奉到了父皇手谕，教他顿兵不出，牵制川兵，绊住诸葛亮，以便自己西行大举进攻潼关。他正在那里加筑堡垒、增强守备，不料白虎文倒走上他的前面来了。白虎文来到曹兵营前讨战，曹彰成竹在胸，任他如何，总是一个不理。谁知道一万四五千川兵都受了骂人的严格训练，大清早起一窝蜂来到曹兵营前齐声辱骂，"太监""儿子""夏侯杂种"，一应总总不堪的言语，亏他们都骂出来了。果然其效如神，两三个时辰把曹彰的无名孽火骂上来了，再忍也忍不住了，立时吩咐副将夏侯俊、夏侯杰、曹忠、曹信率领偏裨将校守住大营，提防后路，自己统领马步三万人开营出战，一马当先，直取白虎文。白虎文求之不得，快活万分，拍马挺枪上前迎住，两个大战起来，真是棋逢敌手，将遇良才。看看战到一百余合，姜维见天色不早，将红旗一挥，罗、伍两将双马齐出上前夹攻曹彰。曹营中也有几员部将向前迎敌，被二将一阵锤打锏敲，纷纷落马，便一齐上前夹攻曹彰。曹彰和白虎文才杀个平手，哪里还能再敌二将？正在拼死支持，欲待收兵时候，猛不提防只听得自己后营喊声大振，原来是马超、李严已经杀入曹营。守营四将战不上十余合，都被二人杀了，一霎时，曹营大乱。姜维挥兵大进，前后夹攻，只听得川兵齐声叫道："元帅有令，不要放走了曹彰！"曹彰到了此时，支持不住非败不可，尽平生气力，向伍梁一枪刺去，伍梁向后一闪，曹彰乘隙，带着亲随杀了一条血路，往晋城方面败走。马超、白虎文、李严三将督率兵将，尽力追杀。姜维令罗、伍二将收拾降兵及曹营军实，自己拍马向前，一同来追曹彰。

到了这个时候，曹彰手下不过剩下三四百骑，无力抵挡，正在危急，却见前头旌旗招展，一队曹兵迎上前来。原来是曹操在晋城偶然间想起，虽然令任城坚守不战，但是诸葛亮自在前方诡计多端，任城兵力虽精，而部将均系兄弟荐与的族人，武艺都不十分高明，生恐任城中计轻出，必为所困，急令大将张郃领兵五千运粮三十万来佐任城，助其坚守。张郃领旨，兼程北上，不意两个在此处相会。当下张郃见大队川兵追赶任城，来势凶猛，急忙引兵向前迎敌。你说后面有马、白、李、姜四员大将，又乘着战胜之威，张郃就算有了三头六臂，也不能抵敌，何况所部人数仅只五千，比敌人少了三四倍，又系远道前来兼程辛苦，未曾休息，自然无抵挡能力了，只好三十六计，走为上计，赶上曹彰，一同败走。

川兵四将又杀得他们弃甲丢盔，剩不下四五百人马，大获全胜，收兵回关，将张郃运来之三十万粮草，不曾走失，一并全数笑纳，并曹彰营中所余之粮草尚有二十余万，一并拜赐，运入关内，来见元帅，回关缴令。孔明大喜道："各位将军为国竭忠，一致努力，故能得此奇捷。曹彰经此次大败之后，当不敢再窥上党矣！"吩咐将新降曹兵愿入伍者调往后方训练，不愿入伍者极力训戒，告以大义，感以恩情，各与路费，令其归还乡里。各降兵感泣拜谢，誓不再入军队，相率出关。计降兵二万余人，留者五千余，孔明令交与州牧田畴编入定襄军队，守护边塞。将所得张郃解来之粮草三十万，全数贮存上党，留作守兵粮食；将曹彰营中所余之粮食二十余万运赴高平，备守兵取用。所得两军好马六千余匹，完全解回潼关，以备补充各队；金帛巨万以一部分存库，以一部分犒赏此役出征将士。人人沾惠，十分优厚，全军欢跃，士气大振。孔明见战守计划已经完成，上党、高平守备巩固，令姜维仍还高平，与上党加紧联络，互相照应；令王平领兵一万五千人率部将刘郃、邓铜紧守上党；令李严领兵一万人，仍驻长子，为上党、高平两路后援。孔明与马超、白虎文、罗宪、伍梁诸将回到平阳，令魏延率本部兵五千、并州兵二万、并州突骑四千人，部将吴兰、雷同，同驻平阳，接应上党、高平、长子、井陉各路，与州牧田畴及各郡太守戮力同心，安辑地方，募练丁壮，屯田积粟，以为将来出兵东下会师河洛预备。魏延敬谨受命。

孔明自率马超诸将，将并州兵五千，突骑四千，本兵三万二千人，渡过黄河，回转潼关，立将克复并州全境情形，上党大战捷音飞报入川。玄德在成都接到孔明捷报，非常欢喜，手书慰藉，所有任命并州官吏均依孔明原议，承制加授实职。又以羌将白虎文两创曹操，至获操自用之盔甲、剑、马，足褫贼魄而寒贼胆，此次在上党大败曹彰实为功首，在前方深资得力；氐将罗宪，宾将伍梁在禁谷抄获曹兵粮台，所得数十亿万令后方减转饷之劳，令敌人无进攻之力，俾我兵得以雍容渡河北进，戡定并州，且无役不从，屡歼敌将，实属异常劳绩。非颁懋赏，何厌殊勋，特承制晋授白虎文为强弩将军，罗宪为破虏将军，伍梁为荡寇将军，姜维晋授中领军护军将军，魏延为振威将军，李严为左领军振武将军，王平为右领军冠军将军，黄忠、马超诸将皆论功晋秩有差，东征全军加给饷银两月。孔明率诸将拜受恩命，将校士兵，欢欣鼓舞。玄德将东征军捷音布告益、荆两州，将吏兵民，声威自然一发浩大了。

那曹彰、张郃败退五十余里，方才扎住营盘。曹彰喘息粗定，一见自己残兵与郃余众不足千人，怨气冲天，抚膺大恨道："某家自从军以来，大小六十余战，未尝挫败。今以三万大兵，败于羌将之手，折损无余，何面目归见父皇？更何面目重见北地父老？"彰言时恨恨连声，拔出宝剑，即欲自刎。张郃手快，急忙格住宝剑，说道："任城王何必如此！汉军名将四人合攻大王，大王虽败，岂战之罪？不如回见圣上，重振兵力，以雪此耻。"曹彰收剑入鞘，心下十分不快。

两人快快到了晋城，见过魏皇，奏知败兵始末。操笑道："吾儿一人敌彼四将，虽败犹荣，区区胜负，何足计较？重振兵威，必可雪此耻也。"即将近来招练乌桓、鲜卑之骑兵三万，拨归曹彰管领，屯驻荥阳，募集骁果，努力训练，准备大战。操又令张郃前往河间上谷，招募骑兵一万，即由郃统率，再俟后命。二将领旨，各自去了。

就中单表曹彰以此次战败，纯因部将非人，方知道虽有精兵，尤须能将，前时部下将领多由二哥、三哥保荐近支宗族前来，滥竽充数，若是稍有谋勇，何致以四将而不能敌川将二人？由此看采，兵戎之事，非有才有勇者，便是自己哥哥、兄弟、姑丈、姊夫都是不能用的，不独误了他们的性命，并且贻误国家的军机，此次大战，几乎连自己的性命都搭上在内，再不改弦更张，那就永无出息。好一个英明刚果的曹五王爷，他这回在荥阳成军选拔武勇，任用才俊，那二哥三哥皇亲国戚荐来的人员，他一见不合格即摒诸大门之外。所以后来曹氏虽亡，他尚然能在塞外做他的大魏天皇，当然有他的能力，才能开成他的局面，说实在话，就是得了上党一战的教训，才改良到这地步的了。

你说曹彰兵败，曹操为何不去报复，起兵去攻打上党，反叫他屯兵荥阳，是何原故？这才是曹操真本领，人所不及的地方，因为前次自己一怒攻城，致招大败，几致杀身。曹彰这回也是犯了这个毛病，壶关、天井都是天险，川兵守险的本事在潼关一再表现，若因小忿兴兵报复，曹彰好胜，决定舍命攻城，诸将见任城王如此奋勇，当然大家并起。闻听诸葛亮制造十二枝连弩，专作守险之用，如果特地安排任城和诸将，岂不白送性命么？千军易得，一将难求，那个损失岂不更大！打量川兵，无论如何，一两年内决不敢出壶关一步，只好不理他罢。兼之自己若是早差张郃前去帮助任城，马超、李严何能随便攻破后营，成前后夹攻之势，以致全军覆没呢？也是任城违令轻敌，致招此败，以任城能力，只是坚守，川兵也未必便能攻破。算来都是自家调度失宜，若派徐晃前往，决无此事。可恨诸葛亮利用羌氏兵将，屡败我军，羌将又如此骁勇，非用乌桓、鲜卑劲骑，不能制胜矣！任城训练成就，必可以雪三败之耻也！

　　放下曹操在晋城按兵观衅暂且不提，且说刘玄德宣布东征军克复并州，全境大败曹彰的捷音到了荆、襄，云长分头派人宣谕所属水陆将士，荆、襄将士人人思奋。就中守襄阳的庞士元因翼德三路军马皆在前方，士元自与张休、张裔、陈戒、李鸿四员部将守护襄阳，严修墩堠，广置耳目，积贮粮秣，收买马匹，制造车辆，缮修甲仗，专人启禀云长，特派干员至成都，请大将军敕将作监蒲元，发给十万人刀枪弓箭，并十二枝连弩二万枝，由水道运输来襄阳存贮，以便紧急需用。云长、玄德都爱敬士元不亚孔明，有所呈请，无不照准、照发。士元又以将来战事扩大，战区展开，人才需用自必更多，目下将领已形欠缺，此实最大问题，自己除极力延访俊彦，召募武勇，以储将才，特就各军抽选勇锐，分班回到襄阳，自加训练，教以骑射、教以击刺、教以攻守之宜、教以应敌之术，勉以大义，严以纪律。本来两年以前，士元即注全力从事于此，故而张飞所部各军士兵程度均较他军为高，实力均比他军为强，偏裨将校皆能尽职，士兵筑城掘壕工事，练习精熟，真个兵精粮足，士饱马腾。

　　襄阳处在后方，根基深稳，人民安堵。士元每隔一两日自己带领亲从巡视城厢内外一周，留心视察。那日巡视北门，见一牙门小将形状魁梧，举止沉着，士元一见大为惊异，驻马下问。那牙将向前拱手致礼，士元便问他姓名、居处，那将拱手道："末将姓向名宠，襄阳宜城人氏。"言辞畅达，声音爽亮。

士元教他乘着马匹一同回到军府，命他坐下，然后问他襄阳四境形势。那将不慌不忙，手指口画，详赡精洽，动协机宜。士元世居襄阳，深知形要，一听向宠所说，了如自己所见，大为叹赏。再问他荆、襄当今急务，向宠答道："荆、襄古称四战之地，今日尤为严重。伐曹之兵既分屯境外，御吴之士亦鳞次江湖，战事发生，即在旦夕。两地格外须有余兵三万以备补充，或更番休息之需要，庶免临时征训，摇动人心，且缓不济急，训练未周，反误大事。"士元击节道："能者所见略同，元直、季常力主此说，现已实行矣，即将以此事相属也！今诸葛元帅西收关陇、北定赵代，此后用兵当主何道？"向宠答道："以末将愚见，宜东出潼关，以收河洛，与荆、襄成辅车之势；联兵北向以定中原。既无进退失据之虞，又有左右提携之美，中兴汉业，当可操券！"士元拊掌道："将军之言，可谓能见其大。襄阳现练新军，即烦将军与二张、李、陈四将办理，将军为总其成。"向宠拜命任事。

士元函告云长，请启大将军，特授向宠为骁骑将军。云长、玄德如言照准。正是：

求贤若渴，不遗大匠之才；与儁同升，愈见宗臣之度。欲知后事如何，且听下回分解。

　　异史氏曰：刘备一生大业，成于诸葛，而前后大失有二：赤壁联吴，东风克捷，不乘战胜之威，蹶彼之困，长驱襄樊，并力中原，进窥河洛，灭此朝食，而与周郎相争于荆州一席之地，遂使曹操坐大，不可复制，此一失也。两川既定，斜谷仓皇，不乘鸡肋之归，悉我之锐，南国关辅，戮力中兴，旁收秦晋，恢吾故土，而与诸葛相娱于汉中一日之王，转令关羽称兵，不可复救，此又一失也。倘以攻襄之命，临于赤壁，祁山之师，奋于关中，曾何司马懿之善谋能离吴、蜀，满宠之善使能合孙、曹，致有子明骄白衣飞渡之舟，云长哀麦城夜走之刃，以终于西蜀偏安，凄其白帝者乎？此本书所以一定汉中，即图关辅，而扬威华夏，先固荆州，即此提前反后之倒颠，遂握覆操折吴之胜算。而一为按迹，仍属以《演义》七十二回接写七十三回之翻案文字也。其荡定并州，无非自抒伟略；而求援吴会，依然不易操谋。于是文和奉使，权代满宠之行人；白衣渡江，故是吕蒙之面目。然云长未出，烟墩烽火，转成设自阿蒙；子龙巡江，斥堠楼船，便以俘其伏卒。不亦寒尽吴儿助贼之胆，再敢出乘虚蹑后之奇否乎？读前回，孔明书末知会云长，严防东寇，吾已知云长将鞠旅而出荆襄，是逆笔也。读本回，吕蒙计中，伪饰舟商，上犯巴陵，吾益知云长必陈师而即北伐，是犯笔也。犯笔见，则翻新之文至，而吴谋折，云长之兵可不大出耶？若夫云长之兵可出荆襄，乃欲诸葛之兵得出关中也。又作者欲救玄德平生二失之意，弥平诸葛缺憾，俾成大业，良有以夫！

第二十一回

急求援贾诩入建业　　破暗袭吕蒙败巴陵

且说孔明前因魏延、姜维违令渡河，轻兵得势，全军北渡，进驻平阳，派遣马超袭据上党，绝了并冀两州交通，乘着战胜之威，分遣魏延、王平徇下定襄、雁门、云中、代郡各地，完全克复并州，收兵拒险，大败曹彰。那三晋云山空然北向，二陵风雨枉自东来，五旬之间，兵威大振。

曹操的大兵西扼于潼关，北阻于上党，进不能得一快战，欲待退兵又恐为诸葛亮所乘，形势日危，进退维谷。曹操在晋城聚集了一班谋士商议道："诸葛亮用兵神出鬼没，我军着着落后，为其所制。今彼又袭据上党以窥赵地，收云中以柎幽燕，闭关自守，聚兵益卒，近足以俯瞰中原，远亦足以凭陵幽冀，心腹之患，日益加深，为之奈何？"贾诩启道："川兵屡胜，拓土开疆，不徒为我心腹之患，亦江南之大不利也！关云长既绝孙权之好，其意岂须臾忘江南，不过因诸葛亮北出秦川，不肯同时树敌，故虽当诸葛亮连得雍、并之地，荆州尚默然无声。张飞之兵虽出南召，纯系虚张声势，掣我援师，初无进取之情，别有提防之的，其畏江东之进袭，情势甚明。今西北事亟，非诱起东南之战争，不足以分敌势而全我兵威。诩请奉明令以入建业，促起孙权乘隙以攻荆州。云长事亟，必求救于诸葛亮，诸葛亮负东征之全责，万不能置荆州于不顾，势必简西行之锐东下援荆。然后我以大兵全力，尽锐以袭其后，择其兵力稍弱之防地，乘虚袭入，得其一城，足摇彼之全局，虽或不能尽复故疆三晋之地，当可原璧归赵矣！"操道："舍此亦无良法。事势危迫，即烦文和一行。"

贾诩领旨，立时就道，星夜兼程，驰赴建业。到了吴王府第，见了孙权，孙权优礼款待。贾诩将奉使来意伺便启知，孙权道："川兵猖獗，不独魏皇之忧，亦孤将来之隐患也！孤即为自卫计，亦必取荆州以固吾圉，不乘诸葛亮远滞秦川不暇东顾之时有所举动，失此良机，悔将何及！有烦大夫归奏魏皇，江东早晚即当出兵，助魏皇一臂，亦请魏皇乘时进击，双方并进，自易奏功也。"贾诩道："军情星火，间不容发，若俟诸葛亮出了潼关，得了洛阳、关陇，荆、襄联成一气，江南虽有百万之兵，亦无所用之矣。"孙权笑道："大夫放心，孤不出兵，当年便不至绝荆州之好。今日之事，孤不并荆州，荆州即并孤矣。"贾诩听孙权说得如此果决，知道他必然出兵，到了次日再不耽延，即行辞别，星夜回转晋城，奏报魏皇去了。

孙权送过了贾诩，立时升殿召集部下文武商议此事。江东文武当初原有两派：一派主张亲睦荆州，以鲁肃为首，顾雍、徐盛等属之；一派主张三分天下，不顾一切择利而趋，以吕蒙为首，诸将皆属之。到了这个时期，第一派是完全失势，鲁子敬懦弱无能，滞留溢口，徐盛镇守江夏，不敢远离防地，前见孙、刘失和，知道不免战争，只好服从上命，加紧提防。此刻孙权在吴王府内提及出兵助曹之事，在座文武将吏一致赞成，因为他们对于时势都甚明了。大家听得诸葛亮督师讨曹几个月工夫便得了汉中、关辅，北定并州，曹操向来用兵如神，却也顾此失彼，江南若不于此时出兵助曹，后来虽有此心，亦无用武之地。可为之时，事势朗然，更无疑义。与其坐以待毙，不如竟起图存，除了束手归降，那就非战不可。当下孙权见在座文武一致赞成起兵助曹，自己也就下了决心，便差陈武、潘璋二将持着自己手书，到夏口去见吕蒙，叫他立时起兵。

二将领令，火速起程，到了夏口，见了吕蒙，呈上吴王手书。吕蒙接到，敬谨看过，吩咐二将暂且休息，随即派人至江夏，请江夏守将徐盛过江前来商议。徐盛得令，即刻过江，来到夏口，见了吕蒙，一同坐下，吕蒙便将吴王手书与徐盛观看。徐盛看过，吕蒙道："文向，川兵连败曹兵，荡定关辅，徇下并州，兵势之强，日兴月盛。曹兵势迫失地丧师，一蹶不振，危急万分。无曹即无我矣！我既与刘氏绝交，终久必出于一战，与其待曹兵势败而后始求自全，不如及曹兵势存而先相策应，文向以为如何？"徐盛道："将军之言明快已极，但荆州方面守备甚严，我欲兴兵，何施后可？请将军见示，以启颛愚。"吕蒙道："兵法避坚攻瑕。荆州现以重兵守江，防我上攻江陵，我令以水师饰商人模样，溯江而上，暗袭巴陵，陆兵则沿西岸而上，以相夹辅。如天之福，得了巴陵，便可径窥长沙，以断荆州之右臂。荆州若出兵以援巴陵，我则以舟师横击之，严守夏口，以致敌兵，庶进退有余，可立于不败之地矣。"徐盛道："将军胸有成竹，盛无所用陈其一得之愚，但关云长、徐元直皆当世之人才，近加以赵子龙游弋江湖，水陆衔结一气。大凡用兵西北，必备东南，若其有备，深入必危。且曹之求我，与我之援曹，皆欲起东南之战斗，缓西北之围攻，不过欲令刘玄德备多力分，俾曹氏因利乘便得以收回三晋耳。我似宜虚张声势以袭江陵，而集兵夏口以待强敌。关云长心高气傲，久欲与我为难，我若以取江陵为名，彼必为先发制人之举，悉兵以争江夏，是彼为我制，然后我竭水陆以环攻之，必可操胜算矣！"吕蒙道："彼兵大集，胜负未知，乘隙袭之，宜可得志，我若得巴陵，则彼亦不能不出兵，是彼亦为我致矣！巴陵若得，我既可宽江夏之防，又可制荆州之后，事实具在，何惮不为？蒙意已决，幸勿相忤。即烦将军来守夏口，调兴霸守江夏，以为后援，蒙自率潘、陈二将军去袭巴陵。防地有失，将军之责；战事不利，蒙受其罪。"徐盛见吕蒙意思决定，知不可争，便道："将军既决意出兵，盛愿负夏口之责。"

吕蒙大喜，飞檄召甘宁来守江夏，令凌统接守九江；一面吩咐陈武、潘璋各领水兵五百人，尽着白衣，驾着商船，暗暗向巴陵进发，自己带着杜袭、孙峻，领战船七百，水师五千人，随后接应；再令蒋钦、朱桓领陆军五千人，从羊楼峒袭巴陵之后。吕蒙预备已久，一声出发，即时就道，极其神速。

甘宁来到江夏，自往夏口与徐盛晤商。两个深虑荆州若识破机关，以轻兵牵制子明，以重兵守巴陵，而简精锐直趋江夏、夏口，弄成一个角弓反张，那种亏可太吃大了。两个当时决定，兴霸以全力守江夏，以精锐三千屯蒲圻，援应蒋、朱二将；文向以全力守夏口，以战船三百，水师二千屯新堤，接应子明；陆路添设烟墩，水路加拨巡船，对荆州来路以全神注定。两人小心翼翼保守城池，静候子明捷音。

却说关云长坐镇荆州，招军买马，积草屯粮，立意与建安皇帝报仇，却因听了徐元直、马季常的计划，以北伐进展所需军力必多，荆州、襄阳地方重要，两处须常时有三万余兵，方可以资随时调度。除令饬士元在襄阳征募壮丁三万，已由士元委任向宠总成，督同二张、李、陈四将训练；荆州征募之三万人，由元直商允，云长委任子龙部将傅彤、程畿及黄祖之子黄射、吕公之子吕章四将训练，由元直自总其成。以襄阳新军系对曹兵方面预备，荆州新军系对江东方面预备，黄、吕二将与江东都系不共戴天之仇，二将尚有胆勇，故元直加以录用，与孔明在并州录用田丰、沮授儿子一样意思。傅彤、程畿智勇具备，元直预备大用，故先使其与士兵相习。荆、襄两地防务，无形中愈加巩固了。云长先因自己一时盛怒之下，对江东宣告绝交，后来为玄德三令五申，令勿同时树敌，以分东征兵力，故而只是按兵观衅，暗地筹防，中间却用庞士元的计划，命关兴、张苞两军分道进窥河洛。

张飞出屯南召，援应两军，完全是牵制曹操援救关中的人马，不道曹操果然中计，拨动援军，因之孔明得以乘间恢复三秦，荡平三晋，东西响应，声势异样烜赫。

依着云长意思，便想乘此机会进攻许昌，与徐元直两个切实商议起兵办法。元直谏道："君侯请息远征之思，先计近攻之害。昔人有言：螳螂捕蝉，不知黄雀在后。此言虽小，可以喻大。昔吴方入郢，而越即入吴，愿君侯深思曹氏之不可猝亡，而江南之近在肘腋也。"云长道："元直，得无虑江东乘虚袭我之后方乎？"元直答道："正是。自主母凶终，吴交已绝，彼既绝我，即当附曹，既已附曹，则曹存亦存，曹亡亦亡。曹势日危，宁彼江东之福？彼限于危急存亡之际，必然助曹以谋我，谋我之道，非出夏口以图江陵，即必由江夏以窥巴陵，势之所必至，理之所必然。胜则足以窥长沙各地，不胜亦足以挠我向应雍梁之卒，亦犹我兵之窥河洛，以掣援关辅之曹兵也。江东文武辑和，将吏精锐，合肥战胜之后，即从事休养，元气盎然，兵力充足，若以援曹之故，溯江上犯，殆不可等闲视之也。曹兵西扼于潼关，北扼于上党，求一战而不得，出他道而不能，必以唇齿之谊激吴，令吴出兵以挠我。我稍失慎，则荆、襄之防必亟，而关辅之心必摇，曹兵决乘此时机，尽锐以攻并州，而遣相当之兵力以塞关辅，以致死之兵临新得之地。一城失守，全功尽弃矣！"云长憬然道："元直之言洞澈内外，但吴既必袭我，我当先求所以御之之策。"元直答道："我军方面，潜江、沔阳各地现均驻有重兵，水陆严防，不畏江东上犯。今可虑者，巴陵太守伊籍，吏事有余，武备不足。刘琦多病，不胜战阵，江东若沿江而上，则巴陵危矣。"云长道："巴陵方面，前已增派蛮将沙摩柯，领蛮兵五千助守，似已足御敌。今再派傅彤、程畿二将前往如何？"元直道："江东在我绝交之后，即已蓄谋上犯，为日已久，若出必系大举，二将资望尚浅，不足镇慑敌人。请令子龙夫妇与马季常，率水师五千，同黄、吕二将，直赴巴陵，相机战守；令廖化、胡班率兵六千，佐以沙摩柯蛮兵，驻扎羊楼峒，据险以待吴兵。江东虽有十万之卒，欲越此险亦不容易。君侯自引大军二万，出巡公安，既壮声势，亦杜窥伺荆州之防，庶愿尽力以任之也。"云长大喜道："军师计划周详，江东虽全力上犯，亦无如我何矣！"即日令黄、吕二将持自己手书，径赴赵云军中，令子龙如令办理，自己即日出巡；元直率傅彤、程畿诸将，督新兵三万，防守荆州。

那赵云奉到将令，同了马良，带了黄、吕二将，率领水师顺流直下，到了巴陵，会见刘琦、伊籍，询问巴陵守备及江东有无军事消息。伊籍答道："巴陵城守，自蛮将同廖、胡二将开赴羊楼峒后，城中尚有步兵四千，城外湖中有水师五千，水陆相辅，守备差足。至于江东方面，昨日据所派细作自江夏回来，言吕蒙召徐盛过江议事，三日未归，现在江夏守将换了甘宁，夏口守将换了徐盛，吕蒙本人不知去向。"赵云笑道："孙权命吕蒙来守夏口即系为着荆州，无事换防，必有举动，岂有统兵大将不知去向之理？行踪诡秘，至于使细作无从探悉，可畏可敬！"急令黄、吕二将先率水师三千，径行开赴下流道人矶，巡视江面，江东上水船只，无论商货大小多少，一律不许放行，违令者斩。二将领令，即时开拔。赵云自己巡视巴陵城厢内外，增设防务，吩咐伊、刘二人谨慎保守。二人遵令，自去办理。

赵云两口子别了二人，出城上船，统率所部，迅速出发，到了道人矶，令水师诸将安排作战兵器，作战用具。诸将领令，火速安排，好在预备已久，应有尽有，半日之间，方告成就。前面哨船早已报进大船来了，禀称江面有数十只商船向上流开驶，不服盘查，势将用武。云大怒道："商船何恃不恐，必系江东奸细！"立令水师，不问是否商人，即行围剿，不得延误。将士得令，围住了商船，大杀起来。那些假商人只道荆州兵识破机关，见真相已露，无法逃避，只好各就本船拿出兵器，跟荆州水兵正式交锋起来了。云即就中军座船，擂起鼓来。黄、吕二将听见鼓声，率领将士奋勇围攻，不到一顿饭工夫，几十只商船早就完全消灭。潘璋、陈武无力抵抗，只得赴水逃生。云正待叫人下水捉拿，却见下流江东的兵船如乌云一般层层推了上来。荆州兵船已将水阵布好，一层火箭，二层弓弩，三层短刀盾牌。安排初定，江东兵船满驾风帆驶如奔马，看看只离一箭之地，荆州水师中军船上一声鼓响，第一层的火箭如流星一般，江东兵船风帆便自着火，风火相生，船身也就燃烧起来。江东兵士收帆不及，正在着慌，荆州中军第二通鼓响，万弩齐发，箭如雨下，江东兵士无从躲避，纷纷落水。吕蒙见荆州有备，兵力甚强，知道不能取胜，号令本军回船就走。赵云令云骤鸣鼓催军，自与黄、吕诸将催督坐船，身先士卒，追赶吴军。赶到附近，荆州兵便跳到江东船上，杀人如麻，锋不可挡。吕蒙、杜袭、孙峻三将，抵敌不住，只得败向下流去了。潘、陈二将深知水性，在水底逃出性命，赶上本军船只，一同逃走。

岸上的江东陆军，闻听水师已败，哪里还敢前进，偃旗息鼓，火速退回江夏。廖化等三将在羊楼峒跃跃欲试，谁知道一个江东兵士影子都没看见，那才真真扫兴。

荆州水师大获全胜，鸣金收兵，仍扎原处，昼夜巡逻，防备江东报复。子龙遣人驰赴荆州报捷，云长接到捷报，自己仍还荆州，派员飞报入川，同时分道派人至关辅、并州各地，散布捷音，以壮士气，而固军心。正是：

白衣摇橹，枉劳枭将之阴谋；红袖援枹，先作梁家之模范。欲知后事如何，且听下回分解。

> 异史氏曰：先主蹈于二失，至覆败身亡，则继志以兴，惟望于白帝托孤之阿斗，而阿斗庸懦不才，又如彼也。祖庙号咷，则王孙为之痛哭，南方设座，则孙皓尚有心肝。乃长坂坡头，几亡上将，荆州江上，再夺重围。子龙以一身百战，万苦千辛，出之酣睡之怀，归之孤掌之下者，只留得千秋哗笑，乐不思蜀之一个不肖子孙！是先主骨血虽完，而汉家禋祀以斩，则亦要之何用？

保之何益？世俗争传救主，本非以传刘禅，实子龙也。今长坂之战，既不获书，截江之功，断难再没，因令以败吕蒙传，即不欲见子龙心血洒向江流，英雄功绩，芜于竖子，明谓不必生还刘禅，暗言何若死救关公也。前曰削，后曰笔，削者削之，笔者笔之。如此则中兴之业，可不更望于该死之刘禅，而北伐之成，终得再震于复生之关羽，此于弥补先主生平二失之后，所不可不亟写者也。若仅以故翻截江之案，拉凑赵云入书视之，则陋矣。

先主坐王汉中，诏云长出攻襄樊，以解吴、魏合从之急，而不遣一上将守荆州，以防吴之图其后，则诸葛亮之计疏，不得免于清议。玄德自守成都，命诸葛出定秦川，以讨汉蜀同仇之贼，而不遣一上将离荆州，以扼吴之变于前，则关公之功大，不得止于筹防。只此三令五申之片纸，既复汉家之钟虡，乃高异姓于云台，岂不重且贤于七百里之连营？忽大忘于家国，亦无补于弟兄者哉！

或谓截江之败吕蒙，荆州先事得防，使赵云不先不后，此时出而巡江，未免太巧，真所谓无巧不成书之小说成规也。前之得图也如此，今之败吴也又如此。既云商人，至多伏卒耳，任命一将，可得破之，亦不必赵云，何故走笔定遣上将也？曰：不观元直之谏，息远征之思，先求近攻之策欤？时雍梁河北并及三晋，既去操而入刘，曹势不危，不求吴也。荆州盛兵为守，吴计不诡，不得图也。此因曹危而得算吴兵，因防密而得算诡计者也。知彼知己，算则有时，决进决退，谏则有时。徐庶帷幄连筹，一段言词，洞如观火，非如《演义》之惯张天意者比。此以人事而得窥千里，曾何巧之足云？乘虚上犯，敌何可轻，云长败亡，即以明有陆逊，犹生大意。矧出奇而来，既属可料，自非笔遣大将不可。以赵云当之，更非有意犯得图之前文，又可知已。然则未可与小说一类同观，毋自隘也可。

读武侯《前出师表》，未有不知将军向宠其人者。表曰"性行淑均，晓畅军事，试用之于昔日，先帝称之曰能，是以众议，举宠以为督，愚以为营中之事，事无大小，悉以咨之"云云。然终玄德之死，《演义》中未见试用如何"曰能"之事，终孔明之死，拜表后，亦未见如何"事无大小悉咨之"之事。以如此人物，出师衷举，首列于武臣者，《演义》全文，乃不一书，不信甚矣。本书为立半目，特以传之，是即可征与《演义》有上下床之别。

第二十二回

张翼德血战夺方城　　关云长兵威震华夏

却说刘玄德坐镇成都，迭次接到孔明夺取南郑、恢复关中、荡平三晋接二连三的捷报，心中大喜，此次又接到了云长大败江东的捷书，更兼喜到万分。眼见公仇私恨均有报复之期，即时大发金帛，分遣差官押解就道，前去长安、荆州两处，犒劳将士，前敌有功诸将，各进一阶，候削平许都，再授分茅之赏。一面征调川中壮士，编集新军，选将严行训练，预备派遣。

法孝直见军势已定，入见玄德，道："主公，往者欲雪江东逼迫主母之恨，徒以汉中事急，姑且忍耐。今我北征之军一月三捷，曾未经年，荡定秦晋，东据潼关，北扼上党，踞九州之奥，扼天下之脊，形势已定，将士得休，进可以战，退可以守。而孙权以联曹之故，弃好崇仇，乘我不虑，犯我巴陵，赖主公威福，云长、元直先事防维，子龙、季常当机立断，巴陵一战，大败吴军。今难端一发，未有已时，不如乘江东新败之初，令云长举兵北向，以窥河洛，得尺则尺，得寸则寸，先取方城，进规宛叶，许昌贼窟，必致动摇。曹操既有后顾之忧，必去晋城而还许下，是我上党之防不致吃紧，而潼关之兵乘机可出，两军既合，兵势自增。孙权虽切报复之图，但令子龙游弋巴陵、汉沔之间，增发驻成都之荆州兵八千人，令刘封率以东下，驻守公安，接应子龙，是荆州后路，可保无虞。三川前线，尽量发展，兵威已树，民气方新，后有坚城，前无劲敌，大仇之复，无待蓍龟。愿主公策以壮心，持以毅力，光复旧物，昭告先皇。正虽不才，愿竭绵薄，以赞大猷也。"玄德听得大喜道："孝直烛照敌情，可谓明见万里，孤意决矣！便请晓谕将士，整装待发。"法正领命出府，安排诸事。

玄德即时自作手书，承制授云长为骠骑将军，总摄北伐诸军事，出兵伐魏，进屯南阳；承制令刘琦领荆州牧，马良监荆州牧府事；随令领军将军刘封，赍了制书，率领本部八千人马，即日东下。

刘封领令，马上起行，下水舟船，异常迅速，出了川境，到了江陵，上得岸来，径至荆州牧府见过云长，呈上手书。云长拜命已毕，令刘封休兵三日，然后进屯公安，同时差员驰赴巴陵，召回刘琦、马良。十日左右，二人遵令回到荆州。即日入府，面见云长。云长将荆州牧印绶交付了刘琦，荆州大小事件付托马良，教练新兵之事，仍由程、傅、黄、吕四将办理，马良总成，嘱咐二人小心任职。刘琦、马良敬谨拜命。云长更与刘、马二人面商，所有荆州下流一带前敌水陆文武将吏悉归子龙节制，以一事权，而便应付。二人遵命，即令人前往巴陵，知会子龙去了。

云长选兵五万五千，骑卒八千，同了右军师兼骠骑将军幕府前军长史徐庶，即日起程前赴襄阳，军行迅速，四五日间，便自到了。士元率领襄阳在城将吏迎接入城，云长进到军府坐定，极力慰劳士元。士元逊谢不遑，特别引见了向宠。云长、元直见宠英毅，同深激赏，当下与士元、元直商议，以荆州东南方面须得良将方资镇抚，且可接应子龙以固根本，向将军深稳有识，能战能守，为荆州军府后起第一员良将，不如令其领本部五千，回驻沔阳，为子龙臂助。士元、元直同声赞成。云长即令向宠回扎沔阳，奖其才武，勉以事功。向宠拜命，领兵自去，到了沔阳，启知主将赵云，云覆书慰勉不提。云长又以羌将符健武艺高强，其所部四千余人纯系骑兵，利于平原战争，荆州下游沼泽太多，骑兵不能展其所长，深为可惜，今既调向宠以助子龙，应调符健以助翼德，中原平衍，人地相宜，兵尤适用，翼德身旁得此勇将臂助，于前敌军事裨益不少，庞、徐二人意见一致。云长即飞调符健一军径赴南召，军前听用，再调黄叙领原有兵将，还守襄阳，即兼训练新兵事宜，请士元率部将张休、张裔、李鸿、陈戒，部兵四千，先赴南阳，以便黄叙来此接防。士元遵令，领了兵将，遄赴南阳，接替防务，令黄叙率部将宫邕、杨义，步兵五千，回襄阳听令。黄叙得令，立时起程，不过数日，来到襄阳。云长令黄叙接守襄阳，督练新兵三万，听候调遣，谨慎城守，接济军需。黄叙再拜受命。

云长安置诸事已毕，即亲率大军，进屯南阳，与士元、元直二人商定了北伐全部计划，整顿南阳后路防务，一切就绪，复再三商榷，务求完善。休息了数日，便请士元即日前往南召，将翼德全军移攻方城，前方军事悉由士元全权处理，以利事机。

士元领命，自去南召，两地相离本不甚远，军行迅速，三日便到，会见翼德，商议攻取方城，翼德本来敬服士元，此番又奉得云长令士元全权处理前方军事命令，当下对士元说道："飞一介武夫，冲锋陷阵，尚有微长，遣将调兵，深恐贻误。且曹兵劲敌当前，号令尤宜齐一，军师畅晓兵机，海内推服，即请发布命令，飞与前敌将士当一致奉行，以克强敌。"士元见翼德如此虚心，深为钦佩，自己职责所在，亦未便推诿，即时呈请云长调关索移屯武关，就近联络，以壮前敌声势；调张苞一军移屯南召，从西面会攻方城，令关兴一军从泌阳南面会攻方城；自同翼德率领全军马步三万余人，向方城进发。

荆州起兵，消息传入方城营中，守方城的乃是曹兵大将曹洪，前奉魏皇令旨，领兵三万，部将十员，辅助曹仁抵御荆州人马。曹仁本来驻扎宛城，曹洪便驻扎方城，两个相为犄角。那一日，曹洪正与副将文聘在军府内商议军事，忽听细作报称：荆州大将张飞领兵三万，由南召出发，前来攻打方城；荆州主将关云长由荆州领大兵六万，进屯南阳，接应张飞，声势十分浩大。曹洪听了，吃了一惊，重赏细作，令其再探。细作叩谢，自去探听。曹洪当下与副将文聘商议迎敌事务，文聘主张火速差官前往许都，请求派兵援救。曹洪道："圣驾西征，军情正急，为人臣子，不能替主上分忧，已经自愧。今敌骑初临，未谋御敌之方，便尔张皇入奏，徒乱前敌军心，无救目前之急，你我臣僚，不应出此。且张飞之兵，仅止三万，我有兵三万，足资战守，势力相等，有何畏惧？以洪意思，但告知宛城将军，相为援应，可矣！"文聘唯唯称是，立即派人前去宛城，告知曹仁。

到了次日，细作报称，张飞人马离着方城十里，正在那里安营下寨。曹洪与文聘商量道："张飞之兵，远来疲乏，我领兵二万，出城迎击，以挫其锋。将军引领在城兵士，小心守护城池。"文聘领令。

曹洪提刀上马，领兵出城，直向张飞大营闯来。张飞令所部将士分一半应战，一半安营，庞士元指挥部将凭山筑垒。襄阳将士，教练有素，器具齐备，动作敏捷，两三万大军营栅，挥鞭立就。张飞自从驻扎襄阳以来，久未出战，每每听着黄忠、马超大败曹兵，红旗报捷，子龙最近在巴陵也大败江东水师，只把他一人闲得要命，心中久已跃跃思逞，此番来到方城迎着曹洪，也不通名道姓，挺起了他手中丈八蛇矛，飞马上前就是一矛。曹洪久闻张飞大名，不敢怠慢，把刀架住。两个在战场上矛去刀迎、刀来矛架，一来一往，一直战到一百余合，胜负不分，两边阵上将士齐声呐喊，擂鼓助威，只杀得日月无光、山川颤动。城上文聘惟恐曹洪有失，急忙鸣金收军。

张飞回到本阵，入营休息，与庞士元商议道："方城城池坚固，曹洪骁勇善战，旷日持久，救兵一至，非我之利，军师有何妙计攻取此城？"庞统道："方城、宛城相距不远，曹洪必已告知曹仁，曹仁救兵旦夕必至，曹洪必出城接应。可令两小将军，各领所部全军，于明日将军再战曹洪之时，乘隙越过方城，当着宛城来此大道，埋伏方城山左右，候曹仁兵至，即同时出而截击。曹洪必出城接应曹仁，可俟其离城五六里，将军自领大兵尽力截杀，使曹洪进不能与援兵结合，退不能再行入城。统督符将军及四将乘势袭城，两曹扼于外，一文聘无能为也，必可得方城矣！"张飞大喜，即令诸将依着军师计策进行。到了次日，自己提兵仍去攻打方城，曹洪依旧出城迎战，两个又战了百十回合。关兴、张苞趁着热闹，各引本部，静悄悄地从山僻小路绕过方城去了。阵上两将，各自收兵。

果然，那曹仁在宛城接到了曹洪手书，一面派人去许昌告急，一面令部将陈矫引兵一万五千，守住宛城。自领宛城防军二万，令部将牛金作先锋，来救方城。离城不过三十余里，刚来到方城山侧，只听得鼓角齐鸣，山左右两支人马打着荆州兵旗号，左右杀来。曹仁纵马上前，敌住张苞；那牛金舞刀敌住关兴。两军喊杀惊天，鼓声动地，四马相交。牛金哪里是关兴的对手，两个战了三十余合，关兴杀得兴起，大吼一声，手起一刀，将牛金挥为两段。关兴杀了牛金，随即拍马提刀，来助张苞，夹攻曹仁。曹仁一口刀抵住两般兵器，毫无惧怯，兀自死战不退。

就在这个时间，城里曹洪已经得了探报，知道曹仁领兵来救自己，被关兴、张苞截杀，折了牛金，惟恐曹仁有失，吩咐文聘守城，自己领兵二万，出城接应。不过走了五六里地面，只见荆州兵在前阻路，张飞勒马横矛，大叫道："曹仁已经被我兵杀却，曹洪你待往哪里走？好好留下人头，放你过去！"曹洪大怒，举刀就砍。两个接手大杀起来。

那边庞士元趁此机会，急令岑述、杜微、李盛、胡济四将各领千人，分攻东、西、北三城。文聘火速引兵上城守御。士元早经预备了许多土囊、沙袋，吩咐羌将符健领本部四千，同着张休、张裔、陈戒、李鸿四将，领兵五千，各用全力，急攻南城。土囊、沙袋，层层堆垛，顷刻之间，高及城腰。符健、李鸿手持铁钩，不避矢石，钩着城垣垛口，便自一跃上去，上得城来，拔出佩剑，乱杀守城兵士。士元下令：先登者重赏，张休三将也就上了城头。一两个时辰，荆州兵上去了千余人。五将分头杀下城来，砍开了南门城门，荆州兵势如潮涌。庞士元催督后军，大举杀入，西北、北门登时也被攻开了。文聘抵敌不住，率领余兵，乘着混乱，逃出北门，火速趱行，会合了曹洪。

曹洪知道方城已失，无心恋战，与文聘杀出一条血路，径奔方城山，招呼曹仁退兵。张飞率领众将，纵兵追赶。士元令岑述四将收城，符健五将各率本部，出城助战。那向朗、吕义、丁威、刘邕到了此时，人人奋勇追杀曹兵。曹仁三将，死战得脱，折损了二万余人，一直退还到叶县驻扎，连夜差人入许昌求救。

荆州军将收住兵卒，进入方城。张飞见了士元，说道：

"军师妙算如神，真是百发百中。"庞统笑道："此乃将军与各位将军血战之功，些须小计，只好赚曹仁兄弟卤莽之夫耳，两人若互相掎角，坚守不战，我兵固亦无如之何也。既得了方城，以后战事自然顺利矣。"大家仔细清查方城城内物资，首先查出积粟甚多，可以支五万人一年的粮食。只因曹洪奉了魏皇令旨，原来安排在此久守，以阻荆州兵的来路，故而遗下军械弓矢也就不少。士元见此有许多粮米、器械，不觉喜形于色，谓众将道："得方城要地固足喜，得此粮械尤足深喜！因敌粮以守敌地，藉敌械以破敌兵，我军省转饷之劳，战守有资，各位将军一场辛苦，不为白费矣。"众将齐声道："非军师妙计，即攻打三月、五月，亦未见遂行攻破也。"

张飞吩咐大排筵宴，与众将贺功，就酒筵前，与士元商议继续进攻方法。庞统道："叶县离许昌不过数百里，曹仁兄弟尚有兵三万，许昌亦必来重兵救援，两军相持尚需时日。不如乘战胜之威，曹氏援兵未至之际，令张小将军领本部人马径袭伊阳，关小将军领本部人马径袭舞阳，得了两城，不必进攻，好生城守，以分曹兵之势，而固方城之防。"张飞听得大喜，次日即令二将兼程前去。

士元请云长派兵五千，接守南召，自己督同九将，整顿方城城守，浚深城壕，补缮城垣，增加守备器具，凿井数十余口，积薪数十万石。派符健、岑述五将领兵万人，于方城山扎下三个大营，凭恃山险，旁临小河，深沟高垒，预阻曹兵来路，以便本军进攻有所凭藉，远置斥堠多派细作，曹兵一动，火速报入方城。五将领令，引兵去方城山，如命施行。

不上七八日光景，伊阳、舞阳两处捷报都先后来了。为何这样凑巧？原来文聘先守伊阳，因张苞移兵，曹洪檄调文聘共守方城，伊阳守兵单弱，故被张苞一鼓攻下；关兴得舞阳却是由部将向朗定计，先时派遣奸细混入城中，放火内应，大兵乘势攻入，城中守兵不多，将领又差，因而也被攻下。

张飞一出兵，接连得了三处地方，自然高兴，飞报云长。云长得讯，十分欢喜，遣来新收四将，领兵一万二千，顺带羊酒什物，犒赏前敌军士。张飞接收之后，吩咐立时表散。襄阳兵将，蓄锐日久，新硎初试，便得奇捷，于今又是大酒大肉，人人醉饱，恨不即时再战，进占许昌。

那新来四将参见前军主将张飞，内中却有两个是士元本家，提起来话又长了。新来四将中，一个是孔明的小舅，黄承彦的儿子黄武，一个是崔州平的儿子崔顾，两个是庞德公的孙子庞丰、庞豫。那黄武身长八尺，力举千钧，巧思无双，家传妙技，惯使一柄方天画戟；那崔顾只有五尺高，能走逐奔马，惯使一把镔铁刀；那庞氏兄弟却是翩翩年少，文武全才，两兄弟都使长枪。他们四人的长辈因为汉室衰颓，权奸当道，带领子弟，躬耕陇亩，真是苟全性命于乱世，不求闻达于诸侯。此番闻得孔明扬兵西北，庞士元参赞北伐戎机，连战皆捷，消息传到庞德公耳内，偶然之间与黄、崔两人谈及，德公掀髯大笑道："刘玄德困顿半生，今始稍为申气，汉家火德，行复中兴，我辈暮年不图桑榆之景，犹有重见汉宫威仪之一日也。"黄、崔二人并为抚掌。他三人只顾高谈雄辩，却不提防引起了他们子侄的雄心。他们小兄弟暗暗联络，向上辈老人家提出意见，要去从军。庞、崔二人，久绝尘缘，漫无可否。只有黄承彦因女婿、兄弟均出从王事，自己又是怀才不试，屈刀作镜，眼看着年轻子弟，不忍就让他埋没田间，倒不如让他们出去助女婿一臂之力，也叫他们增长见识，就把自己主意向二人说出。二人本无成见，就让他四人去到南阳，谒见云长，呈明履历。三位老人家都是南州硕彦，冠冕群伦，小将又是孔明的内弟、庞士元的侄儿，一个个威风凛凛，相貌堂堂。云长正在用人之际，无任欢迎。四人又以子侄礼见过军师徐庶，自然亲热万分。云长叫左右设筵款待，令关平、周仓二人陪宴，年轻人聚首，都十分意气相投。在南阳住了三五天，各人写信还家，报告老人，以免悬望。

　　云长正在设法位置，恰好翼德攻取三城的捷报到来。元直见张苞去守伊阳，关兴去守舞阳，前军大将仅翼德一人，虽有符健诸将，尚嫌单薄，立启云长，令新来四将各配兵三千，前去方城效力，听候三将军指挥。云长允诺，即令四将领兵前往方城。

　　四将遵令，来到方城，见过了翼德，再见士元。士元在早都见过的，很高兴地问候他们老人家安好。四将敬谢道好，并代致候。休息了数日，士元与翼德商议，令新来四将各领本兵三千，分作四队，巡环游弋方城四境各地，遇有敌兵，一军赴敌，二军救应，左军攻右，右军攻左，前军攻后，后军攻前，往来反复，如环无端，敌败不许穷追，游弋不得过五十里，不许骚扰居民，不许稽留一处；沿途安置急递，互传消息，一军遇敌，三军互应，两军遇敌，两军互应；敌强则守，敌弱则战，强敌猝临，火速还报大营，发兵接应。令四将先至方城山大营，会晤符健、岑述、胡济、李鸿、陈戒五将，互相厮认，以方城山大营为四路游兵根据地。大营严密驻守，以坚实忍耐为主，游兵出没无常，以行踪飘忽为主，务使敌兵不测我军虚实，不知我兵多少，方为尽游兵之能事。

四将领令，即日领兵同去方城山大营，会晤符健五将。他们都是一般青年，自然情投意合，两下议定，一部专任游击，一部专任接应。方城各地，他们从前都到过的。各人领兵出发，就预计今晚何处歇宿，明日何处会面，又依士元命令，将旗帜日日更换，彼去此来，不绝于道，又与张苞、关兴两地联络，声势畅通，消息环方城百里内外，无时无地不见襄阳人马。

那退守叶县曹兵大将曹仁、黄洪、文聘三人，常时听得报称城西五十里外发见黄旗汉兵，城东三十里外发见青旗汉军，城北六十余里外发见红旗汉兵，城南五十里内发见白旗汉兵，彼出此没，不知多少，山林树木中间，处处插着汉兵旗帜，也不知他们驻扎何处；一时间又听得伊阳、舞阳两城先后失守，数百里内山川变色，河洛之间人心大震。三将连夜差人至晋城，启奏魏皇，请速派援兵。正是：

中原鹿走，当涂之幸运难期；大泽蛇啼，炎汉之中兴再启。欲知后事如何，且听下回分解。

异史氏曰：《演义》于七十三回之前，东川大战，下辩取关，智夺瓦口，威镇阆中，间道以取南郑，截粮以劫阳平，能使葛平定汉中者，首以猛张飞血战数场之功绩为多也。本书翼德早守南阳，玄德入川，云长镇荆州，又以翼德守襄阳。当诸葛平定汉中之会，辄使翼德千秋汗马，湮没不彰，既多让功绩于马超矣。此固缘军事地理，布防命战，局势差异，而莫可如何。而今云长将出于荆襄，声应王师，以向宛洛，是翼德威张旧绩、武耀前勋之时至，则不可不于云长师出而先写之，以补阆中战阵之遗功，而酬襄樊掎角之寄命，此本回方城血战之所由特写也。故与曹洪数战，无异与张郃之对垒也；截宛城援兵，无异命魏延之塞峪也。不知者以为补叙新功，善读者便明表扬前烈。否则正接翻七十三回之案，忽插入张飞血战一段文字，且用实笔以详写之，虽写张飞即是写云长，而不即写云长，乃必急写张飞，果何意也？盖于接写之顷，先完补写这笔，将翻云长之案，又必带翻翼德之案。苟不理清线索，乌得以窥所翻之案所笔之意究属何处？究出何故？乃真不可入穷其胜也已。

　　白帝运危之顷，诸葛自叹，若孝直在，必能制主公东行，是鱼水之交欢，会不如翱翔之亲信，此本书所以令孝直居守，近侍玄德，而诸葛专阃，远征曹操也。推先主东征之由，原于荆州之祸，而荆祸之作，始自亮命关羽攻襄。今云长又将出矣，诚不能无所奉命，则即以能制主公东行者，从进云长北伐之谋，玄德以之不失国贼，无亲征出狩之危，诸葛以之不失声援，有上将荆州之命。宛洛可出，猇亭不悲，是孝直陈言所以成诸葛定策隆中之志，亦所以翻诸葛命将攻襄之案也。由玄德翩然荆益不可复制论之，自益非孝直不可。由云长恍然僧偈"还我头来"论之，更亦非诸葛不可也。则言出孝直，诚入骨翻案之笔，鞭辟诸葛，至于腠理者也。

　　南阳四将之来，所以易向宠一将之去也。向宠去，则翼德之将失一大臂，因生出四小将补之。观方城尚有文聘在内，而士元可肉膊以登，几成战守罅漏之笔，是不得不添兵益将，以助前方也。沔阳向宠之成，所以增子龙荆湘之防也。子龙赴敌，则荆州之守，失一大将，因早拔一向宠调之，在荆州如彼刘琦之无能。而云长又出驻于外，焉抵吴蜀相距之势，是不得不称兵遣戍，以固后方也。此文情互生，而有四将之笔，四将来投，亦无异笔底调到，特不意为此四人耳。至四人从戎，出自黄承彦赞成，岂以陆逊鱼腹浦得出八阵图之故，由于承彦引路，有暗助东吴之咎，遂令今日，亦为子侄辈引路，以明助西蜀，使自补其过欤？若然，则笔底滑稽，微妙至不可言矣。

第二十三回

方城山庞士元鏖兵　　白河口马孟起破敌

且说曹仁、曹洪因失了方城退守叶县，接连听见张苞取了伊阳、关兴取了舞阳，襄阳军士遍布各地，声势十分浩大，惟恐叶县有失，危及许都，只得火速遣人去晋城报知魏皇。

曹操那时正闻得江东出兵消息，召集众谋士商议，方欲派兵遣将，联合鲜卑，从飞狐口入定襄，令曹彰领大兵三万从井陉入赵地，以蹑上党之后。正在考虑当头，细作自江东回来，报称吕蒙兵袭巴陵，为赵云截江迎击，大败而归。接连曹仁、曹洪告急的文书，雪片似的来到。操得书，长太息道："东阿之言验矣！"吩咐调任城王曹彰，引本部兵三万来守晋城，塞住川兵由上党南下之路，自领大兵同众文武，星夜回转许都。在道上，令邓艾、钟会各领兵一万，前往阌乡，分守殽函山险，协助徐晃；令张郃、曹休领兵二万，前往叶县，协助曹仁兄弟。两路人马，分头去讫。只有大将许褚请旨，要往舞阳，与关兴决一死战，这却为何？原来曹操自命汉高祖把许褚当做了樊哙，所以也封他做舞阳侯，于今被关兴把他的汤沐邑都毁掉了，他又如何得肯？所以他要请旨前往，与关兴决战，好夺回他的封地。好个曹操，明察秋毫，知他用意所在，便笑道："虎侯何必如此！传旨下去，以陈留杞二县为许褚汤沐邑。"许褚谢恩，方才干休。

操到了许都，众文武迎驾入城，即时升殿。文武朝贺已毕，操对众文武说道："关云长素有大志，与孤势不两立，今乘诸葛亮西进之机，大举北犯，既佐以庞统、徐庶之谋，复加以张飞、赵云之勇，据荆襄四战之地，挟梁益财赋之援，部下皆久练之兵，前敌尽新羁之马，与诸葛亮互相掎角，锐师疾进，是以一战而得方城，再城而收二县。若叶县再有疏虞，则轻车快马，三日可抵许昌。许昌平坦，无险可守，根本一倾，四支自溃。朕欲迁都幽州，据士马之区，临形胜之要，然后与云长喋血中原，众位卿家以为何如？"言讫，只见班部中一位大臣上前奏道："不可，不可。"操视之，乃督豫州军事丞相司马懿。操问道："仲达有何高见？"懿奏道："芳贾有云：我能往，寇亦能往。今大敌当前，不谋御敌，而先移国本，讹言一起，人心瓦解矣！"操笑道："仲达之言是也，朕姑以试诸卿耳！既不迁都，必先谋所以御敌之方，仲达计将安出？"懿奏道："吕蒙大败于巴陵，其志岂须臾忘报复？关云长之所以悉锐出宛叶，欲使我兵疲于奔命，分西防之兵力，注重东防，俾诸葛亮得以乘机而出潼关，遂定三川，以通襄樊。然潼关以东，新安渑池是秦殽函故地，夙称天险，我既节节驻有重兵，因彼据潼关扼我，故我进取为难，今我既悉兵退守，彼欲犯我，其难亦正相等。诸葛亮一生谨慎，此番进取并州皆其部下违令冒险，侥幸之所为，遂从而抚有之，初无深谋远略于其间也！据上党、塞井陉，盛兵飞狐之口，皆所以防我，足见一时尚无进取之心。地广则兵分，防多则力弱，非俟新得之区又安无事，弥缝之卒训练可用，诸葛亮决不敢冒殽函之险，以出潼关。宵旰程功，犹需经岁，我但饬阌乡、晋城诸将坚守不战，与彼相持，而挟全力以应关、张。吴知关、张与我血战中原，宁不乘时思逞？江汉之间，风云必起。然后我简申息之卒，令一上将领数万之兵，越桐柏以窥襄阳。云长与我相持宛叶之间，吴之西扰，既足增其后顾之忧，我桐柏之兵亦可覆其根本之地，是良平之智不能为谋，贲育之勇不能为武矣！"操大喜道："仲达之言，可谓知己知彼，百战百胜也。"随令司马懿行大司马，假黄钺，都督徐豫两州军事，领兵五万，出御云长。

懿领旨，辞别圣驾，即日引兵兼程就道，两三日间来到叶县。曹仁、曹洪、曹休、张郃、文聘诸将迎接都督入府坐定，司马懿便问曹仁道："子孝，张飞兵势现在如何？"曹仁答道："现在张飞自驻方城，张苞驻伊阳，关兴驻舞阳，黄武四将巡游四邑，兵数约五六万人，近日并未讨战。"懿惊道："张飞勇猛，向好深入，今镇静如常，专收旁县，以济军食，剪我羽翼，待我自困，必有能者在其军中。"曹洪道："闻襄阳庞统为其谋主，方城之失，伊阳、舞阳之陷，皆其谋也。"司马懿闻言太息道："曩闻伏龙、凤雏之名，今日一见，名不虚传。闻彼前军驻扎方城山，明日整顿全军，且与张飞会战一场，观看彼军强弱，再定战守方针。"众将一齐声诺。

懿即下令将本军全军分作四军：懿自将中军，张郃为中军先锋，文聘副之；曹仁将左军，陈矫为副；曹洪将右军，郝昭为副；曹休将后军，毋丘俭为副。令孙礼诸将率兵一万五千，紧守叶县，宛城、襄陵各地，增加防务。除各地增派防兵外，计出战各部全军八万五千余人，向方城山进发。懿与众将言道："川中名将，马超现在上党，黄忠久驻潼关未动，赵云以防江东之故，据守巴陵不能他往，关云长自驻南阳一方，回顾荆州一方，为张飞援应。方城敌兵大将仅有张飞，纵令骁勇难制，亦只一人，实无足畏，我军前敌但以儁义当张飞，而文将军为佐，自可制胜。接战之始，儁义率文将军直扑其中坚；子孝、子廉两将军可分扑其左右翼，使彼不得互相援救；我更以精骑蹙其后军。张飞虽勇，亦何能为？彼方城山之大营，若不能守，兵力已疲，决不能更守方城。我军乘胜锐进，乘破竹之势，南阳新野未尝不可抚，而有之既已得势，即使诸葛亮便出秦川援助关、张，我军战守有恃，亦不难与之周旋襄汉之间矣！"众将无不称善，皆曰："都督神算，张飞卤莽匹夫，必然中计。"懿笑道："庞士元足计多谋，不下于诸葛亮，张飞虽然卤莽，然能悉众以听指挥，在彼军中，不可小觑。但两军众寡悬殊，强弱显判，统虽多计，亦将应付不暇也。"诸将得令，各人分头准备大战不提。

却说那庞士元在方城已经探得曹操以司马懿督师前来迎敌，懿在当时久负盛名，曹操恒自叹不及，绝非曹仁兄弟一勇之夫可比，此番来到前方督师，方城之外必有一场恶战。探闻懿自领兵五万，曹仁兄弟原有兵三万，中间加以张郃、曹休部兵二万，再加附近各城守兵，合计已过十二万，兵力太厚，不易抵挡，所部将领曹仁、曹洪、张郃、文聘均系曹兵有名上将，尤为不可轻敌。回头计算本军，翼德全部不过三万，关兴、张苞两部亦只二万四千，尚须留兵八千守护二城，能抽出之兵力仅有一万六千，自己从襄阳带来之四千，加以黄、崔四将之一万二千，羌将符健之羌兵四千，合计仅六万余人，两军相较，方及其半，相差太远。司马懿既然能兵，又非侥幸可以取胜，事关大局安危，决此一战。急派人至南阳，请云长派步兵一万八千，骑兵四千，来方城增防，而从襄阳调新军一万二千，填防南阳；令关兴、张苞各留部将一人，步兵四千，守护城池，各率全部，来方城候令。

两三日间，三路兵将均如期到达。士元令张休、张裔领步兵五千，紧守方城，以固后路，安排连弩火炮，抵御曹兵攻城，只管死守，不必迎战，大兵在前，彼亦无从飞越也。二将领令，自去安排。士元同翼德率关兴、张苞、李鸿、陈戒二十余员将领，马步全军五万余人来到方城山大营，符健九将出营迎接。士元策马，同着翼德视察本营地形，见九将遵照原定计划扎下三个大营，一切工作，甚为合法。

士元喜甚，同翼德回营，立令关兴、张苞率兵二万八千，守左营；黄武、崔顾率兵二万八千，守右营；翼德自率庞丰、庞豫、符健诸将，全兵三万，守中营。将新从成都运来之六千张十二支连弩每营分配二千张，即时装置妥帖，俟曹兵攻营来至附近，尽量发挥连弩威力，以折他精兵良将，挫他锐气，然后三营同时开营出战，努力向前，后顾者斩。士元自领四千人，向朗、丁威两员部将，在三营背后，方城山最高处安营，专司旗鼓，兼防曹兵偷袭山后。又将军中信号完全更换，以淆敌军耳目，以吹角三声为出击之号，以鸣金为努力冲杀之号，以鸣鼓为收兵之号，惟各营连弩则仍以梆子为号，令诸将暗地告知本部偏裨及士兵头目知晓，以免临时错乱。荆州营中预备了三四日，百事齐备。

司马懿的大兵真正来了，先锋张郃、文聘两个在马上远远看见方城山山下荆州兵三个大营，既无斥候又无旌旗，临到附近一看，三个大营营中毫无动静。张郃、文聘正在迟疑，曹仁、曹洪二人已到，二人因失了方城，深恨张飞，又深知荆州大将只有张飞一人在此，余无足畏，曹洪便道："荆州兵不过故以此疑我耳，我们如今依着都督指令，各将所部一半攻营，一半严阵以待，便使敌人全数冲出，其如我何？"三人都说："此计甚妙。"立时将部队分开，三员大将各领万人，向着荆州兵大营直扑将来。到了壕边，尚无动作，张郃心中便有些迟疑，按住了马不肯前进。曹洪问道："张将军为何不进？难道还怕他有什么伏兵不成？"他一面说，一面拍马，直逼荆州兵垒下。曹仁纵马随后赶上，猛然只见方城山顶一面大红帅字旗陡然竖起，三个大营营中都是一声梆子响，梆子声还未尽，三个营中六千张连弩同时放射，好似飞蝗蔽天，"嗤、嗤"声音响成一片，因为曹兵逼得太近，连弩愈兼得力。曹仁、曹洪回马不及，身上各中了十余枝，张郃离得远，走得快，只中得三四枝，虽然没十分伤着要害，那疼痛是免不了的，三人回马就走。逼近荆州兵营的曹兵已死伤了两三千，纷坠壕内。三人正在退走之间，又只听得山顶上一连三声画角，角声吹后，荆州三大营人马同时杀出，如同天崩地塌一样。张飞一马当先，杀入敌阵，众将跟着一齐杀入，曹兵三员大将已经负伤，不能抵敌。司马懿见事不好，知道中计，即令司马师、司马昭挥动大兵，上前抵御。士元在山上一见司马懿全军出动，急令向朗、丁威率兵二千，下山助战。山上金声大作，张飞大逞神威，左有关兴，右有张苞，文聘战不到二十合，已经抵敌不住了。张飞那支矛神出鬼没，越杀越勇，关兴、张苞、黄武、崔顾、庞丰、庞豫、符健、向朗诸将听得鸣金，人人奋勇，只杀得曹家兵将鬼哭神嚎，一直败下去三十余里。幸亏曹休、郭淮率领后军先据要地，扼住追兵，一场苦战，然后才收住了兵。士元亦以司马懿能兵，既获全胜，不可穷追，即时鸣鼓收军，回营大赏将士。

曹兵方面大都督司马懿回到本营，喘息已定，安慰受伤将士，计点伤亡人数。因为折损兵士将近两万，阵亡偏裨将校二十余员，三员大将均受重伤，不能再战。犹恐荆州兵乘胜进攻，地方无险可守。只好收兵回扎叶县，再图良策。士元见曹兵已退，料他一时未能即来，令关兴、张苞率部回防，令符健五将益兵一万五千，仍驻扎方城山大营，小心提防曹兵再来。五将领令，士元、翼德也就率部自回方城，将捷音飞报云长。

云长正因司马懿自来前敌，深为耽心。元直笑道："士元前请益兵，足见小心临事，文武辑睦，必获全胜也。"果然不到十日，翼德捷书到了，云长喜之不胜，甚佩元直先识。元直道："司马懿知我前方兵力雄厚，势未可侮，一时决不敢再犯方城。然叶县为许昌屏蔽，有司马懿在前敌，许昌又有曹操调度接应，兵多将广，战守裕如，我军欲以偏师一面进攻许昌，实万无幸得之理，徒伤将卒，于事无补，不如于战胜之后，极力扩张守备，以为将来会师之出路。我方前敌兵将以现在情形论之，进战甚感不足，退守则尚属有余也。"云长道："元直之言，深切时势。曹兵势力现尚深厚，非俟孔明出了函谷，取得洛阳之后，我军目前确无进展之机会也。"即与书士元、翼德，奖其谋勇，嘱其坚守新得城邑，徐图发展，发下大量金帛犒赏出力将士。士元、翼德自去理会。

那司马懿在叶县，深知张飞兵势尚强，部将亦复精锐，不亚本军，庞士元多谋可畏，昨日一战虽然挫败，然藉此得以确知彼军虚实，此后但宜以守为战，俟江东起兵得手，荆州应付不暇，然后大举以攻张飞，万无不胜之理。主意已定，便吩咐各防地守将，加紧戒备，自领大兵居中，策应各城缓急。

受伤三将中间，张郃伤本不重，业已痊愈，来见都督，懿深加抚慰。张郃甚属感激，面请都督出兵，以雪方城之恨。懿道："方城敌军势力不弱，有谋臣勇将在内，据险以待我兵，即令再行进攻，未见得利，但彼军良将精兵尽临前敌，襄阳后防必较单薄。将军既情殷报国，可率本部五千，持大司马虎符，发申息防军二万人，昼夜兼行，越过桐柏山，暗袭襄阳。若得襄阳，即行焚毁，弃而不守，匿兵博望屯，以截关、张后路；若襄阳守备严密，不可即得，可大掠近郊，以摇彼前敌之军心。襄阳兵出，弱则与战，强则退守边境，彼以防御为主，决不敢穷追也。"张郃领令，取了虎符，率了部兵，遵照都督计划，前往申息收兵，西侵襄阳不提。

且说马岱前奉孔明将令，到了金城，见过韩遂，说明来意。韩遂设筵款待，细问前方战况，马岱详细告知。遂令马岱回凉州收兵，本郡队伍随时同行。马岱谢过，回到武威，收集五郡精兵三万余人，马万余匹，星夜起程，回转长安，将兵马扎住四郊，自己轻骑到潼关来见元帅。

孔明大喜，慰劳马岱，极其周至，马岱感激无尽。孔明唤过马超道："孟起，顷接云长君侯军讯，曹操因翼德军入方城，许下震动，星夜自晋城驰还许昌，令司马懿督兵拒敌。司马懿足智多谋，必多方以挠荆、襄之后。云长君侯现驻南阳，襄阳虽有防军二万，犹恐不免为彼所扰，使前敌军心因此动摇，幸仲华收兵还来。现在曹兵以重大兵力严防殽、函，我军绝不宜冒险进攻，以伤精锐。孟起可遄赴长安，选骑兵八千，同着白将军火速由蓝田径出武关，直入襄阳助守，退可声援子龙，进可壮威翼德。曹兵来扰，便与痛剿，使其不敢再窥襄樊，以保我军后路。一俟襄樊安定，可还武关，进攻卢氏，循殽山以东，袭取宜阳，南可与张苞联络，北可出龙门以攻洛阳，当令仲华及西凉诸将前来相助。"马超领令，拜别元帅，同着白虎文，各领卫卒二百，径奔长安，选了骑卒八千，兼程前往襄阳。

孔明将在上党所得曹兵马匹，除补充西凉羌、氐、宾各部二千四百匹外，余三千六百匹，以六百匹补充黄忠所部，以三千匹交马龙训练河西新兵，另成一支劲旅，以备将来与曹兵大战。孔明巡视潼关一带防地，异常坚固，留下氐、宾二将协助黄老将军，吩咐黄忠同诸将小心在意，提防曹兵。自同马岱回转长安，令马成领新兵一万，屯驻潼关后路附近，候令出关，令马岱领新兵一万二千，带同马骥、马骧、马登、马策四将出驻武关，候孟起自襄阳回兵，一同去攻卢氏。二将领令，分头自去。

且说马超领兵星夜兼程，来到襄阳，黄叙率领部将出城迎接，入府坐定，以子侄礼上前参见。马超异常高兴，即分头差人前去南阳报知云长、去荆州报知子龙。

云长与元直正以司马懿诡计百出，虽然在方城败了一仗，决定不肯干休，必遣奇兵扰乱后军防地，方欲加派襄阳兵将，陡然间接到马超呈报，云长大喜，掀髯笑道："孟起一来，襄阳安如泰山矣！孔明思虑周密，真不可及。"随即复书，言襄阳各地战守事宜，即归孟起主持，决不遥制，以利戎机。

马超接到复书，吩咐黄叙道："贤侄督率本部及受训新兵好生守护城池，某家即日引兵东屯白河，既便兵士刍牧，兼防曹兵东来。"黄叙领命。马超吩咐本部将士远斥候，明烽燧，谨防曹兵突至。那曹兵大将张郃在申息征集士兵，整顿人马，将近一月才越过桐柏山，果然来袭襄阳。早被马超探悉，急令将士分成四队，埋伏白河附近，候曹兵半渡，听中军鼓响，四出截杀。将士领令，即刻前往，分途埋伏。张郃在叶县早就听得都督说道"襄阳现无能将"，自己有兵二万余，更还怕谁，及至越过襄阳防地二三十里沿途市镇，不见一兵，心粗胆大，毫不思索，催督本部，势如风雨，黄昏时候，强渡白河。未曾渡到一半，忽听得鼓声动地，两岸火把齐明，伏兵四起，箭如雨下。张郃急待退兵，只见火光丛里一员大将，白马长枪，迎头叫道："张郃休走，马超在此！"张郃大惊，心中想道："马超明在上党，为何来到此处？"正在迟疑，西凉兵早已卷地而来，万马纵横，杀声四起。曹兵大乱，自相践踏，赴水死者不计其数。张郃拼命杀出重围，才到东南角上，又是一员羌将挡住去路，大叫道："张郃，你也太不知好歹了！你在上党逃脱了性命，难道老远又跑到这里送死不成？"话未说了，劈心就是一枪。张郃认得是白虎文，已经领过教的，此刻哪有心肠与他比武，只好让他奚落一场，架开一枪，杀条血路，逃了出去。白虎文因系黑夜，也不追赶。西凉兵齐声叫道："降者免死。"曹兵走头无路，纷纷投降。张郃二万余人，剩下数百败残人马，回到叶县，自去都督台前请罪不提。

马超计点降兵，将近二万，马匹器械，亦复不少。将降兵教诫一番，各给白金一两，立时遣散，令其各还本业，不许逗留境内。降兵拜谢，出境去了。马超叫众兵将所得物品移运襄阳城中，交黄叙点收，保管备用，自己倚城扎营休息士马，将捷报分送南阳、荆州、潼关三处。

云长就近先得捷音，大喜道："人人争说孟起英雄年少，某初尚以为言过其实，今竟能以八千兵败曹兵三万，张郃且系曹兵有名上将，几被生擒，攻战骁勇神速无伦。吾兄有此良将，何愁汉室不中兴也！"马上请元直去襄阳犒军，曹兵经此一战，必不敢再窥襄阳，不宜以精锐之师久置无用之地，或调赴前敌，或仍返原防，军师自往与孟起一商。

徐庶领命，兼程就道，还到襄阳，慰劳马超，并会同犒赏将士。黄叙设筵款待，元直将云长意思告知马超，马超答道："超正欲启知君侯，移兵武关，以进图卢氏，奉行诸葛元帅原定计划。军师此来甚好，张郃谅不敢再来，军师稍留数日，加设防务，超明日即当引兵西行，请转达云长君侯，恕未面谒也。"徐庶道："将军勤劳王事，跋涉山川，君侯敬慕方殷，宁以末节小礼遂为介介乎！庶当留此布防，将军明日登程可也。"当下宾主劝酬，尽欢而散。到了次日，马超同白虎文领原来八千人马，别了徐庶、黄叙，径回武关。徐庶令黄叙部将宫邕、杨义领本部五千，出屯白河，叙自督新兵二万八千，驻襄阳城厢内外，声势相属，防地稳固，然后自还南阳，策划戎机。

那马超回兵到了武关，马岱迎入，弟兄相见，格外的亲热。关索因向来屯兵在此，亦来相见，三人会议进袭卢氏。关索道："前据细作报称，卢氏守将徐瑛系九江太守徐璆之弟，前与徐晃共守潼关，失守之后移防此地，有兵万人，守备严密，素惧我兵，不敢出战。不如将人马改扮寇盗形式，去到城厢附近劫掠，徐瑛必定出兵前来捕治，我兵不必迎敌，四散奔走，待其追远，先以一支兵埋伏城侧，前后夹攻。若获徐瑛，卢氏必破。"马超道："此计甚妙。"即令马岱前去诱敌，自己引兵袭城。

马岱吩咐兵士涂面挂须，劫掠城厢附近，只掳金帛，不许杀人。一霎时，城厢附近人声鼎沸，火光四起。徐瑛闻警，只道真是土匪，果然自领兵卒，前来捕剿。马岱率领兵士向西便走，徐瑛见这伙土匪只有数百人，衣服不齐，形状狼狈，因此并不疑心，纵兵追赶，离城不到十里，匪兵四散，东奔西窜，追赶不上，方欲回兵，只听得后军呐喊说城中亦有寇盗。徐瑛火速收兵回城，才到城边，只见城门早已大开，西凉兵已经布满城厢内外。徐瑛原被西凉兵杀怕，见不对头，回马就走，马岱却倒追回头来了，恰好碰个正着。徐瑛只得硬着头皮，上前接战，战不上十余合，被马岱一刀砍于马下，杀散余兵，得了卢氏。马超令马岱与关索收城，自与白虎文乘势追赶溃兵，看看赶到宜阳。

那宜阳是豫州牧治下一个险要而兼富庶的大县，在战国韩国时代便是有名的重镇，原有驻兵八千人，收容伊阳溃兵二千余人。守将夏侯元是夏侯渊的儿子，本是公子哥儿出身，平素只会玩百灵鸟儿、喂画眉儿、养哈巴狗儿，也学了几手毛包刀棍，只因夏侯渊跟儿子夏侯楙、夏侯霸、夏侯和先后战死，曹操顾念功臣，才叫他来守宜阳，以宜阳隔离战区尚远，又是大县，高城深池，都不妨事，才叫他来镇守。谁知他虽然出身富贵，却是贪墨异常，专一克扣军饷，剥削良民，怨声载道，因他是皇帝御侄，谁人能奈何他？马超还在襄阳，他早已把城门关上，传集城中殷实绅商，指派他们立捐巨款来做军士的草鞋费、医药费、犒劳费、守城器具费。吩咐兵士挨门索取，三日一追，两日一比，城门关闭，无路可走，积威之下，谁能抵抗？只得一五一十，如数奉缴，一口气被他掏上二三十万，尽行塞入腰包，一毛不拔。

这回不道马超的兵真个来了，他立忙召集将士，鼓励他们奋勇杀敌，舍身报国。那些将士怀恨日久，今天可不怕了，大家一致请他发三个月饷，便去守城。夏侯元起初还要作福作威，后来见势头不对，才跟他们告艰难。众兵齐声嚷道："别的不说，昨日我们收来捐款，还不拿出来么？"夏侯元还在东支西吾，谁知道马超的兵已经攻入城了。兵士也顾不了要钱，夏侯元跟跄走出，死于乱军之中。

马超令白虎文、越吉追逐溃兵，收缴器械；令马家四将分城驻守，出示安民，不许侵扰。市肆不惊，人民大悦。马超清查夏侯元的财物，足有黄金五万余两，白金二十万两，衣服玩好亦有很多，不曾拿动一点。马超提出：一份犒赏将士；一份赈济被兵灾的百姓；余者封存库中，留备军用。人民经过夏侯元苛暴之后，见马超如此施惠倒是人人思汉，心悦诚服了。正是：

虎将威棱，会八方之风雨；马儿声势，胜万里之波涛。欲知后事如何，且听下回分解。

异史氏曰：当云长擒于禁，斩庞德，威名大震，华夏皆惊之日，曹操会欲迁都以避之矣。乃为司马懿以联吴不必迁都谏，遂解樊城之围，而起吕蒙之祸。今者云长一出襄樊，兵威又震于河北，使曹操兵还许下，仍以议迁都书，真大快事也！《演义》之议迁都，未言其地，以云长未越襄樊，其时操得避之地广矣。今也不然，诸葛则西据潼关，北扼上党，雍、并之地尽蹙；云长则一战入方城，再战凌叶县，河洛之地胥危；至操跄踉而出晋城，狼狈而归许下，三窟无所，直欲走避幽州，岂不更大可快也哉！乃仍为司马懿进谏而止，于是知本书之罪仲达深矣。此无他，备写其谋，既以正司马懿之诛，甚善其谋，即以写司马之出。及司马领兵，则暗已志曹操之无能为，而明将翻仲达之战诸葛，喋血中原，重提旧案。诸葛出关在即，而虎斗龙争文字自此始矣。

马岱新兵之至，吾于阿瞒归于许下，已知之矣。诸葛据上党，塞井陉，云长出荆襄，向宛叶，此皆欲与操相见于河洛之交，从事与操斗于三晋之地也。惟操狼子野心，乱国罪人，始有联合鲜卑，分兵赵地，假外胡以争中国，举民族而酬私愿之志，诸葛不使得逞也，故按兵以待云长之动。一旦华夏震动，老贼自归，玄黄龙战，不日可卜，马岱可不即出关中乎？虽曰诸葛之计如此，在作者笔底，绸缪战局，早事图维，固亦下许不如此也。至飞援桐柏，后卫荆襄，自更非铁骑驰赴，不足应敌；则马岱尤须即归，不可再缓。特张郃蠢才，以为飞将军自天而下，遂惊马超何又在此间耳。有以马岱何竟恰归于此时疑者，张郃之类也。

本书深明军略，对于溃兵收容，屡屡致戒。杨秋、程银之破潼关也，韩浩之失天荡山也，黄忠之得南郑也，魏延诈称败兵之破长安也，本回马超、马岱之入宜阳，写得尤为明显：皆丧城失地，缘于收容溃兵以至覆败者也。然国内自军阀以来，此仆彼起，年年争战，每多喜收容溃兵，以申张个人中心之武力，卒至覆败接踵，而不自悟，果何说耶？由今反古，取鉴极明，因重感作者努力此书，其欲垂戒世道人心之意深矣！

第二十四回

孙仲谋三路攻荆州　　赵子龙一军夺江夏

却说张郃被马超在白河预先埋伏，出其不意，杀得大败逃回，来到叶县，见了都督，顿首请罪。司马懿惊道："将军为何狼狈至此？且请起来，细说情形。"张郃谢了起身，说道："末将奉了都督将令，收兵申息，耽搁三两旬工夫，整齐队伍，遵照指定路线，越过桐柏山，径渡白河，去袭襄阳。谁知半渡中间，忽然伏兵四起，末将收兵不及，又系黑夜，军士远行劳苦，自相惊扰，遂致全军覆没。"懿道："荆州名将赵云在巴陵，云长在南阳，张飞在方城，不知是何能将领兵，与将军交战，竟使全军覆没？"张郃道："末将初意也是如此，所以敢于径渡白河，不期竟遇马超。"懿惊讶道："马超闻在上党，如何突来襄阳？"张郃道："西凉兵多系马队，故调动甚易。"懿凝思道："前闻诸葛亮派马岱收河西五郡之卒，此来必系新兵，初至长安，诸葛亮深恐我去扰襄阳，必令马超率此部新兵，先驻白河，以防我军。将军贪功心急，不思庞统、徐庶皆系计谋之士，岂有根本重地不置防兵，入境数十里不见一人，明是诱敌之计，将军不知，故有此败。"张郃闻言，如梦初觉，伏地请罪，愿甘军法。懿亲自扶起道："胜败兵家之常，将军国之良将，本军方倚为重，何致加罪？愿将军以此为鉴，徐图报效国家可也。"张郃谢过。

懿谓诸将道："西凉马队，飘忽非常，恐其或从武关东出，则宜阳各地又非我有矣。"随令长子司马师领兵八千，火速去守宜阳，兼统夏侯元军，令元还许。司马师遵令，马上起程，比及行抵登封，探闻宜阳已失，顿兵不进，急遣人飞报都督。懿正在进膳，接着警报，掷箸长叹道："马超之兵，何神速乃尔耶！"急移司马师兵去守洛阳；令次子司马昭领兵一万，火速往守龙门少室各山，分途严加防守，以免马超暗袭洛阳；又令徐晃专守阌乡，钟会、邓艾专守殽山西北，使马超军队不能便与潼关川军会合，以为持久之计，又令大将曹真领兵万人，专守渑池，为阌乡后援。马超却南收嵩县，联络张苞，沿着熊耳山，将本军队伍沿途驻扎，自领兵八千，调来马岱新兵五千，固守宜阳。司马懿见马超军锋甚锐，急移曹洪去守郏鄏，文聘去守登封，与马超之兵，一个倚着少室山阴，一个倚着少室山阳；与张苞的兵，一个倚着箕山山阳，一个倚着箕山山阴。双方深沟高垒，掘下陷坑，安下鹿角，两个互相提防。

荆州方面，张飞、庞统以司马懿劲敌在前，也就不敢深入，只遣游兵蚕食近地各县，派人招诱黄巾余孽，在曹兵腹地扰乱，但因曹操坐镇许昌，立时派兵扑灭，然而地方已很骚然不安了。

就在此时间，果然应着司马懿的言语，孙权又起兵报仇了。原因由江东大将吕蒙前次败回夏口，朝夕伺隙以图报复，派了专员前往许昌、叶县两地，联络军讯以便合作，迭经坐探先后回报，起初听得曹操派了司马懿去拒敌关云长，再次听得司马懿令张郃去袭襄阳，吕蒙便要乘机起兵。徐盛谏道："将军，关羽、张飞、赵云皆当今一世之雄，庞统、徐庶、马良皆有过人之智，岂有不顾根本之理？曹兵未见其能得志也。"吕蒙见盛说得近理，只得按下雄心，静听消息，不到半月，便听得司马懿兵败方城山，马超又在襄阳大败张郃，曹兵三万片甲不留，赵云在巴陵并未出动。吕蒙听了亦自吃惊，知道马超到了襄阳，江东若犯荆州，马超必然驰救，师必无功。过了一些时候，又听探子报道："马超还兵武关，袭取宜阳。"吕蒙大喜，正与徐盛商议起兵，恰好孙韶奉了吴王令旨，由建业来到。三人见礼已毕，一同坐下，孙韶将吴王令旨转交吕蒙，蒙起立接视，知道鲁肃身故，特命蒙继任水军都督，建业上流水陆诸将尽归节制，火速兴兵，去取荆州。

吕蒙拜命已毕，与徐孙二人计议道："荆州良将仅一赵云，我今令朱桓领陆军八千，明张旗帜，去取巴陵，赵云必去援救，赵云既受牵制，然后令蒋钦代兴霸守江夏，兴霸自领陆军一万六千人，西沿汉水，直出潜江以攻荆州之东，蒙率水军二万，溯江而上，以攻荆州之南。彼若抽前敌之兵回援根本，司马懿必以全力追蹑其后，是荆州首尾受迫，我似可以雪巴陵之耻矣！"二将听得，齐声赞成。议决之后，即由甘宁交给防务与蒋钦，吕蒙、甘宁、朱桓水陆三路同日出发。

那赵云在巴陵自战败江东之后，派了许多精细细作在下游一带探听消息。吴兵未出，赵云先已探悉，火速令人报知刘琦、马良，速移刘封一军去守潜江，令妻子马云騄，领西凉兵五千，接应刘封。云騄领令即行，云放心不下，再檄令傅彤领受训新兵六千，速往助守潜江。诸将得令，各自星驰，前往指定地点防守。

云与向宠、伊籍、邓芝、严寿诸将商议道："吴兵三路当以何路为重？"向宠答道："吕蒙平生素好轻袭，此番却令朱部大张旗鼓进攻巴陵，兵只八千，更无后继，虚声恫喝，情况显然。窥其用意，不过欲以牵制主将，效孙膑以下驷当上驷之故智，而以精兵良将直取他道，乘我间隙，使主将措手不及，然后彼得偿其所愿矣。以末将臆度，巴陵事轻，潜江事重，吕蒙、甘宁皆江东名将，不可不严防也。"云道："将军之言甚为精确，但潜江方面，原有驻兵三千，加以刘封全部八千，傅彤新兵六千，西凉劲骑五千，兵力已逾二万，傅彤智勇足用，西凉兵弓马专长，系孟起特简精锐以遗其妹者，将士一心，战守无畏，甘兴霸虽骁勇，谅亦无如之何。吕蒙自帅水师来攻荆州，兵力甚厚，志在必得，我意彼以疑兵牵制我军，其行必缓，其备必虚，不如乘此机会，尽起羊楼峒防军，逆击朱桓，暗袭江夏。江夏新易守将，士心未定，大兵猝临，当可得志。将军能为我统领水陆军将，扼守洪湖十日，不令吕蒙得一船渡过，则吾事济矣。"向宠道："主将见委，宠何敢辞？但虑声望不孚，事权不专，不能令众，致负委任耳！"云大喜道："公能负责，尚复何言！"立召水陆将领入内，告知自己赴羊楼峒公干，本军战守事宜，请向将军代理十日，无论何人，不得违抗命令，以误大事。众将一齐声诺。

荆州全境原有水军三万余人，除去分防各地外，驻扎巴陵一带的尚有二万余人，两岸陆军九千余人，悉归向宠指挥调遣。云令黄射、吕章各领本部水军及先人旧部，辅助向将军努力抵御江东军队；令严寿入陆军指挥，协应向宠；水陆并力，有进无退，即日径赴洪湖，安排一切。向宠诸将领令，即时启碇前往。赵云令伊籍将巴陵驻防水师五千、陆军五千，即开赴城陵矶，防备吴军上犯；再令飞檄长沙蒋太守，派兵万人，星夜顺湘江东下，由巴陵上陆，开赴羊楼峒待命。

赵云布置诸事，都已就绪，吩咐伊籍率领将吏及在城防军三千，严守巴陵，自同邓芝、程畿二将率轻骑五百出发，到了羊楼峒，廖化三将迎接入营。云坐未安席，令沙摩柯仍领蛮兵，驻防此处；令廖胡二将尽起本部八千，即刻起程向江夏方面前进。离江夏城不到二百里，细作报称，江东敌兵相离不远。云急令二将各领千人，埋伏附近左右山中，令邓芝、程畿领兵三千，在当面扎营阻住。云自领三千人，避入山内，俟朱桓兵过，出而截杀。

朱桓此次出兵，纯系诱敌，缓缓前进，因尚在自家境内，前线所以未置斥候，及至到了荆州营边，才发觉敌兵阻路。朱桓将人马才列成阵势，只听后军一声喊，赵云的兵已从后面杀来。朱桓回马舞刀，来战赵云，两个战不上二十合，廖化、胡班左右杀出，邓芝、程畿又从前面杀入，朱桓心慌意乱，被赵云一枪刺落马下。四面截杀江东兵士，江东兵走头无路，只好弃械投降。

云令将降军兵衣甲改装自家兵士三千余人，令廖化、程畿领着向江夏信道前进；令邓芝领兵三千，继续接应，将降兵器械没收，令胡班率兵二千，押着一同前进，向江夏西门杀来。次日下午，来到江夏，因为战事未启，城门未关，城上守兵见系自家军队，都未留心。廖化、程畿二将自由径入，荆州兵争先恐后，尽入城中。赵云自领轻骑，向太守衙门寻找蒋钦。蒋钦还以为朱桓兵败回来，心想哪里败得这快，随即领了亲军出外弹压，迎头碰上了赵云，原在江东见过面，不由得大吃一惊。赵云劈面一枪刺来，城内喊声大起，蒋钦见不对劲，虚掩一刀，往左侧小巷败走。赵云令邓芝领兵先行占据太守衙门，程畿、廖化、胡班分头肃清城内江东兵将，自领轻骑出城追赶蒋钦。蒋钦已经逃出东门，跳上兵船，向夏口逃走。赵云吩咐军士，将沿江兵船放火便烧，登时火光彻天，照得江面红成一片。

隔江徐盛正待派兵来救，蒋钦业已到来，见了徐盛，诉说一切。徐盛顿足道："朱桓必全军覆灭矣！赵云胆略，真不可及，明日当率渡江以决一战。"一面吩咐本军将士彻夜警戒，令蒋钦在江边收集溃兵。

那边赵云完全得了江夏，将江东降兵遣散出境，清查府库，分城据守，令邓芝、胡班专护城池，廖化、程畿严防陆路。云自领兵，防守江岸一带，旌旗不断，刁斗相闻。那些溃兵过得江去，因要遮掩自家败状，反替赵云虚张多少声势。

徐盛素知赵云老成持重，此次一战而得江夏，以为云势力必厚，不可大意，若冒昧渡江，彼已凭城拒守，即使进攻，必难得利。不幸而败，夏口亦危，再失夏口，江东水陆军都无归路，子明、兴霸两军从何自拔？仔细思量，进攻无益，只好严守夏口，保全后路，听候前方消息，再作道理。

却害苦了赵云在隔江整顿兵马，预备与徐盛大战，以挫敌锋，好回洪湖再战吕蒙。谁知等候了三两日，不见一船过来，长沙新兵第一拨的五千人，却由蒋琬从弟蒋琏率领前来了，将兵队扎住城外，入府见过主将。赵云大喜，慰勉有加，令廖化权领江夏太守，以匡汉将军邓芝为谋主，节制水陆军队，胡班、蒋琏及偏裨将校二十员，部兵一万三千人，紧守江夏，须昼夜严防，不得稍为懈怠，候长沙第二拨兵到，即加派前来增防。好在江夏城自从徐盛、甘宁相继接守，真个是城高池深，粟支十年，攻守器具无一不备。云吩咐邓芝、廖化四小心谨慎，四将受命。

云自率轻骑与程畿星夜驰回巴陵，在道上令沙摩柯率领本部由羊楼峒进驻汀泗桥，为江夏声援。沙摩柯得令，即日前进。云到了巴陵，伊籍迎入府内，坐谈之间，听得取了江夏，以手加额道："将军真天人也！"云便问洪湖战况如何，伊籍答道："向将军前将水师，堵住洪湖口，陆军沿岸夹辅，布置二日之后，江东水军方至。向将军以守为战，尽锐迎击，六七日来与江东水师大小二十余战，昼夜不停，两军杀伤相当。我军既占上流，又有陆兵助势，颇占优越地位；江东军纯系水师仰攻，故不能有所寸进。吕蒙昨令陈武领水师三千，乘着黑夜，偷越上流，来攻巴陵，为我城陵矶水陆驻军及时发觉，横江截击，努力迎战，江东兵方才败退。今将军既归，江东无能为矣！"赵云闻知向宠竟能与吕蒙血战持久，心中大喜。伊籍又道："长沙蒋太守闻下游战事发动，深恐前方兵力不敷，除由本郡先发万人候令进屯江夏外，更由零陵、桂阳二郡征发精壮二万人，即日开拔来此，听候调遣。"云一听得更为欢慰，说道："公与蒋太守，真国家之柱石也！巴陵、江夏之间得此三万精锐，可以安如磐石矣。"即下令将巴陵水师尽行开赴下游助战，即行启碇。正在分派，长沙第二拨新兵五千人又已兼程赶到，统将蒋琪扎兵城外，自入城中，来见主将。云略加慰劳，令即行开赴下游沿岸，擂鼓助威，战事解决，即行开往江夏驻扎，听候廖将军指挥。蒋琪领令，立出城外，率领所部，拔队即行。云告知伊籍，如长沙第三拨兵到，即令开往江夏；第四拨兵到，令开驻咸宁；第五拨兵到，令开驻蒲圻；第六拨兵到，令开驻羊楼峒，节节填防，使巴陵、江夏两地贯注一气，紧急勿延。伊籍连声允诺。

云分拨已定，即行别过伊籍，与程畿出城，上了水师大船，船上竖起了常山赵云旗号，望下游开驶。荆州水陆军士在半日中间都听见本军大将大败江东陆军，夺取了江夏重镇回来，互相传播，个个欢声动地，大家奋勇向前，声势陡增。江东方面，吕蒙连日仰攻，为向宠督率水陆兵将抵死拒敌，不能取胜，心中愤懑，当日号令军中大小三军只许向前，不许退后，违令者斩。吕蒙左手执盾、右手持刀，躬冒矢石，身当前敌，杀近荆州船边。江东兵士见主将奋不顾身，个个棹船前进，争先恐后。荆州水兵也就冒死抗拒，岸上陆军各持弓箭，向江东船上放射，附近岸边者以火炬向江东船上抛掷。双方正在相持不下，血肉横飞的时候，忽然听得上流鼓角齐鸣，大江中战船如织，西边岸上旌旗蔽日，战鼓如雷。荆州水陆将士都看见了本军大将旗号，个个精神百倍，杀气凌霄，向宠一声号令，吩咐将船只拨过舵，直向江东水师冲去。吕蒙看见赵云到来，便知道朱桓一定失利，心中也自吃了一惊。荆州兵得了势，露刃直入，杀人如麻。赵云座船到了吕蒙座船附近，举枪望吕蒙便刺，吕蒙将左手盾使劲一挡，一来是赵云力大，二来是船从上流下来，三来吕蒙也是尽力抵挡，处处增加了力量，比寻常加过十倍。赵云向前一压，吕蒙站立不稳，双足一滑，跌倒船上，左右将士急忙救护。荆州兵齐声呐喊，尽道吕蒙已被刺死，一唱百和，江东水军气为之夺，潘璋、陈武见事不好，回船便走。及待吕蒙起得身来时，欲待迎敌，座船早已倒退下来，兵士被杀落水者数千，知再不能取胜，吩咐诸将退兵，自己殿后。赵云督水师沿途追杀，江东兵士一败不能复振。赵云飞令向宠、严寿督陆军扼要驻扎，并视察零桂新兵，联络屯驻情形，指示一切，以资得力。自家与程畿、黄射、吕章诸将督舟师穷追吕蒙，一直追到夏口，以徐盛全军接应江东败兵，方才停止追击，驻军江夏，江夏与夏口吴军相持对峙。

赵云令黄射领水师五千人，驻扎江夏至金口一线；吕章领水师五千人，驻扎金口至洞庭一线；程畿领水师五千人，驻扎公安、石首、监利、华容一线；巴陵水师三千人，还屯巴陵；江陵水师五千人，还屯江陵；黄射全军专一负责保固江夏，与江夏陆军水陆联络，以免江东水兵由夏口窥伺。诸将领令，分头出发。云将此次所获江东军赀尽赏将士，不以丝毫自私，将士感悦。云本人暂驻江夏，指挥水陆兵将，兼巡视长沙、零桂陆续派到的新兵驻扎状况，自有一番整顿不提。

且说吕蒙败到夏口，徐盛自领兵船阻住追兵，接应吕蒙。吕蒙下了兵船，进入夏口城，入府坐定。徐盛良久始将江夏失守告知，吕蒙抚案大恨道："血战经旬不徒不能取荆州尺寸之土，反失江夏重镇，有何面目回见吴王！"拔出佩剑，便欲自刎。徐盛慌急夺剑在手，道："都督误矣！赵云既得江夏，必合襄阳之兵，顺汉水东下，以取夏口。都督不急求良策以解此危，乃遽欲自杀，岂不令天下豪杰耻笑？何见之左！"吕蒙恨恨连声，收剑入鞘，问道："兴霸兵势如何？"盛道："昨接前方军讯，兴霸之兵被扼于刘封、傅彤，不能前进。"蒙即令蒋钦领兵五千，前去接应兴霸，不必再进，即守此地，以扼襄阳兵沿汉水东下之路。蒋钦领令即行，吕蒙令查点各军损失，军政司回报，失了七百余号战船，水师折伤九千余人，朱桓、蒋钦陆军损失九千余人，不觉长叹道："十载菁华，一朝尽矣。"徐盛力加宽慰，令孙韶领自己所部战船，先行巡缉江面。一面飞檄九江陵统将鄱阳水师，立交杜袭带领万人前来夏口增防；一面补充卒伍，休养伤痍，与赵云隔着江面相持。

潜江方面已经向宠饬人倍道飞报捷音，马云騄闻信大喜，唤刘封道："我兵两路大捷，甘宁必走。将军可与傅将军径攻其营，甘宁老将决然死战，我引兵从后，纵火烧之，敌必溃矣。"刘封领令，次日清晨，与傅彤分左右翼，直扑甘营。甘宁在军已经接水师败讯，方欲全军而退，黎明时候，只听营门外鼓角喧天，早知是荆州兵乘胜闯营，便激励将士，开营出战，两马相交，与刘封战到四十余合，刘封看看抵敌不住，傅彤舞动双铜纵马上前助战，正杀到好处。云骒见甘宁越杀越勇，惟恐二将有失，急将自己部兵分做两翼，尽用火箭、火弹向江东后营杀入。云骒一马当先，大叫："二位将军休慌，咱家来也。"纵马上前，加入战团。好一个英雄的甘兴霸，力战三将，并无惧怯。只是西凉兵弓箭利害，着火烧身，军士哪里抵挡得住，望后一退，荆州兵乘势压上前去。江东兵步步后退，甘宁也禁约不住，只得败阵而走。傅彤、刘封奋勇追杀，大获全胜，追下三十余里。幸亏蒋钦领兵接应，方才扎住营寨，计点兵士，折伤四千余人。

甘宁仰天叹道："某家结发从戎，大小数十余战，未尝败北，今乃为一女子所败，岂非大恨！"蒋钦道："西凉兵弓箭专长，加以火器，我兵不敌，非战之罪也。"两个太息不已，招集败兵，结营自固。正是：

女子从戎，竟败锦帆之贼；男儿何用，偏输玉貌之姝。欲知后事如何，且听下回分解。

异史氏曰：作者慕诸葛之遇，哀诸葛之计，惜诸葛之才，成诸葛之志，而评诸葛将略非其所长，许知言于陈寿以写本书。故处处既明将略，如战贵神速，守重后防，将必置谋，兵必树应，出军则如脱兔，得地则先抚民，旁邑必循，溃兵不纳，必使内顾无虞，后防已固，然后再进以图功。深兵袭险，埋伏出奇，不喜为也。而又处处善写诸葛，如《隆中对》，如《出师表》，皆无时无地不咏叹之、烘染之，写去写来，无非抱此二篇大文著笔，再三设色，以写今文。老瞒比议迁都，已将隆中一对，出宛洛上将之师，写得声威大动矣。今乃转笔而趋荆州，写入东吴，无非为写赵云。写到赵云，无非欲写向宠。何以必写向宠？则又无，非更写《出师表》也。于是先主生前"试用之于昔日"，称之"曰能"者，于本回及锋而试，乃获新发于硎矣。二十一回，始著宠之姓名，二十二回略见宠之头角，闲闲叙引，逐步入来，方阅一回，而洪湖十日之守，江东大敌之战，一身重寄，才武惊俦，备写向宠之果能，而"试用"二字,又自然显露于笔底,谓非写《隆中对》后,再一写《出师表》,得乎?写关公即写《隆中对》,作者明言之,读者自无不知。若写向宠以写《出师表》,则作者暗写之,令人意会其间,使明诸葛将略虽非所长,而二大文章,实堪见志于千古。将略可更,而文章不可更;将略可不写,而文章不可不写。然则写云长,写向宠,亦无非仍写诸葛。以惜以哀,以羡以慕,深情婉恋,曲意回环,安得谓非诸葛古今第一知己?

前写赵云截江,乃破吕蒙之计,今写两路攻荆,乃复东吴之仇,虽同一吕蒙行军,非可以犯笔论,而视作一案两翻之也。曷观回目,此明以孙仲谋冠首书,即得之矣。盖吴弃好崇仇,兴师犯蜀,为一罪案;蒙设谋行诡,袭杀云长,为又一罪案;君臣同罪,而实有分,故非前后各翻,爰书不定,即未足大快于人心也。蒙善以白衣渡江,是以前回特破其计,余勇杀敌,亦仅败其舟师而止,陆路仍令全军以返。因为衬笔,乃若虚攻,否则早尽歼之,安望半卒生还耶?权以顺操命将,袭取荆州,背汉从贼为志,变婚媾为仇雠,致先生猇亭挠败,汉终以亡,其恶甚大。今云长已出荆襄,先主之仇何可不复?是以本回乃尽翻荆州之案。盖至今追论,已不止杀一弟之仇,宜并许先生复之耳。如吴取荆州,此取江夏,吴以陆逊代,此以向宠代;吴慰抚荆兵,不杀一人,使失战心;此驱逐吴兵出城,令张声势,亦使失战心;吴缚沿台官军,无人知觉,此杀在路吴军,亦无人知觉;吴以降卒赚开城门,此亦以降甲赚入城门;吴降傅、糜二将,此杀朱桓一人抵之;吴烧七百里连营,此失七百余号战船当之。所为翻案复仇之笔,不一而足。则知前回所写,乃先雪关公之耻,罪及一人;而此回方大复先主之仇,罪在其主,于及全吴。因必使水陆同败,同失重地焉。以一荆州并翻猇亭之案,孰又能谓不可分作两回写乎!

第二十五回

刘玄德正位汉中王　　诸葛亮誓师长安道

却说赵子龙三路大捷，得了江夏，飞报南阳和成都两处。云长喜极，手书崇奖，顾谓元直道："子龙智勇双全，陷阵冲锋亦不亚于孟起，又不意向宠小将竟能与吕蒙血战至十日之久，俾子龙得以从容袭取江夏，还斗洪湖，士元可谓知人矣！"即将建安皇帝从前所赐自己的绿锦战袍送交子龙，转赏向宠。向宠感激莫名，请子龙代为转谢。

玄德在成都才接得马超大捷襄阳的消息，又接到子龙战败吕蒙夺还江夏的捷音，那一喜非同小可，承制特授马超为伏波将军，以继祖业，马岱为平北将军，马家十将皆授为领军将军，总东征诸军事；诸葛亮晋封武乡侯；特授张飞为右将军，关兴为龙骧将军，张苞为虎卫将军，黄武、崔顾、庞丰、庞豫、李鸿、陈戒、向朗、丁威、宫邕、杨义、张休、张裔、岑述、杜微、李盛、胡济诸将皆授领军将军，授黄叙为镇朔将军，符健为平虏将军，赵云特授前将军，授邓芝为匡汉将军，廖化为定南将军，傅彤为征东将军，程畿为平南将军，沙摩柯为积射将军，黄射为下濑将军，吕章为靖江将军，胡班为沼吴将军，改授向宠为楼船将军，吴兰、雷同、邓铜、刘郃、冯习、张南、傅金、郑绰、梁虔、尹赏、张绪、马玩、梁兴、张横、陈易皆授为领军将军，特授左军师庞统为车骑将军，右军师徐庶为建威将军，马良为建忠将军，特授总北伐诸军事；关羽领豫州牧，颁布德音，分赍犒赏。各处将士，拜受恩命，欢声雷动。

那时法孝直已转授监大将军府事，见前敌诸军累次得手，诸将名位日崇，虽用建安年号，于统率上颇形不便，拟与前敌各军将，各州牧郡守联衔劝进，尊大将军为汉中王以定中兴之基，分头致书荆、豫、雍、梁、并、益六州牧伯、将帅，征求同意。各将领、牧守对于孝直，夙所钦佩，此举又系国家大事，中兴上策，俱有此意，含而未申，一旦见孝直发起，前后复书一致，踊跃赞成，公推由孝直完全主办，由云长领衔，奏记大将军幕府云：

骠骑将军领豫州牧总摄北伐诸军事汉寿亭侯关羽、左将军领雍州牧总摄东征诸军事武乡侯诸葛亮、右将军都督襄樊军事张飞、前将军都督江汉军事赵云、后将军都督河渭洛潼军事黄忠、伏波将军都督梁州军事马超、车骑将军领左军师兼北征幕府行军长史庞统、建威将军领右军师江陵太守徐庶、杨武将军监大将军府行军长史益州太守法正、领荆州牧刘琦、领并州牧田畴、振威将军护汾晋军事领平阳太守魏延、中领军护军将军监河曲军事领高平太守姜维、左领军振武将军李严、右领军冠军将军领上党太守王平、楼船将军护汉沔军事向宠、建忠将军监荆州牧府事马良、平北将军护河西五郡军事马岱、龙额将军领阆中太守严颜、定远将军领金城太守韩遂、定西将军领天水太守马遵、定南将军领江夏太守廖化、匡汉将军护巴陵江夏水陆诸军事邓芝、镇北将军护江北军事黄权、安西将军领长安太守诸葛均、安汉将军领建宁太守李恢、镇南将军护牂牁越嶲为永昌四郡军事领永昌太守吕凯、抚戎将军领平陆太守张嶷、征西将军领安邑太守张翼、翊汉将军领扶风太守刘巴、广汉将军领冯翊太守宗预、行军司马领南郑太守杨仪、益州治中从事领华阴太守杨洪、奋威将军领广武太守马忠、奋武将军领曲沃太守廖立、龙武将军护长沙武陵零陵桂阳四郡军事领长沙太守蒋琬、护湘越军事领桂阳太守马谡、领南郡太守费祎、领郧阳太守蒯良、护朔方五原军事领云中太守田稷、护汾隰军事领河东太守沮雍、护马邑离石楼烦军事领代郡太守审宗、北伐军记室参谋领颍川太守简雍、北伐军行军司马领汝阴太守陈震、行雍州牧府事左中部将杜琼、右中郎将霍峻、东征军记室参谋雍州牧府治中从事费诗、定武将军领井陉太守高翔、绥北将军领黎阳太守刘延、宁朔将军领上庸太守孟达、领长史镇军将军许靖、辅汉将军糜竺、安汉将军孙乾、龙骧将军关兴、虎卫将军张苞、护羌将军关索、镇朔将军黄叙、征东将军傅彤、平南将军程畿、下濑将军黄射、靖江将军吕章、沼吴将军胡班、强弩将军白虎文、破虏将军罗宪、荡寇将军伍梁、积射将军沙摩柯、平虏将军符健、太常赖恭、少府王谋、博士秦宓、将作监蒲元、领军将军中郎将郭攸之、中郎将郤正、太史令谯周、尚书彭羕、左军将军领大将军府宿卫事吴懿等文武将吏五百六十七人，谨奏记大将军幕府：汉祚再衰，权奸窃位，卯金之运，忽马中夷，海内皇皇，靡有定所！幕府承借宗藩之系，秉上哲之资，颠沛徐豫之郊，以从王事，六寓闻风，莫不向义。孝献皇帝迫蹴两观之间，追惟祖宗，付托之重，前遣内臣穆顺赍锡国玺，副以诏书，凡欲以拯汉祚之危亡，绍中兴之盛业，所以期幕府者至深且重。幕府感宗社之阽危，奋鹰扬之姿，简荆益之众，乘流东下，载旃北征，思以桓文之节制，翊平襄之艰难。贼臣曹操，比迹莽卓，迫于篡弑，推刃君亲，遂使我孝献皇帝奄弃群臣，凡有血气之伦，盖莫不引为深痛者也！幕府昭春秋之义，阐礼经之旨，为孝献皇帝发丧，仍遵用建安年号，誓复大仇，出师讨贼。数年以来，承幕府威灵，将士效命，得以西定雍梁、北平、赵代，东收江夏、南靖、蛮夷，陈师鞠旅，萃攻河洛，中原之定，不俟龟筮。曹操屡败，地蹙兵颓，假息人间，当无多日是幕府既有以慰孝献皇帝在天之灵矣，当思所以餍海内人民之望也。羽等闻君子经纶，涣汗大号，宁为尊富所移，亦不过示天下以正则耳。今诸军将吏，多相等夷，君位久虚，徒记日月，甚非所以收拾人心，统一军府之善策也。昔高祖肇基，始封南郑，世祖膺命，爰以萧王，此皆人事之必然，天命之初相也。今我军首义即得汉中，戎车所至已及河北，大业之建符乎二祖，羽等拟上请幕府正位汉中王，以定天下人心。名虽限于一隅，声佫恢乎九服，俟孙曹剿绝，字内定一，然后复鄩南之盛典，宅长安之故都，太牢告庙，不亦可也。愿幕府审几度势，俯顺舆情，继二足祖之宏规，成万世之大统，汉室幸甚！民社幸甚！谨奏记以闻。

玄德览书，沉吟不决，还顾法正道："孤方以大义诛曹操，而自僭大位，何以示天下？"法正道："孝献皇帝诏书犹在，主公理当遵依，今但称王以临将吏，有原有本，何僭之有？前敌军将忘身血战，皆有攀龙附凤之心，非区区之建安年号所可得而驱策也。主公久在军中，宁不知此？且大位既正，从逆者皆可启其悔罪之诚，而生其自拔之念。正诚知主公不忍负孝献皇帝，但孝献皇帝之所以命主公与主公之所以报孝献皇帝者，固在彼，不在此也。即孝献皇帝尚在人间，主公仅称止汉中王，他日恢复中原，重兴汉业，本居臣列，何有嫌疑，正等之上请者，欲以收拾人心，便利军事耳，愿主公勿疑。"玄德道："孝直之言，洞切情势，孤虽不欲，众意难违，即以便宜行之可也。"

法正见玄德应允，出了帅府，与许靖等议定，以军事方殷，国仇未复，但存仪注，无事铺张。择了吉日，就成都帅府内供奉孝献皇帝玺书，大将军率文武将吏朝谒如仪，退就臣列，北面受贺。文武官吏各就本阶晋一级，用兵地方人民免纳今年租赋，雍、梁、荆、益、并、豫六州罪囚，除大逆不赦外，余罪悉免录，以沛德音；立吴懿女为汉中王妃，立子禅为世子，置汉中王官属，如汉初诸王制。玄德受贺成礼，教令办理诸应办事宜，节次就绪，令孝直作书，慰劳将吏：

　　汉中王备，敬问雍、梁、荆、益、并、豫诸州将吏。孤以帝室支裔，谬承先帝付托之重，深用只惧，甚虑不足以慰列祖列宗在天之灵，而无以答我孝献皇帝讨贼复仇之末命也。出师以来，诸将帅克奋厥武，符诗人一月三捷之言，以大儆于曹氏。方深念将吏征役劳苦，民人供亿扰繁，中夜振衣，未知所措。而诸将吏乃欲先正名义，以立始基，谋国之忠，忘其况瘁。诗不云乎：普天之下，莫非王土，率土之滨，莫非王臣，不有王臣，谁与守土？孤频年颠沛，赖将吏之力，奄有六州，夙夜孜孜，不敢自逸，惟惧上不足以对越先帝，下不足以酬将吏之厚望。今成将吏之意，晋履高位，德之不称，甚可忧也！诸将吏宜慎思所以弭乱之方，俾兆人之福，以祚汉业于重光，岂惟余一人之荣？高祖、世祖，实式凭之！诸将吏其务恤民疾苦，宣布德意，布告天下，咸使闻知。

手书到了各地，各地将吏纷纷遣使入贺。玄德以子龙言，录刘封守潜江功，授封为超勇将军，授关平为弼成将军，授周仓为辅义将军；以翼德言，录取方城先登功，授李鸿为信威将军，录取舞阳定策功，授向朗为果威将军。又以关中并州守备粗足，顿兵潼关终非长策，自作手书，令孔明长子邵马诸葛瞻赍赴长安，请孔明相机出兵，以定大局，当令云长互相策应。

诸葛瞻领了令旨，出了成都，过了汉中，来到长安，恰好孔明领着诸将在长安庆贺汉中王即位典礼。诸葛瞻进了帅府，叩见父亲、叔父，传了令旨，递呈汉中王出兵手书。那诸葛瞻年方十八，粉面朱唇，蜂腰猿臂，幼承母教，兼资文武，并擅技巧，精通枪法，善射如神，此番奉令前来，便自随营效力。

当下孔明敬谨接过了汉中王的手书，观看已毕，随即召集诸将吏，说道："自我军西收关辅、北定并州以来，顿兵两地，将近三载，徒以内力未充，外兵未集，恐有蹉跌，致隳全功。今主公既晋位亲藩，汉家宗器已有所主，子龙既南发长沙、零、桂之兵，仲华又西收河西五郡之卒，是以东收江夏，北取宜阳，我兵之势，远胜曹兵。曹兵退阻阕乡，据殽、函之固，挟新安、渑池之险，以拒我军。我军因初起之锐利于速战，转战之卒不利攻坚，是以但保坚城，严防后路，内息民力，外养兵威。两年以来，梁、益之卒并得休养，雍、并之士训练可用，我上党之兵可以南向沁阳，宜阳之卒可以北攻洛阳。曹兵所凭之险，已失其五之三，即无主公令旨，犹须进兵，况重以主公之令旨乎？我操全胜之势，敌有坐败之机，众将士须戮力同心，共彰天讨。"众将齐声答应。

孔明令从事费诗赍着手定方略，前赴平阳，去令魏延，以魏延为左翼主将，李严、姜维副之，李严领前军，魏延领中军，姜维领后军，廖立、马忠、吴兰、雷同、邓铜、刘邵诸将属之，都马步全军五万九千，由垣曲渡河，倚石崤山自固，进攻渑池，并州防务归田畴、王平、刘延各牧守画地分任；再令诸葛瞻、马成赍着手定方略，前赴宜阳，见了马超，以马超为右翼主将，白虎文、马岱副之，白虎文领前军，马超领中军，马岱领后军，诸葛瞻、关索、马成、越吉及马家诸将属之，都马步全军五万人，由宜阳出攻龙门，进撼洛阳；令马龙守宜阳，马骧守卢氏，移蓝田屯将陈易屯武关，以通前军声势。两路差官去后，孔明自领雍州新兵二万二千，前驻潼关河西兵一万二千、并州步兵五千、突骑四千、前驻潼关川兵二万五千、新练骑兵三千合氐、宾兵，都马步全军七万八千人。令杨洪移守潼关，以黄忠为前部先锋，部将罗宪、伍梁、傅金、郑绰领骑兵五千、步兵二万，由潼关出发，进攻阌乡。孔明随后自领文武僚属，督大兵，自长安起程。诸葛均率城中文武送出离城十里，方才回城。

孔明到了潼关，一面使人飞报云长，请其互相策应。云长在南阳，接到军讯，立派人至方城请士元来幕府，与元直会商进兵办法。云长道："主公俯顺舆情，晋位藩服，我等自宜努力进行，共襄大业。今孔明三路出兵，我兵亦宜乘机协应，俾曹兵四面受敌，然后方能操必胜之权！请二位军师各出奇计，以利戎机。"庞统道："今司马懿督兵拒守，我军自不宜冒险进攻。现孟起出攻洛阳，可令庞丰代守伊阳、庞豫代守舞阳，并关、张两小将军所部去攻登封；令黄武、崔颀、符健部兵二万去攻郏鄩；统与翼德虚张声势，去攻叶县。三路兵皆以攻为守，不须急进，曹兵必顾此失彼，处处受我牵制。孟起庶可一意进行，司马师兄弟自不足以敌孟起也。"云长大喜，即请士元回方城，依此计划行事。正是：

郏鄩千年，会应卜都之兆；隆中一对，真成得意之时。欲知后事如何，且听下回分解。

异史氏曰：全书中与《演义》同一回目者，只此"刘玄德正位汉中王"八字耳。然从其下半目两比观之，一为云长攻取襄阳郡，则前评一切得失，与作者大书笔意，已不待再言而自见。此时半壁中原，指挥若定，操只余釜底游魂，权亦成江中残寇。燕云易复，江汉新收，将士勤劳，暴骨于外，建安玺绶，遗命在天，是真如奏记所云，徒记日月，非所以餍海内臣民之望，而有不得不正位汉中之势者也。群下推戴，仅犹拟进于王，比迹光武而止，则千秋万世，畴能执笔而讥之？故非备不可王，王有时耳。以同一回目，而时之前后不同，其善恶是非之判，殊若天渊，则同一进位汉中王，只颠倒其时，而翻案之文，无庸他劳笔墨。劝善规过，即此已足，诚妙笔也。

诸葛早可提师直出关中，而纡回曲折，再四顿兵，将各方援应起伏，分防设守，顺逆向背，一一从八面写来，至是以为无可再写，可观铁马金戈、战鼓雷鸣之文字也。乃细吹细打，一派笙箫鼓乐笛管嗷嘈之音，忽焉悦耳而作，则又山川黼黻，令人先睹朝仪。既见玄德进位为王矣，更复钲筇奏地，铙钹吹云而起，则又牲血旌旗，再令闻歌敌忾。忙中闲笔，写之不尽，叫人急煞，亦叫人喜煞！叫人乐煞，又叫人悲煞！此种变幻手笔，此等文章家数，甚不易为，甚不易学。然而非虚写也，不有正位，则大张挞伐，无以振堂堂之鼓；不有誓师，则教之战阵，无以扬正正之旗。是谓有笔，人所能知而不能写者也。若夫假誓师之行军命将，所以识此后备配之人物；假奏记之纪官书衔，所以厘以前规复之地方。既举出关前后，段落划明；从将建功次第，线索理清。于是眉目为新，头脑皆醒。是谓有墨，则又人所能读而不能知者也。吾以是知此回文章，盖为作者总结古人前文，再行自起下文之笔墨。徒以翻案视之，抑又不为能读者耳。

孔明出关，兵分三路，魏延为左翼，李严、姜维副之，马忠、廖立为救应，此由山西进攻之一路也。马超为右翼，马岱、关索副之，诸葛瞻、马成为救应，此由河南进攻之一路也。自领中军出潼关，黄忠为先锋，诸葛均留守关中，此由秦川进攻之一路也。至关公早出襄樊之兵，则以关兴、张苞合攻登封，黄武、崔顾合攻郏鄏，张飞、庞统由正面进攻叶县，亦三路也。云长驻守南阳，子龙、向宠备敌东吴，刘琦、马良会守荆州，两方合围，兵分六路，匹于六出，大举攻曹。读者须将形势记清。

第二十六回

老黄忠逞威败徐晃　　勇姜维设计赚曹真

却说孔明分兵三路，令魏延渡河攻取渑池，以断崤函曹兵腰脊；马超攻取龙门，以窥洛阳；自督黄忠诸将出潼关，来攻阌乡。南阳方面，关云长为协助东征兵起见，并关兴、张苞之兵，进攻登封；合黄武、崔顾、符健之兵，去攻郏鄏；张飞全部进攻叶县。六路人马，同时并进。

消息到了许昌，曹操知道玄德进位汉中王必有一番举动，早已令饬各地赶紧增加防务，派郭淮前往阌乡，协助徐晃；增加曹真部兵一万，紧守渑池；东西两战场，前敌将士尽归司马懿节制。司马懿飞檄各军，严加防守，非奉将令，不许浪战，致为敌所乘。

那时节守阌乡的是曹兵大将徐晃，钟会、邓艾二将各领兵万人，据崤、函山险，南防马超，北应徐晃。当下徐晃接了探报，听得川兵出了潼关来攻阌乡，急召集部将郭淮、毛玠、凉茂、国渊等，大家商议。徐晃道："诸葛亮得了长安，数年不出，北收赵代，东取宜阳，以成包举河洛之势。今彼内地形势稳固，兵食充盈，三方合围之势已成，故而自己督兵前来攻我阌乡。以晃度之，其兵决非一路，若不令马超越崤山以夹击我军，即决定令魏延渡渑池以袭我后，似此看来，阌乡已成孤注。司马都督但严令驻防各将不许浪战，不知川兵锐进，我如不出，彼若以一军牵制我守城之兵，一军越阌乡而塞函谷进援之路，彼兵势大，有进无退。若再于弘农河筑垒以逼阌乡，是此孤城已陷于绝地，坐以待毙，纵欲求与敌兵一战，又何可得？众位将军有何良策可救目前之急，而解本城之围？"毛玠道："主将之论，洞悉敌情。从前诸葛亮之兵所以不出潼关一步者，因潼关以外彼无立足之地也，孤军涉险，彼所不为，敛兵守隘，俟我间隙。今河外已为彼得沿河数百里，彼河西之兵聚集船只，训练土人，大举积贮，浮桥资料，朝夕策厉，渡河进攻，防不胜防，马超又袭据宜阳以拊崤山之背，阌乡已孤立其中。彼军今由潼关出攻我军，我军已三面受敌，若令彼兵得于弘农河筑垒，是阌乡已处于四绝之地，粮尽援绝，不败何待？为今之计，一面派人赴叶县，将详细情形禀知都督，速派重兵来援；一面令人知会曹子丹，严防河西川军偷渡；一面令钟、邓二将据险以拒马超，不令其越崤山以出，宽我南面之防；然后可紧守城池，不与浪战。彼若越城筑垒，将军自领精锐中断其军而横击之，彼进无所据，非退不行，是我又可宽东面之防；两面应敌，待援而战，庶几可暂保此城。不然，阌乡一失，新安必危，彼出函谷以荡三川，与关云长得以就近联络，双方并进，虎兕出柙，其谁能制？"徐晃道："将军之言甚是。便依将军良策。"立刻分头差人去讫，自家与众将尽力督兵，安排守御。

不过三五日，黄忠领兵到了附近城边，且不攻打，四周巡视一番，却离城五里安下营寨。过了三天，元帅大兵来到，黄忠进帐见了元帅，具言曹兵守御非凡坚固，若加攻击，必受损伤，求元帅设一万全之策。孔明道："老将军之言甚有见地，但此次出兵非与曹兵血战数场，决无幸胜之理。惟钟、邓二将因防孟起偷越崤山之故，决不敢轻弃防地，前来攻击我军。阌乡前有弘农河，我若筑垒其间，以阻函谷援兵，则阌乡成釜中之鱼矣。守将徐晃老于兵事，必出兵以挠我筑垒之师，非老将军不足以敌之。那位将军愿去弘农河筑垒？"罗宪、郑绰两人齐声愿往。孔明对二将道："二位将军可同领兵万人，前往弘农河，凭河筑垒，城中兵出，自有黄老将军抵御。垒成之后，可急派人渡河，请张伯恭将军领兵五千，渡河助攻阌乡北面，罗将军专防新安援兵，郑将军专防城中之兵。阌乡三面被围，徐晃虽勇，亦徒然矣。"罗宪、郑绰二将得了将令，领兵绕城而去。孔明令黄忠领兵五千，专迎击徐晃，令冯习、张南各领弓弩手三千，埋伏崤山左右，专拒崤山来援徐晃之兵；孔明自督大兵，俟黄忠败了徐晃之后，四面合围阌乡。分拨已定，着着进行。

那城中的徐晃见川兵果不出其所料，真个派兵来弘农河筑垒，立时吩咐部将紧守城池，自领骑兵五千，出城截击。出城不到二里，转过城侧，只见汉兵列成阵势，在此等候。一员大将，迎头拦住，不是别人；正是老将黄忠。徐晃当初失守潼关，深恨黄忠入骨，仇人相见分外眼明，奋勇上前，举斧便劈，黄忠将刀架住，一来一往，两个战上了五六十合，黄忠见不能取胜，心生一计，虚晃一刀，回马便走。徐晃纵马赶来，城上毛玠见黄忠刀法未乱，必系诈败无疑，即令郭淮出城接应，自己在城上鸣金收军。徐晃猛省，方欲回马，黄忠早将刀放在鞍上，左手拈弓，右手搭箭，往徐晃咽喉一箭射来，徐晃将头一偏，正中在左肩上，身子一晃，几乎坠马。黄忠挥刀纵马赶来，徐晃向城内就走，郭淮连忙上前接应。城上乱箭纷纷射下，黄忠勒住马，趁势麾兵，远远地将城围定。

罗宪、郑绰乘哄领兵越过了城，到了弘农河，加工兴筑，随即派人渡河通知张翼，转达元帅命令。张翼前因阌乡驻有重兵，不敢渡河，如今知道元帅大兵到来，围了阌乡，即将防地交付张嶷，马上奉令提兵五千，渡过黄河，会同罗、郑二将，围攻阌乡。

黄忠督兵将阌乡团团围住，来见元帅，孔明同着黄忠围城巡视一周，回到大营，唤黄忠道："老将军，徐晃受伤，城中军心必甚危惧，彼定防我兵黑夜抢城。我兵可将计就计，到了三更，四城鼓角齐鸣，扰彼终夜，白日更不作声，彼必严于防夜而懈于防日，三日之后，彼兵已疲，我以日旰，乘势攻之，当得此城矣。"黄忠道："元帅明见，末将当与诸同袍陷阵先登，以取此城也。"

　　那徐晃折了二千人，败进城中，正在休息，到了三更时分，忽听得四城之外鼓角齐鸣，惊天动地。徐晃急忙上城，督率将士将滚木、檑石往下抛击，扰攘终夜，城中惶惑。一连三夜，均是如此，魏兵闹得司空见惯，视若等闲。到了白天，大家精神来不及，多半去游睡乡休养休养。忽然川兵营中辚车上面突地竖起一杆大红旗，随风飐了三飐，向空招展，城下川兵顷刻垒集，土囊沙袋，云梯棚车，一齐赶至，黄忠同诸将所选的敢死队拿着挠钩，背着短刀，便蚁附爬城。城上曹兵猝不及防，被他们上去四五百人，丢了挠钩，拔出短刀，一阵乱剁，登时占了一个城角。黄忠、张翼、伍梁、傅佥都上了城，城里曹兵赶到，凭城死拒。徐晃闻警，吩咐众将巷战，自己与黄忠大战城头，川兵又上来二三千人。伍梁已溜下城去，砍开了西门，张翼、傅佥下城去，砍开北门，罗宪战住郭淮，郑绰战住毛玠，川兵已从西北两门大入。国渊、凉茂正在堵住巷口，与川兵死战。张翼赶上前，出其不意，一刀砍折凉茂左臂，凉茂负痛败走，张翼追上，再复一刀，结果性命。国渊逃入巷内，伍梁、傅佥跟踪追入，张翼便向徐晃后军杀来。徐晃部军因主将不肯退后，故而跟着血战，后军一乱，却再也支持不住了，纷纷四散。徐晃箭伤未愈，哪里敌得过黄忠？只得败下阵去，绕城便走，黄忠如何肯舍，督兵追赶。那郭淮、毛玠正在苦战，却见川兵四合，全城大震，心中慌乱，抛下二将，下城就走，恰迎着徐晃、国渊带领残兵杀出一条血路，因弘农河川兵尽数加入攻城战事，未曾留兵防御，他们才得安然渡过了弘农河。余兵不过三五千人，溺死河中者，又将近千人，退守函谷，飞报都督求援。

　　那驻防崤山的邓艾、钟会听得阌乡被围，两人商定，钟会据险以阻马超，邓艾分兵来救徐晃，刚刚行到山口，冯习、张南两路伏兵万弩齐发，邓艾只得挥兵退回，一连几次，出不得山。邓艾心生一计，令军士五百余人乘夜从山侧蛇行出山，到了深林中间，即将所携曹兵旌旗竖起，齐声呐喊，以疑川兵，使他不能用全力阻我，我即可以以全力冲出矣。到了次日，邓艾领兵来到山口。冯、张二将正在阻射，猛见深林中曹兵旗帜，心中一疑惑，邓艾早乘势冲出山口，二将抵敌不住，往后一退。邓艾督率本部，望阌乡杀来，远见阌乡城上尽是川兵旗号，知道不妙，挥兵仍回原防。后面张翼、郑绰两路追来，前头冯习、张南两军阻住，邓艾激励将士道："我兵后路已断，若不能与钟将军合兵，我辈皆死无葬身之地矣！"众将士道："愿与主将死中求活。"邓艾大喜，匹马当先，挥兵直入。冯习、张南阻遏不住，邓艾踹破重围，众军乘势进了山口，阻住川兵，川兵反倒折伤好些人马。邓艾一面据住山口，一面速报钟会。钟会闻知阌乡已失，归路已断，两个虚设旌旗，各领部兵，沿崤山山麓一步一步退转洛阳去了。

孔明得了阌乡，计点士卒，折伤了千余人，记了张翼首功。冯习、张南回城请罪，孔明道："穷寇勿追，归师勿遏！邓艾曹兵良将，二将故非其敌也。"即免其罪。令罗宪、郑绰督步兵深入崤山搜捕曹兵。二将领令，去到崤山，四处搜剿，不见一卒，仅有疏疏落落曹兵旗帜，东岭一枝、西岭一枝，南涧一堆烟火，北阜一座空帐。细问当地土居人民，才知道曹兵已退去三日了，是何时走的、何时走尽的，他们也不知道详细。二将心中暗暗佩服敌将真有能耐，只得回到城中，报告元帅。孔明笑道："阌乡已失彼归路已断，二将能兵，自必保全实力，弃防而走，以为后图也。"令冯习领兵三千，代张翼去防河曲；令张翼随军东下；令张南守阌乡；黄忠督前部诸军，向函谷进发不提。

且说魏延在平阳奉了元帅将令，渡黄河去攻渑池，当下召集姜维、李严、马忠、廖立、吴兰、雷同、刘郃、邓铜在平阳军府会议。

众将以次坐定，魏延将元帅来的命令与众将传观都毕。魏延道："曹兵防河一向甚为严密，近来更为加紧。延与诸君奉了将令，无论怎样，当要设法渡过此河，以达任务。"李严道："探闻曹真兵驻渑池，虽有重兵两万余人，实无能将从中指挥，曹真本人亦非能战，可乘之隙，即在于此。且其防我兵渡河已非一日，一年有余，我兵未尝一渡，彼军积久玩生，虚应故事，我兵则蓄锐已久，人思得一快战。为今之计，可遣告张伯岐，令其拘集船只散布疑兵，四处张贴主将布告，宣言即日渡河，会师函谷，曹真识短，必于平陆方面加派重兵防守，沿河数百里，防不胜防。我将本军分为五队，主将与姜将军各率一队，于平陆下游五十里；严与廖、马两将军各率一队，更于下游三十里。克定日期，乘夜并进，一队先登，诸军毕进，不徒可以渡河，并或可得全胜也。"姜维道："李将军此计甚善，决可将东岸曹兵一扫而尽也。"魏延大喜，即刻派人知会张嶷，依计行事，以惑曹兵耳目。

果不出李严所料，曹真立派重兵谨防平陆对岸川兵偷渡。魏延与诸将交妥防务，整顿人马，分配船只，乘着黑夜，同时分道并进。曹兵一时敌住了魏延、姜维，那李严、马忠、廖立三路人马早已纷纷上岸。那李严首先上得岸来，岸上曹兵大至，川兵不过才上得五六百人。李严回顾众军道："奋勇上前，后顾者斩。"自己挥刀杀入，挡住曹兵，刀光电闪，人头纷落，好似是一只猛虎，无人敢敌，向后便退，川兵陆续又上来三四千人，马忠、廖立都上来了。三路人马不顾生死，一齐杀入曹营。曹兵虽多，只因统将不才，被川兵搅得四分五裂，魏延、姜维乘势上岸。五将分头进攻，川兵无不以一当十，将曹兵击成数段，逐段击破。依着元帅将令，靠着石崤山，前临渑池，安下五个连环营寨，魏延自当前敌，姜维守第二寨，李严守第三寨，廖立守第四寨，马忠守第五寨。贴近河滨于垣曲搭起浮桥一座，令马忠专一防守浮桥，令张嶷接应粮草，以济军食。

那渑池城里曹真收集败兵，登城守御，一面火速派人至许昌告急。曹操在许昌刚接到徐晃失守阌乡的消息，又接到曹真报告魏延扎石崤山的警报，不由得手忙脚乱，立派许褚领精兵一万，去助曹真防守渑池；移合肥大将张辽去叶县统兵迎敌张飞；移司马懿督兵迎敌诸葛亮；令白马王曹彪替曹彰守晋城，令曹彰领铁骑三万，驻扎荥阳。策应各路。

镇守合肥大将张辽接到圣旨，便将防地交与李典，知道东吴新好，无须重兵，就合肥防军内抽调精兵万人，亲自率领，回到许昌，见过魏皇，来扎叶县。进了帅府，会见司马都督，懿命设宴，为张上将军洗尘。两人在酒筵前，互询彼此防地情形，并商量此后叶县、洛阳两地联络声势办法，再三商榷，十分妥帖，又与曹仁诸将一一郑重付托。司马懿交代过了，领精兵三万前赴洛阳，派张郃扎新安、连营、函谷接应徐晃，两处协防，小心将事。张郃领令自去。驻晋城的任城王曹彰接到父皇手令，也就将防务交付了兄弟，自领铁骑三万，骁勇万人，来扎荥阳。兼程前往，一到荥阳，扎住人马，自己到许昌入宫觐见，请安请训，见过父皇。操拨兖州步兵三万归曹彰统领，在荥阳屯驻，以便接应诸将。曹兵声势为之一振，早被川兵细作探听的确，飞报元帅知晓。正是：

劫运初开，再演昆阳之战；善兵不戢，终成垓下之亡。欲知后事如何，且听下回分解。

异史氏曰：诸葛三面合围，复越弘农河筑垒，以塞函谷，使失所倚之险；是已四面合围，阌乡真成绝地，虽有徐晃，亦属何用，奈何而不失守乎？幸而弘农河兵，亦往攻城，使得乱流以渡，而获退守函谷，不其殆矣！或谓文可随心自造，则城头一战，何不尽歼四将，一举死之，俾操多丧一人，即少一助，中原庶几早定，而仅死一凉茂，何也？不知徐晃，魏之名将，观于《演义》襄樊之役，华夏震惊，而晃独能力拒危城，到底不懈，则与张辽原堪匹敌，非如典韦、许褚一勇之夫，可一反手间而死者。今出师迎刃，破之如竹，已嫌其迅，重有郭淮辈为副，益以困兽之斗，是真不易尽歼者也。若然，必贻笑于方家。论三国人才，虽五尺童子能指此疵，至论军事学理，又皆不得遽死于此。盖虽四面合围，而必宽其一面，以走死敌，重在得地，何得急之？则本无死道，所谓争城之战是也，安可死欤！虽记张翼首功，此系诸葛行赏之道，非诸葛兵法之志也。

　　大兵出关，首写诸葛一路，即转笔以写魏延，重左翼也。而写魏延，即以写姜维，所以明继亮伐魏者惟维，九伐之功不可没耳。诸葛未与司马交锋以前，既破三城，走夏侯楙，所与敌者为曹真，而破真尝多得维之助，故今仍于破楙后，写维能继亮，亦即以写敌姜维者为曹真。而维曾欲赚真未成，则特写计赚曹真以申其志，此盖等于孔明二出祁山之笔，即因以翻二出祁山之案书也。曹真败，而司马之兵始移敌诸葛。足见层次分明，固犹暗承《演义》之脉，而欲诸葛伐魏未完之壮志，无地不伸耳，于是大军二路皆捷矣。

第二十七回

诸葛瞻越险夺龙门　　司马昭藏兵匿少室

却说马超在宜阳军府闻听元帅派了诸葛郡马诸将来到，吩咐大开中门迎接。一来是元帅将令；二来因诸葛瞻是元帅的公子，汉中王的女婿；三来关索是云长君侯的次子，两人身份比别人不同，况是携了元帅将令前来，情形也特别不同。故而十分客气，不然他那军府也是不容易开中门的。好一似后来唐朝魏博节度使田承嗣拜汾阳王郭子仪的使者，他不也曾说道："此膝不屈于他人久矣，今为令公一拜！"可见得专方面的军官，对于礼节上面是不容易谈得到的，不过马孟起的人格比田承嗣高上万倍，对于元帅奉命惟谨，不似田承嗣那种虚与委蛇的态度就是了。

诸葛瞻、关索两人所以拨归马超差遣的原因，都因孔明、云长重视马超，知道马超兵强将勇，所向无前，故而差二人来习见习见，既可以附带立些功名，为上辈增光，为自己找出路，又可以联络部属的情感，沟通上下的隔阂，这也是驭将的要诀，使功的佳谋。诸葛瞻、关索早已知道马孟起的威名，也体会到两位老人家的用意，来到军府，进得内堂，都以子侄礼向前拜见马超。从来年轻的人，每每见人家拿长辈的礼节对待他自己，心里总觉得十二万分高兴，这大约是先天遗传下来的缺德，凭你什么英雄豪杰都不能免的。马超见二人拜倒在地，满面含笑，连忙扶起说道："二位贤侄，何必如此！"然后马成上前参见。马超向诸葛瞻先问了元帅的安好，然后再问关索："君侯近有家讯来否？"二将敬谨答应，又见过马岱、白虎文、越吉诸将。

　　马超吩咐大排筵宴，与三将洗尘。诸葛瞻呈上元帅手定方略，马超恭身接受，立视一遍，交与众将，大众传观过后，自己收存行箧，以备照依遵行。大家以次坐定，酒过三巡，马超便说："龙门、熊耳诸山如何险峻，此处多系山地，不利骑兵。前时司马师奉他父亲命令来守洛阳，已经分派重兵严守各处要隘。近因魏文长渡了黄河，进攻渑池，曹操移司马懿来洛阳督师，迎敌元帅，又令崤山逃回之邓艾、钟会二将各领本部万人，沿洛水节节设防；后方更派有重兵，层层接应。洛阳方面，四境兵卒，将近十万兵力之厚，二倍于我。元帅明见万里，知道洛阳正面不易进攻，故而命令本部从龙门侧面进兵，自是洞悉敌情，然龙门险峻，此路正不易出。"诸葛瞻起身道："主帅言龙门险峻，以小侄观之，无论如何，当不及川中道路之险。"马超笑道："比川中道路，那就不及。"诸葛瞻道："小侄在成都时节，家母因小侄有志从军，每日清晨即令小侄学习跑山，锦城、玉垒诸山都被小侄跑遍了。龙门既然不及那方险峻，小侄情愿领兵前去打听，如可以进兵，小侄就进；如不能进，小侄火速收兵回来就是。"马超道："贤侄少年勇敢，我所深喜。但是曹兵势大，前敌将士均系精兵，山险交锋，两俱不利，彼既严守，决不疏防，行险侥幸，非出万全。贤侄如欲出兵，可领兵出洛阳正面，于战事较为有把握也。"诸葛瞻道："元帅令主帅兵出龙门之计划，自不能以小侄一人之故改易方略，小侄决去，请主帅命令。"马超道："既贤侄决意前去，可小心谨慎，步步为营，我自派兵前来接应。"诸葛瞻应允。马超拨了龙门附近防军三千，又向导二名，交诸葛瞻带领前去，诸葛瞻领令，领了兵卒，随即出城。

马超唤白虎文道："白将军，你可领本部精兵八百，暗暗跟随诸葛郡马之后，相离一二里地，随时相机援应，不必令彼本人知晓。"白虎文领令去了。马超再唤马岱道："诸葛郡马年少气盛，初入军中，不知艰苦，龙门险地，不利行兵，若有疏虞，不徒对不起汉中王与元帅，并且损我兵威。贤弟与关小将军各领步兵三千，前去接应，随处留心，不得大意，我自领兵前来接应你二人。"马岱领令，同着关索领兵自去。马超随令马龙领兵八千，守住宜阳，马成领兵五千，倚着宜阳城沿洛水结寨，与宜阳相为掎角，防曹兵渡河攻城。马超自领马步一万八千，向颍阳镇进发，接应派出三路人马。

那诸葛瞻领了三千兵士，两个向导，到了颍阳镇，将兵扎住，问起本镇乡民，知道守龙门山的是曹兵大将王凌、文钦，山前山后要地都有曹兵把守，诸葛瞻听了，记在心中，回到大营，唤过向导，问道："由镇上到龙门山约有多少路程？"向导答道："不过十余里。"诸葛瞻问道："由后山通过前山约有几条道路？"向导答道："龙门幽邃，山路四出，从小沙河沿溪而上，绕过龙门寺出前山，便是大道。小道都是斜坡深涧，小人们虽然走过一两次，都记不清了。"诸葛瞻正自沉吟，猛然间想起一计，吩咐所部兵暂行驻扎，自己提枪上马，带了二十名马队，前往龙门附近游弋。将近来到山前，抬头一看，只见山势蜿蜒，道路错杂，奇峰四起，溪水潺湲，景致清幽，树木蒙密，炊烟时见，枭枭林间。诸葛瞻驻马观看，正自欣赏，早有曹兵伏路小军飞报上山。

那后山共有三四千曹兵，都是王凌所属，当时听得有川兵在山前窥探形势，即令牙将王云带兵三百下山，务将敌人擒获，不许放走一个。王云领令，拍马下山，快到跟前，诸葛瞻挥兵便走。王云欺负诸葛瞻人少，哪里肯舍，紧紧地追赶。诸葛瞻暗取弓箭在手，觑个破绽，一箭将王云射个正着，头重脚轻，翻下马来。诸葛瞻纵马赶上，将枪尖瞄准王云咽喉，不许乱动，喝令兵士将他绑上。后面曹兵赶来，诸葛瞻连刺了十余人，稍远的便不敢上前。诸葛瞻叫将受伤曹兵尽行绑回，自己策马断后，一道押着，回转本营。到了营中，吩咐将王云的绑松了，取出金疮药替他敷上，又令取酒与他压惊。

王云本是一个武夫，毫无思想，只凭意气用事，便道："小将军拿住末将，不杀也就是了，为何这样用情？"诸葛瞻道："我见将军是个英雄，不忍杀害，故而略治杯酒，只当谢过冒犯罢。"从来心粗的人，只要人家恭维他是英雄好汉，就叫他拿心肝五脏给人家做醒酒汤，他也是愿意的。王云被诸葛瞻这一恭维，他自己的身子已经在半天云中飘飘荡荡，可就忘其所以了，自家干的什么事，为什么到这地方来，一切都管不着了。诸葛瞻叫将捉来曹兵全数释放，将伤药与他敷上，赐与酒食，曹兵人人感谢。诸葛瞻对王云说道："我看将军相貌堂堂，何必从贼，不如归顺我军，将来不失封侯之位。"左右偏将告诉王云道："小将军乃是汉中王的郡马，诸葛元帅的公子。"王云下拜道："末将情愿弃暗投明，望求公子收纳。"诸葛瞻扶起道："将军若肯如此，汉室之幸也。但我奉马将军令来取龙门山，不知将军有何妙策？"王云道："此山山后两条小路，一条是末将把守，末将情愿领导前行，以作进身之功。"诸葛瞻道："山后有多少兵？山前又是何人把守？"王云道："山后约有三千余人，山前系文钦把守，约有五千余人。文钦次子文鸯，甚有武艺，若得了后山，设法拿住文鸯，则文钦自然降伏。事不宜迟，宜急进兵。"

诸葛瞻听了，心中欢喜，立忙修了书信，派人即送后军，请俟山上火起，速来接应。到了夜分，叫王云带了原兵，当先引路，自己引兵一路跟着。到了山口，守山曹兵见是王云，放了上来。王云进了山口，川兵人马也就跟着上去，守兵不知所以，只是干瞧，川兵乘势把住山口。王云引诸葛瞻，乘着星光从山后小路一步一步挨上山去。到了大寨附近，天快亮了，诸葛瞻吩咐兵士就营旁放起火来，自己提枪奋勇当先，杀入曹营。王凌从睡梦中惊醒，急从寨后匍匐溜出，自去前山。登时寨中火光烛天，川兵无不以一当百，立刻占住了山后大寨。

山下白虎文八百人马，已经跟着诸葛瞻背后，早上来了。马岱、关索两支兵因接到诸葛瞻手书，惟恐有失，火速催兵，来到山前，山口川兵把旗一招，二将督兵直上。只听前头喊声大起，原来王凌逃出到了前山，文钦同儿子文鸯火速引兵来救，迎头碰着王云、诸葛瞻。文钦便战住诸葛瞻，文鸯战住王云。王云哪里是文鸯的对手，战不上二十合，被文鸯一枪从马上挑下涧中去了。文鸯正待前来帮助父亲，白虎文早从暗中杀出，大叫道："曹将休得逞能！俺白将军在此！"登时二人战做一堆。诸葛瞻起初见文鸯枪挑王云，心中未免有些尴尬，一听得白虎文前来，不觉得胆气增加十倍。他在成都早就听得马超部下有一员羌将，叫做白虎文，十分了得，大战张郃，大败曹彰，曹操也吃了他两次大亏，他一来时，这个胜仗就有十分把握了。马将军照顾自己可算十二分周到，自己只管向前进，人家从后面跟了进来都不知道，真真好险。想到此处，只好努力向前冲杀，与文钦战了三四十合，文钦看看抵敌不住，王凌舞刀上前助战，诸葛瞻毫无惧怯，力战二将。正杀得难解难分，马岱、关索两支人马一齐赶到，关索纵马提刀上前战住王凌，马岱见白虎文战文鸯不下，拍马提刀上前助战。文钦失了帮手，气力不加，被诸葛瞻一枪刺中左臂，文钦忍痛不住，拖枪败走。诸葛瞻也不追赶，只来帮助关索，双战王凌。王凌战关索已是勉强，哪里还能加上一个诸葛瞻？文鸯战白虎文正是旗鼓相当，哪里能再加上一个马岱？又眼见父亲受了枪伤败下阵去，心慌意乱，虚晃一枪，与王凌一同败走。诸葛瞻、马岱、关索、白虎文四将督率本部万余人马，纵兵追赶。曹兵望风而靡，川兵乘势又占住了前山大寨，方才准备安营，却又只听得山下鼓角齐鸣，曹营中来了一支大队援兵。

原来是洛阳曹兵督师的大都督司马懿闻听得马超出兵来攻龙门

山，惟恐守兵力薄，急派司马昭率兵一万，前来增防，待他到时，龙门已经失守。司马昭让过自家败兵，就在山下安营，王凌、文钦进营请罪。司马昭怒道："龙门天险，屏蔽洛阳，二将身领重兵，竟将要地丧失，尚何面目归见魏皇？"吩咐武士，将他二人绑了，解赴洛阳，听都督办理，以申军法。二人俯首无辞，任凭武士将他二位领军将军绳穿索绑，打入囚车解洛。

当下文部士兵看见主将被绑，火速飞报文鸯，那文鸯性如烈火，一听报告，不觉大怒道："王凌失了后山，我父驰援，身受重伤，今不问情由，一律治罪，似此昏乱，不如他往。"一声号令，全军尽变，追上解兵，打开囚车，放出二人，竟上龙门投降川兵。那押解囚车的兵士飞驰还报，司马昭听见探报，怒气冲霄，马上领兵前来追赶。文鸯请父亲同王凌先行，自己匹马单枪断后，追兵来到，被文鸯奋勇截杀，纷纷落马。山上马岱、白虎文把一切情况看得清清楚楚，叫将降兵扎住半山，白虎文引兵下山接应文鸯。司马昭见势不好，火速收兵，白虎文却也不追，收兵入营。

文钦父子同王凌见过马岱、关索、诸葛瞻、白虎文，马岱吩咐三人好好休养，一面飞报孟起。不到一日，马超派人送来手令，叫诸葛郡马同着王、文二将回转大营，文鸯留在龙门统领新军。诸葛瞻得令，同了王、文二人回到颍阳镇，自己先进去见了主帅。马超携手笑道："贤侄初次出兵便立奇功，真是将门出将。"诸葛瞻谦逊了一会，马超叫他领王、文二人进来。二将进营上前参拜，马超还礼道："二位将军弃暗投明，可敬可贺。"当请二人坐在客位，一面代敷伤药，一面治酒接风，二将甚为感谢。马超道："有烦文将军函告令郎，统率本部随同进兵，我这里派人送文将军赴宜阳养伤，王将军即留大营同事可也。"二将谢过。

文钦即修书与文鸯，言马将军相待甚好，即赴宜阳养伤，汝可领本军随同前敌诸军并进，借图报效也。马超差人将书信送付前军，一面派人送文钦至宜阳城养伤。文鸯得了父亲手书，自随马岱诸将合兵一起。马超将诸葛瞻留在大营，为自己臂助。诸葛瞻令人觅得王云遗体，从优殓葬，以报他引导取龙门之功。

且说司马昭收兵回营，立刻派人飞报洛阳，言王凌、文钦造反，龙门山失陷，一面与众将士商议道："我军虚实，王、文二人甚为知晓，彼军现据高地，若出不意，下山围攻，万分危险，不如将本部连夜撤入少室山中，尽行藏匿。彼若下营平地，我洛阳之军可以击其前，少室之兵可以蹑其后，彼得龙门，等于不得耳。"众将齐声道好，乘着夜间，将本部尽撤入三十六峰九顶莲花寨少室山里去了。

比及天明，山上马岱、关索、白虎文、文鸯见山下曹营尽空，不见一人，各吃了一惊，差了几十名精细小卒下山打听，走过十余里不见曹兵踪影，四人大疑起来，即忙差人告知主帅。马超同诸葛瞻、王凌三人悉起步兵，来到前山，凭山一望，四顾茫茫。马超道："久闻司马昭兄弟能兵，胜似其父，今奉令来救龙门山，未曾见阵即弃防地，逃匿何方，必有阴谋，不宜轻动。"诸葛瞻道："我若依山为营，三营相互，山上结二营，营更相倚，进可以攻洛阳，退可以保龙门，虽有阴谋，其如我何？"马超道："贤侄之言，甚为有见。"即令马岱、文鸯、关索三人下山，倚山为营，令诸葛瞻守山后大营，自与白虎文分营前山，多派哨兵，四处探访，小心提防司马昭前来劫营。

那洛阳城里司马懿闻得龙门失守，王凌与文钦父子投降，司马昭藏兵少室，急令司马师领兵二万，钟会为副，会合司马昭攻屯龙门山汉兵，以免洛阳后顾之忧；令邓艾引兵万人，渡洛进袭宜阳，以击马超后路。

那屯兵少室的司马昭暗地差人知会哥哥司马师，约期会攻龙门山下川兵营砦，两军约下暗号。到了日期，司马师、钟会两路出兵来攻川营，到了营前，一声喊起，司马师来劫马岱的营，钟会来劫文鸯的营，四个人捉对儿厮杀，喊声大震，双方兵将皆殊死战。关索正待提兵来救，忽然营侧炬火齐明，司马昭领兵从少室杀出，直取关索。司马昭兵多将勇，将关索的营砦竟自踹破，把关索围在当中。正在危急，忽然龙门山上鼓声大震，火把齐明，马超、白虎文来救关索，诸葛瞻、王凌来救马岱、文鸯。两支人马如怒潮一般，杀下山来，马超、白虎文两马冲到阵前，手起枪落，一连挑了曹营几名将官。司马昭见马超骁勇难敌，恐多伤自己兵将，急忙鸣金收兵。司马师、钟会因见山上救兵来到，难以成功，各自收兵。司马师、钟会仍回洛阳，司马昭仍收兵入少室山去了。马超因黑夜之间，也不穷追。

到了次日，计点军士，关索部兵三停去了一停，马岱、文鸯部下各有损伤，司马昭兄弟算是大获全胜。马超吩咐诸将严加防守，忽听后军飞报："邓艾渡洛来袭宜阳，马成凭城死拒，势态危急。"马超闻报，火速与白虎文领骑兵三千，回救宜阳，令诸葛瞻主持龙门军事。

刚到宜阳，令白虎文去战邓艾。白虎文得了令，飞马挺枪，去寻邓艾厮杀。马超见隔岸曹兵踏着浮桥纷纷渡河，马超估量城池一时尚不至攻破，带领军士，一马当先，直抢浮桥。曹兵四散逃走，马超到了桥边，拔出倚天宝剑，将缆桥绳索一剑砍断，那木板片片随水漂流，曹兵在桥上同时落水。马超拨马回身，来寻攻城曹兵，只见白虎文与邓艾正在激战。马超且不理落，纵兵大杀曹兵，城外的、城内的西凉兵尽行杀出，把邓艾渡河的万余人马只杀得十不存一。马超纵马挺枪，直取邓艾，文钦在宜阳城上吩咐守兵擂鼓助威。邓艾独力难支，抛下白虎文，回转马头，且战且走，一见浮桥已断，只好沿着洛河，寻着浅处，策马乱流而渡。曹兵凫水逃生，剩不上三四百人马。

马超收兵入城，切责马成疏防，致使曹兵偷渡。令白虎文回龙门山，令马岱三将弃了山下三营，专守山上，以免为敌所乘分我军势，令诸葛瞻即回宜阳听令。白虎文领令去了。一面将战况飞报元帅，候令进止。

那洛阳城里的司马懿方接到两个儿子捷报，正自欢喜．忽见邓艾狼狈回来，问起原由，即为如数补充，令仍防守洛河正面。正是：

一水胜于千军，竟限西凉马足；诸峰低于二室，已亡东障龙门。欲知后事如何，且听下回分解。

异史氏曰：本书翻案，有甚奇而为人所不及觉者，此回之类是也。既以二出祁山相拟，求为能继诸葛而起者有一姜维，以写二路，则三路之兵，如何着笔？不图又以三诏成都为影，更求善继诸葛之志者，复得一诸葛瞻，以写三方。读《演义》，姜维未出而走仲达，诸葛瞻既出而败邓艾，皆先陈孔明遗像，夺敌之胆；是维、瞻等昔日进退战阵，本来胥奉声威，已无异诸葛亲行。今维与瞻两路陈兵，仍以继志之人，共成大捷，又处处若一诸葛小影，自平遗恨。作者之志，盖犹是以维与瞻而代遗像，独不喜故着遗像一类见神见鬼之笔耳。诸葛瞻之奉三诏以出，战死绵竹，可泣可歌，诚不愧武侯有子！然瞻之涕泣领兵而出战者，则以邓艾冒越阴平天险，深入油江也。艾之踊跃行间而伐蜀者，则又司马昭所命，而自欲与会争功也。溯流寻源，推功抉罪，其恶在昭，而不尽艾。如瞻全孝，终必全忠，所谓战亦死，不战亦必死者也。故瞻之案，不可不翻，亦正不必尽翻。楙以驸马为帅而败，瞻以驸马为将而胜；邓艾率子赴战，涉蜀阴平之险，诸葛瞻奉命驰援，越魏龙门之险。绵竹进兵，师纂、邓忠二人同时中伤，伤在晋将之子；龙门进战，王云、文钦亦二人前后受伤，伤在魏将之父。邓艾助钟会不和，志在争功；瞻助马超甚睦，志并不在争功。邓艾入蜀越险，在蜀将亡；诸葛瞻入魏越险，在蜀将兴。此皆翻案甚奇，而人不甚能觉者也。若钟、邓分防异地，先令其失崤函之险，而归罪首恶，乃以司马昭来援翻之，使不成救；又令文钦父子王凌并叛，以影射邓艾父子与钟会之交叛，则昭已不臣，人人共弃于路，其恶著矣。败之而藏兵少室，以反亲阴平快志之成功，则又暗翻有险亦若无险。得险不足恃险，所谓不翻而翻，翻而不翻者也。他若文钦父子，叛而归蜀，是又明翻毋丘俭扬州共讨司马兄弟一案，以单骑之能退雄兵也。虽如文鸯不智，卒从于贼，而亦甚惜其英雄，不忍见择木之悲，因令父子终臣于汉，则本书之为三国英雄吐气，可以见矣！斯焉不止重一诸葛瞻也。

诸葛一出，三路克捷，夺险龙门，瞻功又于三路中称第一，而超为主将，写瞻即所以归功于超，是无异写一超也。惟以欲翻旧案，恨失阴平之故，不得不写诸葛瞻，以褒死孝死忠之志，而抒摩天石碣、二火初兴之悲。否则有主将在，而又特出奇笔，构一思远，逞强逗能，骄矜冒险，是置超于何地也？翻案既毕，即随手收拾，将瞻留在大营。而下回又写诸葛极力坚嘱之一信，可见作者写瞻，实非无谓突兀之笔，而吾翻案之说益信矣。如王云，亦为翻案夺险而设，险失即随手死之，同为收拾干净之笔。若关索无非陪客，则司马师来劫其营，不妨踏破之，皆属掩过读者耳目，兼避冷落他人之妙墨耳。

第二十八回

张文远反攻围方城　　庞士元急救袭郏鄏

却说孔明在阌乡大营接到马超的军讯手书，随即复书道：

小儿初出，不宜过加重任。今既得龙门，据险拒守，可移马成、马凯、马旋三将，助关索谨守龙门，以缓宜阳东面之防，作遥蹑洛阳背后之势；移仲华、文鸯两军，沿洛驻扎，伺隙而动，不必再谋少室，专事攻坚，防多力分，反令敌乘虚袭我。即日冬干水涸，洛水将冰，正面进攻较为容易，然守洛之将邓艾、钟会皆曹兵之良，司马懿自领重兵兼筹并顾，虽加攻伐，一时未易取胜。嵪山之险已为我得，将军可以一将守宜阳城，令三将率骑卒为游兵，专一截击由洛阳运送至渑池、新安、函谷三地军实粮秣。前敌缺粮，自然内溃，我中路之兵斯可以乘机直取函谷而出渑池，左翼之兵亦可以越石嵪而会新安，三方响应，洛阳自成孤注，司马懿虽欲死守，将亦不可得矣！但劲敌当前，宜先顾根本，我无瑕以资敌，然后始可以伺敌之隙。仲华深稳，可当一面；文鸯骁勇，抚之以恩义，亦良助也；白将军近时人杰，惟好轻身搏战，深恐为敌所啖，宜常置左右，则相得益彰。以将军之才武，佐以白、文二将，如虎生翼，谁能当之？军情万变，不可遥度，将军久历行间，当随时加意，毋为敌所饵，毋以小胜深入，临机应付，决不遥制。又闻叶县主将近易张辽，曹军能将张为第一，持重敢战，文武足备，曹操信任之专，张氏图报之诚，皆远过于司马懿，余皆不逮也。翼德、士元前以响应我军之故，并关兴、张苞之兵，以攻郏郾，简黄崔、符健之卒，以攻登封，分敌势而壮军威，自是进攻要着。然方城之守因此转形单弱，惧张辽之乘隙反攻，以摇我根本也。守者郏郾为曹子廉，系曹军中之敢战者，重兵驻守，攻取不易，若关兴、张苞回救方城，又必为曹子廉所乘，危急之形，良可虑也！文聘胆小，奉令守登封，不敢擅离，惧干咎戾。将军宜一面急函翼德，具述鄙意，严防张辽反攻；一面以便宜撤黄崔、符健之兵，回护方城，则根本不致于动摇矣。将军若与白、文二将率精骑驻临汝，伺缓急以为攻守之助，则更善矣。并转达云长君侯为宜。书到之日，希速奉行。

马超接到了孔明手书，与诸葛瞻看过，说道："元帅真正思虑周密，令人拜服。"即刻作书，分投云长、翼德、黄崔诸人，叫马成三将去龙门替回马岱、文鸯。文鸯来见，马超深加抚慰，文钦父子非常感激。王凌、文钦欲去阌乡参见元帅，留文鸯领本兵听候主将命令。马超见二人出于至诚，即修书报告元帅，言已遵令办理，并告二人来见之由，随差人护送前往。孔明见了自是欢喜，即呈请汉中王，承制授王凌为汉阴太守，文钦为泾阳太守，先行赴任。二人拜命自去。

马超与部下诸将商议道："元帅手书，叫我等相机应付军事。我想洛阳既一时未易猝攻，方城又有战事，翼德先为援应西路军事，派兵分攻郏郾、登封，如今西路既已得手，东路军事吃紧，我军自当火速驰援才是道理。"五人齐声道是。马超将宜阳防守事宜交与马岱、诸葛瞻二人负责料理，要他们督同马龙、越吉、马策、马登四将，好生保守城池，与龙门诸军互相援应。自与文鸯、白虎文率骑兵七千，还屯临汝，相机援助，仍遣人飞报翼德、士元不提。

那督师叶县的张文远自从接替以来，振顿士卒，壁垒为之一新；听得细作报告，方城敌将张飞派遣关兴、张苞去攻郏郾，黄武、崔顾、符健去攻登封，方城守兵不足三万，前敌大将仅有张飞一人，心中大喜，火速传令，派人至郏郾，令饬曹洪出兵，追赶关兴、张苞，不令其得回援方城。自与曹仁计议道："今方城兵少，我兵可以尽量围攻，得了方城，则南阳震动矣！"曹仁称善。张辽令吕虔、满宠、陈矫分守叶县，自与曹仁领兵五万余人，风驰电掣，来攻方城。

驻守方城的张飞、庞统因为接到马超手书，算定张辽必来攻城，好在城守早已整顿十足，恰好黄武、崔顾、符健三将奉到马超将令，撤兵回来。庞统大喜，急派人令知关兴、张苞，撤兵疾走，好让曹洪来追赶，沿途设法牵制，务使曹洪离城远出，不能即归为要；同时再派人赴临汝，告知孟起，俟曹洪追赶关兴、张苞离城稍远，请孟起径袭郏鄏，以断曹洪归路，合兵夹击，以消灭曹洪全部。两路使者星夜分头前往。士元再令人赴南阳，知会云长君侯，自同翼德即日率领兵将出城下寨，将方城山大营兵将完全开回方城，以厚兵力。

布置定了，不过三日，曹兵真正来到，压着张飞的营，安下了砦栅。张飞大怒，开营出战。曹仁纵马提刀，大叫道："张飞小子，前回在方城山被你们暗箭伤人，今日咱们两个来拼个你死我活！"张飞持矛上前迎战，一来一往，两个战了七十余合，张辽鞭梢一指，挥动大兵前来抢城。荆州众将一齐出马，双方混战一场，彼此不分胜负，日色将暮，各自收兵回营。

张飞回到本营坐定，士元道："曹兵势力太厚，我兵不必与之苦战，徒伤士卒。不如乘夜将全军撤入城中，彼必乘势围城，方城守具完备，兵力充分，任彼猛攻，必无所得。我兵以逸待劳，俟其锐气挫折，然后开城出击，必获全胜。"张飞大喜，暗暗吩咐众将乘夜将全军尽撤入城。城外原有民房，因士元以方城战争之地，得城之后，早就补助人民搬家费用，令人民限日迁移，砖瓦木石都经运走，城外多时就没一间民房了。

曹兵果然乘势围城，将方城围得水泄不通。城里面因士元早经预备日久，薪炭米盐，器械粮秣，百物丰盈，一丝不缺。士元连夜早将四城画段分守，令黄武督张休、张裔守东城，崔顾督李鸿、陈戒守南城，以北城最当冲要，令符健督杜微、岑述守北城，令庞丰督李盛、胡济守西城，令庞豫、向朗各领精兵三千，巡查四城，相机救助。翼德、士元自领大军，居中策应。城头垛口，通通安置了十二支的连弩，每一张弓配备一千二百支弩箭，滚木檑石、金汁灰瓶，无一不备。

　　城外张辽一见汉兵连夜退入城中，凭城自守，心中算定汉兵决因兵力单薄方才退守城池，故而乘势围困，与曹仁分头进攻，辽自攻西北两城，曹仁攻东南两城。曹仁他先前在方城山尝过连弩滋味，这回再不敢接近，只在中军擂鼓，催督兵将进攻；张辽他平日最好躬冒矢石，积不能改，城上的弩箭连珠般放射，城下的曹兵早死伤了两三千。张辽虽然手执挡箭牌，保护本身，但是坐下的马已经中了两三箭，乱哮乱跑，几乎把张辽翻下马来，等他回营换马来时，兵士早已跟着退下。张辽三上三却，无可奈何，荆州兵在城上倒很安闲，轮班吃饭，更番休息，任凭曹兵在城下擂鼓呐喊，他们不声不息的，只是嘻嘻哈哈的笑。张辽、曹仁苦苦攻打两天，损伤增加，毫无进展，到了夜间又来夜袭，这种亏可更吃得大了，城里有的是精兵良将，预备得十二分充足，任凭张文远有通天的本事，临到头不过再折损两千人。张辽见损伤太大，挥兵急退，城里一声鼓角，七八百名勇士乘势杀出，曹兵大乱，自相践踏，还亏张文远能兵，力战阻住，才得回营。

　　一连三日，曹兵便现出一种疲乏的神情来了，张辽见攻城不开，知道南阳救兵必来，急忙变更战略，令曹仁领兵三万，阻挡城兵；自己督兵二万，挡住南阳来路，迎击云长救兵。

　　果不其然，云长闻着方城警报，留徐庶众将守住南阳，自己提兵二万，带了十员偏将，来救方城。来到距城十里，曹兵早已挡住去路，便将兵马列开。张辽纵马出阵，云长道："文远别来无恙？"张辽答道："幸托平安，君侯安好？"云长谢道："文远十载相知，何忍兵戎相见？"张辽道："君侯，此系各为其主，理应先公谊而后私情。"云长道："曹操篡弑逆贼，何云其主？"辽答道："君侯曩劝我降曹，曹公待辽恩同手足，士为知己者死，今日之事，更无他云！"云长笑道："文远之言，亦为有见，便请先发。"张辽舞刀上前道："云长君侯，恕不退让了。"云长提刀接住厮杀。两个战上六十余合，张辽架住刀说道："君侯，明天再战如何？"云长道："有何不可？"两下收兵。

张辽回到自己营中，对众将说道："关云长世之虎将，张飞猛鸷无俦，内外夹攻，我军必败。不如乘夜退兵，云长重义，必不追我。"暗暗知会曹仁一声暗号，四五万大兵一夜退离方城，沿途分设二伏，以待追兵。看官们，这进兵容易退兵最难，稍不得当，军心一乱，非如沙崩水溃不可。张辽敢战，故能迅速退兵，连那神机军师庞士元事后才知，也就非人可及了，不过因为苦苦的攻城，死伤五六千人，那个损失就太不够本了。

方城汉兵待到天明，城下不见一人，守城兵士报知了主将张飞、庞统。统太息道："张辽真将才也！进如狂风，退如急电，此人不除，前军未易得志也！"张飞便要出城追赶，统道："彼见南阳救兵一至，惧我内外夹攻，全师急退，必设伏以待追兵，若往追赶，反中其计矣。"张飞连声道是。两人随同领兵出城，迎接云长。入府坐定，云长道："文远能军，孔明先已料及，幸三弟、士元设防尚早，幸保无事，否则不堪设想矣！三弟同士元且勿急进，但牵制此处军队，不令得响应洛阳，俾孔明得以全力攻开函谷，则将来自易进兵矣。"张飞、庞统连声答应。云长吩咐已毕，休息一日，自己领兵，仍回南阳。士元令符健、张裔、李鸿、陈戒、庞丰、庞豫、杜微、岑述仍领马步兵二万五千人，携带攻守器具，前往方城山大营驻扎，沿途五里一哨，俾通消息；黄武、崔顾留守方城。

那张辽见荆州兵并不追赶，收回伏兵，沿途驻扎，火速差人去到郏鄢，令曹洪不必追赶关兴、张苞，免为敌算。

使者飞驰前往，谁知那曹洪奉着了张辽第一次命令，即已留兵一万，令副将毋丘俭守城，自己静候汉兵一退，即行追赶。果然关兴、张苞接到庞军师退兵密令，又接到马孟起手书，连夜拔寨起程。曹洪探悉，自己领兵二万，出城追逐，不过二十余里，便已赶上。关兴回马接战，战了三十回合，回马败走。曹洪督兵奋勇追赶，张苞迎住，又战了二十余合，依然败走。曹洪愈兼高兴，又追过十余里，汉兵丢下衣服器具，曹兵纷纷拾取。曹洪下令，敢有拾取寸布尺帛，定斩不赦，仍督兵追赶不止。军司马曹正扣马谏道："主帅，汉兵溃败，一械不遗，专遗器具，恐具中有诈。"曹洪道："彼军因方城围急，收兵回救，士无斗志，追及一战，可令其全军覆没。彼更无援救，虽系诈败，何惧之有？"仍是扬鞭直进，马不停蹄。

关兴、张苞且战且走，两个故意任情谩骂来激怒曹洪。曹洪又追了一程，曹正又谏道："主帅离城太远，彼军若以奇兵袭城，是我无归路矣！"曹洪仔细思量，果然不错，吩咐前军缓进，后军先退。关兴、张苞一见曹洪不追，两个回转马头，倒赶上来。曹洪大怒，纵马上前战了三十余合，二将又行败走。曹洪却不追了，慢慢回兵，二将又追上来，曹洪又战，二将又走。曹洪不追，二将又来，激得曹洪三尸神乱跳，号令众军非杀尽汉军不许收兵，匹马当先，直取二将。二将一面拒敌，一面后退，两边相持，不知不觉已离了郏鄏四十余里。

曹正下马执住曹洪辔头，苦苦谏道："主帅之兵，不过二万，荆州兵数似有二万余人，荆州二将在方城山与我军大战时，甚为骁勇，武艺都不弱，二人共敌主帅，虽不能胜，何至于败？正见其与主帅交战时，刀法并未稍乱，即行败走，彼来此去，轮流接应，其赚主帅远离城池之诡计，已经暴露无遗。请主帅三思，趁早收兵回城，免中敌人奸计。"曹洪一听，恍然大悟，即令部兵停止前进，将前队作后队，后队作前队，快马加鞭，火速回城。

部下将士遵奉命令，回转马头向原路转回，还没走上一二里地，荆州二将又赶上来，大叫道："曹洪你有本事跟咱们来战三百合，你别还在梦里，你的郏鄏城已被马孟起将军夺取去了，你难道赶回去送死不成？"曹洪听见二人言语，心里自然着慌，又被二将缠蛇一般死缠住，不得脱身，只好且战且退。二将可越杀越勇，不似先前怯战了。

曹洪正在且战且退，却不料那屯兵临汝的马超奉了庞军帅将令，早已拔队起行，抄着小路来到郏鄏附近，打听曹洪追赶二将去远，令文鸯领着原有曹兵作先行，向前急进。将近黄昏，到了城边，城上曹兵见是自家人，只道曹洪兵回，漫不防备，及至文鸯部兵到了城门，守城兵方知有异，急待关城。文鸯、白虎文两马当先，手起枪落，连刺百余人，后队一齐拥进。毋丘俭闻警，自率牙军与二将巷战起来，守城各兵层层叠叠地赶上，都是死战不退，城内曹兵纷纷上了民家屋上，拿着瓦石向汉兵乱掷。二将奋勇冲杀，督率兵士，短兵巷战。两军正在血肉相搏，马超已督率大队，一声鼓角冲入城中，吩咐兵士四处放火，登时便火光烛天，城中大乱。

到了二更时分，毋丘俭抵敌不住，招呼众军出城就走。马超见系黑夜，毋丘俭又系能兵，不便穷追，吩咐兵士救灭城中余火，安抚居民，凭城拒守，以扼曹洪。毋丘俭检点余兵，尚有六千余人，即行率赴前敌，以便与主帅合兵一处。恰好曹洪得了警报，火速回援，一路且战且走，看看与毋丘俭接近。

毋丘俭看见后面汉兵追赶曹洪甚急，激励将士道："郏鄏已失，追兵又来，若不死战，决无生理。"兵士一齐答应。毋丘俭分军队做两翼，让过曹洪，向汉兵横冲出来。关兴、张苞二人正在长驱直入，一心追杀曹洪，被毋丘俭出其不意，反吃一惊，即忙双战毋丘俭。曹洪挥兵，向汉军后面杀进。自古道："一人拼命，万夫难当。"何况有名的大将军曹洪？曹兵人人拼死，倒把关兴、张苞杀得仓皇后退，折去好几千人马。毋丘俭道："主帅且勿追赶，火速退兵禹县，以拒马超。"曹洪在前，毋丘俭在后，督率兵士，横越郏鄏，去屯禹县。

马超令文鸯守城，自与白虎文即刻领兵出城截杀，两马当先，从中迎击。曹兵首尾不能相顾，兼苦战一日，士不宿饱。马超兵队休息经时，两条枪、两匹马，好一似那生龙活虎。曹兵锐气已挫，无力抵抗，曹洪、毋丘俭只得回马抵住二将厮杀，让自己军士联络，然后一步一步败了下去。马超大获全胜，追赶了十余里，得了衣甲、马匹、器械不计其数，打着得胜鼓回城。

曹洪退到禹县，方才接到张辽第二道命令，不觉太息，计点所部，折损一万四千余人，马二千匹，重伤三千余人，与毋丘俭坚守禹城，补葺卒伍，休养兵士，安排与马超再战，以报郏鄢败兵之仇。

郏鄢方面，关兴、张苞得了马超的救应，收兵入城。马超三将原来七千人马，攻城巷战，折伤了四五百人，关兴、张苞两军二万四千余人，折了三千余人。二将向马超请罪，马超道："二位贤侄不用如此。曹洪因非死战不能求生，毋丘俭于败逃之后尚能袭击，出乎意外，劲敌当前，正不可忽视。然曹洪经此一战，当不敢再出禹县，二侄好生防守郏鄢，某家须回宜阳截击曹兵粮运。"二将顿首受命。马超随作书分告南阳、方城，自己同白虎文、文鸯带领本部，漏夜回转宜阳。云长得了马超手书，知道关兴、张苞轻敌致败，手书切责，要二将固守郏鄢，戴罪立功，从本部内分兵三千，补充二将的损失。

马超回到宜阳，马岱、诸葛瞻众将迎接入府坐定，马超备述郏鄢战况，众皆惊叹。马超问马岱道："洛阳曹兵有无动静？"马岱道："曹兵新近凭河筑垒十余座。"马超道："司马懿诡计多端，恐又有什么动作。"马岱道："他莫非筑垒疑我，而令函谷之兵暗袭卢氏，以断我兵后路？"马超拊掌道："贤弟之言是也！贤弟可与白将军各领骑兵二千，火速去卢氏。如曹兵来袭，可加以痛剿；如曹兵不出，可依元帅前令，相机劫夺曹兵粮运。"二将领令，即刻点齐队伍，马上起程，向卢氏进发。

原来是洛阳城里督师司马懿见司马昭藏兵少室，川兵竟弃了山下寨栅，凭山据险，知马超最近决不会来攻少室，仍移司马昭所部还灵宝旧防，协助徐晃。司马昭一到函谷，视察情形，便与徐晃商议去袭卢氏，以分川兵兵势，晃极其赞成。昭即自领八千人，越过崤山，来袭卢氏；令贾充领兵三千，在崤山附近埋伏预备保全后路；令成济作先锋，静悄悄的向卢氏进发，来到城下，一声喊起，将卢氏城团团围住。

城里马骧见曹兵势大，不敢开城迎击，只好凭城坚守，一面飞报阌乡大营求救。孔明接到急报，立令张翼领兵六千，火速兼程，来援卢氏。

司马昭一连围攻三日，城中虽有死伤，拒战甚力。司马昭正待严令攻城，期于必得，只听探子报道："阌乡援兵已越辘轳山，将近卢氏了。"司马昭知道救兵一至，城不易取，火速挥兵退据崤山，以免内外受敌。正在移兵时候，马岱、白虎文两支人马早已来到，马岱在前，白虎文在后，马蹄得得山谷震动。成济手提巨斧，拍马上前，接住马岱厮杀。两个战到三十余合，马岱觑个破绽，一刀将成济劈下马来。白虎文挥兵大进，曹兵纷纷败走，二人乘势追杀，到了崤山脚下，一声鼓响，贾充伏兵出来，接应司马昭进了崤山去了。

马岱二将因马队不便入山，收兵回城，马骧接见，城中已经受惊不少。二将吩咐抚慰居民，随后张翼亦到，三人商定，由张翼领步兵入山追剿，二将引骑兵随后接应。司马昭见川兵不追，疾忙收兵回到函谷，虽然损失二千余人，也弄得川兵东西牵动。张翼入山搜了数日，不见一兵一卒。三人重行商议，联合马步，依崤山结营，随时劫夺曹兵粮运，遣人飞报元帅与孟起二处。不一日，接到两处回令，俱令三将小心谨慎，加紧办理。正是：

敖仓既据，西征之士有余粮；函谷可封，东拒之兵无斗志。欲知后事如何，且听下回分解。

异史氏曰：张辽之反攻方城，势也。诸葛一函真尽料敌之道矣。惟风云战局，作者造之，造一时又变一时，设一局又生一局。战愈胜而防愈难，地愈进而守愈不易。蹈隙乘暇，处处可生危险；备多力分，即处处伏有漏洞。此本回之所作，又为以守教战之文字，以围求救之策略也。前将诸葛三路写讫，今又转笔以写荆襄之三路，前三路分两回写，此三路却只以一回写之。是无他，以崔颜、黄武撤兵方城，了却一路，此出马超之意；叫关兴、张苞退兵，佯救方城，以便马超往袭郏鄏，又了却一路，此出庞统之计。于是只专写方城一路，张飞与张辽战守情形，即一并了却三路。文法与战局，皆变幻耐看，角智与角力，一齐伙杂并至，又是一番花样，作者真善写战守文字极矣，如此始确为军事家言。

本书自徐庶走马上翻起。以前之案未尝翻也，而亦有两事，暗暗补之。而皆以写云长。一为许田射鹿，欲杀曹操之志，既于关公言中自明之，又于穆顺口中叙之，所以扬关公大义也。一为土城说降，不肯归曹之志，则前于救徐母马上，对曹洪、乐进正面言之，今从张辽阵上，复以君侯曩劝我降，反面及之，此不忍志关公有归曹之憾，而专写故交念重，惟隐翻之，所以明关公大仁也。夫一己不肯降曹，辄因人劝归曹，以曾劝人降曹，卒致为人所劝，亦公生平一小失检，为贤者讳，得于作者言外见之。

马超只虑方城兵单，令撤崔、黄二人，以之回救。不意庞统却策郏鄏攻难，令撤关、张二小将，转请马超轻骑往袭。即此将计就计，一来便令张辽进攻不成，曹洪退守不得，欲取方城，反失郏鄏，此所谓袭人转以自袭，亦见袭人人恒袭之也。毋丘俭守城，而以文鸯袭城，将前回余波，补足一翻。而曹洪扣马，两用曹正为谏，均为妙笔。至张辽受夹击而退，曹洪闻夹攻而回，毋丘俭因受夹而战。关、张二小将以被夹而败，马超、文鸯却中夹而胜，司马昭又为惧内外相来而解卢氏之围，乃成济即伏诛于此，更使人心中大快。同一夹攻，写得五花八门，眼花缭乱，复错落见于一回书中，可谓夹攻大全，尤称至妙！

第二十九回

刘玄德还镇荆州城　　徐文向失机沔阳县

却说马超自驻宜阳，分遣马岱、白虎文会同张翼，分领骑步兵以崤山为根据，往来飘忽，专一劫夺洛阳曹兵接济函谷曹兵粮食，甚至放火焚烧；又收编本地土匪，闻风报信，伺险劫掳。曹兵一至，忽如骇兔。洛阳至函谷关一带，黑石关各地，万山重叠，道路回环，此出彼入，杳无定所。函谷徐晃、司马昭大困，守关之兵又不能分以保护粮道。司马懿也知道函谷无粮决定失守，函谷一失洛阳愈危，急派钟毓、钟朗、胡奋、胡坚各领三千人，分驻新安、函谷一带，保护前军运道。粮米起运，由洛阳派兵护送，函谷派兵接解，方保无虞。

马岱三人见曹兵分防运道，保护严密，与白虎文商议，留张翼守护崤山，二人率队回转宜阳，来见主将，报告毁损曹兵粮运实数及曹兵分防运道情形。马超喜道："函谷粮运艰难，军心必摇，彼以重兵护运，所耗正复不少。洛阳守备完足，军力雄厚，一时尚难攻取，诸葛郡马仍同四将固守宜阳，某家与白虎文、仲华三将出崤山，与元帅会攻函谷。函谷一得，三路皆可连合，洛阳无险可凭，自易攻取矣！"诸葛瞻领令。马超临行，又对诸葛瞻道："司马懿机警有谋，我出崤山，彼当又攻宜阳。我此番但领马队八千人前往，步兵三万，骑兵万人留守宜阳、龙门，贤侄可大修守备，旦夕严防，彼渡洛来攻，可凭河拒敌。宜阳城高池深，粟支三载，贤侄若守御得法，司马懿虽率众来攻，亦非旦夕可以猝下。贤侄与龙门之兵互为掎角，能坚守一月，则函谷必为我军所得矣。"诸葛瞻再拜受命。马超又吩咐越吉及马家诸将，悉听诸葛郡马指挥，不得妄生意见。众将领令。马超自同马岱、白虎文、文鸯领骑兵八千，径出崤山，会合张翼军队，来会攻函谷。

且说坐镇成都的汉中王刘玄德自晋位以来，见两路进兵未见有如何胜利，方城几被攻陷，虽然得了郏鄏，关兴、张苞军又大败；幸马超一军东西驰援，夺了龙门天险，却因洛阳兵力太厚，孔明兵阻函谷，马超不敢深入，军事迁延，无时可了！独居深念，思忖多日，令人召法正入府商议。

法正奉召，入府参见，一旁侍坐。玄德说："己意欲自己出驻荆州，策应前敌军事，孝直以为如何？"法正道："主公出驻荆州，自系上策。昔高祖、世祖均亲历行间，况王业不能偏安，荆州四战之地形势之区，得主公还镇，内可以杜江东之窥伺，外可以壮关辅之声威。且川中壮士训练已精，蒲元军械充实，急宜运赴前敌，以资应用。昨方拟遣孟达、吴懿领解前往，俾应急需，主公自行致为稳善。"玄德见法正赞成此举，即日下令令法正辅世子禅留守成都，事无巨细，悉与专行。简新练川兵三万，将校三十员，由孟达、吴懿分领，自将东下。

法正率同文武，送出郭门。玄德道："孝直，两川诸事，便以相委。昔萧何留守关中，贮兵积粟，寇恂作镇河内，御盗安民，孝直勉之，与萧、寇而三矣！"法正顿首道："愿主公上继高祖、世祖，再兴汉业。正愿竭其股肱之力，俾主公进有所资，无忧后顾也。"玄德嘱世子禅道："孝直诸公，我之心膂，汝当事之如事我也。"世子受命。玄德又嘱众文武同心协力，安辑地方，寅恭协和，共赴国是。文武再拜受命。玄德别过众人，上马起程。

世子禅与法正及众文武回转成都，如命办理。法正举措有方，制用有节，澄清吏治，厚恤民生。以蛮宾两部将士随同大军北伐东征，甚著勤劳，饬员按照两部将士名册籍贯，令本地地方官吏督率闾乡胥史从本县赋税上提取钱帛，照依名册，发给钱米絮帛。有父母者，犒以酒食；生活感受困苦者，官中廪给与以补助；有疾病者，官给医药。聚集两部将士家报，官为驿递，俾行者居者各安心理，他无顾虑。两部将士及其家属经孝直如此设施，无不感悦。孝直又以荆州方面既与江东开衅，双方战争自需时日，江东水国注重戈船，益州居长江上游，木材之富甲于天下，油漆之产亦莫之京，于是开始大募船工，厚给工价，采伐竹木，广造兵船。命令蒲元集合诸良匠，各出心裁，经营筹划，务求船身坚实，行驶灵便，经久耐用，斟酌成法，损益现制，悬为格式，督促进行。两年之间造成楼船二百余座，战船八百余只，陆续下水，拨交子龙，子龙复书感谢不已，弄得长江上游水师焕然一新。又以蒲元造械大利行军，在前二年，即令其于阆中、涪关各设分监，增加工匠万人，仍由蒲元总成，凡元所需物料，令各地提前购办，不得片刻稽延致误要需。又以造船、造械需用金铁甚多，于是鼓励人民开凿矿产、石炭、金属，在本境内概不征税，官中平价收买，倘有私运出境资敌者，则杀无赦，并籍其所有入官。孝直令出惟行，意气发舒，众文武同心辅助，诸事办得恰到好处，世子禅但主画诺，垂拱仰成。孝直又以益州四境乂安，惟南夷足虑，令知护永昌四郡军事吕凯，嘱其先事预备，以免临时变生肘腋，致乱前敌军心。孝直又选派干吏于涪关总司船舶，运输粮械，遄赴下游，随时可以咄嗟立办。益州愈形治安，人民并不知兵役之烦，但有征召，踊跃用命，官无催科之劳，民有生成之乐，交受其利。孝直又以魏、吴二敌地广兵强，汉中王虽倡大义以图中兴，大兵四出，先后克复了雍、并两州，增加了赋税、财源，而经费所出仍须大半仰给益州，若因军饷原故加赋扰民、剥削闾阎，使民不聊生，盗贼四起，是内乱不宁，何言外攘？况汉中王临行再三嘱以贮兵积粟，御盗安民，四事相勖，这四件事都不是加赋所能做得到的，并且加赋都是有害无利的。好一个绝世聪明的法孝直，亏他左思右想，想出了一件不加赋而国用足，国与民两利的法子来了。他拿那目营天下的眼光，看定了荆、雍两州需盐孔亟，四川地方产盐极富，本质极好。他开始制立规章，设为纲纪，招商承运，行销荆、雍两州郡县，就场征税，五十税一，与商人以种种便宜，官给文书，通行各地。在本场征税以后，任何地方不得更取一文，同时呈请汉中王，令饬荆、雍两州州牧，严令地方官特别保护，如有不肖官吏恃势豪劣，私抽一文盐税，即以军法从事。水陆驿道设置盐仓，任凭商人存放起运，费用官出，不扰商人。他这样一来，商人踊跃，争先承揽，税款虽轻，缴税人多，自然就洋洋大观。荆州的水运、雍州的陆运，帆樯栉比，车驮云屯，商务一繁，进款愈大，盐商廛肆，无处不有，公家需用一纸抵拨，倒反比较解运好过十倍，源源接济军实便绰然有余了。

却说汉中王刘玄德领兵到了涪关。汛舟东下，顺着大江，不多几日到了荆州。刘琦、马良率领荆州文武僚属，出郭郊迎。玄德入府坐定，诸将吏以次参谒。玄德分遣使者，赍着羊酒金帛，分头犒劳前敌将士，并谕前敌将领仍前进行，不必还谒，致疏防务，将新兵暂行分扎城外。却不料在此期间，沔阳防地弄出乱子来了。

只因当年刘表病重，将荆州让与玄德，蔡夫人亲属便自不服，因玄德兵强将勇，未可如何。后来玄德去到西川，云长接守荆州，蔡瑁、张允仍是无法。乃至云长出驻南阳，子龙出屯江夏，刘琦坐承父业，把蔡瑁眼中看出火来了，密与张允及弟蔡中、蔡和商议，遣人暗向东吴夏口守将徐盛处私通款曲。徐盛久知内容，正合心意，指定要蔡瑁、张允率领本部，回攻潜江、江陵各地，以为进身之具。却因前时赵云率领水陆军屯驻江夏，心中久虑蔡氏兄弟难恃，自与江东战后,即留下蔡瑁、张允还屯沔阳,蔡中、蔡和随营效力,对于二人甚为注意,暗地差人严密侦察。活该刘玄德不致倒霉,算是刘景升阴魂显圣。

那蔡瑁、张允因为已与徐盛接洽事机成熟,犹恐日久事泄,迫不及待,因此暗中遣人送信与兄弟蔡中、蔡和,约期举事,不料被细作在旁看破,火速回营禀报主将。赵云听得,立率从人,骤至二人寨中,不许卫卒通报,直入后帐。二人听得主将来到,将信收藏不迭,急忙出帐,迎接主将入内。云入帐坐定,见二人形色仓皇,情知有弊,便问道:"令兄有何书信,取出与某家一观!"二人隐瞒不肯说出,只推没有。赵云大怒,吩咐将二人捆了,从蔡中身上将蔡瑁的手书搜了出来,赵云一看,不觉大吃一惊,拔出宝剑即将二人杀死,将首级号令船头,以寒徐盛之胆。下令军中敢动者死,随选二将代领二人所部,飞檄向宠、傅彤、程畿,立诛张、蔡;因妻子马云騄现屯公安,急令其率所部西凉骑兵五千人,协同向、傅进据沔阳;自己整顿兵船,留大队守护江面,截击吴军;自领水军二千人、陆军三千人,昼夜兼行,火速还救沔阳。

那夏口守将徐盛接到了蔡瑁会兵日期,与吕蒙商议停妥,以赵云屯驻上流,水师必受拦阻,由徐盛自简精锐陆兵五千人、陈武领三千人,沿沌水西上,倍道而行,过了沙湖,直取沔阳,到得城边,蔡瑁、张允迎接入城。徐盛入府坐定,重赏二人,许以将来若得荆州,必令刘琮嗣立,二人顿首称谢。徐盛令二人领所部水师三千余人,溯流而上,直取公安;令陈武守住沔阳,与前屯仙桃镇的甘兴霸联成一气,以防后路;自领部军由郝穴前进,来袭江陵,一面请都督接应。分拨既定,马上起程。

离了沔阳不过七十余里,只见荆州兵漫山遍野而来,乃是向宠、傅彤听见沔阳警报,合兵来救。徐盛纵马向前,直取向宠。两马相交,战到五十余合,傅彤舞动双锏,双战徐盛,又战了八十余合,天色已晚，各自收兵。向宠、傅肜阻住要路，安下营砦，挡着徐盛、程畿的军队，也就赶到三人会见，合兵一处。

那屯兵公安的马云䮫奉到了丈夫紧急命令，将所部骑兵立时开拔，倍道前进，刚到石首，只见张蔡所部的兵船纷向上流开驶。云䮫令军士沿河高叫："蔡瑁、张允背主投敌，今汉中王已至荆州，尔等皆有父母妻子，何不速杀二贼，仍归故主，当有不次之赏。"岸上兵士一唱百和，船上水兵远远听得，寻思不错，岸上既有大兵，下流又有赵云阻住，进退不能，条条死路。你言我语，一时变动，蔡瑁、张允见军心摇摇，情知不妙，自领亲军出来弹压。未及开言，哪知道众水兵一声吆喝，登时全部哗变，早将二人亲军杀了十余个。二人知事已败，无法脱逃，只得投水自尽，却被众水兵大家捞救上来，绑上江岸，靠住船只，一齐来见主将。云䮫见了二人，不觉大骂道："荆州何负于汝？通敌求荣，还敢去袭荆州，狗彘不若，留之何用？"吩咐兵士把张、蔡两贼乱刀砍死，将首级号令；一面安慰水师将士，令他们推举首领，即时开赴下流，助攻沔阳，火速勿延。水师将士领令，登时推出领将。略为部署，即刻回船下驶，顺流直下，径向沔阳。

云䮫办清水军，率部疾进，看看到了徐盛屯兵所在，却因向宠的兵隔在北面，消息不通。云䮫吩咐将士不必安营，即行进攻徐盛营棚。徐盛闻报，提刀上马出营，见是一员女将带领一支西凉兵，便知是大败甘兴霸的马云䮫，也不通名问姓，纵马上前，提刀就砍。云䮫挺枪，接住厮杀，两阵战鼓齐鸣。在北面扎营的向宠听得江东前营喊声大震，知道是救兵到来，急与傅肜、程畿领兵，分扑江东后军。三将身当前敌，挥兵直入，江东军士抵敌不住，一时大乱。云䮫见江东兵阵脚已动，督兵大进，前后夹攻，势如山倒，任凭徐文向英雄盖世，也只得大败而逃，死战得脱，折了二千余人。

徐盛回到沔阳，喘息方定，只听得细作报道："赵云自领大兵来到，将水师截住沙湖，自屯沔阳城东，塞住我兵归路。"向宠兵屯城西,马云骡兵扎城南,徐盛与陈武商议道:"我兵深入既已失利,沔阳孤城,决不能守,不如乘城围未合,全军开赴仙桃镇,与兴霸合兵一起,犹足一战。"陈武称善,两个一声号令,陈武先行,徐盛断后,弃城东走。

赵云早知徐盛决不守城,预备追赶,徐盛才出沔阳,赵云已经赶到,徐盛只得奋勇迎战,战上七十余合;马云骡、向宠、傅彤、程畿一齐赶至,四路夹攻,徐盛再也敌不住了,虚掩一刀,回马败走。赵云督兵尽力穷追,徐盛带来八千人,死伤过半,不过剩下一二千人马,看看败到仙桃镇附近,幸亏甘兴霸领兵前来接应,方才得以收队。

赵云也就扎下营寨,夫妻相见,甚是欢喜,向宠诸将亦都前来参见,依次坐定。赵云与向宠商议道:"今乘江东大败,主公又新至荆州,火速催调重兵与吴兵血战,乘胜进取夏口,将军以为如何?"向宠道:"主帅,江东兵因据夏口故与江夏朝夕为敌,我军若得夏口,则水陆军势皆得连贯,不受牵制。徐盛新败,若以大兵蹙之,彼决不能抵御,可操必胜也。"云大喜,即专人上启汉中王,调新兵二万,军前听用;请令马良监护水师,出驻巴陵,专一迎拒江东水军上犯;再调刘封一军前来,以壮兵势。使者分头去讫,好在路程不远,往来迅速。

荆州城中刘玄德接到子龙手启,转忧成喜,即差马良往巴陵前去监护水师;令老将严颜的儿子严寿与吴懿、吴钜合领新兵二万五千,前往仙桃镇助战,听候子龙将令。三将领命,兼程来到军前,见过子龙。子龙深加抚慰,令好生休息,预备大战。计刘封本部八千、向宠本部五千、云骡西凉骑兵五千、傅彤本部五千、程畿本部五千、云自领三千,合五万六千人,声势大振。正是:

细柳营中,偕鸳鸯之好梦;仙桃镇上,招猿鹤之新魂。欲知后事如何,且听下回分解。

异史氏曰：玄德猇亭之师，为吴蜀兴亡关键，连营一炬，遂不得复出西川，而至魂归白帝。诸葛每兴叹孝直若在，能制其行。今不意出驻荆州，竟反以孝直劝行，而吴蜀兴亡，甚至魏晋兴亡，亦均以此行为大关键。陈师六路，乃果见出宛洛以向秦川，而至帝统中兴，诸葛当甚喜于孝直之幸未死也。既欲写中兴汉室，诚不可不写玄德之亲征；顾玄德亲征往事，却如此不堪其一写，无已，因乘六路陈兵，或进或退之会，姑假策应军事之说，令其出驻荆州，而聊一写之，以略舒文气，再起下文。作者一则曰"高祖世祖，亲历行间"；再则曰"荆州四战之区，得主公还镇，内以绝江东窥伺，外以壮关辅声威"；三则曰"萧何之守关中，寇恂之镇河内"。可见字里行间，均非回护玄德，意在矜扬，而实皆若嘲若讽之笔。故此回回目，虽书"刘玄德还镇荆州城"，要知所以能镇，仍在有人必使玄德能出，亦暗翻可制东行者果在，能使东行之微义耳。然则与谓本回系写刘玄德，不如径谓本回系写法孝直，读者当知刘备半生，只享受孝直一人好处不浅！即诸葛一言而定三分之局，亦非法孝直，几不克成其万古之名。斯孝直之不可不写也，不可不有一回以特写也。

刘表以让荆州书，刘琮降操一段文字，无形删削。如蔡中、蔡和之辈，降操忠操，而以诈降见杀于吴，蔡瑁、张允之徒，臣操媚操，而中诈谋见杀于曹者，乃亦同受祸于无形，而入于书。则此等人，令保善终，可改贼性，不惟失作者之笔，诚亦令人为之不快者也。今仍写臣备不忠，通吴见杀，背刘助逆，受刃部卒，嫉恶之案，翻得维严，破吴之谋，写来甚巧。借此四贼引线，以入吴、蜀交锋文字，暗写内贼先除，以翻麋芳、傅士仁私通祸患，殆无时无地，作者不在深咎荆州之失矣。

前数回写六路之兵，伐曹之兵也，而公敌私仇，先主有二。乃于此回再写荆州之兵，则又防吴之兵也，而北拒东和，诸葛如一。既往来征战写尽马超，不可竟冷落赵云；又上下兴兵，久写吕蒙，不可再闲了徐盛；先主先吴后汉，私仇是快，故先主一出，即令雪吴之仇。而此回，于局势，于文章，于人物，于笔法，皆有不得不写东吴之势矣。可见吕蒙，联贼者也，出则为救贼之兵；徐盛，保吴者也，出则为利吴之战。同一攻袭荆州，而原因不同，其人物臧否自见。又诸葛时时不离伐魏，先主时时不离敌吴，亦每于文中暗寓之也。

第三十回

仙桃镇徐赵大交臣　　皂角市关周双纵火

却说赵云调集重兵，乘胜来攻仙桃镇，向宠献计道："主将，徐盛、甘宁，江东良将，佐以蒋钦、陈武，其势犹足一战。主帅可星夜差人赴南阳，请云长君侯派关平、周仓领兵万人，由樊城下船，沿汉水直下，至内方山，舍舟而步，横出皂角市，截仙桃镇后路；再调新来川军，以实南阳。则甘、徐两面受攻，必不能支矣！"赵云喜道："将军之言，可称良策。"即时修书，再派人赴荆州上启汉中王，请转令云长发兵。

玄德亦知甘宁老将，徐盛能兵，一面进攻难操必胜，即令新来川军五千往南阳填防，令云长派兵协助子龙。云长接到令旨，以汉中王自驻荆州，已无后顾之忧，方城防务巩固，一时尚无危险发生，立请元直率关平、周仓部兵万人，由南阳回到襄阳，从汉水顺流直下，会师攻仙桃镇。徐庶领令，即日起程，一面差人知会子龙。赵云已经布置军事，自领前军，令妻马云騄将后军，向宠将左军，傅彤将右军，程畿、刘封、吴懿、严寿、吴钜分防左右翼，天色黎明，一声鼓角，直向江东大营扑来。

那徐盛自经败回，知道赵云必定穷追深入，江东陆军不敌荆州，马步势异，形势可危，若弃仙桃镇不守，赵云非追至夏口不可，与甘宁、蒋钦、陈武三人商议，决定死守此地，一面飞请都督速调张绣军队来前敌助战。使者奉令，驰赴夏口，径入帅府，面呈都督报告一切。吕蒙见前敌情形危急，先令潘璋领步兵五千前来助战，令孙韶驰往居巢，调张绣一军速赴前敌。孙韶领令，倍道兼行，到了居巢，见过张绣。恰值张绣伤病大发，卧床不起，只得令部将胡车儿领马队五千人，随着孙韶赶赴前敌，来仙桃镇听徐将军指挥。胡车儿未至之先，徐盛已与赵云血战一场了。

徐盛在营中听得赵云督兵前来扑营，请兴霸守住大营，自领中军，潘璋居左，陈武居右，开营出战，提刀纵马，接住赵云厮杀。赵云抖擞精神，战到七十余合，徐盛看看有些招架不住，潘璋舞刀上前助战，荆州阵上，严寿使大刀上前抵住。陈武提着扑刀，步行上前，傅彤舞动双锏，截住陈武大战。甘宁见徐盛刀法散漫，教蒋钦看守大营，自己拍马来助文向。赵云大吼一声，一枪刺中徐盛左臂，徐盛身子一偏，几乎坠马。甘宁眼明手快，早已加鞭赶到阵前，将赵云的枪架住。徐盛才得回阵，裹住伤口，仍到阵前督战，看那赵云越杀越勇，一支枪神出鬼没，兴霸只剩招架之工，颇少还杀之力，急令蒋钦出马帮助兴霸。荆州阵上，马云骤惟恐丈夫吃亏，挥动大军，对直向江东阵地冲来，那严寿大力乃是家传武艺，刀刀逼紧，只杀得潘璋汗流气喘。马云骤看得实在，飞马出阵，出其不意，一枪将潘璋挑下马来，严寿加上一刀，挥为两段。马云骤便来战蒋钦，严寿帮助傅彤，双战陈武。荆州兵、西凉兵见主将得胜，个个奋勇上前，江东兵大溃，甘宁等三将禁止不住，败下阵来。徐盛挥兵急忙救应，两军混战一场，只杀得日月无光，烟尘四起，直杀到日色沉西，方才收兵。

赵云大获全胜，压着江东大营下寨，回得营来。元直差人到了，前来进见。赵云闻徐元直自来，不觉满心大喜道："元直一来，吾必得夏口矣！"立刻作书，即令原人回复元直，约定前后夹攻；再差人去江夏，令邓艾、蒋琪守城，廖化、胡班引兵万人，出江夏五十里，作东下进兵之势，以制江东西援之师。分拨既定，决定次日再战。云自领第一军，傅彤领第二军，马云骡领第三军，向宠领第四军，刘封领第五军，严寿、程畿、吴懿、吴钜各领二千人为左右救应，一军进战，二军、三军左右翼进，四军、五军从后抄击，左右救应，视形势为加入。

江东营里，甘宁见徐盛受伤，折了潘璋，兵锋已挫，正在计划明日战事，恰好胡车儿领兵来到，二将大喜。甘宁推由徐盛调度，徐盛以大敌当前，不便推却，请甘宁领前军以当赵云，蒋钦当左，陈武当右，孙韶督后军，徐盛自领中军接应，胡车儿领马队冲锋横击。

次日平明时分，两阵战鼓齐鸣，赵云、甘宁两马相交。马云骡在旗门影里看见江东阵后尘土冲天，人马喧哗，知道江东必定新添了马队，这是西凉兵将的特长，叫做望尘知兵，比番夷嗅地更高一着，急唤向宠、傅彤道："二位将军可向前帮助主将，某家领兵上前专迎击江东马队。"叫严寿、吴懿四将抄击江东后军。六将领令，分头前去。只见江东兵向左右翼一分，胡车儿耀武扬威，领着宛城马队向荆州军队直冲过来。荆州兵中间也就豁开一条战线，马云骡指挥西凉马队向前接住厮杀。两边阵上，马嘶人喊，嚷成一片。胡车儿不过是土匪的小魁，并无十分本事，只因张绣本领高强，所部精锐，故所向有功，此番碰着西凉马队，可算旗鼓相当。胡车儿本事平常，战到二十余合，马云骡向胡车儿心窝虚刺一枪，胡车儿急忙将刀一架，云骡掣回枪尖向上一指，胡车儿招架不及，被云骡刺中咽喉，跌死马下。赵云督率众将催军掩杀，血战竟日，终因甘宁、徐盛老于兵事，兵士对于二将赤诚拥护，仍得收兵回营。

徐盛回营，与甘宁商议道："今日折了胡车儿，损伤不少马队，事势危急，非请都督再派大军前来救应，此地有些难保。"甘宁道："敌兵太强，非战不力，急应求救。"徐盛火速差人前去，不一刻，又听得细作报道:"关云长派徐元直领兵万余,从皂角市来袭仙桃镇后路,快来到了。"徐盛听罢,令蒋钦领兵五千人,火速扼住皂角市,俟夏口援兵来到,当再派重兵前来助防,以免敌人夹攻。蒋钦领兵去了。

且说夏口吕蒙闻知前军失利,飞启吴王,调韩当、周泰领兵二万,前来夏口。孙权得了吕蒙手启,即命韩、周二将领兵前往,又听得凌统报称,荆州兵出驻蕲黄,窥伺九江,权惟恐九江有失,令黄盖领兵五千,助凌统守九江。三将奉令,分道出发,奔赴前敌去了。

那徐元直同二将来到皂角市,前锋报道:"有江东军士在此把守。"庶暗暗称叹,徐盛、甘宁二将真个能兵,即令关平前去讨战。蒋钦因兵少,不敢出战,闭营死守。关平回报元直,元直笑道:"兵法十围五攻,彼以兵少,不敢出战,已畏我矣!小将军与周将军各领三千人,今夜三更时分乘风纵火,以烧其营,彼军必乱,从而蹂之,必大破之矣!"关平领令,同了周仓,安排火箭火筒引火之物,准备了一切。

当晚那蒋钦守住营棚,深夜无眠,三更以后,猛听得四周喊杀。营棚四面火起,荆州兵乘势斫营,江东兵自相惊扰,全营大乱。蒋钦拼命敌住关平,周仓却从后营杀入,风火生威,禁不得徐庶又督大兵横压过来,蒋钦只得抛了关平,带了败兵,向南逃走。徐庶催督将士努力追赶,不令江东兵休息,一日一夜,追得蒋钦上天无路,入地无门,五千人剩不了三五百,直到仙桃镇才得收住队伍。

那徐盛闻听皂角市失守,顿足叹道:"兵力太单,不敷防守,致有此失。徐元直阴谋百出,必来袭我后路,两面受敌,全师必燔。"急与甘宁商议连夜撤兵,孙韶领第一队先行,陈武领第二队,蒋钦领第三队,徐盛与甘宁两个各率精锐亲卫八百人断后,退守蔡甸去了。

却说赵云预料元直的兵一到,江东兵必走,自与云騄率领骑兵前去追赶,严寿、向宠领步兵接应。徐盛刚走了三十里,赵云夫妻早已赶到,徐盛、甘宁且战且走。后面关平、周仓也赶上了,四匹马紧紧地追赶,蒋钦、陈武回马迎战,云杀得性起,觑个破绽,乘隙一枪，将陈武挑下马来。江东兵四散溃走，徐盛、甘宁、蒋钦三人死战得脱，适值韩当、周泰领兵前来，刚到蔡甸，向前接应，赵云方才收兵。

徐盛统计此番战事，损失兵士二万余人，折了潘璋、陈武、胡车儿三员战将，元气大伤，又惧赵云节节进攻，直取夏口，与甘宁商议将韩当、周泰所部，与夏口续调新兵二万，同甘宁、蒋钦分作五营，环列蔡甸，以便与赵云接战，将溃败兵与伤病之卒悉送夏口休养。

赵云与元直见面甚喜，休兵数日，决定乘胜进攻，以取夏口。元直说道："韩当、周泰，江东名将，非潘璋、陈武可比。明日出兵，必系二将出战，可令善射之士三五十人，选择良弓劲弩，专射二将，二将不死亦伤，则江东军锋尽矣！蔡甸之军一败，夏口更无险可守，非退至穆陵关不止。"赵云称善，即令云騄选西凉弓弩手百人，候令出阵。

次日平明，赵云令严寿出兵讨战，江东阵上韩当跃马而出，两个接手就杀。斗到五十余合，胜负未分，周泰纵马上前助战，关平舞刀敌住。不到三十合，关平、严寿双双败走，韩周二将飞马赶来。徐盛恐二将有失，火速鸣金。二将已入垓心，马云騄在本阵右角将红旗一展，弓弩手一齐放箭，二将各受重伤，败回本阵。赵云同诸将直扑江东大营，江东诸将分头迎敌，孙韶保着受伤二将回营。

徐庶急向云騄道："赵夫人可领本部骑兵直攻蒋钦之营，彼兵累败，士无斗志，必然溃乱，一营败溃，牵动全军。我军可操必胜之权矣！"云騄应诺，挥兵径攻蒋钦的营，果然兵无斗志，全营四散。云騄令军士放起火来，江东各军同时嚣动，赵云诸将越杀越有精神。云騄领兵从蒋钦营中杀出，又来攻徐盛的营寨。一军得势，万马如龙，徐盛三将只得弃了蔡甸，孙韶保护韩、周二将一齐败走。荆州兵、西凉兵奋力追杀，江东兵陷落沿途湖沼者，不计其数，一直追到夏口，方才收兵。

吕蒙听见前军败报，尽起夏口防军，迎护前军将士入城，随令将受伤二将用座船送回九江养伤。徐盛、甘宁上前请罪，吕蒙道："二位将军出死入生，血战累月，敌兵势大，非战之罪也！"二将谢过。吕蒙道："赵云乘累胜之势，非得夏口不止，夏口无险可凭，彼之水师近在咫尺，若水陆夹攻，我军当无噍类，军锋已挫，再战为难。蒙意不如弃了夏口，先令马队回穆陵关驻扎，步兵登舟顺流东下武穴，水师断后，焚毁夏口，免为敌守，二位将军以为如何？"二将道："事已至此，只有此法。"蒙即令马队先行开拔，候马队去了一日，密令本部步兵乘夜登舟，水师断后，即时出走。夏口城中，四处起火。

你说赵云为何尚未攻城？云因本军血战经月，异常劳乏，不能不暂为休息。又因已令向宠前去江夏督水师黄、吕二将，约期会攻，谁知吕蒙先自走了。赵云挥兵入城，救灭了火，抚恤居民，也不穷追，令向宠将所部兵船沿江两岸分泊；令傅彤总领夏口防守事宜，督程畿、严寿、吴钜、刘封四将，领陆军二万八千人镇守夏口，与江夏隔江对峙，水陆联络，声势浩大；令向宠统辖江夏、夏口两地水陆诸军，邓芝、傅彤诸将尽归节制，大赏将士，休养疮痍；令梓潼诸将加紧训练长沙、零、桂四郡兵士，俾成劲旅，共守严城。由云与元直切实整顿一切，诸事完全就绪之后，元直自率关平、周仓，全军还屯南阳，赵云夫妇同吴懿回到荆州西面呈战况。

玄德接到了赵云凯旋消息，不胜欢悦，亲率文武出城迎接。云夫妇下马参见，玄德携云手道："吕蒙、徐盛，江东名将，皆为我子龙所败，汉室中兴有日矣！"云夫妇逊谢，然后一齐上马，随入城中。进得王府，玄德设宴与云贺功，令云首座。云固辞不就，说道："请俟他年荡平吴会，再膺宠命。"玄德笑而从之，又慰劳了吴懿初次随军即立大功，亲自酌酒赐之，派孟达前往夏口慰劳将士。正是：

江汉滔滔，尽是元勋汗血；荆襄衮衮，争看上将威仪。欲知后事如何，且听下回分解。

异史氏曰：荆州之祸，有曹操之夹攻，猇亭之胜，有曹丕之亲征。联魏仇蜀，即成离蜀自仇之局。作者以吴之失计也，为写此回以翻之，此又读者所不觉也。盖以吴、蜀相联，赤壁得志为影，故先写蔡中、蔡和诈降之往事，以引此次之鏖兵，此中已寓隐戒。而仙桃之败，亦仍以襄樊云长之兵夹攻之，以暗衬徐公明大战沔水，深入而胜之翻案。必又以关平、周仓，明示假手，吴仇得亲报之，并见云长坦荡，不可以自出复仇辱之也。皂角不守，何异麦城，三方围沔，是如麦城之虚其北面也。不写陆逊，固以徐盛为代，然亦不许仇及伯言，以伯言之出，乃先主不纳吴降，而以忿兵激之出耳。况本书之志，真英雄虽在敌国，不轻弃之；且以不写为褒，如逊即其一例。故本回翻案，人益不觉，以为地理所及，战略所关，宜如是写，而不知此一回中，为翻荆州一案之补笔，即翻猇亭一案之正笔也。书生拜大将，则向宠近似，写伏于前；猇亭得仇人，则潘璋之死，写杀于后；连营之火，见于皂角；孙桓之出，代以孙韶；直令退回秭陵，又何异逃归白帝也。是知翻案有隐有显，有暗有明；有前后错综，有彼此颠倒；复入之以变幻奇妙之文，出之以反正映带之笔，草草一读，更何从识其端倪哉！

作者感喟于古今战事之祸，厥意遥深，虽为论古之雄文，亦每见痛今之微笔，似有意似无意，竟不可知。然身为今人，则亲见今事，亦自然出诸笔底；如讽如嘲，殆未自觉，固属文人心理之恒常，况自以游戏笔墨写之，仓卒间本无取于讳忌也。民元夏口之火，人民至今思之，尚存余悸，不图今于此回，忽睹及之，瓦砾丘墟，楼台焦土，咸阳一炬，恐不足匹。则我国人民之重拜军阀之赐者，乃千年以上，竟同拜吕蒙之赐！微哉斯言之旨乎！而后知古今一辙，火烧夏口之冯、段，亦不过吕蒙一类人物而已。至以此火为连营之尾声补足翻案，又更写东吴本领，终不舍此一着，时愈久而胆愈大，由烧山林以进焚市镇，所以著吕蒙之恶，而不外以一嫉字写之耳。是则读者万勿徒以感今笔墨视之也可。

中国古典小说丛书

反三国演义

周大荒 著

下册

江西美术出版社
全国百佳出版单位

目　　录

第三十一回
斗三将许褚丧渑池　　陷重围徐晃弃函谷 …………… 371

第三十二回
偃师县曹彰战马超　　黑石关黄忠败张郃 …………… 381

第三十三回
除虎伥射杀满伯宁　　藉雉媒招降诸葛诞 …………… 392

第三十四回
曹孟德许昌城会议　　孙仲谋鄱阳湖阅兵 …………… 405

第三十五回
犯桂阳虞翻夜撤兵　　收零陵蒋琬宵临敌 …………… 421

第三十六回
大凉山孟获怯神兵　　三连海吕凯擒夷帅 …………… 433

第三十七回
赵子龙兵袭九里关　　马孟起火烧孟津驿 …………… 445

第三十八回
炸新安诸葛试地雷　　凭洛水司马掘天堑 …………… 458

第三十九回
洛阳城汉魏大交锋　　孟津驿典许双败阵 …………… 470

第四十回
游洛水诸葛亮赋诗　　收合肥孙仲谋传檄 …………… 484

第四十一回
徐文向尽节死新蔡　　曹孟德临命涸漳河 …………… 499

第四十二回
刘玄德略地驻南阳　　赵子龙决水灌临颍 …………… 512

第四十三回
败李典赵云入许都　　炙华歆马超掘疑冢 …… 521

第四十四回
张文远殉城死叶县　　司马懿拔队退延津 …… 532

第四十五回
出上党马超袭安阳　　度荥泽张飞战原武 …… 543

第四十六回
邢台县孟起战曹彰　　幽州城文长执程昱 …… 555

第四十七回
公孙渊献俘幽州城　　司马懿被困延津县 …… 567

第四十八回
刘阿斗被刺江陵驿　　吕子明分袭封丘城 …… 576

第四十九回
濮阳城三国大交兵　　章丘邑四将深袭敌 …… 592

第五十回
吕子明战死濮阳城　　司马懿退屯东阿县 …… 608

第五十一回
救东阿曹仁双中伏　　破馆陶于禁再被擒 …… 619

第五十二回
定山东诸葛亮归天　　失江北孙仲谋殒命 …… 631

第五十三回
黄公覆尽节九江口　　张翼德进兵采石矶 …… 646

第五十四回
白门鼓角将帅成功　　黄海楼船君臣同尽 …… 658

第五十五回
赵子龙按甲定闽瓯　　蒋公琰督兵收交广 …… 671

第五十六回
楼桑村树萎陨真王　　柳城塞秋高来敌骑 …… 680

第五十七回
刘王孙正位再中兴　　庞丞相序官复旧制 …………………… 690

第五十八回
封功臣六王膺上赏　　划军区四督镇雄边 …………………… 700

第五十九回
马孟起衣锦还西凉　　曹子建逐荒行绝塞 …………………… 708

第六十回
深杯浮白铁案掀翻　　华烛摇红金台遣兴 …………………… 718

第三十一回

斗三将许褚丧渑池　　陷重围徐晃弃函谷

却说赵云大败徐盛得了夏口之后，吩咐水陆将士严防要隘，自己夫妻回转荆州，觐见主公。徐元直率领关平、周仓仍回南阳，见过云长。云长将捷报立命人飞递孔明，以便孔明伺隙进兵。孔明接到捷报，自是欢喜，又得马超呈报，言领兵来会攻函谷，孔明急差人令知马超，教且按兵观战，候左翼得了渑池，方才进兵，此刻只派游兵骚扰洛西一带，以惑曹兵耳目。马超得令，自与马岱、白虎文、文鸯三将商议，分领轻骑游弋洛南洛西一带，昼伏夜行，东入西出不提。

孔明见徐晃、司马昭坚守函谷，守御得法，一时难破，飞檄魏延，令其进攻渑池，渑池一得，曹兵腰膂已断，非败不可。那魏延在石毂山与曹真、许褚相持将近三月，大小十余战，胜负不分。汉兵方面，据形势之地，军势联络，士马精强；曹兵方面，凭据渑池，兼以许褚猛鸷无伦，司马懿调度有方；故而三月以来，双方大小十余战，仍是相持不下。

此番魏延奉到了元帅攻取渑池命令，即与姜维、李严、马忠、廖立等商议。魏延道："顷奉到元帅限期进攻渑池将令，我军自渡黄河，与曹兵大小十余战，不得胜利。而夏口方面，赵将军大败江东，夺取夏口重镇；右翼方面，马将军夺取龙门，袭了郏鄏；元帅中路得了阌乡；独我左翼之兵不能越渑池一步，岂不为诸军所笑？众位将军，有何良策？"李严道："主将，我军所以不能越渑池一步者，实以地方天险，许褚人豪，若能设法除去了许褚，则渑池虽峻，不难唾手而得。"姜维道："要除许褚，明日须与彼大战一场。到了后日，主将与彼接战，李将军引兵径抢渑池，维引弓弩手埋伏石崤山西口。许褚见李将军抢城，必然弃了主将来斗李将军，李将军一步一步败退下来，引他来到伏兵道上，包管一战成功。待维射杀许褚，主将引兵从左路攻渑池，维与李将军引兵从右路攻渑池。许褚为曹兵大将，天下闻名，若竟为我所杀，则曹兵必全军夺气，士无斗志，曹真虽欲死守渑池，但既无能战之将，复无可用之兵，不能不弃此而走矣！"魏延击节称善，即由姜维调度一切。

到了次日，魏延与诸将进兵来攻曹营，许褚不待将令，立时出马大叫道："魏延败将，缠扰不休，今日可来决一死战。"魏延也不答话，提刀就杀。两个战到六十余合，看看有点力怯，李严挥动大刀，催动坐下青海黄骢马上前助战。许褚力战二将，越杀越勇，姜维见二将战许褚不下，使发手中水磨点钢枪，催动坐下夜明千里黄花马，飞马出阵，围攻许褚。又战了八十余合，曹真挥兵大进，两阵将士混战一场，日色向晚，各自收兵。

许褚回到曹营，曹真迎着说道："川兵三将曾于一月之间夺我并州，今皆为将军所败，将军真天下英雄也！昔日吕布与刘关张大战虎牢关，主公与十八路诸侯无不惊叹，人人自以为不及，将军可称今日之吕布矣！"许褚笑道："主将过奖。川兵三将正复不弱，且到明日，看某家一一将他生擒活捉过来。"曹真喜极，随即摆下酒宴，与许褚贺功。

过了一夜，到了次日，魏延又来讨战，许褚飞马出阵，迎住厮杀。两个正在争持，李严却引一支兵，从曹兵阵地斜掠而过，直取渑池。许褚看见，真个丢了魏延来战李严，好个虎痴，有勇无谋，渑池城有曹真同诸将重兵保守，李严两三千兵去抢城有什么要紧？只要自家奋勇杀败魏延，李严逃往那里去？他一点也不思索，真要依着姜伯约的语言去斗李严，怎么蠢到这样田地？偏偏主将曹真也是天字第一号大饭桶，任凭许褚自由行动，五凑六合送掉了自己一员大将，还奉送一个紧要的渑池。当下许褚截住李严，李严回马接战，战了二三十合，掉转马头，望石崤山西口败了下去。许褚大叫道："败将休走！"随后赶来，李严又战了十余合，仍行败走。许褚哪里肯舍，依旧追赶，约莫赶到伏边，李严大叫道："许褚，你来到死地，还不投降！"许褚大怒，拍马赶来。李严进到谷口，勒住马，又叫道："许褚你敢来此地，我与你再战三百余合。"许褚怒气填胸，身先士卒，赶入谷口。

城上曹真见许褚穷追李严，惧其中伏，即吩咐裨将孙泰诸将小心谨守城池，不得稍为懈怠。孙泰领令，自同诸将前去守城。曹真领兵万人，出城接应。

许褚已进了谷口，只见小山坡上，姜维挺枪立马，在山坡上面左手执着一面小红旗，迎着许褚，面上微露笑容。许褚就拍马上山来捉姜维，姜维不慌不忙，挥动了小红旗，登时伏兵四起，乱箭齐发，任你许褚有通天的本事，也难逃此万箭攒身之厄。一顿饭工夫，把三国中第四条好汉、曹兵大将许褚，连人带马射死在石崤山谷内。

姜维、李严一见许褚中计，两人大喜，挥兵杀出，迎着了曹真，一顿乱杀。曹真那里是二将的对手，回马败走，二将冲过前面，倒阻曹真归路。那魏延见许褚去追赶李严，急引兵来攻渑池，城上矢石如雨，兵士退后不迭。魏延拔出佩剑，连杀数人，自己冒险踏着云梯一跃上城，曹兵一个不留神，早被魏延杀了十余个。川兵见主将上城，争先恐后，城头上已布满了川兵。曹真退到城边，却见城上竖着了川兵旗帜，急引败兵望新安而走。姜维、李严不去追赶，只合兵去围攻渑池城，顷刻之间，四门俱破。孙泰同诸将抵挡不住，没奈何，脱下了衣甲，杂在乱军中间，逃出性命，急急如丧家之狗，忙忙如漏网之鱼，赶上了曹真，逃向新安去了。

三将进了渑池，得了不少军资什物，一面遣人飞驰向元帅大营报捷，一面摆酒贺功。魏延欢欢喜喜，自请姜维上座。姜维笑道："主将太谦，些须小计，只好赚许褚卤莽之夫，若非主将亲冒矢石，渑池恐尚难得。"魏延道："许褚不死，谁人上得此城？今日自是伯约首功。"大家又谦逊了一回，方才按次列坐。饮酒中间，魏延道："我军夺取渑池断了曹兵腰膂，函谷之兵已无归路，必定死战求归，洛阳之兵亦必急救函谷，是我前后受敌矣。伯约有何良策应付？"姜维道："这又何难。如今，可将许褚尸首先令降兵运回新安，一来显我大度，二来令彼寒心，三来许褚也是一条好汉，让他归正首丘也是主将一份功德。洛阳虽有兵来，必不敢向我致死，函谷归兵不来则已，来则让其半过而击之，蔑不胜矣。"魏李二人齐声称善，立时依计行事。

那些降兵奉了川将令，扛着许褚尸首，到了新安，曹真接着，抱尸痛哭，吩咐拔下箭镞，沐浴装殓，再送洛阳。司马懿接到败报，不觉顿足叹道："渑池一失，函谷将士无归路矣。"火速奏知魏皇，调任城王铁骑万人进攻渑池，以援函谷。曹操在许昌接到奏章，听得许褚阵亡，渑池失守，不觉抚膺大痛，自率文武迎丧入城，凭棺痛哭，立时下诏，追赠许褚为大将军，赐谥烈侯，以万金恤其家属，三子皆封关内侯，又因前敌军情吃紧，急令曹彰拨铁骑一万，火速开往新安，交前军大都督司马懿调遣。曹彰领旨，即行派遣。

那罪在朕躬的曹操闻听江东徐盛、甘宁两次大败，失了夏口，刘玄德自成都还驻荆州，江东自顾不暇，更难收辅车之效，前敌失利，大将阵亡，渑池一陷，函谷已危，汉兵三路合趋洛阳，司马懿独力难支，当涂天下，恐怕有些难保！不免思虑萦心，创伤复发，扶病临朝，料理军事，因此日重一日。

那驻在阌乡的孔明接到了魏延捷报，至为欣慰，随复书道："伯约多谋，一发奇中。将军与正方诸将同心协力，喋血沙场，克建奇功，为出军以来第一次大捷。许仲康曹兵虎将，海内英名，曹氏宠任，倚若长城，今被诛夷，曹兵气短。汉升昔诛夏侯渊，遂得南郑，将军此役，功或倍之。以我出关三路之兵，自此合势，将来发展未可等量齐观。力战九旬，一申勃郁，休养兵将，据险扼守，可固守渑池，不必来攻函谷，但游兵抄击，绝彼粮运。彼以饥军，必将弃关东走，俟其半过击之，蔑不胜矣。"当敕汉升、孟起诸将倍道进追，敌虽从新安以重兵来援，缓不济急，无如我何也。

魏延奉到元帅手书，手舞足蹈，高兴万分，光彩不过，与姜维、李严及所部诸将敬谨传观，人人欢悦，都说元帅明见万里。大家遵依将令，布置城守，安排出击队伍，令刘郃、邓铜、雷同、吴兰四将领兵一万入千，守护渑池，马忠、廖立领兵一万六千守石觳山大营，与渑池掎角。延自与姜维、李严各领劲骑五千，预备截击曹氏函谷归兵、新安援兵，接应本军中右两路汉升孟起分道进追之兵。计划一定，立将情况复行呈报元帅。

孔明接到魏延呈报，即令人飞饬马超，言左翼已射杀许褚，得了渑池，孟起可速拔队由陕东方面进兵，以文鸯、白虎文、马岱分领三队，孟起自将后军；令张翼接应，直攻稠桑驿司马昭营寨，彼军决无抵抗之能力，孟起可以后军邀击其东逃之卒，则彼军军实必悉为我所有矣。差人去后一日，孔明令黄忠领兵二万，直取函谷，孔明自督中军接应。黄忠领令，同副将罗宪、伍梁、郑绰、傅金率马步全军进发。

不道那司马昭闻听得渑池失陷，一点不露声色，暗地与徐晃讨议退兵，将稠桑驿大营及函谷各地掘下许多陷坑，藏下硝磺引火之物，自与徐晃领兵却从函谷小道退出，将谷口塞住，以阻追兵。刚退出谷口，马超纵马截住，大叫道："徐晃休走，留下人头。"徐晃大怒，持斧抵拒。两个在马上战了二十余合，徐晃虽然愤怒，但急于逃走，无心恋战，且战且却。司马昭在后面，催动人马，乘隙冲杀过去。

那白虎文、文鸯、马岱三人直攻稠桑驿大营，谁知扑了一个空，反损伤了十余名马队，知道曹兵已经逃走，白文二将便要跟踪追击。马岱道："二位将军有所不知，曹兵一走必定已经将函谷关道路塞住，反不如绕崤山别径疾趋硖石以截其前。"二将依允，三人火速回兵直趋硖石。

那时马超与徐晃战了五六十合，徐晃有些支持不住，与司马昭突围就走。曹兵冒死冲出，司马昭在前，徐晃断后。马超督将士追赶，曹兵尽弃辎重，逃命急行。马超督兵一路追蹑，刚到了硖石，一声鼓响，白虎文、文鸯、马岱领兵横出，齐叫道："曹兵败将，速速留下人头。"司马昭、徐晃忿火中烧，死命奋斗。三将见曹兵死战，也不拦阻，只从中截击，把曹兵军资什物掠夺无遗，两万多曹兵去了大半，其余的不死亦伤，狼狈万状。白虎文三将会合主将马超，一同向前追赶，暂且不提。

中路的先锋黄忠进了灵宝，得了一座空城，只见四处火势漫天，黄忠急忙督兵扑灭，安慰居民，火速差官迎接元帅大兵入城。孔明知道马超决定穷追徐晃，便令黄忠先行派兵打开函谷道路，即行前去接应马超，到了渑池，屯兵候令。黄忠领命，即时分派。孔明自率张翼、傅金、郑绰诸将，文武僚属，进入城中。收拾余烬，安辑地方，令王含领兵二千守护函谷，然后率领大军前进。

右翼的马超四将追赶曹兵马不停蹄，看看来到渑池。魏延已得探报，正待领兵出城迎击，只听得东南角上鼓角惊天，马蹄震地，原来曹兵大将张郃领铁骑万人来攻渑池，援救徐晃、司马昭，左翼司马师步兵五千，右翼孙礼步兵五千，向渑池当面扑来。

魏延与姜维、李严在城楼上观看，魏延道："徐晃、司马昭虽然屡败，士卒饥疲，而行列整齐，略不淆乱，我若出击，彼败兵挟思归之心，新兵怀报复之志，我军羼于其中，彼必协以凌我。"李严道："曹兵弃关东走，元帅与孟起将军必定督率大兵分途追击，我兵要截于前，追兵蹑击其后，徐晃、司马昭逃走不暇，决不敢战。我三路兵合，彼之援兵亦不能敌我，尚何惧其凌我乎？"

魏延听说，心下释然，即刻与姜维、李严各领劲骑五千，开城迎击函谷败兵。徐晃、司马昭那里还敢迎战，拼命奔跑。张郃、司马师、孙礼三将见自家退兵情形危急，督率将士火速上前接应，与魏延三将迎头捉对儿厮杀，后面马超、马岱、白虎文、文鸯又一齐赶到，张郃见川兵势大，火速收兵。马超诸将追了一程，曹兵又折损两三千人马，退下五十余里，马超方才停止追击，倚着渑池城扎下大营，休息所部士卒。

隔了一日，黄忠兵亦到了，众将相见，甚为喜悦，各人互谈此次战事，眉飞色舞。到了第三日，元帅自领大兵来到，黄忠、马超、魏延率领诸将出城迎接，将士欢声雷动。孔明入府坐定，诸将以次参谒。孔明一一奖谕有加，差从事费诗向荆州报捷，又问魏延道："曹兵阻住新安，何人为将？"魏延答道："司马懿令刘晔督钟邓二将守洛阳，自来新安。其前敌地方军事由长子司马师主持，统兵大将张郃，合函谷败将徐晃、司马昭余兵万人，共有兵三万余人，连屯雒西，据黑石关诸隘以拒我兵。"孔明道："函谷彼尚不能守，区区一黑石关，保为诸君破之。"诸将齐声道："愿闻元帅神略。"孔明唤马超道："曹兵根本即在洛阳，孟起可同伯约、仲华、白将军引本部兵仍回宜阳，少室此刻决无重兵，可合兵去取少室。得了少室，孟起自引兵去取登封，文聘势孤，决然攻破。攻破登封之后，调关兴来守登封，孟起与仲华、伯约、白将军领马步二万五千人去攻偃师。偃师是洛阳后路，曹兵定必严防，孟起可大掠城厢，尽焚曹兵积聚。洛阳前敌诸军馈饷不时，虽欲死守，又何可得？"马超领令，留下文鸯在大营听候差遣，自与姜维、马岱、白虎文领兵回转宜阳。孔明以左翼中路诸军血战勤劳，令其更番休息，俟马超军队得了少室，进攻偃师，威胁洛阳后路,再行出战。那马超回到宜阳,将出征部队留在宜阳休息,换了守城部队,令诸葛瞻、关兴、关索去取少室。

果然那少室山自从司马昭撤兵去后,司马懿已令蒋济领兵三千防守。关索早经打听的确,入山道路都有把握,当下同诸葛瞻、关兴二人商议,出其不意,攻取少室。诸葛瞻道:"少室山林木茂盛,山岭萦回,蒋济藏兵山中,为日已久,我等此时领兵前去攻取,兵从外入,内视甚明,彼若据险设守,伺隙狙击,我等必为其所算。纵我兵稳扎稳打,不致失利,迁延日久,彼洛阳之救必至,里应外合,其势难当。好在现值仲冬时节,草木黄落,近数日以来西北风大作,今夜三更我等令兵士乘风纵火,分道杀入。风火生威,彼自无处藏匿,洛阳之兵亦属远水不能救近火矣。"关兴、关索同声道好。三人计定,便各令所部整顿兵器,安排各种引火之物。

到了黄昏时候,令将士饱餐一顿,三人各领部兵一千二百人,分成三路,静悄悄地向着少室山进发,衔枚疾走。才到二更时分,已至少室山下,顺着西北风的方向放起火来,只听得西北风声如虎吼,一霎时吹得那火光四射,山谷通红,虎豹潜逃,豺狼跳走,鹧鸪衔叶,余热犹蒸,鹪鹩栖枝,燎原莫避。好一阵大火,把一个好好名胜风景区,三十六峰九顶莲花砦,二室相连的少室名山烧得乌焦巴弓。洛阳城里也知道是少室山中起火,因系夜深,不能来救,蒋济只得率领残兵退入太室。三位大少爷不费张弓只箭得了少室,差人飞报宜阳。

马超接到捷报,留下马岱守城,自与姜维、白虎文领兵八千来攻登封。姜维在道上与马超商议道:"主将,我兵奉令进攻登封,利在速战。文聘屡败之将,势必不敢出战,若据城坚守不出,旷日持久,洛阳之钟邓、禹县之曹洪、新安之司马懿三处救兵旦夕必至,四面野战,非我之利。不如沿途小肆掳掠,而令渑池少室两处收降的曹兵抚以恩义,杂入难民中,逃进登封城,我兵一至,里应外合,则登封必为我有矣。"马超喜道:"伯约多奇,无怪许褚亦为所杀。"随将日前所收降的曹兵许以重赏，令其先去，自己同二将一路杀来，故意肆掠，果然沿路人民纷纷向登封逃避。文聘令将士在城门口一一盘问，看见确无一个外兵，方不疑心，准其入城，即时闭了城门，登城守御。

马超兵到，将城团团围住，文聘不敢迎战，派人分头赴禹县、洛阳求救。到了三更时分，城外鼓角齐鸣，姜维攻打南城，白虎文攻打北城，马超攻打西城，城中三处火起，西门大开，南城、北城同时内应，川兵大入。文聘措手不及，率领余兵开东门逃走。马超追赶一程，曹兵大半溃散，马超方还收城，重赏降兵，令关兴率领本部守住登封，令关索领兵三千守住少室，与龙门驻军策应，令诸葛瞻回宜阳，调马步全军二万九千人进攻偃师，自将前往。正是：

提防尽撤，洛阳成孤注之形；弧矢所临，偃师为正鹄所在。欲知后事如何，且听下回分解。

异史氏曰：世以诸葛未出草庐而定三分，称颂其才。而以未出宛、洛而向秦川，惋惜其遇。动言天道，以掩其失，万口盲从，今犹不已。不知诸葛克定三分，全仰仗一个孝直来助，故得入成都，曾不忍制孝直之横，在诸葛一己感念，自犹知之甚明者也。若能竟出秦川，真无是易，且即能出秦川，恐求祁山之绩，有不可得者，此则吾于本书证之。作者文由自造，战可随心，乃出关之师，顿挫难进如此，岂非身亲各地，备明战守之道，以山川险峻形势指掌，卒不可径直写之者，则诸葛何可易出哉。本回至于渑池，魏延左翼，久不能越一步，天险当前，人豪拒战，莫从措手；是知作者之文，乃直写战局之文，亦即反写诸葛之文也。张郃不死，未见成功，每读此回，辄用兴思诸葛，克定三分，尚属得天者厚，奈何人犹以天命不佐归之邪！顺笔带写虎牢关语，暗赞许褚，吾知作者胸中，定有一股奇气，赏识英雄，而后有此将欲死褚，辄又惜一虎侯，而尚美褚之笔也。

作者善写战事，本回虽写一弃函谷，而进退要击，写来仍如火如荼，其各路飞追，绕城越险，读之如亲临其境，乃又有山阴道上，应接不暇之观，诚大手笔也，于是三路之兵，既通函谷，又复合矣，不意邙山谷内，乱箭以射之许褚方死，而木门道上，乱箭射死之张郃又来，射不尽之曹鬼，读之令人失笑！

若一路尽弃辎重，甚至将败兵锅灶饭盆水勺茶缸都抢得一干二净，真不止落甲丢盔，未免出尽曹军奇丑！恐操一生，为作者挖苦，虽割须弃袍，无如此辱也。痛快！

吴兵放火以烧夏口，魏兵放火以烧灵宝，独蜀兵放火以烧少室，是非城市而为山林，且为攻取少室之绝计；一部《三国演义》，未曾有如此兵法。只此一烧，盖尽千古，而笔下于三国交争，行军用兵之道，为仁与暴，因国大判，亦获于言外见之！由今言之，即所谓合乎人道主义者，由古言之，则诚王者之师也！蜀军如此，安得不胜！出之诸葛瞻，尤征乃父一生火攻之心传，足盖诸葛山谷火攻之心疚，谓之干蛊，谁曰不宜！

第三十二回

偃师县曹彰战马超　　黑石关黄忠败张郃

却说马超奉行元帅将令，与姜维、白虎文、马岱、诸葛瞻、关兴、关索诸将夺了少室，取了登封，调集马步全军二万九千人，自率白虎文，将中军，姜维将左军，马岱将右军，诸葛瞻将后军，乘着兵势来攻偃师，以断洛阳后路。在马超取少室山时候，司马懿已早就预防此着，急奏魏皇调任城王全军来守偃师，司马懿又令蒋济、诸葛诞、卫觊三将各领兵六千，由洛阳连营直抵偃师，以联络两地声势。

那曹彰倚着父王宠信，诸将推崇，自从在上党失利之后，移驻荥阳，练兵选将，非才不用，非勇不收，斩钉截铁，破除情面，除了自己考察认为可用之人才外，不管二哥、三哥、皇亲国戚推荐人才，完全无效，不惜重金多方罗致，对于薪饷特别优厚，所部五万人皆系四方精锐之士，兵精械足，马队尤为出色，除了父皇御驾亲征，他才前来护驾。

如今曹操在病中，接到渑池、少室、登封三处失守的消息，马超出兵进攻偃师，情形危急已到万分，知道本军大将张辽、曹仁在叶，曹洪在禹，徐晃、张郃在新安，皆是不能调动的，除了曹彰，别人谁也不能抵御马超，因此扶病手令曹彰云：

> 马超国家世仇，洛阳国家重镇，无偃师是无洛阳，令到日可星夜起程，前往守御。仲达体国公忠，有谋能战，宜受节制，以一事权。

曹彰奉到父皇手令，不敢怠慢，率铁骑二万、骁勇二万人，星夜拔队驰赴偃师，扎住军队，布置城守，遣人报知都督，静候指挥。

司马懿见任城自来，甘受节制，不觉大喜，立即复书云：

> 使来，闻王自至偃师，甚喜慰也。马超英鸷，所部皆羌、氐，陇西精悍之卒，益以劲骑，故往来飘忽，莫可策度，加以诸葛亮诡计百出，关羽、张飞、黄忠、魏延之徒东西响应，令我军顾此失彼。自宜阳被陷，我洛阳西南之防日益危急，许仲康国之虎将，千金之弩，其机乃为鼷鼠所伤，歼我良将，遂失虎牢，腰膂中断，而我函谷之兵不能不退走矣。前奏主上，续发青州兵三万人来此，适弥缺伍，王可转奏，再发徐州兵二万人，迅赴前敌，俾疲劳之卒可以更迭休息也。国家安危在此一举，王其慎之，洛屯三将即归王驱策。闻马超此来多系轻骑，尚无重兵，彼若犯我边境，便可与战，王兵倍于超，以主待客，以逸待劳，超虽勇鸷，无如王何也？彼若退兵，不可穷追。彼以龙门、少室二山为藏匿之地，王兵一至，彼四散无踪，若入山搜捕，则彼以轻骑缀王于前，而全师以袭偃师之后，洛屯三将非其敌也；王如回救偃师，则追骑蹑王后路，伏兵遏王前驱，军心一乱，必败无疑，慎之慎之。

曹彰得书，心中非常钦服，立时转奏父皇，发徐州兵二万赴新安以厚军力，自家整顿兵马，预备迎击马超。不过数日，马超的兵果然来了。曹彰令曹惠、曹爽、司马孚、司马豫守住城池，自家领了五千铁骑，步兵三万，出城迎敌。来到阵前，两人并不答话，双枪并举，两马相交，杀得难解难分。姜维暗地里告知马岱、白虎文，言曹兵阵上铁骑森立，必来冲突本阵，可饬本军预备强弓硬弩伺候。二将如言，火速准备。那曹彰与马超斗到八十余合，架开一枪，回马便走。马超见曹彰枪法并无半点破绽，知系诈败，并不追赶。曹彰回到本阵，扬鞭一指，那五千铁骑如狂风骤雨直掩过来。马岱、白虎文指挥弓弩手上前迎射，弓劲矢铦，曹兵纷纷落马。曹彰挥兵急退，又挺枪出阵，来战马超。两个又战了三四十合，直战到黄昏时候，方才各自收兵。

马超回转营中，马岱道："偃师既有重兵，曹彰兵强将勇，一时谅难攻取。洛军三屯必倚曹彰为重，而不严备，知我与曹彰接战，而不虞我之猝至，我即夕弃营而往，进袭三屯，若破其一，洛阳必震动矣。"姜维道："仲华之言甚是，此兵法所云：避坚攻瑕者也。"马超见二人言语相同，自己一想，真是不错，即同姜维、马岱、白虎文潜师夜起，径掩洛军。

那洛屯三将已闻川兵来攻偃师，以为任城王领兵在前，必有一场恶战，万不料马超不攻偃师，来攻洛屯。三更时分，马超兵队已到卫觊营前，马超号令全军不许作声，奋勇杀入。马岱、姜维、白虎文闯入曹营，逢人便杀，直到中军大帐，卫觊睡眼朦胧，右手提剑，左手整帻，出外喝问："何人在此喧哗？"马岱纵步上前，向卫觊头上一刀，便砍倒了，就帐中放起火来。三将乘势在外追杀，曹兵投降的投降，溃走的溃走，顷刻俱尽。川兵乘势进攻蒋济的屯，蒋济凭屯死拒，白虎文挑开鹿角，从屯后杀进，三面夹攻，顷刻也就崩溃。

马超连破二屯，便欲进攻诸葛诞，姜维道："我兵苦战一夜，连破二屯，人马已乏，不如还龙门休养，启禀元帅，加派文张两将军前来，会攻偃师，方为长策。"马超依言，收兵速返，刚退上龙门山，后军探马飞马报道："曹彰领兵万人，蹑我军后来救诸葛诞，洛阳方面邓艾、钟会各领五千人前来接应。我军退速，彼军空劳往返矣。"马超闻报，知道曹兵力足，未易得志，与姜维、马岱、白虎文、诸葛瞻等再三讨论，立派人启知元帅，请派文鸯、张翼前来协助。

孔明接到马超手书，立差文鸯、张翼前往龙门，协助孟起，并与书马超，指示战守机宜云：

曹彰武勇，操之爱子，其所部皆四方精锐，据偃师以待我军，主客之势既殊，攻守之略自变。避坚攻瑕，连破洛屯，全师疾返，还据龙门，动合古法，深中机宜。彰虽英狠，无能为矣。今全来意，令文鸯、张翼各领骑步三千，速来左右，孟起可东出以扰曹洪，西出以疑钟、邓，乘间盛兵以惑偃师，仍可启知云长君侯，令翼德指挥诸将相为叶应也。洛屯既破，彼必当更益重兵，我若出登封以瞰颍密，则彼又将益颍密之守。处处益兵，则厚薄自形，击其薄以摇其厚，陷其瑕以乱其坚，不出三月，曹氏之兵必疲于奔命矣。我据龙门、少室、嵩山之险，持宜阳、登封、郑郏之粮，军士可以更迭，马匹任为选购，尚何往而不胜哉！司马懿自驻新安，当遣黄魏诸军时加攻扰，令彼无暇兼顾，以掣将军之肘也。

马超接到了元帅手书，见过二将。休息数日，将部军分为七队，每队三千人，姜维、马岱各领一队，专扰洛阳方面；文鸯、张翼各领一队，会合关兴，专扰禹县方面；令诸葛瞻领二队，游弋龙门、少室间，防御外兵侵入防地，接应两路出征队伍；自与白虎文领一队，出嵩山径窥颍密。七队人马共步骑二万一千，马超自领部队纯系骑兵。

曹彰见洛屯兵败，令蒋济补充，仍屯洛右，分所部兵五千人，从新来徐州兵抽调五千人，令钟毓、卫瓘分屯偃洛，合诸葛诞、蒋济为四屯，以厚兵力，多设烽燧，广置耳目，以待马超。谁知马超又往别处去了，一连半月不见动静。司马懿却时时关心曹彰，听得曹彰设备整严，也自欢喜，却闻马超自破二屯，半月以来并未出兵，懿笑道："马超剽悍，兵出无常，见我此刻严防偃师，不能得手，若不去攻洛阳，必往袭禹县矣。"急檄钟、邓紧守洛阳，曹洪严备禹县。

那姜维、马岱率领部兵乘夜渡洛，来攻洛阳。邓艾领兵出击，姜维并不迎战，邓艾却也不追。姜维引兵复回，钟会恐姜维有诈，出城接应邓艾，双战姜维。姜维回马又走，二将莫名其妙，姜维头也不回，领兵沿洛缓缓而行。二将方一疑心，只见城东一彪汉兵打着西凉马超旗号，径抢洛阳。二将麾兵还救，姜维兵又回来，二将分头迎敌，汉兵却又缓缓回去了。

二将生恐中计，收兵入城，来见刘晔。刘晔道："二位将军中彼之计矣。我在高处，见彼后无重兵，纯系轻骑前来，分道而进，东西萦回，虚张声势，故示我以整暇之状，令我既不敢进击，又不敢穷追。彼计已售，必合兵以掠我东关积贮矣。"邓艾闻言，火速绰枪上马，来到东关，只见火光四起，汉兵已濒洛水，正在半渡之际。邓艾督兵急迫，汉兵大呼，回戈直入，姜维、马岱并马迎敌，汉兵背水列阵，士殊死战。诸葛瞻在洛水东岸大陈兵马，撞金鸣鼓，隔河助势。邓艾见不能取胜，只得率兵退回，马岱、姜维收兵渡洛，回转宜阳。钟会、邓艾扑灭东关余火，检查积聚，损失粮米二十余万石、干秸秫又十余万，加意提防汉兵二次渡洛。

西路的姜维、马岱一军奏效，东路的文鸯、张翼来到禹县，两人在路上商议，文鸯道："曹洪紧守禹县，我军近城，彼决不出，必俟我归，方出截击。不如大掠近郊，扬兵直进，而潜师夜返，伏兵城侧。彼来追我，我从后入城；彼不追我，我全师而返。还入登封，以待后命。"张翼道："两军血战，百姓何辜？吊民伐罪，正在此时。曹洪积聚尽在城中，百姓盖藏区区有几，何必造无穷之劫，失黎庶之心。扬兵而过，示彼以威；善兵而藏，待时而动。且我两路出兵，原不过以疑敌兵，俾主帅横行颍密耳，何必残民以求济事。"文鸯道："将军真仁人之言也。末将武夫，愿从良策。"随令前军尽打着西凉马超旗帜，绕城而过。

城里曹洪与毋丘俭在城楼上观看，洪见川兵目中无人，绕城径出，不觉大怒道："马超藐视我军，一至于此，不雪此耻，何以为人？"便欲开城迎击。毋丘俭谏道："马超年少，久历兵戎，知我不出，故意如此欲以激我，我若出城，必中彼计。我前有重兵，彼势不能深入腹地，旦夕便当退兵，我乘其惰归而击之，蔑不胜矣。"曹洪方才息住怒气。

文鸯、张翼过去十余里，将兵屯住，请关兴出登封至禹县城北接应。到了夜间，文鸯领部兵仍绕禹城还过，张翼引兵埋伏城侧。曹兵见川兵退走，火速报知主将，曹洪令毋丘俭守城，自领万人出城截击。文鸯挥兵疾走，曹洪随后追赶。走不到十里，转过山坡，一声鼓响，火把齐明，闪出一彪军马，为首一员大将勒马横刀，大叫道："曹洪休要猖獗，俺关兴在此等候多时了。"曹洪大怒，催马上前来战关兴。文鸯回转马头，使动长枪，向前来攻曹洪，就大战起来。大凡黑夜用兵，全恃军心稳固，曹兵累败，胆已先怯，见有伏兵，不觉自乱，又兼文鸯、关兴少年英勇，势甚凶猛。曹洪惟恐城池有失，且战且走，将至近城，忽然一片火光，一彪人马从城侧杀到，大叫道："曹将休走，马超在此。"曹兵一听马超自来，纷纷溃乱。曹洪见是张翼冒充马超，惊散本军，又气又恨，举刀向张翼就砍，张翼迎住厮杀，背后文鸯、关兴赶上前，前后夹攻，曹兵大乱。

城内毋丘俭急领兵出城接应曹洪，两个火速收兵回城，关上城门。汉兵三将也不攻打，各率本部环城示威，扰得城中通夜不安，到黎明时，三将雍容不迫都退回登封去了。

且说马超自领三千马队电掣星驰，与白虎文乘隙闯入密县城内，守将韩仪猝不及防，被马超在县衙中生擒，就地处决，吩咐部队将县衙中所有公私财物、仓库粮食尽行搜括，即用骡车装载，令部将马骆先行押赴颍阳镇大营，自领部兵在城休息，一面派人至登封调文鸯、张翼前来接应。不防那叶县张辽连接禹城、密县警报，立时派兵驰救，又闻马超驻兵深入重地，即令曹仁留守叶县，自率偏将十员，精兵一万五千人，不分昼夜倍道疾驱，径指密县，前来围攻马超。

马超休息了三日，正待整队出城，猛听得城外鼓角喧天，张辽大兵已到，将密县团团围住。马超大惊，知道城不可守，急与白虎文统率全军，开了西门，两马当先，杀出城来。曹兵上前拦阻，二将手起枪落，连刺数将，众兵乘势杀开一条血路，突围便走。张辽指挥将士奋勇追赶，马超回马敌住张辽，真个是棋逢对手，将遇良才，曹兵却层层围裹上来，白虎文一匹马，一杆枪，敌住曹兵，只杀得落花流水，血染征鞍，只因白虎文自从出兵以来，未曾逢此恶战，此番正中下怀，也不管曹兵多少、本军单弱，拍动坐下马，使发手中枪，好似一龙游大海，作浪兴波，虎出深山，摇头摆尾。曹兵当着有死无生，虽然层层围裹，把西凉军困在核心，只是张辽战不下马超，曹兵偏将却更无白虎文的敌手，加以西凉兵久经大敌，人自为战，看看杀到未牌时分，曹兵已经伤亡过半。那曹兵后军督队的陈矫情急智生，立令所部不必近攻，一齐放箭。好一阵工夫，曹兵万弩齐发，西凉兵损伤不少，白虎文见事不谐，纵马上前，夹攻张辽，尽平生气力，一连几枪。张辽与马超战了半日，那里还能再敌上一个白虎文，看看抵敌不住，只好虚晃一刀，败下阵去，倒冲开了自己阵脚。曹兵见主将在前，三马相离太近，不敢放箭。马超、白虎文乘势追赶，二将马快，两杆枪只离张辽后心一丈来远，曹兵阵里不知不觉豁开一条出路，西凉兵一拥上前，杀出重围。

曹兵随后追赶，渐渐又将合围，陡地里西北角上曹兵大乱，文鸳、张翼两马当先，杀入阵中，接应马超、白虎文全军出围，二将领兵断后。张辽已获全胜，见有救援，二将着实骁勇，本军已疲，也就鸣金收兵，再不上前追赶，收兵进了密县，另选能将统兵把守，自回叶县。

马超回到颍阳镇，计点军士，折伤了千余人，飞报元帅请罪。孔明闻讯，随即复书安慰马超道："三路出兵，两军告捷，密县之挫，自因兵单，幸孟起能兵，先调文张二将相为援应，否则不堪设想矣。白将军骁勇超伦，多所杀伤，曹兵虽幸胜，损折之数计当三倍于我，衡之战况，不能谓败。孟起过自引咎，即败亦荣也。张辽老将，自系劲敌。孟起国家重臣，本军大将，负方面之重，宜以持重为主，不宜冒险深入，以危士心，而失国家之望。已敕马龙拨骑卒千人，来前军补茸矣。"

马超奉到复书，感激涕零，将书与白虎文观看，白虎文道："主将，我们打了败仗，元帅怎么还这样夸奖？可惜那天不凑巧，伯约若在那里，三人合力，将张辽一枪刺死，元帅必定更为高兴。"马超答道："那天不是将军大战曹兵，夹攻张辽，本军不会完全覆灭么？元帅明见万里，赏罚极有权衡。从前魏文长违令渡河，得了并州，元帅还加以责备，本军虽败，将军的战功又何能磨灭？这是元帅最公平的地方。将军下次须更加努力，才对得起元帅。"白虎文连声答应道是。

马超当下召集姜维、马岱、文鸯、张翼全部将官，大家商议重整旗鼓，以报败兵之仇，暂且不表。且说兵驻新安境内的孔明见马超新败，张辽得势，生恐其与司马懿合兵，以窥登封、郏鄏各新得城邑，阻挠北伐、东征两军前进的路，与其待敌人发动，然后随机应付，将来必致受制于人，接应不暇，不如事先攻其必救翼军，宁我薄人毋人薄我之必要。主意既定，立令黄忠领马步万人，径叩新安曹营搦战，再令魏延领兵五千为左翼，李严领兵五千为右翼，援应黄忠，以壮声威而策万全。三将领令，各领本部，同时出发。孔明自督马忠、廖立、罗宪、伍梁、郑绰、傅佥诸将，大兵五万，随后接应，吩咐将士各以全力进攻新安，分曹兵兵势。诸将遵令，踊跃前进。

那曹兵前敌主将司马师久已准备一切战守事宜，一听得汉兵搦战，即令张郃为正先锋，徐晃、司马昭为副，合兵三万，迎敌黄忠。自领大兵三万，随后接应。张郃领令出阵，来到阵前，大叫道："黄忠老匹夫，今天是你归天之日，好生挺起胸脯，待本将军来送你的性命。"黄忠听得大怒，迎头骂道："张郃匹夫，你败的仗也就够瞧了，还有什么面目在两军阵前胡言乱语？真是不值一文的坏东西。老夫不愿与你对仗，你叫徐晃来罢。"张郃并不答话，举枪就刺。黄忠将刀架住道："张郃，老夫与你刀对刀、枪对枪，今日拼个你死我活。要人帮助，不算好汉。"张郃道："好。"两个当时接手就杀，真个刀光似雪，枪赛梨花。战到九十余合，司马师惟恐张郃有失，急吩咐鸣金收军。

到了次日，两个又战了一日，还是不分胜负，把黄忠可激恼了。到了第三日，黄忠与张郃正战到好处，猛地里大喝一声，张郃吃了一惊，枪法稍为一松，被黄忠使劲提起大刀照头砍去，刀势凶猛，张郃不及还枪，火速地把头一低，黄忠刀便落了空，只将张郃一顶头盔砍落。张郃受了皮肤上轻伤，无心恋战，回马就走。黄忠叫道："张郃休走。"纵马赶来。曹兵营中左有徐晃，右有司马昭，两马上前接应张郃，来战黄忠。汉兵阵上魏延、李严双马齐出，一人迎住一人，捉对儿厮杀。黄忠得势，挥兵直入，自己当先杀入曹营，来捉张郃。司马师急忙督兵抵住。

孔明见曹兵阵势已乱，即令罗宪、郑绰为左路，伍梁、傅金为右路，各领突骑三千，向曹兵阵后包抄；廖立、马忠督突骑五千，从中路杀入。六将得令，各领人马，左右回合，纵横驰突，所向无前，将曹兵阵势登时冲得七零八落。罗宪、伍梁蓄锐日久，争欲在元帅面前立功，各领所部从曹兵阵后亡命冲入，曹家兵将抵敌不住，一齐望后败走。徐晃、司马昭卖个破绽，弃了魏延、李严，就回本阵。二将那里肯舍，纵兵追赶。汉兵得势，无不以一当十，张郃、徐晃、司马师兄弟且战且走，节节败退。看看败到新安，司马懿听到前军败报，立忙亲领重兵出城接应。孔明方才收兵，离新安城十里扎下大营，大赏将士，飞檄马超，领姜维、白虎文、马岱、文鸯四将前来大营，会攻新安，留张翼守宜阳。

马超奉到元帅将令，同着四将，领马步兵一万八千，星夜驰回大营，扎住人马，自来大营中参见元帅。孔明十分慰劳，马超与四将谢过。孔明道："司马懿以重兵扼新安，以钟、邓守洛阳，我兵若攻破新安，洛阳自易攻取。然张郃、徐晃并系曹兵良将，司马懿父子才兼文武，我兵欲得新安，非用全力不可，是以特调孟起前来，与黄老将军及文长、正平会师进攻。张郃一勇之夫，不足深虑。徐晃谋勇兼备，当先除之，以断司马懿左臂，查晃部下满宠、牵招素来为晃羽翼，欲除徐晃，必须先除此二人。方才据细作报称，徐晃在新安城北安营，张郃在城西。今夜三更，黄老将军与魏、李、罗、伍四将军去劫张郃的营，孟起同姜、文、白、马四将军去劫徐晃的营，可从营外擂鼓放火，让其自乱。文将军认识满宠、牵招，可领兵三千，从徐晃后营杀人，专杀二人，不得有误。"众将领令，各去准备。正是：

欲擒猛虎须除伥，要捉山鸡且觅媒。欲知后事如何，且听下回分解。

异史氏曰：操于汉中之败，遇着张飞，急思曹彰，谓吾黄须儿来，破刘备必矣。而孰知黄须儿至，马超军来，卒亦不可敌，以致兴悲鸡肋，只可怜恼羞变怒，枉杀了一个杨修！终见晓夜不停，抱头鼠窜，直到京兆，方始安心，此《演义》之文也。今局势危殆，又甚于斜谷之秋，何可不叫黄须儿再来露一露脸？作者自写奇文，而随时仍在细补以前翻而未完之笔，故必以马超与斗书，要可知已。渭原马超，既未尝斗许褚，则偃师马超，自不妨来斗曹彰。一翻一补，以曹深仇，则斗也至急且厉，而翻案乃益觉痛快。至偃师受令，低首司马，又写尽彰平昔得操宠爱，即暗映吾黄须儿来往事。然兵临城下，岂仅破不得刘备，恐真亦非死不可也。嘱彰之语，临死悲鸣！可叹可叹！

姜维之伐中原，退兵屯钟堤，邓士载之拒蜀兵，进兵屯狄道；某策姜维必出，谓陇狄四战，蜀或声东击西，或指南攻北，吾分头把守，蜀又合为一处而来，以一当四，救应不易云云。此即今日马超必胜，以疲曹兵之军也，仍以维策之，欲维成其志耳。于是马超前以东西救应而出函谷，兹复以往来游击而破洛屯。凡昔日不得志于魏晋者，今悉如志于操懿，使钟、邓拒战空劳，河、洛成功，超安得不居第一？此亦俱如邓艾破蜀前，洮狄相持往来飘忽之兵也。然而东西两路，扬兵疑敌，善兵待时，以首尾常山之蛇，为神龙出没之阵；或焚聚积，不赍寇粮，或吊人民，不掠郊野；以假马超羞激曹洪，则成我夹攻之战，以真诸葛吓退邓艾，则济我半渡之师。令人只见军事雄谈，琳琅满纸，不见半点游戏笔墨参杂其间；而实嬉笑怒骂，无处蔑有，徒以未发谐音，先作庄语，斯乃读来不觉耳。至马超深入叶县，忽困张辽，则又正襟危言，致戒于行军持重之道，文章因之而有变化，究又何非反翻铁笼山虽困司马而不得，此亦欲困马超而不获乎？噫！奇矣。

《演义》中葭萌之战，张郃为曹洪所迫，既丧瓦口，乃受韩浩、夏侯尚辈之监临，而入黄忠老将骄兵之计。今写张郃，固犹是据险巴西甘当军令之张郃也，益以徐晃司马昭之副，仍为黄忠不老所败。盖顺逆之判，不可胜也，其败虽同，而于细补前翻未及之中，却得司马懿令为正将之信用，以示一郃且不许见辱于洪，更先写曹洪挫败，示翻下辨曹洪斩将之先胜，则暗中亦为张郃吐气不少。

第三十三回

除虎伥射杀满伯宁　　藉雉媒招降诸葛诞

却说孔明令黄忠、马超诸将分头去攻张郃、徐晃营寨，却令文鸯同白虎文带领西凉弓弩手三千人，直劫满宠、牵招的营，预备射杀满宠、牵招二人，以除徐晃的左右膀臂。

诸事安排妥当，候到了三更时分，汉营诸将分头出发。马超领兵来到徐晃营边，一声喊起，军士拔开曹兵营中鹿角，就要杀入。徐晃因大敌当前，昼夜严防，正在秉烛观看军书的时候，一听得汉兵劫营，立忙持斧佩剑，率领近卫牙军，凭着营门抵住马超，两方登时大战起来。那西面扎营的张郃也据住营垒，跟黄忠交手。

登时新安西北城边杀声动地，戈戟相磨，两阵上各燃着火炬，被西北风吹着"膈膈膊膊"响成一片，自然惊动了屯在掎角上面的满宠、牵招。他二人本来是徐公明的羽翼，存亡与共、休戚相关，哪有主将营栅被敌人围攻，自己亲信部属不去援救的道理。二人一听汉兵劫营警报，同时尽起所部，合兵前往救援。却不道文鸯领兵伏在暗处，在二人灯笼火把之下，二人的举动看得明明白白，静悄悄的让牵招过去，端弓搭箭，瞄定准的，等待满宠来到附近，从暗中一箭射去，不偏不歪把满宠射个正着，弓弦响处，翻身落马。文鸯赶上前头，对准满宠咽喉尽力一枪，任凭满伯宁能言善辩，智略超群，受了这暗里一箭、明里一枪，可就不能再活着在樊城曹子孝跟前卖弄英雄了。牵招在马上本来与满宠相离不远，只听得后面霍地里弓弦响，急忙回头一看，满宠已经翻身落马，不觉老大吃了一惊，急待向前救护。文鸯拍马上前，大喝一声："牵招休走！"劈面就是一枪。牵招急忙舞刀架住，大骂文鸯："背主投降，叛国逆贼，狗彘不食，还敢在此耀武扬威！"他那一泼口大骂，只骂得文鸯五内发火，七窍生烟，舞动长枪，没头没脸一顿乱刺。牵招那里是文鸯的对手，勉强尽力迎敌，渐渐招架不住，正待拨马逃走，却被白虎文飞马迎上，向着心窝就是一枪。牵招措手不及，早被白虎文挑下马来，文鸯加上一枪，自然再无生理。众兵士枭了二人首级，二将杀散了曹兵，就在二人营中放起火来，各领所部前来接应主将马超。

　　徐晃正与马超凭营苦战，猛见满宠、牵招二人营里同时起火，正自心中疑惑不定，只见白虎文、文鸯两匹马、两杆枪杀到营前，齐声叫道："徐晃匹夫，休得逞强！你的帮手满宠、牵招两人都被我二人宰了，好叫你知道你也休想再活，赶快的同着他们两人一道儿去罢。"他二人一面说，一面将马项上所挂的两个人头向准徐晃劈面掼去。徐晃急忙闪开，但是面上已经溅着了不少的污血。徐晃又气又恨，恨到极处，抛了马超，来战二将。马超哪里肯让他随便取舍，三杆神枪，三面夹攻徐晃。徐晃双斧那里招架得了，司马师见徐晃情形危急，急引众将上前接应，司马昭也同众将分头接应张郃。两边一场混战，喊杀连天。

　　马超、黄忠因系黑夜交兵，不敢深入，又兼已经杀了满宠、牵招二人，破灭二人所部，完成帅令，各自收兵回营，来见元帅。孔明在中军大帐已得本军探报，前军出击得了胜仗，杀了敌将，恰如所算，一见马超、黄忠进帐报捷，极力奖励，说道："满宠、牵招夙为徐晃羽翼；今被白、文两将军诛夷，徐晃更无所凭藉矣。徐晃无能为，张部、司马师兄弟自不足当二位将军之武勇也。"二将谦谢了一回，方才各回本营休息。

那曹兵营中司马懿计点军士，张郃、徐晃所部皆有损伤，然而不大，单单只折损了满宠、牵招二人及两部士兵千余。懿与众将言道："诸葛亮用兵素来谨慎，与我军交战多次，皆谋定后动，向不轻举。此次大举劫营，战事方亟，彼反撤兵，其鬼蜮伎俩，殊难捉摸。既已猛攻，却不深入，必有诡计，难保不堕其术中。"众将听了，俱各默然无言。懿沉吟良久，反复寻思，不觉恍然大悟，方才悟出此夕汉兵大举劫营纯系为着满宠、牵招二人，必以本军大将徐晃谋勇俱备，足以独当一面，保障新安，汉兵欲得新安必须先除徐晃，欲先除徐晃，必须先翦除徐晃羽翼，俾其孤立，方易下手，所以不惜全力先杀二人，狮子搏兔，情状显然，细细推寻，不爽铢黍，不由得长叹一声道："诸葛亮计谋百出，防不胜防，偶一疏懈，失我二将。若徐将军再为所算，是无新安矣。"即时下令，以张郃为左军大将，司马师副之；徐晃为右军大将，司马昭副之。再三敦嘱张、徐二将小心谨慎，凡事三思，勿再为诸葛亮所诱，又嘱二子专心辅佐二位将军，严密保护，不得片时懈怠，致为敌乘。四将敬谨受命。懿再令大将曹真出守合肥，调合肥大将李典前来新安。懿俟李典来到，自领中军，以李典为副，居中策应两军，将徐州兵为中军，兖州兵为左军，青州兵为右军，诸将各领本部兵与汉兵相持。

孔明已经打听得曹兵布置情形，召集黄忠诸将一同商议道："新安曹兵将近十万，有司马懿主持前敌，复有李典、徐晃、张郃等以为羽翼，兵精将勇，据险以守，我兵昨日虽获胜仗，于彼尚无大损，相持不决。顿兵坚城之下，求战不得，锐气必将自挫，实犯兵家之大忌。司马懿必乘我之惰，而尽锐以求覆我师，我兵前途至为危殆。欲从偃师方面进兵，则曹彰守备谨严，无懈可击，又虞洛阳之兵相与呼应，截我归路；欲从洛阳后面进兵，则刘晔、钟会、邓艾同心固守，势难骤破。前阻坚城，兵无出路，我不谋敌，敌将谋我。各位将军有何良策，请抒高见，以策万全。"一言未了，只见文鸯起立敬礼，上前启道："元帅方才所言各路情形实属明见万里，但是末将前从马将军屯兵颍阳镇时，探闻洛屯四员曹将中间有一扬州刺史诸葛公休。后来复闻郡马谈及，公休乃是元帅族弟，其人矜尚名节，通晓时势，元帅若遣人以大义责之，彼必可自拔来归，俟彼来归，我军因利乘便，以袭诸屯，里应外合，当无不破。破曹之后，仍乘战胜之威，以重大之兵力即依彼原屯设守，横断偃、洛之交通，梗彼军路，则新安之军心必自乱矣。末将愚见如此，未知元帅意下如何？"孔明一听文鸯所言，频频点首，大喜道："文将军所言至为详尽，破敌之策无逾此者，以此观之，将军不徒有勇，并且有谋，深为可喜。我之精兵良将尽顿坚城之下，以求与敌决战，实为失算。"即分军三万，唤马超道："令以洛南军事悉付孟起，合前时屯守宜阳、龙门各军将近六万，兵力不为不厚。此番可仍偕伯约、仲华及白、文两将军还军宜阳，令小儿作书与公休，劝其自拔。若公休从劝即乘势锐进，摧破诸屯，便如文将军适时所言，以本军全力仍倚曹兵原屯分屯驻扎，以绝偃、洛之交通，而令公休与小儿各率本部，连屯洛南，既壮前军之声势，又可防洛阳之反攻。孟起身为全军主帅，宜持重以战，勿轻冒险，自致危殆，以失全军之望也。"马超顿首受命。孔明对四将又特别加以奖励，更嘱姜维随机应变，辅助主将。姜维同三将再拜领令。马超率领四将拜辞元帅，别过黄忠诸将，带了所部人马，兼程回转宜阳。

　　孔明吩咐黄忠、魏延、李严、马忠、廖立诸将严防曹兵乘隙进犯，一面大修攻具，虚作攻城之势，星夜派员驰还成都，将先前制存的地雷火药妥慎迅速运来前敌，预备大举攻取新安。

　　那马超同四将领兵还到宜阳，诸葛瞻、张翼、越吉、马龙诸将迎接入城。进到帅府坐定，马超便问偃、洛两地消息如何，张翼起立启道："近据本军派出细作回来，报称洛阳曹兵谋主刘晔日前派人赴黑山各地召集了张扬、飞燕残部将近万人，为首二将，一名眭固，一名张雄，两个甚有武艺，部下皆系锋镝之余，敢死耐战，现屯洛阳城西，归钟会指挥。又闻曹彰曾派亲信将校数人分道赴东北边地，招募鲜卑得骑兵万人，以鲜卑枭将慕容轨、贺拔奇分将之，现据偃师城西，与为洛阳掎角。洛阳守将邓艾连日派遣多人沿着洛水上下游测量水面深浅，窥其用意，似因偃、洛两地兵力雄厚，势将渡洛，攻我宜阳，以图缓我正面进攻新安之兵。"马超听张翼言罢，说道："本军此番奉令回军宜阳，正欲进攻偃、洛。曹兵能来，便可迎击，诸位将军努力向前，曹兵虽再增加四五万人马，本军亦不惧也。"帐前大小将官同时声喏："愿从主将命令。"姜维上前启道："主将，适闻伯恭所言两地曹兵增加状况，以维愚意，黑山残部虽然耐战，而毫无纪律，人民积怨，略加制裁，即将自变，尚不足虑；惟鲜卑骑兵，劲悍异常，非分本军全力之半，不足制其奔突而操必胜。本军于偃、洛两地均属受敌，何能再分全力之半以御鲜卑？将来必致感受兵力不敷支配之苦，宜预为设法防止。"马超闻言，亦觉踌躇道："伯约之言至为明见，但未审有何方法可以防止，伯约必有高见，请即赐教。"姜维笑道："主将言重，维不敢当。但维前在并州，闻田使君在柳城诸边甚有威德，鲜卑部落对于田使君爱之若父母，奉之若神明，得其一言之奖，荣于得十万牛羊，若被斥责，愧不欲生。请主将立启元帅，具述事由，令饬田使君于马邑诸塞晓谕鲜卑诸渠魁，晓以大义，诱以厚赐，令其转相告戒，则归曹之鲜卑虽不自拔来归，亦必望风退走矣。"马超听了，连声称善，立时飞呈元帅。

孔明在大营中接到了马超呈报，也深觉此事甚为棘手，姜维所见，舍此别无良法，毫不迟疑，立派人赍手书赴并州驰告田牧，火速奉行。军书星火，不过半月，姜维的计划便明显着实现了，只苦了曹五王爷白费了一番心血，白花了多少，冤枉罢了。

马超在宜阳休息了数日，巡视了龙门、少室各防地，整顿了队伍，种种一切，俱已妥帖，如法召集本军将士会商军务，大家坐定，然后将元帅命诸葛郡马设法招降诸葛公休的意思说出。诸葛瞻听罢，起身言道："既然元帅有令，主将也同一意思，末将当改装前往曹兵营中，去说公休叔父前来归附就是。"马超道："贤侄休要匆忙，且大家从长计议。不如贤侄修下一封恳切的书信，着一能干小卒，暗地送去，成与不成，都无若何重大关系。"诸葛瞻道："主将有所不知，此事非末将自己亲身前去，绝对不行。一来不是元帅手书，恐难生效；二来恐怕走漏消息，为敌人将计就计，乘隙袭我。不如末将自己前去，见景生情，乘间游说，一来仗着公休叔父是自己本家，二来元帅与主将重兵在外，纵令不行，绝对不能把末将怎样。"马超道："贤侄虽如此说，但此事关系太大，贤侄一去，若平安无事倒还罢了，若是稍有疏虞，那时节，叫某家何以对主公与元帅？贤侄还请三思。"诸葛瞻道："主将放心，末将仔细思量，毋论此事成否，决无危险发生，纵令万分不幸，发生危险，亦系命定，何足惧哉？"当下在坐众将姜维、马岱诸人一齐起立，同声劝阻道："郡马不必轻举，元帅但令小将军修书，不曾教小将军亲身前往曹营，自投罗网，主将责任重大，小将军不要固执己见，致违将令。"诸葛瞻向众将致谢，说道："多谢各位将军见爱，毋任心感，但是，各位将军有所不知，元帅知道此事非末将自去不行，故而面嘱主将与末将商量。请主将与众位将军大放宽心，末将此去，倒有十二分把握，绝不至于把性命当作儿戏，就算末将性命不要紧，军情大事是要紧的，末将岂有不知的道理，敢于故意违抗主将的命令？断断的绝无此理。"当下诸葛瞻虽然说得这样恳切，马超却始终执意不肯，把诸葛瞻倒弄急了，年轻人气盛，只想一头，不顾一切，拔出宝剑道："主将执意不要末将前往，末将连点这样小事都弄不了，何必枉在世上为人，末将情愿自杀以谢本军。"幸亏马超眼明手快，一手格住宝剑，一手握住诸葛瞻的右手，急忙说道："贤侄既然决心要去，也好商量，何必如此性急。"诸葛瞻见马超已有允意，方收剑入鞘,上前谢罪,说道:"末将在此确实打听得公休叔父兵扎延秋集的对岸,但从文将军部下挑选两名精细部卒,改换衣装,随同末将乘夜渡洛,直向叔父大营前进,必为叔父巡军所获,那时见面,便可乘机进言。"马超道:"贤侄既已决心,事不宜迟。今晚即行。"

诸葛瞻欢欢喜喜领了将令。文鸯选自己亲信卫卒二名,交给郡马,再三吩咐,自与马岱、白虎文乘马护送诸葛瞻三人从延秋集渡河,远远地就星月光下望见三人上了岸,他们三个方才回营去禀报主将。

好一个诸葛瞻,通身是胆,渡过了洛河,三人大大方方的向诸葛诞大营前进,早被诸葛诞营中派出的伏路小军看见,不由分说,一拥上前,将三人绑了个结实,解向大营前来报功。在那个时节,诸葛诞恰好正在大帐中与他儿子诸葛靓谈论家常,说起一家兄弟三人分居三国,独有孔明兄弟父子得主行志,名显当时,又闻得诸葛瞻少年英勇,智取龙门,大败王凌,力战司马昭,将来一定是本家后来之秀。他们两父子正谈得起劲,只见本营偏将进来禀道:"伏路军士拿到汉兵三名奸细,请令定夺。"诸葛诞吩咐推进来。偏将得令出去,一会,左右吆喝一声,将诸葛瞻三人连拖带拽推到帐前,直立不跪。

诸葛诞在那烛光熠熠之下,看见这三个人中间一个少年,丰姿矫矫,卓立不群,唇若涂朱,面如傅粉,眉宇之间英气勃勃,心中便带了八分疑忌,叫左右把三人带进后帐,亲自过细审问,重赏伏路军士,令其前往小心巡视。小军谢了赏,自去理会。然后自己进到后帐坐定,正待开言讯问,一句话未曾出口,只见那少年朗朗地问道:"上面坐的可是扬州刺史诸葛公休么?"诸葛靓在旁答道:"然也。"那少年听得此语,恭恭敬敬双膝跪倒地下,口中说道:"侄儿诸葛瞻叩见叔父。"他这一说不打紧,把一个诸葛公休生生给他吓住了,不觉得又恨又爱又气起来,不知如何才好。这却为何?恨他是恨他目空一切,旁若无人,玉叶金枝轻入危地;爱他是爱他少年英果,敢作敢为,但计成功，不顾一切；气他是气他好似有十二分把握，打量着本人无论如何绝对不会杀他，故敢轻于尝试。

当下诸葛诞略沉吟一刻，正言厉色的问道："你真正是诸葛瞻么？"那少年诚恳地答道："侄儿正是诸葛瞻，因奉岳父汉中王令旨，派到长安元帅军前听用，又奉元帅将令，拨归马将军麾下调遣，此番奉元帅命令，故而特地夤夜前来叩见叔父。"诸葛诞见他不慌不忙，言辞清朗，绝对不是冒充，到底自家骨肉，且不管他怎样，亲自下座与他松绑，赐坐一旁，又命他兄弟见礼。诸葛瞻又请把他同来的两个从人放了，叔侄父子对坐谈心，你说这样的机密重事，他们大剌剌地竟全不避人，岂不是三个人都太轻忽了么？不知道其间正自有个大大的原因，只因诸葛诞平日轻财尚义，待士有恩，帐前亲卒赛过家人，部兵六千有如指臂，心气交孚，坚于金石，赴汤蹈火，惟命是从。诸葛瞻在宜阳屯扎时久已探悉，在这时间，故也不要求回避左右，诸葛诞也就行所无事，任其自然。

诸葛瞻休息了片刻，方才说道："叔父，现在父亲屡战屡胜，直逼新安，马将军出奇制胜，威詟洛阳；关君侯分兵三路，进攻叶县，摇动许昌；汉中王还镇荆州，策应全局。天下九州，汉中王已得其四，曹操虽联络江东欲以抗拒义师，然而战无不败，叔父所知。父亲以叔父身在敌军，恐有冒犯，前次马将军袭取二屯，不再进攻叔父营寨，即系因父亲示意之故。我家世受国恩，叔祖曾为城门校尉，总属汉家臣子，叔父于理则讨贼之义所不容辞，于情则手足之义不可伤损，侄儿冒死前来，皆为叔父。叔父若以为然，即请明示进止，以全恩义。若恋新主之恩，不以侄言为然，便请将侄儿解赴许昌，以表叔父报效之忱，侄儿虽死，亦不怨叔父也。"

诸葛诞听罢，不觉长叹道："贤侄之言深切近理，汝叔母早已逝世，我父子二人皆在军中，扬州外无家眷，他无顾虑，可以全军归汉。然令我袭击同屯各军，以为进身之具，则义所不为，贤侄想亦不至以此相强也。"诸葛诞说罢，正自太息，复继续说道："前番马将军夜袭二屯，不进击我屯，曹营将士十分疑忌，以为我与汉军有何密契。任城王续设三屯，名为防汉，实亦防我，贤侄不来，我亦当求避祸之策，贤侄既来，又复何说，不过诒讥后世，令人说我反复无常耳。"诸葛瞻下席再拜道："叔父义人，光明磊落，侄当以此意转告马将军，俾全叔父高义。至叔父汉臣归汉，来去分明，节亮千秋，中兴良辅，何致诒讥反复？幸勿以此为虑。"诸葛诞道："事已至此，箭在弦上，便请贤侄作书令从人速去知会孟起，一意进行，迟则恐生他变。"诸葛瞻道："叔父之言，至为精确。"即起身就案，作书云：

奉令渡洛，即夕得见公休叔父。叔父世受国恩，深明大义，久思复汉，未得间耳。前月主将连破二屯，独叔父营栅无恙，曹兵主将以此见疑，三屯列布，势若连鸡，其所防者，不仅本军。叔父虽不见谅于袍泽，然雅不欲因此图功，但能为本军声援耳。形势已定，兵贵神速，延秋集渡，叔父汎地，乘夜急进，以蒇全功。瞻白。

　　诸葛诞见瞻文不加点，一挥而就，大喜过望，执瞻手道："吾侄文武全才，胆识俱备，真吾家千里驹也。"随即加函封固，交瞻从人严密收藏，重赏二人，令诸葛靓率亲卒二十人，以巡视为名，送瞻从人渡洛方回，诞自与瞻在帐中休息。
　　那诸葛瞻两个从兵揣着书信，神不知鬼不觉渡过洛水，天才黎明，到了自己防地。两个迅速地回转宜阳，进了帅府，先去见过文将军，递上郡马手书。文鸯接书大喜，即入后堂，来见主将，尚未说出原由，双手早已不知不觉呈上书信。
　　马超正在盼望甚殷，接信在手，一见是诸葛瞻手笔，满心欢喜，以手加额道："天相汉室，郡马得全，洛阳城下，当容吾兵刍牧矣。"带笑说罢，方才开函与文鸯一同看视，格外高兴，即令请姜维、马岱、白虎文、张翼四将入内告知此事，共阅来函，四将同声称贺，如何进行当由大家议定。马超令马岱领兵五千，专劫蒋济本屯；姜维领兵五千，专劫卫瓘本屯；文鸯领兵五千，专劫钟毓本屯。超自与白虎文领兵万人接应三路人马，俱限本日夜间都从延秋集渡洛，分道并进，不得有误。又令张翼领步兵五千，屯扎延秋集，设立浮桥，专一接济粮食，保护运道，以济前军。诸将领令，各人自去准备。再令越吉、马成小心守护宜阳。

马超分拨已定，到了夜间二更时分，四路人马均衔枚疾走，静悄悄地从延秋集渡过洛水。马超令文鸯从兵先导，直至诸葛诞营前，早有伏路小军入营飞报。诸葛瞻同诸葛诞父子出营迎接，马超下马就灯下与诸葛诞握手道："公休公休，可谓一门忠义矣。"诸葛诞见马超英风四射，也自钦服。马超并不入营，说道："公休可按甲坐观，看某破曹彰去也。"诞连声应诺。超分兵五千与白虎文，令同郡马在此抵御偃师来援曹兵，某自御洛阳援兵。二将领令，超即领部兵策马越屯而去。诞叹道："人言锦马超，真正名不虚传。吾兄部下得此英勇将官，何愁大功不成！"啧啧称叹不已。

诸葛瞻辞别叔父，自与白虎文遵依将令，引兵去阻偃师敌军。正行之间，只见曹兵三屯一时着火，火光彻地，杀声震天，马岱、姜维、文鸯三路均已得手，同时夺取了曹兵三屯。洛阳城里刘晔早已闻得汉兵劫屯的警报，急差张雄、眭固率领本部全军驰往救援。二将得令，立刻领兵前往，行到半途，恰恰碰着了钟毓、卫瓘二将引领败残人马往洛阳方面逃回。二将挥令回军，仍往旧屯杀来，行不到一二里，只见一彪军马火光丛中照得明白，打着西凉马超旗号，已在前头拦住了去路。张雄二将立时摆开阵势，张雄手使双刀，跃马上前，来战马超。马超挺枪迎住，两个登时杀在一处，斗了二十余合，眭固见张雄不能取胜，骤坐下马，使手中宣花斧上前助战。马超正在抖擞精神，力战二将时候，恰好文鸯枪挑了蒋济，追杀败兵，刚刚赶到此处，一见张雄、眭固双战本军主将，不由心中大怒，挺枪直取眭固。

四人各逞英雄，奋勇力战，只杀得天摇地动，鬼哭神号。诸葛诞在本屯远远听到喊杀之声，十分急迫，生恐偃师方面出兵，曹彰兵强将勇，诸葛瞻二将兵力不厚，难以抵御，急令人请马岱前去相助，自己与姜维收拾降兵，修理营栅，准备守御，令作战将士收兵回来得有安全地方休息。好在曹兵三屯都是现成，虽然损坏了少许，略加修葺，便可作用，他二人督饬将士将三屯一时加紧修好。那马超与张雄战到五十余合，奋起神威，手起一枪，将张雄左腿刺了一洞。张雄一闪，几乎闪下马来，忍着疼痛，用尽平生气力，双刀一架，架开一枪，回马败走。马超也不追赶，便来夹攻眭固。眭固战文鸯已经有些敌不住，那里还能再加上一个马超，两下夹攻，不到三五个回合，被马超乘隙一枪挑下马来，文鸯加上一枪，了决性命。倒是黑山兵士还有些义气，不顾生死，大家奋勇上前，抢回了眭固尸首，往后一退。马超、文鸯两路人马乘势追赶，曹兵大败，亏得洛阳城里邓艾、钟会自领大兵前来接应，马超方才收兵，按着曹兵原屯下寨，教文鸯守住后方，自领精骑五百余人却向偃师方面疾进，前来接应诸葛瞻、白虎文二人。

　　临到附近，只见前面战鼓雷鸣，白虎文、马岱两人双战曹彰，诸葛瞻在前押阵。马超拍马上前，大叫道："曹彰休要逞能，俺马超来了。"曹彰深夜驰援，因为稍迟一着，比及见自家三屯已破，本欲斩一汉将以雪此耻，如今见马超自来，谅难如愿，只得认个晦气，挥兵速退。马超以目的既达，也不穷追，同三将收兵还屯，随即连夜遣人向元帅处报捷，归功诸葛瞻，移诸葛诞还守宜阳，移马龙守少室，移关索军来前敌助战。诸葛诞留儿子诸葛靓分领本部兵三千，随诸葛瞻军一同进止。马超便横亘洛阳、偃师中间，依照曹兵原屯，扎下三个大营，马超自与马岱、白虎文当着偃师方面，姜维、文鸯、越吉当着洛阳方面，诸葛瞻兄弟、关索三人居中策应，张翼专一守护浮桥，护运三大营的粮食。诸葛诞领同来之本部三千，与前驻宜阳步兵万人、马家四将,一同固守宜阳,以重后防,又令马成、马龙在龙门、少室各山遍树旌旗,设立疑兵,沿着洛水上下游汉兵络绎不绝,洛阳大震,新安兵心亦为之动摇。正是:

常山蛇断,空留首尾之形;洛水龙游,时露爪鳞之影。欲知后事如何,且听下回分解。

异史氏曰:为汉室之患者,在内有一华歆,居助操之首恶;为西蜀之患者,在外有一满宠,居助贼之元凶。篡汉成于华歆,覆蜀则成于满宠。以宠比歆,罪实有甚! 而荆州始祸,汉寿云亡,世人只仇一吕蒙,下逮潘璋、马忠之辈,皆知切齿;独无人恨及满宠,致吞舟漏网,千古逃诛,岂非不察之甚者耶?云长威震华夏,操欲迁都,以司马懿之谏,而有联吴之计。世人于是又知仇懿,以为谋实发于司马耳。而不考联吴固发于懿,然谋之能臧,则不在云长攻樊之后,而厥谋早发,实见于满宠为使之前。满宠一去而谋克成,故祸蜀者,为吴,为孙权,为吕蒙,而后为潘璋、马忠之辈。而构祸者为魏,为曹操,为司马,而后为徐晃、曹仁之流。若操其机,成其恶,卖弄唇舌,居中斡旋,因而覆蜀亡汉,失荆州,死关羽者,论其祸首,诚只一满宠之行人! 则宠也,真虎之伥也。嗣复助守樊城,致曹仁有"不听公言,失却襄阳"之叹;又于城围将陷,再闻"非伯守教我,几误大事"之言。否则弃城夜走,黄河以南,早非操有,纵失荆州,进有所据,何至待救无地,遂厄麦城欤?是使吴乘其后,操扼其前,必死云长,以倾汉室,大憝元恶,惟宠一身,可不特诛之乎! 罪应寸磔,故本书以乱箭射死,明为蜀仇,故大书虎伥,特由孔明命将,专射此人身死,快意极矣! 而后知前回踏破洛屯,即无异洰水破屯、四家陷寨之报也。本回劫徐晃营,仍故翻公明拒战、参谋助守之笔也。蜀汉仇人又死一个,且属元恶,则岂不甚于《演义》猇亭得仇之书也哉!

昔人谓诸葛三昆龙、虎、狗,龙在蜀而狗在魏。《演义》写诞,因亮仕蜀,不得重用,武侯死,乃历任要职,封高平侯。既败文钦,总督两淮军马,复以司马昭弑逆,起兵联吴,又与文钦合,战于寿春,兵败城破,身死族灭,其部数百人不降同死云云。是诞虽讨晋而忠于魏,所以谓之狗也。然三百人同死,继武田横,亦云烈矣! 知讨司马昭,则可以忠汉劝之,曾臣于魏,则必以降汉录之。又以其子诞入吴为质,故此即以侄瞻来魏说降愧之,可从魏,则可降者也，可以降，则仍不失其狗也。不意写诸葛诞之笔，则又如此。其数百人同死于寿春，空存壮烈，曷若六千人来归于洛下，同辅中兴？是萃忠义于一门，具见作者于犀刻之中，仍满寓温柔敦厚之旨。且看其写诸葛瑾，当又如何？吾于此回，益增故人乐有贤父兄之感，因大幸诸葛之入蜀为龙。

第三十四回

曹孟德许昌城会议　　孙仲谋鄱阳湖阅兵

却说汉军宜阳大将马超，凭着部将诸葛瞻以亲属关系，乘着曹兵疑忌之隙，冒险渡洛说降了诸葛诞，汉兵得势，全师夜渡延秋集，因此一夜之间袭破三屯，枪挑了黑山大贼眭固及曹将蒋济，击退了曹彰，就倚着当日曹兵的原屯，在那偃师、洛阳两地中间安下三个大营，横断曹兵交通，简率精锐，画地分守，人马强壮，壁垒整严，时时有攻击偃洛的机会、把持洛水流域地方的可能，与那新安、方城两地的汉兵遥遥响应，声势如荼如火。刘晔、钟会、邓艾仅足自保，任城王曹彰虽然与马超见过几次恶仗，怎奈两个势均力敌，胜负不分，又因马超横亘中间的关系，前敌粮运须绕道出巩县，尚且时虞截击，司马懿以诸葛亮大敌当前，不能分兵前来救护，曹彰只得火速派人将此项情形飞报许昌，启奏父王，听候旨意。

许昌城里大魏皇帝曹孟德在不久以前方接到张辽大捷密县的羽书，知道防务巩固，叶县方面稍分南顾之忧，司马懿拒守新安，布置周密，与洛阳方面呼应灵通，连络得势，诸葛亮顿兵坚城之下，不能前进一步，曹彰在偃师与刘晔互相掎角，连屯相望，保障洛阳，马超虽然迭次骚扰，尚不敢深入腹地，心中差为安慰，又兼黑山二将武艺高强，部下皆百战之余，足与西凉兵马抗衡，任城所募鲜卑骑兵万人，士马精锐，堪与羌、氐、汉兵并驾齐驱。以为偃、洛方面可保无虞，万不料变生意外。诸葛诞卖主求荣，但知兄弟之情，不辨君臣之义，开关延敌，坐失要区，俾马超一夜之间连破三屯，即倚原屯梗塞军路，来日方长，隐忧滋大，早知其不可恃，悔不先行诛戮，竟使天下人得以负我，殊堪痛恨，都因先未预防，遂使形势剧变。如今司马懿既不能反攻，任城又不能制胜，洛阳形势十分危急，非速筹善策，莫解此围。所以接到了曹彰急报后，即刻令承宣官撞钟鸣鼓，召集满朝文武朝堂会议。

曹操扶病勉强登朝，文武百官朝谒如仪，操召贾诩、陈群、程昱、董昭、华歆、郗虑一班谋士上殿，取出任城王奏报与他们大众一齐观看。此时只有刘晔远在洛阳，不能列席。华歆、郗虑一个位列三公，一个官居九卿，位尊金多，全副精神都注重在金钱上面，国家危急满不在乎。当下曹操对众谋士说道："据任城王奏报，洛阳情形已经十分危急。洛阳若有疏虞，新安十万我军便无归路，欲全新安之军，必须先救洛阳，以我军精锐尽在新安，若亡此军，等于亡国，此时又不能抛弃新安便还洛阳，以两军对敌，无故弃地，徒壮敌势而乱军心。况诸葛亮志取洛阳以为根本，藉通襄樊之势，徒因为仲达所扼，不能前进耳。是我纵弃新安，不能缓敌，反令彼得与马超兵合，萃攻洛阳，则洛阳又何可保？洛阳若不能保，则藩篱尽撤，再无可守之地矣，是急救洛阳不徒以全新安，实即保全许昌之先着。众位卿家，有何良策可急救目前之难，而顺解洛阳之危？若能邕发嘉谟，定策帷幄，则爵赏为国家之公器，朕所不吝，河山带砺，当誓与诸卿共之。"贾诩起立说道："陛下明见万里，洛阳危急，在所必救。惟云长久驻南阳，伺隙思逞，若闻马超得胜，必令张飞前敌之兵直出禹县以攻子廉，诸葛亮亦必集合全力以攻仲达。文远保障叶县，不能远离以阻张飞之兵，子廉势弱，不能敌云长之进攻，军情紧急，瞬息万变，愿主上更策万全。"操道："文和之言，见著知微，彼方兵势自然如此，但我绝对不能令彼方如愿相偿，亦当思所以应付之策、防止之方，请诸卿借箸一筹。"陈群道："陛下，江南累败于荆州，丧师失地，积怨已深，祸结兵连，胶不可解，非荆州覆灭江南，江南即当覆灭荆州，已成不共戴天之势，双方伺便，有利即动。宜命一介之使前往，谕以利害存亡之关系，彼中不乏深识明达之士，自有唇亡齿寒之心。若彼能出兵以攻江夏、夏口，则云长必有所顾忌，不敢轻动，是禹县一路可暂免兵事。假令吴兵得势，乘锐大进，一时未可猝败。关云长非火速回军以援救根本，势所不能。我伺吴军进攻之便，增加偃师兵力，急战马超，以护新安前军之粮运，仍令一能将将数万大兵，越桐柏以扰襄阳，作持久之战，挠其根本，而令文远乘隙进兵，以攻方城，牵缀彼远征之重兵，使不能回援襄樊根本之地。现在关云长虽驻南阳，然不敢令张飞之兵一往前进，实以东吴强敌窥伺荆襄，时时有掣肘之虞，足见其兵力甚感不足，故徘徊观望，顿兵方城，不过聊以虚应诸葛亮东出之兵耳。以荆州一隅之力，当二强敌之兵，但假以岁月，相辅而行，未见其不知难而退以暂求自保也。"操听得喜道："文长之策面面兼顾，较文和所言更进一筹，江南之使，即烦一行。兵贵神速，文长知之，江南君臣亦未尝不知之也。"陈群拜命道："国事危急至此，正臣等杀身图报之秋，区区奔走之劳，敢不竭力奉行！"随即辞别下殿，收拾行李，带了从人，安排车马，即日就道。

曹操顾程昱道："近时诸将中，谁可遣者？"程昱道："臣启陛下，许仲康之子许仪膂力不亚于其父，刀马双绝，每与臣言志雪渑池之恨，常怀报仇之心，又典韦之子典满，为人材武，累立战功，国家世臣，皆堪任使。"操闻言甚喜，立召二将上殿。二将入见，参拜已毕。操说道："汝等父亲随朕左右，同于手足，备尝艰苦，未得一日安居，略享朝廷恩礼，不幸为敌所中，沙场喋血，马革裹尸，朕每一念及未尝不痛彻心腑，感念当年。"操言时，泪随声下，二将亦泣不成声。

操复言道："幸汝等二人皆能自立，值此英年，各具材艺，不愧名父之子，朕心至为欢慰。汝等国家世臣，休戚与共，今国事危迫至此，知汝父九泉之下亦甚关心。方才程大夫言汝等夙具报仇之志，今日是汝等报国之日，亦即汝等报仇之日，尽忠竭力，朕有厚望焉。"二将伏地，挥泪顿首道："臣等世受国恩，敢不尽忠报国，为陛下稍分西顾之忧！"操赐二将座，就问其家中情况，二将谢坐，一一奏知。操道："汝等但尽力兵戎，家中之事，朕自当随时体察，不令汝等内顾有忧也。"二将下位，顿首谢恩。操即当殿下令，授典满为车骑将军，领新来之冀州兵万人，授许仪为骁骑将军，领新启之幽州兵万人，径赴偃师，听任城王调遣，会击马超；授贾诩为护军将军中领军，监护偃师前敌诸将，顺佐任城，文武合力，共施智勇，先通洛阳运道，毋令新安军心摇动，与仲达、文远三方响应，协击汉兵。贾诩谢恩领旨，同着二将拜辞下殿，即日领兵驰赴偃师去了。

操又以旧将于禁自从合肥战败还来，得了华佗神药，续上了两个耳朵，整新如旧，毫无形迹，在许昌休养已久，旧时将佐惟禁尚有谋勇，足当方面之任，即传旨宣召于禁入宫。禁朝觐已毕，操令左右赐座，禁谢坐。操先问其精力复元否，禁奏道："臣筋力素强，夙无病患，但因两耳受伤，出血稍多耳。今休养数年，精力转胜往时，无功糜禄，久欲启奏主上，效力前方，以圣躬尚未康复，故未面呈微忱也。"操喜道："将军随朕多年，身经百战，艰难辛苦都已备尝，朕本欲令将军稍得长日安居，以酬劳绩。今荆雍事亟，敌势方张，昔日同袍尽在前敌，襄阳之军责任重大，不能不借重将军，愿将军毋辞劳瘁，强为朕一行。"禁再拜道："臣受陛下特殊知遇，虽粉身碎骨不足以报大恩，当此国家多难之时，岂臣子安居之日？苟有人心，亦思图报，何况陛下以手足待臣者乎？赴汤蹈火，惟命是从，苟利国家，死生以之。"操闻禁言大喜，以手抚禁肩道："此重任亦惟文则此肩能担之也。"随即传旨，授禁为前将军，以吕虔、满奋为副将军，领旧部八千人，持大司马虎符，发徐州兵三万人，整军息县，径趋桐柏，以窥襄阳，掣南阳方城汉军后路；令曹休将后军万人应之，仍与叶县文远之军相为援应，沿途经过州县，文武官吏并受节制，如有玩视军机缺于供给者，许禁以便宜从事，俾利军行。于禁顿首受命，辞别魏皇，同了三将，整顿旧部，即日起程前往。

曹操既分发了陈群赴江东，贾诩同典满、许仪赴偃师，于禁同曹休、吕虔、满奋赴息县，又命左护卫将军杜畿持节发敖仓积粟五十万石，解赴偃师，交任城王点收，即令任城王派遣能将，率领重兵，立刻运赴新安，以安前敌军心。洛阳自从曹氏占领以来，因系中州重镇，积存金帛足支十万人五年需用，府库充实，仓廪丰盈，目前备用恢恢有余，无须过虑，但令刘晔督同邓艾、钟会小心防守而已。操又令水衡都尉曹赞发御府黄金三千斤，分犒各路防守将校，银二百万两、五铢钱八千万贯，分赏各前敌军士。前敌将士在乡家属，令地方官随时存问，有困乏者，官给廪禄；官设邮驿，为将士传递家报，令军中大校专司聚集交由地方官，饬亭长分途转送，伤病者官为疗治，公家供给医药；凡前敌将士有父母在乡亡故者，准其驰驿奔丧，以重孝恩，其有移孝作忠不避金革者，地方官吏为殓葬其父母，给与葬祭费用，交由家属办理。自从以上各令颁行之后，凡在前敌之将校兵士无一个不欢欣鼓舞，歌功颂德，自然发生一种感激效死的精神。这是曹操善将将又善将兵的特别长处，虽处危殆之境，而措施尚觉裕如，故以伏龙凤雏之智，关张马黄之勇，环而攻之，频年血战，驰骋中原，仍不能大有进展也。操布置已毕，自家方才退朝，还宫养病不提。

那驻守偃师的任城王曹彰奉到父皇令旨，接见贾诩并典满、许仪二将，免不了设筵款待，细问父皇起居及布置情形。不过数日，曹赞也就到了，敖仓的驮运陆续来到。曹彰便与贾诩切实磋商，请贾诩监护二将，率领本部人马扎住偃师西北要路，起运敖仓积粟，绕道前赴新安。曹彰整顿人马，连日急战马超，粮运安然到了新安。新安督师司马懿兵将本来精锐，就是欠缺粮草，如今得到了大宗接济，无他顾虑，一意的安心久守，与洛阳、偃师两路兵将互相联络，伺隙反攻。于是那横亘偃洛中间的马超一军须阻抗两面的强敌，便异样的感觉得特别危险起来了。

孔明在新安大营听得马超招降了公休，袭破了三屯，即倚原屯设下三个大营，横断偃、洛曹兵的交通，为本军拓张声势不少，心中自是十分欢喜。但是仔细一想，洛阳曹兵无虑六七万，偃师曹兵亦不下三五万，超军孤寄其间，深惧曹兵夹攻，兼听得细作报称曹操增派重兵前来偃师，运粮数十万接济新安，又听得贾诩来偃师、刘晔在洛阳，均系计谋之士，曹兵反攻之事即在目前，超本军仅五万余人，少于曹兵数倍，情形不敌，危险实甚，非增派大兵前往殊不足以济目前之急。想到此处，刻不容缓，随即飞檄长安，令监雍州牧练兵事宜刘琰领新练雍州兵二万人，星夜兼程，由蓝田出武关，径赴宜阳，渡洛入马超军，听超节度，以厚兵力，令到即行，不得片刻延捱，一面又令饬长安太守诸葛均行府事杜琼、霍峻火速奉行。使人领令，昼夜疾驰，回到长安面见太守。诸葛均、刘琰等四人接到了元帅命令，好在事先预备已久，毫不迟延，即由刘琰率领大兵刻日就道。诸葛均犹恐兵力不敷，不候帅令，先行将韩遂续派来雍之骑兵万人、骑将马恺、韩雍及天水原屯右扶风之骑兵五千、骑将梁虔随同刘琰出发，前往宜阳，然后再行禀知元帅，报告一切。孔明接到兄弟的复呈，至为满意，自然照准，心中一块石头方才放下地来。

马超在前军听得细作接连报告曹操增兵偃师、运粮新安各项军讯，正虑自己兵力太单，不足应付，方欲飞禀元帅，请求增兵，不意刘琰的前军飞报却早已先来到大营。马超得报，喜之不尽，不上半月工夫，本军增加了骑兵一万五千，先行到达步兵二万，陆续赶至。领兵马步将官来到大营，参见主帅。马超吩咐大排筵宴，大宴将吏，犒赏士兵。休息三日，将马步各军分扎各屯，补充实力，每屯战斗兵都在二万七八千人上下，又由长安运来军粮、器械分配三屯，兵精粮足，士饱马肥，养精蓄锐，画地分防，预备与偃洛方面大战，根基便十分深稳了。马超布置军事已毕，即派人驰赴新安大营，将本军所部新旧兵力分配情形、作战预备、防守事宜一一详细呈报元帅。

孔明正在耽心，惟恐曹兵动作敏捷，变生意外，及至接到了马超呈报，见布置十分妥帖，一再审核，至为欢喜，知道马超现在前方兵力超过八万余人，宜阳、龙门防军犹不在内，与大营本部所统不相上下，加以伯约多奇，为之谋主，白、文二将武艺高强，马岱、张翼均属深稳有识、勇敢耐战，再佐以诸葛瞻兄弟、关索、马成诸将，以之应付偃、洛两方曹军均足以旗鼓相当，战守足恃，但恐方城、南阳方面为敌所乘，不无可虑，即日复书马超，勉其努力，慎重将事，并令其将所得曹兵方面一切情况加紧飞报云长君侯，先事防御，火速勿延。马超接奉元帅复书，立刻遵令，将所得曹兵配置情形专人星夜驰赴南阳函告云长君侯，仍行呈复元帅不提。

云长久驻南阳，因为张辽守御得法，兵力又强，本军前方无甚发展，正欲自还荆州，面见汉中王，报告出兵以来情形，兼筹后方防务，乍然得到了马超飞报，立召元直入内，出示超函，两个共同商议。元直道："曹操处处增兵运粟，反攻之势已是显然。我军方城前线军力雄厚，可保无虞，惟虑渠仍袭当年之故智，派遣重兵暗袭襄阳，据我根本耳。"云长道："元直所虑甚是，某家仍驻此间，安排急救襄阳援队。请元直自往襄阳，指示黄叙诸将，增加防务，顺道还荆州面谒主公，亦请准备相当兵力援应襄阳，然后回到南阳共议瞻前顾后办法。曹兵不来袭襄阳则已，若其不揣冒昧，劳师远袭，我襄阳守兵力足斥候文远。彼兵未至，我已先知，彼兵一来，我视其强弱以为应付。彼兵势弱，守兵便可一战败之；彼兵势强，我先救襄阳守兵坚守城池，勿与浪战，然后我以南阳之援军截其前，荆州之援军击其后，襄阳守军中断其兵而横击之，曹兵虽众，必致如秦兵之袭郑，匹马只轮无返者矣。元直以为如何？"徐庶听罢，不觉击节道："君侯之策面面周到，孙吴复生不能易此。曹兵能将尽在前敌，度其来此当张郃之不如，君侯如此层层设计，虽司马懿、张辽自来亦复何畏？"云长掀髯笑道："某家但能知己，不及元直之更能知彼也。"

两人商议已定，云长即由本军内挑选骑兵五千，旦夕训练，整装待发，令关平率偏将十员分领候令即行，不得延挨片刻。元直即日率小队百人，驰还襄阳，进入军府。黄叙三将敬谨迎谒，备酒接风。元直在酒筵前吩咐黄叙三将，远置斥候，整饬城守，三将领令。

元直在襄阳休息一日，即行驰还荆州，进得城去，径至大将军府谒见汉中王，参见已毕，详细报告一切。玄德见元直自还，本已欣喜，及闻呈报，大为奖许，立即如言办理。元直辞出军府，方才回家，见过老母，具述经过。徐母心中万分喜悦，让元直在家休息三日，催迫着元直兼程回转南阳，赞助北伐戎机不提。

却说陈群奉了魏皇旨意，出了许昌，昼夜兼行，不多时日，直抵建业，先见过了张昭，由张昭带领引见了吴王孙权。孙权优礼款待，延之上坐，寒暄已毕，陈群道达了魏皇旨意。孙权说道："大夫，孤被赵云夺取了江夏、夏口两处重镇，三败孤兵，切齿之仇，如何不报？孤之本意，久欲与魏皇联合，双方戮力，翦此仇雠，大夫此来，至符心愿。孤前已命子明、文向昼夜练兵，无非为报仇起见。孤与荆州姻好已绝，势不两立，非孤灭却荆州，荆州即当灭孤，此宗情况途人皆知，孤若不乘彼方多事之秋有所举动，待彼势成力厚，将永无报仇之日，必至坐俟灭亡，孤虽至愚，亦不出此。有烦大夫归奏魏皇，孤遣陆军进窥夏口，请魏皇指派劲旅从北道会师夹击，庶几易收全功。若托魏皇福庇，得以夺还夏口，孤当令文向统率全军直取江陵，以分荆州兵力，俾魏兵得一意进窥襄阳也。"陈群听孙权说得果决异常，即起立致谢道："敬谢吴王协助之意，群还许昌即当代为转奏魏皇，立派重兵为吴军声援也。"孙权听得大喜，随即设筵款待，宾主劝酬，情礼优渥。席间筵前，孙权细问河、洛战事情形，陈群一一告知，并将魏皇预备反攻各项计划顺告。孙权道："魏皇真可谓善将兵又善将将矣，老谋深虑，长算远略，非但刘备不敢望其肩背，恐诸葛亮、庞统、徐庶诸人亦当望尘莫及也。"

陈群逊谢了一会，休息一二日，不敢久延，辞别吴王，自还许昌复旨，一到了许昌，即时入宫觐见魏皇，报告与孙权接谈经过。操听得大喜道："朕夙知文长使不辱命，远行辛苦，征途况瘁，至为系念，可即还第休养，再有后命。"陈群顿首拜谢，出宫还第。不过两三刻工夫，操特派内使赍黄金百两、彩缎百端，并魏皇本日御膳酒馔，宣赐陈群，群祗肃领谢，内使自去。操即手令淮、徐镇将阎温、杜则领马步二万人，会同吴兵进击夏口，即日兵出九里关外，向夏口方面屯驻，候吴兵出发再进，使人飞报吴王，以定会师之期。二将领旨，率兵去了。

那吴王孙权送过了陈群，登时召集一众文武朝堂会议兴兵报仇事件。众文武参见礼毕，以次就坐。当时孙权将陈群前来建业任务对众说明，次将河、洛战争情形及魏皇反攻各项计划详细说出，复次再将江南与荆州势不两立、非战不可的理由剀切阐明，一席话说得激昂慷慨，众文武无不振奋动听。孙权说到末后，自己立起身来，向着众文武说道："众位卿家，自从先破虏将军、先讨逆将军以来，于今三世，忠贞不二，孤所素知。现在三分局势已经到了最后关头，所望诸卿各出奇谋，以雪前耻，转危为安，是所馨祷。"孙权话刚说完，徐盛出班，上前启道："主公，古人有云：主辱臣死。方才主公所言各节，事势危迫，诚如尊论。盛等不才，受恩深重，不能为主公分忧，愧耻无地，自今伊始，盛等愿竭其股肱之力，济以忠贞，虽断脰捐躯，有死无贰。"两班文武一听徐盛所言，齐声说道："臣等皆志同文向之志，言同文向之言，愿主公宽怀，珍重玉体。"孙权喜道："文武同志，力可回天，孤之幸也。文向计将安出？"徐盛启道："主公，我军往岁三次致败，其最大原因皆由于局部作战，未计全局，轻兵袭险，后无重援，前军小挫，后军心摇，敌人乘势，不败何俟？今曹兵三路反攻，河、洛战事十分吃紧，于禁再窥襄阳，重兵持久，荆襄方面必有动摇。主公明日自至鄱阳湖，大阅水师，赵云闻此消息，必增江夏、夏口之防，然后请主公明令子明督率水师大兵进攻江夏，以诱赵云，盛当请命，自往发居巢马队，佐以步卒，会合曹兵，直攻夏口。以我两军，分彼全力，此为对江夏、夏口方面之兵；再令交趾太守贺齐以重利啖西南昆明夷酋孟获，令其悉起所部，当无虑五六万人，进攻牂牁、永昌、越嶲、犍为诸郡，以摇刘备益州根本之地，益州若被攻击，前敌军心必因之而瓦解，此为对益州方面之兵，再令苍梧太守士燮简率粤兵，北侵零陵，零陵太守刘璋因为被刘备夺取益州，尝怀不满，每思图报，若得一辩士前往说以利害，诱以禄位，以盛愚意度之，零陵当可不烦兵而下，零陵若得，便可顺流东下，进取长沙，则巴陵、江夏皆将闻风震动矣，再令番禺太守虞翻发南越之卒，取道西江，进攻桂阳，此为对零陵、桂阳方面之兵。刘备精兵良将尽在中原，川中名将仅一严颜，零陵、桂阳更无能者，若我五路同时进兵，但令一路得胜，足以摇彼前敌之军心而有余。我江夏、夏口之兵不必猛进，但以牵制荆州水陆全军，令其不得回援益州、零、桂各地，务迁延以老其师，而零、桂之兵乘虚深入，南夷之卒，震荡两川。刘备统兵大将关云长、诸葛亮、马超、赵云四路分屯，各逢劲敌，抽调不易，进退为难，战地则自夏口横亘宛叶，以抵新安，遥遥千数百里，曹兵朝夕伺便近方谋三路反攻，已足使彼艰于应付，若我更益以五路之兵，战地拓展至西川、零、桂，又数千余里。纵令善于防守，防地太广，必有一虚；纵令工于应战，战区太远，势必难于兼顾。前有劲敌之虑，后有反顾之忧，牵一发而动全身，抗两雄而成孤注，诸葛亮、关羽虽有通天本事，亦当智勇俱困，无可奈何矣。"徐盛一席话，聚精会神，有条不紊，说得风发云起，满坐皆惊，比张子房借箸陈辞、马文渊聚米为山后先辉映，足以鼎足而三。在坐文武吕蒙、黄盖、程普、张昭、顾雍、张纮、周鲂诸人一致起立，同声称善。

孙权平心静气，凝神听徐盛滔滔雄辩，仔细思量，推究得失，只觉得徐盛敷陈形势，指画山川，理由十分充足，并无半句空谈，皆可以坐言起行，实为切要救亡之大计，一时雄心奋发，不觉推案而起，亢声言道："文向之言，言言金石，南山可移，此策无动，江东兴亡，在此一举，孤意决矣。"随即下令，令吕范前往交趾，命贺齐派遣干吏往昆明招诱孟获，令步骘前往番禺，命虞翻派兵去袭桂阳，全琮前去苍梧，命士燮亲率劲旅去取零陵，面授机宜，克期动作，并令吕范携了金帛珠玉，乘着海舶浮海前往交趾，步骘全琮，取道豫章，越大庾岭径赴番禺、苍梧。三人奉令，各自出朝回家，即日出发。权又令黄盖、程普、张昭、顾雍众文武，保世子孙亮坐镇建业，令徐盛为陆军主将，率韩当、周泰、蒋钦、孙桓、朱然、周平、程咨七将，偏将三十员，部领马步全军五万八千人，由穆陵关出发，步步为营，进攻夏口。

只因张绣前已病死，所有宛城马队八千余人都信服徐盛，张绣临终遗命，嘱咐本部将士始终服从徐将军，所以孙权因势利导，将宛城马队交由徐盛节制指挥。徐盛以江东仅有步兵，与荆州兵交锋，马步势异，屡次吃亏，所以对于此上苍所赐硕果仅存之马队洽以恩诚，着以信义，厚其饷糈，泽其骨肉，抚慰得法，训练有方，宛城马队本来就个个禀遵建忠将军遗言，又得徐盛如此待遇，中孚之吉，格及豚鱼，全体一致，奉令惟谨，直有家人妇子之概。徐盛敢于自告奋勇独当一面，是因为对于马步两军皆有八成制胜把握，足与赵云一战故也。当下徐盛领了吴王令旨，同了在座的周、韩二将，拜别吴王，整军出发，星夜前往居巢。孙权分发诸事已毕，方才散会，回府休息。

到了第二日，孙权自率吕蒙、丁奉、凌统、杜袭、孙韶诸将上了战船，立时启碇，向鄱阳湖进发，沿途顺道检视水师。五七日工夫，从建业到了九江，由湖口径入鄱阳，所有各军水师大小将领列队扬旗，伐鼓吹角，分成行列，鱼贯摆开，前来迎接，簇拥着吴王到水师中军座船。权见水师船只坚固，油漆光辉，驾驶灵敏，樯橹整齐，桨楫清洁，一色新白布的帆篷，兵士一色青衣的轻装软扎，个个精神抖擞，刀剑鲜明，号令一声，进退不紊，心中也自暗暗地欢喜。坐定之后，都督吕蒙率领全军将士上得坐船，以次参谒。吴王孙权亲自一一面加抚慰，令诸将按爵位分坐左右，众将谢恩就座。权对众将说道："刘备枭雄，海内共悉，近年以来，西并益州，东收关陇，北定赵代，扬兵三川，势焰方张，不可向迩。河、洛之间，曹兵屡败，洛阳、新安，旦夕不保，曹氏若亡，势必及孤，不必智者而后始知。孤因万不得已之故，方出于用兵之一途，一来是唇亡齿寒，时势所趋；二来是犬牙相错，实逼处此。子明、文向与诸将士血战江汉之域，我三吴豪杰、良家子弟犯难捐躯、肝脑涂地，无虑万数，言之痛心，此皆孤一人不德之所致，以重累吾民，然事已至此，悔亦无及。大仇不可不报，危亡不可不拯，诸将久同甘苦，世笃忠贞，必能谅孤区区之心，为孤效力于疆场之上，保先王之世业，雪三败之深仇也。"孙权一言才毕，只见满坐大小将官一齐起立，异口同声的说道："大王请大放宽心，末将等愿身当前敌，剿灭刘备，夺取荆襄，以为大王雪三败之耻，而创霸王之业也。"他们说话时个个切齿嚼牙，磨拳擦掌，形势汹汹，好似马上就到荆州生擒刘备前来献功的一样。

孙权见士心齐一，一致对外，说不尽的欢喜，就座上发布了命令，令都督吕蒙为江南水陆全军大都督，九江太守甘宁为前部先锋，后将军丁奉为副先锋，督率偏将五十余员，领水师五万余人，大小战船二千三百号，溯江而进，直取江夏。吕蒙拜命，召集甘宁诸将祃牙誓师，全军出发。孙权亲到吕蒙大船上，陈牲酿酒，祭了中军大纛，赐了战胜酒。诸将饮了福，辞别吴王，画角三声，大炮九响，扬帆径向上游前进。孙权自与凌统孙韶诸将驻节九江，为前军声援，军容赫奕，声势雄伟。

江东水陆两军五路合计将近二十万，号称四十万，大举进攻荆益两州。自从孙氏占领江东以来，从未出过这多的人马，此番系徐文向出的主意，本来实力就有可观，又加以盛大的特别宣扬，那声势自然一发的浩浩荡荡了。在兵家道理上说，军事机密不能泄漏，好令敌人捉摸不定，无从抵御，方是正理，不过徐文向的意思，所以必要如此张扬是纯为摇动荆州前敌的军心，使其内顾生忧，远水救不了近火，前敌的军心一摇，作战的能力自然减少，本军便可惟意所为了，所谓运用之妙，存乎一心，不能泥着古书一成不改，才算是会用兵的将官。

江东五路出兵的消息沸沸扬扬，被荆州坐探探得详细，火速还报汉中王。玄德接到报告，心中自然忧惧，立召马良、赵云、刘琦三人入府商议。三人参见已毕，两旁侍坐，玄德将所得下游消息告知三人，统筹全局战守办法。马良启道："良启主公，江东积恨于我，此次与曹操合兵来攻。五路并进，兵势甚盛，兵力亦厚，与往日情形大不相侔，实未可等闲小觑。但以良观之，江东名虽五路出兵，其主力似仍在江夏、夏口两地，西川零桂决无重兵，益州有法孝直、严颜、李恢、王伉、吕凯诸人，足以御贼无大可虑，舍弟幼常在桂阳，蒋公琰在长沙，久于其任，文武足用，湘江上游当无何项危险发生，惟刘季玉在零陵，不无可忧耳。江夏方面，水陆辐辏，我兵足资战守者不下六万人，吕蒙虽勇，当亦无如我何；惟夏口方面，系由徐盛领兵进犯，盛之为人足计多谋，深入敢战，马步兵力均甚精锐，又闻曹操派阎温、杜则领兵二万，来会吴兵，进攻夏口，夏口地方比较五路最为吃紧，非子龙前往，殆难济事。"赵云听得马良所言，慨然起立道："季常所论，情势确切不易，夏口之事，云愿以身任之。"玄德道："季良之言，了如指掌，为孤省却一部分忧心。惟江夏地方，亦关重要，犹恐向宠、邓芝、黄权诸人不能敌吕蒙、甘宁二将，孤意欲烦季常自往江夏一行，即以全权相委，指挥诸将以应事几。两地安全，其余三路无足虑矣。"随即下令以马良监大将军府事，驰赴江夏，尽护江夏水陆军将，协应赵云，迎击吴兵。马良拜命，即日同赵云夫妇一路前往。玄德再令刘琦领兵三万，出驻公安，为前方声援。刘琦领令，即日出屯。玄德因孔明前派费诗回荆州报捷，便留在左右，以备任使，甚资得力，此番深惧上游震动，令费诗由陆路驰还长沙，知会蒋琬，协同马谡守备边境，严防吴兵内犯，并留心伺察刘璋举动。

费诗领令，倍道兼程，驰还长沙，不日到了，径至太守衙中，见过蒋琬，宣布汉中王令旨。蒋琬敬谨接受，两下分宾主坐定，蒋琬道："前数日得了幼常急促手书，言苍梧、番禺俱有兵讯，幼常因事先派探子多人前去五岭以外打听消息，所以得讯尚早，业已调集属地各兵严守要隘。独季玉尚无消息。已令舍弟蒋珪领长沙子弟八千人，合衡阳驻兵五千，兼程直上零陵，凭险设防。大夫此来甚好，即请大夫代领长沙太守，琬当自赴零陵一行，协同幼常防御来犯吴兵。季玉能为国效忠，当同舟共济，若有二心，当翦除之，以靖地方。"费诗允诺，两个立时起草会衔上启，呈报汉中王。

郡事暂由费诗代理，蒋琬由郡中再选精锐三千人，即日驰赴湘水上游，兼程四日，到了永昌，蒋珪接见，谈起上游兵事，珪答道："顷据细作从上游回报，称苍梧太守士燮领兵七千，奄至黄沙河，依刘季玉的意思，要凭城拒敌，其部下刘瓒诸人怂恿投降，因此江东兵不血刃得了零陵。弟即将本部劲兵进据黄石岭，吾兄一来，大事定矣。"蒋琬听得零陵虽然失守，尚得占领黄石岭要隘，急令蒋珪领五千人，沿湘水西上，径出黄沙河，与本地民兵截击吴兵后路。蒋珪领令，马上起程。蒋琬檄令衡阳守将陈南，从守兵内抽三千人，率赴黄沙河，接应蒋珪。

蒋琬分拨既定，自领部兵来黄石岭大营，偏将周翼、黄英、吴郁、张盛等迎入营中，坐定，问起吴兵消息，吴郁答道："据零陵难民传说，士燮得了零陵，即将刘璋一干人等送往苍梧，纵释狱囚，编为前队，约有五六百人，勒索城中殷实人民钱谷，现已遍及四乡，零陵境内，鸡犬不宁，以我兵阻住黄石岭，不能前进，意欲顺流东下，以窥衡耒。惟沿湘船户闻零陵被兵，俱已远飏，江东兵士大索船只，亦无从得，闻已派人往上流征集，并准备竹木为筏，但一时甚难于猝办也。"蒋琬听得甚喜。正是：

潇湘夜雨，是神号鬼哭之秋；吴楚秋风，正世乱时艰之候。欲知后事如何，且听下回分解。

异史氏曰：先主连营七百，包原隰险阻而屯兵，曹丕坐受吴降，策其必败者，许昌之高会也。今先主奄有四州，诸葛、关羽、马超环进之兵，宁止原隰险阻，地包七百？而曹操急望吴援，无策致胜者，亦许昌之高会也。一世之雄，真令人有起歌"而今安在"之慨！不得已，许仪、典满之外，又假方面于久失两耳、曾叹"临危不如庞德"之于禁，奈何而不蹈水淹七军之厄，重演丧城失机之辱乎？如此两案并翻，未免太刻薄，太酷毒矣。则至于操死后，令禁董治陵寝，故使睹壁间粉垩乞命樊城之图画，羞愤气死，岂非不肖之子所为也哉！岂非不肖之子所为也哉！嘻嘻。

写曹操联吴，写窥伺襄樊后路根本，写谋臣策士计算，写云长、士元商议，只是一条道路，不出仍袭故智；待吴师，进长江，越桐柏，扰襄阳，一再重复写来，以见荆襄重地，固与不固，即为汉、魏兴亡关键。亦只如此一写，便明曹操此时，更已一筹莫展也。既另无妙计可言，仍是大炒现饭，则又并鸡肋滋味，亦求不得，其束手苦况，直已通体描透，其妙真不可言传。若谓作者不知写一奇谋，是为犯笔，不知此正奇笔！其奇在犯，非犯不奇，而非奇不犯者也。惟不耐读人始见其犯而已，卒亦何犯之有？

孙权三败，况念唇亡，危难逼人，此其势在出兵，有不待操之求救者也。但借陈群归报数语写来，则仍是遗书曹操，求夹攻云长，嘱勿漏泄之孙权耳！三次翻来，将荆州一案，无一字不翻得干干净净。猇亭之吴，曾经三败，此亦以三败写之，则不为末减明矣。若五路兴师，旧以联吴，此亦以诸葛安居平之，则更为蔽罪于吴，又明矣。己辱而己任之，其辱应尔；人罪而归于己，则与魏连和共倾汉室之罪,不枉而彰。其意若曰:权犹丕也,臣于操,即子于操者也。是以诛丕者诛权,正合《春秋》赵盾弑君之戒,而鄱阳小阋,即出不越境之诛。

第三十五回

犯桂阳虞翻夜撤兵　　收零陵蒋琬宵临敌

　　却说吴王孙权遣步骘越大庾岭前往番禺，命番禺太守虞翻出兵攻取桂阳。那虞翻本籍会稽郡人氏，少有胆气，长善用矛，他有一种过人的本事，天然生就一双飞毛腿，能走及奔马，日能步行五百里，少年时节很好驰马击剑，交通轻侠，大有三河年少风度。到了二十七岁的时代，他忽幡然改悟，折节读书，好学深思，精通易理，他的《虞氏易》直流传到于今，成了经天的日月、行地的江河。他原本不是这个名字，因他改悔的原因，才改名翻，字仲翔，在三国中算得个通经致用、体用兼赅者，比曹操、周瑜这些孝廉公，他是真本领的大学者，与郑康成、卢植一般彪炳儒林，他却更能学足润身，行足用世。孙策得了浙东，久闻翻名，优礼延致，大疑大事，每咨以行，推服万分，甚相倚重。孙权袭位，敬礼不衰，但是他酒失过甚，不能如郑康成之百斗不乱，几乎因贪杯的原故送掉了性命。就是因为孙权日前受了曹操的私惠，晋封吴王，兴高采烈，大宴群臣。仲翔通晓先天数理，知道孙刘两方将来必因此绝交，江汉战端必因此而起，孙伯符艰难百战创造的江东霸业必因此而亡，自家受伯符特殊之遇，仲谋往常倒还遇事咨询，独独对于这样八十一州兴亡大计竟自毅然决然，专断独行，心中不无悲感怨慨，在酒席筵前不觉多吃了几杯，看见一众臣僚个个善颂善祷，听不入耳，激动他亢直的心肠，借着原由，使酒骂座，若讥若讽，隐刺孙权。孙权在那个高兴时间，正是一人之下，万人之上，夜郎自大惯了，也因多喝了几杯，耳边厢正充满着好听的语言，忽然听见了虞仲翔这套不合式的刺耳话，以为当着大众成心揭他的面皮，虽然全身浸在酒水中间，却不由得五脏六腑的三昧火一时勃发，按捺不住，和仲翔抢白了几句。仲翔也不客气，爽性畅所欲言。愈闹愈糟，孙权拔出佩剑，就御驾亲征，要动手来杀虞仲翔。亏得那时有个司农刘基，也是孙权平日最亲信最敬重的人物，与仲翔平日是道义之交，当下见事不谐，急忙离了本位，双手抱住孙权，苦苦劝谏，说道："主公纵不念仲翔平日，难道忘记了桓王当日的言语么？"一句话把孙权提醒，方才收剑入鞘，只因孙权天性尚厚，对于伯符是常时感念的，所以一经提及，虽在醉中，便自醒悟，一场大会不欢而散。依刘基的意思，要仲翔亲自前往吴王处谢罪，仲翔是一百个不肯。孙权到底不能容他在朝，以岭南地方古称瘴疠之处，欲以困之，隔了几时，下令以翻为番禺太守。

虞翻并不推辞，拜命前往，到了番禺，采风问俗，发号施令，安辑吏民，怀柔蛮夷，正身洁己，节用爱人，僚属承风，民夷向化，又兼他有七个儿子，各有才艺，四子虞汜尤精武略，对于兵备训练有方，虞翻既有善文能武之材，复得御侮安民之要，两三年间政声大著。上之诚信允孚，下之爱戴恐后，地方安堵，政简刑清，花落庭闲，草深府静，自家尽有工夫滴露研朱，点勘《周易》，西山气爽，手版支颐。偶然从王府文告、友朋书启中闻着内地战争，刘玄德占领雍并两州、江南失去江夏夏口两处重镇各项消息，心中正自嗟叹，外面报称吴王派遣专使前来。虞翻听得，即具衣冠，迎接步骘入府坐定。两个互道契阔。步骘将吴王令旨取出，面交虞翻，翻拜受令旨，启视已毕，随令安排筵席为步骘洗尘，细询中原江东各处情形。步骘从头至尾，详细告知。虞翻听了，知事在必行，即席下令，令四子虞氾火速征本郡精兵八千，限期召集，候令出发。步骘见使命已达，休息数日，自还九江复命去了。

虞翻送过吴王使者，自己沐浴更衣，在后堂内焚香下拜，取出灵龟，敬心诚意的虔卜一卦，得师之六爻，其繇词云：

苍苍桂阳，良骥所藏。金刀复盛备始王，还珠合浦及尔疆。出师犯顺逆天亡，弟子舆尸反炎方。动者不吉静小康。

虞翻取繇词反复观览，再三讽诵，思之思之，鬼神通之，至诚所感，恍然大悟。繇词第一句"苍苍桂阳"言其地方险阻甚远而难取也；第二句"良骥所藏"，守桂阳者为太守马谡，谡为人有谋能断，素负马氏五常之目，谡之姓为马，与繇词良骥吻合无间，谡任事数年，威惠流行，善刀而藏，不易得而胜也；第三句"金刀复盛备始王"言刘之谶为卯金刀，金刀之运已衰复盛，玄德名备，始为汉中王，如高祖之王巴蜀，光武之王萧，皆始王而终帝也；第四句"还珠合浦及尔疆"，岭南九郡，合浦产珠，去而复还，古有明证，刘氏再兴，会当光复旧物，统一九州，比于合浦之还珠，岭南九郡不能例外，即翻所辖治之番禺疆土亦当重隶汉家版图也；第五句、第六句"出师犯顺逆天亡，弟子舆尸返炎方"，明言孟浪出兵，逆天而行，弟子舆尸，必无幸全之理也；第七句"动者不吉静小康"，则不啻直言暂可苟安于一时，轻举则悔吝生也。翻且诵且思，不胜嗟叹，但既为守土之吏，责无旁贷，吴王之命，势不可违，且四路均已如期出动，本郡一路何能独异？沉思良久，方才决定，三五日内亲自编选粤兵八千人，令四子虞氾、五子虞忠、六子虞耸、七子虞昺各分将二千人，而以氾总其成，越萌渚岭，渡洭溪水，进袭桂阳。

四子分兵已就，入府见父，两旁侍立。翻谕四子道："汉祚会当中兴，天象人事，俱已表见。书不云乎：顺天者存，逆天者亡。此中消息盈虚之理，不能与汝辈言，亦不能为汝辈言之也。但就地势言之，桂阳险奥之区，此去山岭重迭，道路崎岖。太守马谡曾举孝廉，计偕京师，适我北游洛阳，与彼同居一处，朝夕相见，为时虽仅三月，但深悉其为人沉毅、富于机谋，今相距二十余年，彼之学识度已与年俱进，刘玄德特别赏识，接任荆州牧后，即令其来守桂阳，加以重任，与以全权。彼既多谋，更复敢战，我兵千里袭人，彼若以逸待劳，据险拒我，我兵必难幸免。汝辈须多遣细作，羼入桂阳边境，若桂阳境上烽燧修明，军民耆惧，汝辈便可长驱直入，与之一战，战而幸胜，可取桂阳；若桂阳境上都无设备，人不知兵，见我兵至，惶恐奔逃，入其室中，都无粒粟寸缕，万不可再行前进，可屯兵境上遥作攻取之势，以视彼方动作，若贸然深入，自蹈危亡。马谡才识明敏，奉令守边，示我无备者，欲诱我耳。俟我深入，据险以要，我兵虽勇，亦不敌矣。又我如逗留不进，彼诱蛮峒诸夷起而夹击，前后皆敌，势难抵御，汝辈如有风闻，便可乘夜撤兵，不必与之争旦夕之命也。兵凶战危，慎之慎之。"四子领命，再拜辞别，率领队伍即日起行。虞翻再命从事阚隆领兵三千，进驻乐昌，以为虞汜等军后援。

那桂阳太守马谡自从探子口中将虞翻出兵消息传来，自家早已暗暗准备城守，更没一点张皇，深夜时间召部将糜威、向充入府。二位参谒已毕，侍坐一旁。马谡道："二位将军，顷据番禺探报与长沙蒋太守手书，江东五路出兵犯我边境，响应曹兵，番禺太守虞翻令其四子领兵八千来攻本郡。某家前已征集万人屯驻郴州待命，二位将军可率随身小队，今夜乘夜出发，径往郴州，留兵四千守城外，可各领三千人，先据都庞、萌渚、骑田诸要隘。若吴兵到来，可匿兵山中，让其深入，不必阻拦，俟其至郴州附近，然后某家自领重兵遏其前进，二位将军合兵阻其后退，据险要击，吴兵必无一生还者矣。"二将领令，悄悄的出了太守衙署，回到本营，各领小队二百人，乘着黑夜，出了桂阳城，径向郴州集中，然后遵照太守命令，领兵出发，真弄得太平无事，人不知兵。

那糜威乃是糜竺之子，本是富家子弟，弓马娴熟，武艺高强，糜竺因为国戚关系，不便令其随着汉中王，招人讥议，特别送交马谡差遣，还是因荆州同僚份上，马谡爱其才武，任为偏将，令典郡兵。向充乃是江夏前敌统将向宠的胞弟，力举千钧，勇过于兄，也是向宠避嫌，才付托马谡栽培，马谡随才任使，以其勇冠三军，才不易得，令领帐下先锋军。二将都经马谡严密考核，实地试验，均能胜任，所以此番特地令二将一齐前往，预备全数覆灭吴兵。马谡差了二将去后，一面专使驰报汉中王，详细报告犯境吴兵数目，本郡派出兵将防御围剿方法，末后声明郡境决保安宁，吴兵决会歼灭，请汉中王解释忧心；一面派人间道赴黄石岭，飞报蒋太守，请其专心进攻零陵，桂阳决无妨碍，若本军得胜，当移兵前来助攻士燮也。蒋琬得讯，自是欢喜，省却一处耽心，自家可以一意收复零陵。

那虞汜兄弟四人奉了父命，领兵八千，来到桂阳边境附近，扎住营寨，真个多派细作往桂阳一路侦探。只见桂阳人民熙来攘往，肩挑负贩，相属于道，农村安静，妇子嬉娱，间有一二军士入市买取物品，异常宁静，都无异状，及至郡城之中，太守方率府中僚属游赏龙潭荷池，饮酒赋诗，行所无事。

细作探听得确实，星夜遄行，回报主将虞汜。虞汜听得细作如此报告，回顾三弟道："吾父真神人也。"便立刻传令，即行撤兵。虞昺上前谏道："四兄，且缓下令，弟有一言，请兄裁夺。"虞汜道："七弟有何意见只管说出，大家从长商议。"虞昺道："全师以出，惟敌是求。今桂阳无备，天赐我也，天与不取，反受其咎，虽不图功，何能受咎？且五路出兵，我与苍梧两道邻近，近据探报，士太守兵少于我，自出师以来，兵不血刃便得零陵。我兄弟未见敌兵遽行反旗，吴王知之，必加罪责，纵不加罪，亦当内愧于心。依弟愚见，不如疾进袭取桂阳,因敌城而收敌粮,旁收其他州县,进可以战,退可以守,即有疏虞,谅无大害。昔项羽以八千子弟横行天下,所向无前,巨鹿大捷,诸侯悚息听命,遂霸西楚;今我有众如项羽,虽不能横行天下,宁不可以一战乎?"虞汜道:"七弟之言,不为无见。但父亲临行再三嘱咐,曾言马谡有谋能战,无事之时尚知谨守边境,岂当此多事之秋反漫无防御?诱敌之计,已觉显然。且此去桂阳,山岭绵亘,树林绵密,彼藏兵山谷之内,我不能知,我若一意前驱,彼据险以扼我之进,而伏兵乘我之后,绝我归路,士心一乱,其何能战?全师而反为罪亦轻,比于败军,不犹胜乎?士太守所遇之敌为刘璋耳,彼久有离叛之心,故绝无抗拒之事,兵不血刃,非战之功,使其竟遇马谡,则亦但有徘徊河上耳。近据下游探报,长沙太守蒋琬已亲率重兵进扼黄石岭,必另有奇兵以袭零陵之后。士太守既已不能前进,若归路不幸被扼,恐将欲退而不能矣,进退不能,不败何待?七弟,请加三思也。"虞昺道:"四兄所言,虽甚明透,但以弟观之,马谡决非神人,预知我兵某日来至某处,而设伏于某处以待我。度桂阳一郡兵力,与我番禺不甚相远,彼既以一部分兵力扼我于前,又须以一部分兵力截我后路,兵力既分,势必薄而不厚。我军畜锐已久,人思快战,若以全力冲破彼之前军,入据桂阳,则彼所遣截我后路之军方更为我截其后路,我与阚从事兵,合而夹击,必聚而歼之矣。我兄太多疑,信马谡太过,自视太低,故为谡虚张声势也。"虞汜道:"七弟虽言之成理,但与事实相差甚远。七弟不要坚持己见,现在可多派精细兵卒扮作村民,深入山中,严加搜索。若彼伏兵多,我即拔队速归;若彼无伏兵,我即整队前进,与彼一决胜负。七弟以为如何?"虞昺、虞忠、虞耸三人一致赞成。虞汜立时选派精细兵士三十余人,分道入山,期以五日回报,务须从容沉着,探听确实,不得有误。军士领令,分道改装,入山打听去了。

　　虞汜兄弟顿兵境上,等候一连五日,不见一人回来。直到第五日傍晚，方才走回一人，气急声嘶。虞汜情知有异，即忙令人取碗凉水与其服食，才算回过气来，连忙问他情形如何，那兵士答道："奉令入山，深入十余里，不知内藏多少汉兵，同伴多为所执。小人伏在草间，亲眼得见他们押解经过，等待他们过去，蛇行匍匐，逃出虎口，特来回报。"虞汜听得，还顾虞昺道："七弟，如何？幸我兵尚未入险，如果长驱深入，此刻已俱为俘虏矣。三帅俘于二陵，成安败于泜水，前车之鉴，不可犹疑。"虞昺俯首无辞。虞汜一声令下，全军整队，反旗南还，不消一夜，已经退尽。

那糜威、向充久伏山中，却尚未见吴兵过来，不觉心中纳罕，直待细作回来，报称据路人传说，吴兵已于二日前一夜退尽。二将速派轻兵随后侦视，果然不虚，只得将人马扎住要隘，防吴兵再来，向充在军指挥，糜威星夜驰还桂阳，报告太守。马谡听糜威陈述，倒出于意料之外，反吃了一惊，略一凝思，便道："糜将军有所不知，虞翻精于易理，故有先见之明，知我严防，不敢深入，是以全军而返。二位将军不战却敌，尚为不虚此行，谅吴兵决不敢再犯边境。糜将军可出防要隘，向将军可领本部绕出零陵后路，助蒋太守攻击士燮，收复零陵。"糜威领令，自行驰往前军，知会向充，领兵直出潇水，屯伏九嶷山侧，相机进退，以候吴兵。马谡将经过情形再派人飞报汉中王不提。

且说长沙太守蒋琬自领重兵，进扎黄石岭，先后分遣蒋珪、陈南出屯黄沙河，截击吴兵后路。自己整顿全军万人，由黄石岭径下，进攻零陵，令部下偏将黄英、周翼为左右先行；各将兵三千为前锋，自率偏将吴郁、张盛，部兵四千，随后接应；暗中先派细作潜入零陵城厢内外，运动本郡旧有防军，令其戴罪图功，伺隙反正，截击吴兵，以为内应。布置已定，全军浩浩荡荡往零陵城进发。

那苍梧太守士燮自从出兵以来，派人游说零陵太守刘璋，水到渠成，轻骑长驱，不费张弓只箭，轻轻巧巧得了零陵。士燮进了零陵之后，老不客气，将刘璋、刘瑁并家眷一应人等送赴苍梧本郡安置，表面上招待，虽然十二分客气，暗中却是无形监视。刘璋诸人到了此时方才后悔，自己在零陵还是一郡太守，就是士燮来攻，本郡兵力犹足相抗，但令支持得十天半月，衡阳、桂阳、长沙的援兵自会陆续前来，郡城万不至于失守，自家地位稳如泰山，玄德若能中兴汉业，哪怕他不还我益州，依然作牧，如今听信左右之言，无缘无故送掉了零陵，一无好处，只落得侨寓苍梧，做个匏瓜式的亡国寓公，对荆州方面弄一个叛逆之名，永无复合之望，左右思维，真是悔之无及了。

只有士燮既得零陵，依他部下将士意思，便要乘胜直取衡阳，士燮道："我兵虽得了零陵，属县犹为汉守，多未降附，足为后顾之忧，且汉兵失地不因战败，锐气未挫，未可渺视。本军全部兵止七千，设防应战，甚感不敷，若孤军深入，又无后援，倘被汉兵加以袭击，危险实甚。"踌躇再四，方决定主意，飞檄苍梧、桂林二郡，再派精兵万人前来零陵，接应本军，一面在零陵城搜括商富，增加赋税，巧立名目，攫取金钱，开释狱囚，招纳亡命，编集新兵，委任官吏，积储粮食，整顿城守，掳集上江商民船只，配置水兵，以便顺流东下，水陆并进，一收衡未，直取长沙。经他十日经营，被他收得两员将官，新兵五千，敢死队六百，苍梧、桂林两地亦已回讯，如命办理。

士燮听得，自是欢喜，正待分派队伍即日前进，忽听得下游细作回报，具言汉兵方面，由长沙太守蒋琬亲领大兵前来，离城不过四五十里。士燮听到探报，立刻令本军部将士成领本军三千人，谨守零陵，自领本军四千，新兵五千，敢死队六百，即刻出城迎敌。前锋刚到接龙桥，汉兵前锋斥候亦到，两员将官，两面认军大旗，一面上书永昌周翼，一面上书宁乡黄英，都是蒋琬在长沙招集精锐，就中甄拔特出的人才。士燮便令将士在桥南扎住了大营，凭桥拒守。周、黄二将见吴兵扎营桥南，扼住长桥，只得也在桥北扎营，派人飞报太守。

蒋琬原是零陵人氏，深知地势，熟悉情形，接了二将飞报，知吴兵凭桥拒守，阻住前军，便知道士燮能力有限，催军前进，来到大营，自骑骏马同着周、黄二将。在桥北巡视一周。回到营中坐定，唤二将道："吴兵远来，利在速战，前锋新兵多系亡命之徒，今晚三更必定过桥前来劫营。此溪上游水不甚深，又有堰坝可以徒涉。周将军你可领兵二千，从龙溪上游十里越过龙溪，绕山僻小道，今夜三更时分，径袭吴军左营。黄将军领兵二千，从下游十里越过龙溪，绕山僻小道，今夜三更径袭吴军右营。吴兵若败，二位将军可乘势追赶，令彼不得休息，迫令入城株守坐困，方可全数歼灭，不得有误，至要至要。"二将领令，各率部兵，从山后小路暗暗出发。蒋琬吩咐二将去后，令吴郁、张盛督率部兵，于大营内掘下无数陷坑，放下干柴及硝磺引火之物，安下火线，一触即发。安置妥当，到了黄昏，全军拔队移入山后，分左右翼埋伏，留下空营，等候吴兵来劫。

果然吴兵主将士燮听了新兵统将吴锐、曹容的条陈，预备整顿全军，乘着锐气来劫汉兵营寨。士燮老成持重，吩咐二将即领敢死队与新兵前往，自己留守大营以观风色，预备接应。曹容、吴锐领了将令，督着六百敢死队，分领新兵五千，到了二更时分，一声暗号，过了接龙桥，直向汉兵大营扑来，看看到了营门附近，只见营中灯火俱无，一无动静。二将贪功心急，砍开营门，一声呐喊，兵士如排山倒海，争先杀入汉营。六百敢死队奋勇先入，尽坠坑中，后军已经发动，不能即时遏止，仍是连续猛进，相继堕落，层积而上。二将见是空营，知道中计，急挥部兵退出，坑中早已填得八成满了，只听得一声鼓响，万炬齐明，汉兵从山左右两翼横卷而出，万弩齐发。吴兵大乱，退后不迭，自相践踏，汉兵乘势追赶，杀过桥南。

士燮在大营中望见本军败退，汉兵追赶二将已过桥来，急忙提兵出营接应。刚出营门，星光底下只见山左侧转出一彪人马直向右营杀来，正待回兵抵挡，山右侧又转出一彪人马，直向左营杀来，强弓劲弩，锋不可当，杀入营中，四处放火。士燮见不是事，领了本部，弃了大营，杀条血路便走。曹容、吴锐随后奔逃，周翼觑定曹容，"飕"的一箭，射下马来，乱军践踏成了肉酱。吴锐舍命狂奔，赶上士燮，士燮一路败走，直到零陵城下，士成领兵出城接应入城。闭上城门，安排固守，静候桂林、苍梧援兵，再作道理。

　　蒋琬大兵追到，倚城下寨，逐日攻打，士燮守御得法，两相支持。过了十日，援兵犹然未至，士燮心中疑惑，却有后路哨兵逃回报告，言汉将蒋珪、陈南领兵万人，扼住黄沙河，阻住援兵，不能前进。士燮闻报，知道孤城难守，乘兵力尚足一战，决计出东门，趋道县，越过龙虎关，以还苍梧。到了二更时分，率领全部六千人，开东门夜走。

　　蒋琬也料士燮不能久守，非走不行，吩咐周黄二将领兵五千人，预备追赶，令二将道："吴兵若走，星夜驰追，吴兵还斗，即行退却，走则仍追，斗则仍退，务令彼欲走不能，欲留不敢，欲斗无从。"二将领令，火速去了。蒋琬自己督兵入城，清查户口，安抚居民，令别驾罗章权代郡事，办理善后，飞报荆州。

　　那士燮出城，不过三十里，追兵已至，即晓谕将士道："我兵深入重地，当于死中求活，非败追兵，殆无生路。"将士踊跃听命，严阵以待。周黄二将赶到，见吴兵有备，收兵速返。士燮见追兵已退，缓缓前行，行不到十余里，后面追兵又至，士燮挥兵迎战，追兵又已退回去，如此往复，一日十余次。

　　士燮兵不得息，求战不得，欲罢不能，一步一步挨到九嶷山脚下，正待休息，只见前面旌旗招展，一支汉兵挡住去路，早已列成阵势，旗门开处，向充一马当先，大叫："士燮休走！我在此等候多时了。"士燮大怒，拍马迎敌。后面周、黄二将早又赶来，吴锐回马迎住，不到二十合，被黄英一刀砍死，冲破吴军，夹攻士燮。士燮丢了向充，杀条血路而走，三将追上，团团围住，士燮人困马乏，拔出佩剑，自刎而亡，士燮乘乱走脱。吴兵除死伤外，余众尽降。三将留此镇抚，飞报太守捷音。

蒋琬闻捷大喜，令周黄二将领本部赴黄沙河，会击吴军援兵，将士燮尸首送往吴军，以乱吴兵士心。二将到了黄沙河，会过蒋珪、陈南，如令办理。吴兵见了士燮尸首，果然心怯，乘夜退走；四将渡河追赶，得了多少粮食器械，飞报零陵。蒋琬令蒋珪即驻黄沙河，周翼还驻零陵，黄英驻道县，陈南还衡阳，向充还郴州，联络声势，以固西防。蒋琬率兵三千，由水道还长沙，费诗迎接入府。两个畅谈经过，费诗甚为称羡，随即交割印绶，带了蒋琬收复零陵捷书，自回荆州见汉中王复命去了。蒋琬再派人驰告马谡，谢其协助之意。正是：

九嶷云破，苍梧鬼哭之时；七泽波平，青草神游之境。欲知后事如何，且听下回分解。

异史氏曰：先主征吴之日，仇人尽得，惟马良谏请班师。及陆逊出师，先主轻敌，亦惟马良以"不亚周郎，未可轻敌"谏。比至移营林木，群谀妙算，又惟良力请，以四十八道图本，问于丞相。惜玄德骄忿愎悖，不可名状，未克尽从其言，自取覆败。是季常善辅先主，能料敌情，诚白眉称最者也。本书置之荆州，即为今日辅备之地，出之前敌，江夏已安若泰山；而不意早于第二回中中，置蒋琬为长沙太守者，亦正为今日分拒吴兵之计。则相隔三十余回，首尾皆动，无一废笔。作者文章，如其兵法，诚亦一常山蛇也。谪虞翻于岭南，乃如此用史，写《易》爻辞，古朴入真，殆一能无所不能，而实借以写谡，更觉变幻甚奇，竟一妙无所不妙矣。

诸葛挥泪斩谡，以街亭空城计等传之戏剧，至世俗无人不知；而"言过其实，终难大用"一语，乃几成为马谡盖棺定案！殊不知七纵平蛮，攻心为上，其策实定于幼常，则《演义》虽传之，而人寡许之，甚矣人之好谤也！作者论古衡平，不屈一人之半智，于是而有此回，以特写马谡。虞汜不入，何异攻心？大计平蛮，何异安边之策？知人善任，不图于笔底见之。又带写糜竺、向充，不使有一人置于闲散，真不意街亭一案，却在此处如此翻之。

士燮孤军深入，惧无后援而不进，是知兵矣。而据有零陵，先以搜括富商、攫取金钱为急务，则又安得为能军也？此等军队，直是作者为其时军阀写照，故吾每谓本书滑稽处，亦史笔也。掳掠为生，形同流寇，焉能与人稍持而不败，矧所遇复为蒋琬之军乎？作者湘人，于桑梓历年兵争，痛心疾首，出于笔底；其山川道路，自然如在目前，而胜负形容，却不知为何人铸鼎。

第三十六回

大凉山孟获怯神兵　　三连海吕凯擒夷帅

　　却说吕范奉了吴王令旨，浮海来到交趾。交趾太守贺齐迎接吕范入府，两下分宾主坐定，寒暄已毕，吕范宣过吴王令旨，并将行装内携带之金帛珠玉一一点交贺齐。贺齐敬谨接受，治酒洗尘，本来都是一殿之臣，久别重逢，谈宴欢恰。贺齐因南来日久，与内地消息阻隔，此日听到吕范畅谈中原战事，扬益分争，闻所未闻，直至夜分方才就寝。到了次日，一面就本郡僚属内挑选畅晓夷情、熟谙蛮语、能言善辩、胆识兼优者，一名为别驾，一名为从事，携了吴王令旨，又于金帛珠玉外，添些海舶带来的异香文锦、新奇玩器，找出熟识道路的商人、能通诸夷语言的通事，即日上道，直出昆明；一面自家陪着吕范，游逛城厢山水，寻访古迹，摩挲马伏波将军的铜柱，听听铜鼓夷歌，喝喝苡米粥，吃吃槟榔、香蕉。吕范休息数日，仍乘原船，回江东复命去了。

　　只有交趾太守贺齐所派的别驾从事，同着通事，带了从人，梯山航海，沐雨栉风，晓行夜宿，倍道兼程，好容易到了昆明地方，见过了孟获大王，送上了金帛珠玉、巧玩奇香，五光十色，炫耀眼帘，异馥天芳，钻通鼻观。你说孟获大王自从出生以来，食草衣皮，茹毛饮血，几时看见这宗物品，不由得满心欢喜，不可名状，本来是蠢如鹿豕的东西，但给他一些可口的食物，教他走南他决不会走北，何况得了这多少金珠宝货，受了这许多巴结奉承，哪里还怕他不诺诺连声、满口承认么！当时一口答应了吴王的使者，请使者先行回去复命，自己马上就会动兵，还送了吴王些土仪，云茯苓、云犀角、天生磺、蒙自桂、甜三七、白药精、个旧铜器、乌蒙锡货、普洱茶、腾冲白灰罂粟、象牙翠羽，各色地道物品，大包小裹，答谢吴王的盛意，附带送了使者好几支宣威腿。使者也不客气，运私土，带白货，预备大举的发洋财，免得人说进了宝山却还空手回来，大约仿佛追共党的队伍一样的想像，一样的后先辉映了罢。

孟获大王送过了吴王使者之后，立时吹起芦笙，打起铜鼓，召集了所部猓夷、獞夷、猡猡、花夷大小部落七十余部所有的酋长头目前来参见大王。孟获吩咐各酋长各就本部，点选壮丁，三丁抽一，五丁抽二，各带随身兵器，药弩毒矢，藤牌短刀，前来旗下听候祭旗出发。不到五日，被他纠合五六万人，杀了乌牛、白马，祭了王旗，三声海螺吹过，浩浩荡荡的向着西川边境永昌四郡地界杀来。

那时节汉兵的越巂太守兼护永昌犍为牂牁越巂四郡军事吕凯，表字季平，本籍永昌郡不韦县人士，少有才略，胆识俱超，生长边地，邕晓夷情，于边事尤为留心，出仕本郡五官掾功曹，因奉本郡太守命令，上计成都，入见孔明。孔明见他体貌英爽，精神流露，举止沉着，应对简明，心中已自嗟赏，复次跟他详论西南夷事，凯纵横陈说，畅所欲言，画地成图，言皆有物，对于夷情了如指掌。孔明大为惊异，叹为天下奇才，即时大加奖借，指示应为，立启大将军超授凯为越巂太守，兼护永昌犍为牂牁四郡军事，与以蜀兵八千，并牛羊金铁、谷丝麦絮、五谷种子皆具，分给三万人衣甲兵械，畀以全权与以便宜，屯田边境，以固边防；又以永昌太守进不隐贤，用人得当，移守内江，奖以金缯，荣以鼓盖，以示优异。

吕凯受此特殊知遇，感激万分，拜受新命，驰赴本任。他自奉檄到官以后，严择令丞，督饬乡约，补葺城垣，建筑碉堡，慎人节用，通商惠工，振兴百业，安辑四民，召募丁壮垦荒屯田，农隙习武，以时训练，真个弄得野无旷土，市无游民。任事五年，威惠流行，边备整肃，四郡宁谧，得选兵三万人，飞骑三千人，射手六千人，精骑五千匹，积粟三百万斛，战守之具海溢山积，仿造蒲元所制十二枝连弩六千余张，连弩七十万张，有偏裨将校八十余员，又兼时常派遣细作，扮作商人往来昆明，不惜重金贿通孟获身边重要头目，藉以打听夷情，好作准备。此番江东使者一到昆明，一切举动，他们便自知晓，火速驰还越巂报告太守。也因吕凯以边防责重，分全力之半注重昆明，糜费金钱，密置驿递，购求良马，以利军息。表面看去都是些行商坐贾，惟利是图，实际上都是些军事侦探，电掣风驰，他们消息灵通异常敏捷，虽然说不上八百里加紧公文，一天四五百里路程倒还不算一件什么希罕的事。从昆明到越巂不过三千来里路，六七天工夫，吕凯已自接到孟获兴兵犯境的谍报，好在各处要隘老早驻有防兵，所以毫不惊惶，立将训练纯熟的精兵二万增派前往大凉山、冤山、三连海一带要隘，分道驻扎，各地先均预备大量的粮秣柴薪，军用所需，无不具备。吕凯吩咐派去的将士道："夷兵远来，锐气正盛，坚守勿战，以老其师。我兵但凭住山险，守住隘口，安排标枪连弩、滚木檑石，任凭他百万夷兵，插翅也难飞过。俟其气焰已衰，兵力疲惫，然后选派精锐，分道出击，居高临下，以静制动，我可以操必胜之权。诸位将军，但宜悉心固守，勿为小利所诱，致误大事，千万千万。"众将禀遵护军将令，各率部兵，遄赴前方去了。

　　吕凯布置已定，一面驰驿成都启知世子，报告夷兵犯境情由并自己安排战守次序，已操全胜，请释殷忧；一面令本郡治中从事刘恢代事太守职务，自率飞骑三千，即日往大凉山视察防务，便督战守事宜。

那孟获大王引领夷兵从若水下来，那些夷兵真是天生成的铜筋铁骨，爬山越岭毫不为难，渡水过溪亦无所苦，半生不熟的高粱包谷虎咽狼吞，到了夜间宿营实现幕天席地那句成语，太阳如火不过流汗，大雨如注视若等闲，见天走一二百里只算是家常便饭，轻轻快快便到大凉山下来了。及至到了山下，抬头四望，只见高山四面群峰插天，无处不是汉兵旗帜，他历来是夜郎自大惯了，带了五六万人马就目空一切，旁若无人，谁知刚踏到汉家的边地，遍山遍岭旗帜之下都是汉兵，从三连海到西宁河八九百里沿途驻扎，至少也须二十七八万人马方够分布，这一下子可把他头也吓晕了，然而毕竟是蛮子蛮心，他也不管天有多么高，地有多么厚，人家兵有多少，自家兵又是多少，一切不管他三七二十一，只管一直向大凉山前进。只见各山口路径都被汉兵牢牢实实的堵塞得一窍不通，皆有重兵驻守，除非胁生双翼方能过去，没奈何，只得在山脚附近安下营寨，休息一两天，鸣鼓吹螺，望着山上骂战。任他这一些蛮牛在山脚下号啕叫唤，山上汉兵总是不理。他们发了蛮性，使着蛮劲，要在山下实行爬山运动，爬上去不到百步远近，山上的滚木檑石、灰瓶金汁好如雨点一般的打下，碰上的不死亦伤，不怕他粗皮贱骨，也弄得有死无生，把个威震滇池、庞然大物的孟获大王只闹得气破了胸膛、急昏了脑袋，眼睁睁地尽管望着山上的汉兵，却又听着他们在山上欢呼畅饮、拍掌喧笑，无计奈何，只得呆头呆脑在山下屯住，老等汉兵高兴或者下山一战，酬他远来盛意罢。

那时节吕凯的使者也就早到了成都，进到汉中王府中，谒见世子刘禅，呈上文书。世子阅毕，令使者至馆驿安歇，急令宣请监大将军府事法孝直入府商议。法正奉召入府，参谒已毕，就坐一旁。世子将吕凯文书递与法正观看，法正接过一视，说道："正启世子，孔明在成都之日即已预防西南夷内犯，是以启奏主公，超授吕凯为越巂太守兼护四郡军事，便系专为防御西南夷起见。命下之后，吕凯曾来正邸晤谈，正已深知其为人能足胜任，才足办贼，方佩孔明卓识。最近据吕凯呈报，越巂四郡有精兵三万、射手六千、骑兵三千，粟支十年，器械充足，战守有恃，谋勇均优，孟获区区四五万人远来犯境，吕凯已足办之，不过稍迟日月耳。正可保其必胜，世子勿忧。"世子道："孝直既有把握，尚复何疑？但是前方军事正殷，川中又生后患，东征将士家属多在川中，若不急速殄除，恐摇动前敌军心，似宜增派援兵，早日荡平为要，免使前敌将士分心内顾。"法正道："世子之言，深切情理。"世子道："但不知目下在川将领中何将可遣？"正答道："目下川中上将仅有严老将军，现驻阆中，亦关紧要，其余诸将不如不遣。"世子沉吟道："似此情形，如何是好？"法正笑道："正举一人可以前往，但非世子亲枉大驾前去请求，恐不能去。"世子忙问何人，法正含笑道："并非他人，即孔明正室黄夫人便是。"世子惊奇道："黄夫人乃是女流之辈，未闻更有将略，孝直毋乃戏言乎？"正笑道："世子之前，岂敢戏言！军国重事，正受主公付托，亦无戏言之理。不过此事言之甚长，子龙迎娶时，正承子龙见款，子龙酒后为正言及此事；子龙得之主公，主公得之水镜，因主公当年檀溪跃马借宿水镜山庄，夜深论茗，偶然谈及。言孔明年少之时，择妇甚苛，苦不得当，偶因游学天暮，借宿黄承彦家，适逢承彦外出，尚未归来，家中仅有一女及婢，女比呼婢煮茶款客，自己入房治具。不过炊许时光，酒膳皆具，水陆肴馔罗列案上，间有远来之品、不时之物，富家巨室犹所难致。孔明向来知道承彦家非素丰，室无内主，既无男丁市买，又时间匆促，咄嗟立办，何从得此盛馔，莫名其妙，心中忖度，知必有异，因诈醉呕吐入客室偃卧，片刻，婢女复送上鲜鱼醒酒汤一器。时方隆冬冰雪，附近无池塘，鱼之鲜美绝非陈旧，孔明更加不解。待至夜分人静，忽闻隔院有牛马行走之声，孔明心中愈兼希罕，披衣急起从帘隙中窥伺，灼见黄夫人从户内推出木牛、流马，刍灵奴婢耕织运载，往来如飞，略无停止，约计日用所需已经足用，即时收息，万籁无声。

孔明伏在帘隙，看得清清楚楚，不由得五体投地，心中平素高自位置的心思完全消灭于无何有之乡了，只那一夜左思右想、翻来覆去，总想不出他的道术来源，哪里这样精熟。最后才被他想出来，记得黄承彦在草庐中多吃了几杯酒，无意之间说那九天玄女的兵书包罗万象、无奇不有，大之治军，小之治家，都是很切用的，并无一个虚泛的字，当初也曾问他：'自从玄女与黄帝授受之后，这册书是渺无下落，后人伪造的《握奇经》，都是些向壁造虚、模糊影响，完全是靠不住的，你又从何处见来？'承彦却只是笑而不答，由这样看来，莫非他真得了这册书不成？他为着此事，一夜未曾合眼。次日清晨起来，留心细看他屋宇方向、器物位置，无一件不含着兵法在内，心中不觉释然。饭后告辞，径赴水镜先生庄上，诚恳地向水境先生请求作媒。水镜先生笑道：'你的媒很难做，谁也不当你的意，他家女儿又不漂亮。'孔明说：'娶妇以德，其次以才。'水镜大笑道：'黄家女儿闺门谨敕，我到过他家数次，都未见过，足下何由知其德与才呢？'孔明被水镜先生一问，无言可答，势难隐瞒，才将昨夕所闻所见和盘托出。水镜先生亦大惊异道：'管仲、乐毅，亦自审才不及一女子乎？'两个抚掌大笑，那个媒是一准做定了。孔明素负盛名，黄承彦极相契厚，加以水镜先生作媒，自然是一说便成，因此上两家便联成姻好。当时还有两句口号道：孔明择妇，反得丑女。世子道：'舍妹于归时节，我也曾见过黄夫人好几次，端庄贞静，何能谓丑？'法正道：'这就是黄夫人智略过人的地方。'在那黄巾倡乱、海内骚然，民间妇女有姿色者鲜不为贼所掠，黄夫人自匿其容，见者皆望而却步，及后嫁与孔明，邻人见者，鲜不讶为天人，此种口号自然无形消灭了。南阳一带接近中原，流贼经过，势所难免，但是一到南阳附近，只见黄沙漠漠，烟雾凄凄，不见一点屋宇、一条道路，所以南阳居民幸免兵劫。正闻蛮夷信鬼多疑，黄夫人深知奇门道术，若得其前去，贤于十万雄师也。"

世子听得又惊又喜，留孝直在府小坐，自己即时引领宫卫乘马去到孔明府中，请见黄夫人。诸葛瞻媳妇也来见过哥哥，大家坐下，黄夫人问道："世子，今日光降寒舍，因何事故？"世子答道："因江东唆使南蛮孟获入犯越巂，声势浩大，军情紧急，现在川中将帅均在前敌，不能兼顾。侄儿意思，欲烦叔母前去一救。"黄夫人道："世子必系闻孝直之言，故而来此。"世子不敢隐瞒，答道："正是。"黄夫人笑道："孝直负辅主之重任，节制两川，区区夷人亦不能制，乃欲以烦老妇耶？"世子道："孝直已议派兵前去，但言若得叔母一行，胜于十万甲兵也。"黄夫人道："同为国事，岂敢惮行！请世子在此作一手令与吕太守，嘱其坚守勿战，以防他变，妾身旦晚即往，归告孝直，亦不必另令派他兵，徒为滋扰。今夕晚间，妾身自去越巂，一视情形，再定方略。"世子大喜，即就案作一书，呈递黄夫人，拜辞出府，回到府中告知孝直，两个自是欢喜。

他们两个问答行止，行所当行，可把站在中间一个锦城郡主弄迷糊了，听见哥哥说南夷造反，要婆婆前往平定，婆婆并不推辞，一口答应前去，心中不觉暗暗纳罕。平日在家中，见婆婆贞静寡言，持家勤俭，并无意外奇特，前时见公公来书要地雷火炮，婆婆从仓库中件件捡出，是遗存之物，不足为奇，今天见婆婆要去征蛮，又叫哥哥莫另派兵，难道婆婆赤手空拳去打孟获不成？一个闷葫芦真闷得苦，也不作声，且暗暗留心观看。

当晚侍过晚膳，送婆婆回上房，自己却抽身来到侍女房中，吩咐侍女不许张扬，静悄悄的听候上房动作。到定更时分，只听得婆婆房中箱环一响，连忙附近窗棂偷看，只见婆婆从箱中拿出一个纸鸢，将哥哥手书缠在鸢脚，婆婆口中念念有词，纸鸢呼哨一声成了真鸢，从窗棂外飞出去了，把锦城吓了一大跳，移身出来。到上房门口，侍女禀知黄夫人，黄夫人叫他进去。锦城进房，向前请了晚安。黄夫人问道："媳妇夜深进房何事？"锦城道："婆婆几时去越巂，媳妇好吩咐备车马。"黄夫人道："老身今晚三更起程，并不用什么车马。媳妇在家好生检点，不过三五日，老身即便回来。"

锦城郡主听了，越发希罕，盯着婆婆要同去越巂见识见识，任黄夫人如何解说都不依从。黄夫人只有一个儿子，一个媳妇，又兼是甘夫人的女儿，甘夫人与黄夫人十分要好，在荆州时节，甘夫人病倒临危，黄夫人入府探问，甘夫人忍泪将女儿嘱托了黄夫人，在病榻之前许下了姻事。汉中王因仅此一女，幼而失母，非凡疼爱。他在婆婆面前很是孝顺，百依百随，从来没有教婆婆生过气。黄夫人中年心慈，磨不过媳妇，自家同他前去也好有人作伴，实在缠得不得了，无法奈何，只好答应，叫他回房沐浴更衣等候。

锦城得了婆婆的许可，高兴万分，立时回房沐浴更衣，转身来到上房，只见婆婆星冠霞帔，丝履云绦，佩着七星宝剑，天井中放着一辆四轮绘云雷车，外罩青油帘幙，一无车夫，二无马匹，心中惊讶，但是不敢发言。婆婆出房，将他一提，轻如一叶，提放车上坐在里面，婆婆却坐在前面。只见婆婆将宝剑一挥，顿时平地风雷，车儿便腾起半空上，只觉四面雷声隐隐，电掣风驰，把个锦城又怕又乐，心中自思将来回成都时跟婆婆借这辆车，去到宜阳看看丈夫，正在胡思乱想，只觉车儿渐渐的往下面沉去。黄夫人喝道："媳妇速敛私心，不要误了大事。"锦城羞得急忙收住了思想，再不多心，那车儿又蓬蓬勃勃腾上来了。

且说吕凯在大凉山上营中主持兵事，二更时分忽然从窗外飞进一鸟，伏在案上，不由吃了一惊，拿住一看，原来是个纸鸢脚上缠封书信，急忙拆开一看，却是汉中王世子手令，略言兵事文书已经到达，敬请诸葛夫人前来军次，旦晚可至，速具静室二间，小心伺应，听候指挥云云。吕凯阅毕，心中诧异，军情大事，为何却请诸葛夫人前来？这个纸鸢来得忒奇怪，莫非诸葛夫人真有些玄门道术不成？暂且照令奉行，立命左右从人速安排静室伺候。

到了那四更时分，吕凯在房中只听得半天雷声隐隐，急出房外，见四边天都无片云,皓月当空,照耀得如同白日一般,心里知道雷声有异,行到中庭,抬头四望,看见东南角上有一点小黑子如流星一般快向着大营飞来,愈飞愈近,愈近愈大,一杯茶工夫便飞到自己头上,看看临到屋檐口边,四平八稳风止雷息,平平安安落下一辆四轮绘云小车。车帘启处,车门前坐着一位道装打扮的中年妇人,吕凯打量他便是黄夫人,上前躬身施礼道:"车上莫非诸葛元帅夫人?"黄夫人答道:"然也。足下是吕太守么?"吕凯躬身答道:"下官正是吕凯。"黄夫人缓缓下车,将锦城扶下车来,随将衣袖一拂,那车儿便飞入空中去了。吕凯暗暗称奇,陪着黄夫人二人来到静室,黄夫人坐下,吕凯上前参拜。黄夫人道:"太守休要多礼。"吕凯问黄夫人道:"此位何人?"黄夫人道:"此乃妾身儿媳锦城郡主。"吕凯听是郡主,正要向前行礼,锦城急止道:"太守为国勤劳,仓皇戎马,不须过谦礼数,以损威严。"吕凯躬身谢过,侍立一旁。黄夫人道:"太守权时且退,明日己刻,妾身当同太守前去大凉山视察蛮兵情势如何,再作区处。有烦太守预行吩咐本部将士不要声张,免令蛮人知风逃遁。"吕凯躬身禀道:"谨遵台命。"随即退出静室,令自己夫人同侍女前往伺候,递茶送水,恭敬殷勤。

黄夫人已更换命妇服妆,威仪奕奕,吕夫人不敢仰头。黄夫人深加慰藉,吕夫人方敢侧视,只见黄夫人不过三十七八年纪,蛾眉凤眼,皓齿丹唇,温厚中间带着几分刚气,再看锦城郡主不过十六七岁,生得闭月羞花,沉鱼落雁,长眉入鬓,笑靥生涡,心中暗暗思想道:"这样风吹得倒的美人特地来此收拾西南夷,哪里有这样一回事儿?"却又转背一想:"他们是打什么地方来,是什么时候到的,听见太守说是打从天上降下来的,别看差了他们两个,都是有天大本领的,不然哪里会说来就来、说到就到。"一想到这里,心中怪惧怕他们猜出自家的心思,要见罪责,那就实在承当不起了。黄夫人看见吕夫人垂头侍立,不敢作声,怪可怜的,吩咐吕夫人:"暂且自便,让俺婆媳休息休息。"吕夫人遵命，同侍女退下。

锦城暗问婆婆道："成都到此多少路程？"黄夫人道："左右不过二千余里。"锦城吓得连舌头都缩不进去。两人休息数时，略略进些点心，喝点茶水，天已大亮。

到了己牌时候，吕凯进来请示上大凉山去用凉轿还是用川马。黄夫人道："就用川马罢。"吕凯早已预备下两匹良善的秦川小马，鞍辔整齐。黄夫人婆媳攀鞍上马，吕凯骑马在前引导，一路行程，快到大凉山，一步一步，十步一停，上得山来，已是午后。到了山最高处，上面设有营帐，吕凯下马请黄夫人婆媳进帐篷休息。满营大小将士纷纷前来参谒，黄夫人极力慰劳，将士同声感谢，大家退下，各勤职守。休息一会，只黄夫人同吕太守步出营门，举头四望看这大凉山，真好一个所在，古木参天苍翠，如幄飞泉十道，清洌盈眸，真不愧大凉山这个名字；再看山下蛮兵喧哗号叫，豕突狼奔，黄夫人不觉好笑。吕凯一一指与黄夫人观看，何处是三连海、何处是冕山、何处是蛮兵来路、何处是蛮兵屯粮地方，黄夫人记在心中，然后一同下山回到大帐。

吕凯将护军符节印绶双手呈上，请夫人发令，夫人道："太守国家重臣，元帅向所识拔，妾身此来系世子相请来助太守，太守不要多心。有所计划，请太守照办就是。"吕凯遵令。黄夫人吩咐选精壮军士二千五百人，赤膊上身，各按五方颜色分班彩绘，披头散发，前来听令。吕凯传令去讫，黄夫人又命取五方旗五百面，选最大者五面，由夫人捺上符印，令五偏将持着，各领五百人，竟掠蛮营而过，蛮兵若出，缓缓退去，任他追赶不必回顾，彼若回营，汝等仍返，三入三出，蛮兵决不敢留此矣。偏将领令去了。夫人道："吕太守自领精兵一万，埋伏三连海旁，听山上雷声为号，出营截杀。"又令王伉引兵五千，俟蛮兵拔队退走，即从后夺取辎重。二将领令自去。黄夫人婆媳在大帐歇息，次日观战。

且说孟获屯兵半月，锐气已尽，进退不得，正在迟疑，忽见大凉山上陡然下来五彪人马，奇形怪状，丑恶不堪。好一个狠恶的孟获，也不管他是人是鬼，吩咐部下倾营出战。只见汉兵近在眼前，却追赶不上，吩咐部兵放箭，那箭都不着身，纷纷坠地，又见山上大旗一动，飞沙走石，鬼哭神号，蛮兵吓得胆战心惊，退后不迭。汉兵追入蛮营，东入西出，如入无人之境，蛮兵近不得身。顷刻之间，天上愁云黯黯，惨雾凄凄，自己营内烟火并起。孟获见不是头，号令蛮兵即行退却，向三连海逃走。后面王伉引兵追袭，将蛮兵辎重尽行夺取。蛮兵退到三连海旁，半天中一声雷响，将孟获连人带马坠入陷坑，伏兵齐起将他捆绑上来，吕凯将部兵横截去路。自古道：蛇无头而不行。蛮兵见大王被捉，个个跪地缴械投降。

吕凯吩咐将大头目二十余名绑上大凉山，下大营来见黄夫人。黄夫人已高坐将台，自家穿着道装上座，令锦城宫装佩剑侍立。吕凯将孟获并众头目解到，环跪台前。黄夫人在上喝道："孟获逆贼，何得妄信人言，兴兵犯境，查系汝弟孟优怂恿，故而纠合部众，抗拒王师，罪应斩首，侍女可飞剑取其首级。"锦城一声答应，将宝剑一摇，一道白光，孟优人头落地。孟获及头目看见，心胆俱裂，叩首号哭，情愿投降，永不再犯边境。黄夫人知道蛮人最重起誓，当时叫他明誓。孟获叩头道："以后若听信人言，冒昧兴兵，再犯边境，皇天在上，五雷轰顶。"他那雷字尚未说完，黄夫人在台上将手一放，正在白日当中，青天如镜，忽地一个晴天霹雳震得天摇地动、谷应山鸣。孟获并众头目吓得魂飞魄散，战战兢兢。黄夫人传令，教吕太守把他们放了回去。孟获磕头谢恩，得了性命，同众头目下得山去，带领所部，抱头鼠窜，回转昆明，做梦也不敢再到四川边地上来了。黄夫人见兵事已定，嘱咐吕太守与从事王伉小心筹办一切善后事宜，自己依旧带着媳妇仍乘雷车回转成都去了。吕凯、王伉敬谨送过，自去办理一切。正是：

一擒已足，南人无复反之心；七纵何须，北伐壮同仇之气。欲知后事如何，且听下回分解。

异史氏曰：诸葛功在平蛮，史迹自不可掩，即《演义》传之，亦不得以翻案故，遂削略之也，吾正不识作者将如何而能笔此奇功？翻此一案？乃于此已获见之，既暗映安居平五路之事，按兵河洛，转笔以写此数回，即于此一回中，特出奇笔，以写孟获七纵之翻案。在猇亭之役，蛮国洞溪，固与蜀连者也，而此为吴所联，则一奇！孟获曾因受魏爵赏，兵犯四郡者也，而此为受吴金宝犯境，则二奇！吕凯之图，《演义》献于永昌者也，而此早献于成都，则三奇！南蛮之征，孔明称收复甚难，非亲征不可者也，而此法正谓吕凯已足办之，则四奇！及世子着急，以阿斗庸懦，而能往求孔明夫人，至大写夫人征蛮，又有锦城公主随征，则太奇！而无一不奇矣！然孔明七擒，夫人只一擒已足；实则孔明夫人奇才，天文地理，韬略遁甲，原无不精，并非无据，即《演义》亦谓武侯之学，多所赞助焉。斯则本案如此翻案，确又恰合！盖作者固谓《演义》之有鬼神风雾一类笔墨，只可语于妇人女子，则翻亦惟宜写于女人女子者耳。如武侯夫人者，《演义》卒不为一书，是一方未免有意亵渎武侯，一方更未免轻视女子；则作者之写之也，诚甚惜笔墨，而又不惜笔墨，所以有本回武侯夫人之特写欤！至孔明于隙中获窥木牛流马一段文字，则调侃孔明不少；而曰蛮人信鬼多疑，非夫人征之不可，更又调侃世人不少。

本回不但翻七擒孟获各回，又带翻出陇上诸葛装神一回，已奇！又暗伏后文"破新安诸葛试地雷"，而并暗翻刘禅以救命亲求诸葛瞻一案，渐渐写来，则奇而不觉。一声霹雳，一道白光，捉了孟获，斩了孟优，蛮人已服，七纵真嫌多事！乃又不知翻的是《三国演义》，是《封神榜》，是近人胡写之剑侠奇传，真奇妙至匪言可喻！作者其恐人议其不善写此等笔墨，而故写之欤？是又无形调侃作书看书者不少，真堪绝倒！作者谓"术无左道，惟在用之如何；家有贤妻，自足传之于后"；吾谓"术无左道，惟在写之如何；笔有余妍，自足传之有后"。将谓改得此联何如？

第三十七回

赵子龙兵袭九里关　　马孟起火烧孟津驿

却说黄夫人携了锦城，乘着夜间，仍驾先前所乘雷车回转成都，进了元帅府，候到天明，令锦城即时前往汉中王府，将平定西南夷情形面告世子。世子听得，且惊且喜，出于望外，也就立刻同着妹子二次来到诸葛元帅宅第，面谢黄夫人勤劳国是，神速奏功。黄夫人逊谢了一番，嘱世子火速专人驰报汉中王，以纾忧虑。世子连声道是，随即兴辞，出第回府，即召孝直进府来，将锦城所述黄夫人平定西南夷一切事实告知。法正笑道："世子，正所举何如？若派他将前往，此刻不过行三五百里耳。"世子亦笑道："此事甚亏孝直见闻甚广，不然虽国有颜子，亦当交臂失之也。父王闻此，亦必出于意料之外，乍然想及水镜先生当日清谈，不图今日竟除大患，定为展然失笑矣。"立请孝直作书，声叙事由，详述战况，派遣专员，不分昼夜，驰还荆州报告汉中王。

荆州方面，玄德初时以江东兵将五路犯境，颇为忧虑，虽经马良分析敌情，详论缓急，心中总不释然，旋闻刘璋降敌，零陵失守，湘水上游自然震动，外面虽表现镇静，其实忧惧之情何曾片刻轻减；随后听得马谡报告，虞翻之兵未曾入险，即已撤退，桂阳郡内匕鬯不惊，为之一喜；再次听得费诗还报，长沙太守蒋琬自往督师，收复零陵，阵杀士燮，吴兵全军覆灭，并败二郡援师，掳获无数，大喜过望，为之加餐；此番又接到世子飞报，孟获犯边，吕凯坚守，孝直定策举贤，黄夫人亲往大凉山指挥了吕凯、王伉大败夷兵，生擒孟获，蛮人设誓永不复反，上游后患全数消除，那一喜非同小可。比他高祖皇帝初入咸阳看见壮丽的宫殿、华贵的陈设、妍美的妃嫔、富豪的享受，平生做梦也没想及居然被他一个毫无行止的下吏亭长平步青云一脚踏到，你说他那浑身上十万八千根毛孔，哪一孔里都充满了十二分的喜气，但是玄德此刻的欢喜确乎比他祖公公是更有过之无不及者。因他祖公公是信天乱撞，无意得之，虽然就欢喜了一场，然而背后还有个力拔山兮气盖世虎视眈眈的重瞳霸王，马上就会入关来夺他的金边饭碗，纵然欢喜，难得多时。不比这小孙子，原先怕江东与曹操连合，五路兴兵，前后皆敌，只要一处地方不太稳妥，六州全局便会全体动摇，心中已是忧虑得不堪言状，何况刘璋又送掉一个零陵，如今得马谡、蒋琬、法正诸人智勇并施，同声奏凯，又万不料黄夫人真有这通天的本领，西川后路安若泰山，长沙四郡定如磐石，三路告捷，已振兵威，江夏、夏口自操胜算，东征、北伐两路军队自可一意向前，不须反顾，成王定霸，基此一时，雪恨报仇，谅无多日，他这种欢喜的形状，任凭你善画通神像曹不兴、顾恺之一样，文章入圣如司马迁、施耐庵、曹雪芹诸人，包管也描摹不出，大约睡在梦中或许也会狂笑醒来就是。

　　当下玄德接到桂阳、长沙、益州三路捷音，满心欢喜，透骨松爽，快活得了不起，急召记室参军董厥，令其作书宣布捷音，晓谕各路前敌将士。书略云：

　　孙权犯顺，弃好崇仇，倚贼图存，肆其鬼蜮之技。北犯夏口，西侵江夏，东轶零桂，南扰越巂。引诱蛮夷，以乱中国，纳我叛臣，削我疆土，遂使征战之地，延数千里，岂彗孛之灾未尽，而生民之劫方殷乎！何意汉祚未衰，皇天眷佑，我守土之吏，能尽其捍卫之职，临阵之士，不惜其征战之劳。两月以来，迭据长沙太守蒋琬羽书，言九嶷剧战，阵杀士燮，恢复零陵，苍梧之兵，燎然俱尽；桂阳太守马谡羽书，言虞翻怯战，遇险咨且，震我兵威，全师宵遁；益州太守法正羽书，言越巂之兵，大败南夷，生擒孟获，誓不复反。吴兵五道，已败其三，今所存者，吕蒙、徐盛耳。二将屡败之余，锋锐已尽，有江夏、夏口而不能守，我据长江之上游，彼乃欲逆流仰攻，以与我竞胜于吴楚之域，多见其不知量也！螳臂当车，图存旦夕，此其覆败，当不待言。凡我将士，当戮力同心，翦此余孽。岂惟藐孤之荣，高祖、世祖，实式凭之！布告天下，咸使闻知。

前敌诸将士得此信息，争相传语，勇气百倍。民间见闻，一人传十，十人传百，早传入江东方面。吕蒙正与荆州水军相持蕲黄之间，因汉兵占住上游，水陆相辅，吕蒙虽然尽量攻击，马良、向宠应变有方，黄射、吕章娴习水战，已经使江东水师无所施技。又兼法正在川命蒲元制造楼船战舰，船身既高大于江东船只一倍有余，船头船尾裹以铁叶，船身之上安置炮石弓弩，居高临下，顺水直冲，吴船当者无不糜碎翻沉，楼船之外辅以轻便快艇，在江面行驶，非常灵便。吴兵既不利仰攻，又不能围攻，虽以吕蒙惯战，仍是无可如何。两个只好成相持局面，双方势均力敌，一进一退，莫想深入分寸。

夏口方面，赵云决定先发制人，乘江东陆军未出之先，留着蒋琪、吴班领兵一万八千守护江夏，留刘封、吴钜领兵一万八千守护夏口，援应下游军事，自率傅彤、程畿、廖化、邓芝、黄权、孟达、严寿、马云骒及蛮将沙摩柯，大小将官三十余员，领步兵三万、骑兵二万二千人，直取穆陵关。令邓芝领马步三千人，出屯夏口北大道孝感县，扼住曹兵南下之路。江东兵不能出，曹兵决不敢进犯，所有郏城、溵口各地戍兵完全归邓芝节制指挥，以一事权。邓芝领令，率副将糜芳、傅士仁，全部驰赴孝感驻防。云令傅彤为前部先锋，廖化、严寿为左右翼，领骑兵五千，开道前进。云自领中军，黄权、程畿为左右翼，令云骙将后军，吴懿、沙摩柯为左右翼，如雷如霆，如荼如火，向穆陵关前进发。

那徐盛自从在建业决策之后，即率领韩当、周泰诸将驰往居巢，简练马队及新近补充骑兵，共九千余，军容甚壮，徐盛大加奖赏，即由本人亲率驰往穆陵关。关内原驻盛及韩、周二将本部四万余人，休息已久，兵力充实。徐盛甚为喜悦，集合全军五万人，令韩当领步兵五千为第一队，周泰领步兵五千为第二队，盛自率马步全军四万人为第三队，以全力进攻夏口，响应子明水师，只因他在居巢调度马队，稍为耽点工夫，不道荆州兵的前锋已经直叩穆陵关下，距离不过十里之遥了。傅彤与廖严二将商洽，选择要地驻扎，静候主帅兵到，专一迎击江东出关军队。谁知道徐文向一见赵云兵强马壮，将士骁勇，晓得善者不来，来者不善，汉兵一股子锐气恰似燎原之火，不可向迩，本军能力虽然不差，但是驰骋沙场，两方血战，未便操着十分胜算，就令幸而得胜，杀人一万自损三千，哪个铁铸的成例无论如何也是不能推翻的，况且与赵云前后十余战已经领教他智勇双全，不容易取胜的，本军骑步战斗能力虽有相当把握，但因前回累败于赵云之手，军士闻听赵云自来，无形之中，语言之间先带了几分畏惧之意。你说徐文向何等精明，岂有看不出的道理，为着上面几个原因，他马上变更战略，决定主意，闭关自守，挫挫赵云的锐气，候汉兵求战不得、欲归不能之时，本军养锐日久，士气已盈，然后开关出击，自然是用力少而成功多，赵云虽勇亦不足畏矣。徐盛主意既定，吩咐将士凭关固守，任凭汉兵攻打，随宜抵御，俟其兵力疲乏，再行出战，击其惰归，方为上策。将士领令，安排城守。

不到二日，赵云大兵来到，傅彤三将迎接入营坐定，上前参见，报告探子所得徐盛顿兵不出的消息及吴兵凭关守险的情形，一一详细禀知。赵云听得，对傅彤笑道："将军临事谨慎，探听的确，至为可喜。徐盛勇敢耐战，而谋略足以济之，此次五路出兵犯我边境，皆其策划。彼反守关不出，并非畏我，窥其用意，不过两途，一则不过牵制本军滞留此地，俾吕蒙水师得以横行江汉之上，好进取江夏、夏口；一则避我新来锐气，诱我攻关，疲我兵力，俟我兵疲粮尽，却而引还，彼然后开关出追，全师以蹑我军之后，我军必难幸免。但不知我军之出，纯为先发制人，预备与彼战于穆陵关外，使其不得涉及夏口寸土，以免其得与吕蒙合势，水陆可以相应，令我军难于应付耳。我之上游水师有马季常指示机宜，有向将军身临前敌，有黄吕诸将水陆协同，吕蒙虽竭智勇而岸上无陆军辅助，其势已孤，实无足虑。我军远来并非利于速战，稳扎稳打，钳制徐盛之军不能出穆陵关一步，我之本谋已达，无用攻关自疲兵力，与敌以可乘之机会。众位将军，但各督本部，深沟高垒，与彼相持，三月之粮已济事矣。"傅彤道："主将之言洞若观火，末将等当遵令施行就是。"赵云同众将安心在穆陵关下久守不提。

江东水陆大都督吕蒙同着甘宁、丁奉诸将，带领水师，与汉将向宠、黄射、吕章诸人在蕲黄一带大小二十余战。论起双方将领的本领来，汉兵三将实在敌不过江东三将。只因汉兵占住上流，船舰又居优越情势，又有陆军相辅；水战又比不得陆战，陆战是将对将、兵对兵，将勇者胜，正面被阻，还可由侧面出奇制胜；水上战争就大不相同了，双方接近，弓箭当先，都是全部动作，不是单独战争，同在一条水面上，既要顺着水势，又要看着风色，纵然能使船如马，也不能陆地行舟，凭空无缘无故的要受那天然的限制。所以吕蒙虽然智勇双全，甘宁虽然是著名江湖上的锦帆好汉，不过是迭相胜负，杀伤相当，绝对不能占得如何便宜，向宠三将便可雍容对付了。

吕蒙在水师大营艰难血战，不能取胜，正自愤懑，猛然听到接二连三的流星探报：番禺一路为马谡堵截，虞汜四将不战而还；再听得蒋琬兵逼零陵，与桂阳兵队前后夹攻，士燮兵败，临阵自杀，汉兵收复了零陵，还败了苍梧、桂林两郡的援兵；再次听得诸葛亮的夫人自往越巂，肆弄邪术，大败南蛮，生擒孟获；最后听得赵云自统马步全军五万余人封锁穆陵关。五路进兵的计划全局瓦解，水师单独进攻有何益处？况且荆州军队水陆都甚骁勇，纵使尽力攻击，谅难取胜，迁延时日，或生他变，不如退兵犹为上策，立派专使驰往穆陵关飞檄徐盛，告知水师已退，陆兵勿出，免致败衄，徒伤元气，坚守穆陵，赵云亦决不敢进攻也。使者飞驰去了。吕蒙派人知会陆兵去后，自与甘宁、丁奉两人密议退兵的方法。甘宁道："荆州兵势强盛，我若退兵，彼必追赶，既不能设伏邀击，又不能回船再战，实为危险。以宁意思，明日不如努力一战，使彼方兵力稍疲，然后我军乘夜顺流东下，彼兵决不敢追我矣。都督以为如何？"蒙喜道："兴霸之言是极，以进为退，自是退兵要着，使彼不能测我之进退，不徒不敢，抑且不暇追我矣。"三人密议已定，暗暗准备妥当。

到了次日黎明，吕蒙、甘宁、丁奉三员大将督率水师，身先士卒，江东军队人人奋勇进攻。荆州水军向宠、黄射、吕章诸将也就舍死忘生，躬冒矢石。两军肉搏，死伤无数，金鼓喊杀之声闹成了一片，天日昏暗，江水壁立，血肉横飞，樯橹漂折，从黎明一直杀到日旰，两军刚刚杀个平手，方才各自收兵。到了三更时分，吕蒙一声令下，江东水师全军各船启碇，往下流开驶，风急水顺，一日一夜间退还九江去了。

马良、向宠诸将相顾惊异，因吴兵并非败退，不敢去追，只好吩咐将士水陆分防，严守要隘，陆路上十里一站，添设急递，水路上添置十桨快蟹巡船，沿江一带多设渔棚，挑选精细目兵乔装渔户，探听消息，加派秘密侦探，携带货物充作客商，常年长驻九江、建业一带，刺探军情，务使水陆衔接，消息畅通；又令水陆军将时时作出发的准备，令到即行，不许片时懈怠，磨砺以须，安排厮杀；一面将与江东水师接战及退兵情形火速飞报汉中王与子龙将军知晓。玄德听了，愈加欢喜，手书奖励将士，大赏三军。

那吕蒙回到九江，见过吴王，面呈各路情况。孙权闻知苍梧兵败，士燮自杀，不觉抚膺大恸道："出师未捷，损我良将。"因恸哭失声，还顾吕蒙道："子明，刘备气运方盛，未可与争。孤当保全实力，以待时机，此时决不能为无谓之举以耗元气，可速令文向不必出穆陵关，守险以待，赵子龙当无如我何也。"吕蒙遵命，孙权自回建业不提。

且说赵云在穆陵关下屯兵半月，徐盛坚守不出，两个相持不下，正在互相提防的时候，赵云却接到向宠的飞报，言吕蒙已经撤兵退往九江与本军水陆布防情形。赵云听得大喜，知道徐盛之兵无论如何一时决不能出关来进攻本军，立召部下各将领傅彤、程畿、廖化、严寿、黄权、孟达、吴懿、马云骙、沙摩柯来大营商议。诸将参谒已毕，分班坐下，云道："顷接向将军飞骑驰报，吕蒙与我水陆各军在蕲黄间血战经月，不能前进，最后听得上游三路兵败，徐盛之兵又为本军封锁，不能出关，已于日前乘夜退还九江。似此看来，徐盛之兵决不会再行出来单独作战，可以断定。本军既全师以出，乃不见一敌而还，未免太为不值。依某之意，曹兵方面必倚吴兵为重，且闻其因河、洛战事紧急，淮徐兵将征发殆尽，不如抽击吴之卒转以袭曹，避实蹈虚，必然有利，庶为不虚此行。"傅彤、孟达齐声说道："主将之言，实为兵家之要，即请传令，以成大功。"在坐诸将一致赞成。云见士心齐一，即时下令，令先锋傅彤率领本部骑兵，即夕先发，径袭九里关，俟第二路兵至，即进袭汝南；令孟达率沙摩柯、吴懿领骑兵五千，为第二路。四将领令，即乘夜出发。云再令黄权、程畿分领步兵，居中为第三路，自与云骙领骑兵万二千人断后，撤兵北向。

到了次日早晨，江东方面方才知晓。徐盛深知赵云兵力甚强，全师夜走，必定是诱自己军队去追，而节节埋伏以待，无论怎样，自家怎么会去上这个恶当，只好让他荣归，恕不远送了。

赵云却倒安安然然绕着徐豫边境，走上义阳三关道路。先锋傅彤已经占领了九里关，将关隘交与孟达，马不停蹄，率领本部径袭汝南去了。赵云兵一到九里关，即令孟达率领本部，跟踪前进，接应傅彤。孟达领令，马上起程。云立刻派人前往荆州，启知汉中王，报告自己进兵情形，请令向宠督夏口军事，马良驻江夏，总持江夏、夏口两地军务，节制水陆将士，专防江东方面。使者领命，星驰就道。云再令黄权领步兵五千，坚守九里关，接应前方，严防后路，与孝感驻防的邓芝取得密切联络，跟夏口联成一气，小心谨慎，不得疏懈，以误戎机。黄权领命，自去理会。

赵云布置妥帖，自与云骒诸将统领马步全军，星夜向汝南进发，才到半途，前锋捷报已到，傅彤全部已得汝南。云喜极，令程畿督率步兵继进，自与云骒领骑兵昼夜兼行，到了汝南，傅彤、孟达诸将迎接入内。云方就座，即令傅彤、严寿、廖化、孟达、吴懿、沙摩柯六将各领骑兵三千，分道驰袭郾陵、上蔡、沈丘、项城、阜阳、泌阳、遂平各地。六将得令，火速起程。各地因在宛叶许昌之后，前面既有大军掩护，后面倚仗东吴新好，代作屏障，不过薄有防军，聊为镇慑；又兼曹操因河洛方面战事紧迫，徐方军队一再征调；再加于禁征兵汝南，尽其所有，胜兵之士都入行间，各地并无所谓防军了。傅彤六将所领纯系骑兵，兼程突进，迅速异常，有些令长才得探报，汉兵已临城下，有些连城门也关闭不及，汉兵已入城中，批亢捣虚，比魏延、王平在并州行兵尤其顺利。最大的原因是各地逼近许昌、王畿千里，地方久定，人民安堵，所以六将兵来如风扫叶，许昌东南方面十余城邑完全被汉兵占领。不上半月工夫，汉兵直逼临颍，许昌大震，却把于禁军队倒隔在桐柏、沘源方面，合肥消息更然中断。赵云之兵既然得势，急分部下步兵驻守新得城邑，集中马队驻扎汝南四境，令傅彤三将专顾下蔡方面，孟达三将专顾临颍方面，云骒领沙摩柯专顾桐柏方面，预备救援应敌，云自居中调度，四面救应，一面飞报云长。

云长在南阳得了子龙的消息，且喜且惧，喜云奇兵深入，连下十余城，迫近许昌，惧云兵分力薄，将为敌乘，急从方城调黄武、崔顾来南阳，令各领五千人从舞阳入郾陵，听云节制，以厚兵力；飞檄马超，令关索守登封，调关兴入方城；令赵累入郏鄏，调张苞亦回方城，辅助翼德，以备张辽乘虚进攻。

赵云得了崔黄二支生力人马，又招募地方精壮约万余人，分配各军以为向导，与云长方面通了声气，便减少一方敌人了。所部将士因养锐日长，人人乐战，此次出兵，未逢大敌便得了许多地方，虽然为着趱路受了一些辛苦，但是所到城邑轻如拾芥，并未耗费多少力量，还得了多少军资粮秣、金银财货。赵云历来是挥金如土、杀人如麻的角色，公家无钱还要拿私财出来享士，何况得的是敌人之财傥来之物，越发毫不吝惜，尽量大加犒赏。将士经此厚赏，踊跃用命，把那小辛苦通忘掉，磨拳擦掌，纠纠洸洸，个个预备与敌人大战，恨不得马上开兵就好。

只苦了魏皇曹操，在许昌城里半月之间接了失陷十余城的警报，不知道赵云的兵从何而来，又不知道兵数多少，怎么四方八面的警报纷传，欲待派兵援救，仓猝之中几乎无兵可派，不由手忙脚乱，急召众文武商议道："孤因前敌军事吃紧，故将淮徐兵将调遣一空，孤非不知严防，但因赵云方与吴兵战于江淮之间，决无余力及我。岂料赵云通身是胆，千里袭人，乘我不虞，闯入九里关，催锋直进，连陷十余城，合肥、桐柏之兵为之中断，彼反得与方城、舞阳联络声息，进迫许昌，撤我樊篱，入我堂奥，窥我京城，摇我根本，猖獗已极，为之奈何？若不急速翦除，后患何堪设想。诸卿有何良策，能解此围？"华歆奏道："臣启陛下，赵云乘我不备袭我汝南、下蔡，据我郾陵、沈丘，度其所来，不过轻骑，今深入重地，后无奥援。子丹东守合肥，于文则屯兵桐柏，辛毗、高堂隆、王观、赵俨扼守临颍，张文远严兵叶县，赵云已如釜中之鱼。可由青州海道驰书吴会，令孙权移穆陵关之兵，合曹子丹合肥之卒，西攻赵云；令文远转饬文则合阒、杜二将所部，由桐柏移攻汝南，断云后路；再令文远奇袭舞阳，中绝赵云与关、张之联络。大兵四合，赵云虽有通天本事，恐亦难逃此四面网罗也。"曹操听得华歆所奏，连声称善，即令陈群由青州海道赴建业，令华歆赴叶县，令程昱赴临颍，监护四将严守县城，以待三路会师毕集，由昱督四将，出击汉兵。三人领旨，即日分道出发。

且说于禁在申息整顿成军，正待直越桐柏，出攻襄阳，乍然间听得探子飞报道："赵云兵入九里关，袭取汝南各地，声势浩大，截断本军归路。"又听得襄阳探子回来，言徐庶自南阳驰还襄阳，添设戍兵。于禁连吃了两惊，正在迟疑，阒温、杜则倒回兵来了。二将奉令会合吴兵进攻夏口，与赵云中途错过，恐被云袭击，藏兵入山，因归路已断，只好回兵来见于禁。禁问知详细，不觉跌足长叹道："二位将军若先进据九里关，赵云就插翅也难飞入。今事已至此，只好合兵还截赵云后路。"二将遵令，禁合二将之兵，合计马步四万八千余人，以道路隔绝不能再候魏皇旨意，即用便宜行事，率领全军，径行还攻汝南。

却说徐庶在南阳，听到子龙兵袭汝南、直逼许昌，深恐云孤军深入，四周曹兵尚多，皆可合围抄击，虽然派了崔黄二将前往郾陵，兵力犹感不足，即时入见云长，具述意见。云长道："元直所见甚是，但子龙一军正在得势，无论如何，绝对不能撤回，只有计较如何设法援助，以免失此千载一时之机会也。元直以为然否？"元直道："君侯卓见，无用商榷。前军形势，趋重舞阳，君侯宜进驻舞阳，以壮方城、汝南两路声势。"云长称善，即令关平领兵五千，暂驻南阳，自与元直领步兵三万、骑卒五千，进驻舞阳，使人知会了翼德。

云长兵至舞阳，庞丰、庞豫迎接入城。云长大加慰劳，便令二将领兵万人，离城十里，向郾陵方面下寨，派人火速前往郾陵，知会崔顾、黄武，双方密切联络，斥候相接，为子龙减轻三方受敌的忧心。

那横亘偃、洛的马超由云长转知，得悉妹丈、妹子统领全师，由九里关袭取汝南，十日之间连下十余城，直迫许昌，心中大喜，又闻云长移驻舞阳接应子龙，愈为高兴，犹恐云长后路空虚，令刘琰领兵五千，替关平守南阳，叫关平火速去舞阳，增加前方兵力。刘琰领令，率部来到南阳，关平将防务交妥，率部至舞阳，报告经过。

云长询知始末，笑谓元直道："孟起于公谊私情，皆可谓周至矣。刘琰开敏有识，留守之才也。"即补给一令，令刘琰留守南阳，请元直自往汝南，协助子龙应付战事。元直领命，即日前往。云长吩咐诸事已毕，自作手书，遣人回复马超。书略云：

> 子龙虎将，英毅有为，吾兄弟爱之敬之，诚不后于孟起。孟起上筹国是，下顾懿亲，恩谊之殷，实所希觏。遣兵分防，俾某专心前敌，至意可感！业请元直前往汝南，协助子龙，二庞、黄、崔，并听节制，计其兵力，已过七万。以子龙之英武，元直之才略，某与翼德为其后援，万不致有蹉跌，孟起但掣偃、洛之敌，勿令得还援也。

马超得书，万分喜悦，即召诸将商议进攻西面之敌，藉宽东路之防。姜维启道："主将，我兵横亘偃、洛，断绝曹兵交通，而曹操发敖仓之粟，由孟津转运新安，所以新安军心尚能稳固。顷得探报，曹兵运粮五十万，贮孟津驿，护粮二将典满、许仪。主将与白马二将军今晚去劫魏营，维与文将军领兵袭烧孟津驿，前军无粮，彼将不战自溃。"马超闻言大喜，即与诸将暗中准备，令诸葛瞻兄弟、马凯、韩雍、梁虔守护大营。

到了二更时分，马超同着四将，分途出发，将次行到曹营附近，汉兵一声喊，扑将进去。那典满、许仪刻刻提防，一见汉兵劫营，一个持戟、一个提刀，出营迎战，与马超、白虎文杀做一堆。姜维、文鸯绕道到孟津驿，快四更天了，运粮兵将因前面有大军掩护，人人鼾睡如雷。二将吩咐将硫磺引火之物四处遍布，一时火起，并将马干秸稽尽行延烧，登时火光烛天，照得孟津城下河水通红，把一条千里一曲的黄河变成了越南国的红河了。

偃师城里屯驻的曹彰闻听得汉兵劫营，急引铁骑五千前来救护，临到附近，看见典、许二将抵敌马超、白虎文不下，曹彰纵马上前来战马超，马岱战住典满，六将旗鼓相当，相持不决。姜维、文鸯见火已烧到八成，各领所部，从魏营后面杀入，冲破营盘，四处放火，魏兵大乱。文鸯乘着曹兵慌乱之中，从许仪后背心就是一枪，典满见得，急将画戟隔开，姜维就势一枪，刺中典满左臂，典满负痛向后退走，姜维便上去帮助马岱，文鸯上去帮助马超。曹彰见汉兵势大，粮草已烧，招呼许仪退后，自己殿阵，回入偃师。马超已获全胜，亦不追赶，收兵还营，犒赏将士，遣人飞报元帅，言新安粮运已经被本军烧尽。

孔明在大营得了子龙入据汝南云长移兵舞阳消息，精神为之一振，又得马超呈报烧毁孟津驿，知新安敌军必苦无粮，即时召集诸将商议进攻。同时成都差官将地雷火炮也就运到，来营缴令，孔明吩咐廖立严密收藏，妥慎保管，自己却与魏延、李严于清晨上邙山最高处视察新安形势，只见新安城地方南面是水，西面平地，东北两面是山，城垣高峻，守御得法，看罢，即同二将回营，心中已想出了计划。正是：

离火震雷，自古无不摧之城阙；云龙风虎，于今有无限之冤魂。欲知后事如何，且听下回分解。

异史氏曰：《演义》曹丕以三路取吴，五路取蜀；本书诸葛以三路敌魏，五路敌吴。丕之三路一战即退，五路不战自退；今则诸葛三路每战必进，五路或战或不战而大进。错综变化，虚实进退之数，即顺逆胜负之分，已自不同。而直进秣陵，长驱汝蔡，因撤军之势，便撼许昌之东，乘虚以袭九里关，于是蜀魏战局又生变化。不谓吴方援魏，转以急魏，魏欲危蜀，更难拒蜀。人以五路乘虚，我只一路乘虚，则于翻案因果之中，复呈军事消长之幻；而不战自焚之理，恶贯必盈之机，不写天，只写人，俱处处可以明之见之。前写诸葛，写云长，写马超兄弟，写黄忠、姜维、魏延、王平，甚至写诸葛瞻，写蒋琬、向宠，虽亦未尝不写赵云；然只此一回，却从正面将子龙浑身是胆大写特写。故此回乃以据汉水子龙如何厮杀，极力顺描，而带将战荆襄徐晃径入敌围，故意反翻，无论能读不能读，总能知本回所写，完全是一篇子龙有胆传。

阿瞒一牛，惯喜断人粮运。官渡相拒，乌巢烧粮，《演义》所以写孟德也。祁山数出，转饷维艰，渭水之战，上方烧粮，《演义》所以写仲达也。绝三军之烟火，乱敌战心，有仲达传阿瞒之衣钵，袁刘前后相望，交受其困矣。计百出之火攻，求吾胜算，非孟起步诸葛之后尘，操懿今昔以异，何得云大食其报乎？是故蜀以武侯为帅，则非火攻不可者也，而姜维在马超之侧，固一武侯小影！横亘偃、洛，既断交通，自不可不以火攻，更断操兵之粮道；而魏以司马率守，又以算人粮道为能者也，乃曹操居仲达之后，仗在敖仓多粟，济运新安，为报循环，即不可以烧粮，焚尽孟津之聚积。夫而后不战已寒贼胆，夫而后欲守亦乱军心，旧案胥翻，请君入瓮，此固战略所必尔，彼如报应之昭昭！不意黄河变作红河，遂使黄须遇到赤壁，红黄颜色，打成一片，相映成趣。尤臻汉家之火德未衰，铜雀之黄龙将死，而阿瞒不是乌巢，却又走到乌林去也；而诸葛灭去五丈星星灯火，却亦点起十丈燎原河灯来也。绝倒绝倒！

第三十八回

炸新安诸葛试地雷　凭洛水司马掘天堑

却说孔明与魏延、李严诸将上邙山最高处视察新安四城高下地势，测度土质，考查山川，只觉得新安全局了然于胸，方才策马下山，回入大营坐定，随唤廖立道："廖将军，前时本军从成都出发，我偶检视兵士名册，见内中有矿工多人，不知现在随营尚有多少？有烦将军亲往各营，查视名册，究有若干，头目几人，传入大营，听候命令，火速勿延。"

廖立领令，即时亲往各军，逐营查取名册，一面簿记数目，费了两三日工夫方行查讫，总计全军随营的矿工约共七百八十余人，头目二名，立时聚集一处，回到大营缴令。孔明见名册之上竟有许多，真个是意想所不及，天助成功，笑对廖立道："廖将军，我军如天之福，夺取新安，将军当为功首。"廖立心下明白了一半，忙答道："此皆主公与元帅洪福齐天，末将不过效奔走之役，区区微劳，何足挂齿。末将因元帅郑重吩咐，检查名册时，同袍偶然问及，末将但言元帅以本地水泉不佳，污浊太多，兵士应用恐生疾病，欲另掘大军用井数十口，以济急需，后来亦可供民间之用，各同袍无不感颂元帅深仁厚泽也。"孔明听廖立言罢，欣喜异常，说道："将军机警绝伦，故能深知亮意，与诸将所言吻合情理，使人不疑，同时流辈，惟孝直有此捷才，不意将军竟堪媲美，本军得此良助，胜于得新安矣。"即自解身上所佩玉玦赐之，廖立双手接过，谢道："立得日随元帅左右，得元帅启迪，或不上辜期许耳。"孔明道："愿将军克己复礼，充以学识，则骄吝无自而生，自足立身于天壤之间矣。"廖立顿首受教。

　　孔明令将矿工头目二人唤入，廖立即将二人唤入，上前叩见，孔明唤他起来，恭恭敬敬站立一旁。孔明见他二人身材高大，眉目凶横，膀阔腰圆，声音粗壮，心中暗自发笑道："若非这样人才，哪里配当这般人的头目？"便问他二人的姓名，家住何处。二人恭敬答应道："小人姓陶名金，巴州人氏，他姓屈名山，嘉陵人氏。"孔明道："你们掘了多少年的矿，为什么弃矿不掘，出来当兵？"二人答道："小人们掘了十多年的矿，只因前时铜山西崩，山洪暴发，所有矿洞全行淹没，小人们的资本完全被水漂去，衣食无资，饥寒交迫，故而弟兄们大家一齐出外来当兵。"孔明道："你们在营中，你们长官可曾虐待于你们？"二人使劲的答道："元帅以身率下，号令严明，小人们的长官都是以元帅之心为心，只有优恤小人们的地方，并无虐待小人们的处所。"孔明道："照你们这样说来，你们的长官都还很好，你们有事不要隐瞒，有话不妨直说，此事关着全军利害得失，你们不要有所畏惧，不肯说出。"二人同时跪下，叩头道："小人们所说的都是实话，并无半字虚言，元帅这样的关注小人们，小人们难道没良心，还要说假话？实实在在，小人们的长官是好长官，元帅仔细去调查便知道了。"孔明笑道："你们快起来罢。"二人谢过起来，依旧站在一旁。孔明道："现在本帅有一桩要紧的事件，须得你们弟兄们去做，你们愿意做么？"二人诚恳地回道："元帅待人恩重如山，就要小人们去赴汤蹈火，小人们都甘心愿意的去，好报答元帅的大恩。"孔明道："既然如此，你们暂且出去，同你弟兄们先去整顿挖矿工作器具，听候差遣。"两个头目诺诺连声，叩谢元帅，退出大帐，自同伙计去安排铁锹、钢锄、斧头、錾子、畚箕、扁担、大车、麻绳一切应用物件，好在这些物件都是工程队应有器具，大营中常备的东西，一会儿就弄好了。

孔明随唤廖立道："廖将军，你看新安城东北两面均倚邙山之麓，南临洛水之阳，只西面才是平地，将军可护领矿工从邙山尽处树林之中相度地形，掘一地道，直穿过新安城根，于城根之下横通四穴，距离各二十余丈，俱以城根下为准。成工之后，速报我知。"廖立道："元帅若掘地道，从西面开工似较从山麓尽处为易。"孔明道："将军有所不知，西面地势平坦，是我进军必由之路，亦为司马懿必防之区，前无遮蔽，从何施工？若有动作，必露情形，彼若预防危险实甚，不徒陷数百矿工于死地，我军永无攻城之良机。事有似易而实难，似安全而实危殆者，此类是也。不如从邙山山麓动工，既有树林为之掩护，彼即日登辒车瞭望，亦无从得其真相，且山势陂陀不一，彼亦不测我军何为。彼方恃山势之天然，足以限我之戎马，又非彼重防之所，我军不过多费数日工夫，较西面为安全也。"廖立方才口服心服，指挥矿工自去动土。

孔明令黄忠、魏延、李严各领兵五千，日日叩关搦战，罗宪、伍梁各领兵三千，左右救应，曹兵若出，交绥即退，曹兵不出，环城示威，如车轮一般回转，彼往此来，略不间歇。众将领令，各领所部，遵照元帅计划进行去了。

司马懿在新安城中接到曹彰急报，孟津驿粮草为马超所焚，本军为数将近十万，日费千金犹虞不继，虽然迭次由偃师护运来的粮米不为不多，但因为需大军运解之故，所耗正复不少，大敌当前，时时作战，非兵精粮足，纵孙吴复生，亦无办法。俗语说得好：媳妇虽巧，不能为无米之炊。粮食一缺，即有精兵，亦会饿死，假使敌人不强，尚可因粮于敌，或者计算十日半月的粮，便可以破敌，如春秋城濮之役、晋师三日馆谷，这一类的事情在历史上是常有的，不算希罕，但是对方敌将不比别人，又是惯拾便宜的诸葛亮，平生专好吃人家现成茶饭的。军心一动，险状立呈，曹彰心中十分忧虑，又见汉将黄忠、魏延诸人发班轮次叩关索战，环城示威，明明白白是欺负本军缺乏粮食，兵饥将馁，不敢交锋，故尔目中无人，大有俟本军坐毙俯拾即是之势，只得吩咐将士耐心坚守，任凭汉兵谩骂，辱及九代也自由他，好在城中尚有半月粮草，犹可支持，一面自作手书，派人星夜分赴洛阳、偃师两处，请各先从本处借运十万，速来新安，以安士心不提。

汉兵营中，孔明令廖立叫那些矿工白天乘着出兵时候，鼓角喧哗，努力挖掘，到了半夜间却反停工，一来因为夜深人静，恐为敌人听得声息，二来工友们夜间得了休息，次日作工自然加劲。果然神不知鬼不觉，看看挖到新安城根，忽然挖出了一件古物，碰着锹锄铮然作响，火光四射，将工人吓了一跳，蹲身向前，用油灯一照，像是方方正正一件铁铸器皿，忙用小锹将四面的土刨开，将此物取出，只是沉甸甸甚觉压手。拿出地道外面，大家围绕观看，却原来是一块铁牌，长约二尺零，宽约一尺五六分，上面花花绿绿，隐隐约约好像有什么字迹似的。工头不敢隐瞒，立时送呈廖将军观看。廖立接过来，仔细一看，也不十分明了，即携回大营呈与元帅，告知来由。

孔明就案上观看，见土花斑剥，字迹模糊，命左右用水涤洗净尽，再一审视，字迹显然，是大篆笔画，念去好似几句铭词，上刻着道：

新安城池高且深，重瞳于此坑秦兵，后四百年一书生，地雷殷殷轰此城。

孔明读罢大惊，再看铁牌上面，更无铸造的年月，前后亦无姓名款识，制作式样甚为古朴，绝非近代之物，一望而知，断定非赝造者，心中想道："此牌系何人所为，乃能前知至数百年后？殊堪钦佩，是新安此城之必破，其兆已先定于数百年前，本军成功已操左券，自是可喜。惟作者究为何人不能测度，此疑实不知何日方可解开也。"

吩咐左右排下香案，亲自焚香，望空拜谢，敬谨收藏，以志前定，令廖立依旧前去督工。

本来地道到了城根，大功已成十分之九，再加以廖立督促有方，工人踊跃用命，那一成的工程不过二三日便已如命妥速告竣。廖立回营缴令，孔明一听地道告成，极力奖励廖立道："非将军督工得法，何能如此迅速告成？"廖立道："此皆元帅平日教养有恩，使令不烦，故工人皆能知奋，方得此耳。"孔明随令廖立将日前由成都运来之火药十万斤、地雷十个分别埋置城根，下面用长竹管通着引线接出地面，将隧道结实堵塞，妥慎安放，安放之后，速报知。廖立领令，自去督工人布置。

孔明即时升帐，部下大小将官一齐明盔亮甲，分班前来参见，行礼已毕，两旁侍立。孔明传黄忠上前道："老将军，本军兵顿坚城之下将近半年，因司马懿死守不出，老将军遂无用武之地，现在已得破城新法，明日午刻决取新安。老将军可领罗宪、伍梁二位将军，引弓弩手五千人、步兵五千人，各带短兵，绕过北城，离城四五里虚作攻城之势，阵后遍布疑兵，使彼不测多寡。俟曹兵麇集北城时，北城必自崩颓，彼军必以全力抢护缺口，老将军乘此时间可饬所部弓弩手踏城而射，每一弩手须备箭五十枝，尽所有以射，彼兵自无从立足，立足无地，自无从抢护缺口。然后可令罗、伍两将军各领精锐千人，尽用短兵，从缺口处抢入，老将军自督全军随后继进。我兵一入城中，彼军心必自乱，乘乱猛攻，必得新安矣。"黄忠领令，同着罗宪、伍梁二将，自去赶紧备齐弓矢、短兵各要件，以便明日大战，夺取新安，好得头功。孔明再令郑绰、傅佥领步兵五千，向新安西面进攻，俟南北两城本军得势，彼无余力更守西城，便可斩关直入，占领城池。二将闲久，欢天喜地领令去了。然后唤李严、魏延二将上帐。二人上帐，立在元帅面前，听候分示。孔明道："二位将军自从东征以来屡立殊功，此次因敌人坚守之故，我军兵顿新安，求一战而不得，遂令二位将军报国之忧无从表见。我军近来虽拟试用新法进攻,然非二位将军各逞神勇,新安如此坚固,城中又有精兵良将,虽有新法,此城仍未易攻下。"二将同声应道:"但请元帅将令,末将等愿身当前敌,肉搏登城。"孔明道:"明日午前,黄老将军同罗伍二将去攻北城,城垣一毁,曹兵必然齐上抢护,二位将军可各率精锐千人,乘曹兵无暇兼顾之时,驾着云梯,附南城袭入。到得城上,即遍树我军旗帜,惑彼军心,壮我士气,大兵便可斩关入城,司马懿非走不可矣。"二将领令,各去预备。

孔明吩咐诸将已毕,下令全军将士明日午刻齐集新安城下,努力进攻,不得有误。众将得令,个个自去料理。有些不明白情形的,不免心下怀疑,以为元帅顿兵新安城下将近半年有余,只是休养将士,从未发过攻城的号令,此次为何如此果决,要限期攻克,必定元帅未卜先知,胸中先有十二成把握,方才下此号令,不然元帅常常说道,司马懿是当今有数的人才,李典、张郃、徐晃都是曹兵有名的大将,就是司马师、司马昭兄弟当时都很负着重名,城内外曹兵比本军要多上五分之二,他们是倚城为固,本军是附近仰攻,那死伤的人数可就不要说了。不但他们是这宗拟议,便连黄忠心下也不免犹疑,以为元帅令其攻城却教虚作攻城之势,怎么又说待城塌后再去抢城,这样结实的城墙怎么自己就会倒塌下来,真真岂有此理,但是元帅从来不说玩话的,再想一想,除非是挖地道,却又只听见廖立说奉令掘大军用井,没听见挖地道的话。黄老将军再想进一层,可就悟出来,别是名叫掘军用井,实在是挖地道,故而元帅才如此下令,把大众都蒙在鼓里。一想出这个道理,自家暗自好笑,又十二分感激元帅爱护自己的厚意,要自家离城五里,要罗、伍两将冲锋,自家督队随后继进,只就这命令上看,无一处不是爱护自己,怎么不叫自己铭心刻骨的感激元帅,拼着这条老命前去攻取新安,好来报答元帅罢。

不提黄老将军在本营中自思自想,过了一宵。单说魏营大都督司马懿以粮草将尽，馈运艰难，兵气不扬，甚为忧虑，天色才到黎明，便听得探报汉兵营里全军发动，有大举攻城之势，即令部下将领分城严加守御，日出时间，又听得黄忠领兵万余来攻北城，离城不远，立将北城加厚兵力。接连又听东西两路俱发现汉兵，懿正吩咐益兵前往，不觉心动，便知道此番战事不比寻常，诸葛亮顿兵半年，相持不决，今日如此大举进攻，必有诡计在乎其中，非加意紧守，此城有些难保，随即手下命令，令部下各将领今日之战各须尽力，不得一刻疏忽，又令长子司马师领牙军三千人，前往北城协助防军。

看看到了正午，只听得震天动地一声响亮，接连又是五六声，放连珠炮一般，把新安北城从山腰倒塌下来一百余丈，将司马师和那三千人马尽埋入地穴之中，两三里内外沙石乱飞、尘土飘洒、人翻马倒、天日无光，新安城里满屋背上断砖碎石打得屋瓦破裂、柱欹桁倾，街衢上的行人被打得头破血流、灰尘满面。司马懿坐在帅府，好似是遭遇地震的人，只觉得墙壁动摇、杯盘狼藉、天旋地转、目眩头晕，知道是地道火药地雷同时爆发才有这样凶恶，此次战事有些不妙，立令大将徐晃同次子司马昭各领本部劲兵，火速前往，协助司马师抢护缺口。

二将领令，如飞前往，刚刚来到倒口之前，黄忠在马上将令旗一挥，五千人马弓弩齐发，箭如飞蝗，踏城乱射。城里曹兵已经魂魄俱丧，再加这许多箭弩，哪里还敢上前，个个向后退缩。伍梁、罗宪二将短兵相接，早乘着这个当儿，冒险杀入城来。徐晃、司马昭各领亲军奋勇抵住，就在城边大战，李典率众赶至，立时加入，黄忠拍马舞刀，上前迎住厮杀。六将正在北城战得天摇地动，忽听南城一片喊杀之声，城头之上已高高竖起汉兵旗帜，原来是魏延、李严遵着元帅计划，乘魏兵抢护北城之隙，分领死士，驾着云梯，一跃上城，乱杀守城曹兵，汉兵蚁附而上，到了城头，便把汉军旗帜竖起。张郃一见大惊，挺枪截住魏延，两个接手就杀。李严奋勇杀下城去，杀了守门军士，南门城外汉兵如潮水一般汹涌入城，哪里阻挡得住，城中登时如蝟如螗，如沸如羹，合城鼎沸，大形紊乱。

张郃见不是路，撇开一枪，抛了魏延，拍马回入帅府，带领近卫军保护司马都督，并众僚属杀条血路，冲出了新安城，往洛阳便走。那司马昭、徐晃正在苦战中间，忽听得后军飞报南城失守，汉兵已进南城，料道新安是再也不能守住了，急忙招呼李典三人，合兵一起混战，夺路出城。

黄忠、伍梁、罗宪乘势督兵杀入，傅佥、郑绰也就攻开了西门，汉兵四面入城，将新安登时占领，夺得了司马懿的麾幢鼓盖，印绶符节，文书军资。李严首先入城，先进了帅府，完全收得诸物，取得头功。到了日暮收队，统计全军掳获曹兵二万余人，死伤曹兵又约二万余人，司马懿近十万的大军恰恰去了一半。

孔明进了新安，入居帅府，诸将纷纷前来报功。孔明大犒将士，重赏矿工，安辑居民，遣散降卒，整修城垣，补葺队伍，专派从事去荆州汉中王处报捷，一面分遣急促驰报云长、孟起二处，俾振军威，相机前进。

且说司马懿在道上得了钟会、邓艾二将领兵前来接应，进了洛阳，喘息方定，司马昭、李典、徐晃诸将陆续收兵回来。司马昭来到都督府中，入见父亲，痛哭流涕，告知哥哥阵亡消息。懿挥泪道："三年以来，西征将士涂肝脑于战场者数以万计，敢以一子而念之乎？且为国而死，死得其所，尚何言哉？老夫朽骨，犹未计生还也。汝但启知汝母，以汝次子攸为兄后，令死者魂魄有依，不馁若敖之鬼，以伤忠义之气可矣。"司马昭拭泪领命，自去办理。

懿自作表，送呈魏皇，言新安失守情形，将士死敌，请从优恤，自请从严惩治败军之罪。表到许昌，操手诏赐答云：

新安御敌，智勇兼施，寇来如墙，莫之能犯，仲达能军，即诸葛亮亦当屈服也。惟亮阴谋凶险，施用毒器，遂毁坚城。将士皆血肉之躯，岂能胜硝磺之焰？损我良将，陷我精兵。子尚英年，亦作国殇，言之恸心，着追赠骠骑将军，封宜城亭侯，赐谥"勇烈"，嗣子绍封，世世勿替，以恤忠忱。昔孟明三败，卒渡茅津，冯异垂翅，终奋渑池，愿仲达振起精神，希跂先烈，毋以一时之胜负，遂灰百战之雄心。阵亡将士，已敕司农卿按籍优恤，诸所需用，并敕所司随时支发，都督印绶符节，专使齐给。

司马懿奉到手诏，感激涕零，随即抚慰将士，补葺阙乏，裁汰老弱，以节军食，招募工匠，修理器械，自与刘晔乘马周巡洛阳四面，见龙门、少室已入汉军掌握，东南险要都无所恃，只好凭据洛水以拒汉兵，与刘晔两人在马上用隐语商议，意见大致相同，然后回转府中，召集诸将入府，大家讨论。诸将奉召，入府参谒，分班坐定。司马懿言道："今诸葛亮乘胜而来，拥兵直进，马超一军横亘偃洛之中，洛阳前后皆敌，在敌军自逞其贪得无厌之欲，在我军实无弃地与敌之理，但敌军已有包举洛阳之势，我军非据洛阳以屏障中原不足以保全三川、巩固国本。究竟如何方可以保障洛阳，诸位将军必有高见，请即说出，以便讨论。"一言初了，邓艾上前启道："都督所言，洞明形势。但以末将观之，马超若非得诸葛诞之内应，绝不能于一夕之间覆我三屯，据我要害，彼之横亘偃洛早在我军包围之中，计彼险状，实甚于我。度彼全军，不过五六万人，而任城王驻偃师之兵，数逾六万，我洛阳原有之兵合新安退还之卒，将近十二万人，我之防线愈短愈密，我之兵力愈聚愈厚，马超能坚守原屯，即出非分，决无余力再攻洛阳。诸葛亮乘战胜之威，挟凶毒之器，长蛇封豕，掷地而来，我军宜以防诸葛亮为先，可暂置马超于不论。"懿颔首道："士载之言，具有条理，轻重缓急，权衡得当，但防诸葛亮又有何策？"艾答道："洛阳山险已经全失，末将以为宜堑洛水以阻亮兵，我凭堑以守，亮虽有十万之众，亦不能飞渡。亮兵被阻，然后合任城王军之全力以攻马超，诸葛之兵阻于西，云长之兵阻于东，超以孤军处我两军之间，受我两方之夹攻，非及早全师撤退，则必全军覆没而后已。"司马懿喜道："士载之言是也，可乘诸葛亮兵尚未至，速与士季领五万人，昼夜兴工，堑引洛水。"

邓艾领令，即同钟会带兵前往，当着汉兵来路，掘下一堑，长数十余里，南引洛水，北注黄河，凭堑扎营，十分稳固。回到帅府，禀知都督，懿即同刘晔前往巡视，只见水势滔滔，为之一喜，极力奖励二将成功迅速，随请李典领兵三万，专一护堑，阻住汉兵，自率刘晔、钟邓诸将回城，计较商量两路夹攻办法。立时派遣专使，赍着手书，前往偃师，知会任城王曹五王爷，约定日期，同时出兵，分道会攻马超，以除偃师洛阳心腹之大患。

却说孔明得了新安，令廖立领兵驻守，随令黄忠为前部先锋，罗宪、伍梁为左右翼，领马步全军五万八千人，向着洛阳方面前进。离城七十里，为堑所阻，飞报元帅。孔明自来前军，看了一遍，说道："我兵阻堑不能前进，彼必合兵以攻孟起，孟起孤军，殊可忧虑，但彼既掘堑固守，绝不能再至新安，我不如全师反旆，径指宜阳，合孟起之军，与彼战于洛阳城下，则彼之掘堑适自限戎马之足耳。"众将听了，齐声称善。孔明立传将令，令本部全军乘夜拔队开赴宜阳。三数日间，便自到了，诸葛诞率在城将领出城迎接，弟兄久别，相见欢然。孔明再留兵三千、副将三员，助守宜阳，以防曹兵袭击后路，仍督本部全军火速兼行，由延秋集渡洛，径入马超大营。

马超正因探听得司马懿退回洛阳，掘堑引水以阻大军，与曹彰克期会师来攻，方与姜维商议分头迎敌，忽听得元帅自来，真个是喜从天降，率领众将，迎接入营，以次参见。诸葛瞻带领诸葛靓上前拜见，孔明略为奖励几句，便问马超道："司马懿目下有何举动？"超答道："据细作报称，司马懿因掘堑以阻元帅之兵，安排自己与曹彰合两军之力，克期并进，以图覆灭超军。元帅来此，可无虑矣。"孔明随令马超领白虎文、姜维、文鸯、马岱四将，偏将十员，马步兵三万人，专一迎敌曹彰；令黄忠领魏延、李严、罗宪、伍梁四将，偏将十员，马步兵三万人，专一迎敌司马懿；孔明自率子侄与马忠、傅佥、郑绰诸将，督中军接应。二将领令，自去准备。孔明令军中不许声张，以出曹兵不意。正是：

飞将军从天而下，神鬼皆惊；洛阳城累卵之危，貔貅失气。欲知后事如何，且听下回分解。

异史氏曰：世人之读《演义》，到上方谷司马受困一回，莫不欣悦诸葛，用尽屯田、失粮、诈败许多心力，费尽造栅、掘堑、塞谷、积柴、埋地雷、搭窝铺许多手续，做尽七星灯、旗、号带及奔走、呐喊、虚救、虚应许多张致，竟将坚守不出之老奸司马懿父子，一并引入谷中；而刮刮杂杂，火势冲天之际，三人下马，抱头一哭，大雨倾盆，以致地雷不振，火器无功，只被蜀兵抢去一个渭南大寨，盖未有不废而叹者。读书人扫兴，几与诸葛之闻报相同。世人所以每谓汉魏兴亡，归于天数，亦正为《演义》多有此等笔墨，动相诱误耳。

以人所不料之事，写人所不喜之文，已为过举。若假引人入胜之笔，从申成事在天之证，则谬种流传，未有不可打入阿鼻地狱者。世虽不必无此事，书却不可有此文。传其所不当传，复因以附会天道，此社会国家日趋于不振，而才子之罪所不免浮于亡国奴也。罚以坎坷，尤不足儆误尽苍生之戒；动言天道，斯必使人自悲人事之穷。曰无因果，是即其因果也；曰无报应，是即其报应也。惟吾之所谓因果报应云者，仍归人事，不明天道也。

今日火器大精，已甚明诸葛人事，当时实有所未尽，天道之无稽既破，才子之不才可哀，则有作者从而鄙之。以新安为诸葛大震地雷之地，只一"试"字，便属不堪自信，竟毁坚城之词，会于言外，即翻《演义》深相共信，转逃司马之笔，暗用讥之。前须设计，诱入谷中，此不费力，早困城内；前须诈败，虚救虚应，此偏示威，虚战虚攻；前只司马父子，三人入谷，此却徐晃、张郃，一齐在城；前未死司马一人，此但生司马二人；前仅下马抱头痛哭，此则坍城埋入地穴；前惟抢一大寨，此且抢一坚城；前虽损伤兵卒十之八九，未计若干，此书降死司马大军，十万去了一半。而皆只写人谋，不写天数，并写一面是山，一面是水，一面平地，是又明告地势，无异渭原，所翻之案，正为上方谷而发也。恐人尚不甚觉，复写同一察看地势之笔，更以上邙山三字，明点上方谷，其大声疾呼，欲破世人信有天数之说，用心亦良苦矣！兴之所至，带笔而翻阴平诸葛留碑一案，土花斑剥，铁篆城边，"四百年后一书生"，固若自写，然实以不著姓名。及"诸葛大惊"，"何人竟能前知至此"等语，以反写诸葛之并不知有天数，则何至卖弄姓名，而又竟知天数，一生故欲违天，如《演义》之所云云耶！故此回之妙，犹不在以人谋翻驳天数，从正面辟明；而在以天数晓譬天数，自反面攻破，解醒醒醉，阐尽天人。有读上方谷一回而恨不已者，其速取此回而连读之。

世人皆恨曹操，而至司马专权，虽亦快之；然恨司马师、昭弟兄，又如故也。文鸯攻寨，司马师左眼迸出瘤口；彼皆咬烂，回许临危，右睛迸出，大叫而亡，读者乃再快焉。而本书历写司马氏皆忠于魏，危城支持，效死于斯，毋乃不快；不知以懿与操，原有不同，魏篡汉，其恶在父，晋篡魏，其恶在子，是不可以不别，而贼子亦不得无诛！恶始于师，则首师焉可也！作者以为双睛迸出，非死于无君，乃死于无父。无义之贼，与人快天诛于挖睛掘目，不如人快笔诛于粉骨碎身。同一称快，煞费斟酌。若懿拒战渭原，恃有可守之险，汉以不得飞渡，倘无天堑，懿殆不守。此又洛阳无险，所必掘堑以诮之，而见汉之终能飞渡者欤。

第三十九回

洛阳城汉魏大交锋　　孟津驿典许双败阵

却说兵退洛阳的魏兵大都督司马懿，因为新安失陷，退驻洛阳，为着保固洛阳的防务，用了邓艾的计划，在洛阳西来的大道上挖掘长堑，灌注洛水，以阻遏汉兵东进的军路。长堑一成了功，新安方面的敌人自然不能长驱直入，在这军情紧急的中间，有了这宽舒的暇暑，岂可轻易错过？他立时派遣心腹干员迅往偃师，与驻兵偃师的任城王曹彰协议定妥，决定两路出兵，双方合力，同时进攻那横亘偃洛的汉兵大将马超，好去心腹大害。两下议定：在偃师方面的军队完全由任城王支配调度，进攻马超左营；在洛阳方面的军队完全由大都督司马懿亲自指挥，进攻马超右营。除已令本军大将李典率领重兵专负防守新堑之责，独当一面外，以马超敢战骁勇，将士精锐，非竭全力，不易成功，当下在帅府中发布手令：以本军上将张郃为正先锋，徐晃为副先锋，率马步全军三万六千人，邓艾为左翼，钟会为右翼，各将步骑一万五千人，克期出发，同时并进，与任城王偃师军队左右夹攻马超，必胜为期。俾马超穷于应付，非败不可，俟马超兵败，即合双方得胜之兵力，划其营垒，毁其寨栅，扑灭其将士，务绝根株，即令顽强抵抗未能全数歼灭，亦必尽力追赶，驱逐其残余部队退回宜阳，免致本军后路永远常为敌兵所乘，达到洛河北岸无西凉马迹，方为完成任务。歼灭了马超以后，再行集合两军兵力，以抵抗诸葛亮。于应付上，庶乎恢恢有余，不致顾此失彼，前后受敌了。

懿分布已定，自与刘晔、司马昭率中军三万九千人，一部分守护洛阳城池，一部分倚城驻扎，准备接应前军。诸将得了将令，各自分头担任战守事宜，应出战的将士纷纷领兵前进去了。

那驻守偃师的任城王曹彰自得了司马都督会师同时进攻马超的手书，立时召集本部将佐商议进攻办法。议定之后，随即下令，令本军部将郭淮督偏将十员，部兵二万，紧守城池。自将召募精训乌桓鲜卑的骑兵二万、荥阳骁果步兵万人为中军，郝昭为副；典满将左军，韩德为副，许仪将右军，孙礼为副，各领步骑万二千人；杜畿、吕通各将骑兵三千，掩护后军。合全军六万余人，浩浩荡荡直向马超左营杀来。

因为曹彰部下骑兵甚多，相离十余里外，已是尘土冲天、蹄声动地，加之鼓角齐鸣、笳吹间作，刀矛似雪，旌旗如云，声势十分浩大，很是可观。看看离着马超左营一望之地，只听得汉营中鼓声雷震，旗帜云飞，遥见西凉兵如潮似浪，卷地而出，早已列成阵势，等候厮杀。马超一马当先，麾下将官簇拥向前，左翼上文鸯、白虎文，右翼上姜维、马岱，前军阵上列着越吉、马成大小将官五十余员，个个盔明甲亮，马壮兵强。曹彰在紫花骝上一见马超全军倾巢而出，心中无限欢喜，料道此番洛阳本军去乘虚攻击马超右营，必定如摧枯拉朽，大获全胜，双方夹攻，怕马超不全军覆没么？想到此处，不觉精神百倍，吩咐众将奋勇进攻，自己挺枪拍马直取马超。马超也就抖擞精神，上前迎敌。双方主将因为各得奥援，各人怀着无穷的希冀心，作战上的能力也就特殊的表现出来了。

内中只有缺德冒烟的姜伯约，他比人家眼力也高、谋心也大，在阵上察言观色，见了曹彰那副得意的面孔，便揣知他以为乘虚夹攻必获全胜的心理，心中暗自好笑：少停时节，管叫你在那大石上面碰得头破血流，空欢喜了一场。但是敌人骑兵太多，尽数冲来，亦属难敌，急令白、文、马岱三将一齐出马，帮助主将，自与越吉诸将督饬本部，安排连弩火箭，专一等候迎射马队，自家立马阵前预备指挥。白虎文三将领令，飞马出阵。白虎文战住了郝昭，文鸯战住了典满，马岱战住了许仪，两边阵上同时擂鼓呐喊，如同天崩地塌，阵上两家将官，各人都把全身武艺施展出来。白虎文遇着郝昭，欢喜不过，原来郝昭武艺高强，并不下于张郃二曹，不过出身稍后，毋由并驾齐驱。曹彰在荥阳练兵时节，见他有勇有谋，就特别赏识，拔置身旁，用以自副，恩礼浓厚，言听计从，曹彰本部经他一手训练，所以精锐异常，郝昭也感激深恩，尽忠图报。此次出战白虎文，两个都是上上人才，超超武艺，在战场上一来一往，一上手就是两三百回合，两人都十分趁愿，杀得五花八门，异常精彩。两阵上的将士只看得眼花缭乱、口角流涎，连带把那正在交战的将官，都几乎忘了神了。

　　在偃师这一方面，曹马两军一场恶斗，正在难解难分。洛阳那一方面，曹兵上将河间张郃同着徐晃率领邓艾钟会一众将士，早已整队出发，迅速前进，直向马超右营扑来。将次附近，约莫距离二三里远近，只见汉兵营中偃旗息鼓，全无声息。张郃便要下令进兵踹营，徐晃、钟会也以为汉兵全出，故作疑阵，一致主张前进。独有邓艾，他是天生一双神眼，眸子最小，眼光锐利无匹，是三国时代第一双眼睛，比清朝齐次风先生伏在金山寺楼上栏杆，数得清大江中船上摆的桌椅杯箸还来得厉害。他坐在马上，远远看见汉营中杀气腾腾、兵锋闪闪，仿佛是藏有无数兵将在内，数量并不在少，他就知道这回战局又会发生莫大变化了，急忙催马上前谏道："张上将军，不可轻进。马超营垒参错，壕沟深曲，必有精锐藏匿在内，观其数量，似或多于我军，请上将军与各位将军注意。"张郃答道："将军之言，不为无见。但彼军方倾全力以御任城，余兵守营，为数有限，纵有精锐，何足惧哉？且任城王如期而至，远闻鼓角似已与敌兵接战，我军亦须猛烈进攻，掣其后路，分彼兵力，毋使任城独为其难，方不负两路合攻之旨。且成师以出，惟敌是求，不能因为彼伏有精锐，我兵遂趑趄不前。但请各位将军努力进攻就是。"众将一齐答应。张郃言罢，拍马当先，传令将士，鼓噪直进，众将士一声呐喊。

在此一霎时间，忽见汉营中旌旗尽竖，鼙鼓如潮，汉兵分左右涌出，就本营前列成阵势。当中一员大将不是别人，正是屡次相逢的老将黄忠，头戴金装凤翅盔，身穿錾金锁子连环甲，照着日光，光华四射，手执金背大砍刀，身骑金勒黄骢马，腰系鲨鱼绿鞘金护手防身宝剑，背插泥金画鹜雕弓，箭箙内排列着十余枝金钑鹜翎楛竿狼牙箭，须髯飘洒，声若洪钟，左首李严、魏延，右道伍梁、罗宪，两旁分列着偏裨将校三四十员。黄忠拍马舞刀，直取张郃，大喝道："杀不尽的败军之将，还有什么颜面在此耀武扬威？老夫今日必取尔之首级，叫你同夏侯渊一道归阴。"张郃出乎意外，见黄忠来得突兀，不觉大吃一惊，才知邓艾之言不谬，但是既来攻打敌营，断无见敌即退之理，杀得黄忠跟杀得马超也还不差什么分量。当下拍动座下马，使发手中枪，迎住黄忠，接手就杀。两人战到三四十回合，徐晃见情势变迁，火速令裨将飞骑入城禀报都督。

恰好那时节懿正在帅府与刘晔诸人远远听得东西两面同时鼓声大震，就知道两军酣战，敌人死斗，本军虽可以大获全胜，然而损伤必定不少，方与刘晔商议战后如何补充的办法，乍然间接到了徐晃的飞报，不觉拍案大惊道："黄忠之兵，来何神也。"司马昭侍侧说道："父亲，我堑洛水以阻汉兵，诸葛亮必惧我乘此时机，合任城王之兵以夹攻马超，而覆彼精锐之游兵，且绝其进取之出路，势必潜师悉起，径赴宜阳，卷甲渡洛，以入超军。俾马超得以全力应付任城，而彼自率黄忠诸将得胜之劲旅，以与我军决战于偃洛之郊，令我军徒费掘堑之劳，耗防守之力，彼反得合势之利。以昭意度之，此来当不仅黄忠一部，诸葛亮亦必入超军矣。"懿闻昭言，频频点首，长叹道："汝言甚是。新安之兵，若果与马超之军合势，我军虽两面夹攻，宁尚可以得志耶？"随令刘晔督军，负城守之责，自领近卫飞骑八百，立同司马昭出城，观看川兵形势实在如何，以便变更战略。及至到得阵前，一见川兵行列整肃，士马精锐，黄忠诸将尽在行间，懿在马上亦为骇然，回顾司马昭道："新安敌兵果尽来矣，吾儿何见之敏也！"

他父子二人正谈论间，却见汉兵队里忽向左右分列，在中间豁出一条道路，孔明戎服佩剑，乘着骏马，神气轩鬻，诸葛瞻、诸葛靓兄弟跨马提枪，领帐前牙军左右护从，一直来到阵前。押阵官口传帅令，令黄老将军停战，候骑传呼，诸葛元帅请司马都督前来答话。懿亦止住张郃，司马昭与徐晃左右护从，来到本军阵前。

孔明笑道："司马都督，别来无恙？新安大战，竟然免祸，真福人也。"懿答道："足下何见之左，佳兵不祥，古有明训：穷兵黩武，不戢自焚。两军相角，斗智斗力，不能者败，兵家之常。足下始创凶器以毒生民，作俑无后，见摈孔孟，计穷力竭，愤而出此，当愧悔之不遑，乃反以此自足，初非所望于足下也。"孔明正色道："足下误矣。曹操躬篡弑之行为天人所共愤，足下祖父世为汉臣，不知申明大义，为国讨贼，乃屈节伪廷，怙其小智，助桀为虐，欲假犬羊之众，以抗桓文之师。昔人有云：除君之恶，惟力是视。足下既倒行逆施，死有余辜，恨火药太少，令足下得苟全性命，幸稽天戮，逃死不暇，何更喋喋两军之前耶？"懿厉声道："溥天率土，谁非黄帝之子孙？四海九州，宁为一姓所长有？自古有德者兴，无德者亡，谁食谁毛，谁践谁土，抚我则后，虐我则仇。人贵相知，士各有志，谁为忠臣，谁为寇盗，民心所在，天命攸归。足下君臣，方太息痛恨于桓灵，何责他人以不忠乎？且虞承唐祚，禹益不为忠于尧；周革殷命，微箕不为不忠于纣；魏未征诛，汉由揖让，天工人代，应运以昌，各君其君，何能相诟？前在新安，初不意足下狼毒至此，一时大意中汝诡计，足下今日能再轰洛阳乎？"孔明笑道："足下堑洛水以阻我东征之军，而欲合偃师之兵力以覆我游击偃洛之劲卒，为鬼为蜮，谓我不知，不意我早已烛汝奸谋，全军飞渡，足下犹在梦中，方且两路出兵，以图夹攻孟起。孟起西凉健将，天下咸知，本军即不来此，足下虽十面环攻，亦且不能损其毫末，何况加以本军之兵精将勇，足下尚何所逃其死耶？今洛阳已在我掌握之中，誓当生擒足下以作牺牲，效郏人之用鄫，致祭洛水之神，正足下裂绝地脉之罪。足下若天良未尽，犹有人心，审时度势，解甲归降，决为请命主公，免足下一死；若执迷不悟，甘为愚鬼，洛阳恐不免为新安之续，足下或为池鱼之殃也。"

懿并不回言，还顾徐晃道："将军可出马擒拿孔明，以雪新安之恨。"徐晃应声，拍动座下马，手提宣化开山斧，荡开阵脚，飞马上前，来捉孔明。汉兵阵上，李严骤马提刀，迎头截住，刀斧交加，大战起来。因为两方主帅并在阵前，接战将官自然十分尽力，起初倒还看得他们路数，彼来此往，一斧一刀，到了后来，两阵将士只听得刀斧之声，不见人马之影。孔明立马阵前，观看良久，也就啧啧叹赏，连称好将官。二将越杀越有精神，两阵将官都忍不住齐声喝彩，并起杀心，各持兵器，纷纷出马。接着便是黄忠战住了张郃，魏延斗住了邓艾，罗宪斗住了钟会，伍梁斗住了毛玠，傅佥斗住了陈骞，两军接触，剑岭刀山，喊杀之声，闻数十里。好一场恶战，只杀得天昏地暗，日月无光，直杀到黄昏时候，方才鸣金收兵，双方各有损伤。孔明自从出兵以来，算这一回是第一次大战。

偃师那一方面，曹彰与马超战到半酣，估计洛阳本军必已进攻，将马一夹，退回本阵，鞭梢一指，那乌桓鲜卑马队便如闪电一般，每匹马都是双耳竹立、四蹄风起，直向汉兵阵上冲来。姜维不慌不忙，将手中小红旗连颭三颭，右翼上八千弓弩手预备已久，迎着曹兵同时放射，真个：箭似飞蝗尤密，弩如急雨还多。长箭射马，短弩射人，弩上生风，箭头发火，就是连环甲马也就无从躲避，战场之上，一会儿人马枕藉。曹彰见不是路，立时挥退骑兵，重行出阵，战了三五十合。吕通、杜畿二将在后军中已经探知洛阳方面本军进攻，不料诸葛亮全军早已加入马超右营，与司马都督大军正在恶战，劲敌相逢，不能得手。二将急将消息报告了任城王，曹彰听得，意兴索然，只得收兵。

在此半月中间，汉魏两方，四路大兵大战三次，因为双方都势均力敌，彼此杀伤相当，不分胜负。只是沿着偃洛两处，附近地方三五十里内外，所有人民逃亡转徙，十室九空，村舍无烟，土炕生草，流离载道，饿莩盈途，真是大劫所临，无人幸免，血膏原野，骨委丘陵，惨不可言，笔难尽述。就算双方都是仁义之师，节制之旅，军令严肃，士卒守法，公平交易，毫无侵犯，但是那不时的惊恐，无形的骚扰，也就逃无可逃，只好归诸天命罢了。

孔明自临战地，亲见司马懿，曹彰两路敌兵十分坚强，据城战守，无懈可击，知道一时难于取胜，两翼将士连日大战，兵不可疲，力不可竭，急需休养，以待时机，下令全军停战守营，前后互移，更番休息。司马懿也因将士劳苦过甚，知会曹彰同时停战，婴城休养，只提防孔明当真再用地雷来炸洛阳，白日里令人分次登城，四向瞭望，夜间令人轮流伏地听声，时时刻刻百二十分小心在意，加紧提防。谁知道孔明第一次所运的地雷火药已经在新安用罄了，还得花钱通关节，交结司员，向陆军部领护照，收买硝磺，向资源会领化学原料，还要请外国技师镕化铜元，洗涤杂质，制造螺蛳盖盒，方够应用呢！这是笑话，权且不提。

当下孔明集合全军将校，同来大营计议。诸将遵令来营，参见已毕，分班就座。孔明说道："各位将军，现在洛阳魏兵已十余万，偃师曹彰所部又七八万人，兵力既厚，将领亦强，大敌当前，正不可侮。但以亮意测度，洛阳所存兵食，日前因分济新安，剩余之数，必已无多。目下彼军军食来源，纯恃由孟津转运敖仓积粟，以资接济，我若以奇兵袭取孟津，断其运道，则洛阳粮食必然断绝。司马懿虽有精兵良将，亦不能忍饥城守，必弃洛阳而退偃师矣。"众将听得齐声称善，孔明即唤马超道："孟起前曾游弋孟津，烧其积聚，于其道路自当熟悉，此番可偕伯约、仲华及白文两将军，领兵五万前往，先以一军攻城，曹彰必定遣兵来救，由大营派兵堵截，孟起兄弟与白将军迎击附近来援之卒，姜文两将军可于城外放火，而令裨将率一小队装运箱篓，虚作安置地雷之状，故意借树林掩蔽，眩惑彼军耳目，使彼瞭望不明，自然生出种种疑心，妄施揣测。彼军慑于新安之事，必不敢乘城以守，迫不得已，必然出战，以图毁我工作。孟津城小而卑，城守之兵探无能将，两将军可预选勇士，挟急攻其北，轻袭其南，内外合势，必得此城。得城之后，两将军领兵二万，留守此城，与前军成一纵线，声势联络，洛阳自成孤注矣。"马超领令，与姜维、马岱、白虎文、文鸯四将即时分兵出发去了。孔明再令魏延、李严坚守右营，令黄忠率伍梁、罗宪坚守左营，整顿人马，预备截击曹彰去援救的部队。诸将领令，各自分头准备战守事宜。

就中单表马超五将领兵五万，来到孟津附近。孟津城外，原有曹兵两个大营，互相掎角，左营是魏将典满，右营是魏将许仪，两人在孟津城外分驻，保全运道，兼通偃洛军路。自从分驻以来，并未发生如何变化，守孟津城的就是他二人的副将韩德、孙礼与裨将孙泰诸人，部兵万余，小心守护。当时城外大营的典满、许仪一见汉兵来到，两人急忙领兵，分头迎敌，一面遣人飞报任城王。典满战住了马超，许仪战住了白虎文，四将登时捉对儿厮杀，姜维、文鸯却领本部全军从刺斜里绕过曹军背后，来攻孟津城。

城里韩德、孙礼火速登城守御。二将在城头上远远望见汉兵只是摇旗呐喊，并不附城仰攻，汉军后队里却有许多小工模样的兵士推车负担，上面放着箱篓，转入树林之内，瞬息不见。二将在高处看得十分清楚，孙礼连叫几声"不好""不好"，韩德大惊问道："将军何事惊慌？"孙礼答道："韩将军有所不知，前闻诸葛亮在新安因为顿兵日久，攻坚不下，无法奈何，施用毒计，将地雷火炮炸毁了新安城，以致司马子尚全军覆没，我方损失四五万人，都督无力抵抗，只得弃城而走。如今眼见得他们又倚树林遮蔽，埋藏地雷，再施毒着，来毁孟津，我与将军只能坐视，更无办法阻止。待彼成功爆发，我与将军便会生葬活埋，一战未经，城池已失，我与将军死得不明不白，太不值得。不如领兵出城，直向树林方面杀去，把他的箱篾破坏，火药烧毁，除去后患，令彼不得成功。战而得胜，固足以保全此城，战而不胜，等于败死，比较坐候地雷、粉身碎骨，似乎尚为合算。将军以为如何？"韩德道："将军之言是也。与其坐以待毙，不如一决死生。"

二将随即下得城头，回到衙署，吩咐孙泰督兵五千，紧守城池，两人全身披挂，提刀上马，各领精兵五千，开城杀出，迎着汉兵，万弩齐发，汉兵只得层层后退。二将纵兵随后赶来，约莫离着树林半里地，姜维、文鸯一见曹兵中计，心中暗暗欢喜，两人回转马头，姜维战住韩德，文鸯战住孙礼，四将在树林旁大战起来。

那驻屯偃师的任城王曹彰，本自督饬将士昼夜提防，遇有紧要军情，立即随时出动。一接典许二将急报，马上自领铁骑万人，火速驰援孟津，刚出偃师城不到十余里，迎头一支汉兵截住去路。为首一员大将横刀跃马，大叫道："曹彰休走，黄忠在此，你待往何方去？孟津已被俺马将军夺取去了，你还在那里做梦不成？"曹彰听得大怒，挺枪直取黄忠，两人在半道上大战。

苦了盼望援兵的典满，与马超战了六十余合，只因臂上伤痕初愈，气力尚未复原，对敌的又是一员勇将，枪枪逼紧，不能虚应一戟，起初倒还办得遮拦招架，经过相当时间，便有些抵敌不住，只好荡开一枪，回马败走。马超哪里肯舍，纵马向前追赶。典满挂了画戟，取弓在手，搭上雕翎，扭转身躯，向马超就是一箭。马超久经大敌，眼明手快，箭到面前，用枪尖一拨，将箭拨在地下。典满一连三箭，射不着马超，心内不由着慌。马超马快，快到跟前，典满只得弃了雕弓，取了画戟，回马再战。既已心虚，自然胆怯，气力上面一发不济，马超得势，一连几枪，杀得典满通身是汗，无力招架，回马败走。许仪见典满败走，独力难支，也只得一同败下阵去。

马超与白虎文、马岱三人乘势杀散曹兵，叫白虎文、马岱从孟津前面去攻城，好接应姜维、文鸯，自分一部兵力向偃师来路上，去接应黄忠。那典满、许仪也败向偃师方面退去，一见任城王与黄忠苦战，正在相持不下，二将更不迟延，各拍座下马，上前助战。汉兵阵上，罗宪、伍梁双马齐出，一个使锤、一个使铜，接住厮杀，两阵战鼓雷鸣，喊声大作。

白虎文、马岱早来到孟津城下，带领勇士，乘了间隙爬上城头，一鼓作气，蚁附而登。孙泰在北城上观看本军与汉兵交战，猛不提防另支汉兵已由南城爬入，迅速地如飞鸟一般，突然降落，正待督兵迎住，马岱早已迈步突至跟前，出其不意大喝一声，孙泰拔剑已来不及，被马岱一刀砍倒，尸仆城上，头已碌碌滚下城外。马岱便挥兵下城，大开城门，汉兵大队涌入，登时占领城池。马岱留白虎文在城肃清溃兵，自出北门，杀至曹兵背后，纵马加鞭，杀到韩德后面，夹背就是一刀，韩德回身招架，被姜维就势一枪，挑下马来，马岱加上一刀，便已身首异处。孙礼见韩德被杀，心下一慌，撇了文鸯，拍马逃走。文鸯奋勇追赶，两马相离不过两丈来远，文鸯催马上前，"刷"的一枪，从孙礼背后直刺透前身，挑下马来。三将合兵一起，杀散曹兵，进了孟津，百忙中依照元帅命令，留姜维、马岱领兵二万，守住孟津，白虎文、文鸯二将急领部兵，回头接应主将。

那时正值马超本去援应黄忠，不道在半路上反碰着洛阳曹兵派来援救孟津的队伍，领兵将官邓艾、钟会狭路相逢，仇人见面，毫无客气，立即双战马超。马超力敌二将，越杀越勇，才战得四五十合，洛阳第二路援兵上将徐晃却又到了，立即加入战场。三人走马灯一样尽力围攻马超，马超看看要败，恰好白文二将兵来。白虎文马快先到，一见敌将三人围攻自家主帅，不由他不怒气冲天，连声怪叫："岂有此理！"把座下大宛名驹双膝一夹，如飞赶到阵前，挺一挺手中点钢枪，觑定徐晃后心就是一枪。徐晃听得脑后銮铃声响，回头瞥见，疾忙用斧架住，只好丢下马超，便与白虎文交手。接连文鸯也赶来了，骤马挺枪，直取钟会，三人便自捉对儿厮杀。马超见二将前来相助，知道孟津战事一定得手，心中自然快活，精神自然增加，兼要报复他三人围攻之恨，那枪尖便如密雨一般，邓艾哪里还招架得了，只好虚晃一枪，回马败走。马超且不追赶，上前去帮助白虎文，双战徐晃。徐晃抵敌不住，与钟会也双双败走。

马超三将也不追赶，依旧合兵，去接应黄忠。听得前头鼓声大振，喊杀连天，三将疾速催马上前，远远地只见黄忠与曹彰、罗宪与典满、伍梁与许仪正在酣战。马超、白虎文、文鸯三匹马、三条枪，奋勇上前，冲开阵脚，直入曹军。马超大叫道："老将军，休要放走了曹彰！末将同白文两将一起来了。"黄忠三将听得，愈加杀得起劲。曹家三将与黄忠三将刚刚杀个平手，哪里还能再加上这三只猛虎？曹彰一见马超三人加入战场，知道这回一定非败不可，恐被川兵所算，折损自己英名，于战局上又无若何好处可言，不若收兵，再图良策，一声暗号，招呼二将马上退兵。马超二将纵兵追赶，偃师第二路援兵，郝昭、郭淮铁骑万人，接应曹彰回城去了，马超、黄忠也就收兵回营。

超在道上令文鸯率本兵五千，即去孟津协助姜维马岱城守，自同四将回到大营，参见元帅，报告战况。孔明闻知得了孟津，以手加额道："众位将军戮力同心，血战竟日，攻克此城。曹兵运道一断，洛阳便成死地，司马懿已成釜中之鱼矣。"重赏五将，五将固辞。孔明又奖励白虎文、罗宪、伍梁三将，能知爱护主管将领，并能力战破敌，令军政司特别记功，三将同声逊谢。孔明令置酒与众将酬劳，休息二日。到第三日早，令马超率白虎文，领本部兵，倚孟津城结营，断绝偃洛交通，与黄忠督率姜维、文鸯、马岱、伍梁、罗宪诸将，指挥兵士，环洛阳城四周兴筑长墙甬道，中置堡垒，旁掘战壕，即日兴工，专困洛阳，严防城内曹兵冲突、偃师曹兵来援，分段着手，分班抵御，甬道若成，司马懿虽插翅亦不能飞出矣。二将领令，各督本军，破土兴工，大兴土木不提。

且说魏兵大都督司马懿自从徐晃三将败回，得知孟津失守，复见汉兵逐日修筑甬道，无处运粮，即濒危险，立召本军将校入府商议。众将奉令入见，礼毕侍坐。懿道："孟津失守，运道中断，长墙若成，我军无噍类矣。洛阳已成绝地，势不能守，不如乘甬道未成，全师冲出，夺路东归，退守偃师，犹可死中求生，胜于闭门待死也。"刘晔应声道："都督所说均系实在情形，惟诸葛亮小心谨慎，着着提防，我若进不能出，退不能守，军心一乱，不堪设想。不如令钟、邓两将军领兵五千，明日拂晓会合曼成守堑全军，徒涉渡洛，进攻宜阳。诸葛诞势危，必求救于诸葛亮，诸葛亮绝不能置根本之地于不顾，必遣重兵往援。我乘其东西调动之隙，撤回攻宜阳之兵，集中精锐，惟意所向，如我以全力，直突偃师，谅彼万不致昧于归师勿遏之旨也。"懿喜道："以进为退，自是退兵上策。"立令钟邓领兵五千，黉夜出发，宿营河干，同时派员知会李典。二将领令即行。

次日天未黎明，钟、邓二将引兵先行，李典全军继进，乱流渡洛，直指宜阳，衔枚疾走，势如狂风暴雨。到了城下，马上进攻，全部魏兵三万余人，声势浩大，四城环绕，无一处不是魏兵，危急万分。幸亏宜阳城高池深，城中兵力充足，守御器具十分完备，曹兵虽然尽力攻打，尚是不动分毫。诸葛诞一方督兵坚守，一方派员飞报大营求救。孔明接到警报，立令魏延、李严领兵二万，从延秋集渡洛，火速还救宜阳。二将领令，率兵疾驰，到了宜阳，便去攻击围城曹兵。李典同钟邓二将早已安排，当着川兵来路，撒开围城一面，钟邓二将分头迎敌，李典仍是督兵攻城，绝不放松，大有非攻破不止之势。魏延、李严在宜阳城下与邓艾、钟会战了二百余合，方才收兵。

魏延深知钟、邓能军，加以李典老将，兵力又足，知道非与城内守兵合攻，势难制胜，连夜遣人缒入城中，与诸葛诞约定次日黎明开城出击，内外夹攻。谁知待到夜分，李典三将留下空营，虚插旌旗，领了部兵静悄悄地驰还洛城复命。川兵方面，城内城外将士整将待发，虽然听得渡河声响，还只当是洛阳夜来增援，直到次日天明，方才知道曹兵已经完全退尽。

诸葛诞开城出来与魏延、李严相见，三人谈及，互相惊讶，因城内、城外将士战守均极苦辛，只得暂行休息，屯兵候令。

魏兵李典三将督率所部，乘夜渡洛，神鬼不知，十分迅速，回到洛阳，进了帅府，入见都督，具述攻战情形。司马懿听得大喜，极力慰劳三将，即时下令，令张郃当前敌，钟邓为左右翼，懿自与刘晔、李典将中军，徐晃、司马昭将后军，各准备乘夜冲围。你说汉兵既作长围，李典三将部兵三万余人为何得以自由出入，无人阻拦？原来汉兵长围在洛阳城东南，专一横断偃、洛交通，李典的兵在新安西来大道上，长堑阻水，一无汉兵，所以要如何便如何耳。懿令前军三万一色强弓劲弩，作冲击之用。夜半时候，将洛阳余存的军资粮秣放起火来，乘势开城，从兵薄处排山倒海，斩关直出。汉兵力薄，左右分披，曹兵尽数冲出围外。

孔明早知懿势在必走，兵力尚厚，不能阻遏，故而让开一条路，待其过去大半，一声鼓响，汉兵四合，将徐晃、司马昭困在垓心，二将左冲右突不能出来。曹彰先得退兵密讯，早已引兵迎护都督入城，却又听得后军二将被围，即刻自领铁骑三千，与张郃并马杀入汉军，趁着星月光芒，听着本军口号，东西寻觅，好容易找着徐晃、司马昭，救将出来。四将舍死忘生，大杀一阵，汉兵反伤了许多士卒，比及马超、黄忠赶来，曹兵四将已经退入偃师城去。正是：

从古黄须无弱汉，可能赤手战英雄。欲知后事如何，且听下回分解。

异史氏曰：战事之出奇应变，未有如本回所写者也！洛阳一堑，以拒诸葛，偃师夹阵，以攻马超，汉兵未进者不得再进，已进者不得再退，其势之危，有如垒卵。孟起孤军，复遇死敌，是虽百战能雄，未有不败者已！而不意黄忠突兀，已到中军。其所决策即在限我马足者，亦无非限彼马足，于是全师渡洛，以济延秋，不争天堑之奇功，转出宜阳之侧面，而飞将军已共斗于洛阳城下。马超之援既厚，司马之计徒劳，此真胜笨伯出奇，必大写许多攻堑文字，而愈觉危而后济，又不必辄写许多飞瓦渡冰文章也。尝细按之，则知此回，亦暗翻司马懿占北原渭桥一案，而观其写诸葛"洛阳已在掌握中，当生擒足下，以祭洛水之神，正足下裂绝地脉之罪"数语，则又知手挥五弦，作者乃针对当时洛阳大帅而发。以洛阳大帅掘堤之祸湘也，诚非痛绝之不可。然而文章战术，出奇变化，左右回合，今古映照至此，亦尽可视作孙吴兵法读，正不必鼓瑟多事胶求也。

写孔明出师以来，洛阳鏖兵，为第一大战，双方势均力敌，战仅三次，时方七日，而偃师洛阳百里内外，已是十室九空，村舍无烟，土炕生草，甚矣兵祸之惨也。而人民苦兵，历年匍匐哀号锋镝之下，不觉流露呻吟代陈其痛，以出于作者笔底，仁人之言怛以恻，哀鸿之泪枯以竭，半夜读之，真不知满纸满行，是墨是血！

奇兵往袭孟津，绝粮运以迫司马，使弃洛阳而退偃师，原不足奇；所奇者，新安一炸地雷之后，乃即以虚挖地道，慑孟津之曹兵，使彼不敢乘城为守，因梯以入。自来攻城之法，得未曾有此奇计者也。概此一端，写尽虚者实而实者虚之大道，兵法变幻，了于作者之胸，一一搬演，毫不费力，而奇真可谓百出。总之满怀凄楚，正扑笔上，文兵祸之余，无非欲少写几许攻杀文字耳。乃偏能打起精神，换笔又写不战而屈人兵，却又有若许方法，苦口婆心，不意即于屠刀霍霍、移盆接血声底闻之。再写孟津大战，心终不忍。于是更写修筑围墙，以困司马，忽与洛阳掘挖天堑，两相对照。如此放战不打，大家动工，一方开沟，一方筑墙，便是建设工作，不是破坏工作，煞奇煞妙，令人可噱！然清季之破"捻匪"，即出此长围战策，慎勿谓此非兵法所有。

第四十回

游洛水诸葛亮赋诗　　收合肥孙仲谋传檄

却说魏兵大都督司马懿因汉兵袭取孟津，横断偃洛两地交通，洛阳兵多粮少，不能久守，又见汉兵于偃师通洛阳那条大道上横筑长墙，以图断绝洛阳粮道，俾本军困守孤城，坐以待毙，知道洛阳已成绝地，势不能守。是以乘汉兵未曾合围之前，先派重兵猛攻宜阳以疑汉军，使汉兵东西牵动，不能注定全神以困洛阳，然后纠合全部兵力，乘隙突围而出。洛阳虽失，本军主力可以保全，留作他日大战之基本较为合算，比死守洛阳终归败灭自然胜过十倍。

你说孔明全军不过十四五万，曹兵在洛阳者已逾十万，汉兵横亘偃洛成一纵线，曹兵以全力直冲而出，其势自不可当。孔明志在得洛阳以为根据，知道穷寇勿追，归师勿遏，兼之司马懿多谋耐战，曹兵大将李典、徐晃、张郃尽在行间，决难一网打尽，偃师近在咫尺，曹彰兵力充分，倘如事急相求，双方合势夹攻，本兵孤居其中，或反至多伤士卒，弄巧成拙，太不值得。想到此处，故在通偃师的一条道路上撤开防兵，让其退走集合本军，单截他的后队，开开玩笑。因此上曹兵虽然损失几千人马，倒得安全退入偃师去了。

司马懿既然凭着本军将士奋勇冲击，又得到曹彰生力军的援应，平平安安进了偃师城，入府坐定，天色已经大亮，稍为休沐。曹彰、张郃二将已救得徐晃、司马昭回来，进得军府，齐来参见都督。懿见彰来，急起让坐，曹彰正色道："都督请坐，勿过作谦。我军新败，士气不振，非修明法令，整饬纪纲，不足以振懦立顽，起衰救弊。圣上既委都督以专征之任，大小将士当归统率，方能齐一。日前都督远在新安，彰奉令处理偃师军务，今都督既驻节本城，彰自当退属麾下，以一事权，以齐观听，令将士无二帅之嫌，愿勿以彰忝附天潢，过相推挹也。"司马懿见任城王说得如此光明磊落，不便再让，说道："既然如此，懿就僭坐，以全高意了。"当下请任城王坐了左首第一位，李典坐了右首第一位，其余大小将官均按爵位左右分次列坐。

众将都已坐定，司马懿方才说道："众位将军，懿自受命督师以来，三载于兹，丧师失地，上负明王之推毂，下惭将士之摧锋，耗大府之金，竭生民之力，毫无成绩，溃败相仍。中夜自思，寸心如割，当奏知圣上，另选贤哲接领此军，懿愿削除官位，效力军前，誓以马革裹尸，聊报圣上特达之知，藉图私人犬马之报。在未奉圣旨以前，敬请任城王处理全军军务，以御强敌而利戎机，俟旨意到时，依旨施行。"懿言时声情激越，在座大小将士一闻此言，无不万分悲感。任城王曹彰俟懿言罢，即时起立道："都督此言差矣！圣上不深知都督能兵，决不至委都督以方面之重。都督驻兵新安，诸葛亮竭尽智勇不能深入一步，为功为罪，共见共闻。徒因敌帅阴谋，地雷凶器，此种天崩地塌、海啸山颓，虽良平不暇为谋，贲育无所施勇，都督自己引罪则可，人实不能以此罪都督，是以圣上诏旨，但最后效，并相慰藉。不意孟津失守，形势中格，全师以出，退守偃师，比于既失洛阳且又覆军杀将，为何如也？圣上既以全权相畀，处此艰难困厄之时，都督不奖率将士戮力戎行，急谋补救之方，度此危险之境，乃畏欲卸责，以图规避，故非圣上之所期望于都督者，恐亦非都督所报称圣上之本意也。"

曹彰这一席话说得激昂慷慨、义正辞严，众将士无不耸听。懿起立长揖道："任城见责，所不敢辞，实以屡败之余，无颜复忝居人上耳。"曹彰还礼道："诸军皆败，不责一人，敌势猖獗，战事即在旦夕，能与敌抗衡者，无如都督。彰与李将军愿奖率同袍，共听指挥，赴汤蹈火，惟命是从，决不敢以一经小挫遂弁髦帅令也。"李典一听任城王言及，与在座诸将尽行起立，向都督致敬道："愿都督振起精神，力图报复，典与诸将愿随任城王之后，效死军前，共图报国，有违帅令者，众共诛之。"接着帐下大小将官百数十员一齐声喏。司马懿见众心齐一，容色稍舒，与曹彰、李典诸将方重行就座，说道："众位将军既然一德一心，矢忠报效，懿独何心，遂忘公谊！我兵既退偃师，至此为极，天地虽大，无地自容，非得登封，时虞窥伺。请任城王与公明将军领马步万人，即日前往，袭取登封。彼兵大捷之余，方以我为喘息未定，必不虞我军之转袭登封，大兵猝集，必克此城。我军新退，士气沮丧，克复一城，则全军长气。克城之后，公明即领此军留守，与禹县子廉一军互通声息，相为掎角，牵制洛阳敌军之侧面，响应偃师本军，与彼相持，方有稳步。任城王可速还偃师，共筹御敌之策。"

曹彰领令，略不迟延，即时同了徐晃，率领本部驻扎偃师未经出发的队伍步骑万人，携带了攻城器具，拔队起程，昼夜兼行，到得登封。果不出司马懿之所料，二将督饬将士乘着天色昏暗，肉搏攻城，一鼓而下。守将关索防兵只有三千，力量太少，不敷分布，哪里禁得曹彰、徐晃兵强将勇，奋力猛攻？抵抗不到半日，四门攻破三门，城池登时失陷，关索率少数亲卒杀出一条血路，冲出重围，匹马逃向郏鄏，与赵累同守城池去了。

曹彰同徐晃占领登封，犒赏将士，安抚居民，计点本部，损伤五七百人，将部队交付徐晃，整顿城守。自率小队别了徐晃，驰还偃师，进入督府，面见都督，报告战况。懿闻喜甚，极力慰劳。城内城外将士，大家闻得任城王与徐上将军大破汉兵，克复登封，士气为之一振。懿随即写表奏入许昌，将失陷洛阳、孟津之罪全归自己，听候处分；克复登封之功归诸曹彰、徐晃，请旨奖励。

好一个明见万里的魏皇曹孟德，接到奏报，立下诏赐懿云：

洛阳绝地，势不能守，全师以出，退保偃师，孙吴复生，亦不能更持异议。复登封以振士气，与子廉成掎角之形，非仲达不能为此谋也。幸厚自爱，诸无过虑。近闻徐盛领江东步骑五万余，会子丹合肥之卒四万余，已出阜阳，径窥新蔡；文则并将阎杜两军，亦由桐柏进攻汝南，东事似有转机。仲达但不令诸葛亮之兵越偃师一步，则关、张、赵云之势亦孤矣。

又赐曹彰诏云：

仲达奏记，数相称诩。儿自能军，知之久矣，但不知竟能折节以下仲达耳。贵近倾心，则诸将谁敢抗命？任城勉之，国家胥倚为长城也。

又赐徐晃诏云：

公明随朕左右二十年矣，独当一面，稳若长城，胜负兵常，无足轻重。国家之危，惟忠贞足以济之，文武协力，自期必胜。公明勉旃，伫闻捷讯矣。

司马懿、曹彰、徐晃三人奉到魏皇手诏，益加奋勉。懿在城外设立左右二大营，营各骑步五万人，以任城王主第一营，刘晔副之，张雄、典满、许仪诸将皆属之；以李典主第二营，张郃副之，邓艾、钟会、毛玠诸将皆属之。二将领令，即日率兵，出城下寨，阻住汉兵东进。懿再令郝昭、郭淮各将骑步万人，在偃师城东北分扎二营，游弋附近，护持后方军路，保护粮运。懿自率司马昭、吕通、朱赞诸将，领骑步四万八千人，守护偃师城池，接应城外二大营。精兵良将，分布前后，声息联属，血脉贯通，军心稳固，兵势复振，比前守洛阳时声势反增加数倍了。

你说汉魏两军大战，曹彰从前所募鲜卑万骑、枭将二人为何全无动静？这就是姜伯约一言的效果，原因是并州牧田畴奉到诸葛元帅手令，自己立时亲往塞上，召集鲜卑渠率八部大人，晓以大义，谕以顺逆，云中、雁门、代郡、马邑各太守各各盛兵境上，以为田牧后劲。果然渠率畏威怀德，奉令惟谨，火速派遣大酋星夜入塞，驰赴偃师，严催贺拔、慕容二将北归。二将家属皆在故乡，各家都有私函，沥陈祸福，二将迫于情势，不能不归，万分无奈，只得婉启任城王。曹彰也知道风声，留之无益，耐着心肠，遣他回去。二将感曹彰恩义，临行之前，对着任城王折箭为誓，将来若有机缘，决来追随鞭镫，辞别了任城，各领所部，自回塞外。所以后来曹彰在邢台兵败出塞，自立为王，二将闻风即来拥戴，这是后话，暂且不提。在马超未进袭洛屯之先，鲜卑久已出塞，故马超得以横行无忌，如其不然，但有那些深目高鼻、万余劲骑帮助曹彰守护洛屯，诸葛诞一屯虽变，也不至于三屯全行覆没，偃洛军路也不至于那样轻易梗塞，这真应了将在谋而不在勇那句古话了。

且说汉军总摄东征诸军事诸葛亮，逐走了司马懿，率了大兵，占领洛阳，吩咐部下将吏救灭火灾，安抚人民，修整城垣，塞了新堑，平治道途，扫除陵寝，自宜阳移诸葛诞来洛，令行洛阳太守事。择了吉日良辰，率领本城文武将吏，以太牢牺醴，用汉中王名义，遣官祭告光武皇帝山陵，恢复守陵民户，以次遍谒东京诸帝园陵，专员报入荆州，呈报汉中王。玄德接到孔明呈报，知道东征大军又克复了东京，大喜过望，对于孔明呈报各节自然是照准照办，如议施行。

孔明令马超率本部全军将左军，黄忠率本部全军将右军，仍依原屯驻扎，屏障洛阳，休息士马；飞调张翼、马忠二将所部加入前敌，将前敌作战过劳将士移还宜阳休养，调宜阳、龙门各地屯军与前军对换,加重前敌兵力;令超部下梁虔、韩雍、马凯三骑将各领所部,游弋洛城后方近郊,保护长安运道,肃清曹氏溃兵;又飞檄长安牧府,迅速转运大批粮械来洛阳听用。闻听关索失守登封,退入郑郏,深知防兵单弱,不足以当大敌,同时函请云长君侯增加各戍防兵,令知守将极力整顿城守,以免敌军乘虚侵入,至危后路;又见曹兵退守偃师,兵力愈厚,浪战既属无益,对峙或生他虞,任凭如何计画,一时实难攻破。左思右想,终想出主意来了,立令请马超即来帅府。

马超奉令,入府参见,礼毕侍坐。孔明道:"我军此次迅速恢复东都,孟起实为功首。今曹兵悉锐以守偃师,精神团结,我军纵竭全力,一时实难以攻下,惟彼方利守而不利战,亦不敢轻易来犯我军,彼此暂可相持,只有子龙近在汝南,曹兵四面环攻,形势甚为险恶。我军利在首尾相应、互相援助,子龙正在得势,万不能中途撤回。翼德在方城所当之敌将为张辽,应付不暇,更无余力前往援助,云长君侯亦不能弃南阳前往,幸本军与敌现在相持不下,就形势观察,目前尚无战事可言。孟起可率仲华、白虎文二将,领骑兵三千,即日驰还舞阳,面见云长君侯,具述亮意,请增派二千人,率往汝南,迎击于禁军队,保全汝南后路,令子龙得合本部全军兵力以全付精神应付吴兵。颍阴曹兵由云长君侯派兵防堵,于禁之兵若遂速破,汝南自无反顾之忧矣。"马超闻命大喜,辞别元帅,同了白虎文、马岱领骑兵三千,星夜向舞阳进发。

孔明见本军出去一员大将,急令偏将陈易领兵三千,前往孟津戍守,调回姜维、文鸯二将,率领所部即回大营。三两日间,二将遵令遄归。孔明令黄忠率二将及张翼、马忠当前军,令魏延领李严、伍梁、罗宪入后军,屏障洛阳,营前满掘陷坑,安放了鹿角、铁蒺藜、拒马木,预备与曹兵作持久战,以牵缀曹兵,令其不得回援许昌。安排就绪,一面将洛阳到函谷的道路大加修治,征集民夫,厚给工食,填土植树,以工代赈,沿途被兵灾的百姓概行赈恤,发给耕牛、种籽，补助农具费用，大事春耕，以裕民食，收拾得地方安堵、军民和洽。

军事有暇，孔明与僚属游赏洛滨，风日清和，园林茂密，竹篱掩映，翠筱猗猗，茅舍临江，牡丹吐蕊，男耕女馌，络绎郊原，洛水盈盈，回波欲笑，村民扶老携幼，争来看汉大元帅威仪。孔明驻马一一加以抚慰，一般劫后灾民知道可以安返故居、重理旧业，大家都欢天喜地，鼓舞而去。孔明心中也自觉得此种境地在戎马倥偬中间至为难得，今得适逢，非凡愉快，在马上游目四瞩，只见青葱遍野，生意蓬勃，龙门在望，白云舒卷，谓众僚属道："亮以书生躬耕陇亩，汉中王不以其不才，拔之草茅，置之帏幄。国家多难，承乏军旅，征战数载，始复东京，成功者难。谅哉此语，诸君共矢忠忱，戮力王事，他日荡定中原，光复旧物，洁身引退，得还初服，优游衡泌，以乐余年，岂非人生之大幸欤？"众僚属皆为称善。孔明前在隆中，留心经济，偶吟梁甫，聊以消闲，出山以来，努力军事、政治，久废吟咏，此际军威大振，民庶讴歌感事兴怀，诗情勃茁，在马上口占一诗，令诸葛瞻据鞍磨盾，笔录出来，与众传观，藉宣夙抱，诗云：

炎精昔中霣，莽卓实焘然。天心未厌乱，诞生贼臣操。智略超群雄，文章亦雄骜。不为凤与麟，甘为獍与枭。强力驭众材，郁郁据神皋。挟主以自重，诸侯尽来朝。治兵皆称使，震主因功高。以兹感骑虎，假号揖舜尧，推刃毒君亲，日月为昏眊！宗藩兴义徒，山海耀旌旄。愧无韩彭略，亦乏良平韬。仗节督王师，雍豫定崇朝。陈牲告园庙，神风起重霄。贼徒既披靡，王师亦勤劳。休兵在东都，鹰隼养融毛。将为长空击，不令狐兔逃。斯民久苦兵，老弱悲驿骚。金鼓幸小息，妇子复欣陶。老翁欲有言，徘徊仍寂寥。得无隐难宣，畏我材官骄。为我幸毕宣，为翁祛莱蒿。睹此子黎状，明法告同袍。洛水清且涟，邙山郁岧峣。百岁谁能期，仁闻感民遥。军行贵便宜，民生已瘵调。虓虎威虽扬，闾里日萧条。愿言怀君子，亶亶德音昭。

诸葛瞻笔录初就，僚属争相传观，都说道："元帅治军以礼，怀民以德，桓文节制，不是过也。"孔明道："战争所及，鸡犬不宁，哀此烝民，谁为抚辑？总专征之任，负牧守之责，当共勤职守，绥使小康，亮虽不逮，愿与诸君共勉之而已。"僚属同声道："愿从元帅之后，尽忠人民，出之水火，登之衽席，无负元帅爱民之心也。"天色向晚，方才回城。一意坚持久守，牵制司马懿大兵，俟东路军事得手后，再定进止。

那马超兄弟、白虎文三将领了三千马队，星夜兼程，不消三数日，便到舞阳，将人马扎住城外，令马岱、白虎文小心照料，自率小队百人进入城中，令城守将士派人引路，径投总北伐诸军事骠骑将军行台。到了辕门，马超下马，门卫已经知晓，即速令入内堂，参见云长。云长一闻超来，自出内阁迎接，超急趋步上前拜谒，云长亲自扶起，携手共入内堂坐定。云长系第一次见超，见其少年英勇，欢喜异常；超见云长神威凛凛，也自十分敬服。

两人寒暄已毕，随令左右治酒接风，超将此来任务一一面呈，云长答道："孟起有所未知，前因子龙孤军深入，惧有疏虞，第一次派黄崔二将领兵万人前往协助，第二次复请元直自领五千人亲往，就便赞画戎机，前方兵力差足支配，惟需得力将士助其肆应，今得孟起三将一去，我军必操胜算矣。孟起远来，休息一日，明日由本处添派骑兵二千，由孟起兼领，驰往汝南，与元直、子龙协商，分头迎敌曹兵。此方敌兵由某家派兵堵截，务令其不得与彼前军合势以挠我军之后也。"马超诺诺连声称是。

一会儿酒筵摆上，云长令超上座，超固辞。云长笑道："孟起为国宣劳，且系初见，非以为客，直是表功，恭敬不如从命，孟起勿再兴辞。"马超以上命不可抗，上前谢了罪，方行就座。云长主席相陪，细询经过战役，超详细面告。云长深为叹赏，立时吩咐部将潘濬分赍羊酒，前去城外犒劳西凉马队，并令羌将白虎文即速来府。潘濬领令去了。不多大工夫，门卫引进白虎文上前叩见。云长亲自扶起，令坐左侧席上，自酌大钟酒持在手中，说道："白将军，方才闻孟起称述将军两射曹操，足褫奸贼的魂魄，心中非凡爱慕。某家受先帝厚恩，对于奸贼未曾以一矢相遗，深为愧恨，幸赖将军为某家稍雪弥天之愤，请将军满饮此杯。"白虎文十分惶恐，起身接杯在手，眼望着自家主将。马超起立道："君侯为国酬劳，将令不可有违。"白虎文置杯席上，向着云长三鞠躬，然后取饮一吸而尽，谢过赐酒，说道："裨弁力弱，不曾射得死奸贼，有愧君侯之赐。"云长令他就座，细细问他家世经历，白虎文一一答复。云长大喜，更自把盏，马超、白虎文敬谨接饮，离坐转敬，尽欢痛饮。酒筵散后，二将辞出城外，云长道："孟起，某处所派之兵今晚即来贵部，明早清晨即可起程，努力杀敌，某家在此企听捷音也。"二将道："谨遵将令，奉扬国威。"云长再令取巴州大曲酒十瓶，犒劳马岱，马超二将拜领出府，云长送至辕门，二人再三恳阻，方才两下分别。

马超、白虎文出了辕门，各人上了坐骑，带领小队径回城外本营。白虎文在马上说道："主将，末将在凉州潼关时节，每每听得人说关君侯杯酒斩华雄，匹马单刀过五关、斩六将，盖世英豪，恨不一见。做梦也不曾想到，今天幸得见面，还蒙亲赐三大杯，真光荣极了。"马超说道："俺也是这般说法，将军如能够把曹操射死，那就更光荣了。"二将回到营中，马岱接着，马超将关君侯赐酒告知，当面交付，马岱也十二分感激不已。白虎文将今天席上情形详告马岱，马岱也非凡欣羡。随带的三千马队人人醉饱、个个欢欣，一宿无话。

荆州马队早已到齐，当夜三更造饭、五鼓开兵。五千马队昼夜飞驰，两三日间就到汝南，吩咐偏将马成督饬将士在城外附近安下营寨，牧放马匹。马超三将带了随身小队百余人，联辔入城，直到军府，令人通报。子龙、元直正在那里商议分头迎敌曹、吴人马，一听门卫报道："马上将军同马、白两位将军到来。"两人一听得，真是喜从天降，不胜雀跃欢迎之至，双双出府，亲来迎接。大家笑逐颜开，一同入府坐定。云骡听见两位哥哥都来，更是距跃三百、曲踊三百，出阁相见，悲喜交集，因为马超兄弟自随元帅出兵以来，兄妹三人才第一次在此地见面，骨肉之情自为真挚，这也不在言表。

赵云当下吩咐大排筵宴欢迎孟起三将，令傅彤、程畿携带大批酒肉前去犒劳同来马队。在酒筵前，马超问起本地前方敌兵情形，子龙答道："据廖、严二将昨日报称，东吴孙权自从接收了合肥，即派大将徐盛率领周泰、韩当、丁奉三员上将，部将三十余员，领步兵三万、宛城马队九千，会合合肥守将曹真步兵三万、马队八千，共七万余人，出合肥以攻新蔡。现在前锋离新蔡不过百里之遥。黄武、崔顾在鄢陵与曹兵相拒，未分胜负。至于禁所部约五万余人，由汝南南路进袭我军后路。云正与元直商议分头迎敌也。"马超道："既然如此，以超愚见，不如请徐军师坐镇汝南，居中策应；超领骑兵五千，请子龙益超步兵五千，由汝南南下，迎击于禁；子龙与舍妹率全部将士，往新蔡迎敌徐盛，若有缓急，可飞请云长君侯进驻汝南，以壮声势。超意如此，未知二君意下如何？"元直、子龙听得同声道好。元直略为思忖，便道："孟起主张甚合情势，惟徐盛兵力充分，将士精锐，我军兵力似乎稍逊，子龙此去，以守为上，俟孟起得手，然后移得胜之师，合军以战徐盛，可操必胜矣。"云道："元直之言极属稳健，俟云至新蔡后，视察情形，以定战守方针。"马超、元直皆道："如此甚好。"云就座上分派步兵随马超出发，自己部队安排已久，令到即行。三人既已议定，大家开怀畅饮，夜分方散。次日平旦，两路将士同时分道出发不提。

如今且说魏兵前将军于禁，因袭襄阳计划失败，屯兵大胡山一带，候机会出动。副将曹休，前奉张辽命令，中途折回去守襄城，部下只有阎温、杜则、吕虔、满奋四员部将，偏将二十余员，步骑五万余人，先遣细作往汝南打听一切情况，以便进兵。候了半月，细作回报，启上主将："汝南城内目下只有赵云夫妇，并军师徐庶。现闻东吴大将徐盛合本国镇守合肥大将曹真，连兵十万，进攻新蔡，赵云在最近二三日内自去新蔡迎敌徐盛，留下徐庶镇守汝南。"于禁听说，心中大喜，重赏细作，即日拔队来袭汝南。

这个细作打听军情实在不错，但是他离开汝南不到一日，马超兵就到了，可把于文则害苦了，他离了大胡山，不到五十里，早见迎头来了一支汉兵，人强马壮，甲亮盔明。于禁心中觉得有些踌躇，打量或许是赵云自来，不然他将无此势派，但是自己特来求战，无论来将是谁，绝不能丝毫躲闪，丧失自家军人人格，立就近地选择地形，停住人马，列成阵势，专候汉兵前来厮杀。看看已到附近，旗门开处一员大将挺枪跃马而出，大旗上面明写着西凉马超，早教于禁不由吃了一惊，大有适从何来、遽集于此一种同样的感想。马超出到阵前，拿枪指着于禁，大叫道："于禁匹夫，你已入绝地，何不下马投降？"于禁大怒，也不答话，纵马上前，举刀就砍，便与马超大战。两人一刀一枪，一进一退，战到六十余合，于禁年过半百，便气力有些来不及了。他部下将官阎温、杜则各持兵刃上前助战，马岱、白虎文双马齐出，敌住二将。吕虔、满奋见势不佳，刀枪并举，帮助主将合战马超。马超力敌三将，全不放在心上，愈战愈强，杀到好处，一枪刺中于禁左腿，几乎挑下马来，吕虔、满奋死力救出，向后便走。阎温心慌，被白虎文一枪挑落马下；杜则孤掌难鸣，拍马奔逃，马岱飞马追上，一刀杀死。三将乘胜追杀，曹兵大溃，死伤枕藉，降者万数。于禁三人率领败残人马向无汉兵处逃窜，回不了许昌，只得逃入穆陵关，投奔东吴去了。

马超留下马岱，督步兵五千人，荡定桐柏、泌阳各地，严防于禁再来，与黄叙、黄权、邓芝诸将切实联络，协同动作，互相援应，以固后防。自与白虎文领了马队，星夜驰还汝南城，进入军府，见了元直，将与于禁接战情形一一告知。元直闻捷大喜道："沸汤泼雪，不如此易，将军真天下英雄也。鄢陵防密，尚不须过虑，仍烦将军前往新蔡，协助子龙也。"马超道："超之来此，为助子龙。徐盛兵力太厚，子龙兵单，超刻刻在念，所以星夜驰归耳。"元直即时设宴，为二将贺功，又派人至城外大犒从行将士。二将敬谨道谢，元直以新蔡战事交绥，未至吃紧，超军盛暑往来征战，劳苦过甚，深为系念，令超及所部小住汝南，休息二日，再往新蔡，犹为未晚。马超二将遵命休息，兵力恢复，即同白虎文率领前往新蔡，自有一番战争。

如今且说曹兵大将曹真，前奉司马都督将令，出守合肥，换出李典，前往新安。曹真领令，驰赴合肥，会晤李典，交代接替，即日巡视城厢内外及本部所属驻扎各地，一切堡垒工作，无处不令自家满意，比较自己在渑池布防情形，实在惭愧欲死。因合肥自从张辽接守之后，攻守器具既足且精，城高池深，守备坚强，真对文远心中佩服至于不可名状，又因与东吴新好，彼此一家，倒也平安清吉，太平有象，比在渑池时节，天天防着敌兵偷渡，甚至夜不安枕，这就快活多了。如此整整舒服了一年零，不道是关门家中坐，祸从天上来，可恨那汉将赵云，奈冬瓜不何，寻葫芦出气，他起了倾国人马去攻打穆陵关，哪知徐盛把他擯诸大门之外，凭他喊天叫地，成天不瞅不睬，应该抹了一鼻子石灰就回去罢哩，你瞧他真没出息，他回转马头偷偷摸摸钻进了九里关，尝着甜头，得步进步，侵占了汝南各地，反客为主，霸庄不退，把合肥、许昌的交通拦腰切断，两地往来完全隔绝，虚声恫喝，淮泗震动，把曹子丹好好的一个天造地设的安乐窝一阵妖风吹得东倒西歪、上漏下湿、一刻难安、无法补救，只好自己怨命罢了。

那曹真在合肥城中，既不知许昌消息如何，更提防赵云兵来攻击，虽然未到那兵临城下的火候，但是总没得好预兆，本来就胆小如鼠、畏首畏尾，又被汉兵虚张声势、宣传厉害，大火烧天，近迫眉睫，只急得五内如焚、手足无措，立忙召集在城文武将吏入府商议。

将吏奉召，入府参谒，分次就座。曹真说道："各位将军，汉兵入关，兵力强盛，所过之处，势如破竹，兵不留行，陷城十数，许昌不知曾否被围？本城弯处淮浉，势成孤立，赵云得势，必来进攻。本城精锐部队前为文远携赴叶县，现存士卒方资训练，战无把握，只能固守，但能守至何时方有外面援救，任何人不能预料，纵与诸君尽力坚守，与此城共存亡，以尽守土之责，亦不过徒长敌军之气焰，于国家战守大局上无丝毫之补益。更可畏者，我与江东向有仇隙，近日以来，不过以利害关系言归于好，暂时苟合，非出诚心，晚近人心不古，变局特多，不虞之事，每生意外，我既为赵云所迫，彼如不顾信义，乘我之危，趁火打劫，危险万分，同归于尽。以某之意，既难两全，当完一面，与其失与仇人，不如让与朋友，索性将此城让与孙权，请其出兵，会同本部，直取新蔡，回援许昌。众位将军以为如何？"从来就说"一朝天子一朝臣"，又说道"强将手下无弱兵"，主管官有才具、有能力，他的部下自然也跟着强盛了，因为主管官自己有本事，对于用人、行政知道求才选俊，扼要提纲，那些没才具、没能力的上不得他的眼、进不得他的门，这样一来，部下如何不强盛呢？反转一方面来说，主管无才具、无能力，做事马马虎虎，用人混混账账，他的部下不是皇亲国戚，便是谗谄面谀，内讲靠山，外揩油水，欺下罔上，升官发财，这样部下百万如何，败事有余，成事不说。不信，你看在张文远那时，合肥何等兴旺，于今到曹真手里，有现成的根基，有许多的军队，有富裕的粮械，如有能人指挥，还得把赵云杀得落花流水、逐出境外，他却跟河内王武懿宗一样，去贼七百里，偎墙独自颤，你说可笑不可笑哩？

当时曹真说了一大段，征求他们的同意，那些部下文武官吏都是些想发横财、怕横祸的人居多，主将既然如此，更有何人反对？曹真话刚说完，文武将吏当席同声赞成。曹真见众人主张一致，方以为自己识见高明，主意不错，立时下了决心，散会入内，亲自修了一封恳切的书信，派了一员亲信的妥员，即日驰往建业，面见吴王，愿以合肥相让，请其派出重兵，会同进攻赵云，以援许都，并请同时派遣将士前来接守合肥。使人领命，星驰往建业去了。曹真吩咐文武将吏调集马步全军三万余人，安排大批的粮械，尽取合肥库藏金帛，准备大车驮骡，一切预先收拾好，整装待发。

他派的那位妥员也就到了建业，进入王府，由门官引见了吴王，呈上手书。孙权接视，见事关紧要，吩咐左右安顿来使，立时召集文武入府商议。众文武入见礼毕，分班侍坐，权将曹真手书交众文武传观。文班首坐张昭起立说道："主公，昔赵受上党而邯郸被围，卒致长平之坑，今日之事，将无类此。"武班首坐老将黄盖愤然起立道："子布之言谬甚，合肥为两淮重镇，军事所必争，我前因未得合肥，淮北边防日趋严重，往欲取之，苦不能得，今曹真让与，机何可失？若为赵云所得，江淮之间，将无宁宇，且战祸已成，不受合肥，宁免兵事耶？"权大声道："公覆之言是也。"即令陆逊部兵三万，去守合肥，布置城守，并令逊传檄晓谕合肥军民云：

> 行大司马、扬州牧、吴王孙权檄谕合肥将吏军民人等，孤承父兄余荫，魏皇嘉惠，作牧扬州，开府建业，江南八十一州之土地人民，受魏皇之覆载，与合肥初无二致也。曹大将军子丹，顷以敌兵侵暴淮颍，仗节勤王，奖卒师徒，大举北上，沉舟破釜，义无反顾，嘱孤遣兵保此重镇，同属臣子，夫复何辞？辄遣右卫将军陆逊部兵五万，代守合肥，一切事宜，需依曹大将军成轨。凡我军民，各安故常，无稍惊异。既同休戚，宁判厚薄，幸安处无惑也。

权随令徐盛率周韩丁诸将，步兵三万、宛城马队九千，合曹真部步兵三万、骑兵八千，会师出攻新蔡，重赏来使，复书告知。正是：

阵云忽变，武威之突骑西来；万马饮流，瓜步之江声东下。欲知后事如何，且听下回分解。

异史氏曰：司马谲诈，有胜于操者，如与曹真共领大军，赌赛红妆，以决蜀兵之必出；及诸葛遗以巾帼之服，竟对众发书，含笑受之，则未尝耻辱妇人，而有意羞愧子丹也明矣。如与曹爽共受遗诏，同心辅政，以承托孤之寄命，及兰卿狩于高平之原，竟入宫发诏，东市戮之，则未尝目存曹室，而有意诛灭宗亲也又明矣。由军中赛智，而回顾病中夺印，由洛中生变，而上溯邺中告反，前后互证，夫岂待至其子昭，路人始知司马氏之心乎？而《演义》写懿，切莫言赌赛事，只同心报国，以慰曹真；写料弩马恋栈豆，智囊痛哭，兄弟三人皆豚犊耳，以薄曹爽；写闻仲达受先帝托孤之重，安敢有异，辄大惊失色，车前俯伏，泣奏请提一旅，破蜀平吴，俾明臣心，以对曹休；写钟繇以全家良贱，只保一人，而此事朕亦悔之无及，非卿一举，两京已休，以动曹睿。几一处不回护司马，意若仲达未负曹氏子孙，而曹氏子孙多负仲达耳。人快司马之篡，足以报曹，亦每置懿而论昭。本书于是，乃深论之：如曹彰领兵十万，一面贾逵，即索先王之玺绶者也；司马懿出入曹门，两番夺印，亦惟但问兵权，且以戮及夏侯者也；何至今日而俱谦让不遑，拱手相逊，有如此者！倘为双方媲美，然则翻案之云胡哉？是故曹彰听命，亦犹自馁于奔丧；司马抗颜，不异设词于问病。极言曹彰尚不可得而攘臂，矧如浚、休、真、爽辈之冥蠢同犬豕，有不自入彀中而堕老奸之凶狡者？不惟不获与争尺寸太阿之兵柄，抑至丧师取辱，覆族灭宗，以贾倒刃之奇祸焉。彼既以料敌赌胜而移兵权，此即以失机退败而据帅位。闲居托疾，司马之让犹不让，则孤城自保，司马之谦何所谦？一片矫情，腆颜相揖，不过如是而已。有一曹彰足知其心，只一曹彰能奉人位，故以曹彰借写，明其高于曹氏所有子孙一筹，庶不见嫉于司马也，以司马无形奸诈，因仍以无形笔之。得此一回，于是马谡反间，周鲂断发，自取帅印，分兵斜谷，诈病赚爽，克日擒达，政归司马，凡写司马出处各案，一例诛心，于无形中翻尽删去。王莽谦恭下士，曹操诸镇勤王，只须愈写礼让，愈使后世识其奸伪，真无庸另费笔墨耳。

诸葛血战中原，只落得宫殿荆榛，凄凉满目，闾阎凋敝，万骨皆枯，惟剩主帅徘徊河上，赋诗行乐，尚有何乐可言？如此而致膏肓之疾，则较写尽鞠躬尽瘁者为何如耶？噫！秋风五丈，只写了云霄万古之一；洛水五言，却咏及俎豆千秋之百姓。如是始不为功狗，如是方可享蒸尝。一统纵见成功，而诸葛定论，卒亦莫逃于笔底，则又如此。

第四十一回

徐文向尽节死新蔡　　曹孟德临命洹漳河

　　却说赵云夫妇领兵来新蔡，严寿、廖化迎接入城。进到了衙署坐定，云问二将道："吴兵可曾来到？"二将答道："吴兵先锋韩当领兵五千，离城十里下寨，全军人马相隔不过五十余里，军队颇为骁勇。"云听罢，即吩咐二将道："吴兵远来，利在速战，我兵深闭固拒，凭城坚守，待彼气衰，然后开城出击，未为晚也。现在汝南后路有孟起兄弟与白将军前往，虽十于禁亦不能敌，郾陵方面有云长君侯全军抵挡，汝南有徐军师坐镇，都无后顾之累。本军可以全力迎击吴军，有城可守，有兵可战，吴兵虽骁勇，亦无如我何。孟起战胜之后，必来新蔡相助，我军必获全胜也。"一将遵令，自去小心城守。

　　赵云休息了一日，次日下令，令傅彤、程畿为左翼，廖化、沙摩柯为右翼，孟达领后军，自与夫人领中军，令严寿、蒋琬专负守护全城之责，在未开城出战之先，各军分段守城，迭更休息，预备乘惰出击。

　　到了第三日，徐盛大兵真个到了，乘着新来锐气，便令全琮、朱异引兵攻城。吴兵擂鼓呐喊，逼近城边，汉兵只是不理，吴兵便蚁附登城，将到城腰，只见满城尽是汉兵，灰瓶石子、金汁药弩如雨点般打下，吴兵退后不迭，两三个时辰，吴兵损伤了千余人。徐盛知汉兵有备，挥兵即退。只见城头上一色强弓硬弩向着吴兵射来，吴兵抵挡不住，只好退去，退到原地，方才止住，城里汉兵却一个也不曾出城。

一连五日都是如此，徐盛疑心赵云未曾到新蔡，故尔城兵守而不战，随令周泰、韩当各领精兵万人，分攻东、南二城，全琮、朱异各领五千人，合攻西城，自与曹真领中军，进攻北城，四面进攻，先以弓箭密集注射城头汉兵，使其不能立足，然后挑选勇士，携带挠钩短刀，爬城杀入，先登者重赏；又令大将丁奉率马队万人，绕出新蔡城后，截击来援汉兵。诸将领令。次日黎明，五路出发，乘着天色尚暗，麇集新蔡城下，只听得弓如蜂叫、箭似蝗飞，城头上无一个汉兵站立得住，真个无立足之地。但是吴兵一到城根，那火药包、滚木、炮石便如瀑布一般的放下，把吴兵弄得皮开肉绽、头破血流，也有些敢死士卒亡命的爬上城头，却又被那雪片似的大刀、蝗虫般的连弩一顿砍射，还是分成两截，滚下城壕，把一个多谋善战的徐文向，江东有名的大将周泰、韩当，在马上望着新蔡城就如海上三神山一样，可望而不可即。

看看到了正午，徐盛见攻城不下，伤损太多，火速传令收队。却听得城头一声鼓角，汉兵开城，分道杀出，弓劲矢铦，兵强将勇往吴兵后队直冲过来，约莫离开一箭之地。徐盛急挥将士列成阵势，押住阵脚，对面赵云一马当先，左右两翼兵将如狂风骤雨杀到阵前。吴兵阵里，韩当跃马提刀来战赵云，蛮将沙摩柯手使铁蒺藜飞马迎住，两个一来一往，战了六十余合，未分胜负。赵云暗暗称奇，绝不料蛮将如此勇锐，看他棍法精熟，毫无一点破绽，江东有名的韩当也不能占他丝毫的便宜，回头令云騄亲自擂鼓助威。那沙摩柯自负过人的武艺，却未遭逢大战的机会，却又常常听得同时随军的羌、氐、宾诸将都立了大功、得了重赏，心中异常欣羡，此番遇见韩当恰符心愿，不候将令，便自出战，一来显显本事，二来立立功劳，也因韩当年过半百，精力不济，两个便杀个平手。沙摩柯年轻力健，越杀越有精神，听见本阵鼓声如雷，愈加高兴。吴阵上周泰见韩当战沙摩柯不下，拍马提刀，出阵助战，傅彤手使双铜，纵马上前，与周泰对杀起来。四将在阵上杀得难解难分，两阵将士都看得眼热了，登时赵云战住徐盛、丁奉战住廖化，两军一场混战，直杀到红日衔山，方才各自收兵。

赵云回城，入府坐定，传沙摩柯入府，大加称赏，说道："韩当、周泰都是江东有名的上将，曾随小霸王孙策荡定江东，战无不胜，沙将军竟能与彼血战终日，真勇将也。"又奖励了傅彤。二将谦谢，云吩咐设宴与二位将军道贺。

吴兵方面，徐盛也提防赵云乘夜劫营，吩咐将士小心防守，一连半月，两方大小十余战，都自不分胜败。徐盛还营与众将商议道："我军经旬血战，徒因敌人强硬，不能进入尺寸，劳师费时，殊非善策。我看赵云后无重援，全师作战，明日曹上将军督同韩、周诸将仍往决战，某家自领轻兵，径袭新蔡后路，乘隙攻城，若得新蔡，云军自败矣。"曹真道："将军之言甚是，顿兵坚城之下，我兵攻不得胜，战又无功，积久气衰，必为所乘，不如乘彼全军与我相持，径袭其后，较为有益也。"徐盛随令诸将悉听曹上将军指挥明日战事，自领精锐万人，携带工具，乘着黑夜，越过了新蔡城，屯驻附近，待明日乘虚进攻。

次日黎明，吴兵大将韩当叩城挑战。赵云因本部连日作战辛苦，将守城部队抽调出城，令马云骁督程畿、孟达诸将，部兵八千，专力守城，自率诸将全部出城应战。正在两军交绥时候，徐盛却领兵从新蔡后面进攻，当下徐盛身先士卒，躬冒矢石，猛烈攻城，吴兵前仆后继，践尸攀附，势濒危殆。马云骁与程畿、孟达二将指挥兵队，长刀大斧，死守城头，竭力抵御，杀伤相当。徐盛期于必得，再上再却，号令众军有进无退。

众军一声呐喊，重复鼓噪上前，直逼城根，正是乾坤一掷得失交关的关头，猛然吴军阵后西边角上鼓声动地，旌旗迎风，马蹄杂沓，谷应山鸣，一彪军马卷地而来，直冲入吴兵后面，为首一员大将正是威震大河南北的马超。马超老远看见吴兵在此攻城，已经附近了城脚下，不由得心下着忙，一马当先，冲入吴军阵中，直取徐盛。徐盛惊出意外，急忙舞刀迎住，在城下就厮杀起来，两个战了四五十回合，胜负未分。马云騄在城上老远见自己哥哥领兵前来援救，心中无限欢喜，却见哥哥战徐盛不下，暗暗倚住垛口，拈弓搭箭，往着徐盛背后射来，只一声响，正射在徐盛战马的后腿上，弓劲镞长，入肉三寸，那马忍不住痛，后腿一掀，前蹄一蹶，把一个能征惯战的徐文向从马上倒翻下地。西凉兵士挠钩套索，蜂拥上前，绑个结实，吴兵舍命上前救护，哪里当得马超、白虎文两杆神枪，杀得近身不得。城上马云騄见徐盛被擒，哥哥得胜，同着程畿火速开城，出兵夹击，吴兵大溃。马超在马上略谈数语，教云騄将徐盛押解入城，自同白虎文乘势追杀败兵，前来接应子龙。

二将并骑冲锋，杀入吴军，一齐高叫道："子龙听着，徐盛已被某家生擒活捉，解入城中去了。"赵云同众将一见马超、白虎文杀入阵中，精神百倍。汉兵登时得势，个个争功，马超便往帮助赵云双战周泰，白虎文便往帮助沙摩柯双战韩当，傅彤力战丁奉。吴军将士听见马超二将叫唤，已经心中疑惑不定，又见马超、白虎文杀入战场，本军大将不见回头，大约凶多吉少。周、韩二将虽然骁勇，哪里敌得住四将夹攻，只得双双回马败走。马超、赵云纵兵追赶，曹真养尊处优惯了，身广体胖，坐在马上好似一尊夹料罗汉，马超追到跟前挺枪就刺，曹真将刀一架，未及还刀，白虎文马快，已到身后，照样一枪，曹真向左侧一让，早被沙摩柯一铁蒺藜打下马来，立时跳下马，割取首级，算是得了头功。周泰、韩当、丁奉、全琮、朱异见阵势已乱，只得力战断后,退入本营,凭营死拒。

赵云闻得徐盛已擒,亲见曹真已死,知吴兵已无能为,同马超收兵入城。赵云与马超并辔同行,军士齐唱凯歌,看见两员上将威风凛凛、相貌堂堂,也有些未曾见过马超的,有些未曾见过赵云的,在此一个时期内得见两个赫赫有名的上将并马偕行,他们无一个不兴高采烈、啧啧称羡。

赵云同马超入城进了衙署,分宾主坐定,云令孟达、程畿款待白虎文,犒赏西凉马队及本军将士。二将领令,自去招待。云骤将徐盛解上公堂,云即下位亲解其缚,延之上座,令人具盥沐毕,又介绍了马超。徐盛大概答复,但固执不肯就座。云道:"江夏一见,有如旧识,迨主母归宁不返,不图婚媾,欻作仇雠,云与将军历因公谊血战数场,极钦英果,不识将军能否捐弃小节,共辅汉室中兴,或于孙、刘之复合,不无裨益也。"徐盛道:"盛与将军相爱之情都同心理,孙、刘之交更无复合之望,盛受孙氏三世厚恩,愧未能报答万一,出军之日不望生还,蹈火赴汤,义无反顾,有死而已,不敢他求。"马超在旁劝道:"徐将军,子龙夙钦英武,愿共功名,雅意殷勤,幸垂采纳,将军何妨稍屈一时而申于百世。"徐盛慷慨答道:"二位将军,若不视盛为不肖,请赐一剑以全公私之谊。"

赵云知盛刚烈不能回心,即自解佩剑授之,说道:"文向,今日之事各为其主,将军既百折不回,云复何能再以不入耳之言来相劝谕!若就义之后,当以玄缥傅体,送回本军,令得归正首丘。前敌之兵让其自退,决不追击,俾文向瞑目九泉也。"盛领首者再接过佩剑,向东再拜道:"受主厚知,不能报答,九泉之下,死有余辜。"言讫,拔出青釭宝剑自刎而亡。

赵云、马超二人见盛从容就死,皆为凄惨,云骤在旁更是双泪莹莹、凄然流涕,因他夫妻向来谈及徐盛都很敬慕,不料今日被他一暗箭送了徐盛的性命,糟蹋了一个义烈将官,心中不觉万分追悔。赵云当下见徐盛已死，吩咐将吏用玄纁束帛将徐盛尸首好生包裹，令被擒吴兵送还本营，并嘱转告周、韩诸将火速退去，决不追赶，三日不退，便加攻击。吴兵领命，护运徐盛尸首回营，周、韩诸将无不抚尸痛哭。兵士转述赵云言语，韩、周诸将以主将已死，兵势已颓，不可再战，留此无益，也知赵云重信，感于主将之从容就义，决不至追击本军，是本军尚可全师而还。大家商议已定，即日护运主将尸首拔队起程，到了铜陵，将军队分驻合肥各地，周、韩二将保护主将尸首，由铜陵下船，径达建业。

吴王孙权闻报，自率文武出城迎接，只见徐盛面色如生、双目不瞑，权顿足大痛、泪下如雨，众文武莫不流涕。将尸首移入城中，安放偏殿，权将自己所备棺木，把尸首用香汤沐浴，金装玉裹，殓殡徐盛，大陈牲醴，全城祭奠，选定了上好日子，安葬钟山之阳。权酾酒亲拜，负土筑坟，以黄金五百斤，彩缎千匹恤其家属，送盛子入官学，袭父居巢侯爵；令吕蒙率周、韩二将星夜前往阜阳，抚辑盛部步卒；令丁奉接统宛城马队；令陆逊收编曹真余兵，加意训练，五将同心防守淮泗一带，以防汉兵侵略。江东自此以后无力进攻汉兵，仅能保境自守，即因徐盛阵亡之故。所以古来人说得好：国家的上将就胜于万里长城，因那万里长城是个固定不移的建筑物，他在西北，绝对的不能移放东南，国家的上将却是个活动的长城，东来东挡，西来西挡，可南可北，无往不利，随时随地保国安边。诗经上有两句话说得极好，"人之云，亡邦国殄瘁"就是这个意思。古往今来，成例甚多，叫做一言难尽。往后宋刘时候，那位唱筹量沙的檀道济将军，被收下狱，他老人家目光如炬，投帻于地，愤愤地说道："乃坏汝万里长城。"后人多为惋惜，实在说起来，他哪里够万里长城的资格，他的三十六策走为上策，世界上哪有跑路的长城，他只好算子贡先生，赐之墙也，及肩那堵光墙便了。

且说赵云听见吴兵已退，对马超说道："徐盛一亡，江东再无能力攻我，可令廖、严二将镇抚此间，我与孟起还攻临颍以撼许昌东面如何？"马超称善。云留兵万二千人，令二将紧守城池，二将领令。

云与马超兄妹及白虎文诸将合兵回转汝南，见过徐庶，告知详细。元直闻讯大喜道："东事一定，我得一心以应北房矣。鄢陵战事不甚剧烈，曹兵以战为守，黄、崔二将即可应付，毋须加兵。子龙可进屯临颍，以张声势，汝南留吴懿镇守；孟起可领骑步万人直取康公镇，以攻叶县之北；某回舞阳，请云长君侯渡沣而北，以攻叶县之南，一面知会士元、翼德由方城山出，进攻叶县之西，三方并进，张辽虽有三头六臂，亦当计穷力竭矣。"二将齐声道："军师妙计，张辽必成擒矣。"

云即下令，令吴懿以兵八千留守汝南；元直率小队三百骑，自还舞阳。云虑超将佐太少，令蒋琏驰往桐柏，换回马岱。军书星火，不到十日，马岱已还。云自领本部由鄢陵趋临颍，马超率白虎文、马岱由鄢陵趋康公镇。

守康公镇的乃是魏将陈矫，有兵万人，闻知马超兵到，不敢迎战，闭营拒守，分头派人去许昌、叶县两处求救。马超与白虎文、马岱商议道："陈矫若据营固守，许昌、叶县两地必来救援，我系孤军，利于速战，待彼援至，非上策也。"马岱道："以弟愚见，不如三分我军，今夜三更，各领一军，合攻曹营，乘风纵火，庶可得志。"马超、白虎文齐声道好，各自准备。等到三更时分，汉兵三路进攻，乘风纵火，烧毁了曹兵寨栅。陈矫立足不住，领了败兵退扎许昌附近，马超便占领了康公镇。

叶县屯兵的张辽闻听得马超进攻康公镇，正待派兵来救陈矫，只听得方城方面战鼓如雷，张飞引领全军，左翼关兴、右翼张苞、后面符健，前来围攻本城，急令曹仁督兵登陴守御；又听得探马飞报道："关云长引领全军北渡沣水，由南面进攻。"接连又听得马超攻破了康公镇，由东面进攻，三路人马不下十万，声势浩大；接连又听得赵云引兵五万由康公镇南乘隙进攻许昌。

张辽同曹仁、文聘商议道："许昌根本重地，驻有重兵，主上指挥诸将，赵云偏师，自无足虑。叶县若失，襄城亦不能守，藩篱尽撤，许昌危矣。我等只宜固守叶县，屏蔽许昌，兵力粮草，均足支持，伺隙出战，汉兵虽众，谅亦无如我何也。"二将道："全凭将军调度，某等无不遵依。"辽与二将分防三路，安排固守，一面檄知徐晃、曹洪，伺隙出兵截击进攻许昌汉兵的后路。徐晃原守登封，张辽因襄城吃紧，才知会司马懿调徐晃来守襄城，以便保卫许昌，徐晃敢战，故而张辽令其与洪协同动作也。辽一面使人飞报司马懿，言汉兵现已集中叶县，窥伺许昌，请其分兵回顾根本。使者领令，星夜起程赶赴偃师。

偃师城里魏兵大都督司马懿接到张辽手书，不觉大吃一惊，立与曹彰、李典商妥，请曹彰领骑兵二万五千、步兵三万，以李典作先锋，郝昭、郭淮为左右翼，吕通、杜畿为后援，火速东归，还救许昌。曹彰听得许昌危急，不敢懈怠，同着五将，带领部队，星驰就道，不分昼夜，赶回许昌。及至到时，陈矫之兵已被马超攻破，陈矫死于乱军之中，马超纵兵大掠，许昌城外火光熊熊，上烛霄汉，照耀许昌城里四处通红。

魏皇曹孟德本是久病之躯，只因军情紧急，朝内无人，勉强扶病登朝，计划军事，历来就为劳心过度，在十年以前早得了失红之症，又加以旧日头风老病时发，已是痛苦万分。那一位东宫太子曹丕，自从逼死了甄妃，后宫内宠幸了郭美人，又得了针神夜来薛氏，真是朝朝快活、暮暮欢娱，实在没工夫替他老子代理朝政，不过就让他那一块废料，就想帮忙简直也是不行。当时的曹孟德可就实践那"万方有罪，罪在朕躬"两句成语了，起首因听得江东孙权响应自己的命令，派了大将徐盛带了江东有名的周泰、韩当、丁奉三员上将，最精锐的宛城马队、淮北步兵，会合镇守合肥的本国大将曹真全部会攻赵云,心中甚为欢喜,不道隔了多日,不徒于禁一军杳无消息,就连江东兵讯也雁渺鱼沉,正在提心吊胆,却谁知赵云已来临颍,马超大掠王畿,云长、张飞合攻叶县,张辽情势危急,司马懿不能分身,眼见得全无指望,还支撑着调兵遣将,防守许都,那夜在宫中猛然抬头一望,远见火光烛天,心内一急,头昏眼花,登时跌倒。左右急忙扶住,舁入寝殿,继续大吐大呕,发晕数次。

恰好曹彰已经赶到,将人马扎住城外,自与李典进宫来见父皇。操见任城爱子回来,精神稍好,略问些偃师现在的情况。彰答道:"防务十分稳固。"操唤太子曹丕近前道:"朕命在旦夕,若死之后,可秘莫发丧,将灵柩由地道运出许昌。朕前于漳河南畔自作西陵,设立七十二处疑冢,汝兄弟可葬我于漳河北岸小阜上,庶免后来被人发掘也。"丕、彰兄弟顿受命。操凝神片刻,喘息言道:"殓葬事毕,但密告仲达、文远,任城留守许都,丕可假朕命,率宫眷赴幽州募兵,待至幽州,即行建立陪都,然后发丧。若叶县不守,可令文远还守许昌,许昌如不能守,可令文远、仲达尽弃河南之地,专守河北。任城自守山东,以为唇齿,待至最后,仍无力能守,可以山东与孙权,令彼代我受兵,结辽东以存国脉,而召鲜卑以乱中原,亦救危之一策也。"二子涕泣受命,操还顾李典道:"曼成,始终勿离任城也。"李典顿首流涕,以死自誓。

操令彰与李典率兵去退马超,彰领命出宫,回到大营,同着李典引兵去退马超。谁知马超因系偏师深入,也知许昌一时不可猝拔,又见曹彰自领兵回来,与白虎文、马岱仍回康公镇去了。曹彰见马超军队已退,令李典引兵屯扎许昌南郊,自率小队入城,进宫来见父皇,报告马超之兵已经退走。操已痰厥,喑不能言,张目视彰,含笑而逝,天禄永终,享年六十六岁,比周文王少三十一岁,比虞舜死在苍梧、二妃未从,他还得寿终正寝、儿孙满眼、妃妾盈前,似乎福气还完备一点。后人有诗赞曰:

万年纵遗臭，百世亦流芳；父子才文武，儿孙业帝王。论兵注孙武，善将胜高皇；仲达何功德，齐称未可方。

当下曹操龙驭上宾，因有遗命，秘不发丧。曹彰早将宫监、妃嫔屏闭别室，自与二兄曹丕及最亲信的左右侍臣将父皇沐浴成殓，装入梓宫，由曹彰亲领勇士，即夕从地道护送出城，用辒辌车装载，车内满盛鲍鱼，混淆气息，沿途并不用任何仪仗，在兄弟本乡叫作抬阴丧，因为并不现阳的原故。曹彰与所部兼程速进，早到漳河南畔，即行停住，俟至夜分，派遣心腹四周警戒，禁止通行，毋论何人，近前即杀，投尸漳河，杳无声响。然后开了隧道石门，候了炊许时光，令隧道阴气去尽，方将梓宫移入，在隧道里燃着灯烛，照见内面，安放妥帖。大家出来，堵了石门，塞了隧道，上盖土石，覆以草树，外面不见一毫痕迹，这都是曹操生前自己加意经营、种种设备，曹彰又做得十分严密，真是神不知、鬼不觉，除非天晓得罢了。

曹彰将诸事弄妥，星夜驰还许昌，见过二哥，告知一切。两兄弟白日里照常办事，发布太医诊视圣上脉单、处方药石，并且晓谕军民，访求名医，悬了重赏，随时延见，垂帏诊脉，谁也知道。入夜切实商决，到第四日，曹丕发布父皇手令，言许昌军情紧急，令太子曹丕即往幽州征兵，于幽州建立陪都，以备临幸，所有许昌一切军民事务，由任城王督率文武官吏全权处理，俟朕躬康复后方复原状。命令发布之后，曹丕将宫中金玉宝器、九府库藏、军粮器械、文书图籍装上车驮，乘夜先发，先已从襄城召回曹休，令领虎贲五千保护宫眷，丕自同大中大夫程昱、中郎将吴质率东宫骑士五千，即日起程，前往幽州。

临行前夕，丕自作手书二封，一与张辽、一与司马懿，详述先皇遗命并撤兵程序，交曹彰转送。丕去后，曹彰将丕留下手书二封暗差心腹军校分送偃师、叶县。司马懿接到手书，暗暗叫苦，只得按下心肠，尽心战守，连司马昭都不叫知道，可见他深沉隐密胜人百倍。曹彰在许昌假父皇名义，处理一切，倒也不露风声。

只有马超率领本军在叶县、襄城各地游弋，曹彰派往叶县送信的心腹小校扮作乡民无意中间被马岱游兵拿住，解回本营，呈送主将听候发落。马岱将他大概盘问，小校答复如流，马岱便起了疑心，一个乡民哪里有这样胆胸，从容不迫，过细再问一次，小校一一对答。马岱知道其中必有情弊，吩咐左右将他过细搜查。左右得令，将小校白头至脚仔细一搜，在头发内找出一个旧旧的小纸包儿，便将曹丕手书搜出来了。马岱看了大喜，将小校绑了，来见兄长，报告搜获曹丕手书一切事情。

马超一听曹操已死，不由顿足痛恨道："老贼已死，我兄弟永无报仇之日矣。"不觉怒发冲冠、目眦尽裂。马岱谏道："哥哥息怒，昔子胥报平王之仇，鞭尸三百。待破了许昌，寻出老贼尸首，碎尸万段，以报叔父之仇就是，何必急怒伤心。"马超恨恨连声，同着马岱押了小校，回见云长，呈上了曹丕手书。

云长览书大喜，马上传檄布告天下，分头启知汉中王，并转知孔明、翼德、子龙前敌将帅，又令随军书记照抄曹丕手书数千份，令军士缠在箭头射入襄城、叶县、临颍城内，以乱曹军士心。曹兵拾得箭书，偷相拆视，互相议论，沸沸扬扬，传入张辽、徐晃诸将耳中，自然是万分悲苦。汉兵前敌将士闻知曹操已死，曹丕北走幽州，曹兵所守地方马上尽会撤退，士气增加百倍。正是：

一世之雄，而今安在？三军之众，无主安归。欲知后事如何，且听下回分解。

异史氏曰：蜀魏昔者求吴，每以平分天下为饵，《演义》书不一书；而又钩心斗角，彼此不信，仅诸葛许割三郡，曾一践其言，然吴暗取荆州，卒如故也。今魏危亡已迫，既不惜外结鲜卑，则内以合肥饵吴，已较昔日口头甘言，十分小气；而吴竟死力援魏者，盖非尽由唇亡齿寒之义，亦以此时天下只有平分于蜀，再无天下能平分于魏之势矣。魏境日削，则所得者虽小，已无异举魏土与吴平分。尝鼎一脔，姑先自快，不图分受其祸转丧长城，是合肥虽合而不肥，魏则日瘦；徐盛未徐而不盛，吴且日衰。离合之情，得失之数，举一令食其报，故纵有于禁来降，可比黄权之投魏，而何堪文向身亡，不异云长之殉蜀乎？然则魏以合肥割于吴，正同魏以襄阳失于蜀也！特有云长之死，其过在吴，徐盛之亡，其过不在蜀。君子论其成败，世既以从贼忘汉，分疆利世，戎首归吴，卒之地以人存、人因地死。今日大翻旧案，更兴邦国殄瘁之悲，则三分无恙，哀蜀自亦在其中焉。至以合肥归吴，而蜀守新蔡如故，鲜卑不至，而超兵救应如飞；益见兴亡全在人谋，不欲成败妄称天数，削平鼎足，尚何天下得以平分？则古来割据称雄如孙、曹，今日纵横献计如歆、宠辈者，皆可以休矣。

吴有徐盛，魏有张辽，本如蜀汉之有云长，人物才能，均称匹敌。世俗只重云长，意有所偏也。作者鉴定衡平，铢两不失，故于张辽、徐盛，皆异地以写云长。若以故意翻案、随心报复用笔目之，则不免隘视作者，抑真轻视云长矣。曹丕封王之使至吴，车后放声大哭，谓不能舍身奋命，为吾主并魏吞蜀，乃令受人封爵者，非盛也乎？是云长心汉，与文向心吴，固同为日月之昭昭者耳。因汉而特重云长，为莫返君臣之陋见；在吴而同褒文向，为永存忠义之遗风。伤古有时，觉今及世，云长、文向，端宜并拜，以共为不朽之传！于是时势虽绌三分，而英雄仍尊鼎足；以见苍黄反复，最为不得统一之原，而至朝暮楚秦，早且不为三国所齿，则写张辽、徐盛以匹云长也。夫岂有意翻案，而忽为吴、魏快吐不平也哉。

曹操七十二疑冢，史传之，《演义》传之，世俗亦争传之，而古迹尚存，自许昌至于彰德，临洺、磁州之交，高茔巍峨，如陵如阜者，土人相指以告，皆疑冢也。而真冢史书葬高陵，乃注未详所在，是操子孙欲求如世人祭扫，焚陌上一提纸钱之地，以追祀于不忘，且不可得。而世间转以疑冢长存，独不能忘夫老贼，每从指点以痛詈阿瞒之奸，诡奇千古，一世之雄，果安在也？若文人学士，则又以卖履分香，恣供侧艳，如潮之笔，豪华寂寞，动谐调笑于铜台，冢底多情，又不知枯骨何方，果可起而问之否也！今作者置疑冢于西陵，通隧道于北岸，黄泉可见，自地中行，如此一传，恐不待马超发掘，操之窀穸，未易安矣！清陵慈禧之祸，为鉴不远，况有斯文赫定之流，四出考古于东方，锹锄所及，更不止国之人士耶。涉思至此，为阿瞒一具骷髅，不寒而栗！

《演义》写操之亡，闭目见云长，开目见伏后，此诚不如司马师死，双目失明者为妙。而本书不搜神鬼，乃令耳不闻于禁消息，手不接东吴军讯，心不知司马布置，偏只听到一片赵云、马超、关公、张飞声浪，两目猛见许昌城外火光烛天，就此一翻，无鬼胜于有鬼，岂不更妙！

第四十二回

刘玄德略地驻南阳　　赵子龙决水灌临颍

且说马超三将游兵轻骑，横行许昌附近，因此上搜出了曹丕写与张辽手书，才知曹操已死，曹丕北走幽州，回报云长。云长喜之不胜，与徐庶商议道："今曹操已死，曹兵势将瓦解，某与翼德环攻叶县，后路似嫌空虚，不如请汉中王即移驻南阳，以壮我军声势，而重后路之防。元直以为何如？"元直道："君侯之言，深中情势，即速进行可也。"云长马上传令，令关平持着自己手启，率轻骑三百，星夜驰还荆州，护卫汉中王出驻南阳。关平领令，即日领兵径还荆州。

玄德自从听得子龙大捷汝南，知道中原战事将不次解决，早饬董厥前往桂阳替回马谡，令马谡带领糜威、向充两员战将，征发零、桂士兵万人，前来荆州候令；又令郤正前往长沙，替回蒋琬，令蒋琬带领吴郁、张盛两员战将，征发长沙、武陵士兵万人，同来荆州，共商进止。

董厥到了桂阳，马谡接到令旨，当下设宴款待董厥，问候汉中王的起居，细询中原各路的战况，董厥一一详告。马谡然后将桂阳一应事宜、桂阳四境形势并户籍粮册、山川图本、文书印绶详详细细的交付董厥，董厥心领神会，一一接收。马谡又告以虞翻在番禺邻境，其人系文武全才，不可轻视，务宜多派细作，随时侦探消息，选择劲旅，严防要隘，小心在意，时刻提防江东兵西侵。交代已毕，董厥次日随即升堂视事，所有本郡政治军事各项均照前太守马谡成规，略无更易，对于旧属，亦鲜移动。

马谡放下心，别过董厥，带了糜威、向充二将，零陵、桂阳两郡士兵万人，取道衡阳，径抵长沙，会晤蒋琬、郤正新旧两太守。那时蒋琬已经交代多日，将士调齐，专候马谡一同前往。三人在长沙官廨谈宴一宵，到了次日，马谡与蒋琬拔队起程，到了武陵，径趋澧州，将人马用兵船渡过长江，取道公安，直达荆州。军行迅速，看看到达，马谡、蒋琬各令所部离城十里屯驻，二人各率轻骑数人入城，更不迟延，即至大将军府，谒见汉中王。

承宣官呈上二人手本，玄德立刻召入内堂。二人上前参拜，玄德亲自扶起，赐座左右，说道："吴兵内犯，零、桂动摇，非幼常、公琰同心协力，覆我根本矣。"二人谦谢，鞠躬就坐。玄德询问长沙、桂阳各地现状，二人各将所有现状及布防情形先后呈明，玄德深加慰劳，又令二人谒见州牧刘琦。二人敬谨庭参，刘琦见二人新立大功，皇叔倚重之至，不敢怠慢，相见之间极为推挹，二人仍以僚属礼节坐在刘琦下首。玄德见三人和辑，更为欣悦，将云长报捷手书递与二人。二人起身接过，阅后，齐声道："赵将军进攻临颍，马将军直取襄城，关、张两君侯环攻叶县，许昌危如累卵矣，谨为大王预贺。"玄德道："徐盛一死，东吴无力内犯，我军得合全力以攻许昌，较之从前，军势顺利不少矣。"

正谈论间，承宣官进来启道："舞阳关君侯派小将军来见大王。"玄德笑道："关平还来，前敌必有捷报。"立传关平入见。关平进得府堂，上前参谒，双手呈上父亲手书。玄德接过拆开一看，不觉喜动颜色，说道："老贼亦有死日耶。"即将云长手书交三人传观。三人看过，舞蹈称贺。玄德大喜，唤起了关平，问起前敌各路现况，关平——呈复。

玄德更为高兴,即令州牧刘琦将此消息宣布属地,便问马谡、蒋琬道:"云长来书,欲孤移驻南阳,二君以为如何?"二人同声答道:"曹操已死,曹丕北行,士气已衰,必将瓦解。大王驾幸南阳,自是要着,恢复中原非进不可。"玄德道:"二君之言深切事理,孤意决矣。惟荆州重镇,绾毂中权,非得高材难资镇抚。琦侄年轻体弱,季常又已出监夏口军事,即授公琰监大将军留府事,领江陵太守,辅佐琦侄,节制九郡,得便宜行事,以利戎机。"蒋琬离座,固辞。玄德道:"现在孝直在蜀,孔明在洛,士元、元直皆在行间,幼常即当随孤北行,替画军机,荆州留府,非君莫属。但须小心以临事,疾举以赴机,宽以役众,俭以使民,令江汉乂安,则前军自壮矣。"蒋琬方才再拜受命。玄德再嘱刘琦道:"公琰文武全才,我之心膂,侄但倾心任之,当无不济之事也。"刘琦顿首受命。

玄德吩咐诸事已毕,随即下令:以马谡为汉中王府行台记室参军、总参机要、监护诸将;令关平为开路先锋,率荆州兵马步一万二千人先行;令糜威为左护卫将军,领零陵兵五千,向充为右护卫将军,领桂阳兵五千,玄德自领五千人将中军;令吴郁为后军左都护,张盛为后军右都护,分领长沙、武陵兵各五千人,为后军,即日分队出发。留兵一万五千,偏将二十余员,及荆州训练之新军三万,统归蒋琬直接指挥,镇守荆州。

军行迅速,不日到了南阳,刘琰迎接入府坐定。玄德对刘琰奖许有加,随令关平领兵五千,去舞阳报知云长,顺便协助去攻击叶县;令樊建领兵五千去前敌协助翼德,又将荆、益两州积存军械粮食分道补充关、张、赵、马四路军队。孔明军队驻扎洛阳,仰给并、雍二州,不烦远道运输,但遣次子刘理领兵千人,持汉中王手书,慰劳孔明,并带牛酒金帛犒劳前敌将士;又分令前敌统兵大将,晓谕部曲,安抚居民,凡战争所及地方,饬地方官吏力加抚恤,当地人民均豁免三年田赋征役，以恤遗黎而宣德意。这都是记室参军马幼常的条陈，号令一出，不徒人民感激非常，重见天日，即前敌军士也都欢欣鼓舞，乐于公战。民心一顺，军气日增，自北自南，无斯不服，这也不在言表。

单说赵云得了马超手书，知曹操已死，曹丕北走，临颍四员曹兵守将因谋主程昱随着曹丕前往幽州，仿佛有些应付不及光景。赵云知道曹兵心乱，打量着此时不乘机攻取临颍，更待何时？立召部下诸将及黄武、崔顾入帐商议。诸将入帐参见，分班侍坐。云道："顷接马将军手书，言由康公镇进兵，杀了陈矫，大掠许昌，曹操见形势危迫，呕血身死，曹丕北走幽州，临颍谋主程昱随同前往。如今关君侯与孟起、翼德三路围攻叶县，陷落便在旦夕，本军顿兵临颍，不能前进，眼见得这一场功劳某与诸将全然无份，岂不为天下豪杰所笑？"诸将同声应道："愿得主帅将令，合本军全力攻破临颍，乘胜进攻许昌，好先入许昌伪都。"赵云道："临颍城小而坚，曹兵守御得法，本军仰攻必多死伤，虽得临颍，又将何用？"黄武道："末将有一计在此，不劳寸兵，可得临颍。"云听得喜道："将军有何妙计可以不劳寸兵便得此城？我兵攻城即未费力，军士自可以全力进攻许昌矣。"武道："临颍北临颍水，南临汝水，若壅两水以灌此城，则城内曹兵必悉为鱼鳖矣。"云喜道："此计甚佳，即烦黄将军、崔将军、沙将军三人各领所部五千人，前往相度地形，担任工作。本军全军即日移营高阜，曹兵必然出城挠我工事，由某与傅将军领兵掩护可也。"黄武领令，同崔顾、沙摩柯率领三部兵一万五千人，再就地招募民壮万人，立时动起工来。

原来这临颍城就在颍水旁边，所以叫作临颍，颍水到了临颍城下，又与双泊河合流，这就两条河已经够受，哪里还要再去决汝水。那黄武巧思过人，测量水势，见临颍西倚土阜，若将东流堵住，那水非向南直奔城中不行，令兵士在临颍下流半里沿河两岸各筑偃月长墙三里，砍伐树木，层层叠叠排着木桩，敷上土石，将竹篓盛土，压在堤脚下，伴着木桩下面。人多工快，五日内外，便成了功。

城里曹兵起初看见尚不在意。后来辛毗亲自巡城，方才知道赵云必堰颍水前来灌城，便与三将商议，令高堂隆、赵俨出战。辛毗自领五千人出城毁堰，刚出城来，只见赵云领兵在堰上守候，傅彤引兵从南门进攻。辛毗手忙脚乱，打量自己敌不过赵云，若冒昧进兵，汉兵左右夹击，必无好处，不如待其灌水再作道理，随即入城饬将城内沟渠，昼夜疏通，南门水闸见机启闭，以泄东来之水，兵粮弓箭移放高地，拆卸门窗钉造船筏，先行预备一切以便应战。谁知黄武令沙摩柯搬移巨石，黑夜将南门水闸乘夜堵塞。

黄武见堰工已就，启知主将，令人先将上下流船只拘集，用麻布袋填满土石，数十万袋堆置堰上，一声令下，兵士齐将土石倾倒，北方河流本不甚深，一顿饭工夫将水阻住。众兵士大筐小篓挑泥负土，一层一层的叠将上去。颍水本是曲流向东，一经阻塞，便向城边直撞上来。临颍城原不甚高，水势有涨无已，一昼夜工夫，即自高与城齐，城中遍地是水。四将把守不住，将东南城开了，乘着水势冲杀出来，汉兵驾着船筏，沿途截杀。王观、赵俨落水身死，辛毗、高堂隆带领逃出城的余兵，绕道向许昌方面逃窜去了。

赵云一见曹兵已溃，急令黄武决堰以救城中百姓。黄武遵令，督率兵夫，分决五口。筑堰就费工夫，决堰好不容易，不到半日时光，决口愈漫愈大，水势转入下流，城中之水又从南门泄出，城内水有出路，城外无水浸入，慢慢地就平息下去，城中百姓可淹坏不少。赵云同诸将乘马入城，只见街衢泥潦，房舍倾颓，许多人在屋顶上安生，不觉伤心惨目，急令军士好生救护被难灾民，将曹兵所余粮米金帛按户按名尽数赈济，令一偏将领兵千人，在城西屯扎，维持秩序，以原任令丞中素孚民望者处理县事。

安置已毕，领所部全军向许昌进发，在许昌南郊扎下大营，与李典对垒，重赏黄武，分头派人飞报云长、孟起两处。云长又火速差人转报南阳。玄德因自己刚到南阳即闻大捷，专使奖励赵云诸将。

马超得了子龙手书，知道子龙决水灌了临颍，进屯许昌，一喜一忧，喜的是子龙得手，不烦兵力即下临颍，直逼许昌，忧的是许昌现有重兵，子龙势成孤立，与马岱、白虎文商议遣人请云长君侯派庞丰领兵来康公镇，以便自己进兵协助子龙，截断襄城、叶县联络。云长自然言听计从，即令庞丰领兵五千来守康公镇，令马超率二将径袭襄城后路，断绝襄城许昌两地交通。襄城城里因被马超、马岱、白虎文三支马队四面游击，自然是樵采路绝，势成坐困。

许昌城里任城王曹彰奉父皇遗命留守国都，与叶县的张辽、襄城的徐晃、禹县的曹洪三处互通消息，相为掎角，阻住汉兵北上的道路，此际听得襄城被围，欲待领兵出救，赵云又近在咫尺，怕他乘虚袭入，致危国本，只好暗地遣人知会曹洪、张辽两处，请其相机援助徐晃，若两地出兵可先期知会许昌，以便同时派兵援应。使者分头出了许昌，潜向叶县、禹县两地进发，不意经过马超游弋防线，被西凉兵先后拿住，都被白虎文、马岱二将杀却了。徐晃派出向许昌、叶县、禹县三处求援的兵士被张飞、赵云的队伍尽行捕获，四处的信使不通，消息断绝。曹洪距离较远，孤掌难鸣，就中只有镇守叶县的张辽于兵事地形均极明了，深知襄城与叶县势成辅车，唇亡齿寒，论情况非力救襄城不可，正拟派曹仁领精锐万人去援助徐晃。

庞士元与张飞商议，派关兴领向朗、吕义率兵八千，驻叶县东；张苞领岑述、胡济二将率兵八千，驻叶县北；张飞率符健诸将，部兵二万余人，驻叶县西南；四面远远的围定，把城中樵汲之路次第设法完全断绝。张辽见汉兵势大，既不能抛弃叶县以救襄城，若不竭全力往援，曹仁一支兵单独去救，实不异以肉喂虎，即再令文聘同往亦属无济于事，左思右想，全无办法，与曹仁、文聘及在城将领切实磋商，亦无两全上策。到了最后，还是张辽下了决心，派遣心腹小校冒死冲出城外，持了自己手书，潜至襄城，面见徐晃，教他弃了襄城，尽率本部前来叶县，合兵一处，共拯危亡，免致陷公明于绝地，徒损大将，于事无补，书末并言整顿全兵，出城接应。小校领令，更换衣服，乘夜出城，居然被他逃出外围，闯过马超防地，直抵襄城城下。守城兵士询知来由，将他缒上城头，领见主将。

那徐晃被马超围困经月，忍耐不住，正在襄城城中召集麾下大小将士在衙中商议道："各位将军，许昌消息半月不通，叶县、禹城两地隔绝，据外间谣传，圣驾已崩，太子北走幽州，许昌是否被赵云攻陷殊难悬揣，任城王又渺无消息，司马都督死守偃师，张文远被围叶县，曹子廉僻处禹城，大都自顾不遑，何能前来相救？襄城粮草将尽，樵采路穷，外无援兵，死守何益？不如乘兵力尚充，犹可一战，弃城北走，直奔许昌。若许昌道梗，则往叶县，退守新郑，招募黑山，徐图再举，不亦可乎！"将士齐声应道："惟将军马首是瞻。"恰好张辽使者亦到，呈上主将手书。徐晃接书大喜，令所部将士今夜三更造饭、四更出城，全军努力直向叶县杀去，若到叶县，张上将军必定出城接应，好与许昌联络。将士领令，各自准备。

谁知马超见襄城被他软困多日，知道徐晃粮尽，决定出走，不去许昌必往叶县，早令兵士沿两地掘下许多陷坑，上面掩些残枝败草，预备挠钩套索，自与白虎文、马岱领兵分三路埋伏，静候徐公明大驾光临。果然不出所料，到次日黎明，徐晃尽起襄城兵马一万余人，趁着天色尚暗，开了北城，卷甲疾驱，直向叶县进发。徐晃火速趱行，马不停蹄，行不到十余里，忽地旌旗乱卷，鼓角齐鸣，两旁伏兵突起，左有马超、右有马岱、前有白虎文，三马并进，直取徐晃。

曹兵本系惊弓之鸟，向来就被西凉兵杀怕的，又素闻马超的大名，此刻正在归心似箭的时候，忽然逢着三路伏兵，不由得军心大乱，无力抵抗，纷纷溃散，各自逃生。徐晃止约不住，与马超略战了十余合，不敢恋战，虚掩一斧，往刺斜里败走。马超三将奋勇追赶，徐晃急不择路，只是向北径走，不料走到了一个黄草坡前，"轰隆"一声，连人带马跌入陷坑之中。坑边伏兵挠钩套索一时并起，徐晃趁势腾身，扭着一柄挠钩，从坑内一跃出来，提斧乱砍，伏兵四散，马超、白虎文早又赶上前面，挥动大兵团团围住。徐晃单人步战，奋不顾身，只避着马超三将以外逢人就杀，倒杀伤了三四百人。杀到日旴筋疲力竭，徐晃大吼一声，闯回阵中，又杀了数十人，末后掣转斧头向自己项下一抹，鲜血喷溢，一命呜呼，可惜曹兵一员大将援尽力绝，血战而亡。正是：

冲锋陷阵，死犹众鬼之雄；临敌捐躯，无忝万人之杰。欲知后事如何，且听下回分解。

异史氏曰：诸葛亮祭星而殒，遗嘱秘不发丧，司马懿追之，疑其未死，以至入谷大败，奔走五十余里，问有头否，此真大笑话也。今曹孟德入隧而死，亦遗嘱秘不发丧，刘玄德偏能知之，喜其已死，以至略地大进，恢复万里中原，曰有头矣，此却非笑话也。诸葛未死，则"死诸葛走生仲达"一案，实无由翻。作者轻掉笔尖，只于曹操一死，即以死曹操来活刘备，从蜀魏着笔，不从诸葛、司马著笔；如此一翻，便亦是死笔变活笔，是活翻不是死翻；不但诸葛未死，并刘备亦复活了也。则司马懿加上曹操已死，又何能不仍问有头否乎？然本文中惟司马一人得着确实消息，张辽、徐晃等辈，尚不知曹操是否真死，所得丕书，系出汉营抄本，箭弹入城，则有头无头，且应由张辽等发问，而司马却无须问。是《演义》仅吓坏司马一人；而本书翻案，竟吓杀曹营一般将帅矣。是何以故？曰：只是作者教诸葛复活之故。曰：诸葛既活，则作者亦不得不教刘备一同复活之故。死诸葛，死刘备，都已复活，则生司马，死司马，尽不必问，哪怕他不摸头自问，再走再逃五十里，以至五千里，曹操现已安顿下一个幽州，只可惜他自己却先走了一步也。

关云长水淹七军，乃大胜曹军之壮举，顾以徐晃之救，幸保樊城，于禁已令降吴，此案亦不易翻，又不可不翻，竟教曹军免了一番劫数。更有黄承彦老儿无知，于鱼腹浦八阵图中放走陆逊，向来人士，皆谓此中大有天数，甚至有谓诸葛预曾授意引出者，故不能手挽云长身死之厄运也。今乃亦借赵云，写灌临颍，仍淹曹军，以补未及，樊城之水，遂觉如在目前。浩浩襄陵，因早令徐晃为守，而临颍壅决大工，必以承彦之子定计成之。庶引曹军，同入鱼腹，以暗补承彦之过。若水擒庞德，则又以写庞德跳坑越陷于渭原者。移于徐晃而同样写之，便以成擒；尽于暗中，大翻旧案。且以徐晃弃城夜走，映写曹仁困于樊城，有此计议，而未出走，其为补翻之笔，宁不甚明？《演义》中曹仁、徐晃原系两路，前后往守；则本书赵云、马超亦系两路，分别接写补翻。彼此往攻，有何不可？是未能谓兵出两地，而以非翻一案疑之也。

第四十三回

败李典赵云入许都　　炙华歆马超掘疑冢

且说马超见徐晃自刎身死，杀散了曹兵，占了襄城。依着马超意思，要将徐晃斩首号令，马岱谏道："哥哥，徐晃与云长君侯素来交厚，如今只可将其尸首送交云长君侯，任凭如何发落，方为合理。"马超依允，一面安辑新得的襄城地方，处置降兵，肃清溃卒；一面派人赴云长处报捷，并送呈所获曹兵大将徐晃尸首，请验明是否正身，听候发落。

差人到了云长军中，呈上主将捷书。云长见又得了襄城，不胜之喜，及见书后具述徐晃兵败自杀，尸首送呈，不觉为之惨然，吩咐左右重赏来使，与以安顿，然后自携卫卒出了大帐，至营外看视徐晃尸首，只见徐晃虽然血染征袍，面目兀自如生。云长一见，不由落下两行英雄血泪，追想当年自家在许都的时节，张辽、徐晃朝夕过从，杯酒谈心，往来何等亲密！当时只道地久天长，不离不弃，谁知时势播迁，竟成敌国，各为其主，两不相容，演成此日惨状，一加存想，心中非凡难过，即时吩咐关平带领兵夫，将徐晃尸首用香汤沐浴，项下创痕令缝工小心缝合，傅体衣裳尽用上等锦绮，选购上好棺木，立时殓殡，安葬高丘。

云长一旁吩咐，关平一旁答应，正待前往遵办，元直适来，问知所以，便道："君侯，襄城陷落，徐晃自杀，张辽尚未知道，犹相掎角以安叶县士心。请将徐晃陈尸城下，好令叶县守城兵将大家知晓，襄城已失，外援四绝，彼方军心将不战自摇。"云长听元直所言实系兵家上策，大局攸关，万不能为妇人之仁、一己之私以误大事，万分没奈，硬着心肠，答应了元直所请，准予陈尸城下一日，即行掩埋，不得过久，致令尸体腐坏，元直应声答应。云长长叹一声，掩袂入帐。元直令本军军政司用白布一丈五尺、青黛大书魏前将军翊阳侯襄城守将徐晃之尸，将竹竿穿上，竖在徐晃尸首上头，置放城边。

城上曹兵一见白布上面字迹，火速入府，飞报主将得知。张辽历来同徐晃最好，一听守兵禀报，即同曹仁、文聘步行出府，上得城头，远远看见果然不错，三将不期同为挥涕，共知襄城必然失守，殆无疑义。当下曹仁、文聘二将念切同袍，便要领兵出城抢还徐晃尸首。张辽拭泪，急止二将道："二位将军，不必如此。关云长平生重义，处友多情，此番得了公明尸首，不肯斩首号令，而但陈尸城下，大书官阶，此必系其谋士徐元直之计划，欲以摇惑我城守将士之人心耳，明日决然收殓矣。二位将军若出城抢夺，适中彼计，彼以我城守严密不能进攻，方借此事以为诱我出城之圈套，而伏兵以待我出，我处此四面楚歌之时，何能再投其所算，既示彼以摇惑之伏，又与彼以攻城之机乎？二位将军，请一再思之。"二将闻言，恍然大悟，曹仁道："主将之言，确切不移，末将等不过激于袍泽之谊，欲令其归骨首丘耳。"张辽同曹仁二将在城头举酒遥奠徐晃，仍自督兵坚守，绝不摇惑。

到了次日，云长果令关平将徐晃尸首安葬高阜，募工镌碑，自为题识，亲为酾酒其墓，怅怅还营，一面复书与马超，盛奖其成功之速，胜敌之能，已葬徐晃系念当日旧交，于公谊上都无关系，孟起幸勿多心，曹兵势已瓦解，乘势速进，以蒇全功云云。令马超派来原人将书带回，面呈主将。马超得到云长手书，心中方始释然，还顾马岱笑道："非吾弟一言提醒，几无以对云长君侯矣。"立令人火速至临颍，知会子龙，请示师期，以便夹攻许昌。使人领令，星夜前去。

那赵云自至许昌南郊与李典对垒，却因李典老将守御得法，垒坚不可猝拔。云急欲成功，再三忖度，深知部将黄武系黄承彦公子，闻知承彦得了九天玄女兵书，无奇不有，诸葛夫人前次平定南蛮孟获即是小试其技，法孝直曾将平定始末详细函告了子龙，云切记在心，上回攻克临颍全由黄武定策，武家传绝学当不止此，想到此处，满心欢喜，立召黄武入帐。黄武应召，进帐参见主将，云含笑命坐，黄武谢过，坐在一旁，说道："主将传唤末将入帐，有何分示？"云道："前番本军不费张弓只箭夺取了临颍，完全系将军一人之功。"武起立谢道："此皆主将计划，各位将军努力同心，故而得获全胜，末将何敢擅为己有？"云笑道："黄将军有所不知，临颍城中四守将，辛毗畅晓兵机不下于刘晔、程昱，高堂隆亦有毅力，不易屈服，王观、赵俨虽不甚勇敢，然均久于戎旅。本军前入城中，其所存粮械犹不在少，彼据城池之利，分城而守，以与本军相持，本军虽竭尽智勇以攻坚，纵藉各位将军之力，幸而攻克，其死伤之重不言可知。全赖将军出家学之绪余，不烦剧战，便已攻下，本军得以打开军道，直捣许昌，非将军之功，而谁之力？"黄武再三谦谢，方才就座。云道："现有一事又非将军不可。"黄武道："请主将明白晓谕，如有需用末将之处，末将无不舍身图报就是。"云道："现李典屯兵许昌城郊，本军若攻破其营，败走李典，则许昌便易攻取。但是李典系曹军老将，有勇有谋，部下郝昭勇鸷沉毅，郭淮亦属能兵，观其营垒十分坚固，内有良将锐卒，后倚许昌为重，比临颍城尤为难取。顷闻马将军已取襄城，杀了徐晃，云长君侯必令彼全军前来会攻，本军须不俟马将军之至便攻得许昌，云与各位将军面上方有光彩，将军以为如何？"黄武道："主将所谕，至理名言，惟李典三将所恃者，营垒坚固耳，若冲破其营，彼亦无从守御也。"云喜道："将军有何良法可破李典之营？"黄武道："末将在家时，家父曾言：攻坚利器，第一地雷，次则撞车炮石。末将曾经受命仿造，家父损益古来撞车制度，参以新意，在乡间亦曾试用，颇著成效，墙壁虽坚，无不摧毁。以末将意度，李典大营多系新造，非大城可比，倘以攻之，谅无不破。"云大喜道："将军既有此攻坚之具，便以此事相委，需用若干金帛器材，即由将军便宜使用，但责成功，不必再为关白。"

黄武领令出帐，回到自己本营，唤集随营工人，原来黄武在家时节，极爱玩手工业，又得了他父亲的秘传，常时教导本村中聪颖子弟，做了多少用力少而成功多的农具及各种家用什物，本人也有一般同志、工友。后来出外从戎，他父亲知道军中必需此项人才，教黄武带同出外，留置身旁，以备急需，在攻守上，黄武早已经占得了不少便宜。此番一闻召集，他们顷刻都来，黄武把主将委托的意思告诉了他们，大众踊跃用命。好在所需材料都是现成，他们度量的度量，工作的工作，刀斧齐施，五官并用，大家努力，三五日内外，便成了大半。黄武精益求精，以铁叶裹车首，以铁篷覆车面，而以机关拨使行动，用木牛被甲，拖曳前进，以避矢石，以辇车驾大竹弓，为弹射炮石之具。

六七日间，一切制备妥帖，成就了撞车十辆，辇车十辆。黄武入帐报告主将，赵云甚为欣慰，随入黄武营中亲自察看，见两事均已办好，灵活异常，心中甚喜，当面大加奖励，然后回入大营。恰好马超会师的书信也就到了，云随即复书，言俟败李典后再定师期，一面下令，令黄武、崔颛领本部万人拥护撞车、辇车为第一队，傅彤、沙摩柯领本部万人为第二队，自与孟达、程畿、马云騄督中军三万人为第三队，天色尚未大明，全军一齐出发。

黄武、崔颛所部刚到曹营附近，曹兵在营垛口万弩齐发，矢石如雨，向着撞车、辇车射来。谁知驾驶撞车、辇车的都是些木牛、流马，上披厚甲，内无血肉，受了矢石，满不在乎，大刺刺地已到营边。黄武令工人拨动引擎，把极大的一辆撞车往曹兵营垒上一碰，一声响亮，曹兵营垒登时塌下了一大块，接接连连几撞，将曹兵辛苦经营的坚固壁垒打缺了一大半边。曹兵正待抢护，那随后跟进的辊车上的炮石又如飞蝗一般打来，曹兵碰着无不脑袋碰裂，断手折足。赵云见黄武得手，将红旗一展，汉兵奋勇争先，攻入曹营。李典手刃退兵，自领亲军在缺口旁战住了黄武、崔顾，郝昭与郭淮战住了傅彤、程畿。沙摩柯领所部蛮兵绕过后营，攻开一洞，纵身先入，士卒舍命前进，一进得曹营，放火就烧。赵云督兵大进，曹营一时鼎沸。李典见后面火起，知道本营是万守不住了，只得招呼郝昭、郭淮二将，领兵突围而走。曹彰在城中听得城外喊杀连天，火速自领铁骑万人来救，谁知李典营栅已经破了，只好掩护败兵入城，自己迎住赵云，战了四五十合，收兵入城。赵云因兵将攻营，血战经日。过于劳苦，也不追赶，即入屯李典营栅，倚城下寨，重赏黄武、沙摩柯，派人约马超会攻。

　　那曹彰进得城去，稍为休息，即与李典商议道："临颍既失，公明又亡，城外大营复被攻破，许昌危如累卵，何必陷数万精锐之兵坐受粮尽援绝之苦？不如乘我兵尚足一战，弃了许昌，退屯青兖，负海阻山，与幽州相为援应，再遣人告知仲达、文远，全师以退，尽弃河南。彼处处经营，自需时日，我以其隙分途侵入，彼反攻为守，我反守为攻，局势一易，或反足以疲敌势而振我军。将军以为如何？"李典道："许昌情况，诚如王言，即欲固守，又何可得？与仲达、文远全师以退，而与敌兵战于一隅，较之四战中原，处处受敌，消息既不联络，血脉复不灵通，似为稍胜一筹。"郝昭、郭淮同时在座，并以为然。曹彰道："三位将军既然同意，即请曼成作书，飞告仲达，由仲达转告子廉叔父，再由子廉叔父转告文远。我弃许昌以饵敌，则足以缓敌人之追击，而叶县、禹县之兵皆可乘隙自拔矣。"李典遵命，即作书将不得不弃许昌情形告知司马懿，请其与曹洪、张辽协同退兵，保全实力，以为后图。曹彰看过，令一员亲信偏将乘夜开城，向偃师去了，因这一条道路以司马懿连络得法，故尚可通行。

彰派人去后，自与李典集合本部，并许昌部队，共十一万余人，尽取库藏兵械，凡文武将吏不胜兵者，悉留许都，以免多所顾虑。布置妥帖，三更时分，曹彰令郭淮领骑兵三千，护眷属先行，然后令李典将前军，彰自将中军，郝昭将后军，开了东门，乘夜出发，由新郑经中牟渡河，暂驻濮阳，凭河拒守。

漫道城外汉兵不曾知晓，许昌城里只东门一带略有闻知，赵云虽得探报，以系黑夜，不敢去追，次日天明，方才整队入城，华歆幅巾白服，率领在城官吏迎谒马前。云久闻云骕所说，马腾之死，系由华歆献策所致，心中久有成算，此际见他前来归降，非凡优待，载以后军，一方下令军中敢有拾取民间一草一木者，就地正法，真个秋毫无扰，市肆不惊。

云自己驻扎司隶校尉衙门，吩咐部下诸将傅彤、程畿、孟达、黄武、崔顼、沙摩柯各领所部，分城驻守，安抚人民，差人飞报云长君侯，转呈汉中王，文武官吏各仍职守，候汉中王驾临再行定夺。诸事粗定，然后恭请华歆上座，先问些安抚许昌的方略，后问起马腾被害情形，埋骨何地，华歆老不客气，一一指示。云夫妇即同歆前往发掘，说也奇怪，马腾虽死多年，尸体一毫未坏，面色如生。云骕一见，放声大哭，将父亲尸首异归衙署，用香汤沐浴，选用上好棺木，用原官服制包裹入棺，暂不用漆封固，好叫两个哥哥来时也得见一面。

云然后再问华歆马休、马铁二人葬处，歆答道："两位小将军同所部士卒丛葬在西门大冢之内，已经多日，无从分辨。"云太息不已，随吩咐左右将华歆拿下阶前，衣服剥了，加上刑具。华歆极口呼冤，云笑道："卖主奸臣，弑君逆贼，滔天罪恶，擢发难数，权且收押，候马将军来发落,并将郗虑、王朗、钟繇附逆诸人尽行监禁,候令施行。"华歆到了此时才知受了赵云的愚弄,枉自吐露实情,没奈何,垂头丧气,同一班曹家鹰犬共住天牢。

不过一二日间,马超同马岱、白虎文领兵来到,入城至司隶衙门,下马进内,见堂上设着父亲灵位,停着一口棺材,云骠妹子全身缟素,赶紧上前,与马岱除去盔甲,向灵跪倒,嚎啕大哭。赵云出来,陪着挥了几点眼泪,劝住马超兄弟,然后将马腾即日成殓,就在许昌附近高阜处安葬,以便处理军事。马超兄妹同着西凉军士一律缟素送葬,另置守冢十户,即日将坟筑好,并将西门外五百军入大冢重加修筑,竖立碑碣,杀牛宰羊,滴酒祭奠。

赵云与马超回到衙署,将捉拿华歆之事告知马超,马超闻言大喜,下位拜谢,云急扶住道:"此系云分内之事,孟起何必如此!"吩咐左右将华歆从天牢中提出讯问。左右遵令,即行去提。马超兄弟二人列坐堂皇,左右将华歆拿到,跪在当地。马超目光电闪,恶狠狠地问道:"华歆逆贼,曹操葬在何处?倘若说得清楚,我即饶你一死。"歆战战的答道:"魏皇驾崩十分秘密,满朝文武无一知晓,死犹不知,何况于葬?"超怒道:"逆贼不加重刑,如何肯招?"吩咐部兵将他剥去衣服,用水洗涤,在堂下生了一炉红彤彤的炭火,上面架着铁叉,叉上安放铁丝罩子,就公案上安放上油盐酱醋、五香葱蒜,各色调和碟子。马超、马岱兄弟二人揎衣攘袖,下得位来,手中拿着明晃晃的牛耳尖刀,指着华歆骂道:"华歆你这逆贼,我家世住西边,与你何仇何怨?你为何撺弄曹操害我父亲?是何道理?"华歆至此,知已无生望,反破口大骂道:"汝父盘据扶风,私通羌氏,抗拒王命,谋害大臣,死有余辜,与我何涉?"马超听他口音,确知父亲、二弟一定是被他设计谋害的,便无可疑,走上前来,将他左臂飞上一刀,剔下一块肉来,当炉烧烤,加上调和,火工一到,就口便吃。马岱照样也是一块,两兄弟吃得香甜可口,把旁边一位看热闹的白虎文口里早是喉痒难抓，嘴边早已逸涎三尺了，一旁忍不住，从身旁拔出佩剑，拣着肥腴地方，割下一大块，正式开张，遵古炮制，虎咽狼吞，津津有味。华歆自从出世以后，外而太守，内而公卿，金银满库，锦绮盈箱，吃好穿好，取精用弘，养尊处优的日子太久了，滋补品吃的太多了，真个身广体胖，肠肥脑满，用汉朝那时的秤来称，折合现时市秤，大约至少也在三百七八十斤上下，身上又肥又白，滑腻如酥，不料今日碰上了这三位饥痨天尊，好一似在灵鹫峰吃了三百年素从没见过荤腥一样，比朱粲、麻叔谋还要来得特别希罕，磨利眼睛，择肥而噬，你一刀、我一刀，左一块，右一块，燔炙芬芬，过门大嚼，将一个江东名士、大魏元勋、老龙头华子鱼生吞活剥，凌迟碎割。金华人熏火腿、广东人烧金猪，大概都是跟马超三位学习出来的手艺，后来大观园里芦雪亭中李纨、熙凤、宝钗、黛玉、宝琴、平儿一群太太小姐烤生鹿肉吃，林小姐还骂他是一群大叫化，糟蹋他的风景区呢，如今跟他们三位将军一比较，怕还是进化的野蛮文明呢！

当下马超兄弟同白虎文将华歆东割西割，大吃大啖，割得体无完肤，室有余臭，子龙见不入眼，如刘邦在鸿门宴上，诈称如厕，开了小差。他三人炙了华歆，最后把华歆剖腹剜心，斩头沥血，祭奠了父亲、二弟及五百军人大冢，剩下肺肠骨殖，喂了他们从凉州带出来的军用犬，青海产的八个灵獒。后人有诗叹曰：

  雕盘荐美人，崇杀罪莫赎。叔谋蒸小儿，心逾蛇蝎毒，朱粲啖醉汉，末路终夷族。熊掌与猩唇，万钱日食足，银匙酌猴脑，沸汤剥驴腹，贪残古所嗟，永堕万劫狱。自来人相食，惨烈加无复，睢阳空切齿，未食禄山肉，子胥雪积忿，鞭墓徒痛哭。伟哉马孟起，报仇骇心目，生炙华子鱼，如啖猪排骨，副以大胡椒，佐以红萝蔔，麻酱旨甘萃，鼻观芬芳扑。虎文亦何为，涎随鹅炙瀝，三餐如饥鹰，鱼亦我所欲。先声十字坡，所惜失之酷，何如李闯王，美酒号福禄。子龙信仁人，不言空绕屋。

马超炙了华歆，便要领兵去掘曹操的墓，赵云劝道："既炙华歆，稍纾仇恨，掘墓鞭尸，似非仁人之举。"超答道："父仇不共戴天，今入贼窟而令老贼得安居地下，岂不令伍子胥笑人？"云笑道："孟起既然意思决定如此，便请即日前往发掘，以泄深恨就是。"马超诺诺连声，当时别过赵云，同马、白二将领兵到了漳南，吩咐兵士将曹操所立的七十二冢尽行发掘，每冢之中棺椁衣衾件件皆同，惟尸首各异。超一一自加相验，并无真尸在内，急得七孔冒火、口鼻生烟，叫将诸棺置放一处，放火焚烧，只烧得臭气熏天，黑烟幕地。超再派妥员多人和声静气，访问土人，悬了重赏，购求真尸。隔了多日，并无下落，马超无奈，快快的领兵回转许昌。

赵云接见，询知原由，云笑道："孟起误矣。操多立冢以疑人，其真尸决不在内，自不待言，何用掘为。"超答道："亦知如此，特忿极不能自已耳。"云道："今私仇略报，当急公谊，孟起请坐镇许昌，云去会攻叶县。"超道："许昌新复，非子龙不能坐镇，叶县之行，超当前往。"休息一日，自同二将领兵去了。

且说玄德兵驻南阳，听得赵云兵入许昌，其喜可知，急召马谡计议，谡劝进驻许昌，以定人心而壮士气。玄德依言，仍令刘琰留守南阳，自率文武将士先至舞阳，慰劳云长所部。云长敬谨迎扈，将黄屋、左纛，自从汉中王巡行叶城外围，士元、翼德并来谒见。玄德喜慰，军心大振。

城中守将张辽见玄德自来，孤城危在旦夕，但已抱定至死不变宗旨，预备城存与存、城亡与亡，一条道路而已。

玄德回到行台，方行坐定，马超三将领兵恰恰赶到，入行台谒见，玄德连忙扶起道："孟起东西驰骋，血战中原，为国勤劳，名垂千古矣。"超顿首谢擅杀华歆之罪，玄德道："华歆逆贼，屠毒君亲，死有余辜，寸磔以报先将军之仇，犹嫌其轻耳。"超再拜谢过。玄德又慰劳了马岱，再召白虎文上前，奖励其两创曹操、大败曹彰及历战河、洛之功，优加赏赉。马岱、白虎文二将谢恩退下。玄德令马超就坐云长肩下，细问自阆中出发以来沿途作战经过情形与许昌现在状况，超一一详细启知，玄德大喜道："得孟起与子龙同心经营，许昌人民得沾王化矣。二弟、三弟、孟起可协同攻取叶县，士元、元直共抒智略，叶县一破，中原腹地都无曹兵踪迹，司马懿守偃师之孤军自无立足之余地矣。"云长诸人同声领命。玄德自督军队径入许昌，云长令关平领兵五千护送，到了许昌，即速回军，不得有误。关平领令，护送汉中王到了许昌，即行领兵回转，助攻叶县。

玄德领大兵进了许昌城，赵云率在城将佐、文武官吏出城十里迎接，沿途人民夹道欢呼。玄德甚为喜悦，一众兵民簇拥入城，进居建始殿。殿中久经赵云令人打扫洁净，布置妥帖，宫娥太监多系献帝旧人，尚有认识皇叔者，玄德亦不胜今昔之感，当下入殿中坐定。云上前参拜，玄德亲自下位，携云手道："子龙以偏师转战千里，孤军横轶，遂成大功，孤今日入城，见许昌市肆不惊，人民安处，非我子龙，谁能有此？"随手取锦袍金带加云身上，承制令云行司隶校尉事，云再拜谢恩。玄德又召云部下诸将，遍加慰劳，诸将士高兴万分。正是：

常山健者，凌威九里关前；漳水游魂，可入二乔梦里。欲知后事如何，且听下回分解。

异史氏曰：徐公明大战沔水，与云长阵前道故，荦荦数语，想见其为人。若以《演义》有"回顾众将，厉声大叫，若取得关公首级者，重赏千金！今日乃国家大事，某不敢以私废公"等数语，而今日大翻前案，乃竟写关公如何如何，尽写为报复之快笔，则真庸手不堪卒读者，尚何足写云耶？故人有万不同，笔亦有万不得一同也。《演义》所写者徐晃能为此言，是徐晃也；设以写云长，则仍徐晃，非云长矣。是以华容道上，千古只得一人；许田围中，当时只得一人；单刀会里，西蜀只得一人；白马关前，三国只得一人；若挂印封金，秉烛达旦，千里单骑，五关斩将等，凡世俗所最美者，尚易及也；知重伦常，稍明义理，生席材武，略惜羽毛者，均能勉强为之；而前四者，则非日月在天，江河行地，面目入圣，肝胆照人者，不可苟窃其丝毫，况写以徐晃之笔乎。《演义》状"厉声大叫"，"不敢以私废公"等词，可谓能写徐晃；本书以"募工镌碑"，"沐浴成殓"及"只准陈尸一日"等翻案，是真能写云长。又夹入马超之心，马岱之谏，元直之谋，云长之书，曹仁之激，张辽之阻，各异面目，各有分才，以宾以主，于是完全衬托出一个盖天盖地、此际亦没奈何怅怅还营的云长。此人自然是圣人，此笔亦要算圣笔！则且见无一人可用徐晃之笔同写之也。

自火器盛而攻守之道大异，战术精而进退之宜不同，险阻不可尽恃，尺寸不是为功。于是有废弃城池，轻守重攻，缩短战线，以退作进者矣。因而与城存亡之义，一世掩耳，保全实力之计，万众娱心。言进退则宣言一纸，无时不在下野之中；言战守则负固一隅，无人不假弭兵之说；投机则曰主张，讳败则曰放弃，劫掠则曰保护，归降则曰反正。盖自军毒中于政客，军蛊醉于私门，军风忠义不存于行伍，军纪廉耻不信于士兵，国魂浸漓，武备尽失，则挟战术以相骄文电，侈欧亚而高谈海空，殆去军事生命，真不可以道里计，亦特余糟粕而禅口头耳！马蒙虎皮，何堪一战，羊头狗肉，又谁与一战？即此不堪不与之情，与去许下弃河南仓皇末日之曹彰曾何以异？而负守土、缩战线、保实力、告下野之行动，何其狼狈，计划又如一也？然曹彰见迫于外，兵连祸结，匪一日之燎原，以较倒戈于内，鬼哭神号，卒一朝而瓦解者，宁不视今军伍，犹胜一筹耶？曹彰去而华歆辈迎拜马前，则今工此道者尤众，何所得觅马超，一举而尽炙之，岂不快哉！

木牛被甲，撞车攻城，妙策也！孝马鞭尸，掘尽疑冢，快事也！子鱼鳞割，五味烤食，奇闻也！孔明造木牛，生前无此妙用，是孔明不如作者；阿瞒筑疑冢，死时防到鞭尸，是阿瞒料及今朝。子鱼大名士，死后遇着大烤，是作者不放子鱼。看来作者还是偏向孟德，欺负孟起，不使鞭尸快事可快！却叫吃鱼奇闻出奇！可算牛得意，马不乐，鱼吃亏。加上孔明点头，曹操拊掌，子龙说不得话，仲华做不得声，但有作者一人，掷笔哈哈大笑耳！这篇文章，怪哉怪哉！

第四十四回

张文远殉城死叶县　　司马懿拔队退延津

却说汉中王兼大将军刘玄德自南阳移驻许昌，入居建始殿中，统属文武，总摄万机，上无天子，下有群英，承制封拜，生杀予夺，言莫余违，尊无二上，比光武皇帝在河北做萧王的时节，对于更始委曲求全，伯升被杀，不敢当众哭泣，只好在卧房内枕上垂泪那种隐忍艰苦的状况，可就自由自在好过百二十分了。当下玄德以赵云先入许都，兵驻司隶校尉衙署，随即正式下令，承制以前将军督江汉淮泗诸军事赵云领司隶校尉，凡云先所监押曹氏助逆诸人应予明令处分，以彰国典而餍人心，除元恶华歆已被马超生炙外，以郄虑既杀孔融、伏完全家，又杀穆顺，助桀为虐，屠戮忠良，罪恶滔天，非杀不可，令饬赵云将郄虑具用五刑，以三十六片鱼鳞刀凌迟处死，其华郄两家，无分老幼，一律腰斩，以慰忠魂；王朗、钟繇年迈无耻，去顺效逆，勒令自尽，子孙不许入仕；陈群家传明德，世受汉恩，数典忘祖，认贼作父，坏先代之令名，为今时之蚕贼，贾诩阴谋险测，为虎作伥，效忠逆庭，惟恐不尽，均行腰斩，并坐家族；为曹操作劝进表之和洽、九锡文之董昭、禅让策之张音，寡廉鲜耻，污辱文字，歌功颂德，已非人类，均凌迟处死，妻子从坐潴宅三尺，烧骨扬灰；其劝进表中之前十人悉予正法，后二十人革除官位爵秩，禁锢终身，余人免议；凡曹操前时所杀之汉室忠良，官为改葬赐祭，优恤家属，子孙有才器者皆予擢用，荀彧、荀攸叔侄二人始虽失身贼庭，终能持正不阿，甘心自杀，足益前惩，录用子孙以昭激劝，示国家弃瑕录善之至意，昭示大公之刑赏；其余诸小官受禄既轻，抗衡无力，因贫而仕，仅以代耕，苟非特出之人才，何有自守之奇节？鲸鲵已无漏网，鲂鲔奚足重轻，一从宽大，悉予免议，各仍职守，以观后效，概无所问，咸与维新。处分从逆诸臣僚已毕，然后明下教令，承制以骠骑将军汉寿亭侯关羽领大司马，以左将军总摄东征诸军事诸葛亮领大司寇，侍中尚书秦宓领大司徒，大将军幕府记室参军马谡领大司农，车骑将军兼北伐军行军司马庞统领大司空，前敌诸将各就本官晋一级，候宇内混一，军事平定，论功行赏，胙土分茅，其许昌、襄城、汝南、下蔡被兵各地方均行蠲免赋役租税三年，以恤遗黎。手令领大司寇兼总摄东征诸军事诸葛亮整率全军，进攻偃师，破庞司马懿扫荡曹氏在河南之中坚兵力；再令领大司马总摄北伐诸军事关羽督饬所部，攻取叶县，诛灭张辽及曹氏余孽曹仁、曹洪等，务须克期肃清以定中原。即日分遣专使，赍着汉中王兼大将军手令制书，前往洛阳、叶县二处，俾东征、北伐两军军府同时并进，迅奏肤功。使者领令，星驰就道。

就中因为叶县、许昌相距咫尺，云长先行接到大将军手令，款接专使，拜受新命，率领所部谢恩已毕，一面设宴招待使者，一面召集大小文武本部将吏庞统、徐庶、张飞、马超等来到大营，会商攻取叶县方法。诸将吏遵令，即来大营，参见主帅，参谒礼毕，依次就坐。云长将汉中王手令当众宣读，就询诸将意见。庞统起立说道："君侯，自曹丕北行、曹彰东走，临颍、襄城相继归我。徐公明为曹兵健将，其才足当一面，又为孟起诛夷，大王一入许昌，远近曹兵皆为丧胆，本根既覆，枝叶难存。张辽久据叶城，兵精粮足，近恃曹仁、文聘为之羽翼，远倚曹洪，互通声气，若先破禹县，则叶县外援四绝，苟延旦夕，不败何待？张辽、曹仁纵令智勇过人，亦成釜中之鱼矣。"徐庶、马超诸人同声称善。云长听罢喜道："军师之言，深为有理。禹县一破，叶县何能独存？司马懿远在偃师，为我东征军层层压制，即有援救之心，更无相助之力。大河以南，曹兵精锐尽于此矣，在此一役，中原定可肃清也。"即席下令，令右将军张飞领马步兵一万五千人，以符健为先锋，关兴、张苞为左右翼，李鸿、向朗为合后，马上起程，前去攻取禹县，破灭曹洪。张飞领令，立刻同着符健等五将，带领人马，兼程前往禹县去了。云长派遣张飞去后，自己督同马超诸将画地分段，将叶县团团围住，令士元、元直二人随时视察各段攻战情形，相机调度，严防城中兵将突围逃走，把偌大一座叶县县城围得铁桶一般相似，却不道叶县城中曹兵将士在云长未曾大举合围之先已经走出了两员大将、五万人马，城内只剩得曹兵主帅张辽并所部在合肥带出来的亲信牙军万余人了。

不过三五日，张飞引兵回来，报称曹洪已走，禹县剩下一座空城，留向朗领兵二千人在禹城内镇守，自己引兵回来助攻叶县。

原来是曹彰、李典书信到了偃师，司马懿知道大势已去，只有退守之一法，急忙差人知会曹洪。禹县的曹洪接到司马懿的转报，也就立忙差人告知张辽。张辽接到曹洪手书，立时召集曹仁、文聘及亲信将校入府商议。曹仁、文聘看了来书，二将一致主张退走。张辽离席慷慨言道："许昌失守，国事已危，尽弃河南，走将安往？不能守河南，又何能守河北？我节节退后，敌兵节节进攻，军气已衰，士心不固，土崩瓦解，夫复何言？惟主上遗命既已如斯，太子北迁，任城东走，四分五裂，我更退兵，魏国之亡，更无一人死节。辽奉命来守此城，受任之日即辽致死之年。诸位将军请各自为计，或北或东，不敢相强，但求于国有济，不必顾及其他。辽誓与此城共存亡矣。"曹仁挥涕道："孤城援绝，死守何益？退驻图存，服从遗命，幸文远为国自重。"张辽道："子孝，辽志已决，虽斧锧在前，不能稍变。子孝与文将军可率所部会合子廉全军，偕仲达退守河北，共拯危亡。辽甘死此城，不烦劝谕。"曹仁、文聘二将见辽意志坚决，知不能挽回。辽又再三催促速行，二将无法，只得各率所部二万余人泣别张辽，辽神色自若，亲送出城。

二将开城夜走，到了禹县，会见曹洪。曹洪见张辽未至，深为诧异，问起原因，二将详细告知。洪太息流涕道："文远为先皇赏识，恩礼始终，迥非他人可比，今竟以一死相报，足见先皇知人之明。叶县不足惜，徒损一员大将，滔滔黄河，可复清乎！"三人相对皆悲不自胜。曹洪部兵四万九千与二将即时合兵一处，弃了禹县，径趋荥阳，静候司马都督兵来一同渡河。令将士尽行拘集沿河上流所有船筏，鳞附河侧渡口听用，再分兵一部先渡河北，选择地形，建筑营栅，屯储粮草，安排一切便渡河久守。

张辽自送了二将出城，下令军中愿同死者共守此城，愿去者听。众兵将见大势已危，曹文两将军尚且他走，都知道别无指望，去者过半，惟辽自合肥带来的万人，久从部下，感辽恩义，誓死相从。辽见旧部如此心志齐一，稍为心喜，当时优加抚慰，分陴而守，只以汉兵尚未传城来攻，城中暂可安息。

过了些时日，城围日迫，辽令全军饱餐酒肉，整顿衣甲刀马，听候将令。辽戎服执刀立在衙前，晓谕众军道："辽受国厚恩，承主上不次之遇，视同手足，委以方面之重，出守叶城，苦战三年，幸能完保。今许都既陷，邻县皆亡，斗大孤城，危如累卵，不如乘兵力尚充与之一战，胜于坐困，以待诛夷。今日之战，有死无生，诸君既患难相从，义无反顾，万人同死亦足千秋。"众军皆踊跃听命。辽自跨马当先，开城出战，直犯张飞营栅。

那张飞从禹县回报，云长惊出意外，庞士元笑道："前次所获曹彰手书，即传曹操遗命，令张辽退守河北，曹洪必会同司马懿北行，张辽骨鲠，必然死守无疑。"云长道："文远血性过人，必不肯退兵。"士元道："外援四绝，辽不肯退，必引兵出战，冒死相犯，未可轻也。"云长道："士元所见最为明晰。"随即下令本部全军小心提防城军出犯。

果然不到几日，张辽真个领兵出城，迎头遇着了关兴，上前敌住。张辽已将性命置诸度外，万众一心，奋勇进战，关兴看看抵敌不住，张苞纵马持矛上前助战。张辽鞭梢一指，全军冲入汉兵阵内，二将阻拦不住。士元急令张飞率符健诸将领兵万人先入叶县，以绝张辽归路。哪知叶县曹兵除分路走出外，其余尽随张辽杀出，张飞兵入城中并无阻拦，得了叶县，飞令符健、李鸿守城，自引精骑千人出城助战。士元飞调马超兄弟、白虎文三将围攻张辽。张辽引本部全军左冲右突，宛如大海蛟龙，兴波作浪。云长也怕他冲动阵势，顾不得交情，吩咐关平、周仓加上前军四面包围，自家在中军将台亲自擂鼓助威。汉军将士见主帅如此举动，又知道曹兵别无援助，只有此数，于是人人奋勇、个个逞强。

张辽万余人由天明杀到日中，去了大半。却见汉兵霎时纷纷闪开一条道路，中间拥出一员大将，银盔银甲，白马长枪，冲入垓心，大叫道："文远为何执迷不悟？曹操已死，汉祚中兴，身陷重围，别无援救。俺奉云长君侯命令，特来劝谕，若肯依从，必邀重赏，也不至失朋友之分。"张辽主意已定，更不回言，向马超就是一刀。马超只将刀架开，并不还枪，再三劝道："文远不过受曹操豢养之恩，犬马之遇，效豫让之行为，杀身酬报，独不断祖父世为汉臣，忍心事贼？何不及早回头，身自湔雪，无为奸雄所利用，诒祖父以令名乎！"张辽心已横了，又是一刀。马超架开刀，再说道："文远不要固执己见，请自三思。"张辽只当作不听见，向着马超左一刀、右一刀糊涂地乱砍乱杀，杀得马超满心火发，不觉大怒道："张辽，你不要如此昏愦！我碍着云长君侯命令，好言相劝，让你几刀，难道我还怕你不成？你别作你的清秋大梦罢。你既自愿寻死，这也无法，也叫你认认俺的枪尖罢。"一面说，一面还杀几枪。张辽已经杀了一大半天，人困马乏，哪里还是马超的对手。马超到底恐对不起云长，自家再不下手，吩咐兵士放箭。马岱、白虎文早已各领西凉弩手千人两翼伺候多久，个个张弓搭箭，专候命令。马超一声令下，那箭便如飞蝗一般向着张辽兵将射来，任凭曹家兵将胁生双翼，就飞也莫想飞出。不到一两个时辰，把曹兵大将张文远同剩下的几千曹兵尽行射死，一个无存。汉兵阵中死伤可也就不少，马超遣人飞报与云长知晓。云长一听张辽身死，不觉凄然长叹，立令关平前往战地收殓张辽尸首，从优埋葬，与徐晃安葬一处，为置守冢十户，四时祭享；令地方官督率民夫清扫战场，无分汉曹兵士，一律掩埋；令庞豫屯兵叶县；令张飞率关兴、张苞、符健、李鸿诸将，督兵五万，由禹城、密县径趋荥阳，追赶曹仁、曹洪，截击司马懿后路；令马超率马岱、关索、白虎文、越吉诸将，领兵五万，由鄢陵、尉氏直出陈留，威胁曹彰。二将领令，分头率兵去了。云长分兵戍守襄城诸地，自同元直率关平、周仓，带领牙军五百人，前往许都，进得城来，即入内殿，觐见汉中王。玄德大喜，慰劳有加，留云长在许昌督理军政，承制以徐庶领御史大夫，关平、周仓分领羽林宿卫、北征将吏，尽归孔明节制，以一事权。

　　单说孔明兵驻洛阳，迭次接到马超、赵云前军捷报，又闻曹操已死、曹丕北行、曹彰退守山东、赵云占领许昌，又听得徐晃战死襄城，最近张辽战死叶县，曹洪、曹仁北走荥阳，曹兵大势已经瓦解，急召黄忠、魏延、姜维、李严、文鸯、张翼、傅佥、郑绰、王含、李福大小各将领商议道："曹兵失势，司马懿必弃偃师北走，众位将军可安排追赶。"众将应声道："愿听元帅将令。"孔明令黄忠领兵五千为第一队，魏延领兵五千为第二队，姜维领兵五千为第三队，李严领兵五千为第四队，文鸯领兵五千为第五队，张翼领兵五千为第六队，六队并进，追击司马懿，候魏兵一走合力追击。孔明自领伍梁、罗宪、傅佥、郑绰、王含、李福、诸葛靓、诸葛瞻、马龙诸将，将中军随后接应。诸将得令，各自加紧安排。

在那个时间，汉中王兼大将军自许昌发下来的手令制书，专使也就到了洛阳。孔明率领诸将拜受令旨，随即奏记将办理追击情形，交专使带回，复呈汉中王，以释廑虑；一面令行洛阳太守事诸葛诞动支公帑，修理洛阳宫殿，补葺百司廨署，以候汉中王大驾临幸东京，缵承世祖光武皇帝中兴大业。诸葛诞遵奉命令，回到太守衙中，召集本府治中别驾、府史胥徒会商一切，即日招募良工巧匠，令饬在官徒役征发民夫，指拨公款，大兴土木，行知长安太守诸葛均伐木南山，浮河东下，并州牧田畴供给铜铁器具，荆州牧刘琦供给宫室陈设，派员前往益州购买春彩绫缎。星使四驰，六官效职，三两月工夫，便把洛阳宫殿廨署修成了。

只苦了那驻扎偃师的魏兵大都督司马懿，自从接到了任城王曹彰退兵的手书之后，一面通知禹县曹洪，令其转告张辽一同退走；一面暗地里召集本部重要将佐入府商议退兵办法，商量许久，众将佐各呈意见，经懿与刘晔决定，遣朱赞驰往荥阳，坐候张辽、曹洪两路人马来到，请其火速拘集船只，架设浮桥，先将大部渡过黄河，在北岸扎下营寨。四将各领精骑五千，在南岸游弋，预备援应偃师退回军队，不得有误。朱赞领令，星夜向荥阳去了。再令司马昭、张雄领步兵万人，先退守虎牢关，典满、许仪领步骑万人，押运辎重，先退驻巩县，径由荥阳渡河。四将领令，乘夜出发，静悄悄的去了。又经数日，司马懿度四将已经到了，然后下令全军整顿出战。懿自与刘晔领中军官属，乘夜先发，张郃领后军，邓艾将左，钟会将右，潜师夜走，退屯巩县。

隔了一日，汉兵细作方才探得消息，飞报元帅。孔明见报，立饬诸将火速追赶，轻轻巧巧得了偃师，追到巩县，魏兵已过虎牢，司马懿已至荥阳。魏延贪功心急，独领所部，兼程前进，一至汜水，山腰左右鼓角齐鸣，张郃骤马挺枪截住魏延，大叫道："魏延休走，张郃在此！"魏延舞刀接住厮杀，霎时间左边邓艾、右边钟会，三路夹攻，魏延所部五千人剩不到四五百人。延奋勇冲围，不能逃脱，恰好文鸯、李严两队赶到，救出了魏延。魏兵据险扼住汉兵前进之路，魏延三将只得安营相持。

到了半夜，黄忠、姜维两队人马来到，维问三将为何在此安营，魏延将兵败的情形告知。姜维笑道："三位将军为何不再上前追赶，以报败兵之仇？"文鸯答道："一来因魏将军新败，折损太多，二来因各队连日追赶辛苦，恐再遇伏兵，必无好处，是以暂停。"维大笑道："文将军之言虽系实情，但曹兵火速撤退之辛苦不下于我，一出汜水，前去多系平原大道，伏兵更难藏匿，彼迫于一战以挫我追击之锋，我一暂停，彼已退走数十里矣。如过今晚，彼兵早尽渡黄河，我兵纵尽量追赶，必至一无所得。"黄忠、魏延、李严、文鸯齐声道："伯约之言甚是。"随令众军拔寨起行，向前猛进，果不出姜维所料，沿途并无一个曹兵，将到荥阳附近，只见前面曹兵五个大营周围环列。

汉兵才到，曹兵五营齐出，曹仁、曹洪、文聘、张郃、邓艾、钟会刀枪并举，尽力冲杀，汉兵诸将也就努力迎敌，两军大战竟日，不分胜负，各自收兵。

姜维见曹兵势盛，自家兵少，昼夜行军劳苦过甚，离曹营五里下寨，彻夜严防，却不道曹兵一夜之间，尽行渡过黄河去了。因为司马懿计算汉兵来追，必系轻骑，先伏兵汜水，以挫魏延，再以曹仁三将蓄锐之卒迎击穷追疲劳之汉军，虽以黄忠之勇、姜维之智，五将同心，幸得不败而已，不道曹兵乘夜尽行退去。兼之曹仁兄弟一到荥阳，在黄河两岸搭起五道浮桥，·故曹兵得以完全渡过，渡过之后，将浮桥木桩、铁索、板片载放船上，撑回北岸，南岸附近只剩曹兵五个空营，虚插旌旗，悬羊擂鼓。到了次日天明，黄忠、姜维五将率领全军鼓噪进攻曹营，只扑了一个空，火速催促人马来到河边，临河一望，只见黄河北岸沿岸数十里尽是曹兵营垒，戈矛耀日，旌旗凌风，河水洋洋，北流活活，并无一只船只。大家相对，望洋兴叹，只得安下营寨休息士马，静候元帅到来再作道理。

随后张飞兵到，元帅大兵亦已前来，众将入大营参见元帅，报告追击情形。魏延上前请罪，孔明笑道："文长一生坏处就是贪功冒险，屡以相戒，不稍悛改，此次若非李、文二将军援救，岂非枉送性命？北伐军各路告捷，我军追击反损一员大将，宁不可耻？以后须切戒之。至于胜败，军家之常，不足为罪也。"魏延谢过，同诸将退出。

孔明与士元、姜维商议，以曹兵北渡，势不能追，留士元、翼德总率前军驻扎河阴，镇抚地方；令黄忠六将各率所部，分徇河南州县，选举守吏，安辑人民，紧要地段，驻扎军队。六将领令，分头出发。

孔明同诸葛瞻率亲军小队回到许昌，觐见汉中王。玄德听得孔明凯旋，自率文武出郭十里郊迎，孔明下马再拜逊谢。玄德与孔明、云长、子龙、元直联辔入城，入建始殿坐定。孔明上前参谒，玄德自行扶起，说道："自从元帅出兵，西收关辅，北平赵代，东定河洛，汗马功劳，何异冯、邓？待国家事定，自当以酬庸也。"孔明再拜道："非云长君侯出驻南阳、翼德进取方城、子龙转战江汉，西军亦何能得此？"云长笑道："元帅不必过谦，司马懿非元帅又谁能敌？"玄德亦笑道："元帅与二弟之言皆是也。左提右挈，师克在和，与方、张之虏驰骋中原，固非一手一足能为功也。"言已，举座称善。左右宫监早将酒宴摆上，君臣畅饮，十分快叙。

过了十日，孔明面奏玄德，自请赴河阴督师北伐。玄德令假白旄黄钺以壮军威，孔明因奏请汉中王移都洛阳，以定中枢，云长、元直、子龙并皆赞同。玄德下令，令子龙留守许昌；马谡领豫州牧，处分民事；调庞士元还洛阳，襄理庶政。诸葛瞻入觐，玄德闻瞻累立大功，甚为欣慰，令还成都，迎取宫眷，授法正为益州牧；令蒋琬以原官还长沙，征集四郡壮勇，屯驻零、桂，候令进行。孔明父子拜辞出府，自去督师。

玄德与云长即日移跸洛阳，将次到了洛阳，诸葛诞率领官属出城迎接。玄德入居偏殿，承制令行洛阳太守事诸葛诞为京兆尹，与云长、士元及诸文武同心协理朝政。选了良辰吉日，玄德用太牢祭告太庙，令太常许靖将献帝、伏后梓官发掘，移葬陵园，举哀成服，悉如典礼；又令长安太守诸葛均修葺西京帝后诸陵，遣官岁时致祭；令司徒官属敷布教典，恢复太学，召集生徒。上计官吏皆加延访，详询人民疾苦，革除旧日弊政，务从宽大，以裕民生，一种兴旺气象，自然日兴月盛。

那奉令威胁曹彰的马超到了陈留，探知曹彰已去山东，凭河拒守，差人飞报元帅，自与马岱、白虎文抚定沿途各州县，屯兵候令。孔明接到马超呈报，即令张翼率关索、马忠、傅佥三将，领兵万人，去屯陈留，换回马超全军，来河阴听令。十余日间，马超领兵来到，孔明令出上党去取安阳。正是：

奇兵别出，横行燕赵之郊；大将西行，来会漳洺之道。欲知后事如何，且听下回分解。

异史氏曰：许昌克复，汉社重光，玄德身入国都，大行诛赏。以国有常刑，不得生炙华歆也，故先假手马超，使世人读之一快。而后迎汉中王入居建始，以主大政，意在诛奸，笔有层次。于是疑冢不得，而所有附逆之徒，概不得免。郗虑腰斩，王朗、钟繇勒令自尽，贾诩赐死，惟荀彧、荀攸以尚称晚节，独得免焉。一般文士，死亦难逃诛夷之数，夫始知议王议禅之罪矣。承制大封功臣，不遗马谡，以见街亭之事，诸葛半任其咎，而祁山首出，独有反间司马功高，诸葛尚非司马之敌，况马谡乎？原情策赏，故许列于六卿！而徐庶只领御史大夫，又以奖其终身不与操设一谋，则不可不以言官，畀其效忠于汉耳；而其不智归曹，宜罚之意亦见。即此刑赏分明，立国之大端具备，兴王气象，不待走笔多书。作者军事精湛，不意政治明良，亦要言不烦如此。

前以关公遇祸事影写于徐晃，今又以关公战败死迹反于张辽。昔者荆州之兵，一散于吕蒙，再散于徐晃，又用荆州土人旗帜，散尽关公之兵，乃得计其溃围，仍须逼入山僻狭径，方失云长用武之地，而绊马擒之，是死一云长，艰也如此。今本书死张辽也，不惟无须散尽其兵，且有万人从死，却亦先死一半，后死一半。而大战城下，又与山路不同，以致死之兵，处难犯之地，卒尽死之。虽同一不易，然其间心术，出入悬殊，即战阵高低，亦至不侔也。盖一则光明对敌，并无死之之心。一则诡计相谋，极有死之之志；一则以众暴寡，畏公如虎，一则以防易战，成辽之仁。又诸葛入城劝降，一半情意是真，马超入阵招降，全部情意不假；是吴料云长，或可不死，而汉知文远，必然不生；则吕蒙、徐晃之死云长，见识完全是小人，而关公、马超之死张辽，心肠终久是君子！然关公等不轻张辽，作者亦未轻张辽，只"万人同死，自足千秋"八字，已无异将此一回翻案绝妙文章，自加一恰如题分之评判。不意借镜对照，轻轻从反映下笔，而张辽竟亦与云长今古同传；又与徐盛、徐晃之死，大不相同。真不知作者妙笔，有多少种也。

孔明六出祁山，只对敌司马一人，前虽六路出师，实东西各分三路；今始终未与司马大战，已将司马坚持不战，始终拒守旧案，一一掀翻；逼到司马今已不能不战，守卒无益，则大战开始，即在目前。前者六路陈师，仍将结束于一个司马懿，故须再由诸葛合兵六路，点明六出，以前见之六路为伐魏，此之六路为敌懿。诸葛昔不获于祁山者，司马今亦不得志于延津，却仍非战非守而易之以追也，则诸葛欲战，司马欲守，而作者只欲一追，即足穷之。追者何？追论也。盖作之志惟此，笔焉追之而已。

第四十五回

出上党马超袭安阳　　度荥泽张飞战原武

　　却说马超因张翼接防陈留，自率本部回到河阴，来见元帅。孔明大喜，慰劳有加，休兵三日，下令，令马超为本部前军主将，令姜维、李严、白虎文、文鸯、马岱五员上将，越吉及马家六将并令随行，配兵七万，由孟津渡河，直趋上党，调张嶷去守上党，调上党守将王平随军，由上党出关，径袭安阳，以断司马懿的后路。

　　马超拜命，同了诸将，引领全军，绕道孟津，渡过黄河，直趋上党。军行迅速，又系内地，毫无阻碍，不消半月，便自到了。王平开关迎接，大排筵宴，治酒接风，大犒兵卒。只因王平在此久驻，治兵有纪，聚财有方，上党是个重要军府，军资雄厚，军食富裕，故而王平得以尽此地主之谊，要不然自家的饷项还不够开支，哪里还有余力来大犒六七万大军呢？纵然要打肿脸来充胖子，二指宽的面孔就全肿也不大，岂不是白打么？也是玄德、孔明都知道边关守将非使之财用裕如，便一切事都难办好。在列国时候，李牧在代军市之租悉收以养士，故能得士卒之死力，大败匈奴，逐北数千里，以匈奴那种顽强，至于数十年不敢犯边。那宗成效大验也就够瞧多久了，不比现在一切种种审计审核，经理经制，层层限制，不能多用一文，累他们军需先生们关着门去造报销，大印小戳，铺家图记，一雕刻就是十几粪箕，算盘打烂，务求收支适合，免遭批驳。其实会要办的长官一掏摸就是数百千万，管他妈的航空的款、要塞工程、士兵恤金、开拔费子，连皮带骨的吞了下去，吃得消瘰化气，好不写意，事情纵教弄糟，横竖大爷多的是法币、金条，有的是门路，无法无天，怕的什么鬼？不干这劳什子，还家倒安享快活起洋房子，修碉楼，要如何便如何，谁说今人不及古人，言之可胜三叹。

闲话少提，书归正传。话说王平在上党大犒马超全军，酒席筵前，马超将元帅命令取出与王平观看，王平敬谨接受命令，即时派人飞请张嶷来上党接防。马超在上党休兵五日，张嶷方才领兵来到，见过了主将，王平将防守事务交代过了。

马超唤王平道："子均久住上党，熟知形势，请从上党守兵内抽调七千人，以张将军新来兵补入守护。子均即率本部作先行，李将军与舍弟各领兵五千，作第二队，接应子均，姜、文两将军各领万人，作第三队，分左右翼继进，会兵安阳城下。某家与白将军督领后军，前来接应三路人马。"王平道："启上主将，安阳系河北大县，燕赵重镇，历驻重兵以资控制。自曹兵大败于许昌之后，白马王曹彪前守晋城，惧我兵袭击，退屯安阳，是以我兵不费吹灰之力便得晋城。曹彪胆小，有兵三万，退依大县，统将不才，士心不一，我兵驻守上党于今五年，因未奉令，不敢出关，末将今领所部轻骑沿太行东下，出玉峡关，得李将军一人已足接应。主将可令伯约、仲华、文将军领轻骑万人，由壶口关出袭邯郸，曹兵大部现在注重凭河拒守以阻我兵，后方诸军方倚司马懿之兵为屏蔽，万不料我兵猝出两地，两处得势。我井陉之兵可以出常山，飞狐之兵可以扰涿易，幽州敌军中分为二，司马懿虽欲凭河，又何可得？主将但督领大军陆续继进，择中驻扎，为两地声援，即足济事。"马超听罢，击节道："子均对于幽燕兵势可谓朗若列眉矣。元帅本意，即欲令将军作先行，真可谓深知将军者。某家虽一介武夫，亦觉更无出此策之右者矣，就依将军良策。"姜维、李严、文鸯诸将齐声道："子均良策，主将明见，兵机神速，应请即发，以利前驱。"超随令平领兵先行，李严、马岱继之，姜维、文鸯、刘延由壶口关火速合兵去袭邯郸。五将领令，即时分头出发。

马超同白虎文督领大军沿太行山东下，直出玉峡关，向安阳大道前进，以便接应王平、李严、马岱三将，犹恐司马懿虑及，先派重兵北上安阳助守，三将轻兵，十分危险，自家好用全力阻住，一面遣人去河阴飞报出兵期程。

只那王平久居上党，知道中原若定，曹兵必走河北，暗中分派细作打听沿边州郡兵备道路、山川形势，他还乘着曹兵疏防时候，自己假扮商人访查汲县至常山一带情形，当地都派有精细坐探，故于幽燕一带情形了如指掌。此次轻兵开拔，昼夜兼行，三五日间，便到安阳附近。沿途打着曹兵旗号，兵无骚扰，民不知兵，又兼河北地方自从曹操扫平袁绍以后，乂安已久，况有曹彪大兵在此驻扎，地方平靖，各安生理，熙来攘往，毂击肩摩。

黄昏时分，王平已到安阳城下，曹兵惊觉，方待闭城，王平督兵乘势急攻，曹兵慌乱，手足无措，早被王平将西门攻开，汉兵鼓噪直入。城里曹兵不知汉兵多少，一时大溃，自相践踏，李严也就赶到从城外助攻，扰攘竟夜。曹兵除战死外，逃走一空，曹彪不知下落。王平下令安定居民，请李严、马岱坐镇安阳，自己乘胜领兵去袭淇汲、阳阴诸县。

马超兵到安阳，闻听王平已经南下，仍令李严、马岱据守安阳，好接应姜、文二将，自引全军跟踪王平之后，来断司马懿后路。自古道：虽有智慧，不如乘势。王平坐甲五年，养精蓄锐，兵力既精，地形又熟，司马懿专防着河南沿途追赶的孔明、张飞，未曾防着奇兵突出的王平，合该天意灭曹。王平七千人横行河北，如疾风扫叶，直抵获嘉，与司马懿前军大将张郃相望为营。王平因自家军士驰驱千里，犹恐力乏，结营自固，待主将兵到再作道理。

马超也怕王平有失，调马岱督万人防守汲县，自领大军，昼夜兼程来接应王平。沿途经过淇汲、汤阴诸县，早经王平置吏安民，十分妥帖，马超见得心中万分高兴。你道王平如何做得这样周到？在这戎马倥偬之中，哪里找到这许多吏治人才来收拾这战区的地方呢？都因王平在上党时，独居深念，中原若是肃清，曹兵必退河北，凭河拒守，势所必然，元帅大兵不能飞渡，就兵事、地形两事观察，势亦不能不由并入幽，如果出此道，任何大将领兵前来，自己的开路先锋也是义不容辞，责无旁贷，当今之世，舍我其谁？他一想到此处，自己果出此道，制胜固然是有把握，但所得地方决不能久驻，分兵也是不行，若弃而不守，难道拱手让还敌人，原璧归赵么？那可太不够本了，于是他先事预备，从田牧手下挑选精干吏员，自己切实严加训练，跟他们讲究河北地方民情风俗、山川险要及应付一切的机宜，选定人才之后，由他们各人训练一二百名小队，与以犀利器械，任凭各人选用僚属，与以全权。经他这样一来，那令丞、簿尉随军上任，威惠相糅，新得地方自然安定，比五虎大将的学问算是高深一层，毋怪马孟起一见这宗情形，不由他不五体投地地钦佩呢！

在曹兵一方面，所有军事侦探日日只提防对岸汉兵偷渡黄河，一心只用在那前敌上面，此刻却不料汉兵从北道杀来，大家相顾惊异，莫知所从，火速报知都督。懿问汉将为谁，探子答是王平，懿顿足道："白马王必全军覆没矣。王平足计多谋，前刘玄德夺取益州，多系其力，据守上党，熟悉地形，轻兵一出，州县望风崩溃，若不急速剪除，是我后路又树一敌矣。"立令本军上将张郃、副将张雄各领步骑万人，限期剿灭王平，以除后患。

张郃、张雄二将领令，随即率兵来攻王平。刚到汉营附近，只听得北道上鼓声大震，尘土冲天，一彪军马约有二万余人，一色西凉马超旗号。张郃不觉大吃一惊，对张雄道："难道幽州也失守不成，为什么马超也从北道杀来？"张雄也觉惊疑，只好列阵以待。

只见马超来到阵前，拿枪指着张郃道："张郃败将，幽州已被俺取得，曹丕已被我杀却，看你这一群败将又往何处奔逃！"曹兵听得个个心惊。马超说罢，纵马直取张郃，张郃只得奋勇迎战。战到三十余合，张雄见主将不能取胜，一夹坐下马，手使双刀，出阵来助张郃，白虎文飞马摇枪向前抵住。四将正杀得难解难分，王平开了营，督率兵士，强弓硬弩，直向张郃后军射入，势如风雨，曹兵抵挡不住。越吉挥兵夹攻，汉兵势大，曹兵大败而逃，二将纵兵追赶，张郃只得弃了荥泽本营，向原武退屯。

马超、王平收兵渐住，超执平手道："子均可谓神兵矣。"平答道："藉主公洪福，元帅、主将神威，亦赖曹兵疏防，遂至是耳。"二将占了张郃营栅，吩咐军士将曹兵拘集船只大赏划夫船户，勒令即日渡过黄河运载南岸本军，并搭浮桥三座。

孔明听得马超大捷，已抵对岸，大喜过望，急令全军毕渡。张飞、黄忠诸将各领所部人马，尽由荥泽浮桥渡过黄河，来到北岸，一气儿安下八个连环大寨。马超、王平来见元帅，孔明举酒赐二将道："出师河北，二位将军第一功也。"超答道："此皆子均一人之力，超不过随军声援耳。"孔明笑道："非孟起足为声援，子均何敢以轻兵出关，横行千里，使曹兵无敢撄其锋？二位将军，功故相等也。"众将齐声道："元帅真天下之公言也。"二将方才谢了酒，依次坐下，报告出玉峡关以来所历情况。孔明急问道："伯约一军如何？"马超答道："昨由舍弟转来捷报，已取邯郸，现向邢台进发。"孔明道："新得各地，本部即派兵择要戍守。孟起可与子均仍率所部全军，前去会攻邢台，当令文长引兵，同高翔出井陉，以攻常山，便与孟起会兵，去取幽州。"马超、王平拜受新命。超将王平沿途置吏安民的情形并行禀知元帅，孔明喜之不胜，说道："子均如此深谋远虑，举重若轻，大将之才，亮所不及，使我之兵力不分，实为不易。此番与孟起偕行，幽州虽险，不足平矣。"随解身旁佩玉以赐王平，平再拜谢受，然后同马超领部兵前往。

孔明再令魏延领兵五千，前往阳曲，商同田牧发代郡骑卒万人、步兵五千，合高翔所部，由井陉直出常山，审宗领本郡兵万人，进驻井陉，为二将声援。魏延闲了许久，欣喜异常，再拜领令，率领部将刘郃、邓铜、吴兰、雷同部兵五千，星驰去了。

孔明与诸将道："我兵渡河，幽州事急，司马懿丧胆矣。取威定霸，在此一举。"令张飞为本部先锋，关兴将左，张苞将右，符健合后，直取张郃本营；黄忠领马步万八，罗宪为左翼，伍梁为右翼，接应张飞。孔明自督全军出发。且说张郃同张雄败退原武，飞报延津。司马懿闻报，大惊道："马超全军一出上党，幽州危矣。诸葛亮又已渡河，我军进退路绝，除死战外，殆无办法。"火速派人持书至濮阳，约曹彰、李典会师抵敌，或遵先皇遗命，以山东与孙权以分汉兵兵势，而自己引兵还救幽州。

曹彰接到司马懿手书，与李典诸将商议道："诸葛亮全师渡河，势已无敌，仲达仅足支持，幽州若失，则将士绝望，又何能更守山东？不如让与孙权，令其代我受敌，以分汉兵之势。某与诸君卷甲疾驱，以蹑马超之后，而解幽州之危，然后还兵南下，与仲达共御敌军，众位将军以为如何？"李典、郝昭并道："大王所见甚是，事不宜迟。"曹彰一面令诸将火速准备行装，一面自作手书，派人前往合肥，面见东吴守将陆逊，略言遵先皇遗命，以山东让与东吴，请其火速派兵前来接收。

使者得令，昼夜飞驰，来到了合肥，进入军府门卫通报，立被召入，面见陆逊。那时恰好吕蒙巡视防务，也到合肥城中。陆逊接见来使，启视了曹彰手书，吩咐安顿使者，自己即刻持书来见都督。吕蒙接书看过，便问陆逊道："伯言意下如何？"陆逊答道："都督，曹兵不能守山东，而以与我，不过欲我代受兵祸耳。我若受之，汉必及我，我若不受，汉兵袭而有之，从菏泽以陵丰沛，越淮泗以压滁巢。今日之事。宁可战于境外，不可战于境内。都督以为何如？"吕蒙道："伯言所见，确切不移，事势所迫，不得不尔，抚山东之众，以纾淮左之危，吾志决矣。以合肥之事，全付伯言，厉兵秣马，屏障江淮；山东之事，蒙以射任其难。"随即简率曹真、张绣旧部马步五万五千人、江东步兵三万人，江东大将韩当、周泰、丁奉、蒋钦、全琮、孙彬悉令随征，拜表即行，星夜就道，道上启奏吴王，令黄盖、凌统守九江，程咨协助陆逊守合肥，鄱阳水师归孙韶统领，巢湖水师归陆逊节制。

孙权在建业接到了启奏，知道曹氏一亡，江东便有唇亡齿寒之惧，二将见机明决去守山东，谋国之忠，自为要着，随发宫中金帛并应需军实各项，令左护卫将军朱异领兵三千送往山东，接济前军，手书奖励吕蒙。那吕蒙领了军队，由菏泽渡河来到濮阳，见过曹彰。曹彰见吴军人强马壮，将士一心，自是欢喜，将山东交待过了，别了吕蒙，自同李典整率全军九万余人，由内黄出临漳，来截马超后路，一方面遣人飞报司马懿，一方面遣人飞报曹丕。吕蒙接收了山东，吩咐将士据险设防，贮兵积粟，以资固守，专使驰报吴王，以释忧虑。

汉兵张翼四将屯驻陈留，细作报称曹彰北走，吕蒙接收山东，急忙分头报告孔明、赵云。赵云听得江东不费张弓只箭得了山东，不由大怒，令廖化谨守新蔡，调回严寿，启奏汉中王，留大将崔顾领兵万人镇守许昌，其余各地戍兵概仍旧防，自请出兵去取山东。

玄德接云启奏，即令云长领兵万人，同徐庶来镇许昌，都督徐豫二州军事，以为子龙后援，承制授赵云都督青、兖二州军事，率所部马步全军五万余人，部下大将程畿、傅彤、严寿、沙摩柯、黄武、崔顾、庞丰、庞豫、云妻马云騄，偏裨将校五十余员，所有前时派遣屯陈留四将尽归云节制，即日从陈留渡河，直出封丘，夹攻司马懿，候北路得手，方移兵东向，驱逐吕蒙，后路所需军械粮草，由云长源源接济。孔明一军，由玄德督同庞士元、马幼常征发荆雍州县粮械接济；马超一军，由田畴、刘延、张嶷征发并州兵马钱粮接济。前敌诸军，馈饷有恃，军械无阙，得以一心应付前敌，自然制胜可期。

单说赵云同妻子马云騄带领诸将来到陈留，张翼会同三将前来参见，云一一抚慰，说道："张将军转战幽、并，驰驱河、洛，真是为国勤劳，兵不残民，尤为难得。"张翼逊谢不遑。赵云道："封丘方面，可否渡河？"张翼答道："顷细作报称，司马懿因末将四人屯兵陈留，但备曹彰不能并渡，又以诸葛元帅大兵由荥阳渡河，旦晚当有大战，封丘方面防兵不多。主帅今率大兵前来，翼月前已于沿河一带暗地里拘集船只，并派人测量沿河水浅处，可搭造浮桥的地方约有二处，浮桥材料均已预备多日，立时可就。主帅若有差遣，翼当引本屯三将为前驱也。"赵云闻言大喜，抚翼背道："伯恭深稳有谋，真将材也。"即授本军先锋，可同原屯三将，率领本部全军，先行相机渡河，云自领全军前来接应。

张翼领令，同着三将回到本屯，大家切实商定，布置一切，乘着黑夜各领所部，分道渡河。沿河一带虽有曹兵防守，一来为着不是重防之区，防宽兵少；二来因为夜色昏黑，不知汉兵多少，又系分道前进，此呼彼应，防不及防。张翼四将渡过了河，各人身先士卒，奋勇冲杀，防兵四溃。张翼占了曹兵营栅，留兵千人在此北岸，监视搭造浮桥，自同四将乘胜追赶败兵，直抵封丘附近安营。

赵云令黄武率工人火速督造浮桥，好在材料现成，人多手熟，水面浅深宽窄不须再事测量，工程不到二日，便已完成浮桥二道。赵云即日麾兵大进，直向封丘，接应前军，令一偏将领兵二千，专一守护浮桥，以通运道，所遗陈留防务由云长派兵接守。赵云全军直抵封丘，安营下寨。张翼四将来大营谒见，云喜甚，大加慰劳，令四将全部居左军，黄武领崔颀、庞丰、庞豫全部居右军，自同夫人督沙摩柯、严寿、程畿居中军，傅彤督偏将四人、步卒八千为后军，准备与曹兵大战。诸将领令，各人自回本营准备不提。

那据守封丘城的曹兵大将典满、许仪二人都是先天遗传下来一勇之夫，不会计算，有兵二万，不守沿河一带，只守封丘城池，以二将之勇、兵力之足，紧守着河沿，谁能飞渡，让张翼四将全部安安闲闲渡过了黄河。赵云的大兵随后跟进，通行无阻，径抵封丘城下，声势汹涌，铠仗鲜明，自有相当的威力。他二人方才着慌起来，一面计划分城防守，一面遣人飞报延津大营都督知晓。

司马懿正在处分对待孔明战事，接到二将飞报，吃了一惊，与诸将商议道："任城王全军北蹑马超，而诸葛亮进屯原武，赵云又逼封丘，两军皆系劲敌，请中分我军，以当二面之敌。子孝领全军六万人，去当东路，子廉为副，子扬为谋主，典满、许仪、曹惠、曹爽皆属之，以当赵云；懿自率俊义、士载、士季诸将，当诸葛亮。众位将军以为如何？"曹仁起立道："兵事危急，一至于此，都督之命，仁敢不遵？"随即同刘晔、曹洪率本军将士，驰往封丘，迎敌赵云。

司马懿分派曹仁去后，外面报进，后将军于禁领兵回来求见。懿闻言大喜，立令请入。于禁来到帅府，俯伏请罪，懿自下位，亲行扶起，说道："文则，何必如此？懿亦败军之将，罪与将军等耳。"于禁方才再拜谢坐。懿问道："闻将军兵败汝南，久无消息，懿与众位将军方共为系念，今日何缘来此？所部若干？愿闻其详。"于禁答道："禁前奉先皇手令，由桐柏去袭襄阳，士兵才集，赵云之兵已袭入九里关，攻陷汝南。禁原奉便宜从事之命，以内地事急，并阎温、杜则两军，还救汝南，不意赵云虽往新蔡，马超已先入汝南迎战，步骑不敌，仓猝相遇，阎杜二将临阵捐躯，全军失败，归路已断，只得退屯吴境。顷闻主上驾崩，太子北走，许昌、叶县相次失守，公明、文远先后尽节，都督与任城王退守河北，又闻山东已与孙权。禁在吴主面前请率本部还救危亡，蒙吴主补充衣甲器械，又在淮徐招集溃散，收买马匹，合旧部已有五万余人，随同吕蒙出发濮阳后，径来延津听都督指挥，吕虔、满奋亦同来也。"

懿听禁说毕，不觉大喜过望道："文则此次来得甚好。诸葛亮全师已经渡河，直逼原武，与俊仪对垒；赵云之兵亦渡大河，径抵封丘。懿已中分我军，令子孝为主将、子廉为副、子扬为谋主，领兵六万，去救封丘，迎敌赵云。懿拟率钟邓诸将亲往原武，迎敌诸葛亮，即烦文则引领所部驻守延津，保全后路，俾懿得以全力应付前敌也。"于禁慷慨言道："都督有命，禁何敢辞？但请专力前方，延津城守之责，禁愿统率本部肩此重任也。"懿喜道："文则肯肩此重任，懿复何忧？"即下令以于禁留守延津，在城文武官吏兵民尽归节制，以一事权，禁再拜受命。懿更留兵二万，交禁统率，自率驻延津部队五万余人，即日驰往原武，前去督师。于禁送了都督起程，回到城中，与吕虔、满奋诸将立时整顿城守，储备粮秣，安排援队，接应前敌两路人马。

那司马懿引领大兵到了原武，张郃、张雄迎入大营坐定。懿问郃道："刻下汉军作何举动？"张郃答道："据细作报称，诸葛亮以张飞为前部先锋，将悉锐以攻郃营。"懿道："我军新败，士气不振，若不血战一场，再无立足之地。"随下令令全军休息三日，极力整饬战备，汉营知懿自来，亦未进攻。

至第五日黎明，只听得汉兵营中鼓声大震，营门开处，张飞手持丈八蛇矛，胯下乌骓马，圆睁环眼，倒卷虎须，前来讨战。曹兵阵上，张雄要在都督面前显能，使手中双刀，飞马出阵。张飞因赵云、马超屡立大功，自己顿兵方城，老师糜饷，异常愤恨，一见张雄出阵，也不通名问姓，迎住就杀，二人一来一往，在阵前斗了五十余合。张飞杀得性起，抖擞精神，向张雄心窝一矛剌去，张雄双刀急架，张飞掣回矛头，再复一矛，张雄招架不及，张飞用尽平生之力，竟一矛将张雄挑下马来，结果了性命。纵马上前，直入魏阵，径取司马懿。张郃见张飞杀到，急忙挺枪截住。张飞越杀越勇，好似弄风猛虎，醉酒山熊，司马懿惟恐张郃受伤，急令钟邓出马助战。那边关兴、张苞候了多时，两个纵马上前，一个斗住了邓艾，一个斗住了钟会。

孔明在阵上看见本军得势，并令黄忠出马。黄忠得令，骤马提刀出阵，直取司马懿，司马昭、司马孚双骑敌住了黄忠。忠战到半酣，大吼一声，一刀将司马孚劈于马下，司马懿急令毋丘俭去助司马昭。汉阵上罗宪、伍梁又斗住了曹营的辛毗、高堂隆，两边战鼓雷鸣，喊声动地。孔明在阵上见张飞、黄忠二将得手，麾动大兵，向曹营直冲过去。汉兵势大，曹兵抵敌不住，弃了原武大营，退屯阳武。孔明回营犒赏力战将士，吩咐诸将道："曹兵气馁，宜乘胜追击，令彼不得休息。"众将依令。曹兵阵败二阵，退到延津，幸亏于禁全军迎护入城，汉兵方才停追。正是：

大势潜移，一木难支崩厦；疲兵屡战，沿途怕听风声。欲知后事如何，且听下回分解。

  异史氏曰：此一回虽写王平，而非写王平之明地理，实以分兵幽燕，必出赵代，此不得不写王平者一也。曹氏余孽，留居晋城，安阳退屯，势所必至，则欲出赵代，必除曹彪，又不得不写王平之明地理者二也。王平深入，不可不有后继之师，此所以兵出上党，而以马超袭安阳书，固以功成不在王平，非仅一知地理，即足制胜明矣。大抵中原若定，曹氏必趋河北，幽州未固，敌兵急予中分，情势宜然，指挥有定；是非王平习地知兵，特皆作者熟识地形，精于战备，乃善策其攻守之势，而快意古人耳。平原战术，利在飘忽，阻河为固，利在后防；以飘忽之兵，去后防之恃，虽有张郃之勇，司马之智，亦将束手，尚何可为？谓遵先王遗命，以山东与孙权，而引兵还救幽州，亦无非作者写尽司马计穷，不出北走胡、南走越之故智焉已。

  陆伯言为救东吴危亡之第一功臣，奇材横轶，而实先主不戒自骄，得使成名，作者深许其才，故亦必于东吴已迫唇亡之际，而值屡败之后，方以出之。其"宁可战于境外，不可战于境内"之言，犹是奋翼猇亭之旧志也。然而吴之臣魏，虽亦自若，独有今时之势，迥不相同，前为臣贼，此则救亡；而一受人封，一受人地，得失亦判。是知吴之屈膝于曹，作者尚不深绝之，转嫉丕之乘危袖手，而令伯言出翻其案也。故不折一矢，而得山东，乃足启吕蒙之祸；而领巢湖水师，以守合肥，庶得全伯言之忠。至伯言出，而吴亦同迫危亡，盖可知矣。

　　本是张郃御马超，却一战弃了荥泽，奔到原武；又变了张飞战张郃，再一战弃了原武，退屯阳武。本是曹彰蹑马超，却一时送了山东，让与吕蒙；又变了赵云怒曹彰，便一时到了封丘，夹住司马。本是司马守延津，却百忙要分军队，前进督师；又变了于禁还延津，乃百忙替出司马，接应败退。写得四面八方，魏、蜀、吴各路兵马，层层夹住，互援互战，忽救急攻，而只是情见势绌，抵敌汉军不住，却不全由诸葛亮一人智计安排，想见众志成城，又须能人自为战，方是近世战术最称进步之一点。而天下大事，断非一手一足之烈所可成就，此个人武力集中，虽厚且多，亦必自亡之理也！

第四十六回

邢台县孟起战曹彰　　幽州城文长执程昱

且说司马懿与汉兵血战了数场，败退延津，幸亏于禁全军接应，方得收兵入城。进入帅府，休息片时，懿与于禁及钟、邓诸将商量道："北路一败，东路必摇。赵云自入九里关，未曾败挫，兵锋甚锐，与诸葛亮左提右挈，分道扬镳，后有关云长助长声威，北渡大河，甚不易敌，子廉、子孝恐不能取胜。封丘再败，我军锋锐尽矣。不如仍请文则守住延津，我率本军往助子孝攻破赵云，然后合二军全力，以战诸葛亮。众位将军以为如何？"众将齐声应道："都督之言是也。"司马懿随请于禁上坐，再拜道："国家危亡，已如累卵，一战而胜，犹足自立，战而不胜，同归于尽。延津城守，一委将军，能守经旬，吾事济矣。"于禁还拜道："都督为国勤劳，禁敢惜股肱之力，以负先皇知人之明？延津之守，禁生死以之，都督请随时出发就是。"懿即下令，乘夜率本部乃屯军五万余人，督张郃、钟会、邓艾诸将，倍道前往封丘，合力去攻赵云。

那汉将赵云自领全军来到封丘，曹仁人马也就及时赶到，双方距离五里安下了营。刘晔与曹仁商议道："赵云勇将，所部兵精，我军新败，士气不扬，仓猝相值，固守无从。来日将军出阵，自战赵云，子廉领兵击其左翼,曹惠、曹爽两将军领兵击其右翼,晔与中军诸将督军攻其后营,死生一决,但能不败,即足再振军威。"仁即下令军中,明日决战,退后者斩。

到了次日,曹仁一马当先,出战赵云。两人战了五十余合,曹营内战鼓齐鸣,左边曹洪,右边曹惠、曹爽,两翼齐出。汉兵阵上,严寿使大刀迎住了曹洪,张翼、关索迎住了曹家二将。刘晔挥动令旗,将军队化成了一字长蛇阵,一个金龙搅尾,向赵云后军杀入。汉兵后军一动,马云骤即同傅彤督兵竭力阻住。曹营中二通鼓响,一应将士奋勇冲杀,汉兵营里大小将官纷纷出马,只杀得天昏地暗,白日无光。只因曹兵人人怀着必死心肠,汉兵累胜之后未免有些骄气,看看败下阵来。还亏子龙抖擞精神,杀败了曹仁,方才收住了队,算是挫折了一阵,退出封丘城下十里,安下营寨,彻夜戒备。

赵云在大营与诸将商议道:"今日之战,曹兵势成致死,我军稍懈,几为所乘。明日彼军必乘胜来攻,我军万不能示怯,守而不战,某当以奇胜之。"即下令令傅彤、沙摩柯双战曹洪,张翼、关索双战曹仁,马云骤督程畿、傅佥、庞丰、庞豫、马忠诸将为后军,云自领黄武、崔顾、严寿以中军迎击曹惠、曹爽,二将被诛,曹兵丧气矣。众将领令,各自分头准备不提。

却说曹兵得胜,曹仁收兵回营,向刘晔称谢。晔道:"同心为国,何足言谢?歼除此敌,谢犹未晚。赵云既已退军,军锋已挫,宜合城守全军之力,大举蹙之,以蒇此役,不宜稍缓,令彼得喘息,重振锐气也。"曹仁与在坐诸将同声称善,令诸将仍依本日战序作战,令文聘入封丘督典许二将全军开城出击赵云后军。

分拨已定,次日黎明,曹兵大举卷地而来,向着汉营进攻。赵云早已预备多时,即出迎战,自己挺枪纵马直取曹惠、曹爽。两军人人奋勇,互相冲杀。赵云大逞神威,一枪挑了曹惠,再挑下曹爽,匹马纵横,荡开阵角,直取曹洪。黄武、崔顾、严寿三将挥动了中军,向前接应。汉兵见主将得胜，发一声喊，齐向曹营杀入，如天崩地塌的一般。曹洪与傅彤、沙摩柯二将只杀得个平手，哪里还能再加上一个赵云，自然抵敌不住，虚闪一刀，将马一夹，跳出圈子外，望后便退。曹仁独力难支，也只得回马败走，与曹洪且走且战，掩护自己兵士向封丘城退却。

赵云纵马上前，挥动全军，乘势追赶，远远望见了封丘城。却不道从城侧涌出大队曹兵，大旗上面明写着河间张郃。张郃约住了败兵，一马当先，挡住了赵云厮杀。邓艾、钟会、司马昭诸将一齐加上，汉兵众将分头抵敌，曹仁、曹洪回转马来，夹攻赵云。封丘城内文聘同了典满、许仪尽起城守军二万，亦开城出击。司马懿亲挥大军向赵云中军直冲将来，你说赵云全军不过五六万人，与曹仁一部分兵力恰恰相等，如今凭空加上了司马懿全部五万余人，封丘城守军二万余人，在兵力上已经超过一倍有余，何况曹兵有名的大将曹仁、曹洪、张郃、文聘、邓艾、钟会都麇集在这一条战线之上，那种威力，任凭常山赵子龙将军就通身是胆，也情见势绌，非败不行了。

当时赵云因曹兵力厚，不能抵敌，只好与诸将且战且退。渐渐的退到黄河附近，曹兵穷追不舍，云对将士大呼道："前有大河，后有追兵，进退皆死，大丈夫当于死中求活，死于水何如死于敌耶？"将坐下马一夹，回转马头向曹兵阵上直冲过去。麾下一应大小将官见主帅匹马单枪奋勇反攻，也一齐地舍命前进。众兵士见已临绝地，主将奋不顾身，大家个个拼命回杀。云恰好迎头碰着了司马昭，尽平生气力向司马昭一枪刺去，昭猝不及防，被云挑下马来。马云騄见丈夫危急，急忙挂上银枪，拈弓搭箭，向着张郃射去。张郃正在乘势追赶汉兵，一个不留心，被云騄一箭不偏不歪中部额上，张郃急待拔箭，赵云骤马上前，向张郃心窝就是一枪。曹洪眼快，急忙将刀架住，曹仁保住张郃便走。汉兵得势，都倒赶回来。刘晔见已获全胜，因为穷追反伤二将，太不值得，汉兵已成背水，势必致死，就令全胜，损伤必大，急令鸣金收兵。

赵云见将士疲劳，也就趁势收兵，安营自守。当下计点全军，折损二万余人，诸将当中崔顾、黄武、马忠都受重伤，云极力抚慰，替他们敷上了金枪药，令其好生调养，一面令人分报云长、孔明，一面与傅彤、张翼诸将安排固守。

那司马懿虽然大获全胜，却折损了曹惠、曹爽并爱子司马昭，又伤了大将张郃，懿恐乱军心，只好暗中落泪，吩咐将三将尸首从优收殓埋葬，令张郃入城养伤，自与刘晔计议道："赵云大败，封丘事缓，不如令毋丘俭领黑山余部万人，守住封丘，飞请吕蒙出兵以扰赵云之后，赵云新败之后，决不能再攻封丘，我以全军驰还延津，迎敌诸葛亮，庶可持久。"晔道："都督明见，事不宜迟。"司马懿仓猝作书，差心腹小校星夜驰赴濮阳，请吕蒙出兵，威胁赵云后路，令其不敢再攻封丘。小校领令去了。懿令毋丘俭领兵六千及黑山余部万人，偏将十员，留守封丘，坚壁勿战，以为掎角之势。懿再命以辎车载张郃，令曹洪领前军，钟会、邓艾为左右翼，曹仁领后军，典满、许仪为左右翼，懿自与刘晔、文聘诸将领中军，秣马蓐食，潜师夜起，拔队兼程，径还延津城来。

孔明已得了赵云败报，又见司马懿全军迅归，急令撤开队伍，毋遏归师之锋。司马懿乘势，便在城外扎下大营，以与孔明相持，令于禁仍专城守，阻住汉兵前进。孔明见赵云新败，曹兵声势复振，良将精兵尽在前敌，一时未可猝败，尤恐吕蒙乘机出兵扰乱子龙后路，火速分兵一万并粮食器械前往封丘，补充云军；令张飞一军移驻阳武，与云军就近联络；令黄忠领西凉骑将马凯、韩雍及伍梁、罗宪等，分领精锐，掩护大营。

云长近在许昌，先已接到赵云败讯，忙从襄阳方面调兵万人，令徐元直自率前往，就便协助。赵云先后得了两处接济，重振军容，同着了军师徐庶专心致志抚恤伤痍，弥缝卒伍，招集溃亡，修缮甲仗。

那东吴大都督吕蒙接到司马懿手书，立令韩当率全琮、朱异，领兵二万人，屯扎菏泽，遥为曹兵声援，赵云若进攻封丘，即锐进以蹑云后。孔明得报；令云按兵勿动，俟孟起、文长得手，再进不迟。赵云遵命，暂时按兵封丘不提。

且说马超、白虎文、王平、马岱兵至邯郸，姜维、文鸯入见。超与诸将商议道："元帅大兵已渡大河，与司马懿相持延津阳武之间，子龙又有出兵东路消息，曹兵能将皆在前方，此去幽州仅有曹休、曹熊诸人，本非能兵，魏文长与田太守想已会兵出了飞狐北道，曹兵内部情形已经瓦解，我兵便可鼓行而前，直取邢台，以通北道。但不知邢台守兵是曹将何人统领？"姜维答道："据细作报称，邢台守将系魏将唐咨、州泰、令狐愚三人，部兵万余，共同把守；渔阳城系魏濡阳王曹熊部兵三万余人镇守；曹休在幽州亦有兵三万余人。"马超道："既然如此，可飞调刘延接守上党，张嶷出守安阳，调李将军进驻邯郸，以防后路空虚。伯约领兵二万人作先行，文将军与舍弟为左右翼，即日进攻邢台。某与白将军子均领后军陆续进发。"姜维领令，同二将分兵，即日起程，进取邢台。

马超同诸将休兵邯郸，俟李严来到，再行前进。李严在安阳接到主将命令，不敢稍须迟延，立将防务交妥张嶷，自领轻骑数百人，昼夜兼程，迅速来到邯郸，见过主将。马超留兵万人与李严，令其专一守护邯郸，以羌将越吉为副，保全后路，接应前军。李严遵令，自同越吉即日布防，固守邯郸。超自与白虎文、王平领兵三万，径趋邢台，来接应姜维三将。

却说汉兵前锋的姜维三将前赴邢台，姜维在道上与马岱、文鸯计议道："曹兵累败，畏我声威，决不敢出战城外。我兵悬军深入，利在速战，若顿兵坚城之下，彼兵四面来援，我兵气沮，双方胜负尚未可知。探闻广宗、巨鹿都无重兵，哪一位将军领轻骑千人，越临洺关，沿沙河而上，袭取巨鹿然后即假巨鹿守兵旗帜，昼夜兼行赚破邢台？

庶可不劳师而定也。"文鸯应声愿往。姜维即选本部锐卒千骑与之。

文鸯领兵,倍道兼行,向巨鹿疾进,不上三日,到得巨鹿,天已昏黑。果不出姜维所料,为文鸯即时袭取,稍为休息一晚,次日侵晨,弃了城池,即冒巨鹿守兵旗帜,乘胜来袭邢台。

邢台魏将前见汉兵来到,一面登城拒守,一面分途求救。不过数日,只见东道上鼓角喧天,一彪魏兵打着巨鹿旗号冲围杀入,汉兵都纷纷上前去迎敌。唐咨三将知是邻郡救兵来至,留着令狐愚守城,自与州泰开城接应。文鸯就势杀至城根,冷不提防,手起一枪,将唐咨挑翻下马。州泰措手不及,也被文鸯枪杀。姜维、马岱大驱兵将,杀入城中。令狐愚在城上见事不谐,脱下衣甲,杂入乱军中间,逃向渔阳方面报信去了。

姜维得了邢台,异常欣悦,当下在军府中设宴贺功。大家一致共推文鸯为功首,文鸯再三谦谢,将士一般高兴,酒海肉山,吃得起劲,陡听得城外笳鼓喧天,马蹄震地。

就在这个时候,却不道曹彰从内黄、成安、广宗也径到了巨鹿。文鸯去了不过一日,曹彰兵便到了。一听城中余兵说道汉兵去取邢台,彰更不停驻休息,即率全军疾走,蹑着文鸯后面如飞前进。姜维在邢台酒至半酣,正待遣人报捷,曹彰的军队已似疾风骤雨顷刻而至,登时将城围住。姜维三将猝不及防,只得立刻分道登城守御。不到半天工夫,邢台东门已被攻破,李典督兵急进。文鸯堵住城门奋勇死斗,停了一会,曹兵又攻开了南门,原在城内伏匿的残余曹兵也就三三五五自行出来集合,四处放火,汉兵不能相顾,人自为战。姜维、马岱双战曹彰不下,正在危急,邢台地方大有得而复失之势。却好马超、白虎文、王平三路人马已向曹彰背后杀来,曹彰只得收兵,离着邢台城十里安营。

马超见曹兵已退,与将士入城,肃清了城内残余曹兵,安抚居民。姜维三将来见,说道:"若非主将速来,此城虽得,恐仍为曹兵所有矣。"超道："伯约轻兵袭险，我军自不能不迅速前来援助，但不料曹彰之兵如此其速也。"马超令姜维三将据城防守，清剿城内残敌，自己同白虎文、王平倚城下寨，预备与曹兵定期血战。

曹彰见马超兵锐，知道不可轻敌，在大营中与李典、郝昭诸将商议定妥即日，分令裨将四人持着任城王令箭，去会四郡太守火速调发渔阳、上谷、清河、渤海四郡突骑二万，甲士二万人，军前听令。任城王在北道上素有威名，四郡土地现尚完全为曹氏所有，魏国皇帝又近在幽州，令箭到处，谁敢违抗！浃旬之间，益兵四万余人。

马超打听得曹彰四处征兵，立令马骥驰往邯郸，帮助越吉城守，飞调大将李严即来前军助战。马骥领了将令，不敢怠慢，轻装快马，一日一夜，疾驰三百余里，到了邯郸，见了李严，转达了上命。李严奉令，立率轻骑五百，星夜驰来邢台，见过主将。马超唤王平道："子均，防守邢台之责，完全归将军一人主持，肃清奸细，布置城守，为本军后援。城外战事，不必分心。"王平领令，即入城中，安排一切。马超将本部分作三军，自领步骑二万五千人为中军，白虎文为副，姜维将左军，马岱为副，李严将右军，文鸯为副，三军合五万五千人。

超分拨已定，立时集合全军将校，至帐前宣慰道："我军深入敌人腹心之地，曹彰现集合四郡人马，誓与我军决一死战。我有兵五万，不为不多，藉战胜之威，后有元帅重兵，以为声援，前有文长奇兵，以分敌势，曹兵虽众，无如我何？且我军自出关辅以来，无战不胜，无攻不克，西凉马队天下闻名，绝不可因曹彰兵势强盛而挫我声威。愿与各位将军同心共胆，保此令名，曹彰由某自己抵挡，其他将佐由各位将军分头迎敌可也。"众将一齐声诺。超又道："今日之事，有进无退，后顾者斩。"众将遵令，各自回营，整顿鞍马甲仗。

在这个时间，曹彰方面自从退出许昌，移守山东，原有新旧部兵九万余人中，经募训，已逾十万，骑步各半，此次军行过速，便有五六千人落伍，所以才征集四郡士兵，却惊动了鲜卑大将慕容轨、贺拔奇，因受曹彰知遇，前时无奈，匆匆出塞，本来钦仰任城王英武威名，又感受破格的特殊优待，只为直属的酋长勒令北归、家族性命关系，不能抵抗，但是心中自然时时思念，图报无从，此际忽听任城王兵来北地，二将喜之不尽，不顾一切，各率所部二千余人，背主潜逃，并携眷属，倍道入边，来助曹彰。曹彰见二将来投，十分喜悦，大加犒劳，令其休息三日，与本军将士厮见后，主客相安，蕃汉和洽。然后自领铁骑二万人、骁果二万人，上谷新兵二万人为中军，令慕容轨将左，贺拔奇将右，除本部二千外，各兼统渔阳突骑五千人，令李典领兵三万为后军，郝昭、郭淮各领步骑一万五千人，左右救应，全军进攻邢台，声势浩大，军容烜赫，很是可观。

马超见曹兵进攻，早经严阵以待。两人来到阵前，曹彰指着了马超大骂道："汝父跋扈嚣张，朝廷论罪行罚，国法森严，有何私恨？汝兵入许昌，掘冢焚尸，宁复人理。今日拿汝，定当碎尸万段。"回顾鲜卑二将道："哪位将军与我出阵活捉马超？"贺拔奇应声出马，手执镏金雁翅镗，直取马超。汉军阵上，李严骤马提刀迎住贺拔奇。慕容轨拍动坐下千里黄骠马，使发手中九子耙，来到阵前，文鸯挺枪接住。四个人立时捉对儿厮杀，十荡十决，越杀越勇，把两军阵上人都看呆了，就连曹彰、马超都忍不住连声喝彩。曹彰看着眼红了，自家也就催马来到阵前。马超怒气填胸，迎住厮杀。两边阵上战鼓如雷，喊声动地，邢台城内城外屋瓦皆为震动。好一场恶斗，直杀到日色沉西，两下方才收兵。

曹彰回到本营，对鲜卑二将道："二位将军真英雄也。"二将躬身道："大王雄武，并世无双，汉兵众将，非大王谁能当之？"曹彰吩咐设宴与二将贺功，令李典全部当前军，提防汉兵劫寨，教二将率部好生休息。

那汉兵营中，马超入营坐定，对众将道："曹兵十余万，三倍于我，已经棘手，不道鲜卑兵将又来帮助曹彰，战争伊始，后患方长。诸将有何良策，可以破敌成功？"众将尚未回答，帐下报称："王将军求见。"马超立令请入，迎着说道："子均为何夜出？"王平道："末将今日在城上观见两军决战，可称得起势均力敌。但曹兵虽众，半系临时征集，士心不一。明日决战，伯约、仲华可各引弓弩手五千人，尽用火箭专射曹兵后军，后军一乱，我兵庶可得志。"马超道："此计甚善。子均明日但令裨将守城，自领五千人出城助战可也。"王平领令，即夕仍入城守，吩咐部将安排弓弩手伺候。

到了次日，两军接战方酣，马超却挥兵向城侧一退，曹兵乘势大进，尽力追击，不提防姜维、马岱两支汉兵迎着曹军横冲过来，万弩齐发，着火烧身。王平看得分明，也就开城杀出，拦腰截击，箭下如雨，曹兵退后不迭。马超、白虎文、李严、文鸯倒赶回来，奋勇冲杀，曹兵大乱，水溃沙崩，新兵初集，将不相习，禁令不行，止约不住，一经挫折，争向后退，自相践踏，反把曹彰本兵冲得四分五裂。汉兵大呼，乘势追杀。曹彰、李典、郝昭、郭淮、贺拔奇、慕容轨六将只得各督本部精锐，且战且走，杀条血路，向巨鹿方面退走。马超大获全胜，计点收降曹兵万余，获马七千余匹，器甲无算。

曹彰退到巨鹿，查点新兵，溃亡殆尽，本部亦略有损失，抚膺叹道："再败王师，天亡我也。"鲜卑二将启道："大王请勿伤悲，胜败兵家之常。今汉兵势大，内地不可容身，不如由渔阳别道出屯漠南，养威塞外，俟有机会，再入中原，免为敌人所乘。"李典见本兵势倍汉兵，反为所败，即令再战，已无可为，出屯塞外，召募鲜卑，原是先皇末命，事属可行，亦以相劝。曹彰见大势已颓，马超实系劲敌，亦欲保全实力，以待将来，俯从众意，真个率领全部九万余人出屯柳城塞外。后来曹丕一死，曹彰自称大魏天皇，闹得九边神鬼不安，最后与张飞血战数场，方才退入阴山，此是后话不提。

当下细作报知马超，超闻讯大喜，对众将道："曹彰出塞，幽州无能为矣。"即将所部分作三路，令姜维领兵一万，从束鹿、饶阳、河间出徇右北平、上谷各县；令王平领兵一万，出徇常山、渔阳各郡县，从柏乡进，会魏文长兵北上，直取幽州；令李严领兵二万人，驻扎邢台，接应两路军队。超自与白虎文、马岱、文鸯领本部全军二万人，驰还安阳，东出滑县，与子龙及诸葛元帅大兵三路会攻司马懿，下回细表。

且说魏延到了榆次，会见田畴，一别三年，相见甚喜。田牧设宴为魏延洗尘，酒席中间，说及调兵各节，田畴道："前闻马孟起、王子均出袭安阳，本境为防御敌兵侵入起见，陆续调集步骑三万余人，严兵守境，幸安阳得手，边境又安。将军既来，出战境外，无烦征调也。"延闻言大喜，次日即请田牧先派人前往接守井陉，自领本部并并州各军即行出发。到了井陉，高翔出关迎接，将守关事务交代替人，自随魏延渡过了滹沱河，直取常山。沿途城镇因闻曹彰大败邢台，一见汉兵，望风崩溃，魏延兵不血刃，直抵渔阳，与王平兵会合。

王平来见，延大喜说道："子均，往岁与将军共定云中、雁门、代郡各地，今日复得与将军偕行，渔阳、涿易各郡不难定矣。"王平笑道："愿附骥尾，共事功名。"延问道："马将军现在何处？"王平答道："马将军闻曹彰出塞，令伯约去徇上谷，令平来从将军，去徇渔阳。马将军还安阳，与元帅及赵将军三路会攻司马懿。"魏延惊道："伯约去徇上谷，必从东道去袭幽州，是全功皆为所得矣。"平道："这亦不定。曹熊怯懦，决不敢出。平以部兵绝其出路，将军率所部昼夜兼行，先取涿郡，则幽州自危，伯约东来，将军北上，两路合兵，何愁不胜乎？"延闻大喜道："子均高见，延所不及。但渔阳闻尚有兵三万，将军所部仅止万人，恐难操必胜耳。"平答道："兵不在多，在用之如何耳。曹熊有兵三万，不知守常山之险，任我兵直入堂奥，敛兵入城，但求自保。有众百万，又复何用？平兵虽少，制之有余。将军但鼓行而北，大张声势，径略涿易，两地若得，幽州自危。幽州攻下，渔阳必自溃矣。"延见平说得透彻，喜甚，即与王平分别，领兵直进。

果然涿易守将因渔阳驻有大军在前，阻住汉兵，恃在后方，未加警备，延兵一至，乘势进攻，一鼓而下。延留兵千人，令一裨将守住涿郡，自己径向幽州进发，到得幽州。姜维已徇定右北平上谷各地，选置守令，征发士兵八千人，并将而前，早在幽州城东扎下大营。魏延兵扎城南，两路兵声势浩大。

城里大魏皇帝曹丕初至幽州，忙着替父皇发丧，追上尊号谥曰高祖武皇帝，自己即日登基，改元黄初，与曹休、程昱文武近臣商筹兵事。先时听得曹熊转报曹彰与马超相持邢台，最后大败，奔逃塞外，汉兵已取邢台，忽然十余日未接渔阳兵讯，汉兵却已至城下，曹丕与文武商议道："仲达一军久无消息，渔阳不知曾否陷落，幽州两面皆敌，如何是好？"程昱道："大势已去，陛下可乘敌兵未曾合围，率领宫眷先往辽东。昱愿死守此城，以报主知。"曹丕闻言，潸然泪下，对程昱道："以幽州累卿矣。"即传旨以大中大夫程昱为幽州牧，一切便宜从事，昱顿首受命。

丕与曹休乘夜领兵五千，开了北门，取道榆关，径趋辽东。姜维本来昼夜提防曹丕北走，此刻一听探子飞报，即领所部乘着星月之光，上前追赶。程昱在城接到探报，闻听得汉兵夜发去追魏皇，火速自行领兵出城，直抄姜维后路。姜维前后受敌，只得回兵来斗程昱，曹丕、曹休乘间拼命逃脱。程昱与汉兵战至夜分，知魏皇去远，正待收兵回城，却见一支汉兵绕城杀到，原来是汉将魏延生恐姜维得了全功，一听本营士兵报称曹丕东走，姜维去追曹兵，自己便想乘哄来夺幽州，深夜潜师，附城乘隙，不道迎着碰上了程昱，两马相交，不到四五个回合，被魏延宕开兵刃拦腰一把，将程昱生擒过马，曹兵大溃。正是：

荥阳纪信，正有前车；河北公孙，已无归路。欲知后事如何，且听下回分解。

异史氏曰：于禁从孤三十年，何期临危反不如庞德，此曹操襄樊失地时自叹之词，而世人乃常为此言欺蔽；每若寝陵画壁，辱禁以死，实为至当，而又多壮德之抬榇殉身，辄羞禁之称降有贰也。呜呼！世人于此，不惟忘禁材勇，品评失人，抑且忘操汉贼，褒贬失宜，此奸雄所以能动欺后世，竟使后人至人自欺也，不亦诵哉。在操当日，罢计迁都，激励左右，自宜有此一言，然于文则，实非定论。观禁入事操门，非荐非降，引数百人，自来投效，魏营中只此一人进身光大。天下大乱，豪杰自惜其才，时操奉诏勤王，奸恶未露，则禁与孙策在术，赵云在瓒，张辽在布，马超在鲁，曾何以异？是不可遽议其非。回思操败清水，禁独能赶杀青州乘势劫掠百姓之兵，悖告禁反，亦不置辩，且先下寨拒敌，以改张绣，操之知禁，至特指班内，谓汝可去解樊城之围者，实自此始。是其整军经武，有勇知方，又何可遽薄其才！乃夫水淹七军，乞哀云长曰："上命差遣，身不由己，望求怜悯，誓以死报！"则陵寝因降以死，亦可谓死汉而报关公，而其悔归曹操，低首云长，言自由衷，亦何能竟谓无心也！是则屡挠庞德，鸣金阻谷，用掣其肘，更属暗助关公，有功于汉。尝谓禁虽有失足之恨，终见立身之操，盖怀降汉之心，始成背操之志。庞德何人，可与并论？即曰奖之太过，毋亦足抗黄权，何故可轻于禁耶？作者大其来降，许其知耻，不欲受欺于操，因每惜禁之才。前令投吴，即使比于黄权；今令助懿，又若比于向宠；故守延津经旬，无异洪湖十日，后先辉映，今古交悲，是非论定于棺中，黑白斯分于笔底，禁之冤庶几雪矣。

赵云之败，司马之援，皆所以死司马昭也，而曹惠、曹爽同死焉。无他，但令曹氏子孙与司马子孙同日死耳。姜维之胜，魏延之趋，皆所以破幽州也，而曹彰、曹丕同窜焉。无他，但令曹氏弟兄与汉家疆土同时绝耳。一则驱入幽冥，一则投诸塞北，此与晋魏递禅，报复于寡妇孤儿，不如炎汉中与，报复于山阳安乐。其酷毒宽厚，更有判于天理之巧不如天心之仁；人心之公不如人道之平者也。呜呼！晋寡不禅，方谓五胡之祸可免，而任城出塞，不谓鲜卑之召犹然。曰：原是先王遗命，则本书独诛曹操，若谓乱邦国贼，无不如斯，其意至深，其笔亦至严矣。世有思假外寇以患中国者，其视曹操子孙之例也可！慎勿谓求为曹操而不得，尚可为程昱之死据幽州，然而程昱之例，又如彼也。

第四十七回

公孙渊献俘幽州城　　司马懿被困延津县

却说魏延在幽州城下捉了程昱，与姜维乘势抢城，城中虽有兵将，因曹丕已走，程昱已擒，又系夜深，无人主持，混战一回，被二将攻入城中。

天色已经大明，招降余兵，安抚百姓，将程昱推至府中，正待讯问。程昱破口大骂，魏延暴躁如雷，便要下座自杀程昱，姜维劝道："士各有志，不能相强。往年子龙将军大败吴兵，生擒徐盛，与之一剑，以全公私之谊，两国将士无不感泣。渠之谩骂，不过欲求速死，此等人未必可降，即降亦为后患，令其自杀可矣。"随对程昱道："程大夫不必如此，桀犬吠尧，各为其主，私恩隆渥，公义消亡，运会所关，不能独以相咎，便可成足下之志。何必谩骂，自损学养。"即命左右将程昱捆绑松了，取剑与之。程昱接剑在手，略为整顿衣裳，向东再拜，更不语言，拜罢起身，引颈自刎。魏延、姜维与侍立诸将士皆为太息，吩咐将程昱从优殓葬，以安士心。

二将处分诸事已毕，在州牧府中商议，魏延便要发兵追击曹丕，姜维道："将军且莫性急。曹丕此去，必奔辽东，我若盛兵急迫曹丕，公孙渊必以为我乘全胜遂欲囊括三韩，利害迫切，必协同曹丕合力拒我。辽东道远，馈饷为难，维与将军所部多系轻兵，未能大举前进，且幽州内地尚有曹军，宜先肃清，以固根本。维意，不如盛兵幽州，整顿城守，而遣一介之使前往辽东，驰示声威，谕以顺逆。公孙渊既审我无席卷辽东之意，曹丕不过漏网之鱼，上可邀功，下能固位，长为藩服，何乐不为？不出二月，诸曹之首必将自至幽州无疑矣。"延闻言大喜道："伯约所言，确切不易，延不及也。"即日挑选干员，赍着手书，轻车简从，驰往辽东，宣示德意；一面派人飞报王平，言幽州已经取得；一面请姜维自出榆关，大修边防，防备曹彰南侵。姜维立领所部与两路使人分头前往。

却说王平屯兵渔阳城下，因系牵制曹熊之兵，不令其得以往救幽州，又乘着战胜邢台的威势，扬威耀武，扼住要道，并不进攻。曹兵困守城中，不知汉兵虚实，亦不出城。双方相持二十余日，此刻接到幽州捷音，马上转知李严，请其火速转报大营，自将前次所擒曹兵提出三人枭首，竿示城下，宣言大兵已经攻破幽州，曹丕、曹休、程昱均被擒斩，特地送至渔阳城下号令，现定三日后，五路大军攻围渔阳云云。大张文告，晓谕兵民，各安生理，无得惊扰。城中得了此项风声，互相传播，登时鼎沸起来。王平又教兵士纷纷射入箭书，晓谕渔阳军民，若杀曹熊，开城投降，不徒免死，并有重赏。城中军民愈加惶惑，便真有人想谋杀曹熊。

那曹熊本来怯懦，见事已至此，知无可为，唤部将道："汉兵欲得而甘心者。惟有孤耳。孤城四绝，徒累生民，孤不为也。汝辈可以孤为进身之阶，而全一城之民命。"言罢泪流满面，左右皆不能仰视，遂拔剑自刎而死。左右见状皆痛哭失声，一方看护曹熊尸首，一方开城迎降。

王平领兵入城，降兵缴械待命，平大加抚慰，令其屯扎近郊，自家来至府堂一见曹熊尸首，甚为怆然，令部将将其好生收殓，妻孥财货一律加以保护，任其自由居住，所有军民人等不得稍为侵犯。布置粗定，不道曹兵见王平兵少，大家不免反悔，又想乘机起事，中间便有那卖友求荣的来报告机密。王平不动声色，将降兵内中的最骁桀的八将蓦地掩捕，即行枭首，余党惊散，一场风波，无形消释。随将所有降兵分别去留，酌量道路远近，给予川赀，发放恩饷，令其还家，各务本业。三数日间，遣散过半，伺时派人分头前往报捷。

孔明在大营连接诸将捷音，立即转启洛阳，令魏延督幽州军事，姜维、王平诸将尽归节制，所有一切善后事宜，责令三将妥慎办理，会同并州牧田畴，备兵九边，严防曹彰内犯。魏延奉令，敬谨遵行。

那曹丕、曹休昼夜兼程，已早到了辽东。公孙渊率领文武出城迎接，俯伏称臣，曹丕大加慰藉，进入城中。公孙渊将正寝让与魏皇居住，朝夕款待，致敬尽礼，倒也安生。

曹丕得闲，与渊商议，要其出兵去救幽州。渊口头答应，托个事故，还至本宅，召集部下秘密计较。有谋士说道："曹操挟六州之众，气盖天下，尚且兵败身死，国破家亡，汉兵之势，不问可知。我远在辽东，与人无忤，汉室中兴，我不过遣使进贡，不失藩服之位。若徇曹丕之意，举兵内向，则我有犯顺之名，诒彼以出兵之口实，我之兵力能及曹操否？是自致危亡也。不如虚应其请，而集兵观变，以应事机。"渊闻言连声称是。

正商议间，守门员役忽报汉使求见，突如其来，吃了一惊，势不能拒，渊即令相请。汉使昂然直入，渊忙降阶相迎，优礼款待。汉使将主将手书呈上，渊双手接过观看，系都督汾晋诸军事魏延领衔，言奉汉中王令旨、诸葛元帅将令出师北伐，所过城邑，望风迎降，近探闻曹丕君臣逃避辽东，仰即火速擒送幽州，转致洛阳，以申国法而彰天讨，当奏明今上，令汝世守辽东，为国屏藩云云。公孙渊看过，诺诺连声，即令近侍好生招待汉使，自携手书与心腹将士至密室中商量。将士将来书传观，同声说道："主公三世汉臣，宜遵汉令，于国于家，实为两利。"渊意始决，暗令部军围攻城外曹军，令偏将领兵千人围攻曹丕住宅。

谁知曹丕先已知道风声了，原因是姜维计画令使者到了辽东四处张扬，使两下疑忌，好教渊迫于无奈而杀丕，曹休在城外也就听得风声，急令人报知曹丕，自己整顿全军，决与渊死战。曹丕接到此信，手足无措，众宫眷相顾失声，只有那美人薛灵芸上前启道："大王国破家亡，身临绝地，尚何意志留恋人间？贱妾蓄鸩相待久矣，请先死大王之前，以明妾志。"即由行箧中取鸩酒一瓶，自己先满饮一杯，再斟一杯，奉上曹丕。丕见灵芸已饮，接过酒杯，一饮而尽。众多宫眷争先取饮，投环自刎，死者枕藉。此及公孙渊兵到时，黄初元年元月吉日，大魏皇帝曹丕早已乘龙上天、鼎湖仙去多时了。

众兵回报，倒把公孙渊吓了一大跳，却又听得城外杀声震地，原来是曹休激励将士奋勇血战，将士已无生望，一个个舍死忘生，辽东军士倒被杀伤数千余人。公孙渊听得大怒，立令弓弩手五千围住曹兵，四面攒射，将曹休并五千曹兵尽射死在辽东城下。即时吩咐兵夫掩埋尸首，优恤本部将士，打扫正寝，与文武商定将曹丕、曹休首级割下，用木箧装具，派着心腹部将带了表章奏记，附赍贡物，恭恭敬敬随了汉使前往幽州献俘。行到榆关，见过汉兵大将姜维，维大加抚慰，派人飞报魏延。

魏延闻辽东使来，盛陈兵卫，自家戎服佩剑，高坐堂皇。汉使引着辽东使者上前谒见，延赐坐慰劳，令将贡物首级验收转呈汉中王，候令旨定夺。大会诸将大宴来使，复书奖誉，承制授公孙渊行辽东太守事，俟汉帝登基，再加爵赏，差来使先回复命，以自己私人名义、同僚情分馈赠公孙渊鞍马刀剑、名酒什器、蜀中绫锦、并州铜件，赐来使千金，以实归装。来使高兴万分，自行回转辽东，复命去了。

魏延送过辽东使者，随派员将曹丕等首级并辽东贡物火速呈送元帅，转呈汉中王，自己同姜维、王平、高翔诸将安辑幽州属地，剿除伏莽，资遣溃兵，分守险要，休养军队，补充马匹，屯储粮秣，缮具甲仗，凡属本州郡县各令丞簿尉均供原职，试用三月，以定去留。大凡战争之后，民易安生，革故鼎新，官吏效命，一经整顿，成绩斐然。

孔明在延津大营接到魏延辽东献俘幽州底定报告，将曹丕、曹休二人首级号令军中三日，然后声叙事实，转呈洛阳，一面分调赵云一军先攻封丘，调马超全军与张飞会攻延津，掣司马懿还救封丘之肘，令黄忠领本军，以伍梁、罗宪为左右翼，马凯、韩雍合为后军，去攻延津南城。四路兵十余万，声势赫如，兼之又听得曹丕已死，幽州已得，愈加心雄胆壮。至于曹兵方面，可就苦乐殊观了。

且说赵云屯兵多日，诸将伤痕已愈，兵队元气恢复，休息既久，跃跃欲逞。云接到了元帅将令，召集诸将道："我兵自与吕蒙、徐盛血战江淮，北入九里关，袭取汝南，荡定许都，攻无不克，战无不胜，而封丘一役，反胜为败，虽系敌人出我不意，亦由我军恃胜而骄。全师以出，折伤过半，哀我同袍，殒身王事。云忝为主将，待罪行间，未敢遂以一败而灰心，令战死军校永无复仇之日，是以与诸君枕戈侍旦，伺隙而动，不徒欲雪当日之耻，亦欲以慰忠魂于地下也。今幽州已破，曹丕已亡，文长、伯约肃清河北，曹兵后路已断，司马懿、于禁所据之地不及十县，余兵不及九万，孤军援绝，瓮鳖釜鱼。我军四面围攻，声势十倍，报仇雪恨，正在今时。众位将军，请各出奇计，以期全胜。"张翼启道："主将专防东面，原以驱逐吕蒙，今既奉将令，围攻司马懿，自应合力扑灭北路之敌，然后转而东向。司马懿自据延津，而令毋丘俭守封丘，以为掎角之势，现闻元帅令黄老将军、翼德君侯、马将军三路围攻延津，司马懿自顾不暇，何暇顾及封丘？封丘城池不高，守御不备，但督全军奋勇攻扑，不难一鼓而下。请主将即下令，翼愿与各位将军先登陷阵，攻取此城也。"云听得大喜道："张将军既肯先登，封丘不难攻取。"即时下令，令先锋张翼领沙摩柯、严、崔、黄、庞六将分路攻城，自与傅彤、程畿、云骥继进，号令众军,不取封丘,誓不回军。

全军立时发动,直扑封丘,将城四面围住。城上矢石如雨,张翼左手执盾、右手提刀,踏着城堞攀缘而上,军士前仆后继,蚁附而登。一声喊起,张翼早纵上城头,杀乱守城曹兵,沙、黄、崔、庞四将也上得城去,一般价奋勇冲杀,曹兵风靡。毋丘俭督众死拒垛口。赵云、傅彤杀上西城,汉兵如潮似浪,大开城门,截杀曹兵。张翼与毋丘俭战到半酣,黄武一戟刺伤毋丘俭左腕,张翼就势一刀,将毋丘俭劈下城垣。汉兵大获全胜,完全夺取封丘。

在这个时间,司马懿早经虑及,已令曹兵大将曹仁、曹洪、文聘领兵五万来救封丘,谁知来迟一步,已赶不及,欲待回军,却被马超全军堵住归路。既然回不了延津,又怕赵云、马超两军前后夹攻,只得乘个间隙,率领全部退屯黑山去了。

赵云得了封丘,安抚居民,犒赏将士,留傅彤督兵五千守城,飞报大营,自领全军前来会攻延津。

那退屯延津的司马懿在延津城外大营听得探报,汉营悬挂曹丕、曹休首级,便知道幽州已破,后路全虚,封丘方面消息阻隔;又听马超领军攻延津北面,张飞领兵攻延津西面,黄忠领兵攻延津南面,三路进兵,声势浩大;接连又听得探报,赵云亲率全部大军四万余人向延津进发,离此不过五六十里,曹仁一军又无消息。懿太息道:"封丘尽矣。"

此时张郃箭伤已愈,来见司马都督。懿令前方将士坚守大营,自入城中,与诸将会议,张郃、于禁、刘晔、吕虔、满奋、邓艾、钟会、典满、许仪大小将官百十余员环立阶下。司马懿站立帐前,慷慨言道:"懿受先皇特达之知,受领军之重任,抗衡强敌,血战数十,今国破家亡,孤城危急,任城王既渺无消息,太子复为辽东所害,赵云全军尽至,封丘城必已陷落,子孝一军,未知何往,四面被围,延津危在旦夕。懿受国厚恩,一家已尽,六十之年,复何所惜?愿与此城同存亡，诸君请各自为计。"张郃、于禁、刘晔、吕虔齐声道："末将等均受先皇厚恩，愿与都督同死此城。"邓艾、钟会、典满、许仪亦应声道："末将等世受国恩，会仪之父皆死于敌，君父之仇，不共戴天，又蒙都督提携教训，此恩此德，不报何待？除死此城，更无死所，请都督决定方针，作何死法？末将等情愿生死相随，患难相与，决不能忍耻偷生，苟延旦夕也。"

司马懿见群情愤激，心志齐一，破涕为笑道："各位将军，既誓死相从，绝不能坐以待毙。汉兵方面，惟黄忠一军兵力稍弱，我以全军攻破黄忠，既足以挫敌势，亦可壮我军心也。"众将齐道："都督之言，洞悉敌情，愿听分示。"司马懿就坐下令道："俊义将前军，典、许二将军为左右翼，文则将后军，钟、邓二将军为左右翼，全军突出，直攻黄忠，得胜即回，再图良策。"

张郃、于禁领令，同四将率兵马上出城，直扑黄忠营栅。司马懿与刘晔、吕虔、满奋及城中将士大营余部分路守护各要地，以防意外。

那汉将黄忠虽有部兵三万，大将却仅忠一人，孔明原不放心，及见赵云兵至，方才心安，已令黄忠持重勿出，谁知却被司马懿看出破绽，故而吩咐众将合攻黄忠。在延津城外大部曹军扫数进攻黄忠营栅，人人奋勇、个个逞强，登时将营攻破。黄忠与罗宪、伍梁诸将虽然冒死抵敌，但只一人能敌一人，四下不能相救。曹兵得势，随处放火，翻江搅海，势不可当。汉兵自相践踏，全军大败，正在危急。

恰好赵云全部从封丘赶来，听得前头杀声震天，急令云骁指挥后军，自与傅彤、沙摩柯二将率领前军，向曹军左侧杀入。三马纵横，直入垓心，正见黄忠三将被困重围。云与二将冲进围中，大叫道："老将军休要着慌，某家全军来也。"黄忠与罗伍二将正在万分危急，拼死支持，忽见赵云来到，不觉心地放宽，精神陡长，左冲右突，越杀越勇。败残人马见重援已到，大众自行集合，各各回兵再战。张郃、于禁因都督有令在先,赵云既来,马超、张飞亦必立至,不可恋战,自讨苦吃,相与呼哨一声,领了将士,杀出汉营。赵云、黄忠因兵力已乏,也就不追。

张郃六将大获全胜,回至大营,司马懿亲自出迎将士道:"将士同心,因而获胜,亦先皇在天之灵有以默佑之也。愿长保此心,共济艰巨耳。"诸将皆下马逊谢,齐呼先皇万岁。曹兵得了胜,士气自壮。

那黄忠、赵云同往大营,面见元帅请罪。孔明笑道:"困兽犹斗,而况人乎?老将军兵力太单,敌人全力进犯,猝不及防,致有此败,此乃亮之失于调度,非老将军之过也。幸勿自损,可徐图报复。"黄忠谢过。孔明问道:"老将军所部损失若干?"忠答道:"兵士损失万余人,偏裨将校损失十余人。"孔明道:"老将军且自回营,当即拨兵补充也。"

忠去后,孔明令赵云拨马忠、关索部兵万人,帮助黄忠,归忠节制;又以北道平定,令马超速调李严回延津大营,以厚兵力,吩咐众将士将延津城远远围定,环城筑垒,取土成沟,沟中遍插竹签蒺藜,军队更番防守,相机迎拒,俟彼粮绝,自将坐毙,不必仰攻,徒伤士卒。众将依令奉行,大兴工作。司马懿见汉兵筑垒困城,令诸将更番出战,以扰工事。孔明自督诸将随机应付,二月以后,全功告成,垒若连星,沟如绝涧。正是:

虎狼入阶,空施㚄然;鹦鹉在笯,但听言语。欲知后事如何,且听下回分解。

异史氏曰:尝读《演义》"郭嘉遗计定辽东"一回,甚叹袁氏子孙末路途穷,何至困厄如斯也。今读本书,始幸有此一回,得为报复曹氏子孙之地。作者文思,毋乃太巧欤!夫操祭墓,而述本初起兵之志曰:"吾将南据于河,北阻燕代,兼沙漠之众,南向以争天下,庶可以济。"是固本初之夙志。而谭尚相攻,自取覆灭,乃至辽西奔乌桓而败,辽东投公孙而见杀,授首于人,匦行万里,徒贻操以哭"哀哉奉孝,伤哉奉孝"之名,岂非任天下之智力,御之以道，不如曹操之有以自鸣其得意者乎。今懿南据于河，彪、熊北阻燕代，而俱不得，彰且往兼沙漠之众矣。是南向以失天下之秋，蔑以克济，获履本初之志，而不得如本初之愿，一如昨日。乃兄弟相携，复至败亡，而辽东共投公孙，卒成授首，传边万里，丕、休颅骨亦不胫而入榆关，郭奉孝果安在也？灵芸奉鸩，何异伏后之世子捐生；曹休挥戈，何异曹髦之驱车南阙。天地报复之情，恐胥尽于作者笔底。而必令曹丕得食袁氏之报者，又以甄氏之纳，操谓真为吾儿之妇；则袁熙已死，乌可不令曹丕真如袁氏之儿耶！得此一回，本初固可瞑目。吾不意读《演义》袁谭首级号令后，又得读本书，复见丕、休首级号令军前，则谭也，尚也，熙也，能毋一门同快而俱瞑目乎哉！

　　先主猇亭，而有黄忠之败；诸葛祁山，而有赵云之败。前回既将赵云兵败写却一次，此回乃将黄忠兵败往事重补一提。而赵云之救不必兴、苞，黄忠之救仍是赵云，则笔法自有变幻。然赵云胆大，每喜深入，故封丘之挫，即戒深入之危；而黄忠不老，动喜逞强，则独当一面，乃有延津之败。此固不易《演义》笔墨之精神，用存忠、云本来之面目。若其战阵风云，则逐回变化，情境如真，是为《演义》所不及而亦未有者也。但亦无非料敌乘虚，两番均写足一个司马懿，究又非如《演义》之于云、忠获救，大致雷同，是本书所以可作军书读，而《演义》只能作演义读也。

第四十八回

刘阿斗被刺江陵驿　　吕子明分袭封丘城

却说汉中王刘玄德自从移驻洛阳以来，先后接到马超袭取了邯郸、邢台，大败曹彰；魏延、姜维夺取了幽州；辽东公孙渊函送曹丕、曹休首级；孔明四路围攻延津，困住司马懿。捷书飞报，如雪片般送来，心中自然是异常高兴。恢复汉业，只在目前。却不道从古便说是：祸福倚伏，夷险相因。乱机每兆于承平，忧患多生于安乐。世上的事情，往往在那兴高采烈之时，偏偏多出那些变起非常之事，任你国势如何强盛，时局如何安宁，千军万马所不能先事防维，谋臣策士所不能预为制止。你若说是天意，老天爷又哪里管的许多？你若说是人谋不臧，却又是景运重兴，火井再旺。大敌歼除，六服向化，伏龙、凤雏并在左右，元直、孝直同赞大猷，五虎凌威，一龙得势的时候，此话从何而起？说起来话又长了。

就是因当年马超驰救新蔡，徐盛兵败被擒，不降自杀，牵枝带叶，种下来的祸根。因为那徐盛，遇士以礼，待下有恩；他手下有几位门客，受恩深重，甚为感激，欲报无从。却想到许贡的门客刺杀小霸王旧事来了，他们三人义愤冲动，决定行止，不顾一切。安葬了徐盛以后，他三人立志，替主将报仇。买了牲醴，在徐盛墓下，哭奠一番，改换了商人衣服，千方百计，跋山涉水，慢慢地来到许昌。想要行刺赵云，实行冤各有头、债各有主的政策。却因赵云老成持重，戒备森严，三人伺候多日，无从下手。为时不久，赵云又奉令督师，北渡大河，军行所至，更难近身。三人无法，只得改换宗旨，移转方针，去到洛阳，谋刺玄德。无奈玄德以洛阳旧为曹氏所有，遗臣尚多，不轨之谋势所难免，云长、士元并已注意，故玄德在洛阳，十分戒慎，深居简出，就令偶然外出，却又护卫重叠，警跸传呼，车水马龙，闲人避道，连影儿都不能瞧见，哪里还有下手的地方？一半年出外一趟，也没有下手的时日。三人怨气冲天，肝肠炸裂，正在相顾徘徊，无计可施。凑巧，被他们打听得诸葛郡马，奉令回川，迎取宫眷，前来洛阳。三人得讯，欢喜得什么似的。洛阳许昌既不得手，只好再作计较，不如大家去到江陵道上，相机刺杀世子刘禅，或是郡马诸葛瞻。两个人中，只要杀得一个，亦足以稍偿万一之愿，庶乎不虚此行。

  三人计算已定，再不延捱时刻，即日起行，真是有心不怕千里路，迅速地到了江陵。四出探测地面，寻觅乡亲，花了一些小钱，求着本地一个商家介绍。一个，夤缘投充了一名驿卒，在江陵驿里作事，作为内应，烧茶煮饭，挑水劈柴，送往迎来，十分卖力。三五日内，便被那驿官看上了，把他调在身旁听用，帮同招呼来往官吏。一切事都跟他商量，办得都很如意，愈兼倚任他如左右手了。一个，却在驿旁左右附近，做些小本贸易，糖食水果柿饼酥酪，沿驿叫卖，价廉物美。驿中员役叫买，格外克己，买得一众欢心，可以自由出入驿中了。一个，在驿旁客店，充当一名伙计，洗碗抹桌，烙饼弄菜，十分殷勤，忍劳耐苦，掌柜同事，无一个不欢喜他。驿中人员夫役，来店小吃，酒食丰厚，招待殷勤，往来驿中，送菜送酒，也就惯熟，毫无阻碍了。他们三人，藏身既密，分工合作，谁也不疑。延颈侧耳，专一打听宫眷西来消息。这样一来，那消息自然容易探得真确了。从来就说，庶女含冤，雷霆下击。匹妇呼天，霜飞六月。精诚所至，金石为开。马角鸟头，人天感召。他们三人，似这般苦心孤诣，要替故主报仇，降志辱身，在所不惜，自然会叫天天应，叫地地闻。就是做书的人，也不能上违天意，下悖人情，向那隔着几千年的大耳王爷去讨好，让他花好月圆，团圆美满；只能硬着心肠，无可奈何，牺牲了一个扶不起的阿斗太子，为他三位稍为出出胸头一口恶气，以扬汉末节义之风，纠正豫让要离聂政郭解那种无知盲动的恶习惯罢了，免教他日子一久，四十年满，舆榇出降，替爷丢脸，也是一件应天顺人的美事。各位看官，谅表同情，一看下文，当然满意。

且说那郡马诸葛瞻，奉了汉中王令旨，回到西川，迎取官眷。当下接奉汉中王手书，带了二百骑贴身卫卒，辞别了叔父京兆尹，轻装快马，出了洛阳，西入潼关，进了长安。见过叔父诸葛均，休息一日，西出宝鸡，过了散关，经历了广元、南郑、摩天岭、草凉驿，由绵竹过鹿头关，到达成都。进了自己家门，拜见母亲。独子远离，忽还膝下，甚为欣慰，何可胜言。锦城郡主，少年夫妇，新婚久别，乍见归来，欢容可掬。黄夫人连接家书，知儿子在外，建树事功，不曾倚赖父亲的荫藉、岳父的庇护，不负自家教育苦心，心中无限愉快。此次见儿子千里归来，虽然面上略带些风尘状态，但是身体比前还壮健，精神比在家时还饱满，满面含笑，问他前军的情形。诸葛瞻坐在母亲身旁，详述前线各路胜利，父亲身体安好，现在兵驻延津，公休叔父现任京兆尹，二叔任长安太守，一切平安；汉中王移跸洛阳，康强逢吉。一家欢聚，略用酒膳，盥沐一毕，即入王府，去见世子。

门官一见郡马来至，立启世子。世子闻启，自出府堂迎迓。两人相见，握手欢然，同入内堂，参谒如礼。然后双手将汉中王手书令旨一并呈上。世子躬身接过，当面启视，不觉大喜。两人就坐，略为寒暄，随即细问汉中王近安及前敌各军现在情形。瞻将一切闻见详细禀知，世子喜甚，吩咐设宴为郡马洗尘，同时令宣召法正入府。

不到一刻，法正应召来府晋谒，参见世子，欢迎郡马，一旁就坐。世子将父王令旨面交孝直，法正躬身接视，向世子道谢。世子道："孝直何谢之有？兴贤任才，国家令典，两川重任，谁复胜公？即孤在此，不过画诺而已，愿孝直精心努力，慎终如始，毋令萧寇专美于前。"法正离席长揖道："正虽不才，愿竭驽钝之资，以副大王之委任，报世子之明命也。"说话期间，承奉官已将酒筵摆好，三人依次入坐。饮酒中间，世子将郡马所言转告孝直，法正举酒称贺，三人各尽一觞，互相劝酬，开怀畅饮。酒至半酣，法正请示行期，以便先行安排沿途舟车。世子屈指道："十日之内，屏当诸事，当可奉母妃及宫眷起程也。"法正领命，酒阑席散，兴辞出府。世子取出益州牧印绶符节，手授孝直，法正再拜接受，谢了世子，出了府门，自回衙中，即日就职。令饬所属官吏行知荆州牧刘琦，告知世子行期，沿途水陆驿递，有司员役，安排行馆，伺候起居。经过地方，敬谨招待，加意保护，特别戒严，奉行员司各自遵令前往去了。

诸葛瞻谢了宴，回到自己家中，母子夫妻，一家欢聚，说些前方战事，各地民情风土，以博堂上欢心。姻娅往来，亲友问候，车马盈门，应接不暇。稍有余闲，自去桑园，看视父亲所植桑树八百余株，枝软叶肥，十分茂盛，心里非常快活，不知不觉早过了八九日。启知世子，择定行期，带领前时留在成都的荆州兵千人，押运库余金帛、蜀锦春彩、连弩刀箭及父亲储存的特别武器，各项辎重二三百车，保护着世子宫眷与自己母亲、妻子，别了亲友，出了成都。新任益州牧法正率领在城文武官吏，恭送出城，军民人等家家户户燃放炮竹，点起香灯，夹道欢送，热闹非凡。法正与文武官吏直送到万里桥设宴桥亭，与世子郡马饯行。饮了上马杯，互道珍重，方才作别。回转州牧衙门，出了就职通告的红告示，颁发《告父老兄弟书》，办理一切应行公事。两川民众人心大悦。这才真正符合他们川人治川三十余年的渴望呢。大家争到州牧衙前去观看，只见照场上面贴出一张全红告示，上面写着：

> 扬武将军，都督东西两川诸军事，领益州牧，为通告事，案奉大将军汉中王幕府手令开，"兹承制特授扬武将军监大将军府事法正为益州牧，都督东西两川诸军事。此令，遵此。于本月×日就职，合行通告。"右仰知悉，建安×年×月×日。

民众看了，大家拍手称贺。只见由府内发出文书，大家争先取视，上面写着：

> 益州父老昆弟均鉴，正以菲材，忝膺重寄，顷因时会，作牧乡邦，谨举施政大纲，敬告我父老昆弟。正之为政，首重实施，不事虚文，徒萦观听。政之纲四，今举其要，解除痛苦，减轻负担，开发实业，发展农工。凡此四者，已列日程，戮力进行，决不稍懈。正之私人，有三事敬誓于我父老昆弟之前，曰："正曩以骄横，贻讥清议，师友规戒，中心愧耻，率德改行，于兹三稔，誓不假今时之地位，修旧日之私嫌，誓不借公家之名义，肥个人之私囊；誓不以国家之名器，任便僻之私人。有一于此，父老昆弟得共诛之。官吏犯赃，必杀无赦。惟心思有限，耳目难周，幸我父老昆弟时有以教督之，则正之幸也。正白。"

当时一般民众看见此项文书，个个说道："我们州牧这样坦白表示，我们两川政治自然与日俱新。我们大众须要奉公守法，努力生产，日致富强，才算不负中兴王业的策源基地呢。"

孝直自出府门，当着民众，宣布自己政见，民众听得人人满意，大家欢欢喜喜，方行散去。

且说诸葛瞻一行人，车马如云，按站进发。到了涪关，舍车乘船，夏水方生，乘流东下，三五日工夫便到了江陵驿的地面。因为雨后新晴，天色不早，大家在船上久坐，都感觉不甚舒适。一行人都愿意早日起岸，且又离荆州不远，横竖迟早是必须上坡的。大家不约而同的众口同声向郡马请求。诸葛瞻将大众意思启知王妃、世子，得了允许，吩咐从人就在此地上坡，安宿一宵，再行就道。船中什物，自有从人搬运。瞻奉王妃、世子、宫眷及自己母亲、妻子，先行上岸，进入荆州牧先预备的江陵驿馆。驿丞早已洒扫院宇，清洁廨舍。荆州牧差来迎接的员役与驿中官吏，多久预备了下程酒筵，安排茶水，招呼一切。左右护从敬谨迎接，进入驿馆，声势赫如，往来杂沓，驿门内外，刁斗传呼，警戒不懈。诸葛瞻安顿世子宫眷，百事就绪，陪着世子夜膳已毕，然后回到自己住房。请了母亲的晚安，稍为休息一刻，自己提着宝剑，带领亲从，仔细视察馆驿内外一周，慰劳了值班的士兵，嘱咐小心在意，方才回到自己卧室。欲待安寝，忽然间心神不定，满身不安，霍地里烦躁起来，便自心惊肉颤。锦城郡主在一旁看见丈夫颜色大变，似乎脸上发烧，便动问原因，或许是船上感冒风寒，因酒发病。瞻连连摇头，说"不是不是"，只是一人在房中踱来踱去，心中似有许多话要说，又不知从哪档儿说起。锦城见他说不出所以然，心里似很难过的一样，知道必定另外有什么感召。便说道："郡马不要为难，婆婆有先见之明，何不前去叩问？"瞻听罢，点点头，也不回言，即同锦城前去母亲房中。只见母亲危坐胡床，容色十分不豫。瞻夫妻上前叩见，具告所以，黄夫人见儿子颜色滞晦，媳妇愁容满面，不觉凄然长叹道："孩儿不要心多，凡事自有定数，天意不能强违，谨慎便能免祸。"

　　他母子三人正谈论间，只听得世子上房那边，一连声呼喝有贼。瞻听得声音，急忙提剑在手，拔步出房。锦城心慌，只一抬头，却见婆婆忽然掉下泪来，不知主何吉凶。急得匆匆上前，拿着手绢替婆婆拭泪，颤声问道："婆婆，何故伤心？莫非儿子有什么祸患？"黄夫人太息道："孩儿倒没什么祸患，世子不幸为人谋害耳。汝稍停便得知也。"锦城一听哥哥被害，唬得心胆俱裂，倒在婆婆怀中，痛哭起来。黄夫人含泪劝慰不提。

那诸葛瞻向世子上房飞奔前往,行不到二三十步,迎头见着三个青衣,一道儿从上房附近奔出。那时未交三鼓,堂烛犹明,彼此两下看得亲切。三人一见来人,正是诸葛郡马,正中下怀。一齐奔上前来,好似怒猊饮涧,饿虎出山,走马灯一般,围住郡马,三刃齐举,向瞻便砍。瞻愤恨已极,用足全力,一剑砍伤一个。众兵士七手八脚将他登时绑了。剩下二人兀自不惧,仍然拼命争持,怎奈寡不敌众,不到一半个时辰,逃不了双双被擒,一一捆绑。瞻令部兵将三人拖了下去,严密看守,令左右大举搜索驿中有无余党,火速清除。自己提着宝剑径趋世子房中,方才进得房门,却见王妃、世子妃与众宫眷围住世子床前,大家正在痛哭。瞻即上前看视,只见世子胸口被刺,血殷床褥,已经身死多时。瞻释剑入鞘,抱尸痛哭。哭了多时,王妃含泪问道:"郡马,刺客可曾拿获?"瞻含泪答道:"已经拿了三人。"王妃道:"世子已死,不能复生,郡马可速饬知地方官,买办衣衾棺椁成殓。一面飞报洛阳,请汉中王令旨定夺;一面即速讯问刺客,严究主使,尽法惩治,以慰问亡灵。"

诸葛瞻领令,含泪出了上房。立令荆州派来差官,即夕兼程,驰还荆州,报知州牧刘琦。预备棺衾,并同时飞报洛阳,差官领命,火速即行。瞻吩咐左右,推出刺客,前来讯问。左右一声吆喝,将三青衣连拖带拽,推至郡马面前。三青衣毫无惧色,大剌剌地坐在当面。不待郡马开口,内中有一个便朗朗说道:"郡马不用多问,我等并不是此地人氏,与此地任何人都不相干,与世子也无深仇巨恨,也不是受别人指使!我等乃系东吴前将军徐文向门客,因为受恩深重来替徐上将军报仇的。就道理上说起来,两军上阵,不死亦伤。徐上将军在新蔡,若是明公正道,为你们川兵将领刀砍枪刺,那些下场头,瓦罐不离井上破,是武夫应有的结果。你我双方只有公仇,并无私怨。我等那时就只有结伴从戎,大家来到两军阵前,拼个你死我活,冲锋陷阵,以报知遇之恩就是,何必老远前来行刺,做这种无价值的举动?

不料你们号称仁义之师，不以武力取胜，却拿暗箭伤人。你们大众既然不讲军德，惟利是图，所以我们不惜艰难辛苦，冒着危险，千里迢迢，来还你们伤人的暗箭，只是自恨能力薄弱，兼之时会不佳，不曾刺得刘备、赵云，仅仅杀得一个无用的世子，哪里配得上说报恩？不过聊以泄愤，实在显得我们太不济事，辜负了徐上将军待我们的深恩厚义，就死在九泉，也无面目好去相见。但是我等也曾到过许昌，到过洛阳，费尽心力，都无下手的机会。后来在洛阳，方打听得郡马入川，迎取官眷。才到江陵，谋充驿卒，等候你们来到。今夜二更，天假其便，算是了了我们百分之一的心愿。简直说不上是什么大不了的事儿。只我三人，并无党羽，谁也不配主使我们，要杀要剐，任从尊意，另无他说，不必多言。"他那一席话倒说得淋漓尽致，慷慨激昂。

诸葛瞻听了，更无其他可说，吩咐将刺客拖了下去，自入上房，将讯问刺客情辞一一启知王妃，请将刺客剖心沥血，祭奠世子。王妃含泪太息道："死者不可复生，沥血祭奠有何益处？刺客为主忘身，节义之士，杀之已足，何用残酷！贻讥后世。"瞻领命出外，吩咐左右，立将三青衣牵出驿门，就地正法。三人引颈受刑，面不改色。瞻令驿中员役即为埋葬近山，不必号令，员役领令，自去办理。

江陵驿中当晚喧扰一夜，上下不安，直到次日正午，马良方才赶至。进了馆驿，晤见郡马，一同参见王妃，带来棺衾，大家将世子沐浴成殓，即日起运，前往荆州。到了附近，刘牧出郭郊迎，请王妃、世子妃、诸葛夫人、郡主宫眷入府安歇，遣派专员飞报洛阳，请示办理。刘琦、马良、诸葛瞻会同启奏，自请惩办防护不周之罪。

使者领命，星夜飞驰，到了洛阳，不及安顿行李，即时来到午门，见了黄门官，具述来意。黄门官见事关重要，不敢迟延，立时启奏内廷，在那时节，玄德正在殿中，预计宫眷日内可到，忽然间接到刘琦等三人会奏，不觉凄然流涕。即请士元入府商议，面授意旨，立即作书与刘琦、马良、诸葛瞻三人，书曰：

>　　刺客冥行，岂能防护，死生有命，非可幸全。但恨此子英年，弃我先逝，父子之情，能无伤叹！可葬荆州景升墓侧，入土为安，具礼而已。天下未定，征战频仍，伤人子弟，宁可仆数！卿等责在守土，何罪之有？祭葬事毕，瞻可速护宫眷来洛也。

玄德令黄门官将手书交付来使，厚给川资，令其火速驰还荆州。来使领命，更不迟延，即日就道。

只因洛阳、荆州两地为着了军事关系，沿途驿站，非凡完整；人员馆宇，既极充分；马匹粮秣，尤其丰富。每一驿站，无论任何时候均有膘肥壮健的马，五匹十匹，草料水豆喂得十足，鞍鞯鞭镫安顿整齐，驿中茶水饭食时时预备，都是庞士元在襄阳时节竭力整顿，逐渐推广，以求灵通消息，迅赴事机的。他订定章程，通常事件，日行百五十里；紧要事件，日行三百里；特别大事，日行三百八十里至四百里。马匹逐站更换，人员五站更换，务达片刻不停，如时到达。此次荆州使命，事关紧急，三四日间，便自到了。进了州牧衙门，见了州牧，呈上汉中王令旨，刘琦三人奉到令旨，各为悲感，选择吉日，敬谨将事。扶了世子灵柩，破土安葬，如礼祭奠，一切办好。诸葛瞻启知王妃，择定行期，别了刘琦、马良，率领原来兵将，保护王妃宫眷，由荆州出发，沿途经过襄阳、南阳各地，都是小心在意，十分戒严。行了十日，平安抵洛。进了城内，诸葛瞻令部将护送母亲、妻子及辎重车驮，径往京兆尹衙门。自己护送王妃、宫眷齐入宫门。由黄门官引进，宫监导入，玄德接见，悲喜交集。见王孙刘谌虽只四岁，英气勃勃，全身缟素，跪在面前，又痛又爱，将谌抱坐膝上，用手抚摩，不觉泪随声下。因世子妃系张飞之女，玄德深怜其母子，令士元作册，将谌立作汉中王王孙，分告前敌将帅，并各州州牧郡守。云长、孔明、翼德、孟起、子龙、法正、刘琦、田畴与各郡太守，皆上启称贺。

诸葛瞻出宫，去到京兆尹衙门，见了公休叔父，谈次之顷，却才知道公休叔父早已替他安排居第，置放行李。黄夫人婆媳已经先入新宅去住。瞻闻知甚喜，拜谢了叔父，去到新宅见过母亲，与锦城环视新居一过。厅堂住室、客舍园林、日用家具、帏帐铺陈，无一不位置得宜，完全美备。小园亭榭，竹树扶疏，洛阳名花，点缀山石。夫妻看了，甚为满意，感谢叔父不了。后经门卫报告，是汉中王因诸葛元帅为国勤劳，不遑安处，眷属将来宜为安顿，手令京兆尹诸葛诞为兄嫂精办住宅，以示国家顾念功臣之意。有许多陈设山石还是从大内搬移出来的，所以弄得如此精致丰富。黄夫人听得原由，立令儿子同媳妇入宫敬谢。诸葛瞻领命，与锦城二次进宫面谢。玄德见爱女夫妻同来，心中欣慰。锦城上前叩见，请过了安，然后谢未先来觐见之罪。玄德微笑道："汝嫁夫从夫，理应奉姑，方为正道。吾儿知礼，更复何罪？"瞻夫妇复将奉母命前来叩谢赐第之恩，且请撤还大内移出之物，以符父亲淡泊素志。玄德道："瞻言过矣。孤限于祖宗基业，不得自由，不然，孤将且以天下分与元帅，区区玩好之物，何足道哉？归告汝母，孤非不知元帅素心淡泊，而以玩好之物黩其贞操，孤与元帅情同骨肉，孤安处深宫，兀帅驰驱戎马，每念及此，寝食不安。所以于居第略致微意耳。锦儿为孤爱女，瞻为孤爱婿，得此以奉父母，不必踵事增华，蹈前代外戚奢僭之习，坏自己清白之门风，则孤意足矣。瞻可归告母亲，不敢当谢，毋再言撤。锦儿傍晚仍还家侍姑，初入新居，不宜太为清寂。明日入宫，随时来往，孤当遣人来迎。"瞻夫妇双双叩谢，锦城自入宫中请安，瞻拜辞出宫，还家见母，具述汉中王意旨。黄夫人以汉中王恩礼优渥，不再言辞。吩咐儿子，将奢僭物品，尽行包扎，加以封识，藏入库中。又以郡主关系，亦不可太示寒俭，饮食居处不丰不啬，立为家法，传之永久。锦城知礼，百事顺姑，诸葛瞻上承父母之教，内得贤良之助，自然惟命是从，孝思不匮了。

日月如流，在洛阳住了将近一月，瞻以从前在成都运回之特别武器恐前敌需用，派人解往，不能放心，启知母亲，意欲自往延津，伺候父亲，黄夫人当然允许。瞻即入宫，面呈汉中王，请命前赴延津军前效力。玄德以国事方殷，未便阻其壮志，准其前往，陛辞之日，再三嘱咐，小心谨慎，瞻顿首受命。还到家中，拜辞了母亲，别了妻子，带领荆州兵三千，押解军器、金帛各项辎重，出了洛阳，按站前进，渡过黄河，来到延津大营，面见父帅，具述一切经过。

孔明闻及徐盛门下食客为盛报仇，刺杀世子，大为惊讶，立命瞻作书，分告张飞、赵云、马超、黄忠各路统兵大将，加意严防，勤加戒备，无为宵小所乘，致蹈来歙岑彭覆辙。又令瞻与诸葛靓分统帐前左右近卫牙军，小心在意，昼夜严防。遇有面生可疑之人，即行拿讯，就地正法，切勿片时懈怠，以中奸计。诸葛瞻领命，与诸葛靓遵令，切实办理。孔明又令该管官吏将瞻运来之特别武器严密保存，选定燥湿合宜地方，窖藏备用，刀剑连弩、金帛粮秣分库存储，候前敌将士支领发给。各主管官吏各人奉令，分头领取收藏，具册呈报，不在言表。

只是那徐盛门客轰轰烈烈刺杀了汉中王的世子，惊天动地，弄得荆襄一带人民互相传说，互相惊叹，由长江一带，迅速地传入了黄河流域。所有人民把他当作一件特别新闻，迭相传播，不然而然的早就传入吕蒙将士耳内。东吴将士一听得此宗消息，受了非常的激刺，人人皆为振奋。操场饭厂都把他当作精神讲话，异常的起劲。大家一致的说："徐上将军待士有恩，故而门客舍身图报，足为我东吴人物生色，真正值得我们大家崇拜。"吕蒙听得他们如此说，不觉太息道："各位将军，徐上将军为国亡身，门下食客尚且感恩图报，蒙与诸君，受孙氏历世厚恩，当此危急时代，毫无报称，清夜扪心，能不自愧？自顷迭据探报，马超、魏延夺取了幽州，曹丕投奔辽东，已为公孙渊所杀，函首洛阳。现今马超、赵云、张飞、黄忠等将司马懿全军围困在延津城内，取土成沟，环城筑垒，长围已成，另无出路。曹兵绝粮，自然就毙。曹兵一尽，诸葛亮必倾全力，举得胜之兵，以向山东。我等为保卫国土起见，势不能不与之血战，但我之将士自问不及司马，我之兵力自审未胜曹兵，彼乘战胜之威，三面包围，山东之亡不过旦夕，无山东是无淮北，无淮北是无江南，'唇亡齿寒'，此之谓也，各位将军处此危急之秋，亦有救亡之策否？"众将士齐声道："都督所言，洞中理势，必有良策，可以救亡。"吕蒙道："司马懿足计多谋，张郃、于禁，魏之良将，钟、邓、典、许，一时人杰，故能与诸葛亮血战中原，胜败相等。今为时势所迫，陷入绝境，诸葛亮与其部下诸将智勇兼施，曹兵各路均已残破，更无一将一卒可相救援，我若不于此时救其出险，后虽有心亦无及矣。以蒙之意，不如挑我军精锐，分作二军，蒙自领一军，倍道去袭封丘，以掣赵云后路，赵云必然还救，令延津汉兵自然撤开围城之一面，兴霸领一军直趋延津，去与马超急战，是又可以撤开围城一面之师，司马懿得此间隙，全军必可乘机突围而出，然后令彼退屯边境，收拾河北余烬，彼必感我援助之恩，与我取一致之行动，我更资以器械粮秣，令彼有所凭藉，以与诸葛亮相见沙场，双方均得实力之援助，合二国之良，以抗方张之敌，山东之难或可少纾。各位将军以为如何？"众将士齐声应道："都督高瞻远瞩，于三方形势洞若观火，救亡之策无有更逾于此者，非某等之所能及也。事势如此，不可再延。"

在那个时间，恰值吴王孙权因闻曹彰大败邢台，逃出塞北；司马懿兵败原武，退守延津；诸葛亮全军合围，势将坐毙。曹兵一尽，山东必首当其祸，非增加山东兵力，决计不能抵抗。一月以前，早已派了甘宁带领精锐部队二万余人，偏将二十余员，押解大批武器粮食前来濮阳协助吕蒙战守。吕蒙看清时局，知道袖手旁观已是绝对不可行，骑墙观望再无此空闲岁月，势不能不趋于一战，但恐众心不一，难以成功，故而借着徐盛门客行刺事情，激动士心，如今见大小将士心志齐一，自然欢喜。至于军事上面，成竹在胸，如何动作，分拨久定，一切一切，准备多日，立时下令，令大将丁奉、副将孙綝领兵三万，守住山东；令副都督甘宁领大将周泰、韩当、蒋钦及张绣旧部偏裨将校三十余员，马步全军四万七千人，由濮阳倍道进攻延津围城汉军；吕蒙自领全琮、朱异、程咨、周平及曹真旧部马步全军四万五千人，裨将三十余员，由菏泽渡河，进攻封丘，以分汉兵围城兵力。分拨已定，吕蒙、甘宁各率所部马上起程，分头出发，火速前进。

却说延津城里，魏兵大都督司马懿见汉兵不战，筑垒围城，知道不好。迭次分派将士出城冲击，无奈汉兵随机应战，兴工不辍，两月之间，长围渐合。懿与诸将商议道："长围四合，欲战不能，军食一尽，同为俘虏，束手就擒，宁有是理，不如尽拣精锐，冲开一面，别求生路，胜于坐以待毙也。诸君以为如何？"邓艾越次上前启道："都督之言，自是明见。以艾度之，日前东吴派兵菏泽，为我声援。目下我军被围日急，东吴将士必有所闻，吕蒙、甘宁，明哲之士，宁不知我军破败，势必及彼，彼欲图存，必当救我。以此观之，东吴救兵，旦夕必至，我军但宜整顿一切，里应外合，庶可突围。"懿道："士载之言，必然之理。彼不我救，亦当突围。"在座将士齐声应诺，懿立时下令，令典满、许仪领第一队。张郃、于禁保护都督中军官属，为第二队。邓艾、钟会为第三队。自即日起，全军整装，昼夜戒备，秣马蓐食，静候吴兵来援。冲围出走，放下慢表。

汉兵营中，元帅孔明见延津城围将合，曹兵已入绝境，令将士不必攻城，但昼夜严防城兵突围。又虑菏泽吴兵渡河相救，里应外合，应付不易。令赵云增派封丘守兵，免为吴兵所乘，兼阻其来援之路。赵云得令，立派严寿领兵五千，回防封丘，与守将傅佥合兵，尽心守御。

汉魏双方将官，各自为计。果然，东吴救兵应时到了。吕蒙渡过黄河，挥动大兵，径薄封丘。一到城边，尽力攻打，声势汹汹，山摇海动。封丘城中汉将傅金、严寿一见吴兵势大，不敢出战，惧有疏虞。两人各领所部上城守御，昼夜登陴，不敢稍为怠忽。城中预备日久，将士同心效力，吕蒙虽然兵多将广，尽力攻打，因城中守御坚强，急切未能攻破。早有伏路小军探得消息，即时飞报主将赵云。云一闻封丘警报，立唤张翼道："伯恭可督黄、武、崔、顾、二庞程沙八将坚守本营，不令曹兵得以突围走出为要。某家与夫人及傅彤将军领兵二万五千，去救封丘，以防后路，且阻吴援。"张翼领令，自同八将画定地区，分段固守。赵云与夫人马云騄、大将傅彤领兵起程，向东急进，来救封丘。将次到了，远见吴兵甚众，擂鼓呐喊，攻城甚急。云令众军鼓行而前，直闯吴营。谁知吕蒙此次出兵，并非成心攻打封丘，但欲调开赵云，减少汉军围城兵力，以便曹兵得以乘便突围。今见赵云自来，自己计已得行，无须苦战，立时挥动本军退却。汉兵上前追赶，吴兵万弩齐发，射退了汉军，离封丘十里，安下营寨。赵云见吕蒙兵力甚厚，不可轻敌，亦不入城，吩咐将士倚城下寨，两下暂且相持不提。

且说东吴副都督甘宁那一支兵，由濮阳出发，倍道兼行，约莫离着延津不过二三十里，甘宁停住人马，令将士饱餐一顿。趁着天色将晚，甘宁乘着锐气，一马当先，直闯马超大营。马超闻警，火速出营迎敌，令人飞报元帅，自率部下众将与甘宁在营外大战起来。一霎时，韩当战住了李严，周泰战住了文鸯，蒋钦战住了马岱，白虎文看守大营。双方将士各殊死战，鼓声大震，喊杀如雷，灯笼火把，照耀如同白日一般。城里曹兵朝夕伺便，好容易得此机会，登时大开城门，向马超营后直闯出来。典满、许仪两马当先，双双坠入陷坑。后兵继进，坑中人满。曹兵更不回头，冒死冲突，先锋八千，箭如雨下。白虎文抵挡不住，曹兵冲开一条血路，竟自出围。张飞在本营听得鼓声，急令张苞守营，自同关兴加入马超军中，迎头碰着张郃，战做一堆。关兴战住于禁，钟、邓、吕、满，乘势保着都督官属，冲出重围，向濮阳方面而走。

张郃、于禁见都督已经出险，不敢恋战，两人率领精锐，力战殿后，一来曹兵八九万人，自内攻出；吴兵四五万人，自外攻入；都系劲敌，又属死斗，汉兵十余万人，四围驻扎，不败为幸，何能阻挡。不知不觉，让开一条道路，曹兵尽数杀出去了。比及黄忠、伍梁、罗宪、符健诸将赶来，曹兵已经去远。甘宁计算曹兵已经出险，一声暗号，全军层层退却。宁与周泰、韩当三匹马三般兵器，奋勇血战，断后徐行。因系黑夜，不能混战，汉兵诸将追了一程，亦惧更有伏兵，收兵回营，得了延津一座空城。甘宁督饬所部，乘夜速行。吕蒙在封丘已经得知战况，早于先夕退兵，据守滑县。

及至甘宁兵到，吕蒙出兵接应，方才阻住追兵。急令甘宁护住曹兵，径还濮阳。两军休息，扼险拒守，接应蒙军。甘宁领令，即同曹兵昼夜遄行，集中濮阳，整顿城守，安排援应。孔明已令众将跟踪追击，便将滑县团团围住，四面进攻。

吕蒙督兵随机抵御，守了三日。汉兵以攻城伤亡颇重，停攻休息。吕蒙度濮阳城守已固，援队已来，到了夜半，开城东走。吕蒙身先士卒，漠兵披靡，竟自杀出一条血路，全师退出。汉兵随后追赶，蒙且战且却，离濮阳不到五十里，两支伏兵齐出。左边甘宁右边张郃，击退追兵，吕蒙安全还入濮阳，计点将士，阵亡全琮、朱异，折兵二千余人。曹兵将士都向吕、甘二人致谢。蒙道："生死存亡，关于此役。我不救公，大事去矣。"正是：

狼狈相依，都缘势迫；鸳鸯同命，只为情多。欲知后事如何，且听下回分解。

  异史氏曰：本书自将诸葛出庐以后，史事翻尽，乃每于自出杼轴，大写战略之中，带翻以前文字，一一推寻，笔之不尽。如前辽东遗计，谭尚争锋，最为明显；而本回则许贡家奴，伯符旧祸，又移植于刘禅，而写人之。不卖庐龙之塞，以取侯封！至褒写田畴，一再不已，所谓汉末节义，虽微必存，自不以义士为奴，而独遗江东于笔外也。若刘禅者，作者固深憾之，不许截江以夺阿斗，数翻旧案。今中原大定，行见策动，鼎足已倾，重恢一统，使此子缵承丕绪，坐享中兴，不惟无以对纸上诸将血战之功，抑将无以副作者英雄手造之笔！矧刘谌杀庙，悲壮盖于千秋，则汉室中兴，安乐难居一日，又人心之所同然，此王孙之所宜正位者也。时乎已至，既可死之，而作者构思，独能转到徐盛门客欲杀赵云，以引改刺刘禅，顺笔更别存江东忠义。其亦以人恨阿斗，致恨及赵云者有之，而恨杀赵云，卒不如竟刺杀刘禅也，许贡之事，亦并传矣。作者笔里笔外，奇思绵邈，别味堪寻，抑何耐人咀嚼乃尔。险哉诸葛瞻，几以伴同阿斗，致丧其身，岂非又翻阿斗亲劳思远，竟死绵竹之旧祸，终亦不救阿斗于亡之意乎。若夫天下未定，战征频仍，伤人子弟，宁可仆数。则杀人之子，人亦杀其子！数语写来，警世已极。奈何玄德能悟，而世之争矜武力、喜炫干戈者，乃多不悟，其祸及于子孙，而终不悔如故也！是更觉所写此回，不仅为阿斗着笔矣。

　　自徐盛门客行刺，传遍长江，递入吕蒙，借以激励士兵，按剑作色而起，以引夜袭封丘正文，笔墨极其自然，毫不费力。而先有延津筑垒环困司马，以动唇齿相依、三面包举、山东偕亡之感，愈急吴兵。于是力救溃围，使吴魏两军一合，可大举而尽歼焉，尤见章法连环，布置入妙！则封丘之袭，又成陪笔。此处再写邓艾，虽于危急，仍算吴兵，是真不脱魏人之智。可见利于我者，未必利于人，则曹植之算吴人也；不利于我者，亦不利于人，则邓艾之算吴兵也。于利之中，算见不利，故曹植飞逃；于不利之中，算见其利，故邓艾不动；其利己之心则一也，而利人之心又何在？此战为危道，邓艾必亡，祸在几先，曹植必遁，俱亦作者滋为大戒者欤。

第四十九回

濮阳城三国大交兵　　章丘邑四将深袭敌

却说东吴大都督吕蒙、副都督甘宁，两路出兵，竭尽全力，救出了魏军大都督司马懿全军将士。双方虽然是折损了一些兵将，两军相合，自然得势。懿与本军将校见过了吕蒙、甘宁，当面深致谢忱。吕蒙、甘宁极力慰藉，大排筵宴，为曹兵将校洗尘。送至大批羊酒，犒赏全部士卒，曹军将士欢呼感谢。酒阑席散，司马懿自请率领本军将士去当前敌，吕蒙道："贵军新受疮痍，暂请退驻范县，休养相当时间。濮阳前敌，蒙自当之。俟贵军恢复元气后，然后合兵共同决战可也。"

司马懿听得，感其厚意，不便请求。当与部下将吏再三道谢，即日率领全军退屯范县。吕蒙下令，令本军军司马一人长住曹兵营中，伺应司马都督。凡曹兵所需各项军用物品，令饬当地官吏，立时供给。如系本地地方所无，及虽有而不够分配，须往附近各地方采购或征集者皆由军司马以本军命令派员办理，地方官吏须尽力协助。武器缺乏，亦由军司马转启都督，由本军大营，如数补拨，不许片刻迟延、致误戎机。并同时令饬地方官吏，交用公帑，派定专员，购办大批酒肉，犒劳全部曹兵，务令人人沾惠，厮养不遗。曹兵苦战疲劳，数年未息，此次得到长时间休养，人人欣悦。又兼吴军尽量补助军械粮食，马匹驮运，就地购买征发，得以从容整理一切，直弄得械精粮足，士饱马腾。一月之间，军容复振。司马懿因从延津突围出来，折了典、许二员勇将，心中自然是十二万分悲感，但是环境所迫，无可如何，只得就现有军队中裁遣老弱，拔擢骁果，招募土著，填补缺额。好在山东民风向来劲朴，尚武精神十分充沛，儿童妇女持刀杀人相习成风，恬不为怪。刘邦、曹操都以赤手空拳，揭竿起义，凭空号召，在此起家，是一处绝好兵源要地，补充自然容易，不要费多大的气力。何况司马懿有的是相当名望、号召资格，榜文一出，应募纷来，一两万名额，五七日间便自补足。他们的武力、技艺、军事知识，不待十分训练，稍加编制，已成劲旅。曹兵经此整训之后，复有见兵九万人。又从土人口中，听他们传说，得以知道曹仁、曹洪、文聘、毛玠四将部队前时去救封丘，为马超一军遮断归路，回不了延津城，退屯黑山，司马懿在此国亡家破、兵败将亡时间，得到此项消息，那一欢喜，非同小可。如果四员大将还来，本部兵将声势自增十倍，即无东吴协助，自己也可能单独作战。想到此处，破涕为笑，立即自作手书，派副将朱赞星夜前往，告知本军一切情形，请四将火速集合现有兵力，即日前来濮阳，与本军及吴军会合，共同抵御诸葛亮。朱赞领令持了都督手书，轻装减从，立时就道。懿以本军凡百就绪，前方紧急，以张郃为前军大将，邓艾、钟会为左右翼，懿自将中军，刘晔为副，于禁将后军，吕虔、满奋为左右翼，引领全军，来到濮阳，与吴军会师。

吕蒙见曹兵军容复振，士气一新，心中也就异常欢喜，非凡钦佩，大开筵宴，揖司马懿与诸将就坐道："败而能振，累战不疲，非都督与各位将军毅力血忱，何能有此？足令人钦服莫名。"懿与诸将还礼道："非二位都督与贵军全力相救，懿等此时早已皆为汉兵俘虏矣！何得尚有今日。"当下大家叙礼就坐。吕蒙令本军将士与曹兵将士会晤致礼，随即下令军中："以后两军如与汉兵接战，两军将士必须各竭全力，互相援助。如有心存歧视，坐视不理，即以军法从事，决不姑宽。"两军将士同时声诺。在吴营中筵会已毕，蒙与司马懿即席商妥，请懿督率本军，屯驻濮阳城西北；蒙自督本军，屯濮阳城西南；留甘兴霸领兵万人，守护城池，以防后路。预备与汉兵克期大战。

你说曹吴方面，吕蒙、司马懿休兵一月，尽量补充，积极整顿战备，四处征集人马，准备与汉兵大战。汉兵营中，却反无声无息，张目坐视，却是为何？原来，孔明虽然得了延津，完全一座空城，坑杀了典满、许仪，并不是战斗上的胜利；阵杀了全琮、朱异，也无重要关系。本军本已围城辛苦，又为曹吴两军内外冲杀，死伤之数比曹吴两军还得增加三五千人。曹吴两军已经合势，军力比较本军有增无减，不可轻敌。令前敌将领各守本营，休养兵力，加意严防，候令进止。诸将领令，均按兵不动。孔明在大营中考查各路侦探情报，估量此次吕蒙、甘宁两路兵力数目，仔细推寻，再三测度，经过了一半日的研究，便想出办法来了。算定了吕蒙全师西出，山东内部守备必虚。与其扬汤止沸，不如釜底抽薪，立令傅金、马凯、韩雍三将，各领轻骑二百，前去北地，先见魏文长，后至榆关，接替伯约，令其速往幽州。与文长会商进行方法。另持手书，面交伯约启视，火速勿延。傅金三将领了将令，即日就道，破站前进，迅速到了幽州。见了魏延，延令其即赶渝关，三将领命，去到渝关，见了姜维，呈上元帅手书。姜维起立启视，道：

  公孙内附，榆关平宁。可将防务交马、韩二将接替，嘱其小心任事。伯约偕傅将军率卫卒驰还幽州，文长前启，云已聚兵数万，伯约即商之文长，简发渔阳上谷突骑万人，河北兵二万，与子均、伯岐迅率东征。由南皮出乐陵、济阳，直取章丘，以抄历城之背。吕蒙全师现在濮阳，山东内部防务必弱。伯约若取得章丘，可置历城勿攻，与傅将军敛兵自守，而令子均、伯岐分领步骑万人，东徇益都、临淄、即墨各地，易置守吏，安抚居民。东道不通，历城失恃，历城被迫，前敌心摇，电迈风行，迁延则败矣。

姜维看罢元帅手书，贴身收藏。即将防务交待清楚，敦嘱马、韩二将敬谨拜命。维与傅佥率领卫卒，用了晚膳，乘着月色，向夕即行，倍道疾驰，五日便至幽州。魏延前已聚兵多日，并召王平、张嶷来幽州静候。维晤见魏延三将，出示元帅手书，五将会商一夜，分拨人马，连夜整装。到了次日侵辰，别了魏延，全军出发。姜维、王平领骑兵先行，张嶷、傅佥率步兵续进，真是应付事机，不爽晷刻，下文细表。

魏延送过四将，再令高翔领兵万人，随伯约军后，驻扎桑园，接应四将。派员护解军资粮秣，前往桑园，步步前进，以应前军的急需。

孔明将延津、封丘两城城守布置妥帖，然后自率中军来到前方。大小将吏齐来大营参见，行礼已毕，依次侍坐。孔明问赵云道："前方敌况现在如何？"云起立启道："东吴吕蒙全军现屯濮阳城西南，兵数约七万余人；曹兵司马懿全部现屯濮阳城西北，兵数约八万余人。都是倚城下寨，营垒十分坚固，士气亦自旺盛。两军互相掎角，城内吴兵则无从探悉多少。"孔明点头道："两军合势将近二十万人，良将精兵，萃于此地，权衡彼我，正未可侮。然我兵得势，彼兵怯战，胜负之数，已可略知。各位将军努力备战，明日与彼一决，以探测其实在力量究竟强弱如何，然后可以决定对待方策。"众将一齐声喏。

孔明随唤赵云道："子龙，吕蒙东吴能将，此次闯关冒险，两路进兵，破我长围，援救司马懿全军出险，足见其能。部下将士亦复不弱。子龙前与彼军相持江汉之间，大小数十余战，虽未能大败其全军，然彼军迭遭挫衄，尽人皆知。明日决战，仍请子龙当吴军方面。可领傅彤、程畿、关索、黄武、崔顾、庞丰、庞豫、张翼、马忠、严寿、沙摩柯十一将，马步五万人，夫人为副，元直为军师，去敌吴军。吴军之事，悉以相委，临机应变，无须关白。"赵云领令，同了元直回到本营，召集部下大小将官宣布明令，准备进战。

孔明再唤马超道："孟起，司马懿多谋耐战，部下兵强将勇，今与东吴连合，声势较前更增，然其兵屡为我孟起所败，其能战与不能战之内情，惟孟起为能熟知。司马懿现屯兵濮阳城西北，与吕蒙掎角，子龙去敌吕蒙，孟起可领本部白虎文、李严、文鸯、马岱、越吉，益以关兴、张苞二将，马步五万人，去敌司马懿。曹兵之事，悉以相委。"马超领令，同着关兴、张苞回转本营，预备出战。

孔明再令张飞率裨将四人，领兵万人，为右救应使，接应赵云；黄忠率裨将四人，领兵万人，为左救应使，接应马超。分驻大营左右，相机动作。诸葛瞻、诸葛靓各领五千人，专驻大营，护卫元帅。罗宪、伍梁、符健、李鸿、向朗各领本兵四千人，驻扎大营前后，保卫大营，视前方两军情况，随时加入。分拨已定，两路、两救应军、两护卫军、五保卫军各各分头准备，秣马厉兵以俟。

到了次日，天方黎明，赵云一路首先出发，进攻吴军。吕蒙预备已久，立即开营应战。吕蒙披甲，立马阵前，左有周泰，右有韩当，后有蒋钦、孙峻、程咨、周平，两翼列着五十余员偏将，甘宁戎装佩剑站在城楼之上，一面照顾城守，一面视察战况，自家全副披挂，令左右将自家战马备好，自用的方天画戟倚在身旁，所有城守军队整装待发，如战况稍有不利，以便立即出城帮助。只听得城外两军战鼓齐鸣，杀声大作。汉兵阵上，蛮将沙摩柯手使铁蒺藜，拍动坐下卷毛赤烟马，如飞出阵，向前挑战。吴军阵上，大将韩当跃马提刀，迎住厮杀。傅彤手使金装纯钢四棱八方的双锏，骤坐下青骢马，出了阵来。周泰骤马持刀，接手就杀。赵云同着元直两人并马观战，看看战到了四五十回合本军二将渐渐力弱，急令关索、严寿二将上前助战。吴兵阵上蒋钦、孙峻齐出截住。赵云令云骤擂鼓助威，自同诸将一齐出马。吕蒙挥刀战住赵云，众将各自捉对儿厮杀。

孔明在中军帐中远远的听得右翼鼓声大震，立令张飞引兵前去协助。张飞领令，率领部兵即行加入右翼军。来到阵前，看见韩当越杀越勇，沙摩柯抵敌不住，即忙拍马挺矛上前接应，直取韩当。沙摩柯得了替换，把马一夹，退出圈子外，休息了片刻，仍行出马，帮助傅彤，双战周泰。甘宁在城楼上看见张飞出马，惟恐韩当受伤，急令凌统负责守城，自己下得城楼，持戟在手，飞身上马，率领牙军赶至阵前，接应韩当。韩当已经战了多时，哪里再能敌张飞的生力！张飞贪功心急，一矛紧似一矛，韩当只得勉强招架。张飞把坐下踢雪乌骓马一夹，手中丈八蛇矛一紧，突地一矛，从韩当左肩胛刺过去，韩当被这一刺，几乎坠马。甘宁纵马上前，将手中方天画戟向张飞前心就是一戟，张飞本待再复一矛去刺韩当，禁不住甘宁戟快，只得抽回蛇矛，架开画戟。吴军将士急将韩当救回，已经是血满衣襟，不省人事。

徐庶见张飞得胜，挥兵大进，马云騄督本部骑兵，望吴军阵上冲来。吕蒙战不过赵云，收兵速退。汉兵乘胜追杀，正在得势，却不料从吴兵阵地左侧刺斜里卷出两支人马，横冲出来，十分骁勇。

原来是黑山众位英雄到了。因为曹仁、曹洪会见了朱赞，接到司马懿手书，生死关头，哪敢怠慢！本来是时时束装预备，所以毫未延捱，火速将近日招集的黑山悍匪，合自己原有部队，共计五万余人分作两路，即时就道。曹仁将左，文聘合后；曹洪将右，毛玠合后。韩德的四个儿子韩瑶、韩琪、韩琪、韩琚均在麾下。分将骑兵八千作为先锋，偏裨小将三十余员，不分昼夜，赶来濮阳，恰恰到了正当吴兵刚要败退的时候。曹仁、曹洪已到阵前，登时双马齐出，双刀并举，两人迎住了赵云、张飞。文聘、毛玠乘着锐气，催督后队一涌上前，将汉兵阻住，压迫得向后背进。吕蒙一见大队曹兵来援，立刻指挥本军与甘宁、周泰、蒋钦、孙峻诸将回马反戈。倒冲入汉兵阵内。汉兵出乎意外，看看要转胜为败，禁不住曹、吴两军横冲夹击，向后便退，势不能遏，顷刻之间败下来四五里。

孔明闻知前军形势陡变，知道非竭全力不能挽回颓势。急令黄忠率罗宪、伍梁、符健、李鸿、向朗全部赶紧加入前军。黄忠六将领令如飞前进，让过本军，阻住阵脚，截住了敌兵，大战起来。徐庶见情形危迫，下令军中后顾者斩，自督牙军上前助战，直杀到日色平西，双方方才收了兵。因为吴、魏两军合势兵力太大，汉兵将士竭尽全力，冒死血战，幸免大败，那损伤之数可就在那一万八九千的上下了。

吕蒙收兵回营，亲自去看视韩当，见当伤势甚重，立令程咨用暖舆护送，即夕回合肥就医。先行敷上金枪药末，以治目前。程咨领令，星夜起程。四五日后，差人回报，言韩上将军未抵合肥，在附近地方，血溢身死。程咨已护送软棺，东还建业，故此差人回报。众将闻知，皆为流涕。军虽未败，然而损失了一员上将，军心不无动摇。

陆逊在合肥接见了程咨，询悉了前方战事，眼见韩当身死，前军损失一员大将，自非佳兆，生死存亡，关系太重，非增加前方兵力决不能稳固军心。军心不稳，何能言战？孙吴复生，亦无办法。况诸葛亮诡计百出，子明稍有不虞，必致蹉跌，大局前途，不堪设想。不如自去濮阳，从旁赞助，千虑一得，比较有益。本人来守合肥有兵三万，中间经子明在吴王面前建议，以合肥系国防重镇，陆续又增加两万多，自己前往濮阳，兵力不成问题，惟继任人选，颇难其人。踌躇良久，才想到孙韶头上。因孙韶文武才具，都可对付，本人英锐，忠心耿耿，比较诸将，尚为可恃。主意定了，即请孙韶入内。两下进入密室，屏去左右。陆逊先将前方情形关系重大，自己不能不去的理由告知，复次将合肥地方为东吴命脉所在，得失的关系非凡重要，详详细细一一指示，再三嘱咐，小心谨慎，不得丝毫大意。纵令敌人前来攻围，本部留兵三万，足资战守。合肥城高池深，粟支三载，守御器具预备甚多，任敌人多少，绝不浪战。但一心坚守，自无他虞。孙韶听得心领神会，敬谨受命。陆逊出到府堂，调拨人马，召集将佐，宣布自己即日前去濮阳，协助都督，留孙将军部兵三万，谨守城池，敌兵来侵，不许浪战。"孙将军年轻气盛，有时或恐为人所激，各位将军久在戎行老于兵事，当考察情况，努力劝谏，同心合力，保全重地，至要至要！"陆逊言罢，在座将士齐声答应，逊吩咐已毕，从防军内选兵二万，偏将二十员，自将出发。上马时，犹再嘱孙韶，千万小心，不可任气。又嘱咐诸将同心固守。孙韶与众将诺诺连声，回城办事。陆逊督兵兼程前往濮阳，不日到了，扎住人马，自往大营，见了二位都督，报告此来意见及后方安谧情形。吕蒙、甘宁并为欣慰。东吴将士见陆将军督率重兵自来前方，军心自然稳固了。因为陆逊在东吴素负智略超群的盛名，大家属望自然增重，暂且不提。

且说汉兵左翼主将马超听说右翼全军已经出战，急率本军进攻曹营，迎头碰上了张郃。马超叫道："张郃累败之将，何必再来出丑！"张郃并不回言，挺枪便刺。马超摇枪抵住，两人一来一往，战到八九十合。司马懿便令鸣金收兵。马超见懿阵未动，亦不敢逼。张郃回到本营，见了都督，问道："战况尚佳，未曾失利，都督何故收兵？"懿道："俊义有所不知，我兵新败，利守而不利战，非战又不能守，不分胜负，便可维持现状。马超军锋甚锐，我军未能必胜，不胜即败，再败即不可收拾矣！"正谈论间，城南斥候兵入营飞报道："好教都督得知，本日大战，吴兵几败，韩当将军受伤甚重，幸亏本军日前退屯黑山之两曹将军全军驰至，击退汉兵，方才得以收队还营。两曹将军与文、毛两将军现在吴营，即时来见都督也。"懿闻报大喜，即请刘晔前去吴军慰问，并告知本军今日战况。刘晔领令，去到吴营，见了都督慰问，吕蒙深致谢意，又谢了曹仁、曹洪援助之惠。刘晔辞出，与曹仁兄弟并马还营，入见都督。司马懿喜出望外，迎入帐内，曹仁兄弟向都督谢了违令离军赴援来迟之罪，懿喜极涕零道："事势所迫，何可言罪？孤军百死，已无生望，公等同来，庶可与诸葛亮作持久战矣。"立令排宴宴请诸将。新来将士一体犒劳，军势为之大振。懿约计本军已逾十五万人，足堪大战，当日宴罢，发布新部署命令。仍令张郃、钟会、邓艾将先锋军，令曹仁将左军，曹洪将右军，各督本部加入前军。于禁仍将后军，各军偏裨平均分配，务求质量匀称，实力增加。懿自与刘晔居中调度，时加考察，日臻完善。曹兵经此一番整顿，军容焕然一新，士气骤加十倍。

早有汉营探子探得大概情势，探子飞报大营元帅得知。孔明正因昨日大战，右翼军虽然稍得胜利，终因黑山人马来得突兀，猝不及防，险至大败。虽得收兵，伤亡不少。复得探报曹兵配备情形，知道曹仁兄弟全军加入，司马懿势力自然雄厚，不可轻敌。吩咐诸将各守营垒，暂行休息，俟有机会，再行设法。诸将领令，各自回营办理。孔明又以本部伤亡过重，派员驰往并州，从田牧处调骑兵三千、步兵一万八千前来大营，补充各路。再从长安调兵万人，加入前军。往返程期，至少亦须月余。双方各自休兵。

不到半月光景，本营探子自合肥方面回来，探悉东吴合肥守将陆逊，以濮阳战事激烈，自督防军二万前来濮阳，协助吕蒙。现在合肥守将换了孙韶。孔明听到探报，为之一喜，重赏探兵，令其休息三日，再行出探。立令张飞前往赵云军中，代领右翼全军。令赵云夫妇与严寿、黄武回大营听令。张飞领令，即入右翼军中，宣传元帅命令，即行交代。赵云奉令，同了夫人、二将前来大营，参见元帅。孔明唤云入帐中，说道："子龙，吴军失利，陆逊自领重兵来助吕蒙，留着孙韶代守合肥。孙韶年轻气盛，易于激动，可乘之点即在于此。子龙可领卫卒，星夜驰还许昌，面请云长君侯，商拨骑兵万人，令人代守新蔡，调廖化全部八千人，倍道兼行，由六安径取合肥。若得此城，不必进取，但严防守，可调吴懿全部进驻六安，调黄叙领襄阳戍兵万五千人进驻新蔡，互相衔结，联成一气，而檄刘牧遣兵填防襄阳，以固后防。火速勿延。"

赵云拜命，出了大营，同了夫人并严、黄二将，领卫卒三百人，即日就道，兼程还许，不日到达。进了帅府，谒见云长。两人别久相见，各各大喜。云将此来任务详细告知。云长微笑道："孔明真可谓用兵如神，然非我子龙，亦不足以当此重任也！调拨之事，不烦过虑。子龙久役远行，至为辛勤，可与夫人、二将及卫卒留住本府，明日清晨领兵进发可也。"云遵命，令夫人、二将入府参谒，卫卒食宿自有招待。云长设宴，款待子龙一行。席间细询前方情况，云一一告知。筵散安宿。云长已饬主管军吏从部下分拨万骑，迅速束装，明晨出发，嘱咐领将小心服从赵将军命令，不得稍违。

你说云长哪有许多兵将可供即时调遣？只因为许昌重地，缩毂中原，云长所部四五万人完全分驻附近，又因前方战事吃紧，陆续招募二三万人，加紧训练，以备征调。赵云两次拨兵，都甚顺利，即因此故，到了次日清晨，云与夫人、二将拜别云长，即领兵出发。云长知云此去必可成功，但恐吕蒙南归路绝，或将横轶徐土，不无可虑。令关平领兵万人，去防淮阳；赵累领兵万人，去防宁陵；飞檄荆牧，派兵填防襄阳；令黄叙移驻六安；令吴懿移驻新蔡。又以江夏方面防务日趋平稳，毋须多兵驻守，但留蒋琪领陆军万人会同水师镇守江夏，令吴班、蒋琏领长沙、零桂兵二万，开来许昌，以厚兵力。云长令出如山，诸将莫不禀遵。三旬之间，诸军毕集。赵云捷报也就到了。

云自许昌出发，到了新蔡，调了廖化全部，过了六安，直趋合肥。令廖化领兵叩城搦战，任取何种手段，只要引诱得孙韶出城，就算头功。令云骤与黄武各领兵三千，埋伏山内，俟廖化诱敌至此，即出截击。诸将领令，分头自去。云与严寿领兵五千，乘夜绕道，越过合肥，伏兵皖山丛山之内，专候孙韶兵出，从后攻城。那廖化领了三千兵士，鼓行而前，真个叩城搦战。孙韶在城楼上一见廖化兵少，便要出战。左右偏将同声谏阻道："陆将军临行时犹再三嘱咐，只可紧守城池，不得出兵浪战，以合肥地方重要，若有疏失，山东兵无归路,江东兵无出路,只宜固守以免蹉跌。"孙韶听说,寻思不错,方才容易忍下。不道廖化贪得头功,想出坏主意了。他原本是绿林大学专科毕业,有的是办法。他见孙韶不出城来,令兵士裸体,四处放火,齐声辱骂孙韶:"牧羊小儿,蟪蛉野崽,不是样儿。生得漂亮,哪里得做这样大官?"以外更加些种种不堪入耳的语言。孙韶在城上听得一字不遗,当着部下将士,揭了他的面皮,那五脏六腑的三昧真火从额门顶上,直冒出来,更不语言。下了城楼,绰枪上马,不由分说,开城出战。左右裨将无法制止,只得分兵一半,随主将出城;留兵一半,守护城池。吊桥前后,配备重兵,如战况不利,亦可容易入城。

孙韶出得城来,纵马挺枪,望着廖化便刺。廖化嬉皮笑脸的,将刀架住道:"小子,你有什么本事?你叫陆逊出来,本将军与他战上三百合,小子你在一旁瞧瞧热闹罢!"孙韶愈怒,一连就是几枪。廖化连忙招架道:"小子,老子实在是爱上了你,舍不了杀你,你须得放明白些!"他一面说一面走,孙韶哪肯饶他,随后追来。廖化停住马,又说道:"小子,莫追罢!老子不过是怕一些同袍说咱堂堂大将跟你下流兔子交手!失了自己的格,算怕了你罢!小子,你也不要追罢!"孙韶听得几乎把肺腑都炸破了。追上廖化,那枪便是雨点一般,没头没脸的刺来。廖化一面招架一面逃走,不知不觉离城五六里了。左右偏将环着孙韶马前,说道:"小将军,不要中了诱敌之计!速速回城!"廖化早在前面下马席地,用手招着孙韶。孙韶一猛省,再不上前追赶,勒转马头,同将士还城。

尚未走得一半里,迎头山坳左右闪出两支汉兵,截住归路。左边马云骒,右边黄武,后面廖化也回兵转来。三面围攻,大家奋勇,将孙韶困在垓心。东吴将士舍命冲突,不能杀出。正在危急,城中将士早得了沿途步递的消息,知道主将被围,岂能坐视,立时尽起城兵,留下一二千人守城,其余全数出城,救护主将,里应外合,万众一心,救出孙韶,回城便走。将次来到吊桥附近,不道赵云早在吊桥左侧勒马横枪,专一等候厮杀。孙韶认得赵云,料道城池已经失守,哪里还敢进城?只得率领将士往三河口方面退走。

赵云已得城池,也不追赶。招呼三将同入城中。原来,赵云、严寿乘着吴兵去救孙韶,立即领兵从城后用软梯附近爬上,乘势猛攻。守兵力薄,便自攻破。一门洞开,全城大扰。云令严寿派兵急占衙署,保护仓库,驱逐东吴官吏,肃清溃兵。自领随身小队三百精骑,杀出城来。夺了吊桥,阻住孙韶,以免吴兵入城混战。果然孙韶不敢入城,汉兵完全开驻城内。云即安抚居民,委任官吏,清查府库,粟帛充盈,军资器械海溢山积。云喜之不尽,令所司官吏加意保存,以备取用。人民赋税,完全蠲免,民心大悦。云再令廖化、黄武、严寿各领骑兵三千,分驻合肥城外三十里,画东南北三面,分段驻防。六安方面,派步兵五千屯驻沿途,保护行旅,传递消息,俾两地一气贯通,自与夫人驻扎城中,极力整顿城守,以应事变,记了廖化首功,专人去许昌、濮阳两地报告捷音。不到十日光景,黄叙、吴懿兵都到了,阜阳、霍丘都经云长派兵据守,与合肥声势联络,击柝相闻了。

那孙韶退走,因惧赵云追蹑,直到巢湖,方才屯住。所部三万人,折损了十分之一。韶流涕对诸将道:"不听众位将军之言,遂致丧师失地,使合肥重镇一旦失陷,既负桓王垂爱之殷,又负陆将军付托之重,尚何面目归见江东父老?众位将军可飞报吴王,速派程老将军来守小岘,调水师沿海北上,护山东将士归路。火速勿延。"言讫,拔出佩剑,向项下一刎,左右救护不及,已无生望了。孙韶少年英武,素得士心,左右将士见其如此,大众都为失声痛哭。一面保护尸首,一面买办衣衾棺椁,沐浴成殓,全军缟素,一律哀祭,专员送还建业,并将遗嘱转告吴王。

那时孙权正因上将韩当伤重身死,父兄旧臣,国家屏翰,十分悲痛,尚自伤心。此番又听得合肥失守,重镇沦亡,爱将孙韶恚愤自杀，只急得手足无措，掩袂悲号。在朝文武，无不伤感。权吩咐侍臣将韩当祔葬先王墓侧，孙韶祔葬桓王墓侧，厚恤二将家属。手令程普督兵前往，去守小岘；黄盖督水师沿海北上，接应山东将士。二将领令，分道出发。普到小岘，令子程咨领兵万人，扼守临淮关，督淮泗宿亳兵将，以通山东兵路。东吴将士人知危亡，自然人人努力，以图生存。

孙权因前敌累败，折了徐盛、韩当，已经万分伤感；如今又折了孙韶，又是大哥孙策最为心爱之人，临终时节，执手告权，嘱其好生看待，今盛年夭折，愈加痛惜！合肥失守，军势中断，吕蒙诸将，能否全军南归，尚是问题。诸将再有不幸，江南又何能保？千思万虑，恹恹成病，虽然延续治疗，只是心病难医，看看日加沉重，众文武尽为担心。

只那吕蒙、陆逊在濮阳与汉兵相持，汉兵因南取合肥，东收齐东，按兵不出。濮阳前敌反无战事，双方相持将近两月。两人方自诧异，却一连接到下邳、郯城各地守将告急文书，才知道合肥已失，孙韶自杀，不觉同吃一惊。只得将警报暂为按下，从长商议回顾淮南办法。却又听得历城探子飞报，言汉将姜维、王平、张嶷、傅佥引兵三万余人，从乐陵、济阳直取章丘，进攻历城，丁奉将军连日血战，未分胜负。汉兵塞了历城东出要道，分遣重兵，东徇临淄、高密、临朐、即墨各地，所过各地城邑，势如破竹。现在仅历城西南二十余城尚为我有。吕蒙听罢，仰天长叹道："合肥既失，历城复危，虽良、平复生，不能为计矣！伯言可偕兴霸、周泰、凌统三位将军速还淮南，保守故地，仍遵公瑾在日成规，周密布防，以求幸存。蒙与诸将誓死此土矣！"

陆逊见吕蒙意志坚决，知谏亦无益，淮南危迫，又不能不还救，只得遵奉将令，与甘宁、周泰、凌统三将各领牙军数百，与蒙洒泪为别，取道郯城、下邳，回转濠泗，大集兵将。请甘宁领淮北兵二万，仍行屯驻兖州；凌统领淮南兵二万，屯驻下邳，以为吕蒙退步。再请周泰去协助程普，固守小岘，以防赵云，三将各自分头前往。陆逊布置各路防务后，即日自还建业，去到王府，来见吴王。谒见过后，俯伏请罪。

孙权强起就坐，抚慰陆逊道："当日悔不听卿言，致成今日之祸！情形危迫，后事悉以累卿矣！"陆逊流涕道："主公何出此不祥之言？"权叹道："孤病入膏肓，料无生理，所恨者父兄基业，自我而亡耳！"逊拭泪道："濮阳战事，胜负未分。合肥虽失，程、周两将军固守小岘，水陆协防，赵云谅难飞渡，何遽至是？臣之南还，惧上游各城有失，是以遄回布防，庶免顾此失彼耳！"权太息道："卿可与子明、兴霸好自为之，孤方寸乱矣！"陆逊拜辞出府，离了建业，上了战船，自往九江上游各地巡视，加派重兵，布置防务。溢口各处，调集水师，守护江面；东西梁山，紧要处所，各设坚垒，配备相当兵力，以防不虞。指示诸将一一布置，重行回到建业，入府报告吴王。权问知详细，为之一喜。逊请令调回黄盖督水陆军，镇守九江，以固西防。权依所言，即令人调回黄盖，还守九江。陆逊见诸事就绪，启辞吴王，复往山东，自率轻骑，经由滁、宿，东入下邳，会晤凌统，探询山东军讯。却闻濮阳前线并未发生战事，心中暗暗希罕："诸葛亮素善用兵，怎么不乘机进取，反顿兵濮阳，是何用意？"既然得了此宽裕时间，岂能随便错过？急与凌统从各地防兵内抽调精锐八千，偏裨将校二十余员，所有军用器具均从优配备，厚带粮秣，自行倍道率赴濮阳。到了大营，见了都督。

吕蒙见陆逊重来，两人相见，悲喜交集。陆逊当将此次南归在各地布防情形一一启知。吕蒙道："我军无后顾之忧，庶几可战可守。近闻齐东各地尽为汉兵所取，伯言请往历城，与丁将军共同迎敌北来汉兵，俾蒙得以一心与诸葛亮相持也。"陆逊领命，休息二日，自领轻骑，驰赴历城，与丁奉、孙綝同心战守，共御姜维。哪知姜维志在占领齐东地方，并不十分攻城，就令偶然进攻，也不过是试探性质，封锁政策。况且陆逊、丁奉文武同心，姜伯约纵然尽锐攻击，也不过是牺牲士卒，挫折军威。姜维何能出此下策？历城便是金城汤池了。再加两三个月，也是太平有象了吧。

却说司马懿屯兵濮阳西北，已过两月，汉兵并未出战，甚为纳罕。后来连接本部探子报告，才知道汉兵东取齐东，南取合肥，所以按兵濮阳，牵制吴军，不令其得以驰援两地。接连又听得吕蒙被迫分遣将士南归，还顾根本，兵分力弱，自难支持。自己既不能分兵前往协助，又不能劝谏令其勿顾根本。知道吴兵大势将颓。吴势一颓，己将何往？不能不自寻出路，以免同归于尽。个人心中，揣量大致，然后召集部下将佐，秘密协商，商定最后办法。经过刘晔、钟邓诸人长时讨论，通筹全盘，层层推究，当下决定：吴兵不幸败退，本部即化整为零，分据各县，人自为战，互相援应，以维残局，另求出路。诸将得令，各自准备。

你说孔明既得合肥，又取齐东，为何不乘势进攻？所谓诸葛一生惟谨慎，正是此等地方。孔明因见赵云新得合肥，若急攻吕蒙，吕蒙必败，蒙败必以山东委诸司马懿，而自率全军还攻合肥；以思归之众，临必死之地，赵云孤军深入腹地，外无重援，内有溃兵，吴军两面夹攻，不败何待？所以缀吕蒙之兵，不令其得以南还，使赵云得有时暇设防。又便黄叙、吴懿诸将之兵先后移屯，联络声势。山东方面，但驱姜维、王平东收齐东，但掣吴兵后路，而不急攻历城，免其致死。先剪枝叶，然后覆其本根，一俟两路防务稳妥，然后大举进攻，期操必胜，养锐日久，何攻不克？正是：

统筹全局，方为大将之才；不急近功，自非常人能及。欲知后事如何，且听下回分解。

异史氏曰：吴魏兵合，集于濮阳，而三国鏖兵，尽此一战。《演义》濮阳一失,操谓"使吾无家可归",今日之势,又何异与吕布大争濮阳之日也。盖濮阳去而操更无家,此作者所欲写此一回,以重申旧案也。然吕布之据濮阳,欲成鼎足,而仍非鼎足也,则一明旧案之目,端可不翻,写旧战之情,是宜自出笔墨,以写三国鏖兵,于是马超拒懿,赵云拒蒙,以起大战。即其战事,便分写吴魏相联,终于互利之中,各存真伪之迹,蒙以死战,懿惟虚应,却使赵云深入,合肥不守,可见今昔同然,实魏利而吴不利也。然则吕蒙死战,不亦愚乎?惟其愚也,故作者以魏有襄樊之危,东吴真救;吴有猇亭之厄,曹魏虚王。徐盛败丕,是谓精忠,吕蒙胜蜀,是谓贾祸;蜀亡而吴亦亡,则虽亡于蒙可也。此本书所以不容吕蒙,以其大危本国,而非如世俗夸张显圣,只因敬爱关公者,其间论点,实不得同途共语焉。

魏将进兵,以于禁替出司马懿,汉将进兵,以张飞替出赵云,前后遥遥相对。而于禁代懿只是以战为守,张飞代云却是以守为战,便自不同。于禁惯降,故终于不守,张飞惯战,故终于策胜。以人相较,已是难敌,况突围而出,力尽筋疲,所恃吴援,又遭同败,则以势相较,亦但苟延残喘耳。其持久不战,死守孤城,以使云得分兵绝吴归路,实属人情至理,非同乱写进退,以骄军事胜算者比也。盖魏至此,弩末余烬,其败亡只在迟早间,则司马懿拱手求人,虽有智计,又何能为乎?此其所以伏处危城,更不敢轻出一战也。

昔者吴蜀旧好重寻,魏不能伐,丕勉强亲征,遂有南徐之败。今者吴魏联盟日固,汉愈能伐,亮出奇定策,遂有合肥之胜。今昔两役,皆以孙韶当之,则见韶虽异姓,大胜刘封。忠勇堪嘉,异姓如韶而必录,面缚可耻,亲枝如禅而必诛!既帝刘谌,是韶者,固亦堪称吴之北地也。又陆逊胜蜀,不先往救孙桓,而彝陵卒出;今逊拒蜀,亦令先难回救孙韶,而合肥以亡。两两相形,今古东吴存亡,皆系于此一役,则知本回战局,特为吴亡张本耳。

第五十回

吕子明战死濮阳城　　司马懿退屯东阿县

却说孔明在大营接到赵云第二次合肥布置防务的呈报，姜维在章丘报告荡定齐东的捷音，知道两路根基稳定，不致有何动摇，即请徐庶、张飞、黄忠、马超同来大营会议。各将领奉令，齐来大营，参见已毕，挨次坐下。孔明道："各位将军，顷接呈报，子龙在合肥、伯约在章丘着着得手，步步为营，布置妥帖。吴魏之兵，四处都受牵制，不乘此时大举进攻；令彼二敌得以养精蓄锐，复燃死灰，殊为失计！诸将以为如何？"众将齐声道："元帅所见，情况显然。请宣示方略，末将等当努力奉行。"孔明道："以兵势论之，魏强吴弱。然吴兵进退有恃，将亦能军，枝叶虽翦，根本未倾。元直视今日之战，宜偏重何方，始为有利？"徐庶道："司马懿孤军狼狈，进退失据，寄人篱下，更无发展，蜉蝣之羽，为日无多，蹙之过急，或致反噬；以彼军力，尚能剧战，我非竭全力，不能制胜。山东先为魏有，彼一得势，山东必危。伯约之军，势不能敌，宜稍宽缓，留待后来。吕蒙吴将之良，而所部闻合肥既失，后路已断，军心不无动摇，宜举全力，以攻吕蒙。若败蒙军，则江东子弟，精锐必尽。吴兵既灭，曹兵尚安往乎？"孔明击节道："元直烛照敌情，可谓算无遗策，要言不烦矣！"

即席下令，令张飞领第一军，傅彤、沙摩柯为左右翼，张翼、关索为合后；黄忠领第二军，罗宪、伍梁为左右翼，符健、崔顾为合后：庞丰、庞豫各领兵三千，左右救应。徐庶监护诸将，督全军八万，进攻吴军，务以必胜为期。徐庶领令，同着张飞、黄忠入右翼军中，整兵出发。孔明再令马超引本部兵进攻司马懿，不必猛进，但牵制令其不能援助吴军。马超领令，回到本营，挥动左翼全军，即时进攻曹营。

不提两路汉兵分道进攻，且说东吴吕蒙，料到汉兵不日决来进攻。已经多久日，将本部人马大加选汰，稍不胜兵者，皆遣回江南。得选兵六万人，日日训练，深沟高垒，安排强弓硬弩、灰瓶石子，预备坚守。专候汉兵来攻，务令其大大折损，然后冒死出战。假令汉兵全胜也，须死伤过半，索取相当代价，要他逃不了杀人一万自损三千的定例，好叫曹军得以安全退出，与陆逊、甘宁、丁奉联络，还到淮南，共同据险拒敌，保全本国故土。本人虽死，亦无遗恨。

他主意一定，即自往曹营，与司马懿、刘晔相见礼毕，宾主坐下。蒙将自己意见对二人慷爽直陈，言辞激切，态度坚决异常。懿、晔同声劝阻道："都督何必如此？现在我军双方对抗彼军，尚可支持，如未至万不得已时，何必如此牺牲？懿等国破家亡，岂惮一死，而以无死相劝，但一日生存，即与敌对抗一日，绝不能以一死塞责，愿都督为国家自爱，为友军自爱。"蒙慨然道："两公金石之言，至深感纫。但两公有所未知，蒙若不以全军与之恶战，贵军万不能安全退却。仍是两败俱伤，无济于事。若竭蒙军全力，与彼死生一决，彼虽得胜，亦等于败，势不能再追贵军。即令其冒险来追，以贵军全力抗之，彼军非败不可。补充整顿，非经一两月时间，不能再临战地。得此宽缓时际，我军与贵军联络一气，城守坚固，蒙何惜一身以救二国之危亡乎？且蒙自领军以来，屡败于汉兵，来救贵军之日即抱定与汉军死生一决之心，绝不能以败将之面目，还见我江东父老！亦使汉军知我东吴但有死将，更无降兵！以少阻其蚕食鲸吞之志，所望贵军谅蒙此志，始终共同患难，无隳初心也。"懿与刘晔见蒙意气勤恳，言辞斩截，皆为感泣，同起下拜道："公既为国舍身，懿等敢不舍身以成公志乎？有渝初心，明神不佑。"吕蒙听得大喜，还拜道："公等同心，吾志决矣！"随即告辞还营。一面修书陆逊、甘宁，将与曹兵商榷始末详细告知，请其与司马懿一同动作。使人去后，蒙日日警励将士，安排守御，不到六七日，张飞、黄忠两路汉兵真个来攻吴营了。

张飞一股锐气，挥军大进，直逼吴军寨栅。只听得江东兵营里敌楼上一声梆子响，箭如雨下，直向汉军射来。汉军退后不及，登时死伤了一二千人。黄忠一军也受了相当损失。依张飞的意思，还要进攻，徐庶自来阵前，见得明白，立令鸣金收兵，以免无谓损失。汉兵退回，吴兵也自不理。

徐庶回到大营，报告本日战况。孔明道："吴兵既以守为战，欲挫我军锐气，我军不妨夜半进攻，束草为人，推之前进，以耗彼之矢石，彼军矢石俱尽，无可为守，必不能不战矣。"徐庶道："元帅此计甚妙。"庶令将士立即奉行，随即兴辞，回营面授诸将机宜。火速办理。

到了夜半，汉军两路鼓角齐鸣，依旧向吴营进攻，果然不出孔明所料。吴营中矢石如雹，汉军阵上战鼓如雷，仿佛有进无退的光景。吴营中一发尽量的放射，天色黎明，汉军方才收兵。一连两三夜工夫，汉军不过损伤数百人，吴营矢石果见缺乏。军吏报知都督，吕蒙不觉吃了一惊。吩咐军吏前往魏营借用箭支。

谁知司马懿也同样受了马超的骗。但是曹兵兵力充分，时时备战，司马懿早就预防此着。再三嘱咐部下将士，非俟汉兵逼近本军寨栅，不许放箭，便令汉兵冲入本营，我军即在营外接战就是，不必因其虚张声势，便尔张皇失措，无的放矢，自受损失，将士遵从命令，只是准备迎战，不管他如何进攻。故而虽然受了点欺骗，吃了点小亏，损失倒还不大，为数有限。马超也知曹兵兵力甚强，不敢逼近，曹兵损失自然就少。司马懿见吴军前来借箭，立令本军军吏就现有存储的箭支中分一半，以二十万支交吴军军吏，运回应用。吕蒙收到借箭之后，知道战事日迫，再无可以迁延，立时下令，非汉兵大队近营，不许放箭，以免虚耗利器，大小将士各各准备出战。又经过了三五日，蒙自集合全军，面谕众将士道："三日之后，本军决与汉兵死生一决，愿从战者，义无反顾，必死为期。愿还故土者，可往兖州，从甘都督南归，各听自便。"令下后，吴军六万去者万人，存者五万人。蒙即令去者速往兖州，告知甘都督转告陆将军，退出山东，还扼濠泗，以拒汉兵。众军流涕而去。

到了第三日，蒙召诸将入帐，自取酒饮。谓诸将道："诸位将军亦知今日为蒙之死日乎？"诸将闻言，相顾错愕。蒙叹道："蒙自督兵以来，十战九败。今时形势非复当年，苟且图存，不过旦夕，敌兵得步进步，我兵欲退无从。蒙受吴王特达之知，负军旅之重任，前所以令兴霸、伯言诸将南归者，不欲使我军精锐一战而歼。据险拒守，犹可勉强支持，已与司马都督商决最后办法矣。蒙之死志，已决于文向被擒之时。众位将军，各自为计，或往历城，或往兖州，步步退出，以还江东。蒙与诸君长别矣。"诸将奋然尽起道："同为吴臣，宁令都督独死，一战而胜，尚可图存，战而不胜死犹未晚。"蒙见将士一心，不觉大喜道："胜负不必具论。本军五万，以一比一已有代价，且使敌人知我江东固无降将军，亦足为先桓王增光泉壤也。"当下与会诸将各自饮满三大觥，全军将士皆饱餐一顿。夷灶破釜，烧营出战。吕蒙居中，蒋钦居左，孙峻居右。每人率领裨将十余员，将所借箭支配备强弓硬弩，居最前列，冲锋射击。同时并进，直取汉兵。

吴兵都唱着挽歌，此唱彼和，悲壮异常，亡命的向汉军阵上杀来。汉兵初意以为吴兵矢石俱尽，张飞、黄忠两路人马分道来攻吴营。不提防吴兵已先自出阵，迎着汉军万弩齐发，一阵乱射，死伤山积。

徐庶见吴兵势成致死，急令崔顾领弓弩手八千，迎射吴兵。双方对射经时，吴兵尸横满地，并无一人肯退后，前仆后继，层层涌上。汉兵死伤也相当不少。徐庶令中军起鼓，大小将士敢有后退者就地正法。两军箭支射完，将士马首相接。张飞战住了吕蒙，黄忠战住了蒋钦，张翼战住了孙峻，双方的将士都肉搏血战，愈逼愈紧，愈紧愈逼，枪断刀折，马倒人亡。

徐庶见吴兵数减少，后无援应，知道吕蒙是背城借一，决死奋斗。即令部下众将一齐出马，众将得令，奋勇向前，吴兵死伤了大半，兀自死战不退。

张飞与吕蒙战到八十余合，吕蒙渐渐气力不加，张飞怕吕蒙逃走，用尽平生之力，一矛向吕蒙心窝刺去。吕蒙尽力用刀架开，庞丰纵马上前，向吕蒙后心就是一戟，吕蒙挥刀招架，张飞跟进一矛，吕蒙招架不及，被张飞刺落马下。庞丰再复一戟，结果性命。可惜江东又去了一员大将！为着救国家的危亡不惜一死以报国，麾下数万人甘愿同死，比田横的五百人、张辽的万人更为壮烈，算作死有余荣，光照史册。

蒋钦见吕蒙被杀，心内一慌，手中刀一松，黄忠觑出破绽，拦腰一刀，挥为两段。孙峻兀自死战，被沙摩柯一铁蒺藜，刺杀了左手，孙峻负痛，兵器落地。符健赶上就是一刀，连肩带背劈于马下。吴兵将士虽然见主将身亡，大家仍是奋不顾身，依旧冲杀，只杀得尘沙四起，天日无光。双方将士都杀得天昏地黑，不辨彼此，好大的广漠平原，变成了尸山血海，不待阴黑，鬼哭神号。

徐庶见本军大获全胜，令张飞、黄忠各领万人去司马懿后军抄击，帮助左翼战事；令傅彤督众将追杀残余吴兵，令崔顾领兵三千收取濮阳。众将领令各自分头前往。吴兵五万，存者不及百五六十人。两阵的兵士通通杀得力竭神兮，不知谁吴谁汉，交臂而过也认识不清。由着他在人丛中挨挨挤挤逃出来，向兖州去了。汉兵此次大战，折损二万五六千人，伤者一万八九千人，为各路汉兵出兵以来独一无二之大血战。吕蒙计划算有效了。

那足计多谋的司马懿，见孔明屯兵日久，忽然出兵，知道汉兵已操必胜，方才大举进攻，与众将商议："若吴兵挫败，火速退兵，屯驻东阿，与彼同尽，亦属无益。"众将领令，暗暗准备。及至马超第二次来攻，懿即令开营出战，仍是张郃战住了马超，曹仁战住白虎文，曹洪战住了李严，两阵上战鼓震得山摇地动，六将正战到好处，司马懿鞭梢一指，曹营大小将士倾营出战，汉兵亦尽数迎敌。因为曹兵势力太厚，人人奋勇，马超诸将也就拼命相持，战至正午，汉兵渐渐后移，司马懿已接到吴兵败讯，急令众将大杀一阵。马超只得败退，懿亦不追，令曹仁、曹洪断后，更不回营，径往东阿去了。

比及张飞、黄忠两路兵到，懿兵已经去远。二将见马超已退，自己兵力亦疲，无力去追，只好收兵回见元帅。马超也至大营，报告战况。孔明道："自出兵以来，无此血战。东吴精锐尽于此役，非元直临机应付，各位将军努力同心，何能有此大捷！司马懿苟延残喘，不足虑矣。"吩咐设宴，与诸将贺功，大赏士兵。以本军伤亡太重，令将吏极力补充，飞调后方守兵加入前线，受伤将士运后方疗治，令地方官督率民夫掩埋战士遗骨，从死尸堆中检出吕蒙诸将尸首，从优殓葬，以恤义勇。

休兵二月，以司马懿全兵东走，恐其与陆逊合力以攻姜维，即令马超率领本部向东阿进发，追击司马懿。令元直同着张飞统领右翼全军向兖州进发，追击江东退兵，直取兖州，进收邹、滕、丰、沛各县，沿东泇河东下，会师合肥，与子龙兵合，尽收淮北州郡，元直驻合肥调度，候大兵一到，进取淮南。徐庶、张飞、马超领令，分头出发，孔明自与黄忠督后军向东阿前进，接应马超不提。

且说甘宁在兖州听到前方消息，知道吕蒙必死，令人飞报伯言，接着濮阳败兵回来听得吕蒙全军覆没，十分伤感，急令人驰告历城，会商进止。自己整兵，静待迎战。不到六七日，陆逊接到消息，知道山东决不可守，防多力分，徒伤兵力，乘夜与丁奉、孙綝弃了历城，同时遣人飞报司马懿，请其占据山东东南各县，以牵缀汉兵兵力，双方互相协应，至万不得已时，方撤回淮南。自己回到兖州，会见甘宁，三人彻夜商议，决计退兵，再退下邳，会合凌统，聚兵濠泗，分防淮北、淮南各州县，不徒失了山东，连东淝河一带地方，因合肥中梗，亦不能守；四五万精兵，六员大将，尽丧沙场，陆逊、甘宁两人会启吴王请罪。孙权发书展视道：

> 臣宁臣逊，死罪死罪！自刘备得关辅汾晋之地，而三分之局破；自王姬归宁不返，而孙刘之交离。祸结兵连，江湖鱼烂，势之所迫，不能不战，仇隙日深，虽欲不见于战场，亦不可得。曹彰北救幽州，让我山东之地，我若不取，必为敌有。由山东以俯瞰淮北，建瓴直下，形势日危！臣逊与前都督臣蒙，是以不俟命而行，锐师直进，抚定山东，非敢徼功，亦聊固吾圉耳！臣逊因西救濮阳，付托非人，遂失合肥，臣罪大矣！不蒙显戮，令期后效，而敌势日强，狼奔豕突，濮阳血战，全军覆没，精兵良将，聚而歼旃！臣等亦有肺肠，宁惜同尽，但恐国家兵力，斩绝无遗，虏马临江，将何为继？商之诸将，咸请退师，扼守淮泗，亡羊补牢。失地丧师，上干国纪，此而不戮，何以国为？乞大王另选能将，接统屯军，臣宁臣逊，当归死司败，以谢阵亡将士，而伸明王之法！

权泫然流涕道："文向既亡，子明复殒，悠悠长江，吾其已乎！"即令厚恤吕蒙家属，赐二将手书道：

> 谋国在人，不济者命，时贤殄瘁，所恃伊何，二君勉之，与国存亡可也！过自损抑，复何为乎？江淮诸事，悉以付君等矣。

甘宁、陆逊接到吴王手书，感激流涕，效死自誓。孙权自此病况日重，呻吟床褥，惟望父兄有灵，救此危急。

那徐庶、张飞二人，兵不血刃，直抵合肥，会晤赵云。自然欣喜过望，休息士马，候令再行出发，不提。

且说司马懿全军安全退到了东阿县，因为汉兵休息二月，曹兵也就有了相当时间的休息，司马懿好容易得到这种机会，又接到陆逊退兵手书，复闻姜维夺取历城，急令偏将十余员分头驰赴吴兵退出的各城，火速安排粮秣矢石，愈多愈好。偏将领令，星夜去了。懿立时召集部下各将佐入府会议，诸将入谒就坐。司马懿道："各位将军，濮阳一战，吴军灰灭，子明既亡，伯言复走，我之外援已经完全丧失。然而，我虽孤军，兵力犹足，不难拔队南行，与吴军会合，一致行动。但我军多系北方土著，南方卑湿，不可久居，思归念起，无法收拾。江东两面受敌，自救不暇，何暇救我？计诸葛亮此次血战，损失必不在少。顷据探报，徐庶、张飞一军已经东下兖州，来追我军者仅马超一军，计彼全部，不过六万，纵诸葛亮自来，全数亦在十万左右。我军能力犹足与彼抗衡，不如简率全军，与马超血战一场。四面埋伏，杀败马超，挫其凶焰，令彼不敢藐视我军，穷追不舍，然后与诸君分据各城，互相联络，互相援应，立足一稳，为东吴屏蔽一方，江东之兵庶可以与我军出相提挈。各位将军以为如何？"刘晔道："际此危局，舍此办法外，惟有全军南下耳。"只听得帐下大小将官齐声大呼道："甘死北方，不往南土。"懿见众心如一便道："各位将军既不南下，便当共同努力，死中求活。"众将士一齐声喏道："惟都督命令是从！赴汤蹈火，亦所甘心！有二心者，绝非人类！"懿见士心坚固，自然愉快，立时下令，令大将张郃领邓艾、钟会部兵三万，出东阿城五十里，选择阵地，预备迎击马超追兵；曹仁、曹洪各领部兵三万，分左右埋伏，俟张将军战至半酣，左右齐出，横腰侧击；于禁率韩家四将，领骑兵万二千人，包抄马超后军，全军尽力，务期尽灭超军，以除劲敌。余兵五万，随同城守，保护后方。诸将领令，立即率兵前进。

出屯不到两日，马超追兵果然到了，张郃三将哪里容他安营，立刻开营出战，张郃纵马挺枪，直取马超，邓艾、钟会双马齐出，关兴、张苞刀枪并举，并马迎敌。六将在阵上只杀得烟尘四起，日月无光。看看杀至正午，曹仁、曹洪二伏齐出左右腰击，白虎文连忙敌住了曹仁，李严敌住了曹洪，双方将士各殊死战，正在吃紧关头，忽然间鼓角齐鸣，于禁部领骑兵从汉兵阵后冲锋杀入，包抄上来，马岱、越吉同马家六将奋勇迎敌，虽然勉强支持，却因曹兵比汉兵超过一倍，兵力太大，更兼勇锐，汉兵看看支持不住，马超生恐陷入重围，全军覆没，急令将士且战且走，自与白虎文、李严苦苦力战，掩护本军节节退却，直败下三十余里。曹仁、曹洪、张郃、于禁、邓艾、钟会、文聘、毛玠，催兵掩杀，穷追不舍，形势十分危急。

将近黄昏孔明后军方才赶到，一见本军败北，急令黄忠率领伍梁、罗宪、符健、李鸿、向朗诸将尽起本部全军，上前援救，马超众将一见援兵大至，大家回马反戈，与曹兵重行大战五十余合。天色已晚，两军方才各自鸣金收兵。曹兵将士打着得胜鼓回城，汉兵安下营寨，约计本日战事可算大大亏输，折兵将近三万，损失偏裨将校二十余员，自与曹兵接战以来，历次无此大败。

马超安了营，吩咐将士小心守御，自到大营见了元帅，报告战况，请按败军之罪。孔明下坐，自行扶起马超道："此非孟起作战不力之罪，乃系亮料敌不明之过。亮初以彼为惊弓之鸟，而未料及彼犹作困兽之斗，彼合十余万之兵力，三面围攻孟起，虽以亮自当之，亦惟有败退而已。胜负兵常，又系大敌，孟起何罪之有？可还营整理，即日便与补充，努力振顿，此耻当计日可雪也。"马超谢过元帅，自还本营。孔明以马超损失过大，前方兵力殊感不敷，即令王含星夜驰赴许昌，面见云长君侯，请将最近调许之零、桂军二万人完全开来前敌。又以洛阳安堵，令马成驰赴宜阳，将宜阳所驻西凉军营底，及前留在宜阳休养之西凉军六千人、雍州兵三千、并州突骑千人，休养日久，元气恢复，即日扫数开来濮阳，加厚前方兵力。二将奉令，即日分头前往，往还至少需时月余，比及来到，孔明全数拨交马超。超与诸将极力整理，军力便恢复如旧了。

且说曹仁、曹洪、张郃、于禁、钟会、邓艾、文聘、毛玠八将大获全胜，收兵还见都督，具报战况。司马懿极意犒劳将士，即就酒筵前商妥，曹仁驻范县，曹洪驻阳谷，于禁驻馆陶，邓艾驻高唐，钟会驻平原，懿自与张郃诸将屯驻东阿，抚定各县，大事补充，决定分守合战。汉兵若聚攻一处，各城合力救应，务使汉兵疲于奔命。诸将领令，各自前往，占住城池，大修守备，一月内外，早有汉兵探子探知详细，飞报元帅。孔明闻报，不觉大喜，即召诸将来营说道："顷据探报，司马懿与部下诸将分占山东各县，不及其兵力分散，大举清剿，失此时机，悔将无及。"诸将同声道是。孔明立令本军大校驰往合肥，调张飞部兵三万速来东阿大营听令。大校领令如飞去了。再令一大校驰往历城，令王平留守，姜维领突骑万人，出赴东阿，离城百里，扼要驻扎，守而不战，专断曹兵交通，断其联络，正是：

回光返照，百足之虫不僵；栈道回坡，千里之驹亦困。欲知后事如何，且听下回分解。

  异史氏曰：淮北既失，齐东复危，则还救淮南，更较往救濮阳尤为重要；陆伯言尽心国事，亦只剩来去匆匆，莫展一筹。昔者诸将不服调度，尚能忍辱负重以图功，今兹将士无不受命，乃终安内固外而无术。驰驱往复，徒屯兵历下之郊，坐待吕蒙之死。伯言于此，当自叹老师失敌，置三军于无用之地，命也何如！今之牢把关隘，不得妄动，与昔无以异也；今之奖励将士，广布守御，与昔亦无以异也。而诸葛首尾分兵。绵延千里，相拒为守，持久勿动，使诸要害布防皆固，又何异连营五六百里，相守经七八月之时。然而伯言无变可乘，无奇可出，情势不异，而成败迥殊，岂非兵疲意阻，转在吴军，法度精专，全归汉将乎？是则作者翻案之妙，直入军事骨髓，虽伯言复生，亦当五体投地。重以元直料敌，断明吴魏形势，以蹙懿、蒙，得其所先。吕蒙虽勇，乌得不死！伯言虽智，乌得为救！论汉家之挞伐，前时自先魏而后吴；论劲敌之剪除，此日自先吴而后魏。盖吕蒙不死，大难未易弭平，司马灰燃，成功不知何日。此又蜀之亡也，迟之又久，至晋而始平吴之戒也。今举江东子弟之精锐，尽歼于魏军之前，时不可失，则吴魏以合，而亦罹于同亡矣。至吕蒙死，而山东亦不战自定，伯言乘高守险之能，终亦尔尔，旧日之案，尚何待一翻哉。

吕子明白衣渡江，以襄樊失陷，庞令名抬榇出战，终亦遭擒，乃乘虚而制荆州之后，以死云长也。云长死而蒙亦旋死，《演义》有云长显圣之说，则谓蒙死于庞德可也。庞德抬榇，而今蒙唱挽歌，千古同奇，是德与蒙同其出丧，云长之仇得复，虽曰又死一庞德，亦可也。本书谓张飞一矛，刺落马下，固许兄弟复仇之义，而庞丰加上一戟，结果性命，此蒙仍死于庞姓之手，果不异也。乃有蒋钦、孙峻陪死，吴军血战不退，死亦数万，则作者于嬉笑怒骂之中，尚非深薄吕蒙，特以其不明大义，顾终与今日勇于私战者异耳，何竟吕蒙之不如者愈多也。

陆逊之议收山东，原为屏蔽江淮，保障吴封，不意濮阳一战，山东原璧归还，并合肥一带，亦不能守，吴亡更迫，则司马令代受兵之计胜矣。昔司马胜，而孔明有自贬之表章；邓艾胜，而姜维有自贬之表章。今陆逊共甘宁，亦同表请贬，而表文慷慨，可令泪下！是一司马在，无论胜负，皆使吴蜀元臣，不得自安若此，虽今昔异势犹然，则司马之才，至为吴蜀所不敌也！吾故谓司马奸诈，出曹操上，吴今欲不间接亡于司马之手，何可得哉！

第五十一回

救东阿曹仁双中伏　　破馆陶于禁再被擒

话说孔明从探报中得悉司马懿退屯东阿、诸将分据城邑，互相联属，兵力尚厚，新近战胜，士气亦旺。自己本军经过两次战役，一次挫败，一次大败，损失过重，虽然极力补充整训，还是未复旧观，此次若贸然进追，不免仍蹈马超故辙，所以未曾出兵。先飞调张飞一军，东出兖州；姜维一军，西出历城，为本军增加势力。然后，令马超领本部五万人为第一军，黄忠领本部五万人为第二军，即日出发，进攻东阿。二将领令，率兵马上起程。孔明自督中军官属，率后军四万，陆续前进，接应二将。许昌、并州、长安三地继续派来增援部队，尚有二万余人最近方到，即驻濮阳训练，作为第二线的续备队伍，兼以顾全大后方。

就中第一军主将马超及全部将士，因为前次受了大败的耻辱，人人怀了报仇雪耻的心肠，大家努力，七八十里路程，他们四更造饭，五鼓开兵，不到日中，便自到了。马超一到东阿，与众将视察形势，选定地方，安下营寨，远远地将城围了一大半边。黄忠第二路军，隔不多久也就到了，与马超营接近，树栅立垒。到第三日，元帅中军亦至，大营地点早经二将选定，在二将营后五里，早已安好了营。二将迎接元帅入营，休息一会，孔明同二将乘马巡视东阿四城一周，还营坐定，语二将道："东阿城小，曹兵虽多，不过五万，但司马懿退屯已久，城中守备必定坚固万分。万不宜孟浪攻城，以致自损精锐，且彼兵四处分屯，相距伊迩，我若加以围攻，彼必据城固守，以老我师，使我求战不得，欲罢不能。顿兵日久，锐气自挫，彼然后乘我之惰，各屯四出，内外夹攻，我兵已疲，不败何俟？为今之计，只宜以守为战，深沟高垒，养精蓄锐，分遣劲骑，四出游弋，先断城外来往之通衢，次绝城中樵汲之别径。外间消息既不灵通，城内军民自然惶惑，使其不得不出而求战。则我自操必胜之权矣。"二将闻言齐声道："元帅明见，末将当奉行帅令，以期早克此城。"随即兴辞，出了大营，各回本部。

马超令马成、马龙、马骧、越吉四将各率劲骑四百，专一游弋东阿城外，东南方面禁止来往，断绝交通。自与马岱、白虎文诸将安排战备，另立游兵，专一援应四将。东阿城西北方面，由黄忠派遣李鸿、向朗、岑述、杜微四将，各领劲骑四百，分次巡行，轮流游弋，无分昼夜，川流不息，无论男妇，禁止来往。自与罗宪、伍梁、符健、郑绰诸将安排出击队伍，指定一部分专负应援游弋队伍之责。

不过半月工夫，张飞的部队也从兖州方面开回来了。张飞一到，先去大营，见了元帅。孔明见张飞兵来，自是心喜，令飞全军驻扎大营前右侧，与黄忠、马超两军屯距离五里，专一预备迎击外县前来援救东阿的曹兵，俾令黄、马两军得以一心应付城内曹兵。张飞领令，自去安营，准备一切。城内曹兵跧伏不出，城外汉兵并不进攻，偃旗息鼓宁心静气，相安无事。

孔明又派大校一员，驰赴姜维军中，手令姜维屯兵要道，不须攻战，令副将傅佥率劲骑千人，随时游弋，专一切断各县曹兵交通路径，务令曹兵通路一断，各城必然势成孤立，守不能久，战不能合，一一拾取，皆成擒矣。姜维奉到帅令，立令傅佥率兵前往办理。

那傅金膂力方刚，武艺出众，东征以来屡立战绩，此次随着姜维进袭山东，都是他的开路先锋，也曾打过几次恶仗，很出了风头。后同王平荡定齐东，论功第一，中经姜维声叙功劳，呈报元帅，是以孔明手令，特别指派。姜维又鼓励他说："元帅指派外面将领，这回算是第一遭哩。"傅金心中高兴不过，率兵去断各地交通，身先士卒，奔走不遑。直弄到行人绝迹，飞走皆穷，曹兵探子百不存一了。

孔明又以司马懿过于机警，素性多疑，吩咐张飞、黄忠、马超三将集中兵力，远置斥候，四布劲骑，以资游击。中间大道，却都让他空虚着，不必设守。知懿俟外援一至，必不敢出空虚之大道，决径扑城外之列营，静以待之，俟其出而乘机应之可也。三将领令，各自遵行不提。

如今且说魏兵大都督司马懿与张郃、吕虔、满奋诸将在东阿城中，有兵五万余人，粮秣器械十分充裕，一闻汉兵到此，并不围城，只远远地扎下三个大营，守而不战，懿与诸将同上城楼，瞭望四周，观察良久，方才下楼回到军府，与众将言道："诸葛亮集合大兵，以困东阿，似欲久守，以断我樵汲之路。不知本城系济水伏流之地，掘地三尺，无处无泉，且甚甘洁，便困三年亦无所虑。此种地质，彼亦无从挖掘地道，施放地雷，围攻上面，彼实无如我何，彼置大道不守，两旁必伏重兵，必俟我兵之出，然后起而合击，设心之毒，更无伦比。我军只宜固守，缓彼重兵使我分各城之兵，连络得势，四合以蹑其后，比较浪战，为有把握也。"张郃诸将遵令，一心城守，静候外兵，双方因此成了相持的局面。

却不道东阿城中，水泉甚足，但是柴薪便有些困难起来，因为无论什么地方，城内的柴火，历来是仰给城外，除了富商大户积储三五月柴薪，其余零星购买的，至多不过支持十天半月。东阿城中不能独异。司马懿当日虽令人尽量采购，时间仓猝，积聚不多，大家注意多在粮食，不知柴火也是开门七件里面一件重要的问题。时间一久，自然会发生困难。起初还可砍些枯枝古木，救救柴荒，再延长些日子，连门窗楼板也就忍心拆毁，不管他名胜古迹，暂救目前。

司马懿在军府，屈指计算，东阿被困将近两月，料得分屯各军将也应将次来到，密令张郃诸将整顿兵马，准备弓弩手万人，乘势先冲汉营，里应外合，与汉兵决一死战。张郃领令暗暗与众将士充分准备，谁知汉兵营内元帅诸葛亮，自从驻兵东阿城下以来，深知曹兵兵力尚强，司马懿虽被困在东阿城，然两军并未接战，锐气未挫，倘外援四合，势必致死，比濮阳剧战，当尤酷烈。以曹兵谋臣勇将，比江东远胜。如其合势死斗，本军未必能操胜算，山东战事结局无时，沉思终日，方才决定不择手段、但计成功的办法来了。立召张飞、黄忠、马超来营。三将参见已毕，孔明说道："三位将军，东阿被困月余，曹兵各屯必至，内外夹攻，势实难敌。若外兵一至，城兵必出。三位将军各先将本营辎重密运他处，然后再将小儿第二次从成都运来之地雷火炮分营妥慎安放，曹兵若至，与彼略为交战，即弃营四散，任其将营踩破，触发引线，俟营中火起，诸将一齐回兵围攻，彼已心胆俱裂，决无余力应战，我兵庶可操必胜。"三将领令回营，各派干员，秘密地从诸葛郡马处领取特别武器，回到营中，依照郡马所发图样说帖，妥慎安放，准备曹兵一至，让他将自己营盘完全踩破，就算结了。

果然，他们两方的预算都差不多远。到了第三日，黎明时候，东阿城外真正就来了两支曹兵。一支是范县的曹仁，一支是阳谷的曹洪，两支兵力合五万余人。你说张飞三将同着姜维那样断绝交通，这两支兵又何从而来？原因都是司马懿在东阿分屯时，双方预定的期限，司马懿本属能兵，与诸葛亮根本不相上下，不过因时会不凑，国破家亡，他在那分屯时节，何常未计算到汉兵将来决定会断绝交通，隔离消息，早已与分屯诸将计算时期，至多不可超过两月，各屯即须会兵东阿城下，迟则不及于事。曹仁兄弟都因消息不通，约期瞬届，两兄弟合兵践约而来,见汉营中间大道空虚,平素屡闻都督言论,都以为有埋伏,故此一到附近,将全部将士分为两翼,曹仁将左,毛玠合后,直闯马超本营;曹洪将右,文聘合后,直闯黄忠本营。

黄忠、马超预备已久,一见曹兵闯营,立刻尽出全军,倾营迎战。两方喊杀如雷。

东阿城里,曹兵多时整装待发,一听城外杀声,知是各屯兵到,司马懿尽起城兵,大开城门,冲锋杀出,锐不可当。张郃诸将保着都督,身当前敌,杀入马超后营。万弩齐发,汉兵望风披靡,马超抵敌不住,领兵败走。曹仁杀入马超营中,方才与司马懿、张郃诸将相见,两下欢言,自不待言。

正待合兵一起,猛听得一叠声连珠炮响,地雷爆发,响声震地,烟焰迷天,曹洪杀入黄忠营中,也是同样的天崩地塌,火星四射,土石横飞。不上一时半刻的工夫,将司马懿、张郃、曹仁、曹洪三国时代数一数二的豪杰,尽皆葬身火窟,同归于尽,后人有诗叹曰:

> 赤壁当年一炬红,阿瞒犹得走华容。东阿将卒今同尽,应向重泉怨卧龙。
> 火器年来日益精,杀人千万只闻声。追原祸始由诸葛,从此书生莫论兵。

司马懿、张郃诸将一死,曹兵大乱,自相践踏。汉兵回戈,四面兜剿,曹兵纷纷跪地求降。只有文聘、毛玠二将,因此次在后押阵,未曾波及,冒烟突火,飞马逃命,在那死尸堆中,东冲西撞,乱打回旋,只吓得魄散魂飞,六神无主。

猛然间,前面迎头来了一将,大声喝道:"曹将休走!你待往哪里去?"文聘、毛玠睁眼看时,是汉军老将黄忠。二将知道黄忠厉害,不敢抵敌,往刺斜里落荒便走。不道从左侧迎头来了一员小将,胯下乌骓快马,手执丈八蛇矛,向文聘就是一矛,文聘急忙使枪抵住。右侧下又来了小将关兴,胯下火龙马,手执大刀,向前杀来。毛玠急舞刀迎敌。一霎时，横头又来了小将文鸳，白马长枪，如飞赶到。接连又来了氐将符健、蛮将沙摩柯。五员汉将将文聘、毛玠团团围住，好似铜墙铁壁一般，莫想冲突得出。文聘杀得力尽神疲，支持不住，被张苞乘隙一矛挑下马来，文鸳加上一枪，结果性命。毛玠见势不好，欲待逃走，再也来不及了，早被关兴照头一刀，分为两段。

黄忠、张飞、马超大小将士合兵一处，追杀残余曹兵。曹兵无主，只好投降。孔明令众将计点降兵，约有五万余人。吩咐全行缴械，给予川赀，各还故乡，去安生理。降兵纷纷叩谢，一时星散。诸将各上首功，孔明一一奖慰。又令未曾散走之曹兵，火速从死尸堆中，专心仔细寻找司马懿、张郃、曹仁、曹洪、文聘、毛玠、吕虔、满奋诸人尸首。只见手足断折，须发摧残，血肉模糊，形容黧黑，那宗情形，实在不堪逼视，就令心如蛇蝎，到此也自难过。

孔明一见此等惨状，心中老大不忍，因面谕众将士道："桀犬吠尧，各为其主，遭时不良，以殒厥身。虽曰违天，亦当世之英才，慷慨之志士也！不必号令，以彰兴国之仁，而恤贞烈之士。"令诸葛靓带领近卫侍从，将诸人尸首尽用香汤沐浴，就近买办上好棺木，皆用玄纁束帛包裹，正式殓殡，选择高阜阴地，将诸人依位次骈葬，雇工勒石，树碑道左。孔明自为书碑，题曰"魏大都督司马懿之墓"，陈牲洒酒，亲往祭奠。诸葛靓领令，一一如命办理。孔明再令地方官吏动支公帑，督饬本地乡亭保甲，征发民夫，掩埋战士遗骨，扫清战场，掘坎务宜深邃，封土务宜高厚，免致尸气宣泄，妨害附近居民卫生，发生疫疠，酿成凶灾；敢有阳奉阴违、潦草从事，一经派人抽查，发现潦草情节，按段推究，讯实之后，即将经手令长人等，生瘗大坟之侧，以儆泄沓而慰幽魂。一般地方官吏，令长人等奉到此项严令，一个个胆颤心寒，毛发皆竖，大家切实奉行，不敢丝毫苟且，免致自家与鬼为邻了。

此次大战，只便宜了韩家四将。奉了曹仁命令，令他兄弟领骑兵八千，驻扎距东阿城三十里，以便接应本军，迎击追兵。此刻，一闻前军覆没，他四人尽率所部，直窜河北，日夜兼行，避免战事。专走空虚地方，被他完全闯出塞外，投入曹彰麾下，不过百余人落伍。比及魏延派兵追赶，他已出塞多时了。

孔明在大营吩咐办理各事，逐一就绪，休兵五日。随即下令，令张飞率领本部全军仍还合肥，候令再进。令马超率李严、马岱、白虎文、文鸯诸将，前去高唐围攻邓艾，灭了邓艾之后，即合姜维之兵，前去平原，围攻钟会。令黄忠率关兴、张苞、伍梁、罗宪诸将前去馆陶，围攻于禁，肃清山东曹兵余孽，务绝根株，以防鲸鲵漏网，死灰复燃。所得地方，妙选长吏令丞，与以事权，假以兵力，政崇宽简，革去烦苛，总期民吏相安，主客融洽。大兵之后，民易安生，官不扰民，民自亲上。整军饬纪，毋稍玩延。山东大定，方可再议戡定江南。三将恪遵帅令，拜辞元帅，各领所部分头起程。三路人马出发后，孔明留一偏将领兵千人，辅助东阿新令，安辑地方，资遣溃散，以固后方而利交通。偏将领令，屯驻东阿城中。

孔明自督中军将吏，即日出发，前往历城。军行迅速，不上四五日，已到了历城。王平率在城文武将吏军民，出城十里，左道郊迎。孔明见了王平，大加奖许，说道："子均既定河北，复取山东，中兴耿弇，同此勋名矣。"王平逊谢道："此皆国家景运，主公洪福，元帅指示，诸将勤劳，平有何功，敢承奖借？"孔明笑道："子均智勇焕发，谦退逾恒，祭征虏之雍容雅歌，冯公孙之不自矜伐，不是过也。"随同王平诸将，联辔入城。城中帅府，早经王平事先布置妥帖，警卫森严。孔明入帅府坐定，在城文武将吏以次参谒，孔明一一加以慰劳。从帅府中发出了大批金帛羊酒，令王平颁赏此次戡定山东将士兵卒，下及厮养，务令人人沾惠，不得遗漏一人，致感偏枯。原因是为汉兵不袭取山东，东吴兵势万不能分，东吴兵势不分，曹吴兵合，势足以支持，虽竭汉兵全力，亦难操必胜之局，迁延日久，二敌兵势，必致日强，曹彰或由塞外进窥河北，而司马懿、吕蒙举山东之全力以应之，河北必非汉有，大局之坏，不问可知。赵云虽得合肥，于三国战守全局上尚不致发生若何重大关系也。所以孔明对于此次山东出力兵将，大加犒赏，恩礼优渥，自然是推原功首，昭示大公。王平领令，自去犒赏将士不提。

孔明分派诸事后，退居静室，自作奏记。启奏汉中王，将此次大战结果，与此后进兵次序，并办理一切善后情形，飞报洛阳。专使驰发，方才稍为休息。闭目静坐，百念纷起，知道大局固然是不日可以解决，但一念及濮阳大战时吴兵五万，死亡十九，尸横遍地血溢成渠，惨酷之状如在目前。此次火烧东阿，司马懿与二曹诸将葬身火窟，无一幸存，情况更酷烈数倍。天地生才不易，父母爱子相同，暴骨沙场，谁非人子？自己虽然功成名立，然而未免太为残忍，上干天和，下绝人理，汤武仁义，不免杀人；桓文节制，更无足论。想到此处，悲愤凄凉，心中抑郁，理欲交战，一连七夕，睡不安枕。加以频年征讨，积苦兵间，运筹设计，心血亏耗，怨艾交乘，不能自已。追想隆中高卧，淡泊明心，与世无争，与物无忤，何等自足？何等不美？而虚名召事，大任加身，受命专征，躬为屠伯，这又是何苦来？自家妻父黄承彦，抱经天纬地之才，治国整军之略，终不肯轻于用世，泉石自甘，养晦韬光，闻而不达，眼前顶好模范，为什么自己反不知道仿效？由此推想，越想越悔，越悔越恨，又以军行在即，须候指挥，既不能以己之志愿，阻抑军心，又不能以己之觉悟，妨碍军务，只好横亘着自己心中，翻来覆去，左思右想，想到窄处，竟自觉不能容身于天地之间。

自此以后，孔明日夜思虑，五内如焚，任自譬解，不能排遣。那一夜，正在强抑心怀，秉烛治军书的时候，猛然间心内一潮，喉间作痒，不知不觉，一连喷出四五口血来，身子几乎栽倒。诸葛瞻、诸葛靓兄弟侍立身旁，两个即忙上前扶住。孔明叫取凉水，漱一漱口，喝了一口水，身子一定，心中一凉，方才止住。亦无所苦，靠在椅上，教瞻兄弟不必惊恐，休息几天，便自好了。瞻兄弟口中答应，两人细心伏侍，觉得病势来得不轻，却又不肯延医诊治，不知是何意思，只好暗地写信，禀告母亲，请速来历城，劝父亲服药，专人遄回洛阳飞驰去了，不表。

如今且说黄忠领兵来到馆陶，欺着司马懿、张郃、二曹均已覆灭，于禁孤军，兵微将寡，一到馆陶城下，立即指挥军队一拥围城，乘势攻打。馆陶城中，曹兵大将于禁、军师刘晔准备战守，为日已久，因被姜维游骑遮断各处交通，将近两月未接东阿各地军讯，两人正在准备，尽起本部，联合钟、邓前往东阿会战，不道黄忠人马已来围城。守兵报入衙中，于禁听得，即同刘晔出衙，并马上城，前往观看。见是黄忠全军来到，士马骁勇，军气甚旺，晔对于禁太息道："黄忠全军来此，东阿必陷落矣！"立命部将小心城守，任彼攻打，但以矢石尽量抵御便是。部将领令，自去督兵坚守。于、刘二人回转衙署，方才坐定，恰好最近派往高唐、平原两处探子回来，缒城而入，形色匆忙。上前参见道："启上主将，汉兵游骑沿途搜索厉害，小人等伏匿草间，昼伏夜行，目击汉将马超全军围攻高唐，汉将姜维兵围平原。在草间听得汉兵相语，言元帅自往历城驻节，指挥各路将士。并闻言东阿大捷，曹兵将士死于地雷，不计其数，互相夸扬，人如此说，小人等闻得此信，连夜赶回本城，报告主将。幸亏赶过数里，若迟到一刻，皆为黄忠之兵俘虏矣。"于禁重赏探子，令其休息，刘晔叹道："诸葛亮自至历城，东阿失守无疑，都督俊义，及全军将士必皆殉国。但不知两曹将军近息如何耳？区区馆陶，何能久守？"两人相对，不觉黯然。

刘晔回到自己房中，作书与于禁，劝其速弃馆陶，会合钟、邓，急趋塞北，共佐任城王，以图大事，即自刎而死。左右从人救护不及，人人失声痛哭。遵将遗书，送呈于上将军。于禁闻讯，大惊趋视，流涕下拜，急令左右买棺成殓，立时埋葬署内花园小山上面，立木为志。集合全部，整顿弓矢，饱餐一顿，天未明时，开城杀出，万弩齐发，冲破重围，向北便走。黄忠引兵随后追赶，行不到二十里，看看赶上，于禁只得回马迎战，曹兵将士已无生望，大众回戈，努力冲杀，汉兵败下阵去。于禁回兵又走，却好关兴、张苞、伍梁、罗宪四匹马，四般兵器，分作两翼，冲杀上来，将于禁登时困住。

于禁不能抵敌，急欲拔剑自刎，被黄忠一刀隔开，生擒过马，汉兵一拥上前，接住捆绑。黄忠同四将杀散曹兵，收降过半，得了馆陶。令张苞领兵三千，在城镇抚，自同三将，押着于禁来到高唐，会见马超，具告一切。超闻大喜。黄忠问起此地战况，马超道："超自到此，即已尽量围攻。邓艾见超系全军，不敢出战，只是坚守，守御十分得法。超兵已折损千余人，目下艾乘夜派人四出求援，似尚未知东阿、馆陶陷落，及司马、张、曹被杀消息。今老将军既生擒于禁前来，明日便可绑赴城下示众，以散彼城守军心。"黄忠连声称善。马超吩咐设宴，与黄忠诸将贺功洗尘。大家在酒筵上商妥明日攻城办法。决定马超攻打东南二城，黄忠攻打西北二城，宴罢各人回营，准备明日四更早餐，黎明出兵，攻打高唐，期在必克。

到了次日清晨，汉兵大举，四面攻城，邓艾在城上指挥守御，正在相持不下，汉兵早将于禁推至城下，邓艾在城头上一眼看见，知道大势已坏，事无可为，与其令禁在汉营受辱，不如令其一死为快，暗取雕弓，搭箭在手，叫声："文则，艾得罪了！"一声响，正中于禁咽喉，翻身倒地。

城下黄忠见于禁被射，心中大愤，也就一箭射上，正中邓艾腮颊，立时栽倒。马超乘势急攻。城兵正在救护主将，不防汉兵早已蚁附登城。白虎文、李严已上城头，邓艾忍痛，持刀迎战。李严劈面就是一刀，邓艾提刀架住，马岱赶到邓艾身后，一刀将艾砍倒，再复一刀，结果性命——再也不能行险侥幸，暗度阴平了。

马超得了高唐，吩咐以礼埋葬于禁、邓艾，留李严在城镇抚，自同黄忠领兵，会攻平原。平原已被姜维围得水泄不通，钟会悉心防守，两下相持，已经五日。黄忠、马超兵到城下，鼓声如雷，钟会看得明白，回到衙中，晓谕将士道："会自出关辅，大小百战，未敢自怯。今汉兵大集，各城必已无幸，会何必以一己之故，陷全城之生灵！汝等可投降汉兵，我自有安身之处！"众人半信半疑，有些真去开城，回身来看主将，早已自刎帐中！正是：

百战余生，终归同尽；十年戎马，空负英名。欲知后事如何，且听下回分解。

异史氏曰：曹操之扼吕布也，以军令责刘备守淮南之路；传谕各寨，有走透吕布及彼军士者，依军法处治。今马超困司马懿于东阿，亦曰，曹兵逸出何方，无分将卒，定斩不饶。可谓尽报复翻案之能事，则是作者之视司马懿，有同吕布者耳。吕布之后，乃生三国，司马之后，乃无三国。 吕布混乱中原，战无不胜，司马雄据中朝，谋无不成。吕布能胜曹操，曹操爱之，司马能谋曹操，曹操亦爱之。吕布死后，汉随以亡，司马死后，魏随以灭。其相似殆亦多矣。惟动静刚柔，外貌不同，故人或不能觉之，其为三国中之魔王，则一而已！不意作者于笔墨无形间，发明斯意，爰表出之。

曹仁之逃黑山，纠合贼众，反援司马，真不如曹彰之逃塞外，联合鲜卑，以存曹祀。然则魏武子孙，非胡即寇，流落不振，一至如此，作者之诛奸亦大酷矣！乃来援司马，正所以早死司马，是亦使司马亡于曹氏子孙之手，翻案报复，宁不既巧且明。人读本回，尽知东阿城外，地雷火炮，无异上方谷司马重临，是以一炸于新安，再炸于东阿，不死司马懿不止。不如黑山募贼，司马驱军出城而亡，亦无异金阙召兵，曹髦驱车出朝而死。则作者以一案而为两重报复，双管齐下，书中此例甚多，何至于司马懿而不杀。若张郃、文聘、吕虔、满奋之徒，同役而死，只是一举尽歼，所谓留亦无益，亦犹烧藤甲而定南蛮，故今烧东阿而亡曹魏，以此告终，无他笔法也。

《演义》钟、邓亡蜀，而有相攻，今以诸葛灭魏，即令钟、邓相离，而不能救。人至相攻，是与不相救，其义一也。乃邓艾小子，竟仍一箭射死于禁，是其惯杀自家人，旧恶不改，则其城破身亡，何可不如诸葛瞻之死于绵竹者乎！而于禁仍杀于魏，特不许曹丕杀之，必令照旧为汉将生擒，仍因被擒之故，为魏人所杀，抑更翻案得妙。若夫钟会自刎，盖以许其几至假手复蜀，姑免身首异处，真可谓笔底丝毫不松。

第五十二回

定山东诸葛亮归天　　失江北孙仲谋殒命

却说黄忠、马超、姜维三将底定山东，分兵遣将，镇抚地方。三将回到历城，去见元帅，不料来到城中，孔明已经去世。

说来话长。孔明自从得病，心神朗澈，自知命不久长，迭次接到三将捷音，见山东已定，当乘势以取淮南，力疾作书与诸将道：

曹兵灰灭，山东底定，当乘兵势，荡定淮南。宜留黄老将军与伯岐、子均镇抚山东；汉升驻历城，伯岐驻青州，子均驻兖州，安抚地方，勤恤民隐，整顿士马，储备粮械，为前军声援。孟起简得胜之兵七万，以伯约为谋主，率李严、白虎文、马岱、文鸯、关兴、张苞，由郯城直取淮阴，合子龙、翼德之兵，三方并进，先取江北，撤其屏障；吴兵锋锐已尽，必不能守江北。既得江北，江南自可指顾而定。惟陆逊多谋，甘宁耐战，势必致死，慎之慎之。诸将勤劳王事，为国竭忠，幸勿以亮故而少损壮心也！

孔明写罢，将缄封好，头昏眼花，咳嗽不止，自觉支持不住，口授遗书，令瞻缮写道：

臣亮言：臣本布衣，躬耕南阳，大王谬采虚声，延之幕府，加之重任。受命以来，于今七载，上承高祖、世祖在天之灵，近禀大王之神武，将士效命于中原，大盗就夷于河朔，今所虑者，近在江南。臣死之后，元帅之任，可委元直继之。臣已移山东得胜之兵，令翼德由合肥东出小岘山，从采石渡江，以攻建业；子龙由合肥南出舒桐，通舟师之路；大王可令向宠率水师东下，以取九江，会攻建业；孟起由郯城直出淮阴，南取维扬。三路合兵，自操必胜，江南之定，不出三月。移兵急进，顺定东瓯，彼势已摧，更难支拄。蒋公琰聚兵零桂，为日已久，大王宜授以南征之权，督长沙四郡之兵，南收交广，绝权逃遁之路，混一车书，为期伊迩。愿大王应天顺人，上缵盛业，光复旧物，则臣虽死，亦无遗恨。　臣一门列戟，受国厚恩，不敢复邀令典，惟臣兄子瑜，委贽孙氏，克城之日，幸全其命。前敌将帅，子龙、孟起，功异他人，功成受赏，自在圣心。臣以为云长宜在禁近保佑国家，山东之事可付汉升，幽冀之事宜付翼德，以子龙督徐扬，孟起督河陇，公琰督交广，文长守渝关，子均守上谷，伯约守渔阳，则国家安如磐石矣！邦基新定，处之以宽大；将帅积劳，怀之以恩礼，庶几人民殷复汉之思，功臣无韩彭之惧。临命乌邑，不知所云。

孔明说到此处，声息已不相属，瞑目多时，诸葛瞻轻轻挽扶，诸葛靓从旁助力，上床安枕，半晌复张目视瞻云："家世儒素，汝少年贵宠，幸勿以骄满亡身。"瞻含泪顿首受命。孔明再视诸葛靓，如有所嘱，已不能言。但微颔首示意，不到片刻工夫，喉中痰响一声，竟自溘然长逝了，年五十有四，后人有诗吊之曰：

　　　南阳旧里足躬耕，乱世何缘负盛名。手写申韩贻后主，天教管乐误先生。沙场暴骨悲由我，帷幄推心悔作卿。陈寿哪曾知此意，尚从将略着私评。

　　　五材并用谁能去，七德昭垂国有经。柏庙千秋心逾赤，草庐三顾眼何青。佳兵竟尔捐中道，善战深嗟服上刑。鸟死鸣哀畴省识，翻嫌造谤陨长星。

　　　至诚从古说前知，壬遁奇门旧有之。术士相沿工附会，乡愚浅识惯傅疑。伯温何幸齐先进，仲达知音胜子期。蜀志遗书今具在，更无神怪语支离。

　　　两阶干羽奈苗何，无复边庭奏凯歌。文德诞敷成效少，武功焜耀杀人多。军心争道山难撼，天怒谁言海不波。怀葛遗风宁得见，当时原未识兵戈。

当下孔明去世，诸葛瞻兄弟嚎啕大哭。幸诸葛靓先前见伯父命在垂危，暗地里通知王平，要他星夜预备衣衾棺椁，以防变起仓猝。王平受恩深重，一闻此讯，泪落心头，一面派遣心腹将吏火速办理，一面逐日前来帅府候安侍疾。虽然见元帅无所痛苦，神色如常，但是面容一日不如一日，饮食锐减，神气萧索，便知不好。自己立忙督饬工匠，昼夜程功，诸事备齐，孔明已卒。王平赶来帅府，跪在床前，痛哭多时，方才与诸葛瞻兄弟将元帅沐浴成殓，停柩帅府中堂，一时帅府内外，哭声震天。王平一面遣人飞报洛阳、许昌两地，一面督饬将士，清查城厢内外，派遣兵士，昼夜逡巡，大举戒严，以防意外。比及黄忠、马超、姜维三将回来，孔明已去世两日了。

三将来到灵前，抚棺痛哭。马超、姜维感恩知己，比别人尤为深厚。黄忠自东征以来，从未离开元帅左右，相处的日子比别人久，想到攻打新安那时候，要他人冲锋，要自己在后督阵，一种爱护心肠，实令人铭心刻骨；往常出兵回来，总得再三慰劳，如今永诀，连一面也不能得。他三人追念前情，愈哭愈悲，愈悲愈哭，最奇怪的，他三人这哭不打紧，睡在棺材里面的孔明，面上反现着些笑容，大家看见都为惊异。马超大众推由黄忠传令，大小军将、官吏、人民一律挂孝十日，以表哀敬，即日成丧，由黄忠主持丧事，静候汉中王令旨，俟元帅夫人来到，方行闭棺。诸葛瞻含泪将父亲遗书取出，面交三将。三将见是元帅手笔，未曾启视，先已泪零，及至看完，泪如雨下。马超与姜维遵行元帅遗嘱，一方襄助元帅丧事，一方调齐部曲，整顿士马，候令出发。元帅身后一切，大事由黄忠处置，余事由王平完全办理。

到了第四日，黄夫人来了。因事先接到儿子手书，立与儿媳束装就道，比及来到历城，已经是全城缟素，哭声雷动。王平早在城外迎候，护至帅府。黄夫人雪涕入临，诸葛瞻兄弟匍匐跪迎。黄夫人愈加伤心，哭了多时。黄忠、马超、姜维、王平跪地苦劝，方才止住哭声，进居丧次。十余日间，汉中王令旨方到，赍旨意的乃是汉中王次子刘理，兼奉令代汉中王祭奠，诸将迎入丧次，诸葛瞻跪接令旨，姜维开读道：

> 假黄钺武乡侯都督雍梁幽并冀兖青徐八州诸军事左将军雍州牧诸葛亮，明德之后，为国申甫，八州转战，克歼大憨，汉室重光，郁为功首。而筹策云劳，菁华既竭，国尔忘身，宁不悲悼！昔大树殒身于幕下，伏波奄谢于军前，后先晖映，功烈尤加，省览遗书，倍增凄咽。有功不报，何以为国！今承制追赠武乡侯亮为大司马，晋爵琅琊王，赐谥忠武，即以大司马琅琊王绂绶冠服入殓，赐西园秘器、珠襦玉匣各一事，给上方羽葆鼓吹各一部送殡，令都督青兖二州诸军事后将军黄忠治丧。

宣读已毕，诸葛瞻痛哭谢恩，退入丧次，刘理令将所赍祭礼陈设，以太牢少牢各一致奠，再用上尊酒灌地酬神，刘理就位主祭，令姜维宣读祭文。文曰：

> 惟君志节，丹凤翔翱；惟君学识，虎略龙韬；惟君才地，十倍曹操；惟君勋业，远迈萧曹。天相汉室，诞此英豪，八州作督，九伐斯昭，出民水火，厉我弓刀，鹰扬牧野，急缮招摇。大河南朔，烽燧潜销，将麾铁骑，饮马江皋。光复旧物，胙土分茅。胡天不吊，星陨中宵。六军缟素，泪湿征袍。追惟往昔，谊笃亲交。欢同鱼水，平生久要，大功未竟，元老先凋，寅陈薄奠，申念勤劳，精爽无择，享此牲牢。

宣读过后，诸葛瞻出次叩谢，泣言："奉母命，汉中王于先臣恩礼隆厚，无以复加。惟玉匣珠襦禁御奉安之物，非人臣饰终所宜僭用，先臣志行淡泊，虽死不敢拜赐。请王次子代呈汉中王，收回成命，以慰亡灵。"刘理见瞻母子坚辞，只得允许。黄忠领令，遵依礼制，逐件举行。刘理祭奠已毕，退出丧次，再召黄忠，宣布汉中王令旨道：

> 兹承制特授后将军黄忠为青州牧，都督青兖二州诸军事。

黄忠再拜受命。刘理再召马超，面交汉中王赐超手书。马超恭身接过，敬谨启视，书云：

> 江南未定，元帅先殂，孤之不幸，亦国家之不幸也！孟超追随元帅，血战中原，元帅奏记，每相推重。当奉行遗命，以蒇全功，已敕汉升为元帅治丧。令元直继任总摄南征诸军事，孟起可速进兵，以成先帅之志。

马超再拜受命，同着姜维、白虎文、李严、马岱、文鸯、关兴、张苞七员大将均至元帅灵前，倒身下拜，举酒酹地，报告出兵日期。别过黄忠、王平诸将与王次子，回到本营，即日拔队起程，向南进发不提。

刘理再召黄忠，宣示汉中王意旨道：

> 黄老将军血战中原，无役不从，年高功大，深为系念。已授黄叙为镇东将军，调驻历城，辅助黄老将军，赞画戎机，安靖防地，兼资孝养，以笃亲仁。

黄忠听罢宣示，感激万分，再拜谢恩。

刘理在历城住了三、五日，使命完毕，自回洛阳复命去了。诸葛瞻候云长、翼德、子龙、元直诸将帅、牧守遣使祭奠之后，同着妻子，陪侍母亲，护送父亲灵柩，回南阳原籍卧龙冈上安葬。一棺长掩，真正成了卧龙先生了，也真正成了卧龙冈，完全名副其实了。玄德又令马谡率虎贲三百人前来卧龙冈，为孔明负土筑坟，略师孝武皇帝为霍去病起冢象祁连山的意思，以示笃念元勋，昭垂后世。孔明岳父黄承彦，年逾古稀，依然健在，一来吊唁，涕泪汍澜，不胜嗟乎龚生竟夭天年之感，自回山庄，一发不问世事了。

玄德在洛阳，自从接到了孔明遗书，心中十分悲悼，迭加恩礼，犹慊于心，自家戎马半生，饱更忧患，两年以来，威罹死丧，长子方殂，良臣又逝，心下抑郁，也就病了。但以江南未定，不敢自逸，手书授徐庶为左将军，总摄南征水陆诸军事，领扬州牧，张飞、赵云、马超、向宠水陆诸将，尽归节制，徐豫荆兖四州文武官吏，悉隶麾下，并听指挥，阃外之事，得以便宜行之，以一事权而策成功，同时手书与张飞道：

> 元直忠谅朴诚，多谋能断，孔明、士元，并相推服，专征之材，近世鲜匹。已令其总摄南征水陆诸军事，弟宜降心相从，以听指挥。俾元直得展怀抱，促成先帅遗志，中兴大业也。子龙、孟起并喻此意。

张飞向来对于徐庶本就敬服，都因与庞士元共事日久，士元对于元直十分推重，时常称道，张飞已受了熏陶。濮阳一战，元直亲临前敌，指挥若定，歼灭吴军，大获全胜，又增加了相当佩服心思。此次奉到汉中王手书，自然是听命惟谨了。徐庶在合肥军次，奉到汉中王令旨，拜受新命，在城文武将吏大家入府称贺，军府中大排筵宴，款接专使，犒劳将士，酒过三巡，徐庶当席对将吏说道："诸葛元帅荡定中原，心力交瘁，中年凋谢，未竟全功。庶以纤才，忝继重任，自分才力，实不敢承。但既奉大王令旨，又重以先帅遗书，庶虽欲上辞，又何可得！惟有竭诚尽智，以济时艰，上酬明主之知，下成先帅之志。愿与各位将军同心协力，荡定江南，共此功名，完成使命。"张飞、赵云并时起立，齐声应道："元帅既承重任，为国宣劳，末将等愿奖率同袍，奉行命令。"元直听得喜道："将士同心，江南何愁不定？"酒筵散后，元直唤赵云道："子龙将军，现在吴军扼守小岘，舒、六更无重兵，子龙可领本部全军五万人，傅彤、程畿、黄武、张翼、廖化、严寿六将径出舒、六，以达蕲黄，会合水师，沿江直下，萃攻九江；九江一克，水陆并进，会师建业。"赵云领令，次日清晨同着夫人带领六将，督率全军，径向舒、六进发，直出蕲黄，会合本军水师，同时东下，去攻九江。元直留下吴懿，督兵万人，留守合肥，孟达为副，徐豫边境各戍防军，并归节制，以重后防，二将领令，自去布置一切。元直再令流星探马，将合肥大营出兵东下日期驰告马超，令超即日出兵，进攻淮阴，分派诸事已毕，自督关索、崔顺、庞丰、庞豫、符健、郑绰、沙摩柯、马忠诸将，张飞为副，偏裨将校六十余员，马步全军七万余人，进攻江东大小岘山程普营栅不提。

如今且说马超自从在历城奉到汉中王令旨，即与姜维七将领兵由山东直趋淮南，休兵下邳，静候徐元帅命令，再行前进。不到半月工夫，元帅命令到了，马超奉到帅令之后，当下在大营中召集全军将佐，大家商议进行方法。议定之后，超即下令，令本军大将文鸯为前部先锋，白虎文为第二路救应，各领马步万人，先行进取宿迁。超与姜维诸将，领全军陆续前进，接应二将。二将领令，各领所部，分起出发。兵士休息多日，气足神旺，一经开拔，踊跃前进，行不一日，已抵宿迁。文鸯离城五里，安下营寨，等候白虎文兵到，方行进攻。守宿迁城的，乃是东吴大将丁奉，早已多日安排战守事宜，一见马超前锋兵临城下，立刻派遣飞骑，火速驰报都督陆逊、副都督甘宁，自家督领城中兵将，划段分防，登陴守御。原来江东兵政，自从大都督吕蒙战死濮阳之后，吴王孙权体察当时情形，将水陆方面划分二部，令陆逊领水军都督，甘宁为副，专任山东方面防务；令程普为陆军都督，黄盖为副，专任江淮西面防务，划地分防，兼辖水陆，全权授与，以专责成。

就资格说来，程普、黄盖均属孙氏三世老臣，资深格老，名位相垺，资望相等，谁正谁副，都无问题。陆逊与甘宁，资格距离，可就相差太远了。却因甘兴霸是个慷慨丈夫，深明时势，他能够知道，若说能征惯战，自己还足够上分量；若说足计多谋，自己也知道赶伯言不上。在这危急存亡之秋，还有什么权位可争，有什么势利相轧？在孙权本意，原拟以甘宁为正，陆逊为副，倒还是兴霸慷爽陈言，愿为副督，两人互相推让。孙权深知二将辑和，共切救亡之念，决无其他顾虑，方才毅然手下命令，以陆逊为都督，甘宁为副。二将更不再辞，拜受新命，选练精锐，联络水陆，令丁奉督兵二万，谨守宿迁；甘宁部兵三万，驻守泗阳，接应丁奉；逊自领兵三万，驻扎淮阴，居中调度，布置各地城守。方告妥帖，马超全军东下，已到宿迁。

陆逊接了丁奉飞报，立请甘宁领兵二万前往与丁奉合力拒敌；自己随后领兵万人，来至宿迁城中。三人会商战守办法。陆逊道："二位将军，马超兵锋虽然甚锐，然其所部纯系北人，南方卑湿，性习不宜，彼兵久顿，不战自疲。我之城守预备已久，相持三月，战必胜矣。"甘宁道："都督所言自系正论，但自濮阳战败，我军士气沮丧，顷据探报，马超此次来兵，仅只二万，将官仅有文、白二人，依宁愚见，宁与丁将军各领所部，开城出击，都督以大兵继之，一战而胜，不徒士气可以复振，即城守亦易于为力矣。"陆逊听得喜道："甘将军之言，极合事势。可乘其远来疲乏，速与一战。逊督全军为二将军后盾也。"甘宁、丁奉领令，即时各领所部，合全军四万人，开城杀出，向汉营进攻，鼓噪直入，文鸯、白虎文早已准备，同时开营应战，两个纵马摇枪，一人敌住一人厮杀。双方将士各殊死斗，只杀得风云变色，山岳动摇。战至半酣，陆逊自督本军从汉兵阵后杀入，万弩齐发，前后夹攻，汉兵抵敌不住，白、文二将只得双双败下阵来，护住本军，且战且走。东吴将士追赶二十余里，方始收兵回城，算是大获全胜。白、文二将收住队伍，安下营寨，约计伤亡折损五千余人。

过了一宵，二将正在商量整兵再战，以图报仇雪恨，探子飞报，主将大兵已到。二将出营迎接，入营坐定。二将上前请罪，报告败兵情形。马超听得，不由忿火中烧，大怒道："陆逊匹夫，欺我兵少，令二将军受此损失，不报此仇，非丈夫也！"立令二将督率所部，一同前进，直往宿迁城。近城下寨，准备攻打。

宿迁城里，陆逊、甘宁、丁奉三将虽然竭尽全力，胜了一阵，却也都知终非了局。此刻一见汉兵卷土重来，倚城下寨，盛气凌人，便知道马超全军已到，非同小可，素来知道他兵强将勇，又有智勇双全的姜伯约在中军做谋主，以司马懿全盛时代，两方战争尚且胜负相等，何况江东兵当此累败之后呢？在这种情势之下，甘、丁二将自然再不主张浪战，只有服从都督命令，凭城坚守，以老汉兵，俟机出战，以图万全。当下陆逊在城颁布命令，一意坚守，令汉兵求战不得，若来攻打城池，城中早已准备多久，虽有众百万，亦无所用之。同时飞檄附近各城守将，加意严防，互相援应，不许浪战，以免疏虞。放下江东方面暂且不提。

如今且说那马超受命南征，方才出兵，开宗明义，就吃了一个败仗，心下十分忿怒，决定用全力攻下宿迁，以雪此耻。在城下扎下了大营，休息一日，就要下令攻打城池。姜维谏道："宿迁城小而坚，预备已久，都督陆逊自驻城内，甘宁、丁奉都是江东有名上将，兵精粮足，视其兵力，不亚于我，我若仰攻，必致受莫大损失。文、白两将军败因兵少，区区小胜负，何足挂怀！愿主将释其小忿，策以万全。"马超敛容道："伯约所言，知己知彼。但兵事岂有万全，请伯约明以教我。"维答道："主将陆逊、甘宁举江淮全力以抗我军，坚守不战，以老我师。彼方计划，莫善于此。但以维意度之，江淮吴军之良，悉萃此处，其他城邑，必不能尽如此城之坚且固。主将不如将兵暂行撤退，离城十里，扼要扎营，彼兵若出，我则应战；彼兵不出，我亦不攻。而另遣一将，中分麾下之兵，乘间疾行，绕出洪泽湖后，攻取盱眙，进窥扬州，摇其内部撼彼军心，彼虽死守宿迁亦复何用？情势所迫，非战不行，我以精骑蹙之，蔑不胜矣！"马超闻言大喜道："伯约高才，胜人十倍，事势具在，明者先知。然此重任，非伯约莫能胜也。"立时下令，退兵十里。就在退兵时节，分兵三万，令姜维率关兴、张苞二将，即日拔队起程，姜维领令，同关兴、张苞率兵星驰去了。马超扎下三个连环大寨，督饬李严、马岱、文鸯、白虎文四将，鼓励兵士，专候吴兵出战。

城外汉兵无故撤退，城内早知消息，飞报督府。陆逊听得，即与甘宁、丁奉二将并骑上城头观看，果然城外并无一个汉兵，三人都觉得有些希奇。甘宁道："莫非汉兵以我坚守不出，故意撤退，以诱我兵出城乎？"陆逊摇头道："甘将军之言虽是当然之理，但彼亦确知我兵，万不能为彼所诱，彼又万不能以精锐之兵作攻坚之用，彼必以轻骑断我运道，而间道以袭他城，彼得一地，梗我军路，我即为彼所驱迫矣。我军水陆联贯，运道万无他虞，所可虑者，为近地之城邑耳。"甘、丁二将齐声道是。陆逊骑还督府，立下手令，派遣精干大校，倍道兼程，分赴近地各城邑，严密监视，协助各城将吏，昼夜严防汉兵攻袭。大校领令，分道前赴各城，星驰去了。

那里姜维三将，率领轻骑，日夜兼程，奄至盱眙城下，盱眙的守将虽然迭次奉到都督严令，但以离战地尚远，都督大兵在前，掩护着后方，因此含着一种希冀心和倚赖心，表面上奉行故事，实际上虚与委蛇，文告上是张皇尽致，城守上却是马马虎虎。况且加高城垣，浚深池濠，也不是咄嗟可以办到的事。姜维三将大兵一到，马上进攻，不消半日，便自攻破。姜维夺了盱眙，令关兴领兵五千镇守，自同张苞即向扬州进发。扬州守将凌统，闻汉兵大至，一方守御，一方分头飞报建业、宿迁两地。姜维并不攻城，故掠高邮、六合各处，四处张贴文告，虚张声势，各地守将，不知汉兵多少，告急文书如雪片一般，送到建业。

孙权闻报大惊，飞调九江各地水师，迅开下游，保护建业江面。一方令孙静领兵万人，驰往扬州，助凌统城守；一方派人驰赴宿迁，告知都督陆逊，还顾根本，分头飞驰去了。孙静前往扬州，沿途十分警戒，才至瓜洲，汉兵二伏齐出，左边姜维，右边张苞，两路杀来，东吴将士人人舍死忘生，迎头大战，怎奈汉兵兵强将勇，也因后无退步，都是努力向前，战不到半日，孙静被张苞一矛挑下马来。吴兵无主，登时大溃，四处奔逃，反替汉兵虚张了多少声势。江北方面，一时大震，姜维令将孙静首级在扬州城下竿号示众。扬州城中人心自然汹动。还亏城中兵力尚足，粮械充盈，凌统镇抚有方，人心尚不至于如何动摇。姜维得了胜利，马上遣人飞报主将马超，具告一路进兵情形，江东诸将必定回援扬州，请主将留心简择劲骑，预备追击江东回援之兵。马超接到前军飞报，心下大喜，知道姜维得势，计划得行，立与众将商议，令李严领兵二万，谨守大营，专困宿迁，自与白虎文领马队五千人，马岱、文鸯各领五千人，分作三队，专一伺候吴兵南还，即行追击。

果然陆逊、甘宁、丁奉在宿迁城中一连前后接到扬州、高邮各地警报、吴王手书，听得汉兵袭取盱眙，进攻扬州，大掠高邮、六合江北各地，一时震动，心中自然十分着急。三将彻夜商定，留下丁奉领本兵二万，死守宿迁，牵缀汉兵，逊与甘宁领本兵三万人，还救扬州，逊自领前军，甘宁领后军，吴军早日时时整备，乘夜出发，向淮阴方面开拔。江北地方，雨水本少，不料其夕阴云四合，大雨滂沱，南人习惯，满不在乎，斗笠草鞋，冒雨前进，比及天明，已离宿迁百余里了。马超所部多系北人，不惯雨行，又是黑夜，虽然探得明白，知道吴兵大部南还，只好眼巴巴的望着。到了次日黎明，马超令军士饱餐一顿，各持二日干粮，务以追到吴兵，尽行歼灭为度。将士领令，马超与白虎文两马当先，率领马队向前追赶。马岱、文鸯分领步骑，跟踪继进。

四将马不停蹄，看看到了泗阳附近，只听得一声鼓响，甘宁勒马横戟，在山下大叫道："马超休走，俺在此等候多时了！"纵马持戟，直取马超。马超拍马挺枪，赴面交还。二将在阵上战了七十余合，不分胜负。白虎文将鞭梢一指，五千马队一齐上前冲杀，甘宁所部江东兵士多系步队，哪里禁得起一冲，陆逊在后军，见事不谐，急令弓弩手三千，分左右翼，向汉军迎射。白虎文也令兵士放箭。两方对射一阵，甘宁方才收住队伍，与陆逊收兵入城。马超因本军追赶疲乏，也就在城外扎下大营，彻夜严防吴兵劫寨。只陆逊、甘宁进得城去，商议定妥，留甘宁在泗阳牵制马超，逊自领步兵万人，乘马超不备，连夜驰回淮阴，正自安全到达，一入城中，吩咐部将孙遹、朱庆领兵万人，死守淮阴，切勿出战，二将领令。陆逊自领淮阴原屯军二万，偏将十员，去救扬州。

马超在泗阳驻兵二日，吴兵并未出战，探子却已探得吴兵退走消息，火速飞报。马超闻报大惊，丢下泗阳不理，径率本军，驰追陆逊。行不到二十里，后面喊声大起，原来是甘宁追兵到来。马超令马岱、文鸯各督所部，不顾一切，先行前进，追赶陆逊，自与白虎文两匹马两杆枪回转马头，迎着甘宁。双枪并举，甘宁虽然武艺高强，哪里能敌两员上将。战上了三十合，抵敌不住，只得回马败走。二将追了一程，复回兵前进。一节一节，到了淮阴，谁知甘宁又在前途迎战，已将马、文二将阻住，马超安下营，与三将商议道："陆逊还救扬州，兵力必然不弱。扬州城内，亦有相当兵力。若内外夹攻，伯约孤军，必为所困。现在江东诸将，程普、周泰在小岘，黄盖在九江，凌统在扬州，丁奉在宿迁，甘宁已来淮阴，此外更无能将。若将甘宁牵缀于此，而以劲骑追击陆逊，江北诸军皆瓦解矣。"三将同声称善。超即令马岱、文鸯屯驻淮阴，专阻甘宁；自与白虎文领着骑兵来追陆逊。一路上马不停蹄，风行电掣，追过高邮，看看赶上，超在马上晓谕众将士道："我兵深入敌地，非死战不能求生，一战而胜，必得江北，努力向前，事必有济。"众兵踊跃应命，即时向吴军进攻。

陆逊见马超穷追不舍，只得整阵以待。马超与白虎文两马当先，杀入吴军。五千马队无不以一当百，一来是战胜之兵，士气足用；二来是马步势异，强弱显分，兼之马超、白虎文武艺高强，吴军更无敌手，陆逊虽然足计多谋，到了此际，也就计穷力竭。汉兵得势，若决江河，陆逊无奈，只得且战且走，向扬州方面败退。马超哪里肯舍，一股勇劲，直追下去。快到扬州附近，猛然间，前面一声鼓响，旌旗乍竖，伏兵齐出。左有姜维，右有张苞，双马齐出，截住吴军陆逊。前后受敌，危急万分。城内凌统早知消息，立时尽起城兵，开城杀出，向姜维后军杀入，将士同心努力，杀入垓心，救出陆逊。刚待回城，谁知却被张苞乘哄攻入城中，大开城门，四处放火，登时城内火光彻天。凌统见城已失，率领本部，身先士卒，舍死忘生，保护都督向瓜洲方面败走。

马超令姜维率兵追赶，自领本军入城，救灭火灾，安抚居民。陆逊、凌统败到江边，江东水师一见汉兵追赶本军都督，连忙登陆接应，让过自己军队，万弩齐发，射退汉兵。姜维志在得地，见吴军势成背水，即时收兵，一任江东败兵安全渡江。姜维回兵进了扬州，来见主将，马超下位，执维手道："此次非伯约奇谋，我军此时当尚在宿迁城下也！"维谢道："若非主将穷追深入，击破陆逊还军，使之不能合势，不然，维军前后受敌，亦濒危殆之境矣。"马超在城休息三日，令姜维、张苞守住扬州，徇定高邮各地，自同白虎文，仍领骑兵北还，与马岱、文鸯合兵去攻淮阴。

只那甘宁在淮阴一意坚守，等候陆逊回兵相援。候了月余，杳无消息，宁知后路已断，不能久守，简择精锐万人，开城夜走，往阜宁方面进发，以便沿海南归。次日正午，马岱方才得知，令裨将收城，自同文鸯率兵疾追，一直追到阜宁，方行赶上。甘宁回军迎敌，所部将士皆殊死战，二将不能取胜。甘宁一步一步往后退走，二将只能跟着后面，又离阜宁数十里了。

比及马超回到淮阴，询问裨将方知马、文二将去追甘宁。诚恐甘宁耐战，二将不能取胜，自己也不入城，仍督所部向阜宁方面兼程前进。行了两日，方听得鼓声动地，二将追赶甘宁已到射阳河附近。马岱、文鸯正在那里与甘宁死斗。马超加上一鞭，纵马来到阵前，大叫道："甘兴霸，我兵已经夺取了扬州，杀了陆逊、凌统，马上就进取建业，你的先人也是汉朝臣子，何不及早归顺，共兴汉室？"甘宁见马超自来，料得前军必定失利，自家更无生望，堂堂大将，亦无投降之理。横了心肠，不如率性杀个爽快，倒还值得。一言不答，丢下二将，直取马超，越杀越勇。白虎文、马岱、文鸯大杀吴兵，吴兵死战不退，前仆后继，践尸猛进，只杀得尸横遍地。战到日落，看看只剩下甘宁一人一骑，白虎文、马岱、文鸯见主将战不下甘宁，三人纵马上前，一齐围攻。甘宁战了两日，再难抵敌，将马一夹，向兵薄处一冲，早已冲出重围，四将紧紧随后追赶，来到射阳河边，甘宁策马下河，乱流而渡，水势汹涌，将甘宁连人带马，流出海口去了。正是：

锦帆何处招英魄，白马犹应逐怒潮。烈烈丈夫甘玉碎，不留遗冢草萧萧。

马超四将立马河干，见甘宁已死，敬服他是个英雄好汉，大家同声叹息良久，一起收兵，回转淮阴。行至半途，遇着李严，马上相逢，互相问讯。方知丁奉突围夜走，为汉兵追及，乱箭射死，超闻言大喜，即令李严领兵万人驻守淮阴，抚定淮南州县，自同三将回兵扬州，与姜维诸将商定，派兵拘集沿江上下大小船只，征集浮桥材料，准备大举渡江。一方因军士劳苦过甚，休息一月，方行出发。

那消息很快的传到建业，吴王孙权病已垂危，闻着败讯，连咳带嗽的叹道："兴霸一亡，江南无可为矣！"长叹一声，泪如雨下，即时气厥。左右呼唤良久，方才苏醒，强张双目，若断若续，还顾陆逊道："以后事累卿。"言讫而卒。陆逊含泪，与众文武辅世子孙亮用先前预备衣衾棺椁将吴王敬谨成殓，共扶世子孙亮于灵柩前，即了吴王位，然后发丧成服，以兵事紧急，不能如礼久停，七日后奉柩安葬钟山之阳，追上尊号曰"吴大帝"。正是：

紫髯碧眼，竟成亡国之君；青盖黄旗，无复兴王之气。欲知后事如何，且听下回分解。

异史氏曰：前回以东阿战事，地雷残忍，伏写诸葛心怀悲郁，七夕不眠；所谓"虚名召事，大任加身，受命专征，躬为屠伯"，"不能容身于天地之间"，直是大声疾呼，令千古功名，同醒迷梦！此英雄所不可为，而封建思想所难终存于后世，至非打破不可者也！兴思及此，则作者本书，亦可不作，而同为搁笔者久之。虽然，诸葛往矣，且足昭戒于"躬为屠伯"之英雄！甚思诸葛以后，更无诸葛，庶能见之疆场断手折足，与不能见之阁室寡母孤儿，从兹不入大英雄眼帘，则诸葛得此一传，可以不死，英雄得此一鉴，可以不生；是本书又同于三藏真经，大明佛法不少！诸葛之可传者在此，本书之宜读者亦在此。若读《水浒》而思盗，读《金瓶梅》而思淫，乃不善读书之过，奚能遂咎作者乎？吁！

诸葛只有才可定三分，有志想成一统，终身大事，尽于伐魏。故八州转战，使亡曹魏，既定首功，毕其尽瘁，而平吴大业，不得与焉。此至司马一亡，而诸葛亦不可不死矣。先主平生，难离诸葛，猇亭违戒，独出斯崩，相其鱼水之欢，即共存亡之命。此诸葛一死，而先主亦不可不因之而死矣。操于赤壁，惟元直寄迹军前，虽不设一谋，固有意入吴者也。先主东征，惟赵云一军救困，战退追兵，虽且济危亡，固独能败吴者也。是以平吴之帅，惟徐庶可任；平吴之将，惟赵云能胜。以继诸葛而辅中兴，此又诸葛死后，庶、云之所能大成其志也。

先主切齿吴仇，誓不杀孙权不止。孙权委身臣魏，欲不失东吴气象不能。是虽有诸葛、赵咨，终不能救吴蜀日后危亡之祸。今诸葛、赵咨皆丧，先主云殂将告矣！国贼曹魏已亡，孙权委身何所？至不可令权死于先主身后，以遗恨于切齿之仇人；更不宜仍全东吴气象，以快意于紫髯之臣妾。此河山破碎，王气不终，白帝凄凉，薤歌徐作，而必使东吴大失江北，以先殒孙权之命也。即此先后安排，大有分寸。权本因惊而死，则大风拔木，平地水深。会与马超、姜维之兵，来如风雨，骤决江河；丁奉、甘宁之死，倾如栋梁，谁支大厦，究亦何以异也？哀哉！

第五十三回

黄公覆尽节九江口　　张翼德进兵采石矶

却说荆州方面，水师统将向宠，坐镇江汉，迭次听到前军捷报，知道本军不日必须出发，江东水军的力量是不可轻视的，自己水军的力量若有一些儿不够格，便不足以制胜，那是自然的道理。要自己的水军力量够格，那就非大加拓充大加整理不可。好在江东方面，以江淮战事方殷，无力上犯，江夏夏口地方便成安全后方的处所，尽有拓充整理的余暇。兼之益州上流又有法孝直的竭力援助，蒲元的新式船舰制造，荆州的水军训练，人力物质都沛然有余。向宠督率黄射、吕章及水军将领，同心努力，一意进行。经过长时整训，比原有水军增加了三四倍的力量，不须陆军辅助，水军亦可以单独作战。他虽然有了制胜的把握，却仍是昼夜程功，进行不懈。

那日接到汉中王令旨、徐元帅檄文，不敢怠慢，自己立驾轻舸，去到江夏军府，参见监军马良。相见礼毕，呈上主公令旨、元帅檄文，马良敬谨接阅，便道："将军如何调度？请即见告，以便参酌。"向宠答道："据末将意思，现在曹氏已亡，江东孤立，另无援助。我方陆军迭获全胜，江南震动，局守一隅，非藉水军不能击破。我方水军势力已厚，末将拟将全军分为三队，末将先率一队，遄赴下流，会攻九江。俟克九江后，公自率一队，即来九江屯驻。俾末将率领本部赴建业会师，公为后援，肃清九江方面残敌。但留一队镇抚上游，保护后路，庶几可操全胜。不知我公意下如何？"马良听得大喜道："将军之言至为详尽，分配次序亦极合法，如此进行，定获全胜。但不知水军分队已经编制就绪否？"向宠答道："子龙将军出兵时节即嘱末将时时准备，以免临事张皇，末将所以于整训之时，即已将本军划分三部，俾便训练；一切军用物品各就本队安置，但候命令，随时皆可出发。末将来时，已将三部人员、船舰名册带来呈阅，候公吩咐。"向宠一面说一面将携来名册从袖中拿出，双手送上。

马良立起身来，双手接过，然后就坐，仔细审阅。见其规划详密，布置得宜，井井有条，不觉喜动眉宇，连声道好。便说道："队伍既已编定，军需亦已完具，将军何日启碇？"向宠道："此刻但候公命令耳！"马良听得，略不迟疑，即时就案下令道："（一）令本部楼船将军向宠，率下濑将军黄射、靖江将军吕章，领本部水军第一队士兵三万二千七百人、船舰一千八百五十号，即日开赴九江，前敌方面，会同北岸陆军作战；（二）令本部水军第二队集中夏口，听候出发，未出发之先，仍应担负原来防务；（三）令本部水军第三队分驻江夏夏口各要地，完全负担防守责任，不得疏忽，以误事机。"

马良下完命令，立起身来亲自交付向宠，向宠躬身接受，告辞出府。马良送出大门，祝其战胜，自回府中准备一切。向宠谢过监军，出了江夏城，来到江边，上了轻舸，回到夏口。

进了军府，马上发布监军命令，召集黄吕诸将指示出征留守事宜，诸将遵令，各自分头理会。因预备已久，向宠便自出城，上了水军座船，陈牲酾酒，祃牙祭旗，吹角鸣炮，立刻启碇开船，向下流进发。真个是旌旗耀日，楫桨如云，鼓角喧天，篷帆破浪，那宗声势，自是赫然可观了。

只因建业方面，情形危急，在数月之前，早把九江上游的江东水军大部分都调赴建业下游方面防守去了。除了防守九江尚有相当水军力量外,九江以上都是弃而不守,也因兵力不敷,并非甘心抛弃,却便宜了汉兵水军,毫未争战,一路平安,趁着大江,顺流直下,三数日间便已来到九江附近。离九江城不过四五十里,向宠在座船上极目远眺,只见南岸上吴军旗帜鲜明,江面战船如织;北岸上却是汉兵,壁垒森严,旌旗交展。向宠在座船上留心观察,看得分明,吩咐本军将士约集本军船只,靠近北岸,扎立水寨。那在北岸上巡视的汉军一见是自家水军开到,人人欢喜,立时飞报本军大将。赵云正在日日盼望之中,一听得水军到了,喜不可言,立率亲军小队,同了黄武、严寿二将出了大营,跨上战马,亲自前往江岸巡视。在马上早已看见自己水军比较从前更加威武,不待交战,已可压倒江东,心中自是无限的欢喜。向宠督饬安营已毕,自领亲军上岸,来见主将。恰值赵云来到途中,向宠急趋,上前参谒。子龙见是向宠来到,急忙滚鞍下马,携住向宠的手,令一同上马。四将并马,回到大营,入营坐定,向宠如礼参见。云急亲自扶起,令其就坐。云深加抚慰道:"某家前因军事便利,全军北上,后防重要,一委将军,甚亏将军,负此重任,雄师坐镇,江汉安流,令某得一意北行,略无后顾之忧,扬兵直进,遂定河北,皆将军之力所致也!"向宠起辞道:"宠不过奖率同袍,奉行威令,幸未陨越,何敢居功!敢问主将,何来之速?"赵云微笑道:"将军远在夏口,未知下游战况。东吴自濮阳战败,兵力分散,处处增防,反致处处单薄,甚至有种地方无兵可言。现在程普、周泰悉全力以守大岘、小岘,聚舟师以连络濡须、巢湖,我兵出舒、六以经蕲、黄,自无战争之可言。黄盖老将,督饬水陆军将,死守九江,鄱阳旧为东吴水师大营根据地,但近因我孟起将军荡定江北,建业江面吃紧,鄱阳东吴大部分水师扫数开赴建业防卫,其小部分分驻濡须、巢湖各地,计在九江方面者,其水师兵力不过十分中之一二。某意以本军水师掩护我之陆军,强渡大江,径登南岸,由庐山方面合围九江,而将军自督所部，与敌兵战于江上。我之水师五倍于彼，我之陆军十倍于彼，四面合围，外无援助，黄盖虽能守，亦无如我军何矣！将军以为如何？"

向宠道："主将明见，两方形势，了然心目，胜负之数，已经确定。惟赣西南各州郡，尚为吴守。九江事亟，各州郡必悉兵救援，我兵深入，四境皆敌，若九江一时未能猝下，兵事必致迁延。依末将愚见，主将可飞檄长沙、桂阳两太守，请其分道派兵，两路入赣，东西呼应，乘机锐进，则豫章各郡自救不暇，自无余力以援九江。九江援绝，陷落无疑。我军一克九江，声势自增十倍，赣水西南州郡亦必望风瓦解。我军会师建业，自可一意进行，庶无后顾之虑矣。"赵云听得向宠所说，欣喜之至，说道："将军计划，面面周到，老谋深算，云所不及！"向宠起谢道："末将不过陈述意思，主将太为嘉奖了，末将实不敢当。"当下谦逊了一会，云在营设宴劳宠，即席下令。令向宠督率本部，休兵五日，一面飞檄长沙、桂阳，依照宠所陈计划进行。向宠告辞，自还水寨，令知黄、吕二将，整顿全军，安排战具，候令出发。赵云派人去长沙、桂阳之后，令知本部马步全军，准备船只，限期渡江。将士领令，各自理会。

到了第六日，赵云令张翼、廖化二将领兵二万，守护北岸大营，与南岸各军一致动作，二将领令。云自与云骥、傅彤、程畿、黄武、严寿诸将部兵三万，尽用民舟装运，从上游竟自渡江。向宠督率黄射、吕章部领水军，在下流列阵掩护，等候江东水军厮杀。另派一部兵船驶近北岸，击破了少数江东岸上防兵。比及陆军船只到了，安然上岸，毫无阻拦。

那驻守九江的黄盖，接到探子报告，早知汉兵必然渡江，本欲领兵前往要击，但是亲眼看见汉兵水陆声势甚是强盛，谅难取胜，或反疏虞，只好眼睁睁看着让其自渡。赵云督兵近岸，推锋锐进，击溃了岸上江东些小防兵，一日工夫，全师毕渡。江东虽有些堡垒、有些兵将,哪里能抵抗既多且勇的汉兵?有的望风逃窜,有的略战即溃。赵云乘势席卷而前。向宠督率水师顺流而下,以大筏载火具,乘着风潮,顺烧吴兵水寨,风力火力已经难敌,后面又跟着这巨大的兵力,水陆相辅,锋不可当,吴兵气馁,溃败相仍,不过两三日光景,汉兵水陆便已尽集九江城下。

赵云见本军已抵九江附近,知道九江城池旦夕可破,不须重兵,当下分军一万二千人,令黄武、严寿各领兵六千,分道略取南昌、鄱阳、豫章、庐陵各地,会合长沙、桂阳两处所派将士,以收夹攻之效,而绝九江之援,徇下州县可即置吏安民,开疆展土,以拓皇图。二将领令,各领所部,分道启程去了。吴军水陆俱败,九江城势危急,还亏黄盖是东吴老将,声名素著,士卒归心,城里人民,登陴助守,城中守御器具,十分充足,米盐薪炭,储备甚多,所以汉兵声势虽大,围攻虽急,城里虽未得外援,而士心一不摇动,守备十分坚强。赵云素来爱惜士卒,不肯孟浪牺牲,并不肯为着一己之功名而枯万人之白骨,一见九江城围已定,陆上外援四处截断,令知向宠留水军万人,碇泊九江江面外,其余水军,尽行开赴马当口驻扎,阻挡江东来援救九江的水师。向宠遵令,令黄、吕二将开赴马当,自驻九江城下,援应岸上自己陆军。把一个九江城团团的围得水泄不通。赵云只令将士层层困住,绝不仰攻,以免损自家精锐。

两下相持,不觉已过一月有余。江东方面,并无一兵一将前来救援。黄武、严寿二将倒先后回来报功了。只因二将会合长沙、桂阳两郡之兵,声威既振,时会亦佳,东吴已乏重兵,复无能将,兼之承平日久,人不知兵。二将一无顾忌,长驱直入,大兵所至,前无坚城,所以迅速奏功,完成任务。赵云见二将成功回来,自是欢喜,大加奖励,厚赉从征将士。二将谢过,报告出兵经过,克复州郡,并所得军资什物数量,所得各州郡的善后事宜,悉交由长沙、桂阳两郡统兵将官办理,遵照主将日前命令奉行。云听得喜道:"二位将军,成功迅速，劳苦太甚。但我军东下，纯以水师为主，陆军不过沿江夹辅，助长声威，九江之下，旦夕可期，无须重兵，仍烦二位将军各领本部兵万人，另从北岸调兵万人，归廖将军率领，三位将军一同出发，从豫章分道，深入东瓯闽越腹地。逆计江东现在所有精兵良将尽在淮南江北一带，闽越东瓯，有兵无几，三位将军若骤以重兵临之，任彼城坚，都无不破。越亡则建业无再退之地，闽亡则越有累卵之危，所至之处，当先以安抚居民为事，守令贤者，任之可也。得手之后，廖将军驻闽，严将军驻东瓯，黄将军驻会稽，各以全军驻扎，互相呼应，不必零星分驻，自析兵力，但责成守土官吏御盗安民，不世之功，三将勉之！"二将拜受新命，会合了廖化。各领所部，分途出发，果然不出赵云所料，三将兵锋所至之处，无人抵敌，望风瓦解，比小霸王孙策荡定两浙时尤为顺利。旬月之间，瓯越八闽，以次底定。飞檄报捷，赵云却早到了建业了。

却说东吴老将黄盖，督率本部，死守九江，已逾两月，外援尽绝。赵云统辖本军水陆四万余人，将九江城远远围住。一方围而不攻，一方守而不出，两下相持，不知不觉又过了一月。凡是九江四周附近的城邑，尽被赵云略取，任凭城中兵民出城樵采，更不禁阻，城内城外兵民信息互通，亦不搜查。离着城外两三里地带，人民自由来往，听其自然，虽然迫近战地，却反稀闻金鼓之音，但见旌旗之影。黄盖在城中，闻见所及，不由他不生起疑心来。先前只料道赵云欲擒故纵，好派遣间谍入城，乘机生变，后来经他派遣心腹，四门检察，又无一毫破绽。黄盖也知道，赵云是师仿乐毅围莒即墨二城的故智了，但是自家已抱定与城存亡的决心，任凭赵云举动残暴宽大，一切付之不理。却不道九江城因逼近大江，水源下注，饮料反形缺乏，近江各门，久已堵塞，城中井水，不敷应用，产生了无形恐慌，便有些不安分的游兵和那些想乘时侥幸的奸民，三三五五向汉兵营中暗通款曲，约定时间，开城内应。赵云好容易得了这个机会，岂肯放过？当下立时下令，令夫人马云騄守护大营，令知水军大将向宠约定水陆同时进攻，自与傅彤、程畿各领精锐二千，乘机攻入，伺隙而进。全军四面大举进攻，黄盖在城中本来是时刻提防的，临到那日火起门开，黄盖听得本城中发生内变，知道不好，即忙火速自领牙兵堵住子城，与赵云血战。江东兵士皆殊死斗，赵云再也不能前进。不道汉将傅彤、程畿却得乘间羼入西门，向宠督率水师也从水关蚁附登城。汉兵大入，登时全城鼎沸，黄盖知事已无可为，抛了赵云，回马进入九江太守衙署，下得马来，到了大堂，向东再拜，拔剑自刎。部下牙兵仍据住署门，死战不退，更无一人投降，完全战死。

赵云督兵入城，驱逐溃卒，安抚居民，夫妻并马，来到衙署。一见黄盖尸首，不觉恻然，即令衙中现有吏士，选用上好棺木衣衾，将老将军遗体沐浴成殓，选择庐山幽胜之处安葬，亲为祭奠，以慰忠魂。收拾已毕，方议进兵，却好马良因闻九江久未攻下，自己带领第二队水师自江夏出发，前来九江助战，及至到达，九江已经攻下。马良在座船上，远远望见城上遍树本军旗帜，当下令队伍停泊九江江面，向宠见是监军亲来，立来船上相见。马良同着向宠入城，来见赵云。门卫立时通报主帅，云闻马良提兵自来，至为欣悦，自出衙前，迎接入内。相见已毕，一行坐定。云将经过约略告知，马良问道："将军向来攻战神速，一月之间，曾下汝南十余城。此次合水陆全力，攻一毫无外援之九江，迁延数月，是何原因？"

云答道："季常有所不知，黄公覆是东吴三世的老臣，有名的上将，久于战阵，深得士心，九江城池坚固，守备充足，我兵若努力猛攻，攻克虽有把握，所受损伤必大。现在江东大局，势已垂危，建业之亡，只争旦夕。徐元帅与孟起分道东下，已足制胜，云之出兵责任，在会合水帅，肃清江面，威胁建业，以利友军耳。何必与彼争旦夕之命，受无谓之损失？云所以围而不攻，但肃清附近地方，绝其外援，待其内变，自易拾取。故而多费时日耳。"马良连声道是。云道："季常此来甚好，即烦督领所部，坐镇九江，安辑民庶，储备粮械，为黄、严、廖三将声援，为本军上游的后盾，向将军即率全部迅开下游，以便掩护元帅大军横渡长江，进攻建业。某自领陆军，沿南岸直下，当可如期会师，进取建业。"马良、向宠二人齐声道是，当即遵照命令，各自办理。赵云休兵二日，自督本部陆军二万余人，以傅彤为先锋，沿江东下，风声所播，如汤沃雪。原因是为黄公覆东吴三世老将，声望赫奕，妇孺皆知，此番在九江，全军败没，谁人还敢当锋？吴兵屡败，向不任战，所有水军精锐，迭受伤痍，又因分驻巢湖采石，不能呵成一气，江北陆军三战灰灭。程普父子与周泰驻守小岘，陆逊、凌统严防马超，更无余力兼顾上游。赵云乘胜进兵，势如狂风扫箨，直抵当涂附近，方才安营，静候元帅命令再进。江东方面，大将凌统、副将杜袭率领陆军二万人，水师万人，扼守东西梁山坚固堡垒，连营江上，水陆相辅，阻住汉兵。汉兵因远征辛苦，不便攻坚，也就相望为营，暂停前进。

却说汉兵元帅徐元直自督张飞一军，出攻小岘，江东小岘的守将程普、周泰以敌我两军势力相差太远，势不能敌，只好据险抗拒，坚壁不出。经过了三四个月，汉兵莫想过去一人一骑。张飞等得十分焦躁，屡欲出兵，向前攻打，元直劝道："将军不必心烦，稍延时日，孟起子龙两军必获大胜。程普孤军，退走不暇，我军自可长驱直入，何必攻坚，以伤士卒？"张飞不敢违令，只好耐心守候。果然再过了一些时间，马超得了扬州，收了江北，派了飞骑来向大营报捷。元直接到捷报，自然欢喜，手令马超自领精兵万骑，由六合出乌江，抄击大岘山后路，使者领命，星驰去了。六七日间，到了马超军中，见了主将，呈上元帅手令，马超在扬州休息月余，此刻奉到徐元帅手令，哪敢怠慢？便把江北地方防务完全付托了姜维，令维督同李严、马岱、关兴、张苞诸将严守新得城邑，安辑兵民。姜维领令，马超自领万骑，令白虎文为先行，文鸯合后，即日径向乌江进发。

驻兵当涂的赵云自入水师，来到濡须，探闻吴兵尚扼小岘，阻住徐元帅大兵，急令云骙领兵万人，率程畿、沙摩柯诸将移营濡须，向宠督水师堵住濡须口，令江东水师船只不能外出与本军陆兵联络一气，自与傅肜领兵万人，循濡须水入昭关，来抄小岘后路。早有伏路吴军探得两路汉兵进攻情形，飞报都督程普知晓。普听报大惊道："三方皆敌，后路全虚，若不速退，更无归路矣！"急率周泰、程咨诸将悉起防军，乘马超、赵云未至之先，弃了小岘，并约会江湖水师，潜师夜走。却被向宠将濡须口先已堵住，江东水师船不能开出，程普命水师能陆战者悉数舍舟上岸，一同出发，当时挑选得一万五千余人，合原有小岘屯军二万五千余人，总计全部四万余人，连夜望当涂方面退走。

汉兵元帅徐元直知道赵云、马超两路兵得了势，进抄江东军队后路，江东大营决定站不住，非走不行，非退不可，早日就安排随后追击的办法了。此刻一听得探子报告江东军队退走的消息，即令关索、崔顾领第一队，张飞、符健领第二队，无分昼夜，火速往追吴军，不得片刻耽延。因为准备已久，四将得令，马上起程去了。元直俟四将去后，自同庞丰、庞豫兄弟，部领大军，随后接应。张飞四将贪功心急，马不停蹄，晓夜兼行，看看赶到乌江方面，与吴军后队便自接触，一片喊杀之声，早惊动了驻守东西梁山的凌统、杜袭二将，见是汉兵追击岸上本军，急忙催督本军水陆将士分道接应岸上吴军。吴军大将周泰战住张飞，程普战住符健，程咨战住关索，周平战住崔顾，四将正杀得难解难分，只见乌江前面一彪军马，打着西凉马超旗号，一声画角，万马如潮，直向吴军阵上冲来，截住了吴军去路。赵云、傅肜亦已赶到，打量本军两路，足以制胜，自己也不再去分功，乘着凌统、杜袭去援助岸上吴军的间隙，自己同傅肜勒兵去攻西梁山的要隘。云军蓄锐多日，未经大战，逼近吴军寨栅，人人奋勇，个个争先。吴军主将已出，兵力已分，不到半日工夫，已被赵云完全攻下来了。

吴军程普、周泰诸将血战经时，以汉兵两路夹攻，兵力实在太厚，只得且战且却，一步一步，向江边退走，以便上船，与水师联络。徐元直见吴军死战，将出重围，恐失时机，急令中军起鼓，大小将士尽行出马，务灭吴兵，不许放走一人。两路将官得了此令，尽行奋勇向前，将程普、周泰诸将围在垓心。周泰大吼一声，一刀望张飞迎头砍下，张飞将长矛尽力一架，周泰已经杀出一条血路，冲破重围，汉兵当者无不披靡。程普诸将乘势杀出，白虎文见不是头，怕他走脱，急忙拈弓搭箭，向程普后心射去，程普只管努力向前，不曾防着后面被白虎文一箭正中后心，翻身落马，张飞就势加上一矛，结果性命。吴兵大败。

周泰已到江边，从岸上一纵，跳上自己兵船，陆逊在下江听得上江战事吃紧，急督大队水师前来接应，吴兵将士纷纷上船，尚余二万余人。陆逊吩咐将士一齐放箭，汉兵因追赶吴军，横列江岸，不及收队，又无从躲避，反被吴军一顿放射，损伤三五千人。徐元直急令鸣金收军，令将受伤军士送赴大营医治，吴兵死者万余，落水死者无虑万数，杀死江东大将都督程普父子、杜袭三人。

元直令张飞入西梁山安营，令赵云与向宠分领水师。宠领万人，去肃清巢湖吴军水陆余部；云领水军二万余人，以民舟护载马超人马渡江，直取当涂，先行攻占东梁山要隘。赵云、马超得了令，次日黎明即时出发。云与超约定：俟云与吴兵接战正酣的时候，可急从上流径渡，马超应诺。云上了水师座船，督饬黄射、吕章诸将，启碇开船，进攻吴军水寨。

陆逊、凌统见汉兵来攻，急督兵迎战，两军接近，血肉横飞，橹折樯摧，帆破篷裂，波腾浪涌，江水为赤。马超乘哄，连舣急渡。两军水师战到日色平西，方才各自收队。马超的全部亦已完全渡过。马超名震大河南北，几乎海内皆知，兵士过江，人无退志，东梁山吴兵血战经时，抵抗不住，弃山而走。马超且不占山，只顾追赶败兵，一直追到当涂，占领了城池，方才扎住人马。

陆逊、凌统与赵云连日血战，胜负未分，兀自不退。赵云以东吴水师势力尚强，火速派人至九江，调水师二万前来助战。那陆逊在水师听见马超攻占当涂，已自吃惊，又听得探子飞报道："汉将姜维乘我兵在采石血战，偷渡下游，袭取丹徒，杀了守将士匡，引兵二万余进攻建业。"陆逊长叹道："敌骑长驱，大江无险，建业之危，如朝露矣！"火速与周泰、凌统督兵径还建业。赵云亦不追赶，元直令张飞全军由采石矶渡江，会合马超军队，进攻建业。

你说姜维的兵又从哪里来的？就在采石血战时候，姜维与李严、马岱、张苞三人商量道："陆逊以全力接应上游，下游江防必弱，乘此间隙，去袭丹徒，必可得志。若得丹徒，建业必然震动，将军以为如何？"三将同声道好。姜维立将江北防务交付二将，自与张苞领兵万人，将先拘集的渔舟乘着风雨夜黑，分次渡过二千余人，麇集丹徒城下，蚁附而上，上得城去，一声鼓角，大开四门，守将士匡冒昧出战，被姜维一刀宰了，唾手得了丹徒，不费吹灰之力。正是：

伯约胆如鸡卵，夜取丹徒；仲谋基似鸿毛，火炎建业。欲知后事如何，且听下回分解。

异史氏曰：王浚楼船，蔽江而下，千寻铁锁，终古沉江，非杜预、张华决策终朝，恐一角斜阳，犹待争持于晋帝棋枰之内，而先表其谋者，则羊叔子也。时则杜预出江陵，司马伷出涤中，王浑出横江，王戎出武昌，胡奋出夏口，王浚、唐彬浮江东下，陆路之兵计五，水路之兵有二，始告平吴，伊何其难！诸葛遗表于前，元直陈师于后，是羊、杜不克专美其谋；而马良、蒋琪帷幄交欢，既无异张华推枰而起，赵云、向宠顺流飞渡，亦何异王浚樯橹长驱。合水陆之兵，仅分三路出瓯越之卒，别有三军，虽上游下游，地形异而战局不同，而再战再克，人物同而成功不异。灭魏及吴，抑何其易也！若彼吴会，乃又不然。程普守小岘，黄盖守九江，陆逊守江南，甘宁守江阴，凌统守濡须，周泰、丁奉，程咨、杜袭，名臣宿将，尽在行间。而甘宁死于乱流，丁奉死于乱箭，射阳河内，宿迁城边，白骨已是嶙峋，逝水尚为呜咽！乃黄盖殉于浔署，程普又死乌江，周泰幸尔逃生，咨、袭同时死难，前后覆败，死亡接踵，陆逊、凌统，无力回天，比夫一片降帆，固云烈矣！同若大江无险，不亦哀哉！则知"气运虽天所授，功业由人而成"，羊祜之言，千古不易，又何有于洛阳青盖之謦唱，王浚楼船之奇功，始见金陵王气，黯然可收耶。

濡须有坞，东吴之所以拒曹；堕泪有碑，羊祜之所以拒陆；今向宠堵濡须之口，转使舟师一船不出；马超击岘山之背，遂令三军掩泪无归。退走当涂，不名一战。大岘小岘，东梁西梁，惟见吴兵血肉翻飞，江水为赤，帆樯乱哄，山色犹青，无非战以谋成，扰其后路，人因名重，夺尽先声耳。是故有坞有碑，则有铁锥铁锁之思想；无坞无碑，则无大筏大炬之奇谈。赵云成偷渡之功，伯约集渔舟而至，风雨来会，石头已危，则翼德采石一军，平吴之功，应居一半也。使非元直手挥一羽，抗志云霄，乌足慰先生之平生，而继叔子之盛轨哉。

第五十四回

白门鼓角将帅成功　　黄海楼船君臣同尽

　　却说汉兵大将张飞奉了徐元帅将令，率领所部全军由采石矶渡过长江，与马超全军会合，同向秣陵关进发，直指建业，声势赫然，军威大振。离建业城不过十里之遥，将人马分作三个大营扎住，环城示威，候令进攻。那向宠自到巢湖，与本军陆兵合力，将巢湖一带残余江东部队完全肃清，遣人飞报元帅。徐庶接到捷报，立令庞氏兄弟领兵万人，驻扎西梁山巢湖各地，镇抚地方。令向宠督率本部，急赴九洑洲，跟踪赵云，追击东吴自上游退还建业的水师。恰好九江第二队的水师二万人亦已如期开到，水陆诸军十余万人沿江东下，旌旗蔽日，金鼓喧天，笳吹迎风，角声动地，夜间灯火，照耀长江，建业城中，自然是不寒而栗了。

　　徐元直在后军接到姜维袭取丹徒捷讯，恐维孤军，为敌所乘，江北本军无从援助，急令马超引领本部，强渡秦淮河，夺取句容、丹阳，好与维军联络，阻绝吴兵南窜的道路，令张飞派部将符健、崔顺，率步兵万二千人，跨秦淮河驻扎，接应马超。又以赵云已入水师，其所统之陆军二万余人，部将傅彤、程畿、张翼、沙摩柯二十余员，悉数拨归翼德节制指挥。以一事权而厚兵力，马超、张飞、傅彤诸将奉到命令，火速遵行。

马超令白虎文为前部先锋，文鸯为副，领骑兵五千，来到秦淮河东岸一带。早有江东军将在此沿河防守，沿河船筏尽被拘留，西岸一带并无一船。白虎文到了河边，看见如此情形，在马上与文鸯商议道："某看此河，水面既不甚宽，河床亦不甚深，某与将军分兵一半，两路强渡，一鼓作气，便可渡过，不必寻取舟船，枉费时日，将军以为如何？"文鸯答道："末将意亦如此。秋水已退，正好渡河。此水虽深，不过马腹，决可渡过，不必狐疑。"他两个既经决定，毫不迟延，立令人请符健二将下令全军，鸣鼓助势。二将答应，即时下令。一顿饭工夫，西岸早是战鼓雷鸣，山摇地动。白虎文把座下大宛名驹双足一夹，加上一鞭，那马就势一纵，踏上水面，四个马蹄，如鸭掌相似，只打得水花四溅，浪涌波翻。文鸯坐骑也还不错，二马下水，万马争行，好似端阳竞渡一般。众兵士只将缰绳扣紧，提起马头，把一道秦淮河都翻转来了。

江东防守兵士见所未见，倒反都看呆了，忘记防守的事情了。一眨眼，白虎文马快，看看来到岸边，约莫隔着一丈二三尺远近，白虎文将全身劲一用足，悬空起劲，两足一夹，马背上轻松了大半，就得了势，前蹄一纵，离开水面，早已一跃上岸。吴兵方才猛醒，急待放箭，被白虎文一口气枪挑了二三十人。文鸯也纵马上得岸来，劣马长枪，纵横荡决，左冲右突，当者披靡。两人好似两只斑斓猛虎，无人敢敌。手下的部兵也就迅速地上来一大半。一阵乱杀，把那些江东兵杀得烟消火灭，两部人马完全登岸，不损一卒。对岸的鼓声，兀自惊天动地。

白虎文、文鸯渡过了秦淮河，令部兵将吴兵先前所拘船只，监押船户，火速开赴对岸。符健、崔顾率兵渡过，急忙架设浮桥三道，以利军行。即在东西两岸安下营寨。

白虎文催兵疾走，如狂风骤雨一般，便自来到句容。句容本非大县，城既不高，守兵又少，白虎文乘着锐气，马上进攻。文鸯催督后队，东西夹击，不消半日，便自攻破。耽搁些时候，肃清城内外吴兵，二将就在城中休息了一夜。令兵士更换了潮湿衣服，加料喂饱了坐骑。依白虎文的主张，决定请文鸯暂行在此驻守。

到了次日黎明，白虎文率领马队三千，一阵风驰至丹阳。离城三四里，只听得前头喊杀连天。白虎文火速前进，临至附近，抬头一看，却见是本军旗号。派人前去打听，原来是姜维已经攻入城中，正在与吴兵巷战。白虎文听得，那一喜非同小可，急挥兵入城，两下夹攻，吴兵哪里还能支持？只得弃城逃走。白虎文在马上会见姜维，两下都万分高兴。白虎文道："伯约将军，请肃清城内，末将自去城外追击败兵。"姜维应允。白虎文将鞭梢一指，拍马出城，部下兵士一路跟随，赶上东吴败兵，四面围剿。那些败兵只得丢了器械，四向崩溃。白虎文方才停止追杀，收缴兵器，回转城中。

文鸯因主将已来句容，接了防务，自引本部前来接应白虎文。刚到了城外，恰巧遇着。二人在马上略谈数语，并马同入城中，会见了姜维，取出库藏，犒赏将士，杀牛宰羊，全军大宴。酒席筵前，三人互述别后的战况，放怀痛饮，畅快已极。从行将士无不醉饱，一面飞骑去主将处报捷。

到了第三日，马超自来丹阳，三位恭迎入城。马超极赞姜维用兵神速，迅成奇功；又奖励白、文二将渡秦淮河之勇敢。三将皆起立谦谢。马超道："三位将军，我兵既得二城，遮断南道，可飞调崔将军，率步兵六千，即日来此，分守二处城地。某家与伯约合军去攻围建业东南方面地段，与翼德围城之兵取得联络，方足以早日奏功。三位将军以为如何？"三将同声道："主将之言，甚为高见。元帅之意，亦即如斯。"马超见三将意思一致，即飞调崔顾领兵六千，限期到达丹阳城下。军书星火，崔顾遵令到了。马超将新得两城的防务完全交付崔顾，然后同着姜维三将合兵，径向建业城东南十里外屯驻。后面崔顾自去布置两城防务，与符健一军犄角，保护马超一军的后路。

马超因所部此来，纯系骑兵，不利仰攻，幸亏姜维渡江之众全系步卒，适合需要，但维部半留丹徒，来此仅六千余人，不足以资应付，急派人至江北，令马岱率步兵六千前来会攻建业。

使者去后，马超遣姜维至张飞军中，面见翼德，商量会攻的办法，一面将连克二城的经过，飞报元帅。姜维领命，去到张飞军中，见了翼德。张飞久闻得姜维智勇双全，十分了得，平素恨不得一见，此刻见姜维一表人材，出类拔萃，心下十分的爱慕，把自己三千岁的尊严地位，抛弃到南海之南、北海之北去了。反倒每一件虚心克己向姜伯约求教起来。姜维见翼德如此见爱，只得竭尽智能，历陈意见。张飞听得，心花怒开，一切联防会攻的大计划，凡是姜维所陈的，都与照办。姜维见使命已达，辞别还营，张飞甚为不舍，亲自送出营门，姜维也就十二分感激。见了主将，一一报告。马超笑道："翼德比任何人都爽快，爱才如命，最是难得，伯约得此知己，亦可自慰。"二人太息了一会，照着会商围攻办法，就着着进行了。

却说吴兵败退，不能复振，怎当得汉兵三面环攻，水陆合围。兼之建业地方，自从孙策占有以来，数十余年，不见兵革，一旦乍然听得汉兵来到，居民万分惊恐。在城外居住的，扶老携幼，纷纷入城，逃避兵灾，四五日间，城中骤加十余万人，米谷柴薪，一时飞涨。又因江东自与荆州开衅以来，屡次出兵，无岁不战。钱粮金帛，大半消耗；抚恤伤亡，尤多费用。一隅财力，本属无多，兵事繁兴，自然枯竭；公私交敝，仰屋兴嗟；民间盖藏，所余有限，城中形势，日见危迫。

陆逊、周泰、凌统督率水陆将士分头守御；孙亮尽出宫中历年所储金缯，犒赏城守兵民。建业民庶因受孙氏两世抚育之恩，从无不仁之政，大家相率，登陴助守，妇女司炊爨，儿童击钲镜助威，城中近况，尚还稳固。只是附近州县尽被汉兵略取，米麦来源多为汉兵掠夺，外援四绝，城中粮食日少，渐渐不能支持。孙亮无法应付，当时召集先王老臣张昭、顾雍、步骘、吕范及陆逊诸将入府商议，内中只有诸葛瑾，因与孔明是兄弟关系，为孙匡所谮，被吴军监视，不能出来参与会议。

当时东吴大小文武官吏七十余员，齐集吴王府中。参见礼毕，按次就坐。孙亮流涕言道："孤承先王付托之重，不克负荷，屡战屡北，丧师失地，今兵临城下，欲战不能，求援无望，三世相传之基业，诚恐一败无遗，诸卿有何良策，可救危亡？"

张昭启道："主公！玉玺入蜀，天命有归。汉室重兴，中原底定，曹氏早亡，今幸存者，独我江东一隅耳！然而无役不挫，兵败将亡，江淮南北，势成瓦解！顷闻瓯越八闽，皆为赵云部将所得，我今所有，仅建业一城，汉兵水陆围攻，势焰方张，不可向迩，屡败之余，其谁能敌？依老臣愚见，不如开城纳款，犹为上策。汉中王倘念婚姻之好，或令主公复绍先王之封，亦未可知，既可免生灵涂炭之灾，又可延国家将坠之绪，犹胜于凭城血战，终归挠败也！"

一言未毕，只见周泰扬眉怒目，越席而前，抗声说道："子布之言，真亡国大夫之言也！泰随先桓王与先王，大小数百战，未见兵败投降而能自全者！我与荆州，既绝姻好，已成仇敌，七年以来，淮徐江汉之间，伏尸盈野，流血成川，非我灭刘，即刘灭我，势不两立，何能幸存？今我兵虽败，带甲之士，尚近十万，不如收合余烬，背城借一，胜则固可图存，不胜亦当与国偕亡，又何必忍辱偷生，令先桓王抱恨于九京也！"

周泰言时，须发皆竖，目眦尽裂，一席话，说得激昂悲壮，义愤填胸，在座将士，齐声响应，皆愿效死一战，以报国恩。孙亮听得二人言论，都有相当的理由，非战即降，非降即战，二者中间必有一是，但是自己智识能力，实不能片言解决也。又无所谓折衷主义，只得回顾陆逊道："二君之论，伯言以为如何？"

陆逊起立答道："子布之言，固不足取；周将军之语，亦未三思。在先王那时节，以青、兖、徐、扬四州之兵力，徐、吕、甘、韩之谋勇，抚魏室之遗臣，联张、曹之锐卒，以与诸葛亮、赵云相持于山东河南，大战数十，卒成蹉跌，殆天意所归，难以人力争也！今师徒挠败，军气不扬，即令再战，亦败而已，何能幸胜？汉兵席屡胜之势，水陆相辅而进，猛将如云，谋臣如雨，虽桓王复生，亦不能守此孤城，况主公乎？臣闻顺天者存，逆天者亡，天既佑汉，不可与逆。以臣愚见，不如弃了建业，以戈船载战士，由海道入南粤，阻岭峤之固，用夷獠之众，猎山海之富，尽舟楫之利，师仿赵佗，以存先王之祀，俟时以谋恢复，差为可耳！"

众文武听得此言，有主我能往寇亦能往者，有主死守者，有主求降者，议论纷纷，不名一是。孙亮痛哭道："伯言所见是极，孤意决矣！"即令陆逊先行出城，便入水师，整理船只，抚慰将卒，令文武将吏，愿从行者即赴舟上，不愿从行者各听其便，绝不勉强。众多文武去留各半。候到天晚，陆逊还城，报告诸事就绪，孙亮哭别了祖庙，携了祖宗神主，率领宫眷，由陆逊、周泰、凌统护送上船，安置妥当。

诸葛瑾闻得此信，嘱其子恪道："我受孙氏三世厚恩，义共存亡，虽受谗言，亦无所怨。汝在家中，存先人一脉，汉兵虽至，决不至令汝为难。"言罢即行，恪牵衣哭泣，瑾绝裾而去。好容易到了孙亮坐船上，上前参见，孙亮连忙亲自扶起，流涕言道："卿忠悃一至此耶！我负卿矣。"顾雍、步骘诸人，陆续来到者三十余人，只不见张昭踪影。亮太息道："子布受先王知遇，何图弃我如遗！"陆逊即时下令，令周泰、凌统引领舟师断后，暂驻勿动。俟至次夜，方行开出，抵抗追兵，自奉孙亮及宫眷文武诸臣，乘夜泛舟先发。

到了次日，天色已晚，周泰、凌统诸将俟前舟去远，方才启碇扬帆，尽数往下流开出。汉兵未知城中虚实，方议水陆合力大举进攻，不料东吴水师已走，赵云、向宠先得探报，因系黑夜，不敢去追。直到黎明，方派本军沿江追赶，谁知东吴水师已经去远，追到海口，吴兵出海已经多时，二将只得将本军大部在沿海口岸驻扎，另在沿江各重要地方分驻相当兵力的水师，以防出海的吴船乘机内犯，一方飞报元帅请示，是否出海追击。

建业城中，两日无主，张昭率领余存文武，开城迎降。张飞、马超、姜维三路人马整旅入城，都因徐元直有令在先，不准骚扰居民，不准侵犯孙氏坟墓，不准焚搜衙署官府，各军分城屯驻，露营住宿，军民交易，公平往来，市肆不惊，秋毫无犯。

三将屯兵已定，派遣傅彤、程畿率领轻骑，飞迎元帅入城。徐庶接见了傅、程二将，询知始末，不由心中大喜，亲领后军，由二将左右护卫，即日就道，进得建业城。三将率领兵民至城门迎候，拥入吴王府中坐定，然后一一参见。徐庶大加慰劳，令有司簿记吴王府中器物，派员解送洛阳，涓滴归公，一丝不苟，余存金帛，完全分赏将士。

忙了一些时候，方才稍为休息，张昭特地求见。元直即令人请入，两下分宾主坐定，元直动问孙亮消息，张昭便把日前孙亮如何召议，自己如何劝降，陆逊如何策划，孙亮如何出亡，从头至尾、有条不紊的一一说出。元直道："原来如此。出亡东粤，亦是苟延旦夕，贤王若是出降，汉中王决不记念前事，而以非礼相加也。"张昭甚以为然，便面颂汉中王功德，元帅威灵，发言成章，滔滔不绝。元直微笑道："鄙人德薄能鲜，万不敢承过誉。足下孙氏三世老臣，受恩深重，不比他人，既不从亡，何妨高蹈，晚节不终，九泉之下，何面目见吴桓王也。"昭大惭而退，回到自己家中，千思万想，无地自容，俟到夜深人静，解带自缢而死。元直一面遣人去洛阳，飞报捷音；一面遣人去海口水师军中，召还赵云。

不过十日，云遵令还来。见了元帅，元直大喜，令其仍领本部陆兵，与马超分兵两路，去徇江东各郡县。留张飞一军，分驻建业四城镇抚，沿江、沿海水师归向宠全权统辖，扼要分布。诸将领令，各自分头理会。

元直再令关索、张翼去访问诸葛子瑜，以符先帅遗言。二将领令，轻车简从，细心询问，四处寻访，费了大半日工夫，方才寻到了子瑜住宅门首，令人通报。诸葛恪迎接二将入内。坐定茶罢，二将动问原因，才知子瑜已从少主出亡浮海。二将将来意说明，请恪一同至府，面见元帅。恪以元直系父执长者，理宜问候，只得同二将入府，上前参谒。元直亲手扶起来，令其就坐。见恪英爽不群，甚为欣赏，便问道："尊君不在家中，现果何往？"恪具以实对。

元直叹道："子瑜忠诚之士，固不能如子布之出降！"随问恪学业，恪应对如流，甚有见地。元直喜道："贤侄不必回家，可留住幕府，助我一臂，襄理机务。"恪顿首流涕道："故主出亡，死生未卜，严君随侍，安否未知，中夜屏营，寸心如割，元帅虽弘覆载之仁，贱子不敢从左右之列，幸得安故居，奉先人宗祀，则感激无地矣！"元直感恪诚意，不觉喟然长叹道："吴得其虎，岂虚言哉！但恨孔明不及见此佳子弟耳。"随以布帛银米遣二将送恪还故居，自上启汉中王，言子瑜已从孙亮浮海出亡，诸葛恪守义不出，已优为安置，请释廑虑云云。

元直又以孙氏据有江东数十年以来，都无苛暴不仁的政令，其刺史守令才可用者，仍就用之，以资熟手；诸孙宗族，等于齐民，吏士不得无故侵扰；启准汉中王，免江东人民今年应出赋税，以恤兵灾。又因孔明遗书，有令赵云督徐扬之议，令将吴王旧有宫殿，僭侈逾制者，悉铲除之，以符体制；军将衙署，有毁损者，官为修葺，以待云归。令饬战争地方守土官吏，掩埋战士遗骸。元直坐镇建业，一务宽大，与民更始，兵力四布，奸宄潜踪，吴儿木石之心，便又歌颂升平了。

一两月间，赵云、马超先后回报荡平各地。元直自是喜欢，慰劳二将，犒赏士兵。惟马超所部纯系甘凉关陇土著，江东地湿，性习不宜。元直留云镇抚建业，令超率本部出屯淮北，休养士马。马超领令，谢过元帅，别了子龙夫妇及翼德，留姜维、文鸯在建业协助赵云，自与白虎文、马岱引领全军，并云骒前借之骑兵五千，亦归还建制，即日渡江，出屯淮北去了。

那时玄德在洛阳，病势却日加沉重，听得荡平吴会，精神为之一振，手令云长率关平、关索诸将还洛，移元直镇许昌，赵云镇建业，令翼德先来洛阳，后赴幽州。徐庶、张飞奉到手令，不敢迟延，将江东防务悉交赵云主持，徐庶自率张飞全军，渡江北上，到了许昌，留飞全部驻此，以便将来北赴幽州。云长将许昌一应事宜交付元直，自同张飞督关索、关平、周仓三将，马步万人，回镇洛阳，即日就道。

本来庞士元、马幼常以江南底定，汉业中兴，分头致书各牧伯将帅，共请汉中王早正大位，各方面的复书一致赞成和推戴。无如汉中王病势有加无已，日甚一日，士元甚为忧虑；兼之北边时有曹彰入寇之传闻，沿海各地间复喧传孙亮大举内犯，虽未见诸事实，但未能高枕无忧。士元内参大政，外戢民讹，力请玄德召云长入洛，镇定人心。

玄德自然言听计从，立下教令，召云长领兵入都。又以己病日加，难望痊疴，王孙年幼，辅佐需人，云长忠义性成，久同患难，孔明死后，诸将帅推服者首推云长。故依士元所请，令云长入卫京畿。又以江淮新定，吴魏遗臣尚多，许昌绾毂中原，枢纽南北，非得威望素孚者不足以资坐镇。徐元直与诸将共事多年，新平吴会，宿将元功，海内属望，故移元直来镇许昌，夹辅畿甸，而令子龙坐镇建业，假其威望，以防东吴遗臣旧将死灰复燃。又以桃园结义，异姓兄弟三人，翼德为国辛劳，久从军旅，病中思念，亟欲一见，故令其将所部留驻许昌，为将来遵行诸葛元帅四大军区计划，预备率队北赴幽燕，张飞本人只领亲军小队，随云长入洛，以便兄弟三人一堂聚首。惟由南北上，程途自需半月，加以交代事繁，师行粮食，不无濡滞，在路行程，已历两旬，方才到达。沿途自有驿递，逐日报告洛阳。

关、张将次抵洛，玄德早已闻知，令六卿马谡、旧属孙乾，陪着王孙刘谌，出城十里迎接。云长深知玄德用意所在，远远望见王孙，同着二人，植立道旁，急与翼德滚鞍下马，趋步上前参谒，称臣致礼。王孙还拜，深致不安，口宣教令，称名慰问。云长见王孙英武有礼，心中欢庆，五人一齐上了马，随同入城。士元已在城闉迎候，相见喜慰，各道契阔。六人簇拥王孙，进至禁内，同入偏殿，更衣小憩。王次子刘理奉令出迎，口宣汉中王旨意，请士元诸人入内。

玄德扶病起坐，宫监两旁扶掖，形容枯槁，颜色憔悴，云长、翼德上前参拜。玄德点头，令刘理依次扶起，与庞统、马谡左右列坐。玄德太息言道："二弟劳苦！孤不意与二弟仍得相见。"云长道："主公善自珍摄，何必过为悲伤！"玄德道："二弟！孤岂不知自爱，但以天理窥之，孤与曹操、孙权，分争天下，征战频年，藉祖宗荫庇，诸将勤劳，遂得光复汉祚，统一寰区。今二雄皆亡，孤其能久！幸二弟与士元诸君，善辅王孙可耳！"随令王孙遍拜诸人道："此子幼而失父，今以累诸卿矣！"云长诸人皆俯伏答拜道："臣等愿竭股肱之力，以报知遇之恩。"玄德稍停道："自今朝政，事无大小，民政一委士元，军政一委云长，同心协力，以安天下。"二人顿首受命，方才复位。

玄德又顾谓翼德道："三弟，顷闻曹彰扬言入寇，北边震动，彰为操之爱子，刚果英鸷，鲜卑畏服，有李典、郝昭以为之佐，藉外力以乱内，魏文长恐非其敌，本拟令孟起前往幽州，以其劳苦功高，宜资休养，且江东新定，亦须镇慑。孔明日前遗书，以三弟与孤，同为涿人，人地相宜，三弟明日可与幼常前往许昌，分兵五万，即赴幽燕，先事防维，以免临时征发。至涿郡时，修理孤祖先坟墓，陈牲代祭，延见昔日故旧，幸为慰问，赈其困乏，以示不忘。"飞答道："请俟主公病愈，然后起程，亦未为晚。"玄德叹道："孤病不知何日方愈，三弟先去，为孤减却忧心，庶可调理。"张飞只得再拜受命。方欲告辞出宫，玄德道："士元可汇集诸将功勋，以便议酬庸之典。"士元领命。一同兴辞出宫。

到了次日，士元传出旨意：承制授右将军张飞为都督幽、冀、并、营四州诸军事，冀州牧；马谡为幽州刺史，监冀州牧幕府事。二人入宫，谢恩辞行，即日就道。到了许昌，见过元直，分兵五万，从马超部下调取关兴、张苞，从黄忠部下调取王平，从元直部下调取张翼、马忠、符健，星夜前往幽州。精兵快马，休息已久，北人归北，自然迅速，不日到了幽州。进了帅府，魏延、王平、张嶷、高翔诸将均来参谒都督。张飞传述汉中王旨意，慰劳诸将，设案犒劳，诸将喜悦万分。马谡在酒筵中间嘱咐诸将，对于防守地方，小心在意，不得片刻疏虞，致为敌人侵入，贻误戎机，诸将领令，各自遄回防地，小心防守去了。

洛阳城里，士元与云长商议道："大王命统汇叙诸将功勋，以便酬庸，但诸将官位已高，非分茅胙土不足以偿劳勋，而分茅胙土又非俟大王正位后不可。以统愚见，不如将此意分告诸将，请其稍候，俟大王病愈正位，论功行赏，为有光荣也。"云长称善，立即派员分告诸将，大众都不约而同，如命办理。谁知汉中王病势却一日紧上一日，二人十分忧虑不提。

再说乘桴浮海的东吴君臣，自从出了海口，扬帆直向南粤前进。起初三五日，倒还风平浪静。派人沿途在海滨打听内地消息，也就闻知会稽各地，已为汉兵所得，东瓯、闽越，却是信息模糊，莫名真相。君臣在舟中，相对叹息。又行了几日，将出舟山海峡，忽然间，天上一点小乌云，掩映日边，逐渐发展，愈展愈大，霎时飓风大起，白日无光，海水壁立，白浪滔天，涌入船舱，转瞬沉没。一顿饭时光，已沉没了千余号，余舟自相颠簸，互撞不已。孙亮在大船上，衣襟尽湿，急得手足无措，只得焚香祷告道："若孙氏不亡，即时风息，若天亡孙氏，夫复何言！"祝告才毕，只见空中忽然现出日光，风势略止，左右侍从，皆呼万岁。不道一时间，风又大作，波浪汹涌，更甚于前，从行船只，所余无几。孙亮大恸道："天既亡我，何必更累他人？"举身一跃，投入海中。陆逊、周泰、凌统、顾雍、诸葛瑾等一齐痛哭道："臣等冒死相从，欲以延先王之祚耳，今幼主如此，我等何忍独存？"大众相率投海自尽，宫眷文武，一时俱尽。

可又作怪，俄顷之间，雨止风息，天空如镜，万里一碧，剩下一二十只船，人人头昏眼花，六神无主，被海潮涌到钱塘江岸边来了。岸上守兵将船扣住，慢慢地唤醒诸人，问知详细，一面安置诸人，令其休息；一面立时飞报主将严寿得知。寿闻此事，亦为之恻然。吩咐好生看待，与之衣食，俟其精神回复，令同沿江渔户，沿着海岸附近，打捞江东君臣尸首。

过了一二日，江岸守兵入府，报称浮尸无数，互相连属，随着海潮上来。经诸人同渔户捞上江岸，内中有些吴兵，认得确是孙亮君臣尸首，个个抱尸痛哭。严寿听到此信，急派员吏，买办大批上好衣衾棺木，吩咐将士，将孙亮君臣香汤沐浴，暂行殓殡公共厅宇，各题名位，停放妥帖，候令定夺，星夜派人飞报都督赵云。到了督府，报告详细。子龙得讯，心中老大不忍，即请诸葛恪与东吴旧臣子弟百余人，驰驿赴越，迎取孙亮君臣灵柩，还葬建业。同时令饬沿途地方官吏，小心护送，诸葛恪痛哭领命，自同亲友子弟星夜前往，正是：

素车白马，前胥后种之潮；画鹢余皇，西越东吴之影。欲知后事如何，且听下回分解。

异史氏曰：金粉六朝，同都建业，石头千载，孰建金陵，伊古以来，王师之会于城下者屡矣。元明而后，始定燕京，遂使王气销沉，人忘南渡！帝京黯黪，月冷秦淮！今日者，鼎革庆成，山河民主，恢宏故物，复我汉京，始得拜

第五十四回　白门鼓角将帅成功　黄海楼船君臣同尽　669

国父于钟山！奠国都于遗命！而北伐功成，固又以克复金陵，为大彰天讨也。何白门鼓角，作者乃定一统以中兴汉室，早成书于革命中断之秋哉！谓非预言嘉谶，同于受命之符，盖不可得！实亦人心思汉，全民所归，因不觉于游戏文章，假诸葛而发抒孤愤，削平吴、魏，再造家邦，意若军阀之流，不过操、懿耳！若曰崇拜英雄，作者且深悲诸葛矣，是岂有故亵故渎，而自陋陋国之意乎哉。若谓以帝制为宗，则又未知作者固以造时势自命者也，宁有此冬烘头脑而不识时势之义乎哉！言谐近巧，巧乃无间；惟其无间，斯乃不得间之也。

　　孙皓出降，孙策之所痛心也，降于司马，作者尤深恶之。今若仍写出降，非所以写孙亮之英明也，且不合翻案之义。于百忙中写一张昭，生不出于劝降；又百忙中写一诸葛瑾，死不负于孙氏。以有陆逊从海之策，孙亮哭庙之亡，黄海楼船，君臣遂归同尽！意若曰：与其至孙皓而出降，不如早亡于孙亮，庶或战而不胜，终必如此以死可矣。似此立论亡吴，桓王之目其瞑，作者于三国英雄虽死亦不忍丝毫屈辱，抑至如是。而设朝定议，即大翻舌战群儒之案，映带写来，又甚显然。并以"哭祖庙一王死孝"写于孙亮，补翻后案，毋乃变幻甚奇也。卒使天地晦冥，波涛山撼，牵衣入海，潮落钱塘，东吴之亡，遂以桓王而生色，不异于崖山帝昺，南宋君臣！夫始知作者意在南枝，盖始终恶胡悲汉，革命思想，常萦脑际，故至有是比附焉。若诸葛义同生死，乃写吴得其虎，张昭有觍面目，无非欲令自裁，笔底余波，则又尽将蜀亡惨状，一一报之于吴耳。吴会虽平，仅使先主精神一振，而病势日加沉重，终不救于一己之亡身，言外余音，尤令人低徊于先主仇吴至亡，仍属无益不置。

第五十五回

赵子龙按甲定闽瓯　　蒋公琰督兵收交广

却说赵云坐镇建业，接到严寿的呈报，派了诸葛恪同孙氏旧臣子弟，前往浙中，迎取孙亮君臣灵柩，并令地方官沿途照料。及至诸葛恪等迎取回来，入府报告，云令其归葬钟山，祭葬仍用王礼，允许孙氏旧臣及人民哭灵。临到葬期，人民往临者十数万人。子龙自往祭奠，令饬水陆将士分别监护，以免奸人乘机播弄，生出事端。两三日间，水陆严防，如临大敌，东吴人民，既感格外之仁，又慑兵威之盛。大家循规蹈矩，各致其哀，葬事已毕，仍返故居，各安生理。又过几日，赵云方令撤防，然后将此项事实，声叙原委，启奏洛阳，以孙氏在吴，尚无虐民之政，其诸王坟墓，请各给予守冢十家，官为祭扫，以厌人心。庞士元与云长复书子龙，依议办理。在子龙此举，是光明正大，厚泽深仁，不料反牵连发生无聊的事变出来了。

就在此时期，会稽、闽中各地，有些孙氏遗臣，意图恢复，纠合各处山贼，乘机窃发，骚扰居民，互相喧动，声言为孙氏复仇。严寿、黄武、廖化三将各人严兵防守，立将上项情形飞报建业。子龙在都督府中，召集姜维、文鸯诸将入府商议。参见礼毕，两旁列坐，子龙先将三将呈报与众人传观，然后把自己意思，欲向孟起处调兵二万，令姜维、李严率领，分道驰入闽浙，大举戡定，以杜乱源。

姜维起立启道："主将，闽瓯新定，伏莽尚多，鼠窃狗偷，假借名号，而实际则枵无所有，若静以镇之，乌合之众，不能持久，扰民太甚，结怨必多，进无所得，决然溃散，从而捕治，一县吏之力，足以制之。若大发军将，则风声所播，反为彼辈张扬，近处各地，必有响应而起者，徒令节制之师，疲于奔命，多发兵则耗费巨而无所用之；少发兵则顾此失彼，不足应付。塞蚁穴而溃金堤，剔鼠壤而坏庙社，所失滋大，徒事张皇。维闻千金之弩，不为鼷鼠发机，非以养奸，亦以有待，养威持重之谓也。彼在全盛之时，阻江山之固，有甲兵之利，挟财赋之源，我以轻兵临之，如秋风之扫落叶，宁能于败亡之后，更有大举耶？项羽之所以能起兵会稽者，以秦政暴虐，天下离心，二世昏庸，赵高专政，亦缘会稽守通，意图自立，因原辐辏，遂以勃兴。今则人心思汉，中兴已定，当地人才亦决无项羽其人，殆可断定，讹言繁兴，在危邦则可危，在兴朝则朝露耳。以维意度之，但饬三将，督兵守险，静以待之，而大阅建业之兵，以备征发，更饬向将军，令驻浙水师，肃清水面，声威所播，一月之后，必无事矣。"

子龙前席，听姜维陈说，洞彻利害，听得出神，及维言罢，拊维背曰："伯约何料事如神，一至于此耶！"即就案作书，分饬四将，悉依维策施行，使者分头去讫。自己择了晴明天气，与姜维、文鸯诸将大阅屯驻建业附近各军，军容煜耀，观者如堵；又于玄武湖检阅水师，声威赫赫，更壮观瞻，远近喧传，自加十倍。

那严寿、黄武、廖化、向宠四路将官，奉到都督将令，越发严兵守险，更加戒备。那些山寇，哪里有什么远大志向，不过劫掠些村舍，掳掠些金帛，大家乐得快活，大酒大肉，一听得建业大兵将至，知道必无好处，自相惊骇，鸟奔兽散，还到不得一月，瓦解冰消。四将闻知，遣人星驰前来建业，飞报都督。赵云得讯大喜，立令姜维率领轻骑三千，迅赴会稽，督饬守将，指挥令丞，联合乡兵，四出搜捕山寇。他们的巢穴窝场，都经事先探得的确，瓮中捉鳖，诛斩无算。东越八闽，以次救定。经过好几个月，早已全体肃清。姜维凯旋，还至建业，子龙自同文鸳诸将出郭郊迎，以示优异。维纂鞭马前，参谒如礼，军民瞻仰，莫不整肃。赵云同诸将入城至府，大排筵宴，庆贺成功；从征军将，大加犒赏。派员前往洛阳，报告乱事数平，地方安堵，请枢府远释厪虑，士元、云长自然复书奖励不提。

且说监荆州牧幕府事长沙太守蒋琬，屯兵零陵境上，召集精兵五万余人，调齐将佐，养精蓄锐，积草屯粮，已经年余。那一日，奉到汉中王令旨，特授蒋琬为靖南将军，督南征诸军事，统率本部，进收交广，岭南九郡，悉听便宜行事。蒋琬拜受新命，即日召集蒋圭、周翼、黄英、陈南、吴郁、张盛六员部将，商议进兵。吴郁、张盛原随汉中王入洛，后经蒋琬调回，预备南征，故在本部。六将奉令，齐集督府，参谒如礼，依次就座。蒋琬宣布了汉中王令旨，六将齐声庆贺，琬随说道："顷得江南捷报，徐元直元帅荡定东吴，赵子龙将军檄下闽瓯，翼德将军出督幽州。天下三分，已归一统，独岭南交广，尚阻皇风。琬以不才，荷汉中王心膂之寄，总零桂四郡之兵，专南征之任，愿与各位将军共此功名。"六将一齐声喏。

蒋琬又道："五岭以南，古称瘴域，吴兵踞守三十余年。彼以江南卑湿之区，吴越柔脆之士，尚能长驾远驭，震荡蛮夷，今我据荆楚之门户，奋瓯越之辅车，乘百战之声威，奉中兴之大号，皇威所屈，宜无不行；旌旗所指，宜无不服。但道路迢遥，山川重叠，宜如何斟酌审慎，以策万全，诸将久在行间，习知地利，愿闻明教，以作导师。"

周翼起立道："都督上奉明令，进收交广，博采众议，以利军行，仰见虚怀若谷，谋定后战，敢不竭其一得之愚，以为岳海高深之助。翼闻古人有云：'虽有智慧，不如乘势；虽有镃基，不如待时。今日时势，诚如都督方才所言，矧两强皆灭，六合同风，独岭南九郡，尚为吴守，一则道远无闻，幕燕釜鱼，尚可苟安俄顷；一则守臣自利，上天下地，惟我独尊，大兵猝临，自当瓦解！为今之计，都督宜檄豫章、闽瓯守将，盛兵境上，以作疑兵；令桂阳太守遣一将，将数万之师，越骑田岭以趋番禺为东路；都督自引大军由零陵趋桂林以入苍梧为西路。两路合兵，声势百倍，岭南既平，交趾自可传檄而定，其他偏远州县，谅无敢不奉命者矣！末将意思如此，敬候主将裁夺。"

蒋琬闻言，大喜过望道："将军之言是也！平南上策，无有逾于此者矣。此行论功，将军合居第一。琬从前以勇锐目将军，殊愧知人之明，即烦将军分领万人，从郴县出坪石，由曲江以达番禺为东路；黄英将军赴桂阳见董太守，拨兵八千，为第二队，接应前军。东道之事，悉以相委。"二将领令，辞别主将，分道起程。蒋琬令蒋珪领兵二万，为前部先行，陈南为副，由全州直趋桂林，自同吴、张二将，由道县出灌阳，径指苍梧，三路人马，七万余人，浩浩荡荡向两粤边境杀来。豫章、闽越各地守将，皆盛兵境上，遥作攻取之势，四方八面，一唱百知，如雷如霆，声势大振。

那时节，番禺太守虞翻早已去世，在翻临没之前，唤集虞汜等七个儿子至榻前道："我前卜易，今年合死。七十之年，尚何所恋，全归全受，可告先人。我死之后，吴王必令汝嗣太守之职，远观乾象，近征人事，汉室必再中兴，江东王气已尽，汝辈不可逆天行事，桓王之子英，必将来此吊唁，汝辈便可留之，汉兵一至，汝辈可率部属舟师泛海至婆罗岛，辟土殖民，为先王留一脉之祀。汉兵得了番禺，必窥交趾，交趾既得，汉兵于愿已足。汝兄弟可整顿兵威，怀柔夷獠，令江东旧物，海外长存，于汉无妨，于国有利。审时度势，慎之慎之！"七子含泪，顿首受命，言罢气绝。七子痛哭，将父亲如礼含殓，飞报建业。

那时吴王孙权正因吴兵屡败，土宇日蹙，悔不听陆逊之言，由此联想到仲翔身上来了。以为仲翔向有先识，意欲召仲翔还都，一旦闻其身死，不由不悲感万分。果不出仲翔所料，孙权果令侄儿孙英，同着周循、太史亨，前往番禺，祭吊仲翔，即以仲翔第四子虞氾接任番禺太守。祭吊之后，即顺道遍历九郡，巡视各地民政兵防，对于仲翔身后，大加优恤，以志自己之过，而旌直言。孙英三人奉命，因道远日长，都启知吴王，准令携眷同往，孙权向爱三人，言无不听，区区小事，人情之常，一律允许。三人拜别，奉母携妻，乘了水师坐船，水师主将派水兵千人，保护小侯三人，向南粤进发。顺风扬帆，一日数百里，在海船上原本算不了一回什么希罕事。不消几日，已经到了番禺，致了吴王吊唁之意，即令虞氾接任太守事务。虞氾因系父亲遗命，主上深恩，势不可违，理不可逆，当下谢过了吴王恩礼，墨绖受任，款待小侯三人的礼节，完全请从事阚隆，代作主人，自己重孝在身，不敢违礼宴宾。向小侯三人面前再三道歉。孙英、周循、太史亨三人向来明礼，也就再三安慰虞氏弟兄，还送过了虞翻的葬，方才依照道路的次序，向儋耳珠崖各地巡视去了。

孙英一行人去后，虞氾密令五弟虞忠、六弟虞耸、七弟虞昺率领战船二百余号，甲士三千余人，百工技艺，百谷蔬菜，种子皆具，即日至海滨会齐，同时上船，向夜出发，浮海径向婆罗洲。好容易到了，洲内前时，虞仲翔已经派了多少商人在彼贸易，与土人往来熟悉，到了此时，作了内应，引导兵船入港。虞忠先率千余人上岸，择要安营，由商人宣布威德，从中串合，威胁利诱，把土酋制服住，然后百工人等陆续上得岸来，建造屋宇，制备用具，租地建宅，分土开垦。对于土著，用些小恩小惠，岛夷眼浅，无形入彀，不知不觉，经过了一半年工夫，全洲土地人民，完全被虞忠兄弟三人利用。到了后来，侨民愈来愈多，势力愈拓愈大，反客为主，正式占领。土夷酋长，奉命惟谨，侨民土著，相安无事。三人戮力同心，大加整顿，招集商贾，开辟土地，训农积粟，通商惠工，世外桃源，日兴月盛。三人随时报入番禺。虞氾暗喜，自己也就暗中准备一切，恰好孙英三人巡视地方事情已毕，回到番禺，虞氾迎入太守衙中坐定，正在慰劳，那建业失陷的消息，亦经探子详细回报来了。孙英听得，痛不欲生，号啕大哭，周循、太史亨、虞汜兄弟，并皆大恸，大家痛哭了好一会，孙英收泪，请虞汜立时传檄，联合九郡太守，兴兵报仇。周循、太史亨少年气盛，都一致的气愤愤地主张血战。

虞汜含泪，将三人引至密室，把父亲的遗嘱取出来与三人观看，孙英三人看罢，都做声不得。停了许久，周循道："事已至此，即合九郡兵力，未必能敌汉兵。虞太守既已前知，必无舛错。不如从其遗嘱，浮海以存国脉，犹为上策。"

虞汜再将三弟迭次所呈的密报与孙英三人细看，三人看过，且悲且喜，就同住衙中，连日夜的计议，准备出海需要的种种切切，迟不到半月，虞汜派去二批探子又回来了。报称少主出亡，因风浪覆舟，从舟尽没，文武兵吏，完全殉难。孙英三人听得，更是伤心，少不免几场痛哭。又隔了数日，第三批探子飞报入衙，言汉兵大将周翼领兵二万，来至曲江；蒋珪领兵三万，来攻桂林；蒋琬领兵三万，来攻苍梧。声势浩大，相离不远，赣闽各地境上，均已屯驻重兵，且晚出发。虞汜重赏探子，令其再探。孙英闻听各路消息，仰天长叹道："江东霸业，一旦消亡，东南半壁，竟无寸土！"不觉泪随声下。

周循、太史亨同声劝道："小侯且免悲伤，虞太守既已前知，此时更无庸因循。即请太守整顿舟楫伺候。"虞汜答道："舟船已经齐备多日，但国不可一日无主，我辈既属吴臣，今日即尊小侯为君，以一士心而定国本。"三人即时同声俯伏，拜谒称臣。孙英挥涕扶起三人道："国破家亡，尚何君臣之有？天命如此，所望诸君，一德一心，终始相从，毋隳初志耳！"三人流涕拜谢，以死自誓。

孙英又道："我等既决心远去，何必徒苦生民？可传谕九郡州县官吏士庶，汉兵若至，望风迎降，为先王留余爱于人民可也！"虞汜道："谨遵主公令旨。"即传吏役，缮具文告，通知九郡守令，晓谕所属民人，汉兵到处，不许抵抗，一律降附，以免兵灾。重赏使人，嘱其火速，昼夜星驰，务须递到，不得中途逗留，或有遗失，以贻民害。各路使者分头自去。虞汜即日督饬本部愿去人役，收拾府库财物、兵甲器仗、符节旌旄、书籍图志、丝絮金帛，凡百需用，囊括席卷，尽数装载上船，晓谕当地人民，愿从者听。一时官吏兵民愿从去者数万，虞汜在数月前，早已预备下多数海船，分泊海滨，顷刻调齐，毫无耽搁。将他父亲的遗嘱贴在衙署内堂，嘱咐吏士留守者好生看视，汉将到此，即可引其观看，自可保全一城生灵性命。留守吏士诺诺连声，虞汜吩咐诸事已毕，与自己三个哥哥及周循、太史亨二人，奉了少主，泣别番禺居民。临海送行者城巷为空，大家相对凄惶，无言饮泣。孙英诸人挥泪上船，即时开驶，眼看离了番禺多远，大家还是呆呆的望着。及至日暮，送行人民，方各各回家。

虞汜一行海船，完全遇着了顺风，轻轻巧巧，不过半月，便已到了婆罗洲。洲上虞忠兄弟日日派人至洲前瞭望，派轻舟沿途打探，一听诸人到来，三人率领兵民，至洲前迎接上岸。一路簇拥，至岛上军府坐定。虞汜引着三个弟弟，上前参见少主，孙英十分慰劳。虞忠兄弟指定住处，安顿随来兵民，另选第宅，安置周循、太史亨与四个哥哥眷属，一连忙了四五日，方才事事就绪，倒还可以安身。周循建议道："我们来此，但求保存国祚，不如改称婆罗国王，以避汉朝耳目。"孙英依议，即日改号婆罗国王，以周循为左丞相，虞汜为右丞相，太史亨为太尉，虞忠为水师统将，虞昺为陆军统将，虞耸为王府宿卫军统，虞汜三个哥哥分任民政要职，从来官吏皆优予位置。东吴旧臣子弟，闻知孙英在海外建国，纷纷浮海投效，虞汜、周循、太史亨诸人，来者不拒，但细心考查，是否汉军中间谍，一一随材任使，务使官无废事，职无虚设，人尽其长，地尽其力，以次并吞各小岛，势力日渐拓张，只无奈汉兵强盛，边宇巩固，惟有两两不相侵犯，独立海外，保全桓王一脉罢了。

如今且说汉兵东路大将周翼，领兵来到曲江，东吴城邑望风迎降，兵不血刃，势如破竹。不上一月，全军已到番禺，城门大开，全无兵备。周翼进入城中，到了太守衙署，留守吏士上前迎接，陪入内堂，指示虞翻遗嘱，只见上面写着：

> 汉室会再中兴，东吴王气已尽。我之子弟，江东世臣，义不投降，甘心远遁。居民守吏，可顺天降附，以免兵革之祸。汉军统将亦不宜以化外人民见弃，而奴隶犬马之。此嘱。×年×月×日虞翻

周翼看罢，心中十分惊讶，立即晓谕本部，不准分毫侵犯居民，以全虞太守遗意。令黄英领兵驻守，安抚属县，自引部兵八千，来会攻苍梧。

那苍梧太守正在凭城死拒蒋琬，却听得番禺失陷，汉兵从背后杀来，只得开城投降。蒋琬不料周翼来得这样神速。周翼将原由说出，蒋琬听得亦为骇然。蒋琬自驻苍梧，令周翼领兵二万去抚定九真、日南各郡。同时，陈南、蒋珪亦得桂林，南出邕南，以徇交趾，旌旗到处，所至迎降。

自古道：只有锦上添花，哪有雪中送炭？要算第一个会凑趣的，就只有玉皇大帝。那将兴的国家，他老人家便特别奉承；那将亡的国家，就特别的糟蹋。什么日月合璧，五星联珠，昆阳风雨，滹沱水冻，只要可以巴结的地方，他老人家无微不至，竭力奉承；什么山崩川竭，水旱兵戈，崖山波浪，钱塘潮汐，只要可以糟蹋的地方，他应有尽有，也无微不至。

此刻汉军兵发南中——从来所说的瘴疠之区，蛮夷之域，及至蒋琬大兵一到，却也风云辐辏，人马平安，天意如此，人力难回。所至之处，守城将吏无不解甲投降，即有一二抗拒王师者，不过稍延时日，终归失败。那素来毫无名望的偏裨将校，到了此时，都也智勇焕发，措施裕如。岭南九郡，不到五个月，一律荡平。蒋琬遣人驰报

洛阳，自己易置守吏，安抚居民，水到渠成，毫无阻碍。从民间搜出刘璋父子，羁管候命。吩咐左右，好生看待，恐汉中王日后问及的原故。正是：

狗屠得志，匹夫尽是公侯；龙气所钟，下吏都成卿相。欲知后事如何，且听下回分解。

　　异史氏曰：写姜维筹度东吴遗民、山盗窃发一段文字，此为兴邦所必有之事故，亦惟龙兴功臣所善策之良谟。而不知作者正追怀于羊叔子缓带轻裘，乃以赵云窃比，相映一写，方为翻得干净，不留点墨。可见武成告定，良佐安邦，欲请伏莽之假名，全凭镇静之一道，乱极思治，人心已非，一播风声，反成疲命，大阅以临之，可不必多事于监殷也。则叔子以德怀人，不战而胜吴于未定，伯约以静安民，岂非不战而怀吴于已定欤？后文复将锦上添花，雪中送炭，写出玉皇大帝一段妙论，以辟天意为无上荒唐，直从地下英雄，骂到天上神鬼，虽九霄亦应绝倒！究竟何处有一点游戏笔墨，又何处非一概游戏笔墨乎？

　　子龙解甲，已定闽瓯，公琰督兵，出收交广，此皇舆之一统，却功盖于三分，真可比迹秦皇，追踪汉武。不谓孙英前往一吊虞翻，亦大存吴礼于海外，则与明亡痛史，诚何以异？是作者既以昭烈发皇秦汉，又收福王、唐王、桂王余烈入三国中，而以虞翻子孙，存郑芝龙、成功等辈。上下千古，惟武功忠义之是彰，心乎明末遗恨，耿耿不忘，则本书即署为《三国革命史》亦何不可！

第五十六回

楼桑村树萎陨真王　　柳城塞秋高来敌骑

话说蒋琬不折一兵、不损一卒，荡定了岭南九郡，自己从苍梧还屯桂林，驻军待命。一面飞章报捷，并声明已搜寻得刘璋父子，候令安置。捷报到了洛阳，汉中王的病状已是气若游丝，骨如柴立了。庞士元与云长接到蒋琬的捷报，统一寰区，完全实现，自是欢喜。即下明令，令蒋琬督交广诸军事，以资熟手，而靖地方；从征将士，令蒋琬列叙功绩，以便升赏。使者方才去了，忽报都督幽州诸军事张飞派遣使者来到。云长即令唤入，使者上前参见，呈上都督手书。云长接过，令人招待来使，往馆驿安歇。将来书启视，略云：

　　弟奉令出赴幽州，道经涿郡，言旋故里，欢宴父老，宣达大王顾念桑梓情谊。父老同为欣戴。其夕留宿旧居，夜忽大风，次辰闻楼桑村大树，经夕而殒，里中父老，莫不惊讶。昔郑穆刈兰，遂辞尘世，此村大树，上应真王，惧于今上，有所不利！弟本拟驰还洛阳，以曹彰有南犯之讯，是以遄赴防地，布置一切云云。

云长看罢，不觉色变，即忙递与士元观看。士元看罢，屏开左右，低声对云长说道："君侯你看主公病势，日益沉重，所有名医，尽皆束手，万一不讳，当有所预备，以免仓猝之患。"

云长太息道："方才三弟手书，所言主公故里楼桑村大树，一夕殒折，想当年关某自河东避难，西出函关，东赴洛阳，北过涿郡，在三弟店中，邂逅今上，桃园结义，共破黄巾，亦曾闻当地父老言及，自从主公出世以后，此树日见葱茏，有相士路经此地，曾憩息此树之下，言此树重重如车盖，大似昔时光武皇帝，南阳白水，佳气郁葱，后来曹操因彼兵屡败，听信华歆的计划，遣人北上涿郡，来伐此树，以为厌胜，未出许都，黄雾四塞，此人行至中途，无病而死，曹操也因军事紧急，遂以忘怀。此树得以保全，至今越发茂盛。据本地乡人传说，世子未被刺之先，此树被风吹折干枝，卒有江陵驿之变，今无故自殒，决非吉兆！又孔明未死之先，南阳草庐，中栋倾折，天人征应，往往凭于事物。主公饱经忧患，病入膏肓，菁华既竭，形象难存！但纵有不测，王孙名分已定，某与士元同心辅弼，子龙在江东，孟起在淮北，汉升在青州，翼德在幽燕，孝直在益州，公琰在桂林，元直在许昌，李常在九江，关陇又安，淮徐无事，当不致发生何种意外也。"士元答道："君侯所言，自是笃论。以统愚见，似宜征文将军来京，于郊圻屯驻重兵，肃清地面；而令将作大匠蒲元与太仆糜竺，将前所择南山良椁，已成梓宫，重加髹漆，衣衾巾絮，百宜储制，以备急需；令大司徒秦宓辅相王孙，逐日入宫，侍奉汤药，寿藏亦宜预定，用备万一。"

云长听得，连声道是。即时令知子龙调文鸯为越骑校尉，关索为城门校尉，各领兵万人，屯驻京畿；从墓庐中起复了诸葛瞻为司隶校尉，总领羽林期门佽飞万骑，宿卫宫禁；令知孟起，调马岱领本部万二千人，分驻偃洛，巩卫京圻；令历官简雍、太常许靖于龙门山兴造寿藏，派周仓领兵夫三千前往，即日兴工；令秦宓侍王孙朝夕入宫侍疾。诸事分拨已定，一月内外，完全就绪。

玄德病已大渐，自知不起，令内侍扶掖，御寝宫，宣大司马、骠骑将军、汉寿亭侯关羽,大司空、丞相、车骑将军庞统,大司徒秦宓,司隶校尉、领宿卫军事、袭琅琊王诸葛瞻,入受遗命。玄德北首南向,王孙东向立,王次子刘理西向立,云长四人入拜床下。玄德颔首令起,云长等起立北面。玄德喘息道:"孤病已不可为,旦夕待尽,王孙年幼,诸卿幸善视之!"令王孙再拜。云长等还拜不迭,匍匐启道:"臣等愿竭股肱之力,以报知遇之恩,不惜肝脑涂地,护王孙以承大业也。"

玄德点首。稍停,言道:"孤流离新野,幸景升假我荆州,遂成大业,琮侄长成,可令作徐州守也。"云长等应诺。秦宓跪御榻前,伸纸记载。玄德再问士元道:"公琰启奏,季玉现在何处?"士元启道:"前据公琰呈启,已寻获季玉父子,现留住桂林督府,候大王令旨处置。"玄德太息良久道:"孤昔因便利,兄弟称兵,耿耿此心,不忘寝寐。可明赦季玉前罪,封华阳侯,以奉益牧之祀,但奉朝请,不令临民可也!"云长等一一应诺。

玄德若断若续,良久,顾王孙道:"文武诸臣,为国竭忠,当效法世祖,令其带砺山河,与同休戚也。"王孙再拜受命。玄德道:"二弟!孤兄弟三人,共成大事,三弟远在幽州,可为传语,令其宽厚待下,勿为苛暴也!"云长应诺。玄德迟了许久,欲言无力,云长道:"主公言多伤神,请善保玉体。"方欲告退,玄德道:"小住,后不复能与卿等再言矣!"言罢双泪莹然。云长诸人尽皆垂泣,玄德顾诸葛瞻道:"元帅为国亡身,汝谊兼甥舅善辅少主,以全令名。"言次,不觉流涕,瞻顿首泣谢,云长等方行退出寝宫,不敢回家休息,同士元诸人俱在朝房里守候。

延至夜分,大长秋宿卫官传出了驾崩消息,四顾命大臣先行入临,幸梓官器物,均经早日备齐,大司徒秦宓、太常许靖、太仆孙乾、历官简雍呈奏大丧典礼,小殓大殓,依序施行。云长等率领百官,扶王孙刘谌于梓官前先即汉中王位,尊王妃吴氏为太皇太妃,世子妃张氏为皇太妃，文武百官参谒如礼。然后王孙就位成服，率百官朝夕临奠，由秦宓拟定手令道：

> 皇祖考手创大业，再致中兴，勋绩之盛，比隆世祖！而挹谦过礼，大位久虚，终守臣节，以奉建安，至行淳笃，实迈往昔！我文武百工，其谋所以尊崇之典，而慰在天之灵。

士元、云长奉到令旨，率同文武百官上奏言：

> 先帝神功圣武，至意谦光，中兴之隆，上追光武，谨追上尊号，曰昭烈皇帝，庙号高宗，大丧典礼，悉依大行故事。

当由大司徒拟定遗诏，颁行天下。以兵事初定，元气未复，人民皆二十七日除服，统军将帅、守土官吏各率所部，就本地官舍，成服哭临，不必奔丧，以重职守。一场天大的事情，都因士元、云长二人事先预备，安稳妥当，办得举重若轻，有条不紊，兼以秦宓、许靖娴熟掌故，晓鬯典礼，斟酌古今，损益前后，制定大丧仪节，繁简得宜，准情度理，于追崇先帝之中，仍寓先帝挹谦之意，以免诬祖之消，而掩中兴之美。择了吉日，由王孙率领文武官吏，扶昭烈皇帝梓宫，奉安于龙门山惠陵安葬。各州牧郡守及统兵将领，均差重要人员前来会葬，一时龙门山前后左右，官吏兵民，到处皆是。有些是慎重将役的，有些是奉令会葬的，有些是瞻仰礼仪的，有些是特地来瞧热闹的，形形色色，不一而足，总算是汉仪重见，备极哀荣。

　　安葬已毕，士元、云长召集各州牧郡守将领所派的会葬专使齐集士元相府会议，当经内外要人，一致议决，敦请王孙早正大位，以定国是。会议过后，各专使即日驰归本部，报告长官，重行派员入京庆贺。大司徒秦宓、太常许靖草具即位典礼，呈候丞相庞士元鉴定；历官简雍，选定了黄道吉日，城门校尉关索，洒扫坛场；太仆孙乾，整理仪仗；领宿卫军事诸葛瞻，清除宫禁。择日扶王孙登基。

却不道西北边上，却又扰乱不宁了。原来是任城王曹彰曹五王爷，自从在河北邢台被马超杀得大败而逃，听信了鲜卑二将的语言，出了柳城，去到阴山一带，招军买马，积草屯粮，鲜卑乌桓，多来应募，曹氏旧臣闻知消息，三三五五，潜行出塞，赴彼投效。两三年间，被他集得了控弦之士十余万人，有马七万余匹，甲仗弓矢，十分充裕。又令随军的兵器工匠设厂制造各种军器，纯效匈奴旧俗，毡庐毳帐，肉食酪浆，以羊马为粮原，逐水草为移转。文书部勒，悉趋简便。他从探子口中得知二哥曹丕远赴辽东，为公孙渊害死，传首洛阳，宫眷陷没。从行兵将全数殉难，心中十分悲愤。在他漠南王庭，替他二哥发丧成服，追谥为孝文皇帝，部下诸将以国不可一日无君，共尊彰为"大魏天皇"，彰以李典为大丞相，以郝昭为左丞相，郭淮为右丞相，以慕容轨为左大将，贺拔奇为右大将，曹赞、吕通为帐前左右护卫将军，韩瑶、韩琪为骑兵别将，分领精兵快马，游弋长城以外，练兵誓众，伺隙而动。

在那个时节，并州是田畴主管，鲜卑部落向来是畏服田畴的，绝对不侵犯并州。曹彰与鲜卑既然以恩义相结，自然不能强其所难，反令彼生异心。只这柳城塞，却是魏延主管，鲜卑乌桓就都无顾忌了。魏延素来久仰曹彰的大名，知道五王爷不可轻视，自从屯驻柳城塞以来，与部将刘郃、邓铜、吴兰、雷同，将所部三万余人，扼要扎下三个大营，深沟高垒，大戟长刀，远置斥候，遍设烽火，堡垒之中安排强弓硬弩，储备粮草柴薪。至于水泉，在安营时节便先送定了水源充足、土沃泉甘的地方，方才安营。时时警戒，刻刻提防，也知道曹彰势力一充足，必定入塞来进犯，方虑着自己兵力太单，只可守御，不能应战。正在细心细意计划，恰值都督张飞巡视前来，魏延闻报大喜，急同部将迎接都督。

入营坐定，大小将士上前参谒，张飞问道："文长，近日曹彰有何举动？"魏延便将探报所得曹彰近讯，如何召募鲜卑乌桓，如何设法招诱旧日遗臣，如何游弋塞外，如何伺隙思逞，详详细细、一一报告。张飞听得，亦为骇然。

马谡道："都督无用惊忧，曹彰招诱夷狄、畜谋内犯，志虽不小，其力有限。辽东公孙渊斩送曹丕、曹休首级，甘心内附后，与曹彰已成仇敌，嫌隙既生，不能复合。方恃我以为奥援，必与我同心协力，以御曹彰。闻其士马均属可用，当简其精锐，实我东边；明日加重文长兵力，坚守柳城，而令两小将军，各率精骑五千，巡回游弋，都督整顿全师，以为后援。我有城池之固，堡垒之坚，可战可守；彼以游牧之众，与我战于塞外，则胜负尚未可知；彼若越塞深入，则彼必为我擒矣！又彼军多曹氏旧臣，习用间谍，我不如匿精兵于山谷，而以羸老诱之，反藉彼间谍之便，诱之深入，然后命一上将简辽东之卒，以犁其王庭，而合幽并之王师，以绝其归路，彰虽不败死，亦必大受疮痍矣！"

张飞听得大喜道："幼常高见，人所不及！"随即分兵万人，以益魏延，令符健、张翼为延左右军统，高翔、马忠为延合后；令关兴、张苞各领精骑五千，游弋长城附近；令王平入辽东，简阅士马，立时征发。诸将领令，各自分头办理。一应事宜，布置粗了，却接到了汉中王驾崩的哀教，张飞号啕顿足大哭，哭了多时，方才回转官署，设位成服，率僚属兵民哭临。一连七日，哭不绝声。马谡劝道："都督且请少节哀情，曹彰旦夕思报大仇，闻我遭大丧，必来侵犯，都督有守土之责，宜筹御敌之方，无负先帝负托之重才是。"

张飞收泪道："幼常言之甚是，但飞方寸已乱，诸事便请处分。"马谡道："逆料曹兵，早晚当临境上，都督可自将三万骑，率向充、糜威、李鸿、向朗四位将军，即日出巡，幽州之事，谡愿负全责也。"张飞应允，将后方诸事委托马谡，自己即时领兵出发。你说向充、糜威二将又何原北上呢？原来二将自随汉中王来到洛阳，为日已久，自恨无用武之地，玄德亦深知其意，又兼糜威是嫡亲的内侄，宿卫宫中时节，屡向汉中王陈情，愿赴北边，立功图报。玄德哪有不准的道理？故而面嘱翼德，率赴幽州。翼德正需臂助，又深知二人武勇，自是欢迎，二将又联合符健、李鸿、向朗三将，一同前往，各如所愿，喜之不胜。此番出发，高兴异常。

果然不出所料，应了马谡的话哩，曹彰在阴山，听得刘玄德在洛阳身死，幽州将吏举哀成服，不觉大喜，与驾下文武诸臣商议定妥乘此时机大举进兵迅入长城以报亡国之仇。令鲜卑二将为左右先行，选兵七万，径向柳城杀来。单留着郭淮一人守寨，其余将士，悉数随行。秋高马肥，士卒强壮，看看杀至塞下，只见前面高山脚下，远远的有汉兵三个大营，品字形一样，在那三叉道口扎下，阻住了交通要路。鲜卑二将纵马加鞭，临到附近，仔细一看，四周堡垒，非凡齐整，深沟大壕，刀枪密布，敌楼之上，一杆大红帅字旗随风招展，中间一个黑绣大"魏"字。

鲜卑二将见汉营形势不弱，将人马暂行停住，飞报天王得知。曹彰闻报，便道："此必汉将魏延也。曾在渑池杀我大将许褚，后在幽州遣人入辽东，逼弑我孝文皇帝。二位将军，与孤速速擒来，以雪当年之恨！"二将领旨，率领本部径向汉营挑战。

魏延早得探报，此刻在敌楼上，分明看见二将人强马壮，盔甲鲜明，兵锋所至，尘土飞扬，便知道有大兵在后，不可轻敌。好在自己屯兵已久，一应工作异常坚固。近寨四周，已经掘有无数陷坑，专候敌兵自来投入。因其锐气正盛，不得不稍避其锋，让其挫挫锐气，然后开营出击，也不为晚。

鲜卑二将盛气往汉营一冲，不经意的失陷了数十匹马队，急忙约住队伍，吩咐步兵取土填坑，步步踏实，方才前进。经过了半日工夫，才到了汉营附近。两路人马，一齐擂鼓呐喊，就势进攻。哪知汉兵三个大营却是一无响动。二将久经战阵，深知汉兵有备，此种排场，纯系诱敌之计，急忙将鞭梢一指，麾军退出了阵地。就在此退却时间，只听得一声画角，三个汉营营门同时并开，一色强弓硬弩，只往鲜卑兵马后面射来，任凭二将通天本领，也敌不住这飞蝗般的弓箭。

魏延一马当先，左有符健，右有张翼，高翔、马忠在后面挥动大兵，乘着弓箭的威力，排山倒海一般，向前追杀。鲜卑二将只得败走。不过数里之遥，曹彰大队人马却就到了。魏延、符健、张翼三将见曹彰自来，火速收兵回寨。曹彰见汉兵反走，乘势麾兵追来，霎时间，只听得本军后面金鼓震天，刺斜里两彪汉军向曹彰兵后分左右杀来。左边关兴，右边张苞，刀枪并举，万马纵横。曹彰只得约住本军，列成阵势，抵住了前后的汉兵。当下两阵上将官一齐出马，慕容轨战住了关兴，贺拔奇战住了张苞，李典战住了魏延，各自捉对儿厮杀。正杀得难解难分，张飞的大兵也就应时到了。张飞一到战场，拍马持矛，直取曹彰。曹彰纵马挺枪迎住，登时大战起来。一个恨不得横扫阴山，一个恨不得平吞幽冀，两个愤人比武，煞是好看。两阵上战鼓齐鸣，风云变色，直杀到日色平西，方才鸣金收兵，各自回营休息，夜间哨探，彼此互相提防，不敢稍懈。

在汉兵方面，魏延本兵四万余人，张飞自领三万余人，关兴、张苞二人各领五千骑，三部合七万余；曹彰全部也不过七万余人。两军势力比较，不相上下。到了第三日，曹彰远来，利在速战，又派二将来汉营讨战。依然是慕容轨战关兴，贺拔奇战张苞，韩氏兄弟与张翼、符健捉对儿厮杀。曹彰、张飞两人在阵上，看得兴起，一个拍动坐下枣花骝，使发手中点钢枪，一个拍动坐下乌骓马，使发手中丈八蛇矛，两个在战场上交起手来。一来一往，战到二百余合，只杀得烟尘四起，日月无光。李典见张飞越杀越勇，惟恐天皇有失，急忙鸣金收兵。曹彰回到本营，问起李典，何故鸣金？李典道："典在阵前，见两家兵将实在势力相等，无可轩轾，张飞骁勇，先皇所畏，大王何必以千金之躯，与彼决此不可必之胜负乎？"曹彰点头道："曼成所见固自不差，但我兵悬军深入，利在速决。旷日持久，非我之利。曼成有何良策？"李典道："明日率军与彼大战一场，到了后日，可遣郝左丞相领后军二万骑，由边墙大道直取云中，张飞必还师驰救，然后大王以全力蹙之，彼进退失据，我军庶可得志。不然，迁延日久，水草艰难，实甚危险。"曹彰、郝昭齐声称善。魏营中天皇将相正在商议之时，不道后军探子夤夜飞骑，驰报称：汉将王平，引领辽东骑兵二万，从五原间道深入漠南，乘我军远出无备，犁我王庭，杀我郭右丞相，将我后军完全击破，所有资粮、牛羊、驼马尽被掳掠，请大王火速回兵援救才好。曹彰听报，不觉大惊，急将警报按下，探子扣住，生恐军心一乱，必为张飞所乘。正是：

大漠草低，不见牛羊之影；长城柳碧，难藏虎豹之身。欲知后事如何，且听下回分解。

异史氏曰：魏灭吴亡，三国之事毕矣；闽收广定，一统之局成矣。河山再境，汉室重光！缵业垂统之是承，中兴大位之有定，谓非昭烈当之，夫将谁属？所谓成帝复生，亦无以易者也，使庸手当之，鲜不如此。而今则日月复旦于中天，宫车立传其晚出，不归历运于昭烈，反遗大统于王孙，遂觉白帝悲风，犹在洛阳城阙，永安落日，重临建始宫墙，罢书即位于新极，重笔托孤之旧命，乃昭烈仍以崩闻，自更耐人深玩其味，非如一嚼而过，即余满口滓渣者矣。而欲写昭烈之殂，又不忙写，偏先写翼德楼桑村中树萎不祥之笔，便将一部《三国演义》翻到顶上，直至首页数行文字，亦相顾及此，即一发重牵，首尾皆动之笔法也。却又夹入黄雾四塞，以及曹操伐树，许多魏之不祥旧事，亦成照应，则更无处不生回合矣。谓作者亦征信于祥瑞，不知作者——翻来，正大恶言于祥瑞也。不明此义，几何能捧本书而大读之？

由玄德遗嘱，顾念刘表身后，刘璋身前，令奉朝请宗祀，一切安排，便是托了自己的孤，又托了他人的孤，刘氏子孙，都得其所，此继绝之义也。则较《演义》白帝托孤时，"嗣子可辅则辅，如其不才，君可自为成都之主"，连一己子孙全不敢自保者，临死哀鸣，便今日其言尤善也。由玄德身死，引入曹彰塞外称王，闻丧内犯，一番战争，便是存了刘姓的子孙，又存了曹姓的子孙，三国余波，别开生面，此兴灭之义也。则较《演义》禅台再筑时"吾与汉家报仇，有何不可"，即仅居金墉，犹非宣诏不得入朝者，以篡易篡，便今日结局为佳也。可知《演义》为一部教亡人子孙篡人家国的书；而本书为教人保全种族、拥卫国家的书。借题发挥，一托于春秋笔法，以成三国定论，安得不为一部大文章！

第五十七回

刘王孙正位再中兴　　庞丞相序官复旧制

却说曹彰在柳城塞下接到后军探报，心中又惊又愤，欲待撤兵，又恐为张飞所乘，秘密地深夜与部下将相商量善后办法。左丞相郝昭启道："天皇兵事易进难退，我兵既非退不行，明日须整顿全军兵力，与彼血战一场。万不能退后一步，若大战之后，彼兵力已疲，万无余力追我矣。"李典亦道："以进为退，非如此不行！"曹彰见郝、李二人意见一致，即夕下令军中："明日决与汉兵大战，退后者斩！"当夜三更造饭，黎明开兵。

到了次日，天色尚在昏黑时际，曹兵已压着汉营，擂鼓进攻。张飞哪里容得？早已大开营门，自己一马当先，与曹彰大战起来，糜威战住贺拔奇、向充战住慕容轨、魏延战住李典、符健战住郝昭。这一场恶战，比前二次凶恶十倍。就中向充、糜威二将初逢大战，竭尽平生气力，与鲜卑二将死命相持。鲜卑二将原就不弱，也就奋勇相争，真个是"棋逢敌手，将遇良材"。向充、糜威年轻力足，愈战愈强，鲜卑二将久经大敌，看见汉将青年骁勇，心中也自佩服，四人的争战，比两阵上任何将领都凶。两阵上的兵将都不约而同的齐声喝彩。关兴、张苞跟李鸿、向朗诸将都看上劲来了，忍不住各人纵马上前，刀枪并举，向曹兵阵上冲杀过去。曹兵阵上，鲜卑乌桓将领纷纷出马，迎住厮杀。好一阵，只杀得塞云四合，边日昏沉。直到黄昏时候，方才各自收兵，互有损伤，不分胜负。

曹彰回到本营，进了晚膳，到了夜分，命鲜卑二将断后，全师夜走。汉营中张飞、魏延诸将，也打量着曹彰不能持久，时时刻刻令人哨探，预备曹彰一走，决定尽力追赶，务必令其大大吃亏，以后使他不敢兴兵入寇。正在营中商量明日战备，探子飞报，曹兵已经拔队出塞。向充、糜威二将一听探报，登时同声请令往追，张飞即令二将各领轻骑五千，黄夜出发，追赶曹兵。二将得令，绰枪上马，领了人马，火速起程去了。张飞犹恐二将轻敌，再令关兴、张苞各领本部，随后接应；令魏延、符健率骑卒万人，为第三路，手令魏延总前敌军务，追兵不许超过二百里，得胜亦不许穷追，违令者军法从事。四将领令，陆续出发。张飞自督向朗、李鸿诸将，屯驻大营，整顿兵备，以为前军声援。

那向、糜二将，因自告奋勇北上幽州，仅仅大战一次，敌人便走，心中实在太不爽快。此番奉令追击，高兴不过，两个努力趱行，行不到五十里，天色已经大明，却还未见曹兵踪影。二将令军士各出干粮，饱餐一顿。向充自己牵马去饮泉水，只见路旁一堆堆的马粪，将手往上附近一探，连忙叫道："糜将军，敌人去此必不甚远，所遗马粪尚有微温。"糜威听说，忙道："既然不远，我们快快上前。"二将令军士一齐上马，如飞前进又走了二十余里，只见曹兵早在前头，列阵以待。向充大叫道："羯狗休走！留下狗头！"鲜卑二将更不回言，接手就杀，不过五六十回合，汉兵二队到了，关兴、张苞见向、糜二将不能取胜，二人双马齐出，刀枪并举，前后夹攻。不到二十合，鲜卑二将看看力弱，将要败走，只见前山左右涌出两支曹兵，左边李典、右边郝昭，分两翼向汉兵直冲过来。恰好汉兵第三队魏延、符健刚刚赶到，一见曹兵突阵，急分两翼，向前截住，四人大战起来。向充、糜威二将见后援续至，越发心雄胆壮，愈战愈勇，鲜卑二将虽然武艺高强，双拳怎敌四手？渐渐不能支持，勉强战了十余合，益发不济，只得双双败下阵去。李典、郝昭见二将败走，也就且战且退，汉军六将，哪肯容他从容返旆？六匹马、六般兵器齐向李、郝二将杀来。二将抵敌不住，回马败走。鲜卑二将重复回马接应，汉兵六将奋勇追赶，曹兵败下去三十余里，得了曹彰回援，方才收住了队。计点军马，折损万五六千。

汉兵得了胜，也就安营。因为将令难违，又且追兵疲乏，只好暂为休息一宵，明天再战。不道曹兵已经去远，六将只得收兵回马，掠获好马八千余匹，鞍辔整齐，甲仗器械，不计其数，奏凯回营，报告都督。张飞大喜，大排筵宴，犒赏将士，极力夸奖向、糜二将少年英勇，二将逊谢。张飞留魏延仍守旧营，向、糜二将随营效力；关兴、张苞依旧领兵游弋，以防曹彰再至；自率李鸿、向朗诸将还镇幽州。专使洛阳飞章报捷不提。

单表王平奉了将令，率领轻骑五百人，昼夜兼行，六七日间，便到辽东。进入城中，径至太守衙门，令人通报，公孙渊一见王平名字，知道他是汉朝荡定幽并一员大将，哪敢怠慢，亲自出外迎接，入府堂坐定，优礼款待，极其恭敬，治酒接风，十分客气。王平取出大司马虎符、四州大都督令箭，说明来意，请公孙渊发兵。公孙渊自从杀了曹休、曹丕，与曹氏已成了深仇，听得曹彰在塞外称王，势力日强，心中自然恐惧，早日已经聚兵自卫，一心倚赖汉朝，当时验看了虎符、令箭，满口答应发兵，登时唤集本部骑将三员，分将骑兵一万六千人，面嘱三将，叫他们服从王将军命令，不得稍有违抗，骑将诺诺连声，王平当面道谢。

休息了一晚，以军情紧急，不敢久延，辞别公孙渊，带了兵将，即时上马起行。循着边墙，直趋曹彰漠南王庭。用了两名得力的向导，不徒没走迂回的道途，并且走了一条出奇的捷径，走了五日五夜，估计离着曹彰王庭，只有三四十里远近，天色已经向晚，王平将人马约住，令其休息，各出干粮水泉，饱餐一顿，然后上马，直趋王庭。

那曹兵留守王庭的右丞相郭淮，只道天皇远征，敌人万不能飞渡，万不料王平却从辽东间道杀来，锐卒轻兵，势如风雨，匆忙之中，人不及甲，马不及鞍，跨上了一匹骅马，带领少数亲卒，出了王庭，仓皇应战。王平抖擞精神，十合之内，了决郭淮。众兵乘势四向围攻，出其不意，大获全胜。曹兵四散，兵士俘获曹彰、李典众人家小，来见主将，王平一见，慨然道："曹彰抗命，妻孥何罪？加以系虏，置之何地？"立令释放，并加慰藉，但将军资粮械，驼马牛羊，一扫而空，全数载回，收兵径返。

及待曹彰兵还，方才派兵去追，那王平已经全师奏凯，安抵辽东了。曹彰怒气未息，左右呈上王平留下的书信一封，曹彰接过，含怒启视，上写道：

  任城殿下：邢台一别，于今五年，塞外起居，应悲故国！王之英武，海内同钦，时势推移，宁可复挽？乘丧入塞，所得几何？平引轻兵，遂犁庭幕，极平之力，覆王宗祀，辱王妻妾，王虽愤怒，其如平何？平不为者，国家中兴，方隆厚道，王虽败窜，亦系清门，疆场之争，何关幼弱，哀王颠沛，不忍相凌，入宫得见，喜可知也。鲜卑胡虏，岂可乱华！以汉之力，犹能相制，以王材武，亦足王之。设幕阴山，聊相雄长，存王之祀，中外相维，不亦可乎？何必劳师，频年内犯，虏人妻子，随人畜牧，犬羊之族，凭凌华胄，王岂胡人，能无扼腕？涿郡都督，华夏英才，统辖四州，控制边宇。幼常之略，文长之武，王所深悉。幽燕士马，精锐绝伦，佐以辽东，三方协应。李牧守代，蒙恬行边，以今方古，殆无多让。王之士马，不逾冒顿，王之游牧，远逊匈奴，羁旅之臣，久居塞外，秋风萧瑟，边马思归。中朝间之，縻以爵禄，王虽纵横，谁与为立？鲜卑贱种，重利轻义，悬购万金，王头将至。哀王武勇，流离失所，如不犯边，当免奇祸。天日在上，王宜三思。平白。

曹彰得书，反复观览，不觉怒气平息，退入帐中，自思王平所言，甚有至理，但国仇又不能不报，心下徘徊，不能解决，绕帐数匝，抚案夜啸，声如唳鹤，哀厉而长。李典、郝昭帐近左右，二人入见，惊问何故，彰取王平留下手书与观。二人读罢，皆为太息。彰道："王平才兼文武，识力双绝，若在幽州，诚孤劲敌！孤以先王爱子，血战中原，国破家亡，遁逃塞外，赖将士一心，犹能自振。今汉兵势盛，守御得人，欲入长城，且不可得，又何能报仇雪耻，光复旧物乎？"

李典道："大王，王平所言，甚有至理。言兵则彼强，言势则彼盛！彼如犁我王庭之后，轻骑兼程，袭我后军，而张飞以大兵应于前，我军必至于片甲无遗。彼不欲袭王，以启鲜卑轻视大王之心，全王眷属，以促大王反省之渐，行军以礼，智勇沛然，此人在边，我又何能得志！不如从彼所言，全军北度阴山，以我兵力，役使匈奴旧时部落，渐肆并吞，拓充势力，十年之后，再图报复。我不犯彼，彼亦不能度大漠以击我。我以其间，休养生息，俟汉廷再有变乱，起兵南下，犹为未晚。昔勾践报吴，十年生聚，十年教训；少康中兴，历四十年。臣闻谋大事者，不图近功；规远效者，不急小忿。惟大王察之。"郝昭亦起立说道："大丞相之言，金石之论也，愿大王俯从之。"曹彰生来英明果决，此次见张飞、魏延人马精强，将领英武，守御坚固，一时必难得志。又见王平之书，剀切敦至，李典之言深入腠理，不觉推案起立道："天佑汉室，未可与争。要当北度阴山，徐图发展耳！"即召鲜卑二将入帐，告以北迁之意。二将前因兵败，正恐曹彰见责，一听此言，齐声赞成。略为收拾帐篷器具，行装即已办妥，次日即行出发。越过阴山，直向漠北。

你说匈奴那些小小部落，哪里能敌十万大兵声势？一个个只得叩首投降，静候驱策。又有那鲜卑二将两个地里鬼在前引导，好不顺手。不上五年，并吞大小部落七十余部，曹彰便安安稳稳，做他大魏天皇。汉朝边塞，从此平安无事，就是王子均先生一纸书的功劳。古来人说得好，"一纸书贤于十万师"，大约是指王平说的罢。

王平得胜之后，回转辽东，面谢了公孙渊，将掳获牲口财物分一半赏给了辽东将士，人人欢悦。自留一半，带回幽州去献功。公孙渊见王平英雄年少敢作敢为，千里袭人，用兵神速，大获全胜，不折一兵，不由他不百二十分佩服。自家有此泰山之靠，就让曹彰如何凶狠，也不畏惧他了。把他一心归附汉廷的意思，愈加坚固了。当下盛设酒肴，款待王平。动问经过情形，王平把与曹兵战事一一告知。公孙渊不由得啧啧称叹。在坐文武将吏，无不钦佩万分。酒筵散后，安宿一宵，休息三日，王平谢过公孙渊，别过从征将士，带领原来轻骑，押解战俘牲畜物品，路上行程，就透着迟慢了。将近一月，方抵幽州。

那时节，四州大都督张飞早已回到督府。王平进城，入府报告，张飞大喜。马谡笑道："子均举动，悉合机宜，曹彰见书，必北徙矣！"果然不隔多久，塞外探子回来，报称曹彰已全军北度阴山，张飞立时启奏洛阳，请令王平督营州军事。比及洛阳旨意下来，不但照准，并实授王平为营州牧，度辽将军；授向充为骁骑将军；糜威为折冲将军；符健为骁果将军；关兴、张苞、李鸿、向朗诸将各就本官加一级；特授马谡以本官兼幽州牧，与王平、田畴替助翼德，安定北边。王平拜命，谢过都督，自赴营州开府。公孙渊闻讯喜极，即日自来州牧府中道贺，甘受节制。王平自有一番抚慰。马谡赴幽州开府后，仍监都督府事，以重边防。

洛阳城里，士元、云长因北边已经平定，即日召集文武，朝堂会议，选择黄道吉日，于建始殿扶王孙登了帝位。由太常许靖、司徒秦宓襄赞典礼，先奉王孙，晋谒高祖庙、世祖庙、高宗庙。礼毕，还御建始殿，受文武百官朝贺。改元炎兴，大赦天下，免人民今年田赋，赐文武爵一级，追谥皇考为孝愍皇帝，庙号哀宗，尊太皇太妃吴氏为太皇太后，太妃张氏为皇太后，封皇叔刘理为梁王，刘封为江夏王。

云长、士元以少帝年幼，左右辅弼须方正老成之士，以安车蒲轮征前司农郑玄为太师，邴原为太傅，司马徽为太保，庞德公为少师，黄承彦为少傅，崔州平为少保。那几位老头儿，到了此时，也不由他不出来。他们几位过舒服日子也太多了，享福也享够了，好叫他们也来尝尝官味儿，瞧瞧官儿是不是人做的。

文武百官，以云长功大属尊，合辞奏请，拜云长为大将军。云长以系先帝旧官，不敢拜命。少帝传旨令云长仍以大司马兼骠骑将军，剑履上殿，替拜不名；以庞统为丞相，以秦宓为大司徒，以马良为大司农，以费祎为大司寇，以伊籍为大司空，以郤正为御史大夫，以杜琼为廷尉，以霍峻为仆射，以郭攸之为大中大夫，以董允为丞相长史，以孙乾为大鸿胪，以简雍为太卜，召拜诸葛恪为侍中，以诸葛靓为尚书，以陈震为侍书御史，以糜竺为大长秋，以彭羕为太仆，以刘琰为大宗正，以刘巴为光禄大夫，以文鸯为越骑校尉、关索为步兵校尉、关平为城门校尉、周仓为射声校尉，以蒲元为将作大匠，以吴懿为太尉；以诸葛瞻为司隶校尉，仍领宿卫军；以诸葛诞为京兆尹，恢复建安中所有学官，其弟子名额悉依旧制，又制下丞相、大司马、御史大夫。

> 朕以冲年，诞承大位，甚赖群公，以辅以翼。昔周武克商，式商容之闾，封比干之墓，诚欲以奖励风教，矜式国人。前少府孔融，国家之桢，岳立朝右，奸宄悚息，硁硁易缺，卒殒奸回，人之云亡，邦国殄瘁！前九江太守边让，议郎盛宪，处士祢衡，并以高才，为国环宝，遭逢多难，咸死非命，高阳才子，不克令终，盛年摧折，良可哀矣！茂才管宁，避地海滨，以待清时，激于义愤，投身东海，清风亮节，迈于前古。凡此均宜旌树风声，录叙遗裔，以昭兴国之隆，而扬幽潜之烈。

士元、云长等奉诏，次日复奏：

少府孔融，先帝至交，许昌被难，二子俱殒，仅遗一妾，六月后得一孽子，荀文若伤融非罪，为之收养，今十七年矣。先帝入许，令入宿卫，请送太学，俾成其材。边让、盛宪、祢衡，宗室零落，请官为封树，岁时省祀，无馁若敖之鬼。管宁蹈海，子姓都乏，太傅郑原，昔同游息，宜为图象，祀之学宫。

少帝准奏，诏追孔融为太师，谥曰刚介；边让、盛宪、祢衡，均赠大中大夫，管宁图象太学，从祀孔庙。又诏：

先帝弥留，追怀季玉，日月之过，无损于中天，河山之盟，当垂于奕世！前令督交广事蒋琬，明示搜求，送致阙下，当奉遗命，别绍新封，其以前零陵太守刘璋为华阳侯，食华阳一邑，世袭罔替，属籍宗正，以固宗祊。

同时又下诏丞相大司马御史大夫：

先帝昔在荆州，联姻吴会，属以国交翻复，遂令先皇祖妣，不克令终，先帝在日，每为悲惋。其追上皇祖妣孙氏为孝烈皇后，招魂归葬，祔享园陵。

一连几道诏书，风行海内，无不钦仰圣明。

士元与云长商议道："诸将艰难辛苦，血战沙场，一旦大功告成，久稽懋赏，非所以慰豪杰之心也！"云长道："诸将功伐，均已汇齐，冬至郊天，即可行赏。但孟起之父与先帝同事，为国捐躯，亟须追赠，不必俟南郊后也。"士元极力赞成，六官联衔会奏，并请追恤董承、伏完、穆顺、马休、马铁、程银、杨秋，旋即奉诏书道：

故后将军马腾，椒房世胄，与国同休，捍卫西边，夙著劳勋！先帝昔在许都，同受诏命，而权奸肆志，矫命相夷，哀此忠良，竟膺惨戮！今皇图式廓，大憝敉平，旧物宣昭，九京不作，其追封后将军马腾为武威王，追赠马休为靖难将军，马铁为靖逆将军，程银为捕虏将军，杨秋为讨寇将军。

又诏：

> 昔建安颠沛，迫蹙两都，伏、董懿亲，效忠翊卫，力微命薄，同受夷灭，追念艰难，言之心悼，其追赠董承为许昌侯，伏完为襄城侯，子孙并加甄叙，袭侯三世。

又诏：

> 内臣穆顺，犯难南行，虽系刑余，灼知忠义，凛然尽节，视死如归，宜图示内官，奉为师表，其追赠穆顺为少府监，有司存恤家属。

云长、士元奉到诏书，令马岱去淮北，飞报马超。马超得悉，感激涕零，西凉将士，万众欢跃，仍令马岱还京叩谢，顺道过许昌，祭告先将军并二弟墓。马岱遵命转到许昌，用少牢牲醴，祭告叔父马腾，宣达恩命，州牧徐元直亦来会祭，附书马岱，转达士元言："先帝颠沛襄樊，幸景升推让荆州，遂成大业。刘琦留守有功，国家亲藩，尚无一二，刘封受爵，当及刘琦云云。"

马岱回到洛阳，面谢圣恩。将元直手书敬呈丞相。士元阅过，持商云长。云长道："元直之言甚是。先帝昔屯新野，非景升让与荆州，焉有今日？饮水思源，亦当图报。景升原属帝裔，名正言顺。"两人遂即一同入宫，面奏请封刘琦以符先帝末命，少帝允奏，即日下诏：

> 昔夷齐让国，千古资为美谈，泰伯适吴，季历终启周祚。先帝昔屯遭荆豫之交，前荆州牧刘表，顾念艰危，择贤而让，俾先帝进有所资，十年之间，遂成帝业，追念元勋，实惟伊牧。其追封刘表为楚王，由长子刘琦承袭；次子刘琮封襄阳侯，世世罔替，永为屏藩。

诏书到了荆州，刘琦兄弟拜受恩命，随使入都谢了圣恩，住了数日，陛辞就封，仍还荆州牧本任。

云长、士元督饬文武，安排南郊祀天典礼。到了冬至前日，马岱、文鸯督率铁甲军队，警跸清道；关平、关索分领步骑，守备九城；诸葛瞻领宿卫诸军，扈从大驾左右，云长、士元率文武诸臣随扈，少帝冕旒龙衮，乘着金根玉辂，到了南郊，许靖奏宓，襄赞礼仪，郊天燔柴，大告武成，礼毕还宫，颁行恩赏。士民纵观，父老欢羡。正是：

南郊礼毕，方云恩自天来；北阙恩浓，试看封颁土色。欲知后事如何，且听下回分解。

异史氏曰：《演义》中有"公孙渊兵败死襄平"一段文字，遗而未及，以为有"献俘幽州城"一节，便可不及矣，孰知今至卷末，犹必及之。有公孙渊之燕王，便有曹彰之魏王，所谓"弃辽预走，是上计；守辽拒大军，是中计；守于襄平，是为下计"。凡王平一书之所为曹彰告者，岂非即司马懿所策之上计乎？渊愚不知，是以败死；彰奉平谕，是以生全。以渊有反魏之诚，即许渊能效汉之顺，而因即以彰易渊也。兴兵入寇，摇动北方，彰之内犯，几犁王庭，曾何为不与渊等；而一闻劝告，立越阴山，卒能自保，以王匈奴，则非彰所能致此。盖写修文偃武，兵气销为日月光，作者特欲以此结束全书耳。顺逆之势，成败生焉，渊虽败死而可生，彰获逃生而不死。劳来安定之后，抚绥羁服之策以兴，长驾远驭，而定中国，是又兴邦立国之所不可不知者也。天山三箭，柳城一书，"不教胡马度阴山"，王平亦足传已。

小说而至卷末，辄虞易尽，本书魏吴灭后，又有闽广之平；海外波闲，又闻塞上兵作；大统攸归，忽有昭烈之崩；遗嘱将闻，乃先楼桑之陨；胡笳已定，新主可以登极，又须告庙；纪元已布，功臣可以策勋，尚待郊天。而郊天以前，又有无数诏书，封闾式墓，从祀褒忠，曲折迂回，层递写来不尽。犹待次回，方见裂土分茅，大颁爵赏，蓬蓬勃勃，又全是兴王气象。应有文字，令人如入阴山道上，应接真为不暇；文章热闹，好看煞人！隐逸上起管宁，忠义下至穆顺，皆膺特典，以为无人遗漏矣；而赫然又跳出一个帝裔刘景升来，尚未追封，以歆禋祀。于是宗藩始定，铁券崇加，故作补笔，抑更纡笔为妍，百读不厌。

第五十八回

封功臣六王膺上赏　划军区四督镇雄边

话说中兴少主，祭天南郊，回转正殿，受群臣朝贺，将士元、云长请封功臣的表章，随诏书颁布下来。诏曰：

朕闻德懋懋官，功懋懋赏，翳古以来，奉为明训！汉业中衰，权奸窃位，神器之移，于兹十载。昭烈皇帝，膺天明命，崛然再兴，复我皇祚，宠我汉京，上跻周宣之隆，近缵世祖之绪，奄宅东夏，以定区宇，亦惟赖我熊罴之士，腹心之臣，以宣力于疆场，扬威于绝塞。爰及晚岁，天与人归，我将帅牧伯之力，亦已瘁矣！诗云："王事靡盬，不敢告劳，国家设爵，将彼是锡。"所以迟迟，固将有待。天不憖遗，昭烈皇帝，奄弃群臣，藐余小子，寅受大命，夙夜兢惧，其兢无以竟祖考之遗志，负臣民之厚望也。丞相统一，大司马羽、大鸿胪乾，汇叙诸勋，省郊敷典，论功行庆，昭示大公，薄海人民，其各自振，诸将帅牧伯，其慎思所以答先帝知遇之隆，而光国家酬庸之典。丞相、大司马、大鸿胪叙列如次：

假黄钺左将军都督雍、梁、并、冀、幽、徐、青、兖八州诸军事雍州牧武乡侯诸葛亮，翊佐先皇，为国元辅，盛年不禄，殒身戎幕，先帝明诏，追封琅琊王，今令司隶校尉瞻绍封；并推恩泽，封诸葛诞为江都侯，诸葛均为咸阳侯，诸葛恪为庐江侯，召伯甘棠，徒嗟蔽芾，一门列戟，永念元功！仍以忠武王配享先帝庙廷，世世勿替。

骠骑将军大司马汉寿亭侯关羽，爰在壮年，追随先帝，风云困厄，忧患同经，交亲于手足，谊笃于肺腑，王师入益，江汉镜流，驻军南阳，河洛响应，先皇不豫，坐奠中枢，国家安危，胥公是赖，今封公为武安王，公子兴为解梁侯，公子索为蓝田侯，公子平为召陵侯。

右将军都督幽冀并营四州诸军事冀州牧张飞，遭际先皇，生同里闬，中更患难，屡建殊勋，采石耀兵，柳城剿寇，国之长城，世之英俊，今封公为武定王，领幽并第一军区，公子苞为涿侯。

伏波将军都督梁州河西五郡诸军事梁州牧马超，世笃忠贞，勤劳夙著，中原百战，江左陈师，纪绩太常，功无与并，今令绍封武威王；领雍梁第二军区，给羽葆鼓吹，弟岱封酒泉侯。

前将军都督扬荆交广四州东瓯闽越诸军事扬州牧赵云，遭际先皇，迭歼强敌，滔滔江汉，砥柱中流，北伐东征，倚公后劲，首入许昌，再靖吴会，先皇眷念，每饭不忘，今封公为武成王，领荆扬第三军区；妻马云騄，晋号扬威将军，别封敦煌公主，出入得用公主仪仗鼓吹。

后将军都督青兖二州诸军事青州牧黄忠，追随元帅，每作前驱，定益克雍，恒为功首，徐豫青兖，无役不从，武德克昭，戎行是式，今封公为武平王，领青兖第四军区，子叙封临淄侯。

军师中郎将建威将军行御史大夫豫州牧徐庶，大军北伐，翊替军谋，往定许都，荡平吴会，元功宿将，靡不归心，今封颍上侯。

车骑将军丞相庞统封偃师侯。

大司徒秦宓封简阳侯。

荡寇将军督上谷渔阳右北平军事右北平太守魏延，首入长安，继复并土，幽燕树绩，允作干城，今封定襄侯。

静南将军督交广诸军事广州牧蒋琬，靖乱零陵，固我根本，荡平九郡，不折一兵，今封桂林侯，弟琎封苍梧侯，弟琪封巴陵侯，周翼封曲江侯，陈南封郁林侯。

中领军护军将军督江淮诸军事徐州牧姜维，潼关大捷，首创奇谋，王业之基，实成于此，五州转战，屡建大勋，封天水侯，母赐号冀城县太君，给黄金百斤，上尊酒十斛。

左领军度辽将军督营州三韩涉貊肃慎诸军事营州牧王平，定蜀克雍，守并全冀，河北山东，偏师制胜，奇兵间道，两败曹彰，乂安北边，实为功首，封襄平侯。

右领军破虏将军督淮南北诸军事淮阴太守李严，归命本朝，迭经剧战，奇功茂绩，久冠戎行，封淮阴侯。

扬武将军督益州诸军事益州牧法正，留守两川，比迹萧寇，前敌成功，端资后劲，封绵竹侯。

督并州诸军事并州牧田畴，安边定国，稳若长城，鲜卑慕义，魏尚何加，封榆次侯。

督幽州诸军事行大司农幽州牧马谡，决疑定策，屡建大谋，文武兼资，守边良牧，封巨鹿侯。向充封卢龙侯，糜威封上谷侯。

龙额将军阆中太守严颜，坐镇阆西，声威丕著，封梓潼侯。

越骑校尉奋威将军文鸯，皇师阻洛，首建奇谋，克复东都，论功第一，曹参野战，庶足媲美，封江陵侯。

大司农马良，参替戎机，运筹决策，封临湘侯。

楼船将军督长江上下游水军事向宠，戈船习战，江海凌威，戡定江东，全功终始，封彝陵侯。

强弩将军兼护羌校尉白虎文，自出汉中，纵横并豫，两创国贼，尤快士心，习礼克谦，致为难得，封于阗侯。越吉封鄯善侯。

征西将军护朔方五原军事五原太守张翼，谋勇兼资，勋劳迭著，爱民禁暴，允叶皇猷，封封丘侯。

抚戎将军护登莱诸军事张嶷，山右山左，甚著勤劳，封即墨侯。

征东将军护江南防卫军事傅彤，忠勇性成，汝南树绩，许都克复，实肇先声，吴会之平，惟左右之，封丹徒侯。

平南将军护秣陵梁山军事程畿，辅弼元戎，克当大敌，同心戮力，以定江东，封句容侯。

积射将军沙摩柯，灭魏破吴，战无不胜，封五溪侯。

破虏将军罗宪，东征著绩，禁谷扬威，封仇池侯。

荡寇将军伍梁，禁谷陈勋，潼关副命，封酉阳侯。

平虏将军符健，方城告捷，柳塞扬勋，封秀山侯。

太尉吴懿，夏口汝南，迭著劳勋，护卫先帝，靡夕靡朝，封新郑侯。

许靖封广元侯，董厥封灌阳侯，黄英封临湘侯，杨洪封华阴侯，费祎封大城侯，董允封东乡侯，费诗封郸侯，刘琰封弘农侯，刘延封黎阳侯，李恢封广汉侯，马忠封离石侯，廖立封黎城侯，糜竺封铜山侯，杨仪封汉阴侯，黄射封鄂城侯，黄权封白水侯，吕章封郏城侯，孟达封临汝侯，孙乾封镮辕侯，高翔封太谷侯，简雍封卢氏侯，陈震封邵阳侯，公孙渊封襄国侯，韩遂封金城侯，严寿封合江侯，马遵封宝鸡侯，张猛封城固侯，段吉封阴平侯，向朗封杞侯，周仓封汝南侯，庞丰封申侯，黄武封南阳侯，庞豫邦息侯，崔顾封樊城侯，傅佥封章丘侯，李鸿封荥泽侯，郑绰封下邳侯，冯习封閿乡侯，韩雍封丰润侯，张南封临潼侯，马凯封玉田侯，李福封褒城侯，王含封上洛侯，吕凯封越巂侯，郤正封乐至侯，郭攸之封云阳侯，蒲元封临邛侯。凡列侯七十八人，世袭罔替。

王伉、杜琼、霍峻、陈戒、陈易、岑述、杜微、梁虔、马玩、尹赏、马龙、马登、马策、马成、马骧、马旋、吴巨、梁兴、吴郁、张盛、王凌、文钦、宫邕、杨义、刘邰、邓铜、张横、吴兰、雷同、胡班、蒋琁、吴班、李丰、宗预、马骥、张绪、樊建、邓芝、丁威、胡济、张裔、赵累、刘邕、张休。凡关内侯四十四人，世袭五代。

恩泽侯七人，世袭三代。

制六王各食三万户，子孙袭爵，食二万户，惟琅琊、武威二王，系属追封，嗣子绍爵，仍三万户。

徐庶、王平、姜维、蒋琬、魏延，功最，食二万户。子孙承袭，食万户。

李严、向宠、马岱、白虎文、文鸯、张翼食万户，子孙承袭，食五千户。

列侯皆食五千户，子孙承袭，食三千户。

关内侯食三千户。

恩泽侯食二千户。

凡父子同时受爵，嫡子袭王，支庶袭侯，但须在太学有成业者，方得嗣爵，应袭爵而推让兄弟者听。

又诏：

陈王刘宠，效忠前代，国家亲藩，斯为佼异，功业未竟，横受摧夷，嗣子刘珙，志行英迈，宗正之籍，实惟翘楚，其以颍川一郡，封刘珙为颍川王，世承宗祀，为国藩辅。

又诏：

前幽州牧刘虞，宽仁得士，介立严疆，为国干城，殒身非命，北边黎庶，尚有讴思，慨想艰危，良深轸悼，宜加兴继，以笃宗藩，其以河间一郡，封虞子璆为河间王，属籍宗正，永作屏翰。

又诏：

太师郑玄，先帝师友，学为人师，行为世则，前北海太守孔融，表其里曰通德，今以高密为公汤沐，子孙世袭侯封，以彰国家敬老尊贤之至意。

又诏：

前中郎将卢植，学行英特，操持刚正，黄巾之乱，首立殊勋，阉竖当阳，反用为罪，先帝生同乡邑，总角亲交，每念当时，深滋太息，今以耆年，施教太学，经师人望，海内钦崇，宜有旌扬，以彰国典，其以濡阳为公汤沐，子孙袭侯，世为国桢。

少帝以公孤保傅，多属先帝旧交，论道经邦，燮理阴阳，不敢径加封爵，但就诸公邻近县邑，奉作汤沐，藉资颐养。邴原滕县，司马徽临漳，庞德公当阳，黄承彦新野，崔州平临沮，赵岐新丰。

令本州牧守，代收赋税，按时送致，如遇旱潦，由大司农挪移库储，如量补给，其王侯食邑，应得禄俸，亦由本州牧守征齐，交由上计员吏，赍送京师，不足由大司农拨补。宗藩就国自养，不烦公家，庶民不疲劳，政令齐一，王侯亦不干预食邑政事，一心效力国家。王侯第宅，由大司空指定地区，由将作大匠，派员营缮，一依程式，不得潜侈逾制。王府从官侍卫，至多不得过五百人，列侯多不过三百人，一以节糜费，一以肃风纪。王侯家人从卒不守法令者，京兆尹，城门校尉，步兵校尉，廉得情实，皆得当街市杖杀之。王侯放纵家人，减户削俸，重则黜爵为民。

诏书法令，同日颁布。内外臣民，无不欢跃称庆。在边地者，皆遣使入朝谢恩。士元鉴于前代之失，虑同袍之不长保富贵，乃建议道：

> 前代功臣，每多骄蹇，纯至不法，恒不令终。功臣子弟，怙于世禄，鲜克由礼，莫能负荷。世祖皇帝，竺念功臣，虎贲脱剑，受经太学，礼乐甄陶，故能持久。今拟改善太学科条，六艺射御，益以韬钤，凡属功臣子弟，应袭爵者，必令先入太学，以射御韬钤，为必修之科目；礼乐书数，为增习之学问；释奠释莱，圣上亲临，示以礼仪，养其学识。官师督促，小成大成，必有成业，方许嗣爵，庶几性习良善，允武允文，治军临民，皆有根柢，公侯世祀，自可延长。千城之选，无俟他求。其羌氐宾诸将有爵位者，皆令入太学陪祭观礼，愿入学者听，以化其鄙悖之气，坚其忠义之心。干羽两阶，古有明训，比之教战，收效尤宏。故赵衰论将，说礼乐而敦诗书，后苍述礼，闻鼙鼓而思将帅，稽之前哲，如皇甫威明张然明之军中设帐，祭征虏雅歌投壶，何莫非太学人材之盛，但学期蹈实，毋务虚谈，免致清流横议，卒成党锢之祸，则飞鹗集泮，亦且怀我好音械朴菁莪，自彰得人之美矣。

云长、秦宓接到士元此项建议，十分赞成。文武百工，同声称善。奏上少帝，少帝依议。即令大司徒拟具条教，著为令典，颁行天下，传诸后世。此令一出，云长即令少子关索入学，以为众倡，罗宪、伍梁，闻风兴慕，请入太学，执贽为弟子，愿受一经。少帝嘉其志尚，特诏允许。太学生徒，因之大盛。少帝自临辟雍，请太师郑玄讲授毛诗章句，又把当时那般大学者卢植、赵岐，敦聘到太学来，作诸生讲师，上有好者，下必甚焉。枢府既然极力提倡，风气自然不变，几乎与孝明帝视学之时，环圜桥而观听者万人，各极一时之盛，后先媲美了。

士元、云长以孔明遗书，为四大军区以镇边地之议，业已实行，惟原议主张留王平驻山东，而此次曹彰内犯，幸亏王平护辽东将士，间道袭击，得以迅速奏功，故而毅然决然变更原议，移王平作牧营州，尽护三韩守涉貊肃慎诸军事，较为适当。因为当时边患，第一便是曹彰，彰虽然北度阴山，兵势犹强，若无能将在边，何能预防敌寇。翼德统辖四州，有马谡、王平左右夹辅，北边安定，自可预期。北边一安，西北各地那就无妨了。孙英逋窜海外，势力尚微，但亦不可不防，荆扬交广闽越，自当联成一气，方可有为。故决然下诏，令子龙兼制交广，公琰亦受节制，以一事权，边备力充，外患自弭。又以两朝皆通西域，以制匈奴、鲜卑日强，非国之福，已别具计划，特派杨洪，但须有重大后援，方能畅通无阻。孟起世守西凉，羌氐悦服，拟令孟起还镇武威，以固西藩。令李严驻淮北，姜维牧徐州，以助子龙。黄叙、傅佥、张嶷、郑绰助汉升镇抚山东。京畿戎政，由云长督文鸯、关索诸将，随时校阅。令马岱即还淮北，传达上命。令马超振旅还京。

二人商定，面奏少主，一一如奏办理。凡都督府得自置官属、二千石以上，由中朝任命，军事得以便宜行之。推先帝恩，蠲免涿郡租赋十年。令官求遗书，复旧制讽九千字为吏之法。二人同心辅政，百废俱举。

太师郑玄，议复明堂，诏大司徒秦宓、将作大匠蒲元，从玄受意旨，拟具图形，相度创建，少帝以徐元直之母高年茂德，足为女师，特诏封长安郡太君，赐几杖绢帛上尊酒，以示优异，又诏丞相御史大夫：

> 桀犬吠尧，各为其主，虽垂大义，殊异公行。吴、魏诸臣，效忠所事，兵败身死，百折不挠，有司可录其后裔，以崇节概之风。其吴破虏、讨逆二将军墓，官为祭扫，以崇英烈。

士元、郤正，奉到诏书，立令人知会子龙，令文武百工于吴魏臣工子弟有才艺者，即以上闻，听候叙录。正是：

兴朝文采，自昭日月之光；四境严军，更肃风霆之气。欲知后事如何，且听下回分解。

异史氏曰：帝制推翻，典谟制诰之文，今后无从复读，书生呫哔，博修经世之学，此后恐亦无人能为；是更难见此等美术文章，供人涉猎。作者故写诏书，迭迭重重，一再不已，使人悦目赏心，饱聆绝调。渊渊金石，大奏古乐，追摹汉魏，想见当时，不图于小说文中，又一读之。铺叙官阶，具如其制；今日操觚之为小说者，恐无此史学功夫也。又复食采受邑，五等分封，仅少图画凌烟，无不惟妙惟肖，而后感君权无上，无惑古来英杰，同入网罗，醉心功狗，不辞鼎镬为烹也。虽如异土拿翁，亦慕君制，又岂及见吾国之典章文物，有如是之眩人者哉。

疆土庞大，民庶孳繁，九州之次，未有如吾国首屈一指者矣。若大一统，相安为国，诚哉其难！君权临之，科举愚之，犹不百年而即乱，享国无能长久者。美之联邦，特亦相忍为国耳。御外靖内，军备是以最难，而军区尤其难定。既不获遽入大同之世，则仍未可以去兵！然必如何而合于国防？如何而制其驻境？以资保卫而奠人民，固犹为今日问题之一。作者划为四大军区，以资编配；幽并第一，雍梁第二，荆扬第三，青兖第四，此保中原，无虞不足。若云国境，仍有研究，是知作者全属游戏文章，实非有意指陈当世，若曰：吾所为者，本为小说而已。

第五十九回

马孟起衣锦还西凉　　曹子建逐荒行绝塞

却说马岱在洛阳，领了当朝圣旨、大司马将令，晓行夜宿，快马加鞭，去到淮阴。进了军府，参见马超，将意思说出。马超吩咐摆下香案，接了诏书。原来是要马超将地方防务交与李严，超自同马岱、白虎文诸将，振旅还朝，由东道还武威，镇守第二军区。

马超当时稽首再拜，接过圣旨，然后细问马岱朝中一应情形。马岱将少主南郊祭天回宫，论功行赏，哥哥袭封王爵，妹丈封武成王，妹子功大，别封敦煌公主扬威将军，小弟封酒泉侯，一门封关内侯者六人。马超听罢，感激莫名，重行向北谢恩。李严、白虎文率同部下将士，向前拜贺，马超兄弟俱行答谢，转贺李严、越吉受封。

五人入阁坐定，马超道："顷奉诏书，命超兄弟与白越诸将军，统率原有西凉军队，回镇武威，淮北地方防务，悉交李将军接理。此地荡定已久，无须多兵，然犹恐伏莽潜滋。超兄弟先率西凉军五万人还武威，留金城军万人、雍州军二万人归李将军率镇淮北。俟李将军将淮北土著训练成军，然后再行撤回第二批，庶于公私两为便利。"李严道："主将思虑周到，足见赤心为国。末将敢不从命？"

当下大营中杀牛宰羊，大宴将士。一来是众多主将，并受皇封；

二来是驻扎军队，为日过久，与当地人民都有情感，闻听得将要拔队西归，免不了互相饯宴，倒也热闹。

马超偶然念及妹子，便跟马岱商议道："子龙开府建业，你我西还武威，将来非逢大朝会，兄妹见面很难，不如乘此振旅期间，令李将军整饬一切，你我兄弟，轻骑至建业一晤，然后渡江，返旆西归，犹为未晚。"马岱道："如此甚好。"白虎文也要同去，看看姜伯约，马超自然允许。遂令李严代行本部一切事务，自同马岱、白虎文率领轻骑二百余人，轻弓短箭，快马行装，直向建业方面出发。

七日内外，马超兄弟与白虎文渡了长江，到了建业。赵云闻讯，迎接入府，大家互相称贺。云骥出来，见了哥哥，替两位哥哥与白虎文道喜。马超笑道："谁也赶不上妹子，于今可是金枝玉叶、公主娘娘了！"赵云听得，拊掌大笑。随后姜维也来称贺，马超道："子龙坐镇江淮，有正方驻淮北，有伯约驻徐州，左辅右弼，十分深稳。中朝调度得宜，边将谁敢不受命令？"子龙道："云长君侯，老于边事，士元当世人才，与孔明元帅并驾齐驱，审时度势，当然出此。"

当时子龙大治筵宴，旨酒佳肴，虽然是款待上宾，倒似家庭筵宴。席间，子龙请姜维、白虎文一同列坐，毋庸回避，远别在即，相见为难，就中姜维与马岱、白虎文打从天水出发以来，患难相依，无役不偕，此刻便要分离，人孰无情？就是铁石心肠，也觉得有些难过，不免洒几点英雄之泪。

马超在建业，一连住了十天，赵云陪着，城内城外，各名胜地，瞻仰瞻仰。二将到处，人民沿街塞巷的观看。姜维暗饬得力将士，穿了便衣，杂入人丛，随时保护。十日已过，子龙生恐马超耽误正事，马超亦恐离军日久，有误皇程，同着马岱、白虎文辞别，回淮振旅。子龙设筵饯别，赠送了许多礼物，同夫人、姜维送至江干，挥手作别。

马超兄弟与白虎文渡过长江，电掣星驰，到了淮阴。李严迎接入府，休息数日，将所部五万余人，拔队起程。李严送出淮阴城十里之外，马超嘱咐李严小心谨慎，赞助子龙，报效国家。李严敬谨遵命，大家暂时分手。

马超一行人马不日到达许昌。坐镇许昌的豫州牧徐元直，早派员出郭郊迎。马超兄弟进了城，下马入府，用旧属礼参见元帅。元直降阶相迎，设宴款待。宾主尽欢而散。马超谢了宴，出了州牧府，同着马岱、白虎文径来父亲墓地，陈牲祭告西归武威，不觉掩袂失声痛哭。白虎文二人陪着挥泪。

依着马超的意思，要启榇出土，奉柩西归。马岱谏道："亡人入土为安，伯父安葬已久，不宜再为迁移。且二弟之墓，均在此间，不如留马龙领千人在此，世居许昌，永久奉祀也。"马超挥涕道："贤弟之言甚是。"即令留马龙在此，问部下将士，谁愿留此奉老大王祭祀，一时间，应声者数千。马超择留千人，令马龙统率，在此居住。一应事件遵奉州牧命令，不得稍违。马龙应允，马超二次入府，转告元直。

元直听得，便下令该管地方官，拨给官地，盖造房屋，与西凉侨民居住；又补授马龙为许昌西郊镇将，以便朝夕守护。马超见元直如此用情，向前顿首泣谢。元直连忙答拜道："孟起国家柱石，但尽心安抚西陲，老将军坟墓在此，朝廷当差官岁岁祭奠也。"

马超见诸事已妥，辞别元直，率队西赴洛阳，遵奉朝旨，全军振旅，奏凯还朝。军士沿途都唱着得胜歌，缓缓前进。行不多日便自到了。超令本军都绕城而过，全军驻扎城西，自与马岱、白虎文，领马队三千人，振旅入都，云长、士元得报，令文鸯、关索出城三十里迎接。二将原系超旧部，相见自然欢喜。

将到城边，马良、诸葛瞻又奉旨城门相候，一个是六卿，一个是司隶校尉，品秩尊崇，奉旨来迎。马超兄弟不敢怠慢，滚鞍下马。五人相见，互相寒暄。诸葛瞻口传上令：西凉凯旋将士，驻扎教场，官为照料；武威王先还私邸休沐，再行入觐。马超拜命，别过二人，请文鸯、关索照料军队，自与马岱先还私第，夫妻相会，自是欢庆。

原来马超妻子，自随世子由成都移居荆州，后入洛阳，夫妻渴别多年，一旦相见，其喜可知。两个儿子，大的十岁，小的七岁，长名马英，次名马益。马超略为休息，便同马岱先去大司马府中，谒见云长。

云长与超别已多日，甚为思念。一听超来府，亲自出府堂迎迓，携手入内。两个各道渴别，然后并马同入朝房，见过士元，一同入觐。少帝命侍臣赐坐，咨询各事，俱有路数。马超心中不由得不敬畏起来，当即面奏道："臣超夙承先帝知遇之恩，效命中原，稽留淮北；先帝奄弃群臣，臣超本拟赴京哭临，因奉朝旨，不许擅离防地，是以不克前来会葬！今承恩命，振旅西归，愿得以太牢祭告惠陵，稍尽臣子之礼。"少帝道："先帝在日，每甚念卿，谒陵祭告，具见忠孝！"随派梁王刘理、司隶校尉诸葛瞻、太常许靖，同武威王以一太牢，前往惠陵祭告。马超顿首谢恩，辞别众人，自还私邸。

到了次日，刘理、许靖、诸葛瞻，盛陈牲醴，同着马超、马岱、白虎文出城，望龙门山进发。到了惠陵，守陵园吏敬谨导入，只见沿途石人石马，石狮石象，石驼石虎，排列两旁，中间一条很宽平的白石甬道，如砥如镜，翁仲无言，肃然静寂，长松翠柏，盘郁夭矫，天风过处，威神肃穆。执事员役，无敢仰视。一行人过了一座全栋香楠木造成的享殿，再过了一座雕龙绘凤的寝殿，方才来到陵旁。陵高九丈，隐若小丘，四围都是白石雕琢的栏干环绕。就当地下，排了祭筵，设了香案，许靖赞礼，马超三人就位下拜，追想当年皇叔见待的情形，不觉失声痛哭，只引得林鸟悲号，山谷响应，回川断壑，哀韵缠绵。

诸葛瞻众人，大家陪着挥泪，好容易劝住了马超，然后众人依次叩谒。礼毕，撤奠，退出园林。马超兄弟、白虎文、诸葛瞻巡视陵园四周，四人追谈当年龙门山血战景况，曾几何时，钟虡消歇，山川如故，风景已非，真是岁月如流，不觉一齐感叹。直到白日西沉，方才回转洛阳城。

马超在城中，接二连三，圣上赐宴，群公请饮，忙了十余日，方才屏当清楚。马超入宫辞行，奉诏，二子均赐爵关内侯。超谢了圣恩，辞了群公，带了家眷，领了将士，离了私邸，出了皇城。全军出发，回镇武威。满朝文武，倾城饯送。

云长举酒道："孟起此去武威，好生安抚军民，镇定羌氏。西边之事，悉以相付，夙夜小心，无负职守。"马超双手接过，一饮而尽，说道："谨遵台命。此去当奉行威德，不敢令中朝有西顾之忧。"众文武送出城外方回。云长令文鸯、关索送出潼关，方才回转。

马超行到长安，雍州牧诸葛均一方欢迎，一方欢送。军行迅速，到了金城，韩遂出城迎接，说道："贤侄有志竟成，衣锦还归，老将军当含笑九泉矣！"马超道："小侄成功，皆叔父赞助之力也！"随将韩遂及程、杨二将恩命，交与韩遂。在金城住了三日，一路回转武威，凉州人民，扶老携幼，郊迎十里，笑逐颜开。马超在马上，思想当年缟素兴师，何等哀楚，如今衣锦荣归，出于意外，皆由扶助得人，所以至此。从此整军经武，驻守西凉，抚辑羌氏，上报圣恩不提。

再说云长、士元二人，以鲜卑寖盛，拥戴曹彰，若效匈奴，西据西域，将来隐患，至堪忧虑。不如先发制之事前，华阴侯杨洪，有谋能断，夙为孔明知赏。拟授为西域都护，开府楼兰，复通西域，以制鲜卑。令马岱为副，即从第二军区，拨步骑二万，归洪率领，西赴轮台。白虎文、越吉及马家六将，皆令从行。而令孟起以第二军区全力为其后盾。东羌、西羌，即由白虎文、越吉二将率领，以为前驱，自易集事。二人整个计算定了，方才上朝，奏知少帝。少帝准奏，即下手诏道：

  昔匈奴强盛，屡犯边疆，孝武皇帝，以天纵之资，雪列朝之耻，犁庭扫穴，遂墟漠南，原其成功，实通西域，断其右臂，振我皇威。属新莽篡弑，皇途梗塞，孝明皇帝，克绳祖武，赫然斯怒，命将出师，前定远侯班超，以三十六人，先复旧物，还我河山。而卓操踵乱，中原多故，遂使故疆沦陷，边民饮泣。先帝功业，委于废墟，朕甚悼之，今曹彰逋窜，频思内犯，鲜卑部落，迁徙无常，若令踞而有之，西边必无宁岁，虑患未然，当规远大。华阴侯杨洪，谋画异等，断制若金刃，习于边情，明于战阵，干城之用，实为首选。其以洪为西域都护，开府楼兰，兼领属国，规划复通，事不遥制，酒泉侯岱，生长西边，娴于骑射，中原转战，屡立殊勋，其以岱为副都护，和衷协恭，以期共济。于阗侯虎文，甘凉之英，弃其羌渠，来从义旅，麾役不从，无战不克，其以虎文为于阗都督，率其旧部，为王前驱。鄯善侯越吉，慕义从戎，厥功丕显，其以越吉为鄯善都督，用副虎文，藉资戡定，归洪节制，以一事权。

少帝再赐马超手诏道：

皇帝诏问梁州牧武威王超，王少长西陲，晓鬯边事，功成反旆，作镇凉州，为国屏藩，朕所深赖。曹彰兵败，逃窜西戎，北引乌桓，西诱鲜卑，思假外寇，乱我华夏，朕抚有区宇，保邦未危。博采廷议，复通西域，已命华阴侯洪为西域都护，酒泉侯岱副之；于阗侯虎文为前驱，鄯善侯越吉副之；王部六将悉令随征。庶易以集事，朕非故为黩武，亦以防患未然，攘外即以安内，陈兵即以弭兵。王久历行间，谙于韬略，藉王声威，为洪后劲，勖王旧部，一德一心，凡洪所资，胥王是赖，王其慎之。

杨洪奉到诏书，入京觐见。到了洛阳，安顿行李，先谒见丞相大司马，面请训示。云长、士元详告一切。然后由云长、士元带领引见，少帝大加奖励。嘱以慎重将事，吩咐侍臣赐洪衣甲剑马，以壮行色。杨洪谢了圣恩，携带朝旨及少帝赐武威王手诏，领了大司马虎符，选任幕僚，拣择卫卒，带了久从身旁得力人员及志愿万里封侯的壮士，拜别丞相大司马，领轻骑五百人，出了京城，向西开拔。路上行程，一月有余。方到凉州，入见马超。超闻洪至，亲出城十里迎接，极意招呼。洪将奉诏西来的任务一一告知，并将少帝手诏取出。

马超再拜开读，大排筵宴，为洪接风。留洪在王府同居，召集马岱、白虎文、越吉、马登诸将参见都护，宣达诏旨。诸将敬谨受命。马超与杨洪统筹全局，彻底计算，经过了六七日工夫，大致就绪。然后分发步骑，检阅将士，勖以圣恩，勉以大义，嘱咐小心，服从都护命令，尽忠报效国家，不得怠忽退缩，以坏西凉军将英武名誉，以坏政府远大的计划。诸将个个禀遵，超又以西征道远，西征将士各给半年银米，沿途遍设粮台，免致为饥冻所迫。杨洪见超事事尽心，十分感谢。择定日期，选定路线，令白虎文率本兵六千，为前部先行；越吉率本兵三千为副。自与马岱将中军，马家六将领后军，即日出发。马超送出城外，方行回府，将一应经过情形，复奏入京。少帝得奏，手诏褒美。

那杨洪兵入西域，前有精兵良将，后有重援，所至之处，无敢抗颜。洪抚驭有方，恩威并用，不上二年，西域三十六国，皆不烦兵而下。洪大开屯田，整治驿道，招徕商贾，坐致富强。甘凉边境愈加巩固了。

如今单说兵度阴山的曹彰，自从吞并匈奴旧部以来，一意拓张势力，倒也日异而岁不同。那一日率领麾下羽林劲卒，在阴山一带射猎，风劲弓鸣，射飞逐走，所获鹿、兔、野豕、黄羊之类甚多。本来带有行军锅灶，就在一旁煎炒熏煮起来。大家在昭君墓旁休息休息。酒后兴怀，追思往事，颇怀悲感。

那时节却正是暮秋的天气，塞草先衰，边榆尽落，黄沙漠漠，碧海萧萧，征雁翔风，寒鸦晾日，牛羊日暮，亦解归来，驼马云屯，更无孤立，想着自己虽然现在纵横漠北，足以自雄，回首河南，已归人有，就是建号天皇，究竟家在哪里，国在哪里。再四回思，无聊已极。只那昭君墓草犹青，自己将来，又将奚往？思虑所及，愈加不自在起来。环着昭君墓前墓后，踱来踱去，蓦见墓碑之后，写着一首诗。也是天性所关，不觉有些怅触，自然吸引他上前观看，只见那碑阴上，明写着一诗道：

> 汉皇厌功臣，韩彭尽菹醢。美人馈冒顿，白登围始解。武帝收朔方，山河郁烟霭。国力亦已疲，卫霍不长在。哀彼王明君，请行何慷慨。岂乐伍狐貉，将欲填沧海。呼韩款塞来，汉皇欸已悔。墓草一何青，宫柳盈谁待？嗟余违国眚，穴居久危殆！笙竽已消歇，遑复问鼎鼐。念我同气人，荒墟耀珠瑰。怀古增感伤，从何问真宰。

凡是读书人，自己兄弟文字，毋论在什么地方，一见眼自会认识，这是自然而然的。谁也莫名其妙，当下曹彰在碑阴，看过了此诗，反复诵读，凝思良久，语左右道："此必东阿王作也，痕迹犹新，去此地必不甚远。"即令左右在山前山后，四处寻求。你说那阴山，绵亘数千里，西接祁连，东迤太行，一望无际。也有些深林古木，穷崖绝壑，就有人藏在附近林木内，也不易寻。何况捕风捉影？那不是大海寻珠么？左右东寻西找，哪里寻找得着。只得回报天皇。曹彰闷闷不乐，回到王庭，将此诗录出，与李典、郝昭诸人观看。大家看过，都断定是东阿王的手笔。但是又从何处去访求他呢？曹彰见兄心急，不觉长叹一声，泪如雨下。郝昭劝道："大王且免伤悲。东阿王既然在这地方，一时间决不会向别处去。东南东北，都是汉家的土地，自然不能在那里安身，必定是还在这里一带地方居住。可令鲜卑二将传语所属各部落，慢慢地打听，告诉他东阿王的形状，决定可以寻访到手，只在最近，大王兄弟必可团聚，大王好生保重玉体才是。"曹彰听得，转忧为喜道："左相之言是极。"即请传示二将，郝昭领旨，自去办理。

果然不到十余日，有一胡人来营报称道："禀上大王得知，在此阴山南麓，有一汉人，前后居住数年，穴居酪饮，绝不言语。闲着无事，常常替人牧放羊马。"

曹彰听得，重赏胡人，令其引路。随即带领亲随，火速上马，一同来到阴山南麓。彰在马上远远看见，高坡之上，立着一人，毡笠羊裘，丰神飘举，毡庐毳幕之中，哪里有这宗人物？彰走至附近，下马趋视，不是别人，正是他四哥曹植。在那大难之后，绝塞之中，异地重逢，两兄弟不由得抱头痛哭，气咽声嘶，良久方止。曹彰将别后一切情事，约略说与曹植知道。植流涕道："出亡以来，早知有此，吾弟一言，使人心碎，家亡国破，尚复何云！"曹彰再把自己在塞外建国情形告知，植太息道："弟能报仇，甚善甚善！兄频年流宕，不欲再入人间，各行其志可也。"彰坚邀还营，兄弟就坐，李典诸将皆来参谒，共话当日，相与涕零。彰以植不乐居军中，即令左右为植筑室阴山南麓，植之妻子，在彰军中，迁入新居，一同居止，供给衣食，以尽余年。那才高八斗的曹子建，也就长此终古！金枝玉叶，死葬夷狄之域，却还得弟兄聚首，可算是不幸中之大幸了。

我兄弟这一部《反三国演义》完全无缺，就此收场大吉，哈哈！正是：

河西衣锦，渥洼之天马归来；塞北羁居，原上之鹡鸰永叹。所有余情，下文再见。

异史氏曰：中兴一统，而至大封功臣，则本书已终篇矣。乃余音绕梁，犹有文字在后，复大写衣锦西凉，马孟起翩然振旅，而旋师淮北。又更有赵子龙别袂江南一段文字入来，并骑轻装，直不愧轻裘缓带。岂止三吴士女，看煞英雄，即千载读书人，当亦无不点头咂舌也。沿路叙来，令人不知此是煞尾文字，几仍在急寻下文读，虽不免团圆老调，却美满又大不同。两番谒墓，一父一君，只令人热泪飘潇，无端陪洒，是可见满纸血性，一部书终是泪痕耳。此以老杜"丞相祠堂"一诗音节入文之妙笔，所谓"翠华想象，惟有空山，王殿虚无，何来野寺"。一体君臣，则在马岱眼中，且不过一片石人石马，而文笔乃亦回川断涧，哀韵缠绵。是只此一段尾声，已写尽离合悲欢四字，将全书一笔包尽，更无一点闲笔，到底只是不懈！

马超衣锦西凉之后，又有曹植遁荒绝塞一段文字，方为搁笔。此种于团圆之中忽生哀痛，哀痛之外别有凄凉之人，来相陪衬，而感怆各自不同；已是小说结局特殊结构。乃曹彰聚首阴山，怡怡可乐，则亦于凄凉之境，别构欢娱，而欢乐仍两不相同，岂非以陪衬笔墨作结，亦大是特殊者哉。毡笠羊裘，题诗墓道，无非只为韩彭醢菹说法，只为呼韩款塞陈言，是作者著书本旨，全在其中。又以曹植尚知问于真宰，似作者亦几有遁荒之志矣。前半回为父子君臣，后半回友于兄弟，如此一结，直深喟于阋墙之哄，而谓终将抱头大哭于塞外，看汝作何说法耳？英雄不作，用思美人，美人安在？墓草青青。呜呼！千载琵琶作胡语，分明怨恨曲中论，吾于作者本书，亦不知此中是胡语、是琵琶声而已。

第六十回

深杯浮白铁案掀翻　　华烛摇红金台遣兴

　　哈哈，这一部《反三国演义》可算是完全交卷了。论起这部书历史来，也就很长，《楔子》中虽然略说了一二，尚未十分明了。我兄弟若不将他表白一番，又怕张仲云那位老明经公来找我兄弟算账。因为我这一部开玩笑的小书，在报上初发表第四、五回时，他老人家从湘潭邮局，双挂号来一封洋洋千言的手书，与他兄弟张尧卿指名痛斥，说我毁谤先贤，该当何罪？严辞切责，老实不客气。报社同人，大家劝我正式宣战。我原是找开心的，何致动土？相应不理。还是照常出版，他老人家无可如何，还是天天买报看。我自然是公理战胜者了。各位看官，听我慢慢的道来。

　　兄弟家中，自从高祖以降，无一个不是勤俭持家，谨敕自守。在前清时代，也就书香奕叶，科目蝉联，孝节流芳，文章启后。一直传到兄弟这一辈来，可就变了祖宗成法，自由行动起来。在这种匪夷所思的社会中，便有许多不规则的地方。还记得在船山书院读书时节，那一位学贯天下、穷征世变的王湘绮先生，对于在下常常加以训诫，每每说道："跌宕不羁，便是乱世奸雄的根柢。"后来在北京，见了樊山先生，也说我是"徐又铮第二"。我兄弟性情虽然疏宕，倒还知道敬畏长者，对他两位老人家的教训，终身记念，没齿不忘。

年复一年，世界一年不对一年。兄弟在船山求学不终，去到湖南公立第一法校读书，一晃三年。正逢革命，方才放下书本，就去充当司法官。糊里糊涂，缺了一年零八个月整德，正似《红鸾喜》金大所说的"才疏学浅，自告回避"。好在良心未坏，任事之始，当天宣誓，不听旁人干说，不受当事银钱，敷敷衍衍，将就过去，上帝保佑，还没弄出什么乱子。

自此以后，由湘溯汉，一溜烟进了北京，终日听戏，便似乐不思蜀的刘阿斗。民国七年，有一位浙江朋友，名字叫作陈璈笙，是留学日本的法政生，在司法部当秘书，为人精明强干，从前湘绮先生说张香涛写作俱佳，正是那宗说法。两人在同乐园同听白素忱的戏，兄弟在《日知小报》上发表了替白素忱做的八首诗，他就依韵和作，胜过原诗十倍。兄弟异常钦佩，两人因此成了相识。我但有困厄的地方，他无不尽力救助，并且力为吹嘘，荐入天津高等检察厅。我后从甘肃回来，还见过好几面。

民国十年，在援鄂军失败，再入京师。璈笙已回宁波，还汇款来京，以济杖头之需。函中往复，嘱我兄弟不要因挫折灰心，别寻事业。从前相见时间，也曾将此书前几回相示，他极力赞成。此书今岁告成，因翻旧帙，见他八首原诗，索性把他录入卷后，为我这部《反三国演义》增光一二。这八首诗，完全是赠白素忱的，与本书半点无关，然而兄弟做这一部书，一来是追忆幼年时代的家庭之乐，二来是发端友朋谈论之间，三来是替古人抱不平，替今人害臊。也不管什么体例，咱们爱写什么就是什么。从前王湘绮先生说的好："皇帝不论大小，关上门儿，你便是你房间的皇帝，谁也不能干涉你。"如今咱们这部书写上几首诗，谅也不至于妨害治安，劳动警察厅来干涉哩。说来说去，那诗是怎么说法？各位请往后看：

山痕远入寸眉秋，莽荡天涯䴔䴖楼；日织流黄不成匹，八声泥我听甘州。

月自婵娟云自行，微霜点鬓剧心惊；墙阴独蟀无恩怨，似与幽兰诉不平。

休怜少妇郁金香，休问床前明月光；满地燕支怨金碧，飘鸿南去或能翔。

银镫照雨数鸾期，眉样何时解入时；天际红阑横柳角，柳花历乱有莺知。

晚翠芙蓉四幕花，小红庭院六萌车；汉宫十斛金仙泪，谁忆凄凉帝子家？

花拥晴天孔雀来，红藕碧舞背人开；神仙爱听回风曲，漫拨鲲弦妒善才。

湘筐压石黛痕疏，昔梦流头红鲤鱼；明眸微波鬟语寂，夜深曾听吠庞无？

划除绮障付期期，屏角嫣云酒醒时；收拾风花归淡漠，莫教瘦损玉腰肢。

隔上了二十年，我因为当时成书匆促，漏洞太多，发愤修补，将次竣工。在那日寇劫火之后，发现我在北京所作的《白宫谣》，我那八首原作，依旧完好在那里面。何妨补录出来，大家瞧瞧，横竖本书内容，增加了不少材料，不多在乎几首诗呢？

远树苍烟接素秋，万方多难一登楼；遥闻白帝宫中事，手折芙蓉下九州。

几时曾向玉山行，白袷高谈满坐惊；谁分蒹葭隔秋水，暮云都与远山平。

楼头茉莉散清香，楼上华镫照夜光；曳曳霜罗更何处，好留珠树待鸾翔。

佚女丛台会有期，智琼把盏复何时；兰仪蕙问争相笑，可许雕阑翠鸟知。

婷娉小凤号桐花,华月流云挟钿车;珠网重重护霜露,天孙独处尚无家。

夹道芬华拥夜来,重关金钥一时开;洛滨宝枕何由赠,虚费陈思八斗才。

别馆连云接绮疏,自从花底剖双鱼;垂珠篆是相思字,为问瑶华识也无?

帘纤小雨感秋期,金井梧桐叶落时;留得新亭闲涕泪,西陵松柏饯燕支。

（此八首乙酉年十一月初一夜补入）

约莫这个时间,在广德楼听戏,因刘石麐的介绍,与渭源裴孟威认识,两个定交立谈之间,相赏形骸之外。七年腊月,承他的招引,从军北苑。八年四月,同着孟威军门,一块儿去到河州,公事非凡简单,天天骑马出城,视察形势,浏览风景。真好一个所在,四面群山环绕,如屏如障,高低大小,拱抱州城,大夏河屈折潆洄,就似一围衣带,沟渠四达,垂柳交映,雪山冰解,流水澄碧,侵人寒冽,暑气全消。衙斋清净,饮食精约。治事之暇,时复读书。开始创造这《反三国演义》,约莫写了三四回光景。

因为那时有个同乡黎丹,字雨民,是文肃公曾孙,风流儒雅,很有些干济才情,四体书皆有独到处,清淡隽永,不减晋人。由甘肃督军公署秘书长,外简西宁道道尹,与宁海镇守使马阁臣,文武辑和,军民亲睦,设立一所蒙蕃学校,自己同着夫人小姐,学习唐古特语言文字。他的意思,以为历代边疆变乱,大半由于边吏贪婪,武夫粗忽,情形暌隔,抚御失宜,言语不通,尤为障碍,寄威权于通事,凭得失于古人,自古迄今,历历可睹。欲除此弊,非先通语言,是万万做不到的。故而除正身率下,节用爱民外,首习蕃语,畅通夷情。兄弟与黎道尹在北京,他住长沙郡馆,我住上湖南馆,地邻咫尺,过从甚久。此番到了河州,便写了一封信,去西宁问候问候。他马上回信,说:"到甘肃而不一视河湟形势,周览青海奥区,犹之未到,不算壮游。足下如有勇气，便当左道郊迎，孟威军门。"我将这信呈与裴公，裴公一见此信，大笑道："黎道尹是甘肃第一流人物，宁海是甘肃第一雄镇，老弟既不远数千里而来，不可不去宁海一行。一来可以考证史地，二来可以视察边情。他乡遇故知，亦大快事。"兄弟得令，马上加鞭，走了五日，方到西宁。黎公甚喜。

那时正值八月中秋，循化县周芷荪周大老爷，前来道署叩节。他原本是黄幼老的旧部。署中僚属，湘人过半，你说异乡作客，得此佳会，要怎样的乐法才好？纵酒冶游，在所不免。冬冬街鼓，月上花梢，黎公因兄弟外出迟归，每每候至夜分方寝。兄弟侵晓回署，从人告诉了，兄弟十二分惭愧。再不出外，只成日跟他讲究诗文字画，讨论蒙蕃事务，非凡合式。中秋醉后，作了《湟中秋月》歌一首，约五六百言，黎公甚喜。极言如此急就，而音调铿锵，字句雍雅，致为难得。就那一夜，讨论张若虚的《春江花月夜》、何景明的《长安月》、吴梅村《永和宫词》，往复推求，太太小姐都出来听谈诗了。住了十余日，陪同他们一文一武去祭海。青海外表倒还不错，就是道路上太不舒服了。临还时，弄了一二十斤青盐、五十余斤干黄鱼。他们大家笑我爱吃鱼，到宁夏，就弄甜酒糟鲤鱼两大坛；在河州吃白鲜条；到青海，连干黄鱼都弄一大担，味道真不坏，鲜的尤其好。黎道尹是胎里素，只干瞧咱们大吃大喝。马阁臣军门，请我吃饭，弄他教门的全羊席，敬首席的羊眼睛，实难下咽。兄弟从此以后永远不敢坐一席了。黎公十分见爱，要留我在西宁同居，兄弟以裴公厚意，不可中变，黎公为之喟然，临行之日，送了一匹青海黄骢马，一件金银浅的狐裘。马军门送了一匹平凉驴，一套真西藏黑紫羔。他部下颜统将送马熊皮褥、大狼皮毯。人有所赠，捆载而归。未报深情，至今眷眷。

兄弟回到河州，接了家中书信，舍妹夭亡，老母染疾，卧病床褥，催我速回。兄弟幼年失怙，老母是跟小妹相依为命的。兄弟持信，万分没奈何。裴公素来以忠孝自命，让兄弟给假南归。六盘岭上，雪窖冰天，骡车困顿，鸟倦知还。兄弟回家之后，不久仍到北京，每每想续成这一部《反三国演义》，总不能如愿相偿。民国十年，回到长沙，跟着援鄂军打了一个败仗，由岳阳附轮到了汉口。在汉口住了十天，适值九弟毗生，自家中赴沪求学，相见汉皋，得知故乡无恙，家下平安，兄弟一同去到上海。在上海晤黄幼老与明月前身的柳夫人，谈起此次战事失机，深为叹惋。飘蓬流转，再到北京，跑了第二趟奉天，又复回转长沙。十二年七月，赵蔡鸦片战争起，惧受嫌疑，又用了三十六计中的上计，依旧到北京，听戏度日。真是九九归原，还寻旧路。

直挨到十三年夏间，有一位十年前相识的朋友，名字叫作张尧卿，是中国秘密社会史上一个鼎鼎有名的人物，也是革命党里未曾革掉自己性命的先进党员，为人豪侠重意气，慷慨能文章。论他的性情，就似桓灵宝说刘盘龙的话头："家无担石，一掷百万；辛苦半生，毫无发展；春明坐老，徒有壮心。"咱们俩倒很志同而道合。

从前他在天津，办了一个《正义报》，嘱兄弟担任《文苑》一栏，被兄弟弄篇戏代张勋答王克琴请求离婚书，把当代贤豪冷讥热讽，闹个不亦乐乎，生生的把段合肥每月一千元的津贴送掉了。兄弟怪不好意思，就想逃之夭夭。他从北京打电话与我，说："你若是走，不算好汉，便是跟我绝交。"好重的话，令人难受，我只得依旧住下。直至天津大水冲倒龙王庙，方才他走他的阳关道，俺过俺的独木桥。两下分手。

不觉好几年，今年他在北京，又办了一个《民德报》，咱们老主顾，还请兄弟照旧任职。咱家向来是风云雷雨，一齐出卖，心意相投，无所不可。于是《小说》这一栏，自然要借重这部《反三国》了。好大热的天气，真亏了咱家写字，每日平均约在三五千字左右。张垂厓先生说的好："虫蛀木断，水滴石穿。"三四个月工夫，居然被我将全书完全编竣。虽然是东拉西扯，却倒有些至理名言。想起梅龙镇的李凤姐所说"好难捡的银子"那句话，不觉联想到我好难编的书。咱们俩成天里商量作法，倒也很对。不过一句笑话，生生的替马超编上一个妹子，嫁与赵云。咱们俩正在商议，替他取个什么名字才好，后来决定叫做马云騄，他的太太陈景枝原是湖南郴州世族，很读了些书籍，在一旁笑道："何不把他叫作马艳云？"我说艳云有两姊妹，三国只有个赵云，咱们难得替他招驸马呢，得了罢！

看官们恐怕有些不知道马艳云的出处。兄弟也只得略为说上几句。这叫做"时话有出处，古话有来由"，比方杜少陵的诗，无一字无来历的意思。那马艳云乃是近时很负盛名，初出茅芦的坤角，北人南相，秀骨天成，十有八九，似当年小月英。兄弟时常称道，所以他太太才说上他来。兄弟这部书，简直是无中生有，倒海排山，无事寻开心的办法。

偏有些朋友，疑神疑鬼，以为是兄弟卖弄才情，有的说是暗射当世，有的说是糟蹋孔明，描头画角，像煞有介事。说得兄弟倒有点寒心。倒不如爽爽快快，自行招供出来，免得各位探赜索隐，白伤脑筋。就他第一条说来，中国现在的小说家，简直是车载斗量，现在的小说，简直是黄沙烟火，昏天黑地，一部把小说，算不了什么。兄弟有吃有喝，没那宗犯贱；就第二条说来，三国上的人才，云腾雾集，用才之人，铢两悉称，待遇之隆，报称之重，鼎足三分，势均力敌。请教各位，现在哪一位配曹操？哪一位配孙权、刘备？哪一位又配孔明、周瑜、司马懿？他们各位既然都不配，咱们又何必糟蹋古人，奉承今人呢？就第三条说来，兄弟这部书，完全实行孔明《隆中对》一篇文章，处处替孔明填愁补恨，吐气扬眉。说到孔明致死的原因，莫说罗贯中诸人不曾梦到，恐怕陈寿也就莫赞一辞，纯乎庄老之旨。可惜湘绮先生未曾看见，若令他老人家得见，亦会击节叹赏。

兄弟这书，既不是上述各说，到底是什么意思？就是开卷第一回《楔子》上说的："雨夜谈心伤今吊古，晴窗走笔遣将调兵。"这还是作书的本旨。到了后来，简直是小说一栏，另无新著，补充旧稿，以塞篇幅，句句实言，并无假饰。不要疑兄弟有别样心肠，替一些牛鬼蛇神照背影儿。还记得十二年六七月间，从长沙避难出来，在土星港阻风，坐在小型轮船上，一连七日，愁闷不堪，曾哼了四首七言八句诗，最后的一首说的是：

未肯临风怨石尢，神州正有陆沉忧，军书自遣心怀恶，筹笔难同肉食谋。太息中年萃哀乐，更无余暇说恩仇，临湘怕听云和瑟，惊起潜龙夜挟舟。

这大概就是本书的意思表示罢。唐朝有一位开国诗人陈伯玉，他做了一首《登幽州台歌》云："前不见古人，后不见来者，念天地之悠悠，独怆然而涕下。"这才真正叫做一言难尽呢。

本书至此，已经完结。因为从前樊山先生阅过后，曾手书与我，说"此书镕经铸史。醰醰有味，惟尚不无疵漏之处，似宜斟酌删补，以臻完善"，我比至先生处，请其指示。先生为指示数处，当时即拟着手修改。以人事牵曳，未遑过问，先生于十七年亦归道山，因循至今，二十年矣。偶阅《华阳国志》见蒲元、白虎文十余则，时代略有后先，乃悉取以补入，而川将始足供指挥而有余。追忆昔年师友，近时存者，更无几人，发愤钞撰，重加修正，旋作旋辍，旋辍旋作，七更寒暑，方告蒇役。复视一过，较初出版时，稍细密无遗恨矣。卿云再版，尧卿初未相谋，本书首尾皆为他人改窜，朽烂已极，与个人初意大相径庭，断鹤续凫，至属不幸。庐山真面，纯为炸弹所戕。天下伤心之事，未有过此者也。今悉加删削，还我本来，增益十余万言，皆就事实上连缀，庶免脱节之弊。尧卿逝世，今十六年，历历旧游，都成陈迹。恨樊山先生不及见此，请益无繇，良可叹也！

三十五年乙酉嘉平月，大荒附记。